Carina Bartsch wurde 1985 im fränkischen Erlangen geboren. Sie brach die Realschule ab, schmiss die Wirtschaftsschule und dann eine Lehre. Erst nach diversen Kleinjobs fand sie mit Anfang zwanzig ihre wahre Bestimmung: das Schreiben. Mit ersten Kurzgeschichten gewann sie mehrere Schreibwettbewerbe. Dann wagte sie sich 2011 an ihr Romandebüt: «Kirschroter Sommer» und «Türkisgrüner Winter» avancierten zum Bestseller im E-Book und in der Printausgabe und machten Carina Bartsch zu einer der erfolgreichsten deutschen Liebesromanautorinnen.

Pressestimmen zu den Vorgängern:

«Megaromantisch!» (Joy)

«Ihre humorvolle Liebesgeschichte hat es verdient, viele neue Leserinnen zu finden. Jung und frech ist ihr Schreibstil ... Mitreißend.» (Petra)

«Die Geschichte ist so fesselnd, dass man nicht mehr aufhören kann zu lesen.» (Lisa)

«Kirschroter Sommer konnte mich auf ganzer Linie überzeugen und alle Erwartungen mehr als erfüllen ... Der Schreibstil ist klasse. Geradeheraus, spritzig und gefühlvoll an den richtigen Stellen.» (the-cinema-in-my-head.blogspot.de)

«Kirschroter Sommer sticht aus der Menge der Liebesgeschichten heraus. Es ist eine junge, frische Geschichte mit viel Witz und Charme ... Die Wortgefechte sind definitiv ein Highlight des Buches.» (heartbooks.org)

«Eine Geschichte voller Prickeln, Liebe, viel Sarkasmus und Humor. Das Buch lässt einen einfach nicht mehr los.» (glitzerfees.blogspot.de)

Carina Bartsch

NACHTBLUMEN

Roman

Rowohlt Taschenbuch Verlag

Originalausgabe
Veröffentlicht im Rowohlt Taschenbuch Verlag,
Reinbek bei Hamburg, Juli 2017
Copyright © 2017 by Rowohlt Verlag GmbH,
Reinbek bei Hamburg
Umschlaggestaltung any.way, Hamburg,
nach einem Entwurf von Carina Bartsch
Umschlagabbildungen deviantart.com
Satz aus der DTL Documenta PostScript, InDesign,
bei Pinkuin Satz und Datentechnik, Berlin
Druck und Bindung CPI books GmbH, Leck, Germany
ISBN 978 3 499 29108 1

Für meinen Papa

KAPITEL 1

Die kühle Luft roch salzig. Das war das Erste, was ich wahrnahm, nachdem ich den Koffer die Zugtreppen hinuntergewuchtet und den Bahnsteig betreten hatte. Ich atmete ein, viel tiefer als sonst. Für einen Moment vergaß ich durch den neuen und ungewöhnlichen Geruch sogar meine schmerzenden Beine. Einerseits hatte ich mir während der sechsstündigen Zugfahrt immerzu gewünscht, endlich festen Boden unter den Füßen zu spüren und nicht mehr unbequem sitzen zu müssen, andererseits hätte das Ziel gar nicht weit genug entfernt liegen können.

Es wird gut werden, Jana, du wirst sehen, hallte mir Dr. Lechners Stimme durch den Kopf. Vor zwei Tagen, als er diese Worte an mich gerichtet hatte, lag meine Reise noch in der Zukunft. Jetzt stand ich tatsächlich hier. Unter bewölktem Himmel auf diesem Bahnhof, der nicht mal ein Achtel so groß war wie der von Hannover, gegenüber von der Bahnhofshalle, die mit ihrer hohen roten Backsteinfassade und dem graubraunen Walmdach wie ein Überbleibsel aus dem letzten Jahrhundert wirkte. Wind blies mir übers Gesicht, viel rauer und durchdringender, als ich es von zu Hause gewohnt war. Direkt vor mir, über den Sichtkästen mit den Fahrplänen, prangte ein großes blaues Schild mit weißer Aufschrift: *Westerland (Sylt)*.

Zuvor war ich noch nie am Meer gewesen, geschweige denn auf einer Insel. Ich versuchte mir vorzustellen, dass dieser Ort für die nächsten drei Jahre meine Heimat sein sollte, doch es gelang mir nicht. Ich stand hier, ohne zu wissen, was mich erwartete, und ohne zu wissen, wer mich erwartete.

Die anderen Fahrgäste strömten auf die Bahnhofshalle zu, als würden sie von einem Sog direkt dort hineingezogen werden, bis ich irgendwann fast mutterseelenallein auf dem Bahnsteig war. Übrig blieben nur ich und der Wind. Mit der rechten Hand hielt ich den Griff meines Koffers fest umschlossen und sah immer wieder in dieselben Richtungen, in die ich schon zehnmal geblickt hatte. Am liebsten wäre ich wieder zurück in den Zug gestiegen. Vielleicht hätte ich das sogar getan, hätte ich auch nur ansatzweise gewusst, wohin ich stattdessen fahren sollte. Es fühlte sich an, als könnte ich weder vor noch zurück.

Jeder Schritt in Richtung Bahnhofshalle kam mir steiler vor, dabei war der Boden eben. Irgendwo dort drin, so wusste ich von Dr. Lechner, würde Frau Dr. Flick auf mich warten, und es wäre mir peinlich, wenn sie mich vom Bahnsteig abholen müsste. Mit dem Koffer, durch dessen Gewicht ich eher schiefrecht als aufrecht ging, quetschte ich mich durch die Türen und fand mich in einer braun-weiß gefliesten Halle mit hohen Decken wieder. In der Realität wirkte alles viel kleiner, als es die Bilder aus dem Internet versprochen hatten, so als wäre es nur eine kompakte Version. An den Ticketschaltern, dem Zeitungskiosk und im Reisezentrum herrschte Andrang, die Mitte dagegen war wie leergefegt. Ich stellte mich auf die gegenüberliegende Seite, direkt neben das Schild mit dem Wort *Ausgang*, und wartete.

Dr. Flick sollte rotblonde lockige Haare und ein rundes Gesicht haben, mit einem Meter fünfundsiebzig größer als ich sein und eine braune Handtasche tragen – so hatte sie mir Dr. Lechner beschrieben. Es gab in der ganzen Halle genau zwei Frauen, auf die diese Beschreibung mit viel Wohlwollen und etwas Phantasie passen könnte, keine davon traute ich mich anzusprechen. Eine von den beiden sah hin und wieder in meine Richtung, wirkte aber viel zu jung, als könnte sie bereits Abitur, Studium, Doktorarbeit und den Schritt in die Selbständigkeit vollbracht haben. Dr. Flick war bestimmt über fünfzig.

Die Zeit verging, und nichts tat sich. Entweder sie hatte sich verspätet, oder einer von uns beiden hatte sich mit dem Treffpunkt vertan. Und wenn ich *einer von uns beiden* sagte, dann meinte ich damit mich. Vielleicht wartete sie *vor* der Halle? Der Gedanke machte mich unruhig. Noch einmal blickte ich mich um, dann zerrte ich meinen Koffer hoch und ging Richtung Bahnhofsvorplatz. Nach den ersten Schritten spürte ich auf einmal eine Hand an meinem Arm. Ich zuckte zusammen, der Tragegriff glitt aus meinen Fingern, und der Koffer knallte zu Boden.

«Huch», machte die Frau und sah mich ebenso überrascht an wie ich sie. «Bitte entschuldige, ich wollte dich nicht erschrecken. Ich stand die ganze Zeit dort drüben.» Sie zeigte mit dem Finger auf den Zeitungskiosk. «Ich hätte dich fast nicht erkannt. Erst als du weggingst, dachte ich mir, meine Güte, das ist sie doch, das ist Jana!»

Es war die Frau, die hin und wieder in meine Richtung gesehen und die ich als zu jung eingestuft hatte. Aus der Nähe sah man ein paar Fältchen um ihre Augen, aber auch die ließen sie nicht älter aussehen als Mitte dreißig.

Ich nickte zögerlich, was zur Folge hatte, dass mit einem Mal auch der letzte Zweifel in ihrem Gesicht einem erleichterten Strahlen wich. «Wie schön, dich kennenzulernen!» Sie nahm meine Hand in einen festen Griff. «Ich bin Thea Flick.»

«Hallo», erwiderte ich, etwas abgelenkt durch die Art und Weise, wie sie meine Hand umklammerte und die S-Laute betonte. Es war kein Lispeln, aber ein ganz leises Zischeln, wenn man genau hinhörte. Offenbar hatte sie skandinavische Wurzeln. Oder einen Sprachfehler.

«Mein Kollege Joachim Lechner hat mir anscheinend ein veraltetes Foto von dir geschickt, ich hatte nach einem Mädchen mit langen Haaren Ausschau gehalten.»

Mechanisch fasste ich mir an den Kopf. Ich hatte mich immer noch nicht daran gewöhnt, dass meine Haare schon oberhalb des Nackens endeten. Ich spürte wieder die unsauberen Stufen an den Spitzen und hoffte, dass Dr. Flick sie nicht bemerken würde. Um das zu vermeiden, zog ich meine hellblaue Fischermütze ein bisschen tiefer in die Stirn.

«Hattest du denn eine gute Anreise? Wie lange warst du unterwegs?», wollte sie wissen.

Ich stellte den Koffer wieder auf und platzierte ihn dicht an meiner Seite. «Sechs Stunden von Hannover aus.»

«Wie lange? Sechs?» Sie schüttelte den Kopf. «So lange hätte ich nicht stillsitzen können. Wahrscheinlich hätte ich jedem Fahrgast in unmittelbarer Nähe ein Gespräch aufgezwungen. Und das zur Not mit Gewalt.» Ein Lachen begleitete ihre Worte.

Ich dachte an die Psychologen und Betreuer zurück, mit denen ich bisher zu tun gehabt hatte, und wie sie stets darum bemüht waren, einen seriösen und distanzierten Eindruck zu vermitteln. Dr. Flick handhabte das offenbar anders.

Was ihr Dr. Lechner wohl von mir erzählt hatte? Es war unangenehm, jemanden kennenzulernen, bei dem die Vermutung nahelag, dass er mich längst kennengelernt hatte und mit intimen Details aus meinem Leben vertraut war.

«Wenn du demnächst einen Besuch auf dem Festland machst, musst du unbedingt die Fähre nehmen. Glaub mir, das ist tausendmal schöner, als mit dem Zug über den ollen Damm zu fahren.»

Als ich nicht antwortete und nur verlegen über ihre Ausdrucksweise *ollen Damm* lächelte, sprach sie weiter: «Wollen wir zu meinem Auto? Es steht gleich vorne im Halteverbot.»

Ich nickte und wollte meinen Koffer anheben, da schoss Dr. Flicks Hand ebenfalls an den Griff. «Lass mich mit anpacken, dann musst du das schwere Ding nicht allein schleppen.»

Eigentlich hätte ich ihn lieber selbst getragen, verschwieg das aber und bedankte mich.

Wir betraten das Kopfsteinpflaster des Vorplatzes, ließen das rote Bahnhofsgebäude mit den weißen Fenstern hinter uns und wurden von einer kühlen Windbö empfangen. «An das Küstenklima wirst du dich erst noch gewöhnen müssen», sagte Dr. Flick, die einhändig mit ihrer Frisur kämpfte. «Richtige Windstille gibt es hier kaum, dafür muss man gelegentlich mit einem Orkan oder einer Überschwemmung rechnen.» Sie blickte in den wolkenbehangenen Himmel. «Das Wetter auf Sylt ist immer wieder für eine Überraschung gut. An einem Tag strahlender Sonnenschein und eine seidenglatte See – am nächsten Tag reißt dir ein starkes Unwetter den Schirm aus der Hand, und das Meer schlägt meterhohe Wellen. Für einen Sommer auf Sylt braucht man Sonnencreme und eine Regenjacke.»

Weil Dr. Flick ein bisschen größer war als ich, hatte ich Schwierigkeiten beim Auspendeln des Koffergewichts und musste meinen Arm die meiste Zeit höher halten, was mir in den Muskeln schon nach kurzer Zeit weh tat.

«Hast du Sonnencreme und Regenjacke dabei?», fragte sie.

Etwas verzögert antwortete ich und hasste meine Stimme dafür, dass sie heiser klang: «Sonnencreme nicht. Aber eine Regenjacke.» Ersteres würde ich ohnehin nicht brauchen. Ich besaß kein einziges kurzärmliges Oberteil.

«Das sollte kein Problem sein, jetzt im Juli bekommt man Sonnencreme an jeder Ecke.» Sie zwinkerte mir zu.

Schon seit dem Moment, als wir den Vorplatz betreten hatten, waren mir am anderen Ende die aus dem Boden ragenden grünen Betonfiguren aufgefallen, um die sich eine Gruppe von Touristen geschart hatte. Als wir näher kamen, erkannte ich, dass die Figuren gepäcktragende Menschen darstellten. Mit ihrer schiefen Körperlage kämpften sie buchstäblich gegen den Wind. Die Touristen waren nicht mal halb so groß und wirkten dagegen wie Winzlinge.

«*Reisende im Wind*», sagte Dr. Flick, die meinen Blick bemerkt hatte. «So heißt das Kunstwerk.» Ihre Betonung des Wortes *Kunstwerk* ließ Raum für Spekulation, ob sie das Gebilde wirklich für Kunst erachtete oder vielleicht doch eher für überdimensionalen grünen Quatsch.

Beim Überqueren des Platzes beobachtete ich das Treiben und wäre um ein Haar gegen einen Fahrradfahrer gelaufen. Irgendwie wimmelte es hier von denen.

Nicht weit vom Bahnhof stand ein feuerrotes kleines Auto, auf das Dr. Flick zielstrebig zusteuerte. Ihr erster Blick galt den Scheibenwischern auf der Windschutzscheibe. «Kein Strafzettel!», rief sie und streckte die Arme jubilierend über den Kopf. Gleich danach öffnete sie den Kofferraum, wuchtete mit mir zusammen den Koffer hinein und räumte dann etwas peinlich berührt Kugelschreiber, Notizzettel und jede Menge leere Schokoladenriegelverpackungen von den Vordersitzen, um sie auf die Rückbank zu werfen. «Ich bin furchtbar unordentlich», entschuldigte sie sich. «Ich hoffe, es stört dich nicht allzu sehr. Ich war spät dran und hatte keine Zeit mehr, hier klar Schiff zu machen.»

«Nicht schlimm», sagte ich, während sie mir bedeutete, auf der Beifahrerseite einzusteigen. Auf jeden Fall war sie keine herkömmliche Frau Doktor.

«An Touristen wirst du dich hier übrigens gewöhnen müssen», sagte sie, als sie den Schlüssel ins Zündschloss steckte und sich anschnallte. «In der Hauptsaison wimmelt es nur so von denen, ganz besonders die älteren Semester sind hier gut vertreten. Man erkennt sie an der Multifunktionskleidung.» Bei ihrem letzten Satz war sie bemüht, sich ein Lachen zu verkneifen. Es endete in einem Schmunzeln. «Aber auch viele jüngere Familien machen hier Urlaub. Westerland ist zwar wahrlich nicht das günstigste Pflaster, aber zum Glück ist es hier noch lange nicht so wie in Kampen.»

Während der Fahrt sah ich mir die Häuser an, die selten höher waren als drei Etagen. Alles wirkte fremd auf mich. Die Fassaden waren in Pastelltönen oder roten Backsteinen herausgeputzt und die umlaufenden Gärten von weißen Holzzäunen umrahmt. Nur die klassischen Betonbauten mit ihren gleichförmigen Balkonen, die sich immer wieder wie Fremdkörper zwischen die hübschen Häuser drängten, gaben dem Ort eine Wirklichkeit. Auch die ein oder andere Villa säumte den Straßenrand, mehr Alt- als Neubauten, die alle umgeben von derselben Aura waren, dass man das Grundstück besser nicht betreten sollte.

Ob Klaas Völkner auch eine dieser Villen besaß? Immerhin war er Architekt, und die gehörten bekanntlich nicht zu den Geringverdienern. Ich erinnerte mich an mein einziges Treffen mit ihm, an seine beige Hose, das schneeweiße Hemd und den schwarzen Pullunder darüber. Elegant und trotzdem normal. Eine Villa würde irgendwie nicht zu ihm passen. Ich hoffte, dass ich mich nicht täuschte.

«Bist du sehr aufgeregt, Jana?» Dr. Flick warf mir einen kurzen Seitenblick zu. So viel, wie sie lächelte, machte es den Eindruck, als würde sie mich ebenfalls zu einem solchen animieren wollen.

Ich zuckte mit den Schultern und sah vor mich auf die Armatur, auf der in großen Lettern das Wort *Airbag* stand. «Ein bisschen», erwiderte ich.

«Nur ein bisschen? Ich wäre an deiner Stelle furchtbar aufgeregt.» Sie setzte den Blinker und bog an einer Kreuzung links ab. «Du hast Klaas nur einmal getroffen. Die anderen kennst du noch gar nicht, musst dir aber von heute auf morgen ein Haus mit ihnen teilen. Mir würde der Hintern auf Grundeis gehen.»

So recht konnte ich ihr nicht glauben, mir kam es vor, als würde ich mir doppelt sosehr in die Hose machen, als jeder andere es tun würde. Mein Schweigen und mein Gesichtsausdruck ließen sie weitersprechen.

«Ich meine ... Ein komplett neuer Ort, komplett neue Menschen, komplett neue Lebensumstände – es ist ganz normal, dass du überfordert bist. Jeder wäre das.» Sie sah mich an, zu lange für meinen Geschmack. Ich lenkte den Blick wieder aus dem Fenster.

«Ich kenne Klaas und seine Frau Anke schon seit vielen Jahren, wir sind befreundet. Hat dir Dr. Lechner davon erzählt?»

«Nicht wirklich», murmelte ich.

«Und was genau hat er dir erzählt?»

Ich blies Luft durch den Mund und dachte angestrengt nach. «Ich weiß nur, dass Sie und Dr. Lechner sich von irgendwelchen Fortbildungen kennen», sagte ich. «Sie sind wiederum mit Herrn und Frau Völkner bekannt, und dadurch kam der Kontakt zustande.»

«Das ist alles?» Sie schaltete in einen anderen Gang, woraufhin der Motor ein schleifendes Geräusch machte. Diese Tatsache schien sie aber kein bisschen zu stören. «Möchtest du die etwas ausführlichere Fassung hören?»

Ich nickte.

«Ich habe Klaas vor zehn Jahren auf einem Schulfest kennengelernt. Er unterstützte ehrenamtlich das Neubauprojekt der dortigen Turnhalle, während ich neben meinem Studium ein Praktikum bei der Schulpsychologin machte. Ich bin ein großer Fan seiner Projekte, ganz besonders von dem, in dem auch du jetzt einen Platz gefunden hast.» Sie warf einen Blick in den Rückspiegel und reihte sich in einer Linksabbiegerspur ein. Irgendwo hinter uns hupte es. «Die Welt ist nicht immer gerecht», sprach sie weiter. «Diejenigen, die am dringendsten eine Chance benötigen, bekommen keine. Klaas möchte daran etwas ändern, er hat den Betrieb und die Möglichkeiten dazu. Und er freut sich auf dich. Außer dir gibt es dort übrigens noch vier andere, alle in deinem Alter, zwischen achtzehn und dreiundzwanzig. Mit neunzehn passt du da also genau rein.»

Dass alle in derselben Altersklasse waren, hatte ich mir schon gedacht, aber auch die Bestätigung konnte mich nicht beruhigen. In dem betreuten Wohnheim, das zuletzt mein Zuhause gewesen war, bestand meine Gruppe ebenfalls aus Gleichaltrigen, trotzdem hätten die Schluchten zwischen uns nicht größer sein können. Ich fasste mir wieder in die Haare, fuhr mit den Fingern über die ungeraden Kanten.

«Du brauchst nicht zu denken, dass du morgen gleich anfangen musst zu arbeiten», sagte sie. «Klaas wird dir ein paar Tage Zeit zum Eingewöhnen geben. Deine Lehrstelle beginnt offiziell zum 1. August, die dreißig Tage bis dahin wird er dich langsam an den neuen Arbeitsalltag heranführen.»

Den Bonus des einmonatigen Einlebens hatten die anderen Mitbewohner nicht gehabt, es war eine Übergangslösung, die mir Herr Völkner angeboten hatte, weil es – wie er und Dr. Lechner es ausgedrückt hatten – *eilte*. Es war tatsächlich alles sehr schnell gegangen. Vor vier Wochen war Herr Völkner beruflich in Hannover gewesen und hatte mich spontan zum Vorstellungsgespräch in die Lobby eines Hotels geladen. So stockend und unbeholfen ich ihm auf seine Fragen antwortete, hätte ich nicht gedacht, jemals wieder ein Sterbenswort von ihm zu hören. Drei Tage später rief er mich an und sagte mir, dass ich die Ausbildung bei ihm beginnen könne. Es war total verdreht: All die Aspekte, die andere Arbeitgeber davon abhielten, mich einzustellen, schienen für ihn genau die überzeugenden Argumente zu sein, es zu tun.

«Jetzt wirkt alles noch sehr befremdlich und einschüchternd auf dich», fuhr Dr. Flick fort, «aber ich bin sehr zuversichtlich, dass du dich bei den Völkners schnell eingewöhnen wirst. Einer meiner Patienten ist auch dort, er hat sich am Anfang sehr schwer getan. Inzwischen hat er sein erstes Lehrjahr hinter sich und würde seine Stelle für nichts in der Welt wieder hergeben. Ist das nicht wunderbar? Du musst nur dir selbst und der neuen Situation ein bisschen Zeit geben. Außerdem darfst du nie vergessen, dass du das alles nicht allein bewältigen musst. Ich würde dich gerne dabei unterstützen.»

So, wie sie das sagte, klang es tatsächlich so, als würde sie das auch so meinen. Ich rang mir ein kurzes Lächeln ab und sah wieder aus dem Fenster. Die Umgebung veränderte sich allmählich, die Häuser wurden weniger und durch größere, sandige, mit hohen Gräsern bewachsene und typisch norddeutsche Naturabschnitte ersetzt. Ich fühlte mich wie in einer Postkarte.

«Wohnt Herr Völkner außerhalb von Westerland?», fragte ich.

Dr. Flick lenkte das Auto um eine Kurve, und im nächsten Moment konnte ich zum ersten Mal in meinem Leben das Meer sehen. Es wirkte mattblauer und weniger strahlend als erwartet, was wahrscheinlich an dem bewölkten Himmel lag. Ein breiter heller Strand schlängelte sich am Ufer entlang, überall standen Strandkörbe, die aus der Entfernung wie kleine weiße Pilze aussahen.

«Nicht weit auswärts, aber ein bisschen. Wir sind gleich da.»
Ich zupfte meinen Pullover nach unten, der auf Hüfthöhe ein bisschen hochgerutscht war. Es war der falsche Moment, um zum ersten Mal das Meer zu sehen. Ich konnte es kaum wertschätzen. Auch der Anblick der Schafe, die über das Grün verteilt standen und unermüdlich Gras kauten, konnte nichts gegen meine ansteigende Nervosität ausrichten.

Wir fuhren eine kleine Küstenstraße entlang, die von einem Damm gesäumt wurde, bis nicht weit vom Meer entfernt ein Haus auftauchte. An der Bauweise erkannte ich sofort, dass wir angekommen waren. Das Gebäude wirkte viel moderner als die in der Stadt, das erste Geschoss war komplett verglast, die restlichen Fassaden hatten einen weißen oder anthrazitfarbenen Anstrich. Dahinter lag ein Anbau, den ich von der Straße aus kaum einsehen konnte. Das Grundstück wirkte riesig, bestand hauptsächlich aus Rasen und an den Rändern aus Büschen und Bäumen. Die einzigen Blumen, die ich sah, standen in Töpfen vor der Haustür.

Das kleine rote Auto von Dr. Flick wurde langsamer, bog auf den Kiespfad ein, der zum Haus führte, und kam vor der Garage mit den zwei breiten Toren zum Stehen. Ich wäre am liebsten für die nächsten Stunden sitzen geblieben, um das Gebäude, das mein neues Zuhause werden sollte, aus sicherer Entfernung zu betrachten, doch Dr. Flick löste ihren Gurt und öffnete die Tür. Als sie ihren linken Fuß schon nach draußen gesetzt hatte, presste ich ein «Danke» hervor.

Sie sah über ihre Schulter zu mir. «Wofür?»

«Weil Sie mich hergebracht haben.» Ich räusperte mich. «Und mich begleiten.»

Es dauerte einen Moment, dann lächelte Dr. Flick. «Um ehrlich zu sein, mache ich das sehr gerne. Ich finde es schön, dich auf neutralem Weg kennenzulernen.»

Nicht wirklich wissend, was ich darauf erwidern sollte, nickte ich nur und stieg aus dem Auto. Mit meinem Koffer zwischen uns liefen wir zur Haustür. Ich atmete tief durch, und Dr. Flick drückte die Klingel.

KAPITEL 2

Statt eines normalen *Ding-Dongs* ertönte eine sanfte, angenehme Melodie als Türglocke, deren letzte Ausläufer noch nicht verklungen waren, als uns bereits geöffnet wurde. Herr Völkner sah genau so aus, wie ich ihn in Erinnerung hatte: die Haare an den Seiten leicht gräulich und zurückgekämmt, elegante, aber schlichte Kleidung und ein nahezu minimalistisches Bäuchlein, das sich durch den feingewebten Stoff seines Pullovers abzeichnete. Nur dass er im Türbogen seiner eigenen Haustür trotzdem ein bisschen anders wirkte, irgendwie weniger offiziell, als noch vor ein paar Wochen in der Hotellobby.

Meine Hand war klatschnass, als ich sie ihm reichte. Die Hoffnung, dass er das vielleicht nicht bemerkte, zerstörte ich mir selbst, indem ich darüber sinnierte, wie hoch wohl die Wahrscheinlichkeit war, in einen Eimer Wasser zu fassen, ohne zu bemerken, dass er nass war.

«So schnell sieht man sich wieder», sagte er mit einem Lächeln, das sich nach und nach auch über die Fältchen um seine Augen legte. «Hattest du eine gute Anreise?»

«Hallo, Herr Völkner. Ja, danke, hatte ich.»

«Das freut mich zu hören.» Noch bevor die kurz aufgekommene Stille unangenehm werden konnte, sprach er weiter: «Aber wenn du nichts dagegen hast, können wir die förmliche Anrede gleich ablegen. Für die berufliche Zusammenarbeit ist Siezen immer die bessere Variante, aber wenn man im selben Haus lebt, klappt das einfach nicht. Ich bin für alle hier Klaas.»

Wenn es möglich war, schwitzten meine Hände jetzt noch

mehr. Eine adäquate Antwort fiel mir nicht ein, stattdessen beobachtete ich im Stillen, wie er und Dr. Flick sich nun ebenfalls begrüßten. Eine Umarmung wie bei guten Freunden, jedoch nicht so eng wie bei besten Freunden.

«Meine Frau hat sich ein bisschen verspätet», sagte er und drehte das Handgelenk, um einen Blick auf seine mattschwarze Armbanduhr zu werfen. «Sie müsste eigentlich jeden Moment eintreffen. Was meint ihr, wollen wir uns bis dahin das Haus anschauen?»

Ich nickte zaghaft, als würde ich das für eine gute Idee halten. In Wahrheit wünschte ich mich zurück in den Zug.

Mit einer ausladenden Handbewegung ließ mich Dr. Flick zwischen sich und Herrn Völkner hindurchgehen. Obwohl er mir das Du angeboten hatte, konnte ich mir nicht mal in Gedanken vorstellen, ihn tatsächlich beim Vornamen zu nennen. Er war mein Vorgesetzter, eine Respektsperson, und verweilte schon fast dreimal so lange auf dem Planeten wie ich.

Flankiert von den beiden, war es mir auf einmal peinlich, dass Dr. Flick mich begleitete. Wahrscheinlich würden die anderen Bewohner denken, ich würde das nicht allein schaffen und bräuchte jemanden, der mir die Hand hielt. Von den anderen Bewohnern war aber bisher zum Glück niemand in Sicht. So ruhig, wie es in den Räumen mit den hohen Decken war, schienen wir allein zu sein.

Herr Völkner führte uns durch ein modernes und hell eingerichtetes Wohnzimmer mit einer eckförmigen Sofalandschaft, deren Größe dem Ausdruck *Landschaft* alle Ehre machte. Die einzigen Farbkleckse im Raum waren Gemälde, die, wenn man sie länger betrachtete, eine Geschichte erzählten. Anfangs war nur ein junger Mann mit blassem Gesicht vor einem farblosen, kahlen Hintergrund abgebildet, irgendwann kam eine Frau an seine Seite, die Bilder wurden bunter und lebendiger, zwei

Kinder standen auf einmal neben den beiden, das Farbenspiel nahm zu, wurde immer wärmer und fröhlicher, gleichzeitig wurden die Personen auf jedem Bild älter. Irgendwie erwartete ich bei dem letzten Gemälde eine nochmalige Steigerung der Buntheit, ein Finale in den schönsten Farben, stattdessen kam es ganz anders. Das letzte Bild in der Reihe war schwarzweiß, so trostlos und kahl wie das allererste. Es zeigte den Mann, wie er mit dem Rücken an einem Baum saß und auf drei Gräber blickte. Seine Frau und seine Kinder.

«Die habe ich von einem Straßenmaler aus New York», sagte Herr Völkner. Die Hände in den Hosentaschen, stellte er sich neben mich und betrachtete mit mir zusammen die Bilder. «Die einen sagen, dass die Geschichte schön wäre, die anderen, dass sie traurig wäre. Ich kann mich manchmal nicht entscheiden, wie ich sie finde. Wie wirkt sie auf dich?»

Mein Blick war auf den alten Mann im letzten Bild gerichtet. «Vielleicht ist es manchmal gut, dass man nicht weiß, wie etwas ausgeht, weil es sonst niemals bunt werden könnte.»

Er sah mich einen Moment an, dann lächelte er einseitig.

In der braunen Handtasche von Dr. Flick begann es zu vibrieren, und noch während sie nach dem Handy kramte, gesellte sich zu dem Vibrieren eine lautstarke Melodie hinzu. *Always look on the bright side of life, düdüm, düdümdüdümdüdüm,* hallte es durchs Wohnzimmer. War das makabrer Psychologen-Humor? Dr. Flick entschuldigte sich bei uns, nahm den Anruf entgegen, und das Lied verstummte. Ins Gespräch vertieft, ging sie die paar Schritte zurück zum Eingang, sodass mich Herr Völkner allein durch die Küche und das Esszimmer führte. Ich wunderte mich, weshalb er das tat, denn dem Anschein nach wohnten in diesem Teil des Hauses nur er und seine Frau. So sauber, wie die Einrichtung und das Parkett wirkten, mussten die Völkners entweder einen Putzfimmel oder eine eifrige

Haushaltshilfe haben. Es sah aus wie in einem Möbelhaus. Das Esszimmer war durch einen breiten Durchgang direkt von der Küche aus zu erreichen, und der darin stehende Holztisch war fast so groß wie der Raum selbst. Vor den bodentiefen Fenstern wehten lange weiße Vorhänge, die so dünn waren, dass man durch sie hindurchsehen konnte.

«Ich versuche euch so viele Freiheiten wie möglich zu lassen», sagte Herr Völkner, der jetzt hinter mir stand. «Ein paar wenige Regeln gibt es allerdings schon. Eine davon lautet, dass wir uns alle täglich um 19 Uhr an diesem Tisch zum Abendessen treffen.»

Eine komische Regel. Ich hatte zwar noch nie eine Ausbildung gemacht, aber mit dem Chef gemeinsam zu essen hörte sich nicht wie der normale Ablauf einer solchen an.

«Welche Regeln gibt es denn noch?», fragte ich zögerlich.

«Nur ein paar wenige, aber das eilt nicht. Komm erst mal in Ruhe an, alles Weitere erkläre ich dir die Tage.»

Und was wäre, wenn ich bis dahin aus Versehen irgendeine der Regeln brach? Würde ich als Konsequenz entlassen werden? Ich hätte lieber gleich gewusst, was es zu beachten galt, dann hätte ich mich sicherer gefühlt, aber Herr Völkner bedeutete mir, ihm zurück ins Wohnzimmer zu folgen. Auf den letzten Metern kam uns Dr. Flick entgegen, die ihr Handy gerade zurück in die Handtasche stopfte.

«Tut mir leid», sagte sie. «Das war ein junger Patient, der erst seit wenigen Wochen bei mir in Therapie ist und dringend einen Rat brauchte. Gefällt dir denn das Haus bisher, Jana?»

Ich ließ den Blick noch einmal schweifen. Solche modernen Häuser hatte ich bisher nur auf Bildern gesehen, beeindruckend, keine Frage, aber meistens zu steril und perfekt, als dass ich jemals den Wunsch verspürt hätte, in solchen Räumlichkeiten zu wohnen. Das Haus der Völkners wirkte trotzdem warm und wohnlich. Ich bejahte, während meine Augen noch immer mit dem Festhalten der vielen Details beschäftigt waren. Zum Beispiel, dass die Orchideenpflanze auf der Kommode genau dieselbe purpurne Farbe hatte wie die Vorhänge gegenüber oder die Stuhlkissen im Esszimmer.

«Darüber wird sich meine Frau bestimmt freuen, sie hat es mit viel Liebe eingerichtet und alles aufeinander abgestimmt.» Bei unserem ersten Treffen hatte er mir erzählt, dass seine Frau Innenarchitektin war, während er sich auf das Planen und Bauen von Gebäuden konzentrierte. *Außenarchitektur,* hatte er das genannt. «Dann lasst uns mal in den Anbau wechseln», schlug er vor. «Wahrscheinlich ist das für dich ohnehin viel interessanter, Jana. Dort wird schließlich dein Zuhause für die nächsten drei Jahre sein.»

Drei Jahre. Diese Zahl klang in dem Moment wie ein halbes Leben. Mir wurde noch flauer im Magen. Würde ich jetzt auf die anderen Bewohner treffen?

Als Herr Völkner am Ende des Flurs eine Tür öffnete, die wie eine Haustür mitten im Wohnbereich aussah, kam Dr. Flick an meine Seite und nickte mir aufbauend zu. Sechs Stufen und ein gläsernes Treppengeländer führten direkt in einen offenen Wohnbereich. Langsam stieg ich die Stufen nach oben und betrat einen hellen Holzboden. In der Ecke stand eine vanillefarbene Einbauküche, daneben ein großer Tisch und direkt gegenüber ein Viersitzersofa. Alles wirkte nicht so edel und exklusiv wie in der Küche von Herrn Völkner, dafür jugendlicher und durch die vielen Pflanzen mehr zum Wohlfühlen als nur zum bloßen Kochen. Ich war erleichtert, dass außer uns keiner hier war.

«Das ist einer von zwei Gemeinschaftsräumen», begann Herr Völkner. «Durch die Glastür da hinten gelangt man zur Terrasse. Ihr dürft selbstverständlich auch den Garten mitbenutzen.

Außerdem gibt es eine separate Eingangstür. Am Kühlschrank hängt ein Haushaltsplan – einkaufen, putzen, staubsaugen und so weiter. Es ist wichtig, dass sich alle daran halten.»

So gut wie möglich versuchte ich auf jedes einzelne seiner Wörter zu achten, aber die vielen neuen Eindrücke waren wie eine Schere im Faden meiner Konzentration. Ständig wurde meine Aufmerksamkeit auf etwas anderes gelenkt, seien es die herumliegenden Turnschuhe und die Frage nach deren Besitzer, das Bild mit den schwarzen Klecksen an der Wand oder so etwas Banales wie die Dose mit den Schokoladen-Cornflakes auf dem Küchentresen.

«Außer dir wohnen hier noch drei Jungs und ein Mädel», sprach er weiter. «Vanessa macht eine Ausbildung zur Raumgestalterin, Tom wird Kaufmann für Bürokommunikation, Collin absolviert genau wie du eine Lehre zum Bauzeichner, ist dir allerdings ein Jahr voraus, und Lars lernt alles über die Feinheiten eines Landschaftsgärtners.»

Wieder nickte mir Dr. Flick auf diese aufbauende Weise zu, was mich langsam befürchten ließ, dass ich meine sich überschlagenden Gedanken nicht nur im Kopf, sondern auch auf der Stirn trug. Ich räusperte mich und versuchte jegliche Transparenz aus meinem Gesicht verschwinden zu lassen.

Das Wohnzimmer mündete in einen ungewöhnlich breiten Gang, an dessen Ende eine Wendeltreppe nach oben führte. Tageslicht drang durch das verglaste Treppenhaus und leuchtete in den Flur. Ich zählte vier Türen im Erdgeschoss, und gleich vor der ersten blieb Herr Völkner stehen. «Es gibt zwei Etagen mit insgesamt fünf Schlafzimmern. Unten drei, oben zwei. Das hier ist Toms Zimmer», sagte er und klopfte. Doch es folgte keine Reaktion.

«Er scheint nicht da zu sein. Ohne seine Erlaubnis will ich sein Zimmer nicht betreten, aber ich denke, es ist in Ordnung für ihn, wenn wir von der Schwelle aus einen kurzen Blick hineinwerfen.»

Er ließ die Tür nur so lange offen, dass ich mich einmal in alle Richtungen umsehen konnte. An den Wänden hingen Poster von Autos und halbnackten Frauen, ein paar wenige Klamotten lagen verstreut auf dem Boden, hauptsächlich Jeanshosen und T-Shirts, unter dem Fenster stand ein Schreibtisch und daneben das ein Meter vierzig breite Bett.

Vor meinen Augen zog Herr Völkner die Tür wieder zu. «Eins weiter wohnt Lars, vielleicht haben wir bei ihm mehr Glück.»

Kaum hatte er gegen das weiße Holz geklopft, hörte man aus dem Inneren ein leises «Ja?».

«Ich bin's, Klaas. Jana ist angekommen, und ich würde ihr gerne das Haus zeigen. Dürfen wir kurz rein?»

Man hörte ein leises Rascheln, ein langgezogenes «Momehent!» und kurz darauf ein «Könnt reinkommen!».

Herr Völkner neigte den Kopf in meine Richtung und sagte leise: «Tun wir einfach so, als hätten wir nicht gehört, dass er den rumliegenden Müll schnell unters Bett geräumt hat.»

Lars war dunkelblond, hatte hellblaue Augen, trug eine Brille, war einen Kopf größer als ich und stand etwas unbeholfen mitten im Raum. In seinem Zimmer hingen nur Plakate über Landschaftsbau an den Wänden. Das Bücherregal war doppelt so groß wie der Kleiderschrank und bis oben hin mit literarischen Werken gefüllt.

«Jana, das ist Lars – Lars, das ist Jana, unsere neue Verstärkung.»

«Hi», sagte er.

«Hallo», gab ich zurück. Danach wurde es still.

Herr Völkner ließ den Blick ein paarmal von mir zu Lars schweifen, als würde er darauf warten, dass wir uns doch noch mehr zu sagen hätten. Das trat aber nicht ein. Und schließlich setzten wir den Hausrundgang fort.

Im nächsten Zimmer, so erklärte Herr Völkner, wohnte Vanessa. Nachdem auch sie auf das Klopfen nicht reagierte, ließ er mich genau wie bei Tom für einen Moment in den Raum linsen. Eigentlich konnte man ihr Zimmer mit einem Wort beschreiben: pink. Pinke Vorhänge, pinke Bettwäsche, pinker Schreibtisch und ein weißer Kleiderschrank mit pinken Streifen.

Die letzte Tür im Erdgeschoss führte zum Badezimmer, oder wie Herr Völkner es nannte: «Der Ort, um den sich jeden Morgen gestritten wird.» Während er und Dr. Flick nach Antworten für dieses Phänomen suchten, da es im ersten Geschoss offenbar ein weiteres Bad gab, um das sich aber nicht gestritten wurde, betrat ich den Raum, der in Weiß und Anthrazit gehalten war. Jede Menge Shampoos und Duschgels standen auf der Ablage über der Badewanne, und über den Handtuchhaltern prangten drei unterschiedliche Namen: *Tom*, *Lars* und *Vanessa*.

Im Anschluss gingen wir die Wendeltreppe nach oben in den ersten Stock. Durch das verglaste Treppenhaus konnte ich den Garten hinter dem Haus einsehen, der sich bis zu den ersten Sanddünen erstreckte. Ob dahinter das Meer lag? Der Blick, den ich vom Auto aus auf die Wellen hatte werfen können, war viel zu kurz gewesen.

Eine große Diele kam nach der letzten Treppenstufe zum Vorschein. Durch zwei riesige Dachfenster fiel Licht auf uns herab und brach sich in der glatten Oberfläche des hellen Holzbodens. An den Flügelseiten der Diele lagen sich zwei Türen gegenüber, zwei weitere gingen direkt von der Mitte ab. Herr Völkner bog auf die rechte Flügelseite und blieb vor der einzigen Tür dort stehen.

«Collin?», fragte er und hob die Hand zum Klopfen. Aber auch nach dem zweiten Rufen blieb es mucksmäuschenstill.

«Scheint so, als wären heute alle ausgeflogen. Und das, obwohl Samstag ist, offizieller Gammeltag, wie ich gelernt habe. Dann werfen wir eben auch nur einen kurzen Blick hinein.»

Das Zimmer wirkte durch die Dachschrägen wie ein riesengroßes Zelt, eine Art Höhle, in die man sich jederzeit verkriechen konnte. Durch die Glastür gegenüber vom Bett war ein Balkon zu sehen, und unter einer Schräge stand ein Schreibtisch, übersät mit Stiften in den verschiedensten Farben, Papierblättern und Büchern mit schwarzen Umschlägen. Collin war der einzige Name, den ich mir vorhin gemerkt hatte, weil er ebenfalls eine Lehre zum Bauzeichner machte. Brauchte man wirklich so viele Stifte für diesen Beruf?

Noch während ich mir diese Frage stellte, zog Herr Völkner die Tür wieder zu. Nun waren nicht mehr viele Räume übrig. Welcher davon würde meiner werden? Und würde ich überhaupt ein eigenes Zimmer bekommen?

«Hierhinter verbirgt sich der erwähnte zweite Gemeinschaftsraum», sagte Herr Völkner und steuerte auf eine angelehnte Tür in der Mitte der Diele zu. Zwei schwarze Sofas, zwei bunte Sitzsäcke, ein Fernseher, eine Spielekonsole, ein DVD-Player und ein paar Regale standen im Raum. An der Wand hing ein Bild von einem Steg, der in einen vernebelten und in der Abenddämmerung lila leuchtenden See mündete. Auf dem Sofa darunter lag jemand, das wurde mir erst jetzt bewusst. Ein junger, schwarzhaariger Mann, der den Kopf auf ein zusammengeknautschtes Kissen gebettet hatte und sich mit ausgestrecktem Arm durch verschiedene Fernsehkanäle zappte. Er war älter als ich, eher Mitte als Anfang zwanzig.

«Endlich doch noch jemand, der dem Gammeltag alle Ehre macht. Ich war ja schon fast besorgt», sagte Herr Völkner. «Tom, darf ich dir Jana vorstellen? Ich zeige ihr gerade das Haus.»

Tom hob den Arm und sagte: «Servus.»

Ich erinnerte mich an seine Poster von den halbnackten Frauen und brachte nur ein leises «Hallo» hervor.

«Wahrscheinlich brauche ich gar nicht viel zu erklären», wandte sich Herr Völkner wieder an mich. «Es ist ein ganz normaler Gemeinschaftsraum. Jeder darf rein, wann immer er möchte. Und lass dir bloß nicht einreden, dass eine Rangordnung bei der Bestimmung des Fernsehprogramms besteht.»

Viel mehr als nicken konnte ich nicht, auch wenn mich meine immer gleiche Reaktion auf alles, was Herr Völkner sagte, langsam selbst zu nerven begann.

Eine Tür weiter befand sich das zweite Badezimmer. Es war fast baugleich mit dem im Erdgeschoss, nur dass es ein Dachfenster und hellgrüne statt blaue Teppichvorleger hatte. Auf dem Waschbeckenrand stand nur ein einziger Becher mit Zahnbürste.

Danach blieb nur noch eine letzte Tür. Es war die im linken Flügel, gegenüber von Collins Zimmer.

«Home sweet home», sagte Herr Völkner, als er sie lächelnd aufstieß. Langsam schritt ich in den großzügigen Raum, als würde ich kein Zimmer, sondern eine Kirche betreten. Hohe weiße Wände, Dachschrägen und eine Tür, die auf einen Balkon führte. In der einen Ecke stand ein weißes Bettgestell mit nackter Matratze, in der gegenüberliegenden ein gleichfarbiger Schreibtisch – sonst nichts. Ich steckte die Hände in die hinteren Hosentaschen und sah mich um.

«Na, was meinst du, Jana?», hörte ich Dr. Flick fragen. «Hier kann man durchaus wohnen, oder?»

Hier könnte man nicht wohnen, hier könnte man leben.

«Es ist schön», sagte ich leise. «Sehr schön.»

«Das Mädchen, das vor dir in dem Zimmer wohnte, hieß Sarah», hörte ich Herrn Völkners Stimme ruhig aus dem Hintergrund sagen. «Sie hat vor kurzem ihre Prüfungen bestanden und bereits eine Anstellung auf dem Festland gefunden. Das Bett hat sie hiergelassen, es war ihr zu klein. Und den Schreibtisch habe ich vor ein paar Tagen besorgt, damit zumindest die grundlegenden Möbel vorhanden sind.»

Das Bett war neunzig Zentimeter breit, ein anderes hatte ich ohnehin noch nie gehabt, es war völlig ausreichend. «Danke», murmelte ich.

«Du kannst dir das Zimmer gerne einrichten, wie du möchtest», fuhr er fort. «Jetzt wirkt alles noch kahl, aber mit ein bisschen Farbe, vielleicht der ein oder anderen Tapete und den richtigen Möbeln kannst du dir im Handumdrehen ein kleines Paradies zaubern.»

Farbe, Tapete, Möbel ... Nichts davon würde ich mir leisten können, daher schüttelte ich den Kopf. «Es ist in Ordnung, wie es ist, Herr Völkner.»

«Klaas», verbesserte er. «Wir waren beim Du, schon vergessen?»

Ich nickte.

«Und was hast du gegen ein bisschen Farbe einzuwenden?» In seiner Stimme schwang leichte Amüsiertheit mit.

«Nichts ... Nur dass so was momentan nicht in mein Budget passt. Aber das ist nicht schlimm. Das Zimmer ist toll.»

Er zwinkerte mir zu. «Da bist du nicht die Einzige mit diesem Problem. Genau genommen haben das alle Neuen, dafür gibt es längst eine Lösung. Ich lege dir die Anschaffungskosten für deine Einrichtung aus und behalte jeden Monat fünfzig Euro von deinem Gehalt ein, bis die Ausgaben abgeglichen sind.»

Ich fühlte mich überfordert von so viel, nahezu übertriebener Nettigkeit. Eine Ausbildung, ein Dach über dem Kopf – was denn noch alles?

«Das ist sehr freundlich, aber ich denke nicht, dass ich das annehmen kann. Ich möchte keine Schulden machen, sondern mir die Möbel irgendwann selbst leisten können.»

Nun wirkte er ein bisschen überrascht, fast schon vor den Kopf gestoßen. «Du möchtest für die nächsten Monate in einem kahlen Zimmer leben? Das brauchst du nicht. Für mich ist das kein Problem, ich habe das bisher mit jedem so gehandhabt. Du solltest das noch mal überdenken, Jana. Wir können auch zusammen in Möbelhäuser oder Baumärkte fahren. Morgen ist Sonntag, aber unter der Woche nach Feierabend oder an einem der nächsten Samstage kann ich mir gerne Zeit für dich nehmen.»

Langsam schüttelte ich den Kopf, als sich Dr. Flick einmischte.

«Weißt du, Jana», sagte sie und trat ebenfalls ein paar Schritte ins Zimmer, «ich kann das gut verstehen, ich leihe mir auch nur sehr ungerne etwas. Irgendwie habe ich immer Angst, es nicht zurückgeben zu können. Aber vielleicht hilft es dir, das Geld nicht als Schulden anzusehen, sondern eher als eine Art... na ja ... Kredit? Gerade in einer neuen Umgebung ist es wichtig, dass man sich wohlfühlt. Und du bist nicht nur in diesem Zimmer und dem Haus neu, sondern hast von heute auf morgen deine Heimat gewechselt. Es wäre schön, wenn du einen eigenen Ort für dich ganz allein hättest, in dem du dich zu Hause und geborgen fühlen kannst.»

Ich sah die beiden an und dann wieder zurück ins Zimmer. Natürlich wäre die Vorstellung schön, einen Raum zum Wohlfühlen zu haben, aber man konnte ja nicht behaupten, dass es sich derzeit um eine Bruchbude handelte, und so recht wollte mir der Unterschied zwischen *Schulden* und einem *Kredit* auch nicht einleuchten.

«Du kannst in Ruhe darüber nachdenken, ich möchte dich zu nichts drängen. Das Angebot steht jedenfalls», sagte Herr

Völkner, bevor im nächsten Moment sein Handy klingelte. Nach einer kurzen Entschuldigung wandte er sich ab, um das Gespräch anzunehmen, und ich sah in eine andere Richtung, um nicht den Eindruck zu erwecken, ich würde lauschen.

«Das war meine Frau», erklärte er, sobald er aufgelegt hatte. «Der Termin mit dem Kunden hat sich ein bisschen in die Länge gezogen. Aber sie ist jetzt auf dem Nachhauseweg.»

«Selbständig kommt von selbst und ständig, was?», fragte Dr. Flick.

«Tja, einen anderen Ursprung kann das Wort kaum haben», seufzte er.

Eigentlich hätte ich mir gerne noch den Balkon angeschaut, aber Herr Völkner und Dr. Flick gingen wieder nach unten, sodass ich keine Gelegenheit mehr dazu hatte und ihnen folgte.

Als wir im offenen Wohnbereich mit der vanillefarbenen Einbauküche angelangt waren, öffnete sich die separate Haustür, der eigene Eingang, von dem Herr Völkner gesprochen hatte. Eine großgewachsene, dunkelblonde junge Frau mit langen Beinen trat herein, vollgepackt mit Einkaufstüten. Dicht dahinter folgte ein junger Mann mit einem schweren Korb. Er hatte dunkle Augen, braunes schläfenlanges Haar und ein schmales Gesicht. Um seinen Hals hingen Kopfhörer, deren Kabel unter seinem schwarzen Kapuzenpullover verschwanden. Das mussten Collin und Vanessa sein.

«Es gibt ja doch noch Leben hier im Haus», sagte Herr Völkner, woraufhin die beiden ihren Kopf hoben und uns bemerkten. «Jana hat wahrscheinlich schon gedacht, ich habe euch bloß erfunden.»

Vanessa blieb stehen, sah erst ihren Chef und dann mich an. Von oben bis unten musterte sie mich, und je länger sie das tat, desto mehr schob sich ihre Oberlippe nach vorne und desto abschätziger wurde ihr Blick. «Das ist die Neue?», fragte sie. «Was ist das, ein Mensch oder ein Pilz? Langsam wird es immer peinlicher, hier zu wohnen.» Ihre nächsten Worte murmelte sie nur, trotzdem konnte ich sie deutlich verstehen. «Hoffentlich ist sie nicht so dumm, wie sie aussieht.»

Den Schuss hatte ich nicht kommen sehen, aber ich spürte die Kugel.

Herr Völkner wirkte, als hätte ihn Vanessas Bemerkung selbst für einen Moment aus dem Konzept gebracht. Auf seiner Stirn bildeten sich kleine Falten. «Habe ich mich gerade verhört?», fragte er.

Vanessa verdrehte die Augen und wuchtete die Einkaufstüten mit einem lauten Rumms auf den Esstisch. «Du predigst doch immer Ehrlichkeit, oder etwa nicht, lieber Klaas? Hier hattest du sie eben.»

«Wenn du meine Predigten so aufmerksam verfolgst, dann hast du ja sicher auch jene über Respekt gegenüber den Mitmenschen vernommen.» Sein Tonfall war ruhiger, als es der Ausdruck seines Gesichts vermuten ließ.

Darauf erwiderte sie nichts und räumte scheinbar desinteressiert die Lebensmittel aus der Tasche. Ich spürte die Blicke von Dr. Flick, Herrn Völkner und auch Collin auf mir ruhen. Beleidigungen konnten sehr demütigend sein, aber noch viel größer war der Grad der Demütigung, wenn sie im Beisein von anderen ausgesprochen wurden. Ich fühlte mich, als hätte ich mitten im Scheinwerferlicht meinen Text vergessen.

Collin war der Erste, der dieses beklemmende Gefühl verringerte, indem er mir den Rücken zuwandte und den Inhalt seines Korbs in den Küchenregalen verstaute.

«Vanessa, darüber reden wir heute Abend noch», sagte Herr Völkner schließlich. Für den Moment schien das Thema damit für alle abgeschlossen. Zumindest für alle außer für mich.

Wir wechselten zurück ins Vorderhaus, in die Wohnräume

von Herrn und Frau Völkner, und bereits im Flur hörte ich einen Wagen in die Einfahrt biegen. Wenig später wurde die Haustür von einer Frau mit hellbraunem Pagenschnitt und eleganter Kleidung geöffnet. Das Klacken ihrer hohen Absätze hallte von den Wänden wider, als sie mit freundlichem Gesichtsausdruck auf uns zuschritt.

«Jana», sagte sie herzlich und reichte mir die Hand. «Mein Mann hat mir schon so viel von dir erzählt, wie schön, dass ich dich jetzt persönlich kennenlernen darf.» Sie hatte den gleichen festen Händedruck wie Herr Völkner. Meine Finger fühlten sich wie Lauch in der Saftpresse an. Vielleicht brauchte man so einen Händedruck in der Geschäftswelt, dachte ich mir und wunderte mich, wie ich selbst jemals in einem Beruf bestehen sollte.

«Ich wäre so gerne von Anfang an dabei gewesen», fuhr sie fort, «aber leider hat sich der Termin mit einem wichtigen Kunden, der nur am Wochenende auf der Insel ist, in die Länge gezogen. Entschuldige bitte.»

«Wir haben uns inzwischen das Haus angesehen», antwortete Herr Völkner für mich.

«Oh, habt ihr?» Sie sah mich gespannt an. «Und, gefällt es dir? Was sagst du zu deinem Zimmer?» Sie war so perfekt geschminkt, wie Frauen in Modezeitschriften geschminkt waren, nur dass ihre Haut nicht mehr ganz so jugendlich wirkte wie die von den abgebildeten Models.

«Es ist schön», sagte ich.

Sie lächelte. «Wenn du willst, helfe ich dir gerne bei der Einrichtung. Man kann es sich mit wenigen Mitteln sehr gemütlich machen, du wirst sehen, das kriegen wir im Handumdrehen hin. Ich bin übrigens Anke.»

Ich nickte, hatte ihren Vornamen aber genauso wenig verinnerlicht wie den von Herrn Völkner. Wir blieben im Kreis stehen, und eine lockere Unterhaltung entstand, in die mich alle Anwesenden immer wieder versuchten einzubinden. Nur waren meine Antworten zu kurz, als dass dieses Vorhaben irgendjemandem gelungen wäre. Halb lauschte ich dem Gespräch, halb sah ich mich um. Das alles überforderte mich.

«So langsam muss ich dann wohl leider», sagte Dr. Flick nach einer Weile, während sie einen zerknirschten Blick auf die Uhr warf. «Ich würde gerne noch länger bleiben, habe meinem Mann aber versprochen, pünktlich zum Abendessen wieder zu Hause zu sein. Heute kommt Besuch von der Schwiegermutter.» Weil sie das Wort *Schwiegermutter* mit wenig Begeisterung betonte, wirkten ihre gezischelten S-Laute noch auffälliger.

Herr und Frau Völkner wünschten ihr mit einem Schmunzeln viel Glück, ließen schöne Grüße an den Gatten ausrichten, bedankten sich, dass sie mich hergebracht hatte, und verabschiedeten sich von ihr. Mich bat sie, noch für einen Moment mit nach draußen zu ihrem Auto zu kommen. Sie kniete sich mit einem Bein auf den Beifahrersitz ihres roten Kleinwagens und wühlte ein paar Minuten in dem vollen Handschuhfach herum. «Herrgott, wo sind denn die ... Die müssen doch hier irgendwo ... Aha! Hab ich euch!» Sie hielt einen Stapel kleiner weißer Karten in den Händen, alle leicht geknickt und versuchsweise wieder glattgestrichen. Eine davon überreichte sie mir. «Das ist meine Visitenkarte. Hier oben steht die Nummer meiner Praxis und weiter unten meine Handynummer. Einigen meiner neuen Patienten biete ich an, dass sie mich in den ersten Wochen rund um die Uhr erreichen können, falls irgendetwas sein sollte.»

Ich zog die Augenbrauen hoch und nahm die Karte entgegen. Viel Freizeit konnte Dr. Flick ja nicht haben, wenn sie einem auch außerhalb der Praxisöffnungszeiten zur Verfügung stand. Von Dr. Lechner hatte ich nie eine Handynummer bekommen.

«Und bitte zögere nicht, wenn du Redebedarf hast, okay? Einfach durchklingeln, ich nehme mir gerne Zeit für dich. Ansonsten sehen wir uns am Mittwoch um 15 Uhr in meiner Praxis. Ich habe mich wirklich gefreut, dich kennenzulernen, Jana.» Sie nahm meine Hände in ihre und umklammerte sie genauso fest wie bei der Begrüßung. «Bis bald», sagte sie. «Ich freue mich, dich wiederzusehen.» Nach einem letzten Winken in meine Richtung stieg sie ein.

Nachdem ich dem kleinen roten Auto nachgesehen hatte, bis es außer Sichtweite war, fiel mir wieder ein, dass Dr. Flick mir beim Abholen erzählt hatte, es würde noch ein Patient von ihr unter diesem Dach wohnen. Jetzt, wo ich alle kennengelernt hatte, fragte ich mich, wer das sein sollte.

Als ich wieder reinging, half mir Herr Völkner, den Koffer nach oben in mein Zimmer zu tragen. Ich hoffte, auf dem Weg dorthin kein weiteres Mal auf Vanessa zu treffen, und diese Hoffnung sollte sich glücklicherweise erfüllen.

«In einer Stunde gibt es Abendessen», sagte Herr Völkner, als er den Koffer neben das Bett stellte. «Weil heute dein erster Tag ist und du dich sicher erschlagen fühlst nach der langen Anreise und den vielen neuen Eindrücken, möchte ich dich aber nicht zwingen. Meine Frau, ich und die anderen würden uns allerdings sehr freuen, wenn du dich zu uns setzt, das solltest du wissen.»

Die Last, die von meinen Schultern fiel, war für den Moment unendlich groß. Ich kam mit den vielen Veränderungen noch nicht klar, war seit Tagen innerlich angespannt, hatte kaum geschlafen und wünschte mir jetzt, nachdem ich die Ankunft hinter mich gebracht hatte, nichts sehnlicher, als mit mir und meinem Kopf allein zu sein.

«Wenn das wirklich in Ordnung geht, würde ich lieber hier oben bleiben. Ich hoffe, Sie sind mir nicht böse.»

«Du», verbesserte er mich. «Und nein, ich bin dir natürlich nicht böse. Ich verstehe das sehr gut. Wir bringen dir das Abendessen einfach auf dein Zimmer, in Ordnung?»

Eigentlich wollte ich das gar nicht annehmen, zumal ich ohnehin keinen Hunger hatte, aber eine weitere Ablehnung wäre mir noch unangenehmer gewesen. «Das ist sehr nett, danke schön.»

«Anke versorgt dich später noch mit Bettwäsche, Kopfkissen und einer Zudecke. Dann hast du für heute endgültig Ruhe vor uns.» Er lächelte mich an. «Bevor ich gehe, möchte ich aber noch etwas loswerden.» Sein Gesichtsausdruck wurde wieder ernster, und er suchte Blickkontakt zu mir. «Das, was vorhin mit Vanessa passiert ist, finde ich nicht gut, und ich werde mich dafür einsetzen, dass es nicht noch einmal passiert, das verspreche ich dir. Sie ist kein böser Mensch, musst du wissen, sie ist nur ... etwas schwierig. Es sagt sich immer so leicht, aber versuch es möglichst nicht persönlich zu nehmen. Vanessa ist, wie sie ist, das hat nichts mit dir zu tun.»

Ich wich seinem Blick aus und lenkte ihn auf die Steckdose an der Wand. Er hatte recht, das sagte sich sehr leicht. Und Vanessa war auch nicht die Erste gewesen.

«Mit mir kann man immer reden, Jana, und ich möchte dich um etwas bitten», sprach er weiter und suchte erneut meinen Blick. «Sollte so etwas in Zukunft noch einmal passieren, sei es mit Vanessa oder jemand anderem hier im Haus, dann möchte ich, dass du zu mir kommst und mir das sagst.»

Ich nickte zögerlich.

«Gut. Ich glaube nämlich daran, dass man für jedes Problem eine Lösung finden kann – solange wir nur darüber reden.» Er nickte mir noch einmal zu, dann schloss er die Tür hinter sich, und ich war allein in meinem neuen Zimmer.

Eine Weile sah ich von einer weißen Wand zur nächsten, bis

ich schließlich die Tür zum Balkon öffnete. Er grenzte nicht nur an mein Zimmer, wie ich zuerst dachte, sondern zog sich um die komplette Etage. Ich lief ihn ein paar Schritte entlang, spürte den Wind in meinen Haaren und lehnte mich ans Geländer. Die Luft roch hier noch konzentrierter nach Salz. In nicht mal zweihundert, vielleicht dreihundert Metern Entfernung erstreckte sich die Nordsee. Weiße Sanddünen begannen direkt hinter dem Garten und zogen sich bis zum Meer. Manche der Dünen waren mit langen Gräsern bewachsen, Möwen flogen umher, und in der Ferne erkannte ich einen rot-weiß gestreiften kleinen Leuchtturm. Nirgendwo am Strand war auch nur eine Menschenseele zu entdecken. Anscheinend reichte das Touristentreiben nicht bis hier hinaus. Es war mein zweiter Blick auf das Meer. Doch es fühlte sich an wie mein erster.

Für lange Zeit konnte ich mich nicht von diesem Anblick lösen. Erst als ich mir einbildete, ein Geräusch aus meinem Zimmer gehört zu haben, ging ich zurück. Auf dem Schreibtisch stand ein Teller mit dampfenden Ofenkartoffeln, daneben eine Schüssel mit Quark und Schnittlauch. Auf meinem Bett lagen eine Decke, ein Kopfkissen und Bettwäsche. Mit einem Mal bekam ich doch Hunger.

Nachdem ich den Teller fast leergegessen hatte, überzog ich das Bett, holte mir die Zahnbürste aus dem Koffer und ging ins Badezimmer, das sich gleich eine Tür weiter befand. Körperlich war ich so erschöpft, dass ich fast im Stehen eingeschlafen wäre, trotzdem bekam ich später im Bett kein Auge zu. Der Raum wirkte im Finstern so groß und unvertraut, und die Geräusche im Haus waren noch zu fremd, als dass ich sie zuordnen konnte. Hier Stimmen, dort ein Lachen, dann ein Knall, Getrampel auf der Treppe, Schritte im Flur, Knacken, Knarzen.

Dr. Lechner hatte gesagt, ich solle das nicht mehr tun, und Frau Scholl aus dem betreuten Wohnheim hatte deswegen jeden Morgen ein ernstes Wort mit mir geredet – aber beide waren nicht hier. Also nahm ich meine Bettdecke und das Kopfkissen und krabbelte damit unters Bett. Dunkelheit, Enge, der Geruch von Holz. Ich rollte mich zusammen und wurde mit jedem Atemzug ruhiger. Eine halbe Stunde später war ich eingeschlafen.

KAPITEL 3

Die hellen und warmen Strahlen der Sonne erreichten mich am nächsten Morgen bis unters Bett. War der Himmel nicht gestern noch eine einzige Wolkendecke gewesen? Dr. Flicks Worte über das wankelmütige Wetter auf Sylt schoben sich in mein Gedächtnis, schwerfällig streckte ich mich. Ich hasse den Moment des Aufwachens. Erst war alles ganz leicht, ich war umgeben von einer schwerelosen und scheinbar vollkommenen Zufriedenheit. Doch dann, mit einem Schlag, war es, als hätten alle Gedanken über Nacht nur auf diese eine Sekunde gewartet, um aus ihrem stillgelegten Zustand herauszubrechen und über mich herfallen zu können. Die Augen schließend, um ein Wiedereinschlafen zu erzwingen, versuchte ich vor ihnen zu fliehen. Doch es gelang mir nicht. Die Gedanken wurden lauter – und ich zusehends wacher, bis das Liegen irgendwann unerträglich wurde.

Ich zog mich unter dem Bett hervor, lief barfuß und verschlafen über den Holzboden und suchte in meinem Koffer nach frischen Klamotten. Schon seit gestern konnte ich mich selbst nicht mehr riechen und sehnte mich nach einer Dusche. Auch wenn es sich in meiner neuen Umgebung komisch anfühlen würde.

Vorsichtig schob ich die Tür einen Spalt auf, gerade so weit, dass ich in den Flur lugen konnte. Niemand war zu sehen, und selbst nach mehreren Minuten des Lauschens konnte ich kein einziges Geräusch ausmachen. Offenbar schliefen noch alle. Ich schlich ins Bad und schloss hinter mir ab.

Nach dem Zähneputzen fiel mein Blick auf die beiden Handtuchhalter, über dem einen stand *Collin*, über dem anderen *Jana*, und unter beiden hing ein Handtuch. Ich fuhr mit den Fingern über den weichen Stoff. Herr oder Frau Völkner musste es gestern noch für mich aufgehängt haben. Vielleicht, dachte ich mir, hatte ich wirklich riesengroßes Glück, dass ich hier gelandet war, auch wenn sich das jetzt noch nicht so anfühlte.

Durch meinen Namen über dem Handtuch fiel es mir leichter, meinem Wunsch nachzugehen und unter die Dusche zu steigen. Alles war blank geputzt, keine einzige Düse des Duschkopfes mit Kalk verstopft, und das Wasser floss wie ein angenehm warmer Sommerregen auf mich herab, sodass die Nachtstarre langsam aus meinen Gliedern wich.

Mit nassen Haaren streifte ich mir den langen Rollkragenpullover über, schlüpfte in eine dunkle Hose und zog mir meine hellblaue Fischermütze auf. Es war immer noch still im Haus, als ich das Badezimmer schließlich verließ. Eine Weile blieb ich unschlüssig im Flur stehen, dann ging ich auf leisen Sohlen die Wendeltreppe nach unten. Mein Kopf wollte mich bei jedem Schritt umdrehen lassen, aber später wäre der Hunger groß und der Mut klein. Besser ich nutzte die Gelegenheit, solange alle noch schliefen. Von dem herumliegenden Brot auf dem Tresen in der Wohnküche traute ich mich nicht einfach eine Scheibe abzuschneiden, stattdessen nahm ich einen Apfel aus dem vollen Obstkorb in der Hoffnung, dass das in Ordnung wäre. Warmes Sonnenlicht drang durch die Tür zur Terrasse, und der Anblick der Dünen hinter dem Garten erinnerte mich an die salzige Luft.

Eigentlich zog es mich zurück in mein Zimmer, aber meine Neugier für die neue Umgebung ließ mich in die gegensätzliche Richtung laufen. Vielleicht nur ein kurzer Blick? Nachdem ich von meinem Apfel abgebissen hatte, öffnete ich langsam die

Schiebetür. Der Holzboden der Terrasse knarzte ein bisschen unter meinen Füßen. Den Blick in die Ferne gerichtet, wäre ich um ein Haar über ein Stuhlbein der Sitzecke gestolpert. Ein Tisch stand in der Ecke, darauf eine leere Wasserflasche und daneben ein mit Kohle verschmierter Grill.

Für diese Uhrzeit waren die Temperaturen erstaunlich angenehm, richtig sommerlich, und ich genoss den lauwarmen Wind, der mir ins Gesicht wehte, als ich die drei Stufen zum Garten hinunterging. Dieser Teil war mit dem sterilen Gartenstück vor der Haustür nicht zu vergleichen, der nur aus Büschen und akkuratem Rasen bestand. Hier gab es Gemüsebeete, Apfelbäume, einen großen Kirschbaum und neben einem Teich eine Trauerweide mit hängenden Ästen. Am Ende des Gartens war ein Türchen im Zaun, dahinter begann ein langer Pfad aus Holzdielen. Ich überlegte, ob er wohl zum Meer führte.

«Guten Morgen», hörte ich eine Stimme hinter mir sagen und verlor mit einem Mal jeglichen Blick für die Umgebung. Erschrocken wandte ich mich um. Der blonde Junge, den ich als ersten von meinen Mitbewohnern kennengelernt hatte und der ein bisschen schüchtern gewesen war, stand auf der Terrasse und sah zu mir herunter. Lars war sein Name, zumindest glaubte ich das und hoffte, meine Erinnerung würde mich nicht täuschen.

«Am Wochenende schlafen hier meistens alle länger, nur ich wache leider immer um dieselbe Uhrzeit auf.» Er zog die Schultern nach oben, als würde er sich dafür entschuldigen wollen.

«Guten Morgen», sagte ich leise.

«Hast du Hunger? Wollen wir frühstücken?»

Ich sah auf den Apfel in meiner Hand und schluckte den letzten Bissen, den ich vor Schreck vergessen hatte zu kauen, hinunter. «Ich weiß nicht ... Ich habe noch nichts gezahlt für Lebensmittel.»

«Du hast ja auch noch kein Gehalt bekommen», sagte er. «Jeder Neue zahlt erst ab dem nächsten Monat, glaub mir, das geht total in Ordnung.» Lars wählte die Worte mit großer Selbstverständlichkeit, trotzdem wurde ich das Gefühl nicht los, ein Schnorrer zu sein. «Na komm schon.» Mit einer Handbewegung forderte er mich auf, ihm in die Küche zu folgen.

Während Lars mir zeigte, hinter welcher Schranktür sich was verbarg, und mit mir ein kleines Frühstück aus Toast, Marmelade, Kaffee und Orangensaft zubereitete, erklärte er mir, wie der Lebensmitteleinkauf organisiert war. Pro Monat musste jeder einhundertzwanzig Euro in die Kasse einzahlen, davon wurden dann alle Grundnahrungsmittel wie Brot, Milch, Kaffee, Nudeln, Reis, Getränke, Gemüse, Käse, Obst, Butter und so weiter eingekauft. Sachen wie Süßigkeiten, Chips, Alkohol, Zigaretten oder andere Sonderwünsche mussten extra aus der eigenen Tasche bezahlt werden.

«Und wie viel muss man den Völkners für die täglichen Abendessen bezahlen?»

Er schmunzelte, schob seine Brille zurecht und fand meine Frage anscheinend amüsant. «Gar nichts. Sie erwarten nur, dass man sich ab und an beim Tischdecken, Kochen oder dem Abwasch nützlich macht.»

Wahrscheinlich hätte mich eine Antwort wie *Sie verlangen fünfhundert Euro pro Essen* weniger stutzig gemacht. Jeden Tag fünf weitere Münder zu stopfen musste doch auf Dauer ziemlich ins Geld gehen.

Wir stellten alles auf ein Tablett, damit wir draußen frühstücken konnten. Als ich die Erdbeermarmelade aus dem Schrank holen wollte, griff im selben Augenblick auch er danach. Jeder von uns zog die Hand wieder zurück. Das wiederholte sich zwei Mal, bis Lars mir schließlich verlegen bedeutete, dass ich sie nehmen sollte, während er mit dem Tablett vorausging.

Lange Zeit war Vogelgezwitscher das einzige Geräusch, das uns beim Essen begleitete. Lars, der sehr zierlich war, trug Shorts, und weil er die Beine übergeschlagen hatte, sah ich seine blasse Haut, die mit vielen dunklen Haaren überzogen war. Die meisten Menschen verängstigten mich, und auch in der Gegenwart von Lars konnte ich mich nicht gerade als entspannt bezeichnen, trotzdem war das Gefühl nicht so stark ausgeprägt wie bei manch anderem. Vielleicht, weil er fast genauso unsicher wirkte wie ich und eher Opfer als Täter war.

«Wenn du noch Fragen haben solltest, wie zum Beispiel mit dem Einkauf», sagte er, «dann nur zu, stell sie mir ruhig.»

Um ehrlich zu sein, hatte ich sogar tausend Fragen, und alle wuselten mir gleichzeitig durch den Kopf. Eine davon schaffte es jedoch, alle anderen zu übertönen. «Wie sind denn Tom, Vanessa und Collin so?»

Er legte den Kopf schräg und dachte nach, als müsste er sich diese Frage erst selbst beantworten, ehe er mir das Ergebnis mitteilen konnte. «Alle sehr verschieden, würde ich sagen», begann er. «Tom ist der Älteste, dreiundzwanzig, und schon im letzten Lehrjahr. Eigentlich ist er ganz nett, nur ein bisschen ... na ja, machohaft. Und reizen sollte man ihn auch nicht.»

Ich verkreuzte die Beine unter dem Tisch, griff nach meiner Tasse Kaffee, den ich gerade frisch nachgeschenkt hatte, und versuchte ihn durch Pusten ein bisschen abzukühlen.

«Vanessa begann letzten Sommer gleichzeitig mit Collin ihre Lehre», sprach er weiter. «Ich bin eigentlich auch erst im zweiten Lehrjahr, lebte damals aber schon ein halbes Jahr hier, weil jemand anderes die Ausbildung abbrach und mein Platz früher frei wurde.» Nachdem auch er sich Kaffee nachgeschenkt hatte, kam er noch einmal auf Vanessa zu sprechen. «Sie legt sehr viel Wert auf ihr Äußeres und blockiert jeden Morgen für eine halbe Ewigkeit das Badezimmer. Sie gibt gerne den Ton an und ist generell sehr schwer einzuschätzen – zumindest für mich.»

«Und Collin?», fragte ich.

«Collin ...» Lars verschob den Mund einmal nach links und einmal nach rechts, als müsste er bei ihm noch genauer als bei den anderen nachdenken, um seine Person irgendwie mit Worten einfangen zu können. «Collin ist vor ein paar Monaten zweiundzwanzig geworden und zieht sich die meiste Zeit zurück. Er hört viel Musik und zeichnet. Ich denke nicht, dass er dumm ist, und einen schüchternen Eindruck macht er auch nicht, er scheint aber irgendwie nur selten Lust auf Gesellschaft zu haben. Ob aus Arroganz oder dem Bedürfnis, mit sich allein zu sein – keine Ahnung. Mit Klaas versteht er sich jedenfalls ganz gut, mit ihm redet er mehr als mit uns.»

Mich interessierte die Geschichte der anderen, ihre Vergangenheit und wie es dazu kam, dass sie hier gelandet waren, aber diese Frage wäre viel zu privat gewesen. Ich hatte kein Recht, sie zu stellen. Außerdem brachten Fragen gerne einen unangenehmen Nebeneffekt mit sich: Gegenfragen.

«Und mit wem verstehst du dich am besten?», erkundigte ich mich, als Lars gerade Zucker in seinen Kaffee gab. Sein Rühren wurde langsamer. «Ich war sehr eng mit Sarah befreundet.»

Den Namen hatte ich bereits aufgeschnappt, und nach kurzem Überlegen fiel er mir auch wieder ein. «Das Mädchen, in dessen Zimmer ich jetzt wohne.»

«Richtig», sagte er. «Sie ist vor drei Wochen ausgezogen.»

Man brauchte keine Dr. Flick oder ein Dr. Lechner sein, um zu sehen, dass hinter Lars' zaghaftem Lächeln in Wahrheit eine völlig gegenteilige Gefühlsregung verborgen lag. Manchmal war das so bei Menschen, sie lachten, obwohl sie traurig waren, und weinten, obwohl sie glücklich waren.

«Ist sie weit weggezogen?», fragte ich vorsichtig.

«Nach Berlin. Sie will mich anrufen, hat sie gesagt.»

Innerhalb der drei Wochen, die seit ihrem Auszug vergangen waren, schien der Anruf nicht eingegangen zu sein. Lars sagte nichts mehr.

Die drückende Stille begleitete uns, bis mich das «Guten Morgen» einer anderen männlichen Stimme zusammenfahren ließ. Ohne dass ich auch nur ein einziges Geräusch vernommen hatte, war Collin auf die Terrasse getreten. Er zog sich den Stuhl neben mir heraus und setzte sich. Das «Guten Morgen» waren die ersten und einzigen Worte, die wir von ihm zu hören bekamen. Er schenkte sich Kaffee ein und frühstückte, als wäre er für sich allein. Das Schweigen am Tisch schien ihm nicht unangenehm zu sein. Wie gestern hatte er Kopfhörer um den Hals hängen, nur trug er heute ein T-Shirt statt eines Pullovers. Kleine helle Narben zeichneten sich auf seinem Unterarm ab. Sie waren verblasst und wirkten alt. Erst als er den Arm wegzog und den Kopf in meine Richtung drehte, bemerkte ich, dass ich sie angestarrt hatte.

«Ich g-geh dann mal rein. Danke für das Frühstück», sagte ich, trug mein Geschirr in die Küche und räumte es in die Spülmaschine. Den Flur Richtung Wendeltreppe entlanglaufend, ließ ich Vanessas Zimmertür keine Sekunde aus den Augen. Zu meinem Glück blieb sie verschlossen.

Als ich in meinen vier Wänden ankam, war ich erleichtert, wieder allein zu sein. Ich setzte mich aufs Bett und zog die Beine unters Kinn. So verweilte ich, bis aus dem Morgen ein Mittag wurde.

Inzwischen kehrte Leben ins Haus ein, und die Ruhe wich einer lauten Geräuschkulisse. Geschirrklappern, Schritte, knarzendes Holz, und aus dem Aufenthaltsraum dröhnte der Fernseher. Manchmal hörte ich eine weibliche Stimme aufkreischen, die nur die von Vanessa sein konnte. Kurz darauf folgte eine männliche Stimme oder ein lautes Lachen von Vanessa.

Irgendwann ging ich raus auf den Balkon. Es war noch wärmer geworden, die Sonne stand ganz oben am Himmel, und die Wolken waren zu klein, als dass sie sich dahinter verstecken konnte. Von dem langen Sitzen taten mir die Beine weh, so lief ich den Balkon entlang, der fast um die gesamte Etage reichte und die Form eines U's hatte. Auf der rechten Flügelseite des Anbaus, genau gegenüberliegend von meinem Zimmer, fand er sein Ende. Es existierten nur zwei Türen, durch die man auf den Balkon gelangte: meine und die, vor der ich jetzt stand. Die starke Sonneneinstrahlung ließ das Glas verspiegeln, sodass ich nur anhand der Schemen erkennen konnte, dass es sich um Collins Zimmer handeln musste. Ihn selbst sah ich erst mit einiger Verzögerung. Leicht nach vorne gebeugt, saß er auf dem Bett, als würde er etwas schreiben oder zeichnen. Sein Gesicht war ernst und sein Blick einzig auf das Blatt Papier und seine stiftführende Hand gerichtet. Dieses Mal trug er die Kopfhörer nicht um den Hals, sondern hatte sie aufgesetzt. Er stützte das Kinn in die Hand, betrachtete das Papier eine Weile, dann knüllte er es unverhofft zusammen und warf es in den Mülleimer. Genau in diesem Moment erwischte er mich. Für ein paar Sekunden war ich wie angewurzelt, dann wandte ich mich schnell ab und verließ seine Hälfte des Balkons. Ich ging zurück in mein Zimmer und setzte mich wieder aufs Bett. Irgendwie konnte ich die weißen und kahlen Wände jetzt schon nicht mehr sehen. In meinem alten Zimmer, in dem betreuten Wohnheim, hatte ich wenigstens ein paar bunte Poster an der Wand gehabt. Je länger ich dasaß, desto mehr fraß sich die Leere in meinen Kopf.

Meine ersten vier Tage vergingen zäh, und doch kam der Mittwoch, an dem ich meinen ersten Termin bei Dr. Flick hatte, viel zu früh. Die Praxis lag in einer beliebten Flaniermeile und befand sich im ersten Obergeschoss eines mehrstöckigen Gebäudes, direkt über einer Eisdiele. Erst war ich mir nicht sicher, ob ich mich in der Tür geirrt hatte. Bilder von verträumten Landschaftsaufnahmen hingen an den in Pastelltönen gestrichenen Wänden, ein warmer, honigfarbener Holzboden zog sich durch die Räume, Orchideen und andere Pflanzen zierten die niedrigen Schränke, und ein Geruch von süßem Vanille lag in der Luft. Es wirkte eher so, als hätte ich eine Wohnung betreten statt einer psychologischen Praxis. Nur der große halbrunde Tresen, hinter dem eine leicht untersetzte Frau Mitte fünfzig saß, erinnerte daran, dass die Idylle eines Zuhauses täuschte.

«Ein neues Gesicht», sagte die Frau und blickte lächelnd über ihre Lesebrille hinweg. «Wie kann ich dir helfen?»

«Jana Wegener, ich habe um 15 Uhr einen Termin.» Ich gab ihr meine Krankenkassenkarte, die sie in ein Gerät steckte und mir kurz darauf wieder zurückgab. Anschließend stand sie auf, lief wendig, fast schon hektisch um den Tresen herum und führte mich ins Sprechzimmer. «Die Frau Dr. Flick kommt gleich, mach's dir bequem. Ich bin übrigens Gundula.»

«Danke», sagte ich noch, dann war ich allein. Ich konnte mich nicht daran erinnern, dass mir jemals in meinem gesamten Leben eine Sprechstundenhilfe das Du angeboten hätte, aber zu einer ungewöhnlichen Therapeutin passte wohl auch eine ungewöhnliche Sprechstundenhilfe.

In dem Raum wiederholten sich die immer gleichen Farben: ein warmes Milchkaffee-Braun, ein zartes Hellrosa und ein dunkles Violett. Eine der vielen herumstehenden Pflanzen fasste ich an, um zu schauen, ob sie echt oder künstlich war, und rieb das Blatt zwischen meinen Fingern. Es war kein Plastik. Vorne im Raum gab es einen großen Holzschreibtisch, weiter hinten war eine Art Wohnzimmerecke eingerichtet. Ein hellbraunes Sofa, das auf einem gestreiften Teppich stand, und gegenüber davon war ein Sessel platziert. Die Beine eng zusammen, setzte ich mich auf die vordere Kante des Sofas, vergrub die Hände im Schoß und wartete. Jedoch nicht lange. Keine zwei Minuten später öffnete sich die Tür. Aus Anstand wollte ich mich erheben, aber Dr. Flick bedeutete mir, sitzen zu bleiben.

«Grüß dich, Jana!», sagte sie, reichte mir die Hand und nahm samt violettem Klemmbrett gegenüber von mir auf dem Sessel Platz. «Ich freue mich, dich zu sehen, und bin ja so gespannt! Wie ist es dir die ersten Tage bei den Völkners ergangen?» Sie wirkte nicht wie eine Psychologin oder eine Ärztin, sondern wie eine Freundin, die gebannt auf Neuigkeiten wartete. Ob sie das mit Absicht machte? Oder war das tatsächlich ihre Art?

«Ganz gut, denke ich.»

«Was darf ich mir denn unter *ganz gut* vorstellen?»

Ich hatte Mühe, dem Tempo von Dr. Flick hinterherzukommen. Die Umgebung war neu, das Zimmer, und auch sie selbst war es noch. «Herr und Frau Völkner geben sich sehr viel Mühe.»

«Das ist schön», antwortete sie mit einem Lächeln. «Sind sie dir sympathisch?»

Ich dachte einen Moment nach und bejahte dann ihre Frage.

«Was habt ihr die letzten Tage alles gemacht?»

Mein Blick fiel auf meine Hände. Meistens hatte ich in meinem Zimmer gesessen. Das mochte ich ihr aber nicht sagen. Stattdessen erzählte ich stockend, was wir in der Zeit dazwischen getan hatten. «Gestern haben Herr und Frau Völkner mit mir eine kleine Rundfahrt gemacht, um mir die Insel zu zeigen.

Sie erklären und erzählen sehr viel. Morgen gehe ich mit Herrn Völkner in ein Möbelhaus.» Eine weitere Sache fiel mir erst ein, als ich den Satz schon beendet hatte. «Und ab Montag werde ich im Büro eingearbeitet.» Bis meine Lehre zum 1. August begann, sollte ich die drei Wochen bis dahin halbtags im Büro aushelfen. Briefe zur Post bringen, Unterlagen sortieren und so weiter.

Dr. Flick machte sich eine kurze Notiz auf ihrem Block. «Das klingt alles sehr gut. Besonders freut es mich, dass du dich offenbar doch dazu entschieden hast, dein Zimmer einzurichten.»

Für eine Weile wartete sie auf eine Antwort, und als diese nicht kam, ergriff sie selbst wieder das Wort. «Wie ist es dir sonst in deinem neuen Zuhause ergangen? Verstehst du dich mit deinen Mitbewohnern?»

Ich sah ihr an, dass sie an Vanessa dachte, und ich tat es ebenfalls. Meistens begegnete ich ihr nur bei den Abendessen oder lief ihr im Haus kurz über den Weg. Jedes Mal hatte ich Angst, dass sie etwas sagen würde, aber sie behandelte mich wie Luft.

Erneut antwortete ich nicht, doch dieses Mal hakte Dr. Flick nach. «Passiert dir so etwas öfter wie neulich mit Vanessa?»

Ich zuckte mit den Schultern. Wieder notierte Dr. Flick etwas auf ihrem Block.

«Wie ist es mit Collin, Lars und Tom? Versteht ihr euch?»

Ich fühlte mich überfahren von ihrem Fragenschwall und dem immer noch vorherrschenden Tempo. Schließlich sahen wir uns heute erst zum zweiten Mal, wir kannten uns viel zu kurz, um überhaupt nur ansatzweise so etwas wie eine Bindung zwischen uns entstehen zu lassen. Trotzdem machte ich nicht gänzlich dicht. Wahrscheinlich, weil ich komplett allein war mit all meinen neuen Eindrücken und sonst niemanden hatte, mit dem ich sie teilen konnte.

«Lars ist sehr nett. Aber ... Aber es scheint ihm oft nicht gutzugehen.»

Dr. Flicks Augenbrauen zogen sich zusammen. «Weißt du denn, warum es ihm nicht gutgeht?»

Langsam schüttelte ich den Kopf. Er hatte mir zwar von Sarah erzählt, aber ich glaubte nicht, dass das der einzige Grund war.

«Verhält er sich dir gegenüber anders, wenn er keinen guten Tag hat?»

Ich nickte.

«Und wie?»

Ich hob die Schultern, versuchte mich an die letzte Situation dieser Art zurückzuerinnern und sie mit Worten einzufangen. «Er wirkt dann sehr in sich versunken und nimmt seine Umwelt kaum wahr.»

«Verstehe», sagte sie. «Beunruhigt dich das? Mich zumindest würde es beunruhigen.»

«Ja», murmelte ich und sah auf den gestreiften Teppich. «Er ist der Einzige, mit dem ich hin und wieder ein bisschen rede, und trotzdem weiß ich nie, wann ich ihn ansprechen kann. Es tut mir leid, dass ihn etwas belastet.»

Über Dr. Flicks Mundwinkel legte sich ein Lächeln. «Es ist nicht schön, wenn Menschen offensichtlich traurig sind und man ihnen nicht helfen kann.»

Weil ich nicht wusste, was ich darauf erwidern sollte, nickte ich nur.

«Und wie verstehst du dich mit Collin?», fragte sie weiter.

Die Bilder von gestern schossen mir wieder in den Kopf, als ich abends die Tür zum Badezimmer geöffnet hatte und plötzlich begriff, was ich vergessen hatte: Klopfen.

Collin stand vor dem Waschbecken und sah mich überrascht an. Er war angezogen und hatte genau wie ich eine Zahnbürste in der Hand.

«Oh, Entschuldigung», sagte ich erschrocken und war für einen Moment wie festgefroren.

«Da du jetzt hier wohnst, sollte ich wohl daran denken abzusperren. Klopfen scheint ja nicht so dein Ding zu sein», sagte er schließlich.

«Wird nicht wieder vorkommen, Entschuldigung. Beim nächsten Mal denke ich daran.» Mit diesen Worten zog ich die Tür ganz schnell wieder zu.

«Jana?» Dr. Flicks Stimme holte mich wieder zurück in die Gegenwart. «Gibt es ein Problem mit Collin?»

«Nein», sagte ich schnell. «Wir haben bisher nicht viel miteinander geredet. Ich kann nichts über ihn sagen.»

«Okay. Und wie sieht es mit Tom aus?»

«Der spricht immer so laut. Wie ein Fitnesstrainer.»

Dr. Flicks Mund verzog sich zu einem Schmunzeln. «Und wie findest du ihn menschlich?»

«Er hat mich neulich kurz gefragt, wie alt ich wäre und woher ich käme. Sonst hatten wir noch kein richtiges Gespräch. Ich ... Ich glaube, die finden mich alle etwas komisch.» So eigentümlich, wie ich mich verhielt, wäre das zumindest kein Wunder.

«Warum sollten sie das von dir denken? Machst du das an etwas Bestimmtem fest, oder ist das eher dein Gefühl?»

Ich fuhr mit der Hand meinen Unterarm entlang. «Keine Ahnung, vielleicht beides.»

Dr. Flick machte sich eine weitere Notiz auf ihrem Block. Sie tat es viel unauffälliger als Dr. Lechner, scheinbar achtlos nebenbei, aber ich bekam es dennoch mit.

«Auf einer Skala von eins bis zehn, Jana», sagte sie, als sie wieder hochsah, «wie wohl fühlst du dich in deinem neuen Zuhause?»

So leicht die Frage war, so schwer war sie zu beantworten. «Ich weiß nicht», murmelte ich. «Vielleicht drei?»

Sie schrieb diese Zahl auf. «Und wenn du jetzt an dein betreutes Wohnheim zurückdenkst, wie hoch oder niedrig war dein Wohlfühlfaktor dort?»

«Eins», sagte ich.

«Also sehr, sehr unwohl?»

Ich nickte, und wieder machte sie sich eine Notiz. Anstatt weiter nachzubohren, was ich eigentlich befürchtet hatte, legte sie das violette Klemmbrett nun auf das kleine Tischchen neben sich und faltete die Hände im Schoß. «Tut mir leid, Jana, dass ich dich jetzt erst mal mit ein paar Fragen überfallen habe. Normalerweise beginne ich bei neuen Patienten immer mit einer Einleitung, aber ich war einfach zu gespannt darauf, wie es dir in den ersten Tagen ergangen ist.» Sie rückte an die vordere Kante des Sessels, als wolle sie möglichst wenig Abstand zwischen uns haben. «Für viele Patienten ist es wichtig, zu wissen, mit wem sie es zu tun haben. Die meisten meiner Kollegen halten nichts davon, über sich selbst zu sprechen, ich kann diesen Wunsch der Patienten aber sehr gut nachvollziehen. Eine Therapie ist etwas Privates, wenn nicht sogar das Privateste überhaupt. Wir werden uns nicht über belanglose Oberflächlichkeiten unterhalten, sondern über sehr intime Details deines Lebens. Deswegen werde ich dir jetzt ein bisschen über meine Person erzählen. In Ordnung?»

Zögerlich nickte ich.

«Mein vollständiger Name ist Thea Flick. Ich bin siebenunddreißig Jahre alt und komme ursprünglich aus Norwegen. Das hast du vielleicht schon an meinem Akzent gehört. Früher wollte ich immer Ärztin für innere Medizin werden. Als ich älter wurde, musste ich für mich aber feststellen, dass ich mich zwar durchaus für das Innere eines Menschen interessierte, aber dann doch mehr für die Psyche als die Organe.» Ein leichtes Kichern begleitete ihren letzten Satz. «Ich wollte unbedingt im Ausland studieren und habe mich schließlich für Deutschland entschieden. Eigentlich war der Plan, nach abgeschlossener Ausbildung wieder zurück nach Norwegen zu kehren, aber na ja», sie zuckte mit den Schultern, «wie das Leben eben so spielt, habe ich auf der Uni meinen jetzigen Ehemann kennengelernt. Nach meinem Studium habe ich noch eine Ausbildung in Tiefenpsychologie absolviert und darauf hingearbeitet, einen Kassensitz zu bekommen. Vor drei Jahren habe ich schließlich diese Praxis übernommen. Der Psychologe, der hier früher gearbeitet hat, ging in Rente. Und so zog ich mit meinem Mann und unserer siebenjährigen Tochter von Hamburg nach Westerland. Wir bereuen es keine Sekunde, fühlen uns hier zu Hause, und es vergeht kein Tag, an dem ich nicht glücklich darüber bin, dass ich diesen Beruf gewählt habe.»

In ihrem Ausdruck lag etwas, das man nur sehr selten bei Menschen sah: Zufriedenheit. Sie hatte recht, ich wollte natürlich wissen, was für eine Person sie war. Das hatte ich mich auch bei Dr. Lechner immer gefragt, eine Antwort hatte ich nie bekommen. Die Infos, die mir Dr. Flick von sich gegeben hatte, waren zu wenige, um sie zu kennen, aber zu viele, um sie noch als Fremde zu bezeichnen.

«Ich möchte ehrlich zu dir sein, Jana», sagte sie. «Wie du wahrscheinlich schon vermutet hast, hat mir Dr. Lechner deine Akte zukommen lassen. Und ja, ich habe sie überflogen. Allerdings nur flüchtig.» Weil sie ein Kratzen im Hals bekam, räusperte sie sich und trank einen Schluck Wasser. «Letztendlich ist es für mich überhaupt nicht wichtig, was darin geschrieben steht oder welche Diagnose Dr. Lechner dir gestellt hat. Ich möchte mir selbst einen Eindruck von dir verschaffen und bei null mit dir beginnen.»

«Und was erwarten Sie jetzt von mir?»

«Ich erwarte gar nichts von dir, Jana. Erwartungen sind

immer mit Druck verbunden, und das ist das Letzte, was wir in einer Therapie gebrauchen können. Du allein entscheidest, was du mir anvertrauen möchtest und was nicht. Genauso wie du entscheidest, *wann* das sein wird. Natürlich werde ich dann und wann versuchen, ein bisschen zu bohren, manche Dinge sind fest verankert und kommen nicht von selbst an die Oberfläche. Ich habe aber weder vor, dich zu bedrängen, noch, dich zu irgendetwas zu zwingen. Du sollst dich wohlfühlen, aufgehoben, und das nicht nur, weil ich das wichtig finde, sondern weil es unabdingbar für die Therapie ist. Ohne Vertrauen funktioniert es nicht. Das kann man aber nicht erzwingen, das muss sich entwickeln.» Sie richtete sich auf. «Über eines solltest du dir allerdings im Klaren sein: Je mehr du von dir erzählst, desto besser wird sich zeigen, wo wir dir helfen können.»

Ich verharrte eine Weile, dann nickte ich unsicher.

«Zunächst wird es fünf Probestunden geben», fuhr sie fort. «Heute war die erste. Es ist wichtig, dass wir herausfinden, ob die Chemie zwischen uns passt und ob du dir vorstellen kannst, eine richtige Therapie bei mir zu beginnen. Erst wenn die fünf Probestunden vorüber sind und du dich dafür entscheidest, werden wir richtig anfangen.»

«Okay.»

«Gut», sagte Dr. Flick mit einem Lächeln. «Ich denke, das sollte dann fürs erste Mal auch genug sein. Tasten wir uns Schritt für Schritt voran und reden in einer Woche weiter – gleicher Tag, gleiche Uhrzeit, einverstanden?»

Ich war so erleichtert, den ersten Termin bereits überstanden zu haben, dass ich für einen Moment ganz perplex war. «Einverstanden», sagte ich schließlich.

«Dann kommen wir jetzt zum schönsten Teil: der Belohnung!»

«Belohnung?», wiederholte ich irritiert, bekam jedoch keine

Antwort. Ich beobachtete, wie Dr. Flick mit verheißungsvollem Blick die untere Tür von ihrem Tischchen öffnete und eine Schüssel hervorzog, die randvoll mit Süßigkeiten gefüllt war.

«Greif zu», sagte sie und hielt mir die Schüssel entgegen. «Therapie ist harte Arbeit, und Arbeit muss immer belohnt werden.»

Meine Hand bewegte sich nur im Zeitlupentempo Richtung Schüssel, immer darauf wartend, dass Dr. Flick sie wegzog und sagte, es hätte sich nur um einen Scherz gehandelt. Doch nichts dergleichen geschah.

Nachdem ich mir einen Kinderriegel herausgefischt hatte und immer noch skeptisch auf der Hut war, fasste sie selbst in die Schüssel und holte sich einen Schokoladenkeks heraus. «Eine Belohnung für den Patienten, eine für die Therapeutin ... Habe ich schon erwähnt, dass ich neun Patienten am Tag habe?» Sie lachte und schob sich den Keks in den Mund.

KAPITEL 4

Mein Zimmer nahm von Woche zu Woche mehr Gestalt an. Von den Wänden blickte mir kein steriles Weiß mehr entgegen, sondern meine Lieblingsfarbe: Hellblau. Zu dem Bett und dem Schreibtisch hatten sich ein Kleiderschrank, ein offenes Regal und ein Sessel gesellt, auf dem Boden lag jetzt ein flauschiger Teppich, um das Kopfteil des Bettes war eine Lichterkette gewickelt, ein paar Kerzen und anderer Dekokram standen herum, und in der Ecke wuchs ein Ficus. Die vielen Stunden, die ich in meinen vier Wänden zubrachte, waren deutlich angenehmer geworden. Auf meinem Balkon standen jetzt ein kleines rundes Tischchen und ein Stuhl, auf dem ich abends saß und der Sonne beim Untergehen zuschaute.

Montags bis freitags von 8 bis 13 Uhr arbeitete ich im Architekturbüro der Völkners. Es lag zentral in der Stadt, und die vielen Räume trugen alle dieselbe moderne Handschrift, eine Mischung aus abstrakter Kunst, naturbelassenem Holz und den Farben Anthrazit und Weiß. An meinem ersten Arbeitstag musste ich feststellen, dass ich die Zahl der Mitarbeiter deutlich unterschätzt hatte. Mindestens vierzig Leute arbeiteten dort, und noch mal genauso viele waren den größten Teil des Tages im Außendienst unterwegs. Es gab Innenarchitekten, Außenarchitekten, Bauzeichner, Bauingenieure, Statiker, Landschaftsarchitekten, außerdem noch Telefonisten, bürokaufmännische Angestellte, einen Buchhalter, mehrere Sekretärinnen, Volontäre und so weiter. Ständig musste jemand zu einem Termin außer Haus, oder es kamen Gäste, die im Konferenzraum empfangen wurden. Kunden, die in teuren Autos vorfuhren, eine lederne Aktentasche bei sich trugen und in maßgeschneiderten Anzügen aus dem Aufzug traten. In Jeans, Pullover und mit einer hellblauen Fischermütze auf dem Kopf konnte man sich daneben schon mal fehl am Platz fühlen. Bisher hatte mich niemand auf meine Kleidung angesprochen, nicht mal Herr oder Frau Völkner, die scheinbar jeden Morgen schon gut gekleidet aus dem Bett stiegen. Lars, Tom, Collin und ein paar der Volontäre waren ebenfalls eher normal als fein angezogen, nur Vanessa hatte sich dem eleganten Stil der anderen angepasst.

Es war meine letzte Woche, in der ich nur als Hilfskraft eingestellt war. Ab Montag begann meine Ausbildung, und ab Dienstag musste ich zum ersten Mal in die Berufsschule – daran mochte ich gar nicht denken. Ich war froh, dass mir bisher lediglich leichte Aufgaben übertragen wurden, sodass ich nicht viel falsch machen konnte. Gestern hatte ich allerdings leider einen Fehler gemacht. Der Buchhalter, Herr Georg, hatte mir einen großen Stapel Rechnungen in die Hand gedrückt, die ich sortieren sollte. Erst sortierte ich sie nach ausgehenden und eingehenden Rechnungen, was noch richtig war, aber dann machte ich den Fehler, die einzelnen Stapel alphabetisch zu ordnen. Herr Georg hätte sie aber nach dem Datum geordnet gebraucht und war nicht gerade begeistert, als er das Missverständnis bemerkte. Viereinhalb Stunden Arbeit umsonst. Ich musste noch mal von vorne anfangen. Meine Angst war groß, dass ich deswegen Ärger mit Herrn Völkner bekam, aber bisher war das nicht eingetreten.

Der Wecker mit den blauen Ziffern auf meinem Schreibtisch zeigte 18:10 Uhr an. Ich stand auf, verließ den Anbau, in dem wir Lehrlinge untergebracht waren, und begab mich in die Wohnung der Völkners, genauer gesagt in die Küche.

«Bekomme ich etwa Unterstützung?», fragte Frau Völkner freudig, als sie mich in der Tür stehen sah. «Immer rein mit dir, Jana. Heute gibt es Lachs mit Dillsoße und dazu Kartoffeln. Ich kann jede helfende Hand beim Schälen gebrauchen.» Sie trug eine schwarze Schürze und hielt mir ebenfalls eine hin, die ich mir gleich umband. Wo Messer und Schneidebrettchen waren, wusste ich inzwischen, also legte ich mir die Utensilien zurecht und begann zu schälen.

«Ich kann gar nicht verstehen, dass du immer so warm angezogen bist. Schwitzt du nicht?» Sie wischte sich mit dem Handrücken über die Stirn. «Das ist der heißeste Sommer, den ich auf Sylt je erlebt habe, und du läufst im Rollkragenpullover und mit Mütze durch die Gegend. Ich würde zerfließen.»

Ich sah auf die geschälte Kartoffel in meiner Hand, warf sie in den Wasserbehälter, damit sie nicht braun wurde, und zuckte mit den Schultern. «Ich schwitze nicht so», murmelte ich.

«Wirklich? Du Glückliche», antwortete sie, füllte einen Topf mit Wasser und stellte ihn auf den Herd. «Aber es geht ja nicht nur darum, die Temperaturen auszuhalten. Nach einem langen Winter gibt es doch nichts Schöneres, als endlich wieder warme Sonnenstrahlen auf der Haut zu spüren. Vermisst du das nicht?»

Ich schüttelte den Kopf.

Ungläubig runzelte sie die Stirn und wollte weiterbohren, das sah ich ihr an. Aber dazu kam es nicht, weil Collin in der Tür stand und ebenfalls seine Hilfe anbot. Er unterstützte mich bei den Kartoffeln. Als ich am Küchentresen so nah an seiner Seite stand, roch ich den blauen Weichspüler aus dem Badezimmer. Ich hatte auch schon dreimal damit gewaschen, doch bei meiner Kleidung roch er weniger intensiv als bei seiner.

Zwischen uns stand die Schale mit Wasser, in die wir abwechselnd die Kartoffeln hineinplumpsen ließen. Immer wenn sich sein Arm in mein Blickfeld schob, sah ich wieder die kleinen weißen Narben.

Die einzigen Male, in denen ich Collin zumindest ansatzweise redselig erlebt hatte, waren im Beisein von Herrn Völkner gewesen. Und genauso war es auch heute: Als unser Chef von der Arbeit nach Hause kam, redete Collin innerhalb von zehn Minuten mehr mit ihm, als ich ihn heute bisher am Stück gehört hatte. Es ging um das Projekt des Wolkenkratzer-Hotels in Chicago, bei dem Collin mitwirkte. Herr Völkner tauschte sich mit ihm wie mit einem engen Vertrauten darüber aus und legte ihm beim Reden oft die Hand auf die Schulter. Es war keine echte Vater-Sohn-Beziehung, aber mehr als die von einem Vorgesetzten und seinem Angestellten. Wenn Collin so viel mit Herrn Völkner redete, musste das ja bedeuten, dass er sehr wohl die Gesellschaft von anderen schätzte, nur offenbar nicht die von jedem.

Beim Essen gab es eine feste Sitzordnung, die sich über die Jahre wahrscheinlich so eingebürgert hatte. An den langen Seiten saß sich die Wohngruppe gegenüber, an den kurzen Seiten nahmen Herr und Frau Völkner Platz. Ich saß links von Lars, rechts von Herrn Völkner und gegenüber von Collin. Es schmeckte gut wie jeden Tag, nur die Kartoffeln waren etwas versalzen. Frau Völkner hatte mich beauftragt, das Salz ins Kochwasser zu geben – jetzt wusste ich, dass ich es mit der Menge zu gut gemeint hatte. Ich wartete darauf, dass irgendjemand etwas dazu sagen würde, aber niemand verlor ein Wort darüber. Vielleicht dachten alle, der Fauxpas wäre Frau Völkner passiert, und der Respekt, den alle vor ihr hatten, war zu groß, um sich eine negative Kritik zu erlauben. Ich hatte die ganze Zeit das Bedürfnis, das Missverständnis aufzuklären, aber jedes Mal, wenn ich den Mund öffnete, schloss ich ihn kurz darauf wieder.

«Am Montag geht es also los. Bist du schon aufgeregt?» Bis gerade eben hatte Herr Völkner noch mit Tom gesprochen, deswegen begriff ich erst nach einer Weile, dass seine Worte an mich gerichtet waren.

«Ein bisschen.»

«Ich glaube, das ist ganz normal», sagte er, legte das Besteck ab und faltete die Hände unter dem Kinn. «Du hast dich sehr gut gemacht in den letzten Wochen.»

Ich sah auf den Teller, pikte eine kleine Kartoffel auf und ließ sie dann doch wieder von der Gabel fallen. Woher er die Zuversicht nahm, wusste ich nicht, aber ich hatte jetzt schon Angst, seine Erwartungen nicht zu erfüllen. Weil ich nicht antwortete, hakte er weiter nach.

«Was bereitet dir denn am meisten Sorge, Jana?»

Die einzig richtige Antwort hätte gelautet: alles. Aber das behielt ich lieber für mich. Stattdessen hob ich die Schultern. «Der Stoff in der Berufsschule. Und auch allgemein, dass ich vielleicht doch nicht so gut sein werde, wie Sie jetzt denken.» Es war mir peinlich, darüber zu reden, zumal wir nicht die Einzigen am Tisch waren. Alle aßen weiter, aber natürlich wusste ich, dass sie zuhörten. Vielleicht hätte ich besser den Mund halten sollen.

«Jana?», fragte Herr Völkner.

Ich sah zu ihm auf.

«Bevor ich darauf eingehe, möchte ich, dass du etwas versuchst. Einfach nur versuchen.»

«Was meinen Sie?»

«*Du*, Jana, genau das meine ich, ‹du›, nicht ‹Sie›. Sprich einmal meinen Vornamen aus. Du musst mich auch nicht damit anreden, sprich ihn einfach nur mal aus. Okay?»

Ich rutschte mit der Gabel auf dem Teller aus und hätte um ein Haar die Tischdecke mit Soße bekleckert. Herr Völkner hatte mich schon so oft an das Duzen erinnert, dass es mir langsam wie eine Beleidigung vorkam, sein Angebot nicht anzunehmen. Ich wollte es ja auch... Aber... Er war so viel älter als ich, stand mit beiden Beinen im Leben, hatte viel erreicht, gab jungen Leuten, die sonst niemand haben wollte, eine Chance, und nicht zuletzt war er mein Vorgesetzter. Er war jemand, zu dem ich aufsah. Wie konnte ich ihn da lapidar mit Vornamen ansprechen?

«Klaas», sagte ich leise, damit die Situation nicht noch unangenehmer wurde.

Er lächelte. «Siehst du, du kannst es eigentlich.» Er hob sein Weinglas und trank einen Schluck der roten Flüssigkeit. «Aber zurück zum Thema», fuhr er fort, nachdem er das Glas wieder abgesetzt hatte. «Ich verlange weder von dir noch von sonst jemandem, dass er immer alles perfekt macht. Ich verlange nur, dass jeder sein Bestes gibt. Und Ehrlichkeit, das ist für mich eins der wichtigsten Attribute im Leben.»

Und wenn das Beste nicht gut genug wäre?

«Du sitzt nicht durch Zufall hier, Jana», sagte er. «Mir ist es egal, welche Vergangenheit jeder einzelne von euch hat, mir ist es sogar egal, ob jemand von euch schon mal gegen das Gesetz verstoßen hat. Das zählt nicht für mich. Für mich ist nur eine Sache wichtig: Ich muss Potenzial in einem Menschen erkennen. In dir habe ich dieses Potenzial erkannt, und ich hoffe, die Ausbildung wird dir dabei helfen, dass du es auch selbst erkennst.»

Ich erinnerte mich an das Vorstellungsgespräch und fragte mich, welches Potenzial er in mir erkannt haben wollte, außer dass ich das Zeug zum Stammelweltmeister hätte. Mit der Gabel zog ich kleine Kreise durch die Dillsoße.

«Du musst wissen, Jana», sprach er weiter, «dass du nicht vollkommen auf dich allein gestellt bist. Wir setzen dich nicht am Montag auf einen Stuhl und sagen: So, und jetzt mach mal.

Wenn du Fragen oder ein Problem hast, dann kannst du dich jederzeit an uns wenden. Ich erkläre dir Sachen auch gerne dreimal, wenn es nötig sein sollte. Außerdem habe ich heute mit Collin geredet.» Herr Völkner nahm sein Besteck wieder auf, aß eine feine Scheibe vom Lachs und fuhr schließlich fort: «Er ist dir ein Lehrjahr voraus, und gerade, was den Stoff in der Berufsschule und die Eingewöhnungszeit angeht, ist er der perfekte Ansprechpartner für dich. Wahrscheinlich sogar ein viel besserer als ich. Er hat mir zugesichert, dass er dir helfen wird. Collin ist ein guter Lehrer, ich vertraue ihm voll und ganz. Wie du siehst, gibt es also gar keine andere Möglichkeit, als dass wir es gemeinsam schaffen werden.» Herr Völkner nahm einen weiteren Schluck von seinem Wein, während mein Blick zu Collin wanderte. Er kaute und sah auf seinen Teller, als hätte er das Gespräch nicht mit angehört.

Nach dem Essen machten sich Lars, Tom und Vanessa beim Einräumen der Spülmaschine nützlich. Ich half noch dabei, das Geschirr in die Küche zu bringen, dann ging ich wieder nach oben. Auf der Treppe kam mir Collin entgegen, der nur wenige Minuten vor mir das Esszimmer verlassen hatte. Er trug eine schwarze Sporttasche wie jeden Donnerstagabend. *«Na, gehst du wieder zum Training?»*, hatte ich Herrn Völkner mal sagen hören. Welches Training damit gemeint war, wusste ich nicht. Manchmal verließ er das Haus allein, manchmal in Begleitung von Lars.

In meinem Zimmer angekommen, begab ich mich auf den Balkon. Dort stand ich, bis es dämmrig wurde. Das Meeresrauschen drang bis hierhin, und sosehr ich mich auch versuchte daran zu erinnern, ich hatte vergessen, wie die Luft früher auf dem Festland ohne den salzigen Beigeschmack gerochen hatte. Seitdem ich hier war, nahm ich das Atmen viel bewusster wahr, manchmal schloss ich sogar die Augen dabei.

Jeden Tag zog es mich hinunter zum Meer, aber nachgegeben hatte ich dem Drang bisher nur einmal. Es war am Montag vor einer Woche gewesen, ein leicht windiger, aber sonniger Nachmittag, an dem ich das ganze Haus für mich allein gehabt hatte. Ich ging hinunter zum Strand und stand vor unendlich weitem, mit dem Horizont verschwimmendem, wunderschönem … Matsch. Die Sache mit den Gezeiten musste mir wohl kurzzeitig entfallen sein, und so machte ich Bekanntschaft mit der Ebbe.

Ich haderte ein bisschen mit mir, beschloss dann aber, dass ich es jetzt ein zweites Mal wagen wollte. Hinter dem Garten begann der Pfad aus Holzbrettern, der direkt zum Meer hinunterführte. Ich schlang die Arme um meinen Körper, weil es seit dem Sonnenuntergang deutlich frischer geworden war, und lief den Pfad entlang. Mit jedem Schritt wurde es stiller, außer dem leichten Widerhall meiner Schuhe auf dem Holzboden und dem Rauschen des Meeres gab es keine Geräusche. Ab und zu drehte ich mich um und sah, wie das beleuchtete Haus von den Völkners immer kleiner wurde. Und dann stand ich tatsächlich vor dem Meer. Weißer Schaum leuchtete in der Dämmerung auf den Wellen, die an den Strand gespült und mit unsichtbarer Kraft von einem Sog wieder zurückgezogen wurden. Gebannt von dem Anblick, der immer gleich und doch immer anders war und stets neue künstlerische Muster zeichnete, lief ich über den Sand näher ans Wasser heran. Ich hätte gerne meine Schuhe ausgezogen und den nassen Sand zwischen meinen Zehen gespürt, aber dann hätte ich meine Hose hochkrempeln müssen. Ich blickte mich in alle Richtungen um, es war niemand zu sehen, trotzdem traute ich mich nicht. Stattdessen lief ich ein paar Meter den Strand entlang und sammelte ungewollt kiloweise Sand in den Schuhen.

Nicht weit entfernt stand ein altes Gerüst aus dicken Holzpfosten. Eine kleine, etwas veraltete Aussichtsplattform, vielleicht zwei Meter fünfzig über dem Boden, die zwar mitgenommen aussah, aber immer noch stabil wirkte. Testweise stellte ich einen Fuß auf eine der Trittleiterstufen, und als sie den Test bestand und mein Gewicht trug, kletterte ich nach oben. Die letzten zwei Stufen fehlten, waren im Laufe der Jahre wohl Opfer der Witterung geworden und verschollen gegangen. Ich stützte mich rechts und links vom Einstiegsloch am Boden ab, hievte mich nach oben und krabbelte auf die rechteckige Plattform. Vier Quadratmeter, größer war sie nicht. Ringsum war ein Geländer aus Holz angebracht. Von hier aus konnte ich das Haus der Völkners erkennen und auf der anderen Seite in der Ferne den rot-weiß gestreiften kleinen Leuchtturm, den ich auch von meinem Balkon aus sehen konnte. Ich setzte mich auf den hölzernen Boden, ließ die Beine über den Rand baumeln, lehnte mich mit den Ellbogen auf das untere Geländer und beobachtete das Meer.

«Was willst du denn an der Küste?»
«Einfach mal das Meer sehen, Papa.»
«Na, wenn sich mein Mädchen das wünscht, dann muss ich ihr diesen Wunsch wohl erfüllen.»
«Wirklich?»
«Ja, lass uns mit dem Zug für ein Wochenende nach Kiel fahren.»

Auch wenn ich wusste, dass er den Plan wahrscheinlich nie umsetzen würde, wollte ich es ihm in diesem Moment glauben. In seinem runden Gesicht mit den vollen Wangen lag ein Lächeln. Für einen Augenblick. Dann veränderte sich sein Gesicht. Das Lächeln schwand, die Lippen hingen nach unten, vom Hals aufwärts verfärbte sich sein Gesicht blau. Auf den Wangen platzten Äderchen, die Augen traten hervor und waren blutunterlaufen. Seine Füße schwebten einen halben Meter über dem Boden. Das Holz knarzte im immer gleichen langsamen Takt.

Meine Atmung war angestiegen, mein Brustkorb schnürte sich zusammen, und ich spürte das Zittern aufkommen. Keine Luft. Ich bekam keine Luft. Hitze breitete sich in mir aus, ich begann zu schwitzen. Mit der Hand krallte ich mich in das Geländer und fing an, die Zahlenfolge von Fibonacci durchzugehen. Null. Eins. Eins. Zwei. Drei. Fünf. Acht. Dreizehn. Einundzwanzig. Vierunddreißig. Fünfundfünfzig. Neunundachtzig. Die Null und die Eins sind fest vorgegeben, die Addition der zwei Vorgängerzahlen ergibt dann immer die nächste. Ich versuchte ruhig zu atmen und rechnete weiter. Bei dreiundsechzig Millionen zweihundertfünfundvierzigtausendneunhundertsechsundachtzig verschwanden die Bilder endlich aus meinem Kopf. Mein Herzschlag beruhigte sich, das Zittern und die Atemnot ließen nach, und mein Griff um das Geländer wurde schwächer. Nur der Schweiß stand mir noch auf der Stirn. Ich holte aus der Hosentasche meinen MP3-Player und steckte die kleinen Kopfhörer ins Ohr. «Black Horse And The Cherry Tree» von *KT Tunstall*. Ich drehte die Musik lauter. Immer lauter. So laut, bis mir fast der Kopf platzte und die Hörer an ihre Grenzen stießen. Ich schloss die Augen, atmete regelmäßig tief ein und aus, voll und ganz auf das Scheppern in meinen Ohren konzentriert. Als ich die Augen wieder öffnete, begann mein Herz vor Schreck erneut zu rasen. Ich war nicht mehr allein. Unter mir sah ich eine dunkle Gestalt über den Strand laufen. Dann spürte ich auch schon die Schritte auf den Leiterstufen an der Erschütterung der Balken. Jemand kam zu mir nach oben.

Erst sah ich einen Kopf, dann schoben sich die Schultern und der Oberkörper durch die Öffnung. Auf Gürtelhöhe verharrte der Mann, weil er wegen der schlechten Lichtverhältnisse erst jetzt bemerkte, dass er hier oben nicht allein war. Ich hätte nicht sagen können, wer von uns den anderen schneller erkannte, es passierte fast zeitgleich. Es war Collin.

Einerseits war ich erleichtert, dass es kein Fremder oder vielleicht sogar ein Krimineller war, andererseits schüchterte mich Collins Erscheinung nicht weniger ein.

Er fasste sich als Erster wieder. Genau wie ich vorhin stützte er sich links und rechts neben der Öffnung ab, dann zog er sich mit Schwung nach oben und landete in der Hocke auf der Plattform. Er musterte mich noch einen Moment, bevor er sich etwas entfernt von mir mit dem Rücken ans Geländer setzte.

Auf einmal hörte sich die Musik aus meinen Kopfhörern nur noch wie ohrenbetäubender Lärm an. Ich kramte den MP3-Player hervor und drehte den Lautstärkeregler ganz nach unten. Statt der Musik hörte ich jetzt mein Herz klopfen.

Was machte er hier?

Collin hatte das Buch mit dem schwarzen Umschlag dabei, das er fast immer mit sich herumtrug. In seinem Schoß klappte er es auf, schaltete eine kleine LED-Taschenlampe an, die der fortgeschrittenen Dunkelheit entgegenwirkte, und begann zu malen. So, als würde er das jeden Tag hier oben machen, und so, als wäre er komplett allein.

Ich sah wieder aufs Meer. Natürlich war mir klar, dass ihm diese Plattform nicht gehörte, aber offenbar hatte er den Platz schon lange vor mir entdeckt. Ich war der Eindringling. Nur gut, dass er nicht zwanzig Minuten früher aufgetaucht war, als ich noch mit der Kontrolle über die Panik gerungen hatte, aber für richtige Erleichterung war die Situation zu beklemmend. Da saßen zwei Menschen auf engem Raum und redeten kein Wort miteinander. Ich empfand die Stille als drückend und schwer. Als ich zu ihm hinüberlinste, deutete in seinem Gesicht nichts darauf hin, dass er ähnlich empfand. In dem Moment, als er den

Kopf hob und unsere Blicke sich trafen, sah ich ertappt wieder zurück aufs Meer. Er hatte nicht böse gewirkt oder finster dreingeschaut, das machte er eigentlich nie, vielmehr war sein Blick eine Art pragmatische Konfrontation. *Du guckst mich an, ich merke das, also gucke ich zurück und schaue, was du willst. Du willst nichts? Gut, dann kümmere ich mich wieder um meinen Kram.* Wenn ich die Blicke eines anderen bemerkte, fragte ich mich automatisch, was die Person wohl für Gründe hatte, mich komisch anzuschauen, und fühlte mich auf der Stelle unwohl, als würde etwas mit mir nicht stimmen. Offenbar handhabte Collin das anders als ich.

Je länger ich dasaß und nervös mit den Händen spielte, desto mehr wünschte ich mir, es würde ein Gespräch entstehen, das diese beklemmende Stille beendete. Collin begann aber keins. Wahrscheinlich würde er es auch nicht in zwei Stunden tun. Ich kämpfte lange mit mir, ehe ich schließlich den Mut aufbringen konnte, ihm eine Frage zu stellen. Weil ich so aufgeregt war, wurde es leider keine besonders intelligente.

«Du sprichst nicht so gerne, oder?»

«Bitte?», fragte er.

Ich sah auf meine Füße, die in der Luft baumelten, und ließ sie mit den Spitzen zusammenstoßen. «Du redest sehr wenig.» Vorsichtig blickte ich über meine Schulter hinweg zu ihm. Seine Hand, die den Stift führte, hatte in der Bewegung innegehalten, und auf seiner Stirn bildeten sich Falten.

«Ach ja?»

Ich nickte. Eigentlich war meine Frage eine ganz simple gewesen, seinem Gesichtsausdruck nach zu urteilen, hatte ich ihn damit aber ganz schön verwirrt.

«Und worauf möchtest du mit deiner Feststellung nun hinaus?»

Jetzt war ich verwirrt. «Nirgends. Es war nur eine Frage.»

«Aha», murmelte er. Seine Hand mit dem Stift nahm die Bewegung wieder auf, und er konzentrierte sich aufs Zeichnen.

Die Reaktion war eindeutig, für ihn war das Gespräch beendet, und ich bereute, den Versuch überhaupt unternommen zu haben. Da ich meinen MP3-Player ohnehin auf lautlos geschaltet hatte, nahm ich die Hörer aus den Ohren und verstaute sie mitsamt dem kleinen Gerät in meiner Hosentasche. Der Wind nahm wieder zu und brachte den Jeansstoff um meine herunterhängenden Beine zum Flattern. Ich rieb mir über die Oberarme und bedauerte, keine Jacke mitgenommen zu haben.

«Du redest selbst auch nicht gerade viel.»

Überrascht, Collins Stimme doch noch einmal zu hören, wandte ich den Kopf in seine Richtung. Er blickte auf das schwarze Buch in seinen Händen und sah kein einziges Mal auf.

«Ich habe nicht viel zu erzählen», sagte ich leise.

«Dann bist du also schweigsam, weil du langweilig bist.»

«Nein, ich ...» Wie der Satz weitergehen sollte, wusste ich nicht, aber die Art und Weise, wie er meine Worte interpretiert hatte, gefiel mir nicht sonderlich.

«Mach dir nichts draus, die meisten Menschen sind langweilig», sagte er. «Mehr noch, die meisten Menschen sind dumm.» Er klang weniger gehässig als vielmehr ernüchtert und müde.

«Ist das der Grund, warum du mit kaum jemandem sprichst?»

Collin reagierte, wie ich es nicht unbedingt erwartet hatte. Er war sichtlich erheitert. Aber nicht auf eine charmante Weise, sondern eher so, als würde er mich belächeln. «Versuchst du mich gerade zu analysieren?»

Ein bisschen gekränkt, lehnte ich mich mit den Armen auf das Geländer und beobachtete die Brandung. «Ich hatte mich nur mit dir unterhalten wollen. Tut mir leid, wenn ich dir zu nahe getreten bin oder mich für Sachen interessiert habe, die mich nichts angehen.»

Ich hörte ihn laut ausatmen. «An mir gibt es nichts Interessantes. Ich bin dumm und langweilig wie die meisten. Neugierde damit befriedigt?»

Ich zuckte mit den Schultern. Um ehrlich zu sein, hatte er mich mit diesem letzten Satz erst recht neugierig gemacht. Warum wollte er, dass ich ihn für dumm und langweilig hielt? Das tat Herr Völkner doch auch nicht. Ich hätte mich tatsächlich gerne mit Collin unterhalten, aber ich spürte, dass er keine Lust dazu hatte. Wir verfielen wieder in Schweigen, und als es mir irgendwann zu kalt wurde, stand ich auf.

Inzwischen war es dunkel geworden. Dass es durch die Öffnung zur Plattform leichter war, nach oben als nach unten zu steigen, bemerkte ich, als ich mit den Füßen voraus nach dem nächsten Trittbrett suchte, es nicht fand und ins Rutschen geriet. Bevor ich fallen konnte, packte mich Collin am Arm. Mit geweiteten Augen starrte ich zu ihm nach oben und baumelte wie ein Frosch in der Luft, der verzweifelt nach Halt suchte und doch immer wieder abrutschte.

«Du musst mit dem Fuß die Außenseite der Leiter entlangfühlen, irgendwo steht ein Nagel hervor. Genau auf der Höhe ist auf der Innenseite die Stufe.» Ich tat exakt das, was er gesagt hatte, und spürte wenig später Halt unter meinen Füßen. Er ließ mein Handgelenk los, und ich stieg zittrig nach unten.

KAPITEL 5

Rauchschwaden waberten unter der Tür hindurch, wie kleine Wölkchen, ganz sanft und flauschig, sodass ich am liebsten mit den Fingern hindurchfahren und sie aufwirbeln wollte. Irgendetwas sagte mir, dass ich das nicht tun sollte, aber meine Beine bewegten sich wie von selbst auf die Tür zu. Ich öffnete sie und sah die orangegelben Flammen im Flur lodern. Ganz warm und weich umflossen sie mich, luden mich zu einer Umarmung ein, in der ich mich nur fallen lassen müsste. So heiß, dass der Schmerz nicht einmal spürbar wäre. Meine Mutter wartete dort schon auf mich, lächelte mir zu und streckte die Hand nach mir aus. Als sich unsere Finger schon beinahe berührten, wurde ein störendes Geräusch aus dem Hintergrund lauter. Ein Pochen. Mit einem Mal wurde meine Mutter immer blasser – und meine Hand griff ins Leere.

Dann wachte ich auf.

Schweißgebadet blickte ich auf den Lattenrost über mir und zuckte zusammen, als ich das Pochen erneut hörte. Jemand klopfte an die Tür. Und das anhand der energischen Art und Weise offenbar schon länger. «Der Bus fährt in fünfundzwanzig Minuten! Ich will deinetwegen nicht zu spät kommen! Würdest du endlich aufstehen?»

Collin. Und mit einem Mal fiel mir ein, welcher Tag heute war. Verflucht! Noch in der Sekunde, in der mich die Befürchtung überkam, dass ich verschlafen hatte, fand der Verdacht auch schon seine Bestätigung. Verflucht, verflucht! Hektisch krabbelte ich bäuchlings unter dem Bett hervor und war bereits mit dem Oberkörper und der halben Bettdecke erfolgreich herausgekrochen, da öffnete sich die Tür. Ich stoppte in meiner Bewegung und Collin ebenfalls, als er mich auf dem Boden sah. Hatte er vor fünf Sekunden noch verärgert geklungen, so stand ihm jetzt nur noch Irritation ins Gesicht geschrieben. Gleich würde er mich fragen, was ich unter dem Bett gemacht hätte, ich würde zu stammeln anfangen, ihm keine richtige Erklärung geben können, und er würde mich auf diese Weise anschauen, wie mich schon so viele angeschaut hatten. Aber die Frage kam nicht. Stattdessen fasste er sich wieder. «Hör mal, ich habe Klaas versprochen, dass ich dich mit in die Berufsschule nehme und dir beim Anmelden und Orientieren helfe. Sei also in fünfzehn Minuten unten. Okay?»

Ich schob mich endgültig unter dem Bett hervor, wich seinem Blick aus und nickte.

«Gut, und beeil dich bitte. Wenn wir den Bus verpassen, kommen wir zu spät. Wäre an deinem ersten Tag eher schlecht.»

Ich hörte, wie sich die Tür schloss, setzte mich auf die Knie und vergrub das Gesicht in den Händen. Noch vollkommen verschlafen, aber gleichzeitig wegen des Schrecks hellwach, quälte ich mich auf die Beine, kramte Klamotten aus dem Kleiderschrank und ging ins Badezimmer. Für mehr als eine Katzenwäsche reichte die Zeit nicht. Mit meiner Fischermütze und meinem verschlissenen, auf die Schnelle notdürftig gepackten Rucksack rannte ich schließlich die Wendeltreppe nach unten. Collin wartete mit seiner schwarzen Umhängetasche an der Tür und verschwand gleich nach draußen, als er mich kommen sah. Ich folgte ihm über den Pfad durch den Vorgarten und anschließend die Straße entlang. Seine Schritte waren doppelt so groß wie meine, ich hatte Mühe, hinterherzukommen.

Der Himmel war mit aufgequollenen Wolken behangen, und der Wind zerrte an meiner Kleidung. Noch bevor wir die

Bushaltestelle erreicht hatten, landeten die ersten dicken Regentropfen auf dem Asphalt. Collin zog die Schultern nach oben und schob sich die Kapuze seines dunkelgrauen Pullovers über den Kopf. Auf der gesamten Strecke drehte er sich nur einmal zu mir um. Ein zweites Mal tat er es, als wir den Bus in letzter Sekunde erwischten und uns gerade noch durch die Türen zwängten. Schweigend hielten wir uns im Stehen an den Stangen fest und ließen uns von dem Gefährt durchschaukeln, bis wir unser Ziel, den Bahnhof von Westerland, erreicht hatten.

Es war komisch, diesen Ort vier Wochen nach meiner Ankunft wieder zu betreten. Einerseits kam es mir vor, als sei ich hier erst gestern aus dem Zug gestiegen, andererseits, als läge es Monate zurück. Damals hatte ich keine Ahnung gehabt, was mich erwarten würde, und jetzt steckte ich bereits mitten in meinem neuen Leben. Ich fragte mich, ob so etwas wie Gegenwart überhaupt tatsächlich existierte oder in Wahrheit nur ein Trugschluss war. Das Hier und Jetzt fand nur im Bruchteil einer ungreifbaren Millisekunde statt, die ich erst wahrnehmen konnte, wenn sie bereits zur Vergangenheit geworden war.

Collin steuerte zielstrebig die Gleise an, doch so schnell wir auch liefen, bis wir die Überdachung erreicht hatten, waren wir längst durchnässt. Vor uns lag über eine Stunde Zugfahrt. Zwar gab es auf Westerland eine Berufsschule, aber die Fächer zur Ausbildung als Bauzeichner standen nicht auf dem Lehrplan. Wir mussten aufs Festland, ins achtzig Kilometer entfernte Husum.

Collin saß mir die gesamte Strecke gegenüber. Die Kopfhörer auf den Ohren und ein Bein angewinkelt, sah er die meiste Zeit aus dem Fenster. Seine Haare hatten trotz Kapuze unter dem Regen gelitten und hingen ihm in die Stirn. Ich wusste nicht, ob es an der Partie seiner Augen, an der Linie seiner Nase oder an den Zügen um seinen Mund lag, aber irgendetwas hatte sein Gesicht an sich, dass ich es gerne ansah.

Nach über einer Stunde stiegen wir aus. Die Berufsschule in Husum war noch größer, als ich befürchtet hatte. Der Gebäudekomplex erstreckte sich über mehrere Etagen, die Flure schienen kein Ende zu nehmen, und der Schulhof konkurrierte mit der Größe von zwei Fußballfeldern. Wie viele Schüler musste es hier geben? Die Antwort bekam ich schneller, als mir lieb war. Gleich nach dem Betreten der Aula stießen wir auf einen Pulk aus Hunderten von Menschen und wurden unfreiwillig ein Teil davon. Mit jedem Schritt verschluckte uns die Masse mehr. Hätte ich etwas zu Collin sagen wollen, ich hätte mein eigenes Wort in dem Stimmengewirr nicht verstanden. In dem Gedränge fühlte ich mich so verloren wie ein Reh auf der Autobahn. Alles raste an mir vorbei, und ich stand hilflos in der Mitte, bis jeden Moment der unausweichliche Aufprall erfolgen würde. Kalter Schweiß bildete sich auf meiner Stirn, meine Atmung ging schwer, und ich wollte nur noch raus hier. Wegen der Überflutung an Eindrücken wurden meine Schritte stockender und dadurch der Abstand zwischen Collin und mir größer, bis ich ihn irgendwann ganz aus den Augen verloren hatte. Ich drehte mich in alle Richtungen um, suchte ihn verzweifelt, konnte ihn aber nirgendwo entdecken. Ständig wurde ich von irgendjemandem angerempelt, nach links und rechts geschubst, ich verlor die Orientierung und wusste nicht mehr, wo der Ausgang war. Überall Menschen. Und den einzigen, den ich kannte, hatte ich verloren. Ich geriet endgültig in Panik. Die Zahlenfolge von Fibonacci! Ich versuchte mich zu konzentrieren. Null, eins, eins, zwei, drei, fünf, acht – weiter kam ich nicht. Es war, als hätte ich vergessen, wie man rechnete. Egal, wie oft ich es versuchte, ich schaffte es nicht. Ich musste hier raus. Ich musste Collin finden. Mein Herz klopfte bis zum Hals, übertönte alles andere. Menschen, überall Menschen. Plötzlich packte mich einer davon am Arm. Ich war im Begriff zu schreien und mich loszureißen, da bemerkte ich, dass es mein verloren geglaubter Mitbewohner war. Weil er mich noch tiefer in die Menschenmenge zog, stemmte ich mich dagegen, wollte in die andere Richtung, doch sein Griff wurde nur fester. Ich stolperte hinter ihm her, ließ mich durch den dichten Pulk zerren, bis es plötzlich lichter um uns herum wurde. Collin bog in einen Flur, entfernte uns immer weiter von der Aula und schob mich durch einen Notausgang nach draußen. Auf einmal war es ganz still, wir waren allein, und Collin ließ meinen Arm los. Ich spürte, dass ich am gesamten Körper zitterte.

«Durchatmen», sagte er.

Ich hielt mich am Geländer fest. Die frische Luft tat gut, und je tiefer ich einatmete, desto mehr stabilisierte sich mein Kreislauf. Langsam löste sich der Druck um meinen Brustkorb, der sich um meine Lunge geschnürt hatte. Das Gefühl, auf der Autobahn zu stehen, schwoll minütlich ab, und die Kontrolle über die Situation kehrte zurück.

«Besser?», fragte Collin nach einer Weile.

Ich nickte zögerlich.

«Vielleicht hätte ich dich vorwarnen sollen», sagte er, «zum Beginn eines neuen Schuljahrs ist in der Aula die Hölle los. Der Direktor hält gleich eine Rede.»

Es beruhigte mich, dass heute offensichtlich eine Ausnahmesituation herrschte, sonst hätte ich mir nicht vorstellen können, jemals wieder einen Fuß in das Gebäude zu setzen.

«Hör mal, du musst lernen, hier klarzukommen. Ich kann nicht den ganzen Tag dein Kindermädchen spielen.»

Ich wusste, dass man von einer Neunzehnjährigen eigentlich erwarten konnte, solche Situationen allein zu meistern, umso mieser fühlte ich mich, dass ich gescheitert war.

«Du hättest mich nicht rausziehen müssen», murmelte ich. Weil ich zu lange nach unten gesehen hatte, bemerkte ich zu spät, dass sein Blick angespannt auf meiner Schulter ruhte. Von einer bösen Vorahnung überkommen, fasste ich mir wie ferngesteuert an die Stelle und spürte vernarbte Haut unter meinen Fingern. Dadurch, dass er mich am Arm gepackt und mitgezogen hatte, musste mein ausgeleierter Pullover verrutscht sein. Als diese furchtbare Tatsache in mein Bewusstsein sickerte, schob ich den Kragen mit einer schnellen Handbewegung wieder an Ort und Stelle. Aber es war zu spät. Er hatte gesehen, was er nicht hätte sehen sollen, und unter seinem starren Blick fühlte ich mich wie ein Monster. Das Gewicht der Stille begann meinen Brustkorb von neuem zusammenzuschnüren.

Schließlich räusperte Collin sich und kniff ein paarmal die Augen zusammen, als würde er das Gesehene damit aus seinem Kopf verbannen wollen. «Ähm ... Also ich ... Ich werde dich durch die hinteren Flure zur Anmeldung bringen und dort mit dir warten, bis du an der Reihe bist.» Seine Worte klangen klarer und kontrollierter, als sein Gesichtsausdruck es eigentlich erwarten ließ. Er fasste sich in den Nacken. «Sie werden dir einen Plan geben, und ich zeige dir, wo du die jeweiligen Räume findest. Danach bist du auf dich selbst gestellt. Nach Schulschluss warte ich am Ausgang auf dich, und wir gehen gemeinsam zum Bahnhof.»

In diesem Moment wäre ich ihm nicht böse gewesen, wenn er mir überhaupt nicht mehr geholfen hätte, weil ich ihm eigentlich nie wieder unter die Augen treten wollte. Lieber hätte ich eine ganze Stunde in der Aula gestanden und zur Not auch eine weitere, hätte ich damit verhindern können, was gerade passiert war.

Vollkommen neben mir stehend, folgte ich Collin durch die Gänge und hielt mich an seinen vorgeschlagenen Ablauf. Weder als wir in der langen Schlange der Anmeldung standen, noch als er mir im Anschluss die Klassenzimmer zeigte, redete ich auch nur ein Wort. Die meiste Zeit blickte ich starr auf den Stundenplan in meinen Händen. Hauptsache, ich musste Collin nicht in die Augen sehen. Dadurch registrierte ich kaum etwas von der Umgebung und bekam von seiner Führung so gut wie nichts mit. Eigentlich wartete ich nur darauf, dass er sich endlich verabschiedete und sich unsere Wege trennen würden.

Als der Moment schließlich kam, nahm der Kloß in meinem Hals endlich ein bisschen ab, gänzlich auflösen tat er sich jedoch nicht. Das einzig Positive war, dass mich nach dem Vorfall mit Collin hier nichts mehr schocken konnte. Beinahe stoisch arbeitete ich meinen Stundenplan ab, wobei ich jeden Raum eine halbe Ewigkeit suchen musste, mich mehrmals verlief und unangenehmerweise überall mit ein paar Minuten Verspätung eintrudelte. Weil aber noch kein richtiger Unterricht stattfand, verpasste ich nichts. Hauptsächlich wurden Vorträge darüber gehalten, was uns in dem jeweiligen Fach innerhalb des nächsten Schuljahres erwartete. Teilweise waren es richtig epische Einleitungen. Einer der Lehrer, ein glatzköpfiger Mann fortgeschrittenen Alters, begrüßte uns mit den Worten: «Herzlichen Glückwunsch, Sie alle sind die zukünftige rechte Hand eines Architekten!». Ein bisschen zu dick aufgetragen für meinen Geschmack. Ich suchte mir meist Sitzplätze weit hinten, versuchte nicht unangenehm aufzufallen und beobachtete, wie sich bereits die ersten Grüppchen bildeten. Keine Ahnung, wie die Leute es schafften, so schnell Anschluss zu finden. Manchmal bekam ich komische Blicke, aber Worte erreichten mich glücklicherweise nie.

Am frühen Nachmittag war der Spuk vorbei. Erst ab nächster Woche würde der reguläre Unterricht bis 16 Uhr gehen, und ich war froh, es für heute hinter mich gebracht zu haben.

Die Hände in die Bauchtasche seines Kapuzenpullovers gesteckt, sah ich Collin schon von weitem vor dem Ausgang stehen. Irgendetwas in mir hatte gehofft, er wäre vielleicht doch schon ohne mich gefahren. Der Regen hatte aufgehört, und die Sonne lugte verhalten hinter den aufgetürmten Wolken hervor. Der Wind blies kalt. Ich fasste an den Kragen meines Pullovers und zog ihn – wie eigentlich ständig in den letzten Stunden – enger zusammen.

«Und, hat alles geklappt?», fragte Collin.

Ohne seinen Blick zu erwidern, nickte ich, ehe wir uns gemeinsam und wortlos in Richtung Bahnhof aufmachten.

Wie schon auf der Hinfahrt setzte er sich im Zug die Kopfhörer auf und sah aus dem Fenster. Ich starrte auf die feinen Muster in den Sitzbezügen und wünschte mir nichts sehnlicher, als dass ich den Tag rückgängig machen könnte.

Nachdem ich die Zugfahrt und Herrn Völkners Fragen zu meinem ersten Schultag beim Abendessen hinter mich gebracht hatte, wollte ich nur noch in mein Zimmer. Ich hatte ihn nicht angelogen, jedoch ein paar entscheidende Lücken in meiner Erzählung gelassen, die Collin zum Glück nicht auffüllte. In meinem Zimmer angekommen, schloss ich die Tür hinter mir, setzte mich aufs Bett, zog die Beine an und bettete die Stirn aufs Knie. Mir war alles zu viel. Zum ersten Mal seit meiner Ankunft gestand ich mir ein, dass ich komplett überfordert war. Mit der Arbeit. Mit meinen Mitbewohnern. Mit Herrn und Frau Völkner, die so nett waren, dass ich nicht wusste, wie ich das annehmen oder gar wiedergutmachen konnte. Mit Dr. Flick. Mit meiner neuen Umgebung – einfach mit allem. Und am meisten mit mir selbst.

Ich wollte es nicht, versuchte es mit aller Kraft zu verhindern, doch die Tränen fragten nicht um Erlaubnis. Noch bevor ich es schaffte, das Gesicht in den Händen zu verbergen, begann ich zu weinen.

KAPITEL 6

«Ich finde es gut, dass du mir erzählt hast, wie überfordert du dich fühlst», sagte Dr. Flick. Sie saß mir gegenüber im Sessel und beugte sich ein bisschen nach vorne. «Ich habe den Eindruck, dass du mir gerade zum ersten Mal ehrlich mitgeteilt hast, wie es dir wirklich geht. Und genau diese Ehrlichkeit ist so wahnsinnig wichtig für uns beide. Es gibt keinen Grund, sich zu schämen.»

Und wieso fühlte es sich dann so unerträglich unangenehm an? Dr. Flick wurde bezahlt, dass sie mir zuhörte, sie tat es nicht, weil sie mich mochte, sondern weil es ihr Job war. Dieser Gedanke wollte mir nie aus dem Kopf. Sie benahm sich wie eine Freundin, doch in Wahrheit war sie das nicht.

«Du sagtest, es gibt mehrere Dinge, die dich überfordern», fuhr sie fort. «Möchtest du mir erzählen, welche im Einzelnen das sind?»

Eigentlich wollte ich das nicht, denn mit dem Zugeständnis, dass ich den momentanen Belastungen nicht gewachsen war, gab ich schon mehr von mir preis, als mir lieb war. Trotzdem purzelten ein paar stockende Worte aus mir heraus. «Die Berufsschule, die Ausbildung, Herr und Frau Völkner, die Mitbewohner. Alles ist neu. Man kann so viel falsch machen.»

«Kannst du mir ein Beispiel nennen, damit ich es besser nachvollziehen kann? Was hast du Angst, falsch zu machen?», fragte sie.

«Dass ich in der Schule etwas nicht verstehe oder es vergesse.»

Dr. Flick strich sich eine lockige Haarsträhne hinters Ohr. «Du möchtest gewissenhaft sein», sagte sie. Obwohl das nicht wie eine Frage klang, schien sie auf eine Antwort zu warten.

Ich nickte zögerlich.

«Glaubst du denn, dass es sehr schlimm wäre, wenn du etwas nicht verstehst?»

Natürlich wäre das schlimm. Ich könnte eine schlechte Note schreiben oder müsste jemanden fragen, ob er mir hilft, und das würde die Person vielleicht gar nicht mögen oder mich für begriffsstutzig halten. «Dann verliere ich den Ausbildungsplatz und enttäusche Herrn und Frau Völkner», murmelte ich.

Sie seufzte, allerdings nicht auf eine Weise, dass es genervt klang, es schwang eher etwas Mitfühlendes darin. «Inzwischen hast du Klaas und Anke ein bisschen kennengelernt. Schätzt du sie so ein, dass sie jemanden rauswerfen, weil er einen Fehler macht?»

Nein, eigentlich besaßen die beiden ein hohes Maß an Geduld und Verständnis, aber ... «Wenn es ein großer Fehler ist, vielleicht schon.»

Dr. Flick sah mich einen Moment an, dann machte sie sich eine Notiz auf ihrem Block. «Wenn ich an meine eigene Ausbildung zurückdenke», sagte sie, «vor allem an die Praktika, und mir ins Gedächtnis rufe, wie nervös ich war, dann verstehe ich dich gerade besser, als mir lieb ist.» Sie lächelte und sah für einen Augenblick gedankenverloren auf die Alpenveilchen neben der Box mit den Taschentüchern. «Manchmal entsteht Angst dadurch, dass wir eine viel schlimmere Konsequenz für unser Handeln befürchten, als tatsächlich realistisch wäre. So zumindest war das bei mir. Ich hatte beim Beginn meines Studiums noch Schwierigkeiten mit der deutschen Sprache und dachte, jedes Missverständnis könnte mir zum Verhängnis werden. Die Missverständnisse gab es auch leider zuhauf, aber zum Verhängnis wurde mir kein einziges davon.» Sie legte das Klemmbrett auf das Tischchen neben sich und sprach ruhig weiter: «Allerdings muss ich dazu sagen, dass ich auch das Glück hatte, durchs Studium eine gute Freundin gefunden zu haben. Sie half mir über Sprachbarrieren hinweg, und mit der Zeit fühlte ich mich sicherer mit meinem Deutsch.» Sie sah mich direkt an. «Gibt es denn unter deinen Mitbewohnern jemanden, an den du dich in Notfällen wenden könntest? Also, falls du nicht direkt bei Klaas oder Anke nachfragen magst?»

Ich schüttelte den Kopf. Klaas hatte zwar gesagt, dass ich mit allen Fragen zu Collin gehen könnte, aber dessen Gesichtsausdruck sah nie danach aus, als wäre das tatsächlich in seinem Interesse.

«Das ist sehr schade», sagte Dr. Flick. «Wahrscheinlich ist es aber auch nicht einfach, in einer bereits bestehenden Gruppe Anschluss zu finden. Würdest du dir denn überhaupt Anschluss wünschen?»

Ich sah auf meine Finger, auf die vielen Rillen auf der Unterseite, drehte meine Hände dann um und ließ den Blick über meine kurzgeschnittenen Nägel schweifen. Ich war es gewohnt, allein zu sein. Wenn ich unter Menschen war, wünschte ich mir das Alleinsein sogar zurück. Mit einem Mal sickerte mir die Erinnerung an Moni, meine beste Freundin aus der fünften Klasse, ins Gedächtnis. Ich wischte den Gedanken an sie sofort beiseite und zuckte nur mit den Schultern.

«Das war eine blöde Frage von mir, oder?» Dr. Flick sah mich entschuldigend an. «Niemand ist gerne allein.»

Vielleicht hätte mich dieser Satz traurig gestimmt, stattdessen musste ich an Collin denken. Er schien glücklich mit dem Alleinsein, auch wenn ich keine Ahnung hatte, wie er das anstellte.

«Hast du denn mal versucht, mit deinen Mitbewohnern näher in Kontakt zu treten?», fragte sie weiter.

Ich dachte einen Moment nach und sagte schließlich leise: «Nicht wirklich.»

«Du hast mir neulich erzählt, du würdest stets eine Kluft zwischen dir und anderen Menschen fühlen.»

Ich wusste nicht, warum sie das wiederholen musste. Mit dem Finger fuhr ich die Naht des Kissens nach, das ich auf dem Schoß liegen hatte. Einatmen fühlte sich beklemmend an.

«Hast du schon mal darüber nachgedacht, dass deine Mitbewohner auch alle Probleme haben und sich jeder, genau wie du, schwer damit tut, in der Gesellschaft zu bestehen?»

Tatsächlich hatte ich mich oft gefragt, welche Geschichte wohl jeder einzelne von ihnen zu erzählen hätte, aber auf die Weise darüber nachgedacht, wie Dr. Flick es formulierte, hatte ich noch nie.

«Du bist unter Gleichgesinnten», sagte sie und legte den Kopf leicht schräg. «Meinst du, du könntest es auf einen Versuch ankommen lassen und dir das in den Hinterkopf rufen, wenn ihr zusammensitzt?»

Ich blickte sie kurz an und danach wieder auf das Kissen. Schließlich nickte ich kaum merklich.

«Das ist schön», sagte sie. «Und bist du bereit, dir noch einen weiteren Vorschlag von mir anzuhören, oder habe ich dich für heute genug strapaziert?»

«Sagen Sie ruhig.» Mein Hals wurde trocken, und ich bereute, dass ich vorhin das angebotene Glas Wasser abgelehnt hatte.

«Ich würde gerne mit dir versuchen, eine Art Ausgleich für dich zu finden. Du gehst zur Arbeit und hältst dich viel in deinen eigenen vier Wänden auf. Dadurch kommst du nie zur Ruhe, weil du ständig mit deinem Kopf und deinen Ängsten konfrontiert bist. Jeder Mensch braucht aber eine kleine Insel, auf der er abschalten und entspannen kann, die ein bisschen Abwechslung in die Gedanken bringt. Möchtest du wissen, was meine Insel ist?»

Ich nickte.

«Ich liebe meinen Beruf, und ich liebe meinen Mann und meine Tochter. Trotzdem brauche ich manchmal Zeit für mich ganz allein und einen Pol, der mich zur Ruhe bringt.» Sie richtete sich auf. «Ich gehe schwimmen und modelliere Broschen. Es sind die hässlichsten Broschen, die du jemals in deinem Leben gesehen hast», sie lachte, «ich trage sie nicht einmal, aber es macht mir unendlich Spaß, sie zu basteln. Inzwischen habe ich über dreihundert Stück zu Hause. Ich setze mich hin, überlege mir, wie meine nächste Brosche aussehen soll, und dann bin ich für die nächsten zwei Stunden in einer anderen Welt.»

Ich hätte gerne eine ihrer Broschen gesehen, nur, um zu gucken, ob sie wirklich so hässlich waren, wie sie behauptete, aber leider bot Dr. Flick mir das nicht an.

«Es ist ganz wichtig, dass es nicht ums Können geht», sprach sie weiter, «lediglich um den Spaß an der Beschäftigung. Gibt es denn irgendwelche Sachen, die du gerne machst, Jana?»

«Ich höre gerne Musik», antwortete ich. Meistens ältere Stücke, die kaum einer aus meiner Generation kennen dürfte und die in der Vergangenheit tatsächlich eine Art Insel für mich dargestellt hatten, gerade in den Jahren, als meine Eltern noch lebten.

Dr. Flick nahm ihr Klemmbrett wieder auf und notierte sich meine Antwort. «Sehr gut», sagte sie. «Gibt es noch etwas?»

Ich wusste nicht, wie skurril so eine Insel sein sollte, und fürchtete, dass die drei Sachen, die ich noch im Angebot hatte, schlichtweg zu unspektakulär waren: ab und an mal ein Buch lesen, Serien schauen und mit dem Kugelschreiber komplexe Muster auf linierte Papiere malen. Letzteres konnte ich stundenlang tun, mein Ordner für die Berufsschule hatte bereits heftig unter diesem Zeitvertreib gelitten. Und Mathe ... Mathe mochte ich auch irgendwie. Das Zusammenspiel von Zahlen, verzwickte Rechnungen, die scheinbar unlösbar waren und am Ende doch aufgingen. Außerdem verschaffte mir Mathematik eine Art Gewissheit: Solange ich rechnen konnte, wusste ich, dass mein Gehirn noch funktionierte.

«Hmmm», machte Dr. Flick schließlich langgezogen, weil ich keine Antwort gab. «Was würdest du davon halten, wenn ich eine Liste mit verschiedenen Beschäftigungen erstelle, die du nacheinander ausprobieren kannst?»

Ich hatte zwar keine Ahnung, was mich auf so einer Liste erwarten würde, stimmte aber vorsichtig zu. Erfreut über mein Einverständnis, machte sich Dr. Flick eine kleine Notiz am Rand ihres Blocks. «Sehr schön. In so etwas bin ich Meister. Aber sollte etwas dabei sein, das du dir unter gar keinen Umständen vorstellen kannst, dann lässt du diesen Punkt einfach aus.»

Ihr letzter Satz beruhigte mich.

«Darf ich auch sportliche Aktivitäten mit auf die Liste schreiben?»

Mein Gesichtsausdruck sorgte für Erheiterung bei ihr.

«Dem Blick nach zu urteilen, bist du genauso eine begeisterte Sportskanone wie ich. Ich muss mich auch immer überwinden. Aber man kann sich dadurch wirklich gut von angestauten Emotionen befreien. Außerdem werden Endorphine ausgeschüttet, man fühlt sich gut, wird ruhiger und kann besser durchschlafen. Manche Sportarten wirken sich sogar positiv auf das Selbstbewusstsein aus.»

«Ich soll also Bauch-Beine-Po machen?», fragte ich, woraufhin Dr. Flick zu lachen begann.

«Falls du daran Spaß hast, würde das ebenfalls seinen Zweck

erfüllen, aber ich dachte eher an etwas anderes. Hier auf Westerland gibt es einen kleinen Fitnessclub, in dem verschiedene Kurse angeboten werden – Handball, Volleyball, Basketball, Selbstverteidigung, Kickboxen oder auch Judo. Einen der Trainer kenne ich persönlich. Sein Name ist Devin. Vier meiner Patienten sind bei ihm, und alle haben anfangs ähnlich skeptisch reagiert wie du. Sie brauchten ein paar Stunden, um sich einzugewöhnen, aber dann wollten sie das Training nicht mehr missen. Und das Wichtigste: Es tut ihnen allen sehr gut.»

Kampfsport? So langsam zweifelte ich an Dr. Flicks Menschenkenntnis. Ich versuchte es mir vorzustellen, aber nicht mal in Gedanken konnte ich einen anderen Menschen angehen. Das war mir viel zu körperlich.

«Das war nur ein Vorschlag», sagte Dr. Flick schnell. «Ich möchte dich keinesfalls überrennen. Wenn diese Sportarten für dich überhaupt nicht in Frage kommen, dann streichen wir das wieder von der Liste. Kein Problem. Ich wollte nur die Option in den Raum stellen.»

Besser hätte mir die Option gefallen, mir ein Springseil anzuschaffen und damit in meinem Zimmer rumzuhüpfen, aber mir war klar, dass ich das gar nicht erst laut auszusprechen brauchte. «Ich denke darüber nach», sagte ich.

«Das finde ich toll.» Weil ihr Dutt sich ein bisschen gelöst hatte, öffnete Dr. Flick ihre rotblonden Haare und band den Knoten neu. «Hach, die Zeit rennt immer so», seufzte sie mit Blick auf die Uhr. «Eigentlich wollte ich mit dir noch ausführlich darüber sprechen, dass heute deine vorletzte Probestunde ist. Du kannst dich nach der nächsten also entscheiden, ob du eine Therapie bei mir beginnen möchtest oder nicht.»

Seit zwei Wochen verfolgte mich die nahende Entscheidung bereits in meinen Gedanken. Ein Ergebnis war bisher jedoch ausgeblieben. Die Probestunden waren eher ein nettes

Plaudern gewesen, aber ich wusste, dass dies mit dem richtigen Therapiebeginn ein Ende finden würde. Dr. Flick war nett, und auch wenn ich noch nicht von echtem Vertrauen reden konnte, so vertraute ich ihr doch mehr, als ich es bei anderen Therapeuten nach etlichen Sitzungen getan hatte. Dr. Lechner war sehr nüchtern und sachlich gewesen, als würde er seine Arbeitsstunden nur absitzen und als wären unsere Treffen ein bürokratischer Akt. Sein Vorgänger, Dr. Kronthal, saß mir in seiner Praxis wie der arrogante Professor eines Klinikimperiums gegenüber, der sich dann und wann dazu herabließ, ein paar Stunden seiner wertvollen Zeit für verwirrte Seelen zu opfern, obwohl er sich selbst meilenweit von Menschen wie mir entfernt sah. Und Frau Wilsberg, meine allererste Psychologin, knallte mir so ziemlich alles entgegen – außer Feingefühl.

Dr. Flick war dagegen eine Psychologin, wie man sie sich nur wünschen konnte. Anfangs war ich skeptisch, ob sie wirklich so war, wie sie sich gab, oder ob das alles Teil eines ausgeklügelten Therapieschemas war. Aber inzwischen, nachdem sie pro Sitzung mindestens fünfmal aus Versehen den Bleistift oder etwas anderes fallen gelassen hatte und beim Aufheben neulich sogar ihr Wasserglas umgeschüttet hatte, glaubte ich ihrer Art tatsächlich. Auf eine sympathische Weise war Dr. Flick ein bisschen verpeilt. Und sie war herzlich.

Eigentlich war sie genau die Person, die ich mir anstelle von Dr. Lechner, Dr. Kronthal oder Frau Wilsberg immer herbeigesehnt hatte, trotzdem plagten mich Zweifel, ob ich mich wirklich noch ein weiteres Mal durch einen neuen Therapieversuch quälen sollte. Therapie war anstrengend. Immer wieder musste ich mich überwinden, von Dingen zu erzählen, von denen ich gar nicht erzählen wollte. Und ständig musste ich an mir arbeiten, ohne dass es je zu einem erfolgreichen Ergebnis geführt hätte. Wieso sollte es dieses Mal anders werden?

«Ein paar Worte möchte ich noch zu dem Ziel der Therapie sagen», begann Dr. Flick, lenkte meine Aufmerksamkeit wieder auf sich und holte mich aus der Vergangenheit zurück in ihre Praxis. «Ich möchte dir nicht die Illusion unterjubeln, dass du in ein paar Monaten wie neugeboren durch meine Tür hinausspazieren wirst und vor guter Laune gar nicht weißt, welche Bäume du zuerst ausreißen möchtest. Es wäre natürlich schön, wenn das eintreten würde, und im Märchen mag es Wunderheilungen vielleicht auch geben. Leider aber nicht in der Realität und vor allem nicht in der Psyche. Es steht ein beschwerlicher Weg vor uns, dessen solltest du dir bewusst sein. Ich werde dich auf diesem Weg begleiten, aber gehen kannst du ihn nur selbst.»

Sie suchte Augenkontakt zu mir, ehe sie weitersprach. «Ziel der Therapie ist es also nicht, aus dir einen Strahlemann zu machen, Jana. Ich habe das Gefühl, dass du dich selbst ein bisschen verloren hast. Dass du dich nur durch die Meinung anderer und durch deine Vergangenheit definierst. Aber nichts davon bist du. Ich würde dir gerne dabei helfen, zu dir selbst zu finden.»

Mit einem Kratzen im Hals ließ ich ihre Worte sacken und war unfähig, etwas zu sagen. Schließlich nickte ich.

KAPITEL 7

Eigentlich hatte ich nach dem Abendessen in mein Zimmer gehen wollen, aber als ich am oberen Gemeinschaftsraum vorbeikam und Lars vor dem Fernseher sitzen sah, waren meine Schritte langsamer geworden. Gewohnheiten nachzugeben war wie ein Treibenlassen in glasklarem Wasser, gegen sie anzukämpfen war wie ein Robben durch dickflüssigen Schlamm. Meine Hand hatte bereits auf der Türklinke zu meinem Zimmer geruht, sie fest umschlossen, aber dann doch nicht hinuntergedrückt.

Die Beine angezogen, saß ich neben Lars auf dem Sofa. Eine Castingsendung flimmerte über den Bildschirm und hatte weder meine noch Lars' volle Aufmerksamkeit. So richtig zu interessieren schien das Programm keinen von uns beiden. Irgendwann fragte er mich, ob er umschalten könnte, und nachdem ich das bejaht hatte, zappte er in einem gelangweilten Schneckentempo durch sämtliche Kanäle. Trotzdem wirkte er heute nicht so bedrückt wie die letzten Male. Ich hatte oft überlegt, ob ich ihn bei einer zufälligen Begegnung im Flur fragen sollte, was ihn belastete. Aber wenn es dann so weit war, hatte ich die Zähne nicht auseinanderbekommen. Ich erinnerte mich an Dr. Flicks Worte, dass mir der Kontakt zu meinen Mitbewohnern eigentlich leichter fallen sollte, und musste mir eingestehen, dass ich es unter diesem Blickwinkel nie betrachtet hatte. Ich war so mit meinen eigenen Unzulänglichkeiten beschäftigt, dass ich nicht realisiert hatte, unter meinesgleichen zu sein. Wahrscheinlich waren wir tatsächlich alle komisch und verkorkst, jeder auf seine eigene Weise. Der Gedanke half mir zwar ein bisschen, leichter fiel mir der Versuch einer Konversation aber trotzdem nicht. Ich hatte immer Sorge, etwas Falsches zu sagen, mich zu blamieren oder dass mein Gegenüber eigentlich gar kein Gespräch mit mir führen wollte. Es bedurfte zehn Anläufe, bis ich meinen Mund an diesem Abend endlich aufbekam.

«Ich habe gestern gehört», begann ich leise, «dass du zu Tom gesagt hast, du würdest zum Judo gehen.»

Er wechselte die Fernbedienung in die andere Hand, offenbar tat ihm vom Zappen langsam das Handgelenk weh. «Ja, was ist damit?», fragte er.

«Wie bist du dazu gekommen?»

Es dauerte eine Weile, ehe er antwortete. «Klaas hat mich da angemeldet, weil er dachte, es würde mir guttun.»

«Und? Tut es das?»

Er zuckte mit den Schultern. «Keine Ahnung», sagte er. «Ich mache es noch nicht so lange. Aber mein Ding ist es nicht wirklich. Meistens schwänze ich.»

«Warum?»

Als er auf meine Frage hin den Kopf in meine Richtung drehte und mich eine Weile musterte, fürchtete ich schon, zu weit gegangen zu sein. Das Gefühl wurde ich auch dann nicht los, als er wieder zurück zum Fernseher sah. «Es ist so ein typischer Männersport.»

Es klang, als hätte er das Thema damit abgeschlossen, und ich haderte lange mit mir, ob ich das akzeptieren sollte oder nicht. Als wir bei einem Dokukanal landeten, überwog meine Neugierde.

«Aber du bist doch ein Mann.»

Ein schnaubendes Lachen verließ seine Kehle. «Nein, das bin ich nicht.»

Ich runzelte die Stirn und konnte ihm nicht folgen. Natürlich war er ein Mann, warum sagte er, dass er keiner wäre? «Meinst du damit, dass du kein typischer Mann bist?»

Wieder lachte er auf dieselbe humorlose Weise. «Nein, damit meine ich, dass ich eine gottverdammte Schwuchtel bin.» Er sah mir geradewegs in die Augen, und in seinem Blick lag blanker, eiskalter Hass. Ich versteifte mich. Erst weil ich Angst bekam und dann, weil ich begriff, dass die Temperatur unter dem Gefrierpunkt direkt aus seinem Inneren kam und niemand anderem als ihm selbst galt.

«Aber... Aber deswegen bist du doch genauso ein Mann...»

«Ach ja?» Er lenkte den Blick zurück auf den Fernseher.

Ich war ganz verstört davon, so viel Selbstabscheu mitzuerleben. Es war ein Akt der Gewalt, als würde er neben mir sitzen und sich vor meinen Augen ein Messer in den Bauch rammen.

Lars schaltete wieder zur Castingshow und erhöhte die Lautstärke ein bisschen. Auch wenn ich noch tausend Fragen hatte, spürte ich, dass ich nun besser den Mund halten sollte. Eine Weile starrte ich mit ihm noch auf die Flimmerkiste und überlegte, was ihn dazu brachte, so grausam zu sich selbst zu sein. Einerseits verspürte ich das Bedürfnis, ihm zur Seite zu stehen, und andererseits, die Distanz zu ihm möglichst groß zu halten. Selbsthass hatte etwas sehr Abschreckendes an sich.

Als die Castingshow vorüber war, stand ich auf und sagte ihm, dass ich noch meinen Mülldienst erledigen müsste. Mülldienst bedeutete, alle Beutel im Haus einzusammeln und anschließend den großen Mülleimer in der Garage auf die Straße zu rollen. Ich holte mir einen großen blauen Müllsack und begann in meinem eigenen Zimmer. Danach ging ich in das von Lars, weil ich wusste, dass ich dort niemanden antreffen würde. Es war 21:45 Uhr und damit eigentlich zu spät, um noch jemanden zu stören. Es kostete mich Überwindung, an

Toms Zimmertür zu klopfen. Er war oft unterwegs und blieb lange weg, an Wochenenden manchmal sogar die ganze Nacht. Vielleicht hätte ich ja Glück, dachte ich, dann schallte mir im nächsten Moment ein «Ja?» entgegen. Ich senkte den Kopf und antwortete durch die geschlossene Tür. «Jana hier. Ich wollte deinen Müll holen.»

«Komm rein.»

Nur in Boxershorts und T-Shirt bekleidet, stieg er aus dem Bett, auf dem er sich mit einem Laptop gelümmelt hatte, und holte den Papierkorb unter dem Schreibtisch hervor. Seine Beine waren braun gebrannt, muskulös und hatten eine genauso ablenkende Wirkung wie die nackten Frauen an seinen Wänden. Er drückte mir den Müllbeutel in die Hand, bedankte sich, und schon stand ich wieder im Flur. Zwei Zimmer fehlten noch, das von Vanessa und das von Collin. Ich wusste nicht, welches von beiden mir mehr Überwindung abverlangte. Das von Vanessa befand sich direkt hinter der nächsten Tür, und wie sich herausstellte, sollte ich es leider nicht leer vorfinden. Vanessa saß auf ihrem weißen Sessel und blätterte in einer Zeitschrift. Sie trug einen enganliegenden schwarzen Hausanzug aus Samt, dessen leicht aufgezogener Reißverschluss Einblick in ihr Dekolleté gewährte. Obwohl sie mich hereingebeten hatte, wirkte sie so ungerührt, als säße sie weiterhin allein im Zimmer. Einen Moment blieb ich stehen, wartete darauf, dass sie mir die Tüte aus dem Mülleimer neben dem Bett übergeben würde, aber sie blätterte weiter unbeirrt durch die Zeitschrift. Unsicher steuerte ich schließlich auf den Eimer zu, stopfte den Beutel in den blauen Sack und hatte nur ein Ziel: schnell wieder raus hier. Mir fehlte noch genau ein Schritt bis zur Tür, da hörte ich auf einmal ihre Stimme im Rücken.

«Jana?»

Ich machte mich auf alles gefasst, als ich mich langsam und

steif zu ihr umdrehte. Wie sich zeigen sollte, war ich doch nicht auf alles gefasst.

«Ich kann verstehen, dass du immer einen großen Bogen um mich machst. Bei unserer ersten Begegnung... Na ja, da war ich wohl nicht allzu nett.» Sie verdrehte die Augen, als würde sie sich bei diesen Worten selbst nicht gerne zuhören. «Du musst wissen, hier ist echt schon alles Mögliche eingezogen. Wirklich, du hast nicht die geringste Vorstellung. Woher soll man in der ersten Sekunde erkennen, mit wem man es jetzt wieder zu tun hat? Ich hab's nicht persönlich gemeint. Es war einfach nur so eine Reaktion, wie man halt manchmal reagiert, ohne es eigentlich böse zu meinen. Verstehst du?»

Versuchte sie sich gerade bei mir zu entschuldigen? Ein Schwall kaltes Wasser über meinen Kopf hätte keinen geringeren Effekt ausgelöst. Ich war so perplex, dass ich gar nichts erwidern konnte.

«Wäre echt cool, wenn du darüber hinwegsehen könntest. Inzwischen habe ich meine Meinung über dich nämlich geändert. Du scheinst nett zu sein. Sorry, dass ich dich so harsch empfangen habe.»

Ich ... Wir ... Selbst in meinen Gedanken begann ich zu stammeln. Sie wollte, dass ich ihr verzeihe? Warum? Ich verstand die Welt nicht mehr. Bis gestern hatte sie mich noch komplett ignoriert.

«Was sagst du?», fragte sie, nachdem sie vergeblich auf eine Antwort gewartet hatte.

«Ich ... Na ja, ich bin wohl ziemlich überrascht.» Und vielleicht auch ein bisschen misstrauisch.

«Ja, das sehe ich dir an. Hab dich überrumpelt, oder? War keine Absicht, die Gelegenheit war nur nie günstig. Außerdem kennst du das sicher, Entschuldigungen gehen einem nicht so leicht über die Lippen.»

Wieder wusste ich nicht, was ich sagen sollte, und fühlte mich immer noch vor den Kopf gestoßen.

«Kannst du mir denn verzeihen?»

«Ich ... Ich denke schon.»

Ein Strahlen legte sich auf ihr Gesicht. «Siehst du? Ich hatte im Gefühl, dass du eine Nette bist. Wenn du magst, können wir ja nächste Woche mal was zusammen machen.»

Eigentlich ging mir das alles viel zu schnell und überforderte mich, aber irgendwo, tief in meinem Inneren, machte sich gegen meinen Willen auch ein Anflug von Hoffnung breit. Vielleicht tat es ihr ja wirklich leid?

Sie wünschte mir eine gute Nacht, und als ich die Tür zu ihrem Zimmer hinter mir geschlossen hatte, blieb ich erst mal für eine Weile verdutzt im Flur stehen.

Irgendwann fasste ich mich wieder, war aber immer noch durcheinander, als ich schließlich den Müll aus der Küche zusammensammelte und die Wendeltreppe nach oben in den ersten Stock ging. Vorsichtig klopfte ich gegen Collins Tür. Keine Reaktion. Auch nicht nach dem zweiten Klopfen. Einen minimalen Spalt schob ich die Tür auf und tastete mit der Hand nach dem Lichtschalter.

Das Zimmer war leer.

Der Kleiderschrank stand offen, auf dem Bett lagen ein paar Klamotten verstreut, ansonsten war es ordentlich. Mir war schon öfter aufgefallen, dass jedes Zimmer einen anderen Geruch hatte, und so war es auch in diesem. Ich erkannte denselben Geruch, wie er auch an Collin haftete.

Jede Ecke im Raum erweckte meine Neugierde. Welche Bücher er wohl im Regal stehen hatte, mit welchen Liedern der MP3-Player bestückt war, der neben den Kopfhörern auf dem Fensterbrett lag, was sich in der kleinen Kiste befand, die kaum sichtbar unter dem Bett hervorlugte, und wie er seinen Kleiderschrank eingeräumt hatte. Aber ich riss mich zusammen. Nichts davon ging mich etwas an, und die Vorstellung, dass er nach Hause kommen und mich erwischen könnte, erstickte auch den letzten Anflug von Versuchung im Keim. Stattdessen sah ich mich nach seinem Mülleimer um und wurde unter dem Schreibtisch fündig. Als ich ihn hervorgezogen und mich wieder aufgerichtet hatte, fiel mir auf, wie zerkratzt die Schreibtischoberfläche war. Vorsichtig strich ich mit den Fingern die Rinnen und Furchen nach und fragte mich, wie sie entstanden waren. Einige davon wirkten, als wären sie mit einem Bleistift in das Holz gekratzt worden, andere konnte ich mir nicht erklären. Überall lagen Stifte verteilt, alle hatten eine feine und eine dicke Spitze und trugen einen Markennamen, der in eleganten Buchstaben auf der Außenseite angebracht war. Es waren keine gewöhnlichen Stifte, sie sahen eher aus wie die eines Graphikers. Dunkel erinnerte ich mich, in der Firma von Herrn Völkner schon einmal ähnliche gesehen zu haben. Eine der drei Schubladen des Schreibtisches stand ein wenig offen, gerade so weit, dass ich die Ecke eines schwarzen Buches erkennen konnte. Ob es sich dabei um das schwarze Buch handelte, das Collin fast immer mit sich herumtrug? Die Frage, was er darin zeichnete, beschäftigte mich seit dem Tag meiner Ankunft. Nun lag die Antwort nur wenige Zentimeter von mir entfernt. Geräuschlos schob ich die Schublade ein bisschen weiter auf und fand die Gewissheit, dass es sich tatsächlich um das Buch handelte. Feine Kratzer und kleine Risse zogen sich über die Oberfläche, die Ecken waren schon ganz abgerundet und stumpf. Ich fuhr mit zwei Fingerspitzen über die Unebenheiten und berührte das Buch mit jener großen Vorsicht und Achtung, die man nur vor dem Heiligtum anderer Menschen besaß. Ich drehte mich um, lauschte in Richtung Treppenhaus – kein Geräusch war zu hören. Dann sah ich wieder zurück auf das Buch in der Schublade. Es stand mir nicht zu, einen Blick hineinzuwerfen. Ich sollte die Schublade wieder schließen und das Zimmer verlassen. Das wäre das einzig Richtige. Stattdessen tat ich das Falsche.

Mit einer Hand holte ich das DIN-A4 große Buch hervor, legte es auf den Schreibtisch und klappte es auf. Die erste Seite war leer. Nur oben im Eck standen sein Name in Bleistift geschrieben und das Jahr, in dem wir uns befanden. Nicht in normaler Handschrift, sondern ausschweifend und modern. Das Papier fühlte sich ein bisschen fester und gleichzeitig glatter an als normales Papier. Ich wusste nicht, was ich erwartet hatte, aber nachdem ich die nächste Seite umgeschlagen hatte und mir die erste Zeichnung entgegenblickte, lief mir eine Gänsehaut die Wirbelsäule entlang. Die Zeichnung erstreckte sich über die gesamte Doppelseite. In der Mitte war ein Schriftzug, gezeichnet bis ins feinste Detail. Die Buchstaben waren bunt und so ineinander verschlungen, dass ich sie kaum entziffern konnte. Stets öffneten sie sich an einer Stelle, gingen in die schwarzweiße Hintergrundzeichnung über, die gleichermaßen faszinierend und atemberaubend gut skizziert war. Eine schreiende Krähe, deren ausgestreckter Flügel einen Übergang zu dem Gesicht einer uralten Frau bildete. Ihre Falten wirkten tief und echt, ihr Blick durchdringend, als würde sie mich geradewegs anschauen, und ihre Mimik wie von einem Foto festgehalten. Vom Hals abwärts begann ihr Körper zu bröckeln, rieselte wie feiner Staub dahin. Je länger ich das Bild betrachtete, desto mehr feine Details stachen heraus. Und irgendwann konnte ich auch den Schriftzug entziffern: *Feel.*

Ich blätterte durch die Seiten und inhalierte eine Zeichnung nach der anderen. So etwas hatte ich noch nie gesehen. Die Kombination aus Schrift und Zeichnung, aus Farbe und Schwarzweiß, immer anders und doch auf dieselbe Weise besonders. Ein kleiner Junge kotzte das Wort *Trust* auf die Straße, die Buchstaben zerflossen, wurden zu Blut und glitten rot in den Abguss. Auf einem anderen Bild schlief ein Obdachloser unter Kartons und Zeitungen, daneben stand: «You have to die a few times before you can really live.» Der Name Charles Bukowski war unter dem Zitat festgehalten. Mir fehlte die Zeit, die es für dieses Buch gebraucht hätte. Bei jedem Bild hatte ich das Gefühl, viel zu viel zu verpassen. Am liebsten hätte ich es mit in mein Zimmer genommen und die ganze Nacht durchgesehen. Stattdessen war ich gezwungen, die Seiten hektisch zu überfliegen.

Bei gut zwei Dritteln des Buches landete ich bei der vorletzten Zeichnung, und als ich erkannte, was dort abgebildet war, spürte ich jegliche Farbe aus meinem Gesicht weichen. Eine Schulter, die sich an das Kinn einer Frau schmiegte, erstreckte sich über die Seite. Das Gesicht war verdeckt, man sah nur die Anfänge einer Fischermütze. Die Haut auf der Schulter war von Narben und Verbrennungen entstellt. «She's still burning», stand darunter geschrieben.

Als hätte sich der Umschlag auf einhundert Grad erhitzt, ließ ich das Buch auf den Schreibtisch fallen. Bei dem Versuch, es wieder in die Schublade zu stecken, fiel es mir zweimal aus der Hand. Ich wurde immer hektischer und knallte die Schublade schließlich mit einem lauten Geräusch zu. Dann packte ich den Müllbeutel und verließ so schnell ich konnte das Zimmer.

KAPITEL 8

Liebe Jana,

weil ich mich heute mit Klaas und Anke auf einen Kaffee getroffen habe, dachte ich, ich gebe ihnen gleich das Päckchen mit, das ich dir eigentlich erst am Mittwoch überreichen wollte. Wundere dich nicht über die verschiedenen Utensilien, die Liste wird alles erklären. Ich drücke die Daumen, dass unter all meinen Vorschlägen tatsächlich eine Beschäftigung dabei ist, die dir gefallen könnte. Falls nicht, dann suchen wir so lange weiter, bis wir eine finden. Viel Spaß beim Ausprobieren!

Liebe Grüße
Thea Flick

Das geöffnete Päckchen neben mir liegend, kniete ich in meinem Zimmer auf dem Boden. Nacheinander holte ich verschiedene Gegenstände hervor und breitete sie um mich herum aus. Einen Beutel mit Tulpenzwiebeln, eine Packung Mehl, ein Rezept für Zitronen-Cupcakes, eine Bastelschere, eine Tube Kleber, eine Zeitschrift, verschiedene Buntstifte, eine Einwegkamera, zwei Stricknadeln, ein Wollknäuel, eine Anfahrtsskizze zu einem Reiterhof, einen Gutschein für das Ausleihen von drei Büchern aus der Stadtbücherei, die Visitenkarte einer Tauch- und Windsurfschule, einen Zettel mit der Aufschrift *www.jana-blogt.de*, eine Einladung zum Schnupperbesuch eines Gitarrenkurses und ein kleines Stofftier. Etwas überfordert, fuhr ich mir mit einer Hand durchs Gesicht und rollte das Blatt Papier auf, das den Utensilien beigelegt war.

Liste für Jana

- Cupcakes backen
- Blumen pflanzen und im Garten arbeiten
- Den Reiterhof besuchen, nach Mathilde fragen. Sie wird dir sagen, was du tun sollst
- Ein Fensterbild basteln
- Die Zeitschrift zerreißen und aus den Schnipseln mit Kleber ein Bild basteln
- Malen (einen Baum, einen Vogel und einen Leuchtturm)
- In einem Kindergarten oder Tierheim nach ehrenamtlicher Arbeit fragen
- Einen Schal stricken
- Aus der Bücherei drei Bücher ausleihen
- Die Tauch- und Windsurfschule besuchen und nach Christian fragen
- Fotos machen
- Den Tag der offenen Tür bei «Jochens Gitarrenkurse» besuchen
- Richte dir einen Internetblog ein und erzähle, berichte, schreibe
- Geh zum Fitnessclub «Maxx» und frag nach Devin

Ich bekam schon Stress allein vom Durchlesen. Wie in aller Welt sollte ich das jemals abarbeiten? Immer wieder ging ich die Liste durch. Einerseits war ich dankbar, dass Dr. Flick sich so viel Mühe gemacht hatte, andererseits tat ich mich mit einigen Punkten sehr schwer, weil ich wusste, dass ich sie nie würde umsetzen können, und ich bekam jetzt schon ein schlechtes Gewissen. Heute war Samstag, spätestens am Mittwoch würde sie fragen, was ich bereits ausprobiert hätte.

Über eine Stunde saß ich neben dem Päckchen auf dem Boden, dann holte ich mir einen Stift und markierte die Vorschläge, die mir am leichtesten fallen würden. Backen, basteln, gärtnern und malen. Ich faltete das beigelegte Rezept für die Cupcakes auf und ging es durch.

Mehl, Butter, Eier, Zucker, Zitronenabrieb ... Um ehrlich zu sein, klang das gar nicht so schwer. Bis auf zwei Fertigbackmischungen hatte ich zwar noch nie etwas Kuchenähnliches fabriziert, aber es schien machbar zu sein. Ich blickte auf die Uhr. In einer halben Stunde würde ich mit Tom einkaufen gehen müssen, vielleicht sollte ich die nötigen Zutaten für die Cupcakes gleich mitbesorgen, überlegte ich. Womöglich würden sich die anderen über etwas Süßes freuen? Auch wenn es uns in dem Haus an nichts fehlte – selbstgebackenen Kuchen hatte es seit meiner Ankunft noch kein einziges Mal gegeben. Und wenn ich mit Backen beschäftigt war, müsste ich vielleicht nicht mehr andauernd an Collins Zeichnung denken. Das Bild verfolgte mich. Er hatte den furchtbaren Vorfall in der Berufsschule gemalt. Er hatte mich gemalt. «She's still burning» ... *Sie brennt noch immer.* Der Satz ging mir nicht mehr aus dem Kopf und verursachte mir Gänsehaut.

Seitdem ich mir das Buch angesehen hatte, versuchte ich Collin aus dem Weg zu gehen. Wenn man im selben Haus wohnte, war das allerdings leichter gesagt als getan. Spätestens beim Abendessen saß ich ihm jeden Tag gegenüber und konnte dabei fast nichts anderes tun, als auf seine Hände zu starren, jeden seiner schmalen Finger zu beobachten und mich daran zu erinnern, wie gut sie zeichnen konnten. Anfangs hatte ich Angst, er würde mir sofort ansehen, dass ich in seinen Sachen gestöbert hatte, aber er verhielt sich genauso distanziert wie immer. Es war kein schönes Gefühl, zu wissen, dass man etwas Verbotenes getan hatte. Und noch weniger schön war es, dabei etwas entdeckt zu haben, das man nie hätte entdecken sollen. Ich schämte mich vor Collin und wünschte mir, dass er meine Narben nie gesehen hätte.

Tief in meine Gedanken versunken, klopfte es plötzlich an meiner Tür. Ich schreckte hoch.

Tom wartete nicht auf ein «Herein» und lugte schon im nächsten Moment in mein Zimmer. «Bist du so weit?»

Noch während ich nickte, erhob ich mich. Ich folgte ihm durchs Haus, sammelte in der Küche vier Einkaufstaschen zusammen und lief wenig später mit ihm zum nächsten, knapp einen Kilometer entfernt liegenden Supermarkt. Ich fand die Distanz noch im Rahmen, Tom dagegen sah das anders.

«Wird Zeit, dass ich endlich richtiges Geld verdiene und mir ein Auto leisten kann. Vom Lehrlingsgehalt kann man sich ja kaum ein Fahrrad kaufen.»

Im Gegensatz zu Collin lief er in einem Tempo, bei dem ich gut mithalten konnte. Ein bisschen zu gut, um genau zu sein, denn Toms Gangart glich einem gemächlichen Schlendern. Langsam beschlich mich die Vermutung, dass wir bis zum Supermarkt eine Stunde brauchen würden. Bisher hatte ich mit Tom kaum geredet, es war das erste Mal, dass wir allein unterwegs waren.

Nach einer Weile des Schweigens hörte ich ihn seufzen. «Ich bin ja so ein Glückspilz: Anstatt einkaufen zu fahren, muss ich einkaufen *laufen*. Obendrauf habe ich eine Begleitung, die die Zähne nicht auseinanderbekommt.»

Ich schluckte. Worüber sollte ich mit ihm reden? Wir kannten uns doch gar nicht.

«Entschuldigung», murmelte ich.

«Abgelehnt», sagte er. «Ändere das lieber und unterhalte mich.»

«Ehm ...», machte ich, mehr bekam ich nicht zustande. Ob ihm das als Unterhaltung genügte, wagte ich zu bezweifeln, und sein erneutes Seufzen bestätigte meine Vermutung. *Sie haben auch alle Probleme, sie sind wie ich*, rief ich mir ins Gedächtnis.

«Wenn du nicht redest, dann musst du mir eben zuhören», sagte er und fuhr mit den Fingerspitzen einen metallenen Gartenzaun entlang. «Diese Stille geht mir nämlich langsam auf den Sack.»

Gehemmt zuckte ich mit den Schultern.

«Letzte Woche war ich auf einer Party», begann er. «Wenn man die richtigen Leute kennt, sind die Partys auf Sylt legendär. Lauter verwöhnte Rotzgören mit stinkreichen Eltern. Warst du schon mal auf so einer Party?»

Ich verneinte.

«Dachte ich mir.» Abfälligkeit schwang in seiner Stimme mit. «Im Prinzip sind es Partys wie alle anderen auch, nur mit dem Unterschied, dass die Kulisse viel gehobener ist und die Getränke vom Feinsten sind. Oh, und erwähnte ich, dass dir die attraktiven Frauen ihr sündhaft teures Höschen nahezu um den Finger wickeln?» Mit einem beinahe verträumten Blick sah er gen Himmel und schien den edlen Höschenstoff zwischen den Fingern zu spüren. Sein Grinsen hatte etwas Verschlagenes, als er wieder zu mir blickte. «Ich sag's dir, je höher der Kontostand, desto billiger verkaufen sie ihren Körper. Mit einer davon bin ich jedenfalls nach draußen, sie hat mir nach allen Regeln der Kunst einen geblasen. Und, Mann, sie war wirklich eine Meisterin ihres Fachs. In den Mund nehmen und ein bisschen daran rumlutschen, das kriegt jede fertig. Aber es gibt nur ganz wenige, die es wirklich draufhaben. Ich schwöre dir, sie hat an mir rumgesaugt, als hätte sie einen dreimonatigen Trip durch die Wüste hinter sich und mein Schwanz wäre die erste Getränketüte mit Wasser, die sie seit zehntausend Kilometern in die Finger bekam. Heilige Scheiße, ich dachte, ich ejakuliere mit Hirnwasser, so einen Zug hatte sie drauf.» Tom lachte auf eine Weise, als hätte er diese Story gerade seinem besten Kumpel und nicht mir erzählt. «Danach habe ich mich mit ihr auf die Wiese gesetzt, eine geraucht und ein bisschen gechillt. Irgendwann fing sie an, mir von ihren Eltern zu erzählen. Beides Ärzte, immer unterwegs und gefühlskalt. Ich dachte mir, Mann, hätte ich mit dir reden wollen, hätte ich dir nicht meinen Schwanz in den Mund geschoben.» Er rollte mit den Augen. «Aber was sollte ich machen? Ich kann ja nicht sagen: ‹Danke fürs Blasen, aber jetzt wäre es mir ehrlich gesagt lieber, wenn du die Klappe hältst.› Also bin ich brav sitzen geblieben und hab mir die Scheiße angehört. Im Anschluss hat sie mir ihre Telefonnummer gegeben. Und jetzt stecke ich in einem beschissenen Dilemma: Einerseits bläst sie wie das Ansaugrohr von einem Zwölfzylinder, andererseits will ich nicht in die Situation kommen, dass sie glaubt, wir hätten eine Beziehung. Ich bin total ratlos. Was denkst du?» Fragend sah er mich an.

Was ich dachte? Ich dachte, dass ich noch nie so froh war, einen Supermarkt erreicht zu haben. Ich holte einen Einkaufswagen und schob an Tom vorbei.

«Bekomme ich keine Antwort?», rief er mir hinterher.

Ich war mir nicht sicher, ob er ernsthaft an einem Rat interessiert war oder mich nur auf den Arm nehmen wollte. Wie auch immer, beide Varianten gefielen mir nicht. Wir arbeiteten die Einkaufsliste ab, und auch die Zutaten für die Cupcakes landeten im Wagen. Tom warf mir hin und wieder einen abfälligen Blick zu. Einmal meinte ich, das gemurmelte Wort «Freak» aus seinem Mund gehört zu haben.

Als wir wieder zu Hause waren, stellte er in der Küche seine Einkaufstüten neben meine und verschwand mit den Worten: «Ich helfe dir gleich beim Einräumen, muss nur mal kurz telefonieren.»

Eine halbe Stunde später war er immer noch nicht zurückgekehrt, und ich hatte den Einkauf bis auf drei Joghurtbecher selbst verstaut. Eigentlich sollte ich sauer sein, dass er sich vor der Arbeit gedrückt hatte, doch in Wahrheit war ich erleichtert über sein Verschwinden. Im Nachhinein war ich mir sicher, dass er keinen ernsten Rat suchte, sondern sich einfach nur über mich lustig machen wollte. Hätte er Rat gewollt, hätte er sich an jemanden wie Vanessa gewandt, aber ganz sicher nicht an jemanden wie mich.

Die Zutaten für die Cupcakes ließ ich gleich auf der Ablage stehen, und nachdem ich das Rezept von oben geholt hatte, kramte ich aus den Schränken Schüsseln, ein Handrührgerät, eine Küchenwaage und eine Reibe für die Zitronenschale hervor. Bei jeder Zutat schielte ich mehrmals aufs Rezept, ob ich auch wirklich die richtige Menge abgewogen hatte, bevor ich alles in die Schüssel gab und miteinander vermengte. Ich fand keinen übermäßigen Gefallen am Backen, aber als richtig lästig konnte ich es ebenfalls nicht bezeichnen. Es war irgendetwas dazwischen. Die Tatsache, dass der Teig am Ende Klumpen hatte und ich das dreckige Geschirr wieder sauber machen musste, brachte der ganzen Angelegenheit allerdings ein paar Minuspunkte ein.

Nachdem ich den Teig in kleine bunte Papierförmchen gefüllt hatte, schaltete ich den Ofen auf zweihundert Grad und machte mich an den Abwasch. Als ich die Schüssel zum Abtropfen kopfüber neben das Spülbecken stellen wollte, hörte ich plötzlich eine weibliche Stimme hinter mir. «Was treibst du?»

Ich zuckte zusammen, und die Schüssel glitt mir aus den Fingern. Vanessa. Ich hatte mich noch nicht daran gewöhnt, dass sie mich neuerdings begrüßte und ich nicht mehr auf der Hut vor ihr durch die Wohnung schleichen musste.

Sie warf einen Blick in den Ofen und anschließend in das Spülbecken, während ich die Schüssel wieder richtig drapierte. «Ich habe gebacken», sagte ich.

«Aha», machte sie, als wäre das genug Information und der Rest nicht von Interesse für sie. «Trinken wir einen Kaffee?»

Ich blickte erst in das Spülbecken, nur noch die Zitronenreibe musste gesäubert werden, und dann auf die Uhr, die mir sagte, dass meine Cupcakes noch fünfzehn Minuten backen mussten. Einen Kaffee zu trinken schien unverfänglich und harmlos zu sein, dennoch verlangte mir das Zusagen einiges an Überwindung ab. Vanessas plötzlicher Umschwung vom Feindseligen ins Freundschaftliche bereitete mir immer noch Kopfzerbrechen, und ich konnte nicht behaupten, dass ihre einschüchternde Erscheinung an Wirkung verloren hatte.

Während ich die letzten Zitronenschalenfetzen aus der Reibe pulte, brühte sie uns einen Instantkaffee auf und trug die zwei Tassen auf die Terrasse. Die Sonne blendete beim Rausgehen und umhüllte mich mit ihren lauwarmen Strahlen, als wollte sie meine Erinnerung an den gestrigen Sturm verblassen. Nach einem Moment im blühenden Garten, zwischen Mohnblumen und Narzissen, die sich wie ein gebundener Kranz um die Terrasse schlossen, war ihr das auch bereits gelungen.

Vanessa saß mir gegenüber, ihr Getränk mit den Händen fest umschlossen und die angezogenen Knie gegen den Tisch gelehnt. Sosehr ich auch überlegte, ich hatte keine Ahnung, was ich mit ihr reden sollte. Ihre perfekt frisierten Haare, ihre knappsitzende und bauchfreie Kleidung, ihr weit ausgeschnittenes Dekolleté, ihre hohen Absätze – wir hätten nicht unterschiedlicher sein können und gäben für einen Außenstehenden vermutlich ein irritierend ungleiches Paar ab.

«Woher kommst du?», fragte Vanessa.

Ich war drauf und dran, *vom Einkaufen* zu antworten, doch mir dämmerte noch rechtzeitig, was sie wirklich meinte. «Aus Hannover.»

«Kann man dort gut feiern gehen?»

Ich senkte den Blick in meine Tasse und zuckte mit den Schultern. Wenn ich Glück hatte, sagte ihr diese Geste *es geht so*, wenn ich Pech hatte, erkannte sie die Wahrheit, dass ich keine Ahnung hatte.

«Ich komme ursprünglich aus Berlin», erklärte sie, «aus Grunewald, um genau zu sein. Das langweiligste Viertel, das die Welt je gesehen hat – zumindest dachte ich das, bis ich hier gelandet bin. Sylt hat Grunewald noch einmal getoppt.»

Natürlich war es auf Sylt ruhig, aber als langweilig hätte ich die Insel niemals bezeichnet. Hatte sich Vanessa denn nie das Meer, den kilometerlangen Strand, die Dünen oder die lustig blökenden Schafherden angeschaut? Neulich hatte ich in der Ferne sogar ein paar Robben gesehen. Die Landschaft hatte so viele Facetten, die Luft war rein, klar und angenehm salzig. Im Vergleich zu Hannover fühlte ich mich jeden Morgen, wenn ich die Balkontür öffnete, wie von einem idyllischen Gemälde umgeben, das mich immer wieder neue Details entdecken ließ.

Das Gespräch war verebbt, und wie, um das zu besiegeln, flog ein Schwarm Möwen laut krakeelend über das Haus hinweg. Ich sah dem beeindruckenden und filigranen Flügelspiel lange nach. Es machte den Anschein, als würden die Vögel ihre Flügel spreizen und sich einfach in der Luft fallen lassen, und allein bei dem Gedanken daran, wollte ich die Augen schließen und es selbst einmal spüren können. Ob Fliegen wirklich so viel Freiheit mit sich brachte, wie viele sich das vorstellten?

«Und warum bist du hier?», fragte Vanessa.

«Hm?», entfuhr es mir.

«Na, warum du hier bist.» Sie breitete die Arme aus und zeigte um sich. «In der Völknerischen-Wohltäter-Villa für hoffnungslose Fälle. Die letzte Anlaufstelle für verkorkste und minderbemittelte Jugendliche.» Ein spöttisches Grinsen umspielte ihre Lippen. «Was hast du verbrochen, dass man dich hierhergesteckt hat?»

«Ich... Verbrochen? Was soll ich denn verbrochen haben?»

«Wie du guckst!» Sie lachte und trank amüsiert einen Schluck Kaffee. «Aber jetzt tu mal nicht so unschuldig. Jeder hier hat Dreck am Stecken. Selbst unser labiles Sensibelchen Lars. Der hat seinen alten Herrn fast zu Tode geprügelt. Traut man ihm gar nicht zu, was?»

Ich zog die Augenbrauen zusammen. «Woher willst du das wissen?»

«Sarah, deine Vorgängerin, hat mir das erzählt. Sie hatte es direkt von Lars.» Lässig und beinahe erhaben lehnte sich Vanessa im Stuhl zurück. Irgendetwas an ihrem Gesichtsausdruck gefiel mir nicht, es steckte so etwas Selbstgerechtes dahinter, als würde uns dieses schlimme Detail aus Lars' Leben, geteilt hinter vorgehaltener Hand und ohne sein Beisein, selbst zu etwas Besserem machen. Mich schockte weniger, dass Lars so etwas getan haben sollte, als vielmehr die Frage nach dem Grund, der ihn zu so einer gewalttätigen Reaktion getrieben haben mochte. Ich kannte Lars nicht besonders gut, dennoch hatte ich im Laufe der letzten Wochen zumindest einen schwammigen Eindruck von ihm bekommen. Die einzige Gewalttätigkeit, die ich bei ihm erkannt hatte, war jene gegen sich selbst.

«Warum hat er das getan?», fragte ich.

Vanessa zuckte mit den Achseln. «Keine Ahnung, interessiert mich ehrlich gesagt auch nicht. Weitaus mehr würde mich interessieren, was du so alles getrieben hast. Du siehst aus, als könntest du kein Wässerchen trüben. Aber ich wette, der Eindruck täuscht.» Aus ihrem Mund klang das, als gäbe es im Haus einen heimlichen Wettbewerb um die größten Schandtaten, und der Gewinner bekäme einen Preis.

«Ich habe nichts *getrieben*», murmelte ich leise.

«Jetzt komm schon, ernsthaft?»

Ich erwiderte nichts, woraufhin es wieder still zwischen uns wurde.

«Mich haben sie ein paarmal zu oft beim Klauen erwischt», ergriff Vanessa nach einer Weile schließlich selbst das Wort. Den Blick gesenkt, rührte sie in ihrem Kaffee. «Ich packte einfach immer ein, was ich haben wollte: Schmuck, Make-up, Schuhe – von Klamotten bis zum DVD-Player war alles dabei. Lange Zeit ging es gut, aber irgendwann war die Glückssträhne vorbei.» Sie verzog den Mund und hatte offenbar keine gute Erinnerung an das *Irgendwann*.

Ich versuchte mir vorzustellen, wie das Mädchen, das vor mir saß, vor einem Kaufhaus von bulligen Sicherheitsleuten abgefangen und ins Büro gebracht wurde. Weiter kam ich mit meiner Vorstellung nicht.

«Sag mal, riechst du das auch?», fragte sie und hob den Kopf ein bisschen an. «Hier riecht es irgendwie ... verbrannt.»

«Oh nein, Mist!!» Noch ehe ich zu Ende geredet hatte, war ich schon aufgesprungen und in die Küche gerannt. Der Blick auf die Cupcakes durch die Glasscheibe des Ofens versprach nichts Gutes. «Verflucht!» Ich drehte den Ofen ab und suchte hektisch nach einer Art Topflappen. Auf die Schnelle fand ich nichts, also mussten zwei Geschirrtücher herhalten. Ich öffnete die Ofentür, zog umständlich das Blech mit den Cupcakes heraus und balancierte es zum großen Schneidebrett auf der Küchenablage. Als ich es abstellte, kam ich mit einem Finger an das heiße Metall, verbrannte mich und fluchte erneut. Den verletzten Finger in den Mund steckend, stand ich vor den dunkelbraunen, völlig verkohlten Überresten meiner Cupcakes und verlor mich mit dem Blick in dem gebackenen Elend.

«Leicht verbrannte Schokomuffins?»

Ich hörte seine Stimme so selten, trotzdem erkannte ich sie bereits beim ersten Ton des ersten Buchstabens. Collin stand nur wenige Schritte hinter mir. Ich blickte verlegen zum Ofen. «Nein, stark verbrannte Zitronen-Cupcakes», sagte ich leise.

«Oh», machte er, und nachdem er sich das misslungene Gebäck genauer angesehen hatte, folgte ein weiteres «Oh».

«Ist noch was zu retten?» Vanessa trat nun ebenfalls in die Küche. Sie begann zu lachen, als sie die schwarzen Klumpen in den schicken bunten Papierförmchen sah. «Ich habe Grillkohle noch nie so schön drapiert gesehen, mein Kompliment, Jana.»

Ich fand das weniger lustig, wenn ich an all die verschwendeten Lebensmittel dachte, die nun sinnlos den Weg in den Mülleimer finden würden, und ärgerte mich, dass ich das Backen total verhauen hatte. Es war ein simples Rezept mit glasklaren Anweisungen gewesen, trotzdem hatte ich es nicht hinbekommen.

Vanessa kam nah an meine Seite und stocherte mit einer Gabel in den Cupcakes. Zu nah, sodass ich einen Schritt zur Seite machte. Ich schielte über meine Schulter und sah Collin immer noch an derselben Stelle stehen. Nur der Ausdruck auf seinem Gesicht war viel kritischer geworden. Seine Augen schweiften von Vanessa zu mir und wieder zurück, und das einmal zu oft, als dass es bedeutungsloser Zufall sein konnte.

Sagen tat er jedoch nichts. Stattdessen zog er sich seine Kopfhörer auf, wandte sich von uns ab und verschwand durch die Terrassentür nach draußen. Ich blickte ihm nach, als er die Treppen zum Garten hinunterging und dem Pfad folgte, der zum Meer führte. Unter seinem Arm klemmte das schwarze Buch.

KAPITEL 9

Das Besteck klirrte gedämpft gegen die Teller, und der Geruch von Gurkensalat und Reiscurry lag in der Luft. Ich hatte mich bereits daran gewöhnt, dass auf der Insel fast täglich Fisch in den unterschiedlichsten Varianten auf den Tisch kam, gegen die heutige Abwechslung hatte ich aber rein gar nichts einzuwenden.

Während ich die Gurken geschält und gehobelt hatte, war Vanessa für das Dressing zuständig gewesen. Frau Völkner hätte sie in ihr Geheimrezept eingeweiht, waren ihre Worte, und jetzt, da ich den Salat probierte, schmeckte ich tatsächlich keinen Unterschied und dieselbe Note von frischem Dill.

«Ab morgen seid ihr mich für eine Woche los», sagte Herr Völkner, als er die Gabel kurz ablegte und einen Schluck von seinem Weißwein trank. «Um 5:30 Uhr geht mein Flieger nach Chicago.»

In den letzten zwei Wochen hatte es kaum ein anderes Thema im Büro gegeben als den Baubeginn des Wolkenkratzer-Hotels, des bisher größten internationalen Projekts der Firma. Alle waren angespannt, selbst die erfahrenen Chefarchitekten, nur Herr Völkner war die Ruhe in Person. Zusammen mit ihnen flog er morgen in die USA, um die Anfänge der Baubetreuung in die Wege zu leiten. Die drei fähigen Männer würde er dort lassen und selbst alle paar Wochen nach dem Rechten sehen.

«Ich drücke die Daumen», versprach seine Frau, die ihm gegenüber an dem großen Esstisch saß, «auch wenn ich's nicht leiden kann, dass du weg bist.»

Herr Völkner sah in die Runde. «Ihr müsst aufpassen, dass sie sich keinen Ersatz sucht.»

Lars räusperte sich. «Mir ist aufgefallen, dass sie sich neulich verdächtig lange mit dem *Bofrost*-Mann unterhalten hat.» Es dauerte keine zwei Sekunden, da hatte er sich von Frau Völkner einen Klaps auf den Arm dafür eingefangen.

Herr Völkner hob seine Serviette vom Schoß und wischte sich dezent über den Mund. «Soso, der *Bofrost*-Mann also. Hast du was zu beichten, Anke?»

«Nur», antwortete sie mit gespielt strengem Seitenblick auf Lars, «dass wir äußerst freche Ziehkinder haben.»

Ziehkinder. Sie sagte das Wort mit einer Beiläufigkeit, als wäre sie sich dessen Bedeutung gar nicht bewusst, und doch lag etwas in ihrem Blick, eine Überzeugung und Wärme, die das Wort zu viel mehr als nur zu einer Wahl des Zufalls machten. Sie hatte genau gewusst, was sie sagte. *Ziehkinder.* Mehrmals wiederholte ich das Wort in meinen Gedanken. Waren wir das für sie und ihren Mann? Mehr als nur bloße hoffnungslose Fälle, denen sie einen Pfad in die Berufswelt ebnen wollten? Das würde zumindest erklären, warum sie uns nicht nur wie Angestellte behandelten, sondern ihre Fürsorge weit darüber hinausreichte. Aber weshalb taten sie das?

«Ich werde dir auf jeden Fall berichten», wandte sich Herr Völkner an Collin. «Und mein Versprechen steht, in ein paar Monaten nehme ich dich nach Chicago mit.»

Herr Völkner hielt große Stücke auf Collin, das merkte man jeden Tag. Er bezog ihn in viele Projekte ein und nahm ihn zu fast allen Außenterminen mit. Dass er ihn aber jetzt sogar mit in die USA nehmen wollte, beeindruckte mich ein bisschen.

«Nur, wenn ich wirklich nicht störe», antwortete Collin. «Aber es wäre toll, wenn es klappt.»

Als ich von meinem Multivitaminsaft nippte, schielte ich

über den Glasrand zu ihm. Er war immer so unnahbar, so in sich gekehrt, und wirkte, als würde er sich keinen Deut für seine Mitmenschen interessieren, aber ein Wort von Herrn Völkner reichte aus, um ihn wie eine Lampe anzuknipsen. Collin bemerkte meinen Blick und sah geradewegs zurück, sodass ich meine Aufmerksamkeit schnell wieder auf meinen Teller lenkte.

«Versprochen ist versprochen», sagte Herr Völkner. «Und stören wirst du ganz sicher nicht. Im Gegenteil, du wirst viel lernen können und mir eine ausgezeichnete Hilfe sein.»

«Boah, ist das ätzend», mischte sich Vanessa dazwischen. «Wieso habe ich eigentlich diese beknackte Ausbildung zur Raumgestalterin angefangen? Lars durfte schon Äcker in der Schweiz und in Holland umpflügen, und Collin darf sowieso überallhin mit. Ob ich hier versauere, interessiert kein Schwein.»

«Ich pflüge keine Äcker um, ich bin Landschaftsgärtner», korrigierte Lars.

«Was soll ich denn sagen?», fragte Tom. «Ich habe doch die größte Arschkarte von allen! Du brauchst überhaupt nicht rumheulen, Anke nimmt dich doch dauernd mit.»

«Was wirst du auch eine schwule Bürokauffrau?», entgegnete Vanessa. «Selbst schuld. Außerdem hat mich Anke bisher nur auf der Insel mitgenommen. Aber Collin, ja, der darf natürlich sogar in die USA.»

Collin reagierte wie üblich, wenn es ihm zu dumm wurde, er ignorierte Vanessa und aß in Ruhe weiter.

Ich sah die Wut darüber in Vanessas Gesicht aufsteigen, doch noch ehe sie erneut aufbrausen konnte, fuhr Herr Völkner dazwischen.

«Wir können gerne in Ruhe darüber reden, falls irgendjemand von euch meint, sich benachteiligt fühlen zu müssen.

Dieser vorwurfsvolle Unterton gefällt mir jedenfalls ganz und gar nicht. Wenn ich zurück bin, setzen wir uns alle zusammen und reden darüber, in Ordnung?»

Vanessa rümpfte die Nase und stocherte im Essen herum, was nicht unbedingt Einsicht, aber wohl vorübergehende Akzeptanz bedeutete.

«Gut», sagte Herr Völkner zufrieden, da keine Einwände kamen. Mit einem Lächeln sah er zu seiner Frau. «Sagte ich dir schon, dass du wieder einmal köstlich gekocht hast?»

Sie freute sich über das Kompliment. Wie jeden Abend. Eigentlich sollte man glauben, dass es längst an Wirkung verloren haben müsste, aber das war ganz offensichtlich nicht der Fall.

Nach dem Essen räumte ich zusammen mit Lars die Spülmaschine ein. Als ich kurz darauf in mein Zimmer gehen wollte, wurde ich von Herrn Völkner zurückgehalten. «Jana, hast du noch einen Moment? Ich wollte dir etwas geben.»

Verwundert folgte ich ihm in sein privates Arbeitszimmer. Auf seinem gläsernen Schreibtisch lag eine schwarze Umhängetasche. Er drückte sie mir in die Hand. Sie wog viel schwerer, als ich vermutet hatte.

«Was ist das?», fragte ich.

«Ein Laptop.»

Ich riss die Augen auf, und mit einem Mal fühlte sich die Tasche noch schwerer an. «Und was soll ich damit tun?»

«Arbeiten, lernen, im Internet surfen, was man eben mit einem Laptop macht. Nur keinen illegalen Kram runterladen, verstanden? Du kennst die Regeln: Wenn eine Abmahnung ins Haus flattert, müsst ihr sie selbst zahlen.»

Ich dachte, er hätte einen bestimmten Auftrag für mich, irgendetwas dokumentieren oder dergleichen, aber seine Worte klangen nicht nach einer begrenzten Nutzungsdauer des Geräts. «Ich ... Ich ...» Mein Blick ging immer wieder von der

Tasche zu Herrn Völkner und blieb schließlich starr auf seinem Gesicht hängen. Panik kam in mir auf, als die Befürchtung immer lauter wurde, dass er mir das Gerät schenken wollte. «Ein Laptop? Sie wollen mir den doch nicht etwa ...? Nein, nein, wirklich nicht. Nein, aber –»

Herr Völkner hob die Hand und unterbrach mein Gestammel. «Durchatmen, Jana. Alles ist gut.»

Er wartete, bis ich einen tiefen Atemzug genommen hatte, dann sprach er weiter. «Es ist kein Geschenk, sondern eine Leihgabe.»

Alle Muskeln in meinem Körper waren angespannt, daran änderten seine Worte nichts. Die Begriffe *Geschenk* und *Leihgabe* lagen mir viel zu nah beieinander. Nur die Haltbarkeit unterschied sich, ansonsten war es dasselbe.

«Der Laptop ist gebraucht und momentan in der Firma übrig. Wir brauchen für die Software, mit der wir arbeiten, immer die neueste Technik. Dieser hier hat ein veraltetes Betriebssystem, niemand benutzt ihn, und zum Rumliegen ist er zu schade. Du wiederum brauchst für die Arbeit und die Schule dringend einen Computer, daher dachte ich, du behältst ihn so lange, bis du dir einen eigenen leisten kannst. Was hältst du davon?»

«Ich weiß nicht.» Um ehrlich zu sein, konnte ich mir kaum vorstellen, dass ein Computer einfach herumlag und von niemandem gebraucht wurde. Doch trotz meiner weiteren Nachfragen blieb Herr Völkner bei seiner Version und betonte, wie wichtig ein Laptop in meiner Berufsausbildung wäre und dass ich meine Hausaufgaben nicht alle mit der Hand erledigen könne. Irgendwann hatte er mich so weit, dass ich zögerlich «Danke» sagte.

Mit gemischten Gefühlen stieg ich, die Tasche mit dem Laptop auf den Händen tragend, als würden sich rohe Eier darin befinden, die Treppe zu meinem Zimmer nach oben und legte sie aufs Bett. Einerseits verspürte ich den Wunsch, den Laptop aufzuklappen und ihn mir genauer anzusehen, andererseits hatte ich große Hemmungen, ihn überhaupt zu berühren. Die Ellbogen auf die Knie und das Gesicht in die Hände gestützt, saß ich lange Zeit auf meinem Schreibtischstuhl und starrte ihn an.

Irgendwann rappelte ich mich auf, zog mir einen Kapuzenpullover über, schnappte mir meinen MP3-Player und verließ meine vier Wände.

Neben den Steinplatten im Garten steckten kleine Solarlämpchen im Gras und leuchteten mir den Weg zum Türchen am Ende des Zauns. Der dunkelste Teil des Weges lag zwischen den Dünen, erst als ich das Meer erreichte, in dessen Wellen sich hellblau der bevorstehende Vollmond spiegelte, konnte ich wieder einigermaßen die Hand vor Augen sehen.

Waren tagsüber nur wenige Besucher an diesem Strandabschnitt, so war er nachts gänzlich ausgestorben. Schon seit zwei Wochen ging ich fast jeden Abend hier spazieren. Noch nie hatte ich auch nur eine Menschenseele getroffen, nur manchmal ein kleines Lämpchen auf der morschen Aussichtsplattform leuchten sehen. *Was Collin wohl gerade zeichnete*, war die Frage, die mich dann bei jedem weiteren Schritt begleitete. Über den Weg gelaufen waren wir uns aber nie. Mit «Sound of Silence» von Simon & Garfunkel in den Ohren schlenderte ich den Strand nah am Wasser entlang. Die Wellen wurden fast bis zu meinen Füßen gespült und versickerten nur wenige Zentimeter neben mir im Sand. Ich war gerne hier, war draußen und doch für mich allein, konnte nachdenken oder vor meinen Gedanken fliehen, wenn ich meinen Blick mit der Ferne verschwimmen ließ. Durch den Küstenwind und das Meeresrauschen war es nie leise, und doch konnte ich mir auf der ganzen Welt keinen stilleren Ort vorstellen als diesen.

Als ich an der Aussichtsplattform vorbeikam, war kein Licht oben zu sehen. Am Tag überforderte mich Collins Gegenwart, doch nachts empfand ich ein schönes Gefühl, ihn mit mir am Strand zu wissen. Seine Anwesenheit fehlte mir, wenn mir von dort oben nichts als Dunkelheit entgegenblickte. Es war schon der dritte Abend, an dem er nicht hier war, und wahrscheinlich wusste er nicht einmal, dass es jemanden gab, der seine Abwesenheit bemerkte.

Erst war ich an der Plattform vorbeigelaufen, doch nach ein paar hundert Metern kehrte ich um und kletterte nach oben. Ich setzte mich, ließ die Beine wieder nach unten hängen, verkreuzte meine Arme auf dem Querbalken und legte die Wange darauf. Den MP3-Spieler schaltete ich aus, um einen Moment nur dem Meer zu lauschen.

Vielleicht hatte ich insgeheim gehofft, dass es passieren würde, aber als ich wenig später tatsächlich eine dunkle, sich nähernde Silhouette am Strand erkannte, hätte ich den leisen Wunsch am liebsten mit einem Fingerschnipp zurückgenommen. Ich spürte die Erschütterung von Collins Tritten auf der morschen Holzleiter, und bei jedem weiteren Schritt erhöhte sich mein Herzschlag. Als er sich, über die fehlenden Stufen hinweg, auf die Plattform nach oben zog, mich bemerkte und kurz erschrocken versteifte, blieb mir mein eben noch pulsierendes Herz für einen Augenblick aus Furcht vor seiner Reaktion stehen.

Wie jedes Mal erholte er sich von dem Schreck schneller als ich und reagierte, wie er immer reagierte: überhaupt nicht. Ohne ein Wort verzog er sich in seine Ecke, holte Taschenlampe und das schwarze Buch hervor, und das Geräusch seines Zeichenstiftes auf dem Papier untermalte die Stille mit einem sanften Flüstern.

Ich sah Richtung Meer, überlegte, ob ich meinen MP3-

Player wieder anschalten sollte, aber je länger ich dem Flüstern lauschte, desto mehr genoss ich es. Auf eine beruhigende Weise mischte es sich unter das Meeresrauschen und verstärkte dessen betäubende Wirkung.

«Herr Völkner hat mir einen Laptop geliehen», sagte ich irgendwann, ohne den Kopf zu drehen.

Die Antwort kam so verzögert, dass ich bereits nicht mehr mit ihr gerechnet hatte.

«Gratuliere», sagte Collin.

«Die Völkners sind sehr großzügig», sprach ich weiter. Dieses Mal blieben meine Worte selbst nach fünf Minuten unerwidert.

Den Blick auf meine Hände gerichtet, sagte ich: «Ich verstehe das alles nicht. Sie sind so nett. Geben sich Mühe. Verzeihen Fehler. Stellen uns den Anbau zur Verfügung. Lassen uns jeden Abend an ihrem Tisch sitzen. Sie kümmern sich um uns ... Warum tun sie das alles?»

Ich schielte über meine Schulter. Collins Gesicht war gesenkt, als würde er weiterzeichnen, aber das Flüstern seines Stiftes verstummte für einen Moment. «Du solltest diese Frage nicht mir, sondern Klaas stellen. Er wird sie dir sicher beantworten.»

Wäre die Überwindung nicht so groß gewesen, mich tatsächlich persönlich an Herrn Völkner zu wenden, hätte ich das wohl auf dem Fuß getan ...

«Es gibt also einen Grund?», fragte ich und erntete eine Gegenfrage.

«Tust du Dinge grundlos?»

Ich öffnete den Mund, war gewillt, unüberlegt zu bejahen, doch je länger ich darüber nachdachte, desto weiter schlossen sich meine Lippen, ohne dass ein Ton sie verlassen hätte. Es gab tatsächlich für alles im Leben einen Grund. Für alles, was man tat, und für alles, was geschah. Selbst der Tod hatte einen Grund: das Sterben unserer Milliarden von Zellen. Und wenn man die Jahre bis an das natürliche Ende unserer Existenz nicht überdauerte, gab es einen Grund, warum sie vorzeitig beendet wurde. *Feuer ... Ein Strick ...* Bilder brachen über mich herein wie Wellen über einen Schiffbrüchigen. Es war, als würde sich ein Fotoalbum von selbst in meinem Kopf aufschlagen, ohne dass ich den Inhalt sehen wollte. Ich besann mich auf etwas Rationales, suchte nach Obst- und Gemüsesorten, die mit dem Buchstaben A anfingen, *Apfel, Ananas, Aprikose, Apfelsine, Aubergine, Avocado,* und schaffte es, das Fotoalbum wieder zuzuklappen, bevor mich meine Gefühle zu den Bildern überrollten. Nur meine Hand krallte sich immer noch in das Holz des Querbalkens.

«Nein, wohl nicht», murmelte ich leicht zittrig, um seiner noch offenen Frage eine Antwort zu geben. Eine leichte Windbrise streifte mein Gesicht und wehte mir durch die Haarspitzen, die unterhalb meiner Mütze heraussahen. Ich wünschte mir, dass das Gespräch nicht verebbte und Collin es von sich aus weiterführen würde, wünschte mir, dass er mit mir sprach, wie er mit Herrn Völkner sprach, aber er tat es nicht. Er brachte mir das gleiche Schweigen entgegen, das er allen entgegenbrachte.

«Woher kommst du?», fragte ich irgendwann. Was ich mir dabei dachte, wusste ich selbst nicht.

Er seufzte. «Aus einer Kleinstadt. Der Name würde dir nichts sagen.»

«Und ... Und warum bist du hier bei den Völkners?» Kaum hatten die Worte meinen Mund verlassen, duckte ich mich ein bisschen und bereute sie. Bestimmt war ich zu weit gegangen. Doch seine Stimme klang emotionsloser und abgeklärter, als ich erwartet hätte.

«Ich mache eine Ausbildung zum Bauzeichner.»

Ich verdrehte die Augen, unwissentlich, ob meiner blöden Frage oder seiner blöden Antwort wegen. Vermutlich wegen beidem.

«Du machst deinem Gegenüber ein Gespräch nicht gerade einfach», murmelte ich, während ich mir über den Nagel meines Zeigefingers rieb.

«Wer sagt, dass ich ein Gespräch führen möchte?»

Niemand sagte das … Er ließ sogar keinen Zweifel daran, dass genau das Gegenteil der Fall war. Wahrscheinlich ging ich ihm maßlos auf die Nerven. Und trotzdem … trotzdem konnte ich meinen gottverdammten Mund einfach nicht halten. Was war nur mit mir los?

«Aber vielleicht wollen ja andere ein Gespräch *mit dir* führen.»

«Dann haben sie wohl Pech gehabt.»

«Und warum?»

Er setzte den Stift ab und sah über den Bücherrand zu mir. Man konnte seinen Gesichtsausdruck sicher mit vielen Adjektiven beschreiben, aber *freundlich* war nicht unbedingt darunter. «Was soll das werden? Warum fragst du mich all diesen Kram?»

Verunsichert zuckte ich mit den Schultern.

«Was erhoffst du dir davon? Dass ich dir gleich vertrauensvoll alle *ach so tragischen* Erlebnisse aus meiner Vergangenheit offenbare? Damit du Vanessa beim Kaffeeklatsch damit unterhalten kannst?»

Meine Augen weiteten sich. «Nein, das würde ich nie tun … Darum ging es mir nicht.»

«Sondern?», fragte er.

Geräuschlos wie bei einem Fisch bewegten sich meine Lippen.

«Dachte ich es mir», sagte er, als nichts kam. «Leider muss ich dich diesbezüglich auch ziemlich enttäuschen: Es gibt nämlich schlichtweg keine tragischen Erlebnisse in meiner Vergangenheit. Ich hatte eine wunderschöne Kindheit, in der es mir an nichts fehlte. Jetzt bist du geschockt, oder? Zu dumm, dass ich keinen Tratsch für dich habe, das muss richtig bitter für dich sein.»

Mir stand der Mund offen, so erschrocken war ich über seine schroffen Worte und die Unterstellungen, die er mit ihnen geformt hatte. Auf unsanfte Weise begriff ich, wie ungeschickt meine Fragen gewählt waren, aber eine Rechtfertigung für seine Reaktion konnte ich trotzdem nicht finden.

«Kommt noch etwas? Oder kann ich jetzt weiterzeichnen?»

Meine Stimmbänder klangen, als hätte ich sie über ein Reibeisen geschruppt. «Nein, es kommt nichts mehr.»

«Gut», sagte er, versenkte den Blick ins aufgeklappte Buch, und der Stift verfiel wieder in ein sanftes Flüstern.

KAPITEL 10

In vier Tagen war Mittwoch, oder wie ich den Wochentag seit geraumer Zeit eigentlich nannte: Dr.-Flick-Tag. Nach meinen fünf Probestunden und den inzwischen fünf richtigen Therapiestunden hatten sich die Treffen mit ihr als vertrautes Ritual in mein Leben geschlichen. So viel Überwindung es mich auch jedes Mal kostete, mich erneut einem Termin zu stellen, so gut tat es, einen zumindest annähernd festen Ansprechpartner im Leben zu haben.

Ich saß im Schneidersitz vor meinem Bett, den Ellbogen auf den Boden und das Kinn in die Handfläche gestützt. Mein Finger strich über das Touchpad des Laptops und zog kleine Kreise mit dem Mauszeiger auf dem Bildschirm. Bisher nutzte ich das Gerät nur für Hausaufgaben oder kurze Suchanfragen im Internet. Die Liste mit den Tätigkeiten, die ich von Dr. Flicks Vorschlägen bereits erfüllt hatte, war seit fünf Minuten mein erstes privates Dokument auf der Festplatte:

- ✓ Cupcakes backen (Backen ist doof!)
- ✓ Malen (Baum, Vogel und Leuchtturm sind einigermaßen zu erkennen.)
- ✓ Einen Schal stricken (Meinen fertigen Schal braucht man nicht umbinden; das Loch in der Mitte ist so groß, dass man den Kopf durchstecken kann.)
- ✓ Aus der Bücherei drei Bücher ausleihen (Ausgeliehen habe ich sie, nur lesen muss ich sie noch.)

Auch wenn es wahrscheinlich mehr Sinn machen würde, hin und wieder eine schwere Aufgabe abzuarbeiten, damit nicht irgendwann nur noch solche auf mich warteten, blieb ich bei meinem Trott, als hätte es diesen Gedankengang nie gegeben. Etwas besser wissen, und es trotzdem nicht tun – wenn ich auch zu keiner Menschengruppe in der Welt passte und keinen Anschluss fand, so war dennoch unbestritten, dass ich eindeutig zu der Gruppe Mensch gehörte.

Wenig später fand ich mich umgeben von Hunderten kleingerissenen Papierschnipseln, die das Flügelpaar eines Schmetterlings mit Farbe und Mustern füllen sollten, den ich auf einem weißen Blatt Papier mit einem Bleistift vorgezeichnet hatte. Ab heute würde also auch dieser Punkt zu den erfüllten Aufgaben von Dr. Flicks Liste gehören. Anfangs fand ich Gefallen an der Beschäftigung, das Zerreißen, das Sortieren der Farben, das Anordnen, die ersten Farbkleckse ... Aber schon bald klebten die Schnipsel besser an meinen Händen als auf dem Papier. Über das gesamte Bild zogen sich Klebespuren samt Fingerabdrücken, sodass der fertige Anblick eher an das Werk eines Kindergartenkindes erinnerte und zu einer unvorzeigbaren Bastelverfehlung wurde.

Nachdem die Ordnung in meinem Zimmer wieder halbwegs hergestellt war, ich jeden heruntergefallenen Schnipsel einzeln aufgesammelt hatte und dem Bild nach kurzer Überlegung ebenfalls seinen gerechtfertigten Platz im Mülleimer zugewiesen hatte, stand ich im Badezimmer und versuchte mir mit Seife den Kleber von den Händen zu schrubben. Eine äußerst glitschige und hartnäckige Angelegenheit. Voll und ganz darauf konzentriert, bemerkte ich verspätet, dass die angelehnte Tür aufgeschoben worden war und ich beobachtet wurde.

Mit frischen Klamotten unter dem Arm stand Collin im Türrahmen. «Brauchst du noch lange? Ich wollte duschen.»

Erst brach die Erinnerung an die Zeichnung in seinem schwarzen Buch über mich herein und wenig später jene an unser letztes Streitgespräch auf der Aussichtsplattform. Seitdem hatten wir nicht mehr miteinander geredet. «Nein, bin gleich fertig», murmelte ich und blickte wieder ins Becken.

Er blieb noch einen Moment stehen, wie man das eben so machte, wenn man wartete, ehe er sich schließlich hinter mir auf die Waschmaschine hievte und abwechselnd mit den Fersen dagegenstieß. Nicht laut, aber trotzdem so regelmäßig, dass es mich in Verbindung mit seiner Anwesenheit nervös machte. Weil ich mehr mit ihm als mit dem Händewaschen beschäftigt war, glitschte mir ständig die Seife aus der Hand. Schon seit Tagen lagen Worte auf meiner Zunge, die ich unbedingt loswerden wollte, aber der Moment schien nie passend. Nun war er gekommen, und es wäre reine Feigheit, würde ich ihn verstreichen lassen. Ohne Collins Blick im Spiegel zu begegnen, trocknete ich schließlich meine Hände am Handtuch ab und ließ mir viel Zeit dabei.

«Es tut mir leid, falls ich dir neulich zu nahe getreten bin», quetschte ich hervor. «Mir ging es nicht darum, dich auszuhorchen. Ich dachte nur ... Da du etwas von mir weißt, das sonst keiner weiß, könnte ich vielleicht auch etwas von dir erfahren. Das war alles.»

Vorsichtig sah ich ihn über meine Schulter hinweg an. Er hatte das Baumeln mit den Füßen eingestellt und erwiderte meinen Blick. Undurchsichtig wie immer, vielleicht mit einer minimalen Spur von Verwunderung über eine unerwartete Äußerung. Aber vermutlich dachte er genau wie ich an den Moment in der Berufsschule, als mein Pullover verrutscht war.

Es dauerte eine Weile, ehe er antwortete. «So hatte ich das noch nicht gesehen. Ich dachte, du fragst im Auftrag von Vanessa oder so. Wenn dem nicht so war, dann tut es mir leid, dass ich dich angefahren habe. Das war nicht in Ordnung.»

Dass er sich entschuldigte, war mehr, als ich erwartet hätte. Ich nickte und fühlte mich ein paar Kilo leichter, als ich das Badezimmer wieder verließ und zurück in mein Zimmer ging.

Den Rest des Nachmittags saß ich auf dem Balkon und arbeitete einen weiteren Punkt von Dr. Flicks Liste ab, indem ich mir einen Internetblog bei einem kostenlosen Hoster einrichtete. Das Einrichten erwies sich noch als halbwegs simpel, das Designen der Seite dagegen als kniffliger Akt, der mich einige Stunden Arbeit kostete. Die Materie war komplett neu für mich und das Ergebnis nicht wirklich zufriedenstellend. Am Ende war meine Seite aber wenigstens erfolgreich unter *www.jana-blogt.de* zu erreichen. Ein vorgenerierter Text empfing jeden Besucher, der sich dorthin verirrte. *Hallo, Welt!*, stand dort in großen Buchstaben, als müsste ich nur noch loslegen, als könnte ich der Welt endlich mitteilen, was ich ihr schon immer sagen wollte, als wäre ein Ort nur für meinen persönlichen Gedankenmüll geboren worden, um die Menschheit von meiner Existenz in Kenntnis zu setzen. Doch je länger ich auf den Bildschirm starrte und der Cursor mich im Sekundentakt anblinkte, desto mehr kam ich zu dem Schluss, dass ich der Welt überhaupt nichts zu sagen hatte und es mir vollkommen egal war, ob die Menschheit von meiner Existenz wusste oder nicht. Eigentlich war es mir sogar lieber, wenn sie nicht von meiner Existenz wusste.

Als die Zeit fürs Abendessen näher rückte, klappte ich den Laptop unverrichteter Dinge zu und ging nach unten. Lars und Tom hatten sich bereits nützlich gemacht, und so musste ich mich nur noch an den gedeckten Tisch setzen und mir die Nudeln mit Tomatensoße schmecken lassen. Auch wenn sich eine Begegnung mit Collin immer irgendwie beklemmend anfühlte, so war das Gefühl jetzt zumindest nicht mehr so schlimm wie die letzten Tage. Es war gut, dass ich unseren Konflikt angesprochen hatte, wahrscheinlich hätte ich das schon viel früher tun sollen. Wahrscheinlich hätte ich die letzten Nächte dann besser geschlafen.

Ich saß kaum eine halbe Stunde wieder in meinem Zimmer vor dem Laptop, da klopfte Vanessa an der Tür und ließ sich, den Bauch haltend, mir gegenüber aufs Bett plumpsen. «Zu viel gegessen ...», murmelte sie. «Ankes Küche ist Gift für meine Figur. Ich werde noch so fett wie ein Baby-Nilpferd. Kennst du Baby-Nilpferde? Die kommen schon fett auf die Welt.»

Ich hatte das Gefühl, Vanessa war bei unserer beginnenden Freundschaft zwanzig Schritte weiter als ich. Bis auf ein paar Gespräche, in denen wir mehr über sie als über mich geredet hatten, kannten wir uns so gut wie gar nicht. Was sie jedoch nicht davon abhielt, mir mehrmals täglich einen Besuch in meinem Zimmer abzustatten.

«Wollen wir heute Abend noch irgendwo hingehen?», fragte sie. «Ich halte es nicht aus, wenn ich das ganze Wochenende nur in der Bude rumsitze.»

«An was hast du denn gedacht?», fragte ich, ohne zu wissen, ob ich die Antwort überhaupt hören wollte.

«Keine Ahnung, in die Stadt gehen oder so, ein paar Bars in der Friedrichstraße abklappern.»

Ich kratzte mich am Unterarm. Wenn ich an das Gedränge von viel zu vielen alkoholisierten Menschen auf viel zu wenigen Quadratmetern dachte, fühlte ich mich sofort unbehaglich. Immer mehr beschlich mich die Befürchtung, ich könnte möglicherweise nicht die Art von Freundin sein, die Vanessa sich erhoffte.

«Aber sagtest du nicht, wegzugehen würde sich in Westerland gar nicht lohnen?»

«Die Läden hier sind scheiße, machen wir uns nichts vor. Siebziger- und Achtziger-Jahre-Scheiß oder – noch schlimmer – Schlagermusik. Ich kenne nur eine halbwegs adäquate Bar, die macht aber auch schon gegen Mitternacht dicht. Wir wohnen einfach in der falschen Stadt, in Kampen gibt es richtig geile Läden. Ist zwar nicht weit weg, aber wir müssten mit dem Bus fahren, und da geht der letzte schon um eins zurück.»

«Aber wenn du die Läden in Westerland nicht magst, warum willst du dann trotzdem dorthin?»

Sie tätschelte sich auf den vollen Bauch und seufzte. «Weil ein Scheißladen manchmal noch besser ist als gar kein Laden. Also, wie sieht's aus, bist du dabei? Oder willst du, dass ich jetzt und hier als Baby-Nilpferd verende?»

Alles in mir sagte, dass ich nicht ausgehen wollte, dass das nicht meine Welt wäre und ich einen Abend in meinem Zimmer tausendmal dem in einer Bar bevorzugte. *Auch mal etwas Neues ausprobieren, sich überwinden, nicht immer die Angst gewinnen lassen, am Leben teilnehmen*, hallten mir Dr. Flicks schon häufig in Gedanken zitierte Worte durch den Kopf und nagten mit spitzen Zähnen an meinem eigentlichen Willen.

«Na los, komm schon», drängte Vanessa. «Sei nicht immer so langweilig.»

Autsch. *Langweilig*... Obwohl ich ein Urteil wie dieses gewohnt war, verfehlte es dennoch nicht seine treffende Wirkung in der Fällung.

«Na gut», murmelte ich schließlich und spürte ein ungutes Zwicken im Bauch.

«Perfekt!», rief sie aus und sprang sogleich vom Bett, als wäre das Völlegefühl in ihrem Magen innerhalb einer Sekunde verflogen. «Dann geh ich mich schnell fertig machen!»

Schnell hatte in Vanessas Universum offenbar eine andere

Bedeutung als in meinem, denn nach einer Stunde saß ich mir immer noch auf meinem Bürostuhl den Hintern platt.

Ich hatte Vanessa noch nie ungeschminkt gesehen, nicht mal morgens, aber wie mir ihr Anblick verriet, als sie mich nach eineinhalb Stunden von meinem Zimmer abholte, pflegte sie für das Weggehen sogar noch mal eine extra Schicht aufzutragen. Ihre Augen waren von einem satten Schwarz umrahmt, das fließend in einen dunkellila Lidschatten überging, und wenn sie blinzelte, sorgten ihre langen Wimpern für den Effekt eines Flügelaufschlags. Ihre Kleidung war eng und zeigte mehr Haut, als sie verdeckte. Die hochhackigen Schuhe waren schmal geschnitten, und ihre weibliche Silhouette wirkte wie ein perfekt geformter Fluss.

«Du lässt deine Mütze sogar beim Weggehen an?», fragte sie und musterte mich mit einem undefinierbaren Blick, weil sich an meinem Aussehen nichts geändert hatte. «Na ja, soll mir recht sein.» Sie zuckte mit den Schultern und offenbarte beim Grinsen strahlend weiße Zähne. «Siehst ja auch irgendwie süß damit aus.»

Wie benommen folgte ich ihr die Treppe hinab. *Süß* hatte mich noch keiner genannt, zumindest keiner außer meinem Vater.

Wir liefen die Strandpromenade entlang, die uns anfangs fast allein gehörte, doch mit jedem Schritt, der uns näher zu den Hauptadern von Westerland führte, wich die stille Zweisamkeit dem Tumult eines kleinstädtischen und touristendominierten Nachtlebens. In der Friedrichstraße fand es seinen Höhepunkt. Die Postkarten- und Souvenirshops, die Boutiquen sowie die Klamottenläden für Normalsterbliche hatten bereits geschlossen, allein die Schaufenster waren noch hell erleuchtet. Die vielen Außentische der Restaurants waren bis auf den letzten Platz belegt und hatten die Vorherrschaft über die Straßen zurückgewonnen, die tagsüber fest in der Hand von Cafés und Eisdielen waren. Das Durchschnittsalter des Publikums war gesunken, lag aber dennoch mindestens eine Generation über der unseren.

Vanessa steuerte zielstrebig ein Gebäude mit roten Backsteinen an, als hätte sie die Bar im Erdgeschoss dort schon öfter besucht. Hätte ich mich nicht an ihrer Jacke festgehalten, wahrscheinlich hätte ich sie in dem Gewühl schon nach fünf Metern verloren. Erst als wir zwei Barhocker an der Theke in Beschlag nehmen konnten, schaffte ich es, wieder einigermaßen normal durchzuatmen. Überall standen Leute, unterhielten sich lautstark, tanzten, tranken und lachten, während aus den Boxen aktuelle Hits aus dem Radio gespielt wurden. Ich sah mir das Treiben an und wusste, dass ich mich erst wieder ab der Sekunde wohlfühlen würde, in der ich den Laden verlassen hatte. Vanessa zuliebe blieb ich sitzen, versuchte die aufgekommene Panik zu verdrängen und rang mir ein verkrampftes Lächeln ab.

Während sie den Blick durch den Raum schweifen ließ, beugte sie sich zu mir. «Und? Hast du dir schon einen heißen Typen ausgesucht? Das meiste ist unbrauchbar, aber guck mal, die Jungs dahinten, neben dem Zigarettenautomaten, die sind ganz lecker.» Erst bei dem letzten Wort drehte sie ihr Gesicht in meine Richtung und grinste mich verschlagen an. «Ich habe nur zwölf Euro dabei», fuhr sie fort. «Für den ersten Cocktail reicht es, ab dem zweiten muss ich mir einen attraktiven Spender suchen.» Erneut dieses Grinsen. «Ich bestell uns gleich mal die erste Runde. Was möchtest du?» Sie lehnte sich, dem Barkeeper winkend, bereits über den Tresen und sah mich fragend an.

«Einen Kirschsaft, bitte.»

Sie verzog das Gesicht, als würde es sich dabei um ein giftiges Getränk handeln. «Das ist doch nicht dein Ernst? Du bist keine vierzig, benimm dich auch nicht so. Also, was soll ich dir bestellen, lieber was mit Rum oder mit Wodka?»

«Nein, wirklich nicht, ich darf keinen Alkohol trinken. Ein Kirschsaft ist perfekt.»

«Du *darfst* keinen Alkohol trinken? Warum nicht? Nimmst du irgendwelche Tabletten oder so einen Scheiß?»

«Nein, ich ...» Das war kein Thema, über das ich sprechen wollte, und schon gar nicht mitten in einer Bar mit einer Person, die ich kaum kannte. Also führte ich den Satz nicht weiter und zuckte nur mit den Schultern.

Sie wartete noch einen Moment, als würde sie doch noch auf eine Erklärung hoffen, verdrehte aber schließlich die Augen und gab die Getränkebestellung beim Barkeeper ab.

«Du bist echt seltsam», sagte sie, als uns wenig später eine Piña Colada und ein Kirschsaft vor die Nase gestellt wurden. Vanessa aß zuerst die Ananas, die den Rand dekorierte, und saugte sich dann am Strohhalm fest. Eine Weile redeten wir kein Wort.

«Triffst du dich heimlich mit Collin am Strand?», fragte sie irgendwann.

«Nein, wie kommst du darauf?»

Sie musterte mich einen Moment. «Nur so, ihr beide geht abends oft getrennt voneinander runter zum Meer.»

Mit dem Finger fuhr ich über die hölzerne Maserung des Tresens. «Ich gehe dort spazieren. Manchmal sehe ich ihn, aber er redet meistens nicht mit mir.»

Sie lachte und nahm einen weiteren Schluck von ihrer Piña Colada, die sie bereits zur Hälfte geleert hatte. «Mit wem redet der Kerl schon? Aber wer weiß, vielleicht ist das auch besser so.»

«Warum sollte das besser so sein?»

«Collin ist etwas komisch, hast du das noch nicht gemerkt?

Außerdem ...» Sie rührte mit dem Strohhalm im Cocktail und verlor sich mit dem Blick in der bewegten Flüssigkeit.

«Außerdem?», fragte ich.

«Ach, ich weiß nicht, ich will keine schmutzige Wäsche waschen. Vergiss einfach, was ich gesagt habe.»

Ein Typ, der sich gerade den Weg zu den Toiletten bahnte, stieß mir gegen den Rücken, doch als ich mich umdrehte, war er schon fünf Schritte weiter. «Schmutzige Wäsche?», wiederholte ich und rutschte auf meinem Barhocker weiter nach vorne, damit mich nicht noch jemand anrempeln konnte.

Sie seufzte. «Der Typ interessiert dich, stimmt's?»

Ich sah auf meine Hand, die das Glas mit dem eisgekühlten Kirschsaft umschlossen hielt. «Quatsch, ich bin nur neugierig.»

«Und warum schielst du dann beim Abendessen dauernd in seine Richtung und wirst immer so schüchtern, wenn er den Raum betritt? Also, noch schüchterner als sonst.»

Ich spürte, wie meine Wangen heiß wurden. Von dem Vorfall, bei dem Collin meine Narben gesehen hatte, konnte und wollte ich ihr nichts erzählen. Auch wenn das zumindest eine halbwegs passable Erklärung abgegeben hätte. Zudem fand ich es furchtbar, auf meine Schüchternheit angesprochen zu werden. «Ich weiß nicht, was du meinst.»

Sie begann lauthals zu lachen und fasste mir an den Oberarm. Als ich zurückzuckte, nahm sie die Hand wieder weg und warf mir einen entschuldigenden Blick zu. «Ich vergaß, dich darf man ja nicht anfassen ... Wie dem auch sei», fuhr sie fort, «ich glaube, du hast dir nicht unbedingt den richtigen Typen ausgesucht. Ich will dir in nichts reinreden oder dir was Böses, bitte versteh mich nicht falsch.»

Skeptisch beäugte ich sie. «Was meinst du denn dann?»

«Nichts Konkretes», wägte sie mit dem Kopf ab. «Sagen wir

einfach, ich habe ihn auch schon mal von einer anderen Seite kennengelernt.»

«Und welche Seite soll das gewesen sein?»

Vanessa ließ den Blick über die zahlreichen Spirituosen hinter der Bar schweifen, als wolle sie mir auf die Frage nur ungern eine Antwort geben. Schließlich seufzte sie. «Nun gut, eigentlich habe ich das noch nie jemandem erzählt, weil das eine Sache zwischen mir und Collin war und er mir irgendwie leidtat. Ich sage dir das also im absoluten Vertrauen. Kann ich mich auf deine Verschwiegenheit verlassen?»

Irritiert von ihren Andeutungen nickte ich.

«Gut», sagte sie. «Na ja, die Sache ist, Collin und ich, wir fanden uns nicht von Anfang an so unausstehlich, musst du wissen.» Sie zupfte an ihrem Ärmel. Das war eine Geste, die ich noch nie bei ihr gesehen hatte. «Wir waren damals die Neuen bei Anke und Klaas, wir kannten niemanden», fuhr sie fort. «Wir fühlten uns vollkommen fremd. Die neue Umgebung, die Ausbildung, es war nicht schwer, sich verloren zu fühlen. Und genau dieses Gefühl hatten Collin und ich gemeinsam. Das schweißte uns irgendwie zusammen. Ergibt das für dich Sinn?»

Die Verbindung von Collin und Vanessa ergab ehrlich gesagt sehr wenig Sinn für mich, aber ihre Schilderung der damaligen Situation wiederum schon.

«Wir verbrachten viel Zeit miteinander, redeten viel», sprach sie weiter. «Und auch wenn sich das komisch anhört und mich genau diese Art heute an ihm nervt, damals fand ich seine Unnahbarkeit irgendwie anziehend. Außerdem hat es mich auf eine seltsame Weise stolz gemacht, dass er mit mir redete, während er für alle anderen nur ein Schweigen übrig hatte. Das klingt sicher blöd, oder?»

Leider konnte ich es nicht so blöd finden, wie ich es gerne

getan hätte, und allmählich bekam ich ein ungutes Gefühl, worauf ihre Erzählung hinauslaufen würde.

«Ich weiß nicht, wie sich das damals alles entwickeln konnte... Ich verstehe es ja selbst nicht. Aber...»

Vanessa geriet immer mehr ins Stocken. Es war ungewohnt, ihr etwas aus der Nase ziehen zu müssen. Doch als sie selbst nach zwei Minuten nicht weitersprach, überwog meine Neugierde. «Aber was?», fragte ich. «Worauf willst du hinaus, Vanessa?»

«Na ja...»

Mehr sagte sie nicht, sodass ich erneut nachhaken musste. «Wieso willst du es denn nicht sagen?» Ich ahnte es. Eigentlich wollte ich meine Vermutung nicht in Worte fassen, doch mein ungutes Gefühl wurde immer lauter. «Hattet ihr beiden etwas miteinander?», fragte ich vorsichtig.

Sie reagierte zunächst nicht, zumindest nicht mit Worten, aber an ihrem Gesicht konnte ich ablesen, dass ich ausgesprochen hatte, was ihr selbst nicht über die Lippen gehen wollte.

«Oh Gott, erzähl das bloß niemandem!», sagte sie schließlich. «Es ist mir so unangenehm.»

Es hatte schon Momente gegeben, in denen es mir leichter fiel, meine Stimme zu finden. «Ich verspreche es», sagte ich heiser.

Sie räusperte sich. «Die Sache ist, dass das, was Collin und ich hatten, nicht unbedingt *normal* war», fuhr sie drucksend fort.

Als ich dachte, ich müsste schon wieder nachhaken, sprach sie auf einmal von selbst weiter. Dieses Mal flüssiger und Vanessa-typischer, als täte es ihr trotz einiger Schwierigkeiten gut, sich alles von der Seele zu sprechen. «Wir haben nicht einfach nur ein bisschen miteinander gevögelt, wie man das eben so macht. Ich mein, die ersten paar Mal war nicht mal was mit ‹vögeln›, weil er ... Na ja, weil er keinen hochbekommen hat. Damals war er zwanzig. Überleg mal, Jana, wie merkwürdig allein das schon ist. Normalerweise kriegen Zwanzigjährige öfter einen hoch als einen runter. Mich hätte das sofort stutzig machen sollen. Hat es mich ja irgendwie auch ... Aber ich hatte eben Verständnis. Vor allem, weil er danach immer so niedergeschlagen war.»

Ich hatte mit Impotenz in etwa so viele Erfahrungen wie mit Potenz, nämlich gar keine. Trotzdem erkannte selbst ich die Merkwürdigkeit, die Vanessa schilderte. Noch viel mehr schockte mich aber, dass sich Collin ausgerechnet auf Vanessa eingelassen haben sollte. Wie passte das mit seinem heutigen, übermäßig gleichgültigen Auftreten ihr gegenüber zusammen?

«Irgendwann klappte es dann.» Vanessa redete, ohne mich anzusehen. «Ob das aber eine Verbesserung bedeutete, ist eher fraglich.»

«Was hat es denn stattdessen bedeutet?», wollte ich wissen, als sie wieder verstummte.

«Na ja.» Sie zog den letzten Rest ihres Cocktails durch den Strohhalm. «Collin ist nicht gerade der sanfteste Typ. Versteh mich nicht falsch, manchmal ist grob ja gut, aber bei Collin hatte ich das Gefühl, dass er entweder nur grob oder eben gar nicht kann.»

Mein Kirschsaft schmeckte lange nicht mehr so gut wie noch am Anfang des Gespräches.

«Ich möchte nicht weiter ins Detail gehen», sagte Vanessa. «Letztlich habe ich das Techtelmechtel dann beendet, was ich vielleicht schon früher hätte tun sollen. Aber im Nachhinein ist man ja bekanntlich immer schlauer, nicht wahr?» Mit dem Strohhalm rührte Vanessa durch die restlichen Eiswürfel in ihrem Glas.

Irgendwie konnte ich mir das alles schwer vorstellen. Andererseits wirkte Vanessa nicht so, als würde sie lügen. Und offenbar konnte sie mir meine Verwirrung von der Stirn ablesen.

«Aber lassen wir das», wiegelte sie ab. «Ich habe mehr gesagt, als ich sagen wollte. Mir war nur wichtig, dass du ... Na ja, man lässt Freunde eben nicht ins offene Messer laufen.»

Freunde ... Die Bezeichnung hallte noch lange nach.

«So», sagte sie schließlich nach einer Weile und rutschte vom Barhocker. «Jetzt muss ich mir aber Zigaretten holen.»

«Aber du rauchst doch gar nicht.»

«Nein, aber mein Cocktail ist leer. Und wenn ich nicht auf dem Trockenen sitzen bleiben will, muss ich die Jungs dahinten am Zigarettenautomaten langsam mal davon überzeugen, dass sie ihre Scheinchen in etwas Sinnvolles investieren, nämlich in mich.»

Ich wollte ihr anbieten, ihr etwas zu leihen, aber da war sie schon auf dem Weg zu ihrer Mission. Als ich beobachtete, wie geschickt sie mit den Männern ins Gespräch kam, sie wie eine Haarsträhne um ihren Finger wickelte und alle Aufmerksamkeit auf sich und ihr Dekolleté zog, wurde mir wieder einmal der starke Kontrast zwischen ihrer und meiner Person bewusst.

Über eine halbe Stunde flirtete sie mit den Jungs am Zigarettenautomaten, dann brachte sie drei davon mit zur Bar. Es schien, als wäre ich für die Männer überhaupt nicht anwesend. Sie umkreisten Vanessa wie Bienen eine hübsche Blüte, um von deren kostbarem Nektar zu kosten. Einerseits war ich froh, keine Gespräche mit den Fremden führen zu müssen, andererseits fühlte ich mich abgewiesen. Ich war wie Luft. Meinen zweiten Kirschsaft rührte ich mehr, als dass ich ihn trank. Wahrscheinlich wäre es Vanessa gar nicht aufgefallen, wenn ich irgendwann einfach verschwunden wäre. Trotzdem wartete ich später noch den Moment ab, bis sie von der Toilette zurückkam, um mich von ihr zu verabschieden und allein nach Hause zu gehen.

KAPITEL 11

Der Oktober begann, brachte den Herbst mit sich, und die tiefstehende Sonne tauchte die Insel in ein goldenes Licht. Auf der Zugfahrt zur Berufsschule bekam ich viel von der Landschaft mit und bewunderte, wie ein und derselbe Landstrich zu einer anderen Jahreszeit so unterschiedlich aussehen konnte. Nur Collin, der mir wie gewohnt schweigsam und musikhörend gegenübersaß, veränderte sich scheinbar nie.

Nicht ganz eine Woche war es her, seit Vanessa mir von seinen seltsamen Eigenschaften erzählt hatte. Seitdem beobachtete ich ihn noch genauer. Es fiel mir sehr schwer, das Bild, das ich bislang von Collin hatte, mit dem, das mir Vanessa von ihm gegeben hatte, miteinander zu vereinbaren. Sosehr ich die Zeichnungen auch gegen das Licht hielt, sie wollten partout nicht aufeinanderpassen. Aber welchen Grund hätte Vanessa, sich so etwas auszudenken? Und welchen Vorteil würde es ihr verschaffen?

Am liebsten hätte ich ihn gefragt, seine Sicht der Dinge gehört, aber damit würde ich nicht nur Vanessa in den Rücken fallen, sondern auch den Grad der erlaubten Intimität überschreiten, den Collins und meine Beziehung zuließ. Nur zu gut erinnerte ich mich an das letzte Mal, als ich ihm Fragen zu seiner Person gestellt hatte, und ich verspürte nicht das Bedürfnis, das allzu schnell zu wiederholen.

Collin war mir ein Rätsel. Und Rätsel hatten die unangenehme Eigenschaft, einmal aufgenommen und das Knobeln begonnen, einen nicht mehr loszulassen, ehe die Ungewissheit ausgemerzt und die Lösung gefunden war.

Als hätte er meine Gedanken gehört, hob Collin den Kopf und begegnete meinem Blick, der schon wieder viel zu lange auf ihm geruht hatte. Schnell wandte ich die Augen von ihm ab und sah aus dem Fenster.

Die Umgebung hatte sich verändert, wir hatten die Insel längst verlassen, und bis zur Berufsschule war es nicht mehr weit. Gerade noch tief versunken in das schier unlösbare Rätsel Collin, überkam mich mit einem Mal wieder die Dumpfheit, die ein bevorstehender Tag in der Berufsschule vorausschickte. In meinem neuen Leben gab es keinen unangenehmeren Ort für mich als diesen.

Collins und meine Wege trennten sich wie immer ohne große Worte nach dem viertürigen Haupteingang der Schule, als gäbe es zwischen uns keinerlei Verbindung außer derselben Anfahrtsstrecke. In den ersten zwei Unterrichtsstunden hatte ich Deutsch / Kommunikation. Dem schriftlichen Teil dieses Fachs war ich schon nur mäßig gewachsen, aber der mündliche lag mir ganz und gar nicht und hatte mir erst neulich wieder eine Fünf beschert. Zum Glück wurde ich in den hinteren Reihen seltener aufgerufen. Die Lehrer fanden schnell ihre Lieblinge, mit denen ihnen der Unterricht Spaß machte. Alle anderen störten den reibungslosen Ablauf und verstopften höchstens das Loch in der Sanduhr ihrer begrenzten Zeit. Ich hatte schon mehrmals Schulen gewechselt, aber das Prinzip war immer dasselbe.

Zwei Reihen vor mir saß eine Gruppe von Mädchen, hübsch und nett auf den ersten Blick, doch ein paarmal hatte ich sie hinter meinem Rücken über mich tuscheln hören. Auch das heftige Anrempeln neulich auf dem Flur wirkte nicht gerade wie die Willkür des Zufalls. Normalerweise ging ich ihnen aus dem Weg, nur innerhalb des Klassenzimmers war mir diese Möglichkeit nicht gegeben. Ich verstand Menschen einfach nicht. Wenn sie gegen jemanden eine Antipathie hegten, warum ließen sie die Person dann nicht einfach in Frieden, anstatt ihr immer wieder unter die Nase zu reiben, dass sie sie nicht mochten, dass sie ihrer Meinung nach nicht hierhergehörte und dass sie irgendeinem Sortierverfahren nicht standhalten konnte?

Ich dachte an die alte Wohngruppe nach meinem Heimaufenthalt zurück, dachte an Ines, an Mike, an Gülcan ... Und dann verdrängte ich die Gedanken ganz schnell wieder.

In der Wohngruppe hätte alles besser werden sollen, dabei wiederholte sich das Gleiche wie im Heim. Nur mit anderen Gesichtern und anderen Namen. Ich hatte Angst, dass es auf der Berufsschule nun genauso kommen würde. Dass diese Mädchengruppe zwei Reihen vor mir bereits einen Hass gegen mich entwickelt hatte, der bald regelmäßig seinen Weg nach draußen suchen und mich spüren lassen würde, dass ich anders war, dass ich nicht dazugehörte, dass etwas mit mir nicht stimmte.

In der Pause zog ich mich in eine windgeschützte Hausecke auf dem Schulhof zurück, in der sich außer mir nie jemand aufhielt. Noch drei Pausen dieser Art, und ich hätte einen weiteren Tag Berufsschule überstanden.

Es folgten mehrere Stunden in Fachtheorie, in denen wir an einem Bauplan mitwirken mussten, anschließend noch zwei Stunden Politik, die sich unendlich in die Länge zogen, dann hatte ich alles hinter mich gebracht. Die große runde Scheibe über der Tafel zeigte 16 Uhr an – die Zahl, auf die ich seit heute Morgen gewartet hatte und die so lange unerreichbar schien.

Ich verließ das Klassenzimmer und trat durch die großen Eingangstüren nach draußen auf den Vorhof, suchte mit den Augen nach Collin, der für gewöhnlich am anderen Ende beim Tor auf mich wartete. Heute war ich offenbar früher dran als er, denn unter den vielen Menschen, die dort standen, konnte ich sein Gesicht nicht entdecken. Ich schulterte meinen Rucksack und wollte mich gerade zum Tor begeben, als ich auf einmal einen Schlag gegen die Schulter bekam und mein Rucksack auf den Boden knallte. «Huch», hörte ich eine weibliche Stimme sagen. Ich sah auf und blickte in die spöttischen Augen eines Mädchens mit strenggebundenem, schwarzem Pferdeschwanz. Hinter ihr standen ihre Freundinnen. Es war die Gruppe, die im Klassenzimmer vor mir saß.

Noch während ich da stand und sie anstarrte, griff eine Hand nach meinem Rucksack, hob ihn vom Boden auf und reichte ihn mir. Collin.

«Dir ist da wohl gerade ein Missgeschick passiert», sagte er, an die Schwarzhaarige gerichtet.

«Oh», machte sie, erschrocken über sein Erscheinen. «Ja, also, das tut mir voll leid, Jana. Ich hatte dich irgendwie nicht gesehen, und dann war es auch schon passiert. Sorry.»

«Schlimm», seufzte Collin. «Da sind wir die angebliche Krönung der Schöpfung, und trotzdem ist der Mensch nicht vor den kleinsten Hindernissen beim Geradeauslaufen gefeit. Ist das nicht tragisch?»

Das Mädchen lächelte und hob die Schultern, als würde sie mit dieser Geste *Ja, zu dumm, ich kleines Trottelchen* sagen wollen.

«Dann sprechen wir ja die gleiche Sprache», sagte Collin. Seine Gesichtszüge waren vollkommen entspannt, und doch lag etwas Bedrohliches in seiner Mimik. «Vielleicht solltest du in Zukunft ein bisschen besser aufpassen, wohin du läufst. Nicht dass mir demnächst in deiner Gegenwart ebenfalls ein kleines Missgeschick passiert. Ich kann nämlich auch ziemlich tollpatschig sein, musst du wissen.»

Sie nickte so zögerlich, wie ich es für gewöhnlich tat.

Noch ehe ich realisierte, was gerade geschehen war, geschweige denn mich von meinem doppelten Schreck erholt hatte, packte mich Collin am Ellbogen und zog mich mit sich. Ich stolperte hinter ihm her, blickte abwechselnd von ihm zu der Mädchengruppe, die immer kleiner wurde.

Erst als wir den Schulhof verlassen und das Tor passiert hatten, ließ er meinen Arm los und drehte sich zu mir um. «Warum glaubst du, dass dir so etwas passiert?», fragte er in mein ahnungsloses Gesicht.

Während ich starr dastand und nicht wusste, wie mir geschah, schob er meine Fischermütze ein bisschen nach hinten und begann mit dem Zeigefinger in einem Halbkreis über meine Stirn zu streichen. Er fing bei meiner linken Schläfe an und hörte bei meiner rechten auf. «Weil hier oben steht: *Ich bin schwach.*»

Ich blinzelte, unfähig, auch nur einen Ton zu erwidern.

«Ändere das!», sagte Collin. Er sah mir so eindringlich in die Augen, wie er es noch nie getan hatte, und ich spürte, wie eine Gänsehaut meine Wirbelsäule hinabfloss. Die zwei Worte stürzten auf mich ein, gingen mir durch und durch, sodass ich die Erschütterung sogar in meinen Knochen fühlte.

Tausend Gedanken strömten mir durch den Kopf, kein einziger gelangte nach draußen, obwohl ich sie alle am liebsten gleichzeitig ausgesprochen hätte. Vielleicht wäre das sogar noch passiert, hätte sich Collin nicht mit einem Mal einfach weggedreht und den Weg zum Bahnhof eingeschlagen.

Er ging, als hätte es diesen Moment nie gegeben, als hätte er mir nicht gerade meine größte Schwäche aufgezeigt, nämlich meine Schwäche selbst, als hätten wir uns nur übers Wetter unterhalten und als wäre kein einziges Wort von Belang gefallen. Wie ferngesteuert lief ich ihm hinterher.

Auf der Heimfahrt im Zug wog das Schweigen zwischen uns

schwerer als sonst. Vielleicht, weil es eigentlich tausend Dinge zu sagen gegeben hätte. Trotzdem wurde ich von Kilometer zu Kilometer ruhiger und versank immer tiefer in meinem Sitz, einem Gefühl der Entspannung gleich. Wenn ich Glück hatte, würden die Mädchen mich in Zukunft in Ruhe lassen, wenn ich Pech hatte, hassten sie mich jetzt noch mehr als zuvor. Aber das war zu diesem Zeitpunkt noch nicht abzusehen, in diesem Moment brachte mich der Zug in ein sicheres Wochenende ohne Berufsschule und ließ alle damit verbundenen Lasten von mir abfallen.

Der Waggon ruckelte leicht, es war die letzte Kurve vor dem Hindenburgdamm, der Sylt mit dem Festland verband. Die Hälfte der Strecke war geschafft, und wäre dieses Ruckeln nicht gewesen, ich hätte nicht einmal gemerkt, dass wir bereits eine halbe Stunde im Zug saßen. Auch von der Umgebung hatte ich nichts mitbekommen, mein Blick hatte sich auf Collin festgebrannt, der mit geschlossenen Augen und angewinkeltem Bein seiner Musik aus den Kopfhörern lauschte. Er hatte mir geholfen. Diesen Gedanken wurde ich nicht mehr los. Und auch einen anderen nicht, der sich, mit Vanessas Stimme gesprochen, wie eine Narbe in meinen Kopf gebrannt hatte. «*Wir haben nicht einfach nur ein bisschen miteinander gevögelt, wie man das eben so macht.*»

Wie man das eben macht ...

Mit welcher Leichtigkeit sie über diese intensive Art der Intimität gesprochen hatte, als wäre es das Simpelste der Welt, einen Menschen körperlich so nahe an sich heranzulassen. *Wie man das eben macht.* Nur ein Kinderspiel, nichts dabei. Die ganze Welt handhabte das anscheinend so. Nur ich nicht. Mir machten Berührungen Angst, denn es bedeutete, dass ein anderer Mensch mich spüren konnte. Mich, Jana.

KAPITEL 12

Dieser Raum mit den Orchideen und Pastellfarben übte wieder seine einlullende Wirkung auf mich aus. Ob Dr. Flick einen Innenarchitekten für die Gestaltung ihrer Praxisräume engagiert hatte? Einen, der Ahnung von einlullender Wirkung hatte?

Wir waren mitten in der Therapiestunde, und ich beschäftigte mich mehr mit dem Drumherum als mit den konkreten Fragen, was die nächsten Sätze von Dr. Flick jedoch abrupt änderten.

«Ehrlich gesagt hatte ich gehofft, du würdest das Thema irgendwann von selbst ansprechen. Bisher ist das aber leider nicht passiert...» Sie richtete sich auf. «Jana, ich finde, es ist an der Zeit, dass wir über deine Eltern reden.»

Ich starrte auf ihre ledernen Schuhe. «Und was ist, wenn ich das gar nicht möchte?»

Sie stützte ihre Ellbogen auf die Oberschenkel und beugte sich zu mir, um meinen nach unten gerichteten Blick aufzufangen. «Dann glaube ich dir das. Trotzdem ändert es nichts daran, dass ich es wichtig finde.»

Ich brach den erzwungenen Augenkontakt kurz darauf wieder ab, nahm einen Schluck von dem Wasser, das seit Beginn der Sitzung unberührt vor mir auf dem Tisch stand, und schwenkte die Flüssigkeit für eine Weile im Glas. «Sagten Sie nicht immer, ich müsste nicht über Themen reden, über die ich nicht reden will?»

Mit einem Schmunzeln auf den Lippen nickte sie. «Ja, das ist korrekt. Ich sagte aber auch, dass ich in manchen Fällen bohren werde, wenn ich den Eindruck habe, dass es nötig ist.»

Sie sah mich an und wartete auf eine Antwort, als sie aber keine bekam, ergriff sie erneut das Wort. «Du darfst nicht denken, dass ich dich quälen möchte, Jana. Nichts liegt mir ferner als das. Negative Emotionen schlummern ganz tief in uns, manchmal spüren wir sie stärker, manchmal schwächer, aber sie sind immer da. Und genau darin liegt das Problem. Holen wir diese negativen Emotionen niemals an die Oberfläche, werden sie für alle Zeiten unser Leben bestimmen. Darum ist es wichtig, dass wir sie kontrolliert nach oben holen, uns mit ihnen auseinandersetzen und lernen, mit ihnen umzugehen.»

Natürlich erkannte ich die Logik darin und hörte diese Erklärung heute auch nicht zum ersten Mal. In der Theorie klang es stimmig, in der Realität fühlte es sich jedoch an, als würde man einen Finger in eine Wunde stecken. Und wenn man das tat, dann passierte, was passieren musste: Die Wunde entzündete sich.

«Ich kenne deine Vergangenheit grob aus den Akten», sagte Dr. Flick. «Und was ich dort gelesen habe, hat mich sehr berührt. Mir geht deine Geschichte nahe, Jana, das solltest du wissen. Es gibt so viele Dinge, so viele Fragen, die mir auf der Seele brennen. Gleichzeitig weiß ich aber, dass ich mit den meisten davon noch warten muss, weil es viel zu früh für dich ist. Und das ist auch vollkommen okay, wir haben alle Zeit der Welt. Ich finde es aber wichtig, dass wir in ganz langsamen Schritten anfangen, uns *überhaupt* mit deiner Vergangenheit zu konfrontieren. Könntest du dir das vorstellen?»

Psychologen machten es sich immer leicht, sie predigten Aufarbeitung und Konfrontation, mussten sich selbst aber nie länger als für eine Stunde mit der Problematik auseinandersetzen, während mich das Gespräch und das noch Unausgesprochene von da an jede Sekunde begleiten würden.

«Und, Jana, was meinst du?» Sie legte den Kopf schräg und sah mich mit sanftem Blick an. «Wollen wir es versuchen? Ganz sachte? Ich verspreche dir auch, wir brechen sofort ab, wenn es für dich nicht mehr geht.»

Meine Lippen waren wie gelähmt, statt der zu erwartenden Panik hatte eine Dumpfheit von mir Besitz ergriffen, die mich kaum sichtbar nicken ließ. Ich hatte immer gewusst, dass diese Fragen eines Tages kommen würden und dass mein Verstecken davor nur ein vermeintlich sicherer Unterschlupf auf Zeit war.

«Das ist toll, Jana.» Sie zwinkerte mir aufbauend zu und blätterte ein paar Seiten auf ihrem Klemmbrett zurück. «Ich würde gerne mit dir über die Krankheit deiner Mutter reden.»

Ich studierte mein Handgelenk, das ich mit der anderen Hand versuchte zu umfassen, und sagte nichts.

«In meinen Unterlagen steht, sie hätte unter einer seltenen Krankheit namens Morbus Pick gelitten.» Sie lehnte sich im Sessel zurück, stellte die Füße eng nebeneinander und richtete ihre gesamte Aufmerksamkeit auf mich. «Ich habe nachgeschaut, worum es sich dabei handelt, und ein ungefähres Bild bekommen. Meistens ist es aber so, dass Angehörige einen viel besseren Einblick geben können als eine sachlich verfasste Diagnose. Magst du mir erklären, was es mit dieser Krankheit auf sich hat?»

Ich musste mich räuspern. «Es ist eine Demenzerkrankung.»

Dr. Flick war nicht überrascht, warum auch, wusste sie es doch längst. Trotzdem wirkte sie seltsam betroffen. Als sie weitersprach, klang ihre Stimme gedämpft. «Wenn ich ehrlich bin, dann ist mir die Thematik besser vertraut, als mir lieb ist. Meine Oma litt an Alzheimer und ist vor ein paar Jahren gestorben.» Sie schien gefasst genug, um davon erzählen zu können, aber in ihrer Mimik erkannte ich, dass es trotzdem noch schmerzte. «Kann man Morbus Pick und Alzheimer miteinander vergleichen?», fragte sie mich.

Langsam schüttelte ich den Kopf. «Soweit ich weiß, nicht wirklich, es ist eine andere Form der Demenz, mit anderen Symptomen. Es tut mir leid, dass Sie Ihre Oma verloren haben.»

«Das ist sehr lieb von dir», sagte sie. «Es ist hart, einen Menschen verschwinden zu sehen, obwohl er immer noch da ist. Du verstehst wahrscheinlich sehr gut, was ich damit meine.»

Ich dachte an meine Mutter, wie sie in ihrer vollen körperlichen Erscheinung vor mir stand und trotzdem nicht greifbar war. Sie war gegangen, und doch war sie noch hier.

«Ich weiß, dass es eine sehr schwierige Aufgabe ist, aber vielleicht möchtest du sie dennoch versuchen. Wenn du mir die Symptome deiner Mutter in einem Satz zusammenfassen müsstest, wie würde dieser Satz lauten?»

Es war gar nicht so leicht, die richtigen Worte zu finden, egal, wie angestrengt ich in meinem Kopf auch danach suchte. «Meine Mutter hat sich selbst vergessen», sagte ich schließlich.

Dr. Flicks Augenbrauen zogen sich erst nach oben und dann wieder angestrengt nach unten. «Du meinst, sie kannte sich nicht mehr?»

«So ähnlich», murmelte ich und rieb mir über den Unterschenkel. «Sie vergaß sich selbst, ihre Persönlichkeit. Ihren Charakter. Sie hörte auf, der Mensch zu sein, der sie war, und wurde ein anderer.»

«Das klingt sehr verstörend.»

Mein Blick folgte meinem Daumen, der jetzt über den Veloursstoff der Sofalehne strich und durch die unterschiedliche Ausrichtung der Fasern dunkle und helle Muster zeichnete. «Das war es auch.»

Es dauerte einen Augenblick, dann nickte Dr. Flick und ließ

mich in der Ungewissheit zurück, ob ihr meine Antwort genügte oder ob die Geste nur ihre Kenntnisnahme bedeutete. «Bei meiner Oma verlief die Krankheit sehr schleichend», sagte sie schließlich. «Anfangs waren es Kleinigkeiten, sie verwechselte Namen oder erzählte Sachen doppelt. Ich bemerkte es, dachte mir aber nicht allzu viel dabei. Sie wurde eben alt, da kann so etwas schon mal passieren.» Dr. Flick zögerte kurz. «War es bei deiner Mutter auch so, dass die Anfänge kaum wahrnehmbar waren?»

Es war seltsam, in den Jahren nach dem Tod meiner Mutter war das Bild von ihr in meinem Kopf immer schwächer geworden, als hätte die Zeit die Konturen verwaschen und unscharf gemacht. In diesem Moment sah ich das Gesicht meiner Mutter aber so klar vor mir wie schon lange nicht mehr. Ich nickte.

«Deine Mutter war im Vergleich zu meiner Oma noch sehr jung, gerade mal Mitte dreißig. Ich kann mir vorstellen, dass man in diesem Alter noch weniger akzeptieren kann, wenn plötzlich erste Nachlässigkeiten auftreten. Hat sie auch Namen vergessen und Sachen doppelt erzählt?»

Statt der Linien begann ich nun Kreise auf das Velours zu malen. Wie ein Schneckenhaus, das mit jeder Umdrehung immer mehr an Radius gewann. «Nein, das weniger. Sie verhaspelte sich eher. Manchmal verlor sie mitten im Reden den Faden oder benutzte vulgäre Ausdrücke.»

Dr. Flick faltete die Hände im Schoß. «Erinnerst du dich an einen Moment, in dem du zum ersten Mal ganz deutlich gemerkt hast, dass etwas mit deiner Mutter nicht stimmt?»

Es war, als hätte jemand einen Schalter umgelegt, denn auf einmal sah ich mich als sechsjähriges Mädchen am runden Esstisch meiner Eltern sitzen. «Mein Vater kochte», begann ich zu erzählen und beschrieb, was ich selbst gerade sah. «Meine Mutter saß bereits mit mir am Tisch und wurde ungeduldig, weil es so lange dauerte. Als mein Vater das Essen dann brachte, nahm sie zwei Bissen und spuckte angeekelt alles wieder aus. Sie behauptete, es wäre etwas in den Nudeln. Mein Vater wolle sie vergiften.»

Die Gesichtsmuskeln von Dr. Flick waren angespannt, als würde sie versuchen, sich selbst an unseren damaligen runden Esstisch zu projizieren. «Ich nehme an, dein Vater hätte so etwas niemals getan.»

«Natürlich nicht», sagte ich. «Allein der Gedanke war absurd.»

Dr. Flick machte sich eine Notiz auf ihrem Block. «Ging das Misstrauen von deiner Mutter so weit, dass man von Psychosen oder Wahnvorstellungen sprechen konnte? Ich frage das, weil in meinen Akten der Vermerk steht, deine Mutter wäre anfangs fälschlicherweise als Schizophrenie-Patientin behandelt worden.»

Ich nickte und sah aus dem Fenster. Der Flieder, der im Sommer voller grüner Blätter und dicker lila Blütengewächse war, bildete nur noch ein Gerippe aus dünnen Ästen.

«Ich sagte vorhin ja schon, dass ich mir bei meiner Oma zunächst viel mit ihrem hohen Alter erklärt habe», fuhr Dr. Flick fort. «Wenn ich heute zurückdenke, dann wird mir klar, ich hätte schon viel früher etwas merken müssen. Also *wollte* ich mir auch viel mit dem Alter erklären. Es ist leichter, nichts Schlimmes bei einem geliebten Menschen zu vermuten, wenn man sich eine einfache, ungefährliche Erklärung zurechtlegen kann. Es dauerte einige Monate, bis wir zum ersten Mal mit ihr zum Arzt gingen. Hat euch das ähnlich viel Überwindung gekostet wie mich damals?»

Ein pummeliges Vögelchen setzte sich auf einen Zweig, der durch das Gewicht in Schwingungen versetzt wurde. Bilder aus der Vergangenheit überkamen mich, die ich am liebsten verbrennen würde. «Sie war zwischendurch ja immer wieder ganz normal», entgegnete ich. «Es waren Aussetzer, die sie dann und wann überkamen. Aber irgendwann wurden die Abstände kürzer.»

Das sind nur irgendwelche Launen, das vergeht schon wieder, hörte ich die Stimme meines Vaters sagen. Wie sehr ich ihm glauben wollte, wenn meine Mutter nicht im Raum war, aber wie wenig ich es konnte, wenn ich ihre Launen miterlebte. Da war unterschwellig immer die Gewissheit, dass irgendetwas nicht mit ihr stimmte.

«Erinnerst du dich daran, wann ihr zum ersten Mal zum Arzt gegangen seid?»

So viel Zeit war seitdem vergangen, damals war ich noch ein kleines Kind und meine Wahrnehmung noch nicht so unverschleiert wie in späteren Jahren. «Es ist alles so lange her», murmelte ich. «Ich weiß es nicht genau, vielleicht ein halbes Jahr nach dem Vorfall am Esstisch.» Wenn ich an all die Situationen dachte, die diesem Vorfall vorausgegangen waren, hatte ich den Ernst der Lage somit viel später begriffen als Dr. Flick bei ihrer Oma.

«Es war der Arzt, der dann die Fehldiagnose Schizophrenie stellte», schlussfolgerte Dr. Flick.

Wieder nickte ich.

«Und wann und wie wurde deiner Mutter dann die richtige Diagnose gestellt?», fragte sie weiter.

Mir gefiel das nicht. Ich musste immer tiefer in den Kisten meiner Erinnerungen graben, die eigentlich für immer hätten verschlossen bleiben sollen. Mühsam versuchte ich nur Fragmente der Geschehnisse herauszuholen, meine Emotionen ließ ich jedoch drinnen. Ich erinnerte mich, dass meine Mutter mit den Medikamenten, die sie vom Arzt bekam, wieder normal hätte werden sollen. Wurde sie aber nicht. Die Gesichter von verschiedenen Ärzten flackerten in meinen Gedanken auf, die wir nach und nach aufgesucht hatten. «Ungefähr eineinhalb Jahre später sagte man uns in einer Spezialklinik, dass es eine Demenzerkrankung wäre.»

Dr. Flick atmete hörbar aus. «Das ist eine sehr lange Zeit. Was genau haben sie euch dort gesagt?»

Der Vogel vor dem Fenster plusterte sich auf, und schon bald setzte sich ein zweiter dazu. Ob das sein Weibchen war? Ohne den Blick von dem Vogelpaar zu lösen, antwortete ich: «Dass es keine Heilung gibt. Man könne nur versuchen, die Psychosen einzudämmen.»

Für einen Moment hing Dr. Flick ihren eigenen Gedanken nach. «Ist das nicht schlimm?», fragte sie schließlich. «Endlich hat man Klarheit, und im nächsten Augenblick erfährt man, dass man rein gar nichts gegen die Krankheit tun kann. Ich erinnere mich noch sehr gut, wie das bei meiner Oma war. Wie der Mann im weißen Kittel vor mir stand und das Schrecklichste sagte, was ich mir hätte vorstellen können. Noch nie habe ich mich zuvor so hilflos und machtlos gefühlt.»

Die Gefühle, die Dr. Flick beschrieb, waren mir vertraut, und ich spürte sie auch in diesem Moment.

«Hat man euch psychologische Hilfe zukommen lassen? Oder anderweitige Unterstützung von Seiten der Ärzte?»

«Sie gaben uns eine Broschüre über häusliche Pflege», murmelte ich. «Und die Kontaktdaten von einem Hospiz.»

«Weil Menschen mit Morbus Pick sehr boshaft und gefährlich werden können», fügte Dr. Flick hinzu.

Ich nickte.

Sie stützte das Kinn auf die Handfläche und sah mich eine Weile an. «Ich verstehe, dass dein Vater sich nicht überwinden konnte, sie in ein Hospiz zu bringen, wenn man bedenkt, dass es ein Haus zum Sterben ist. Er wollte wahrscheinlich nicht wahrhaben, dass sie sterben wird. Aber warum hat er nicht auf die häuslichen Pflegekräfte zurückgegriffen?»

Ich hob die Schultern. «Er dachte wohl, wir schaffen das allein.»

Dass er sich damit getäuscht hatte, brauchte ich nicht zu erwähnen, das wusste Dr. Flick bereits aus den Akten. Die Stille, die nun eintrat, bestätigte das und verbreitete sich wie ein drückender Nebel bis in den letzten Winkel des Raums.

Schließlich sagte Dr. Flick: «Vorhin habe ich dich gefragt, ob du mir die Symptome deiner Mutter in einem Satz zusammenfassen könntest. Jetzt würde ich gerne von dir wissen, wie du deine Mutter menschlich während der Krankheit beschreiben würdest. Wie war sie in deinen Augen?»

Mein Blick schweifte zurück zum Fenster, suchte das Vogelpärchen, aber der Zweig war leer.

Ich zuckte mit den Schultern. «Sie war meine Mutter», sagte ich.

Dr. Flick presste die Lippen aufeinander, als hätte sie mir zulächeln wollen, es sich im letzten Moment aber doch verkniffen.

Und in dieser Sekunde spürte ich, dass es reichte. Ich hatte genug über das Thema geredet, mehr als genug. Die Vergangenheit war so nah gekommen, dass es sich anfühlte, als wäre alles erst gestern passiert, und die Erinnerung wog viel zu schwer, um sie im Heute tragen zu können. «Ich ...», stammelte ich, brachte den Satz jedoch nicht zu Ende.

«Du hast genug, Jana? Sollen wir aufhören?», fragte Dr. Flick.

Erst wollte ich gar nicht reagieren, ich schämte mich für meine Schwäche, nickte dann aber doch, weil ein Weitermachen unvorstellbar schien.

«Dann hören wir auf», sagte sie. «Ich bin ziemlich stolz auf dich, weißt du das?» Ihre Lippen formten jetzt ein warmes Lächeln, das sie so lange aufrechterhielt, bis sie sich sicher war, dass ich es auch wirklich wahrgenommen hatte. «Hast du noch meine Karte, die ich dir an deinem ersten Tag auf Sylt gegeben habe?»

Sie steckte zu Hause in der kleinen Box mit den bunten Notizzetteln auf meinem Schreibtisch. Ich bejahte.

«Sehr gut, sonst hätte ich sie dir noch mal gegeben. Meine Handynummer steht drauf. Ich weiß, du hast bisher noch nie davon Gebrauch gemacht, aber ich möchte es dir ein weiteres Mal anbieten. Ganz besonders nach diesem schweren Thema heute.» Sie sah mich eindringlich an. «Jana, wenn es dir nicht gutgeht, deine Erinnerungen dich verfolgen und du nicht weißt, wie du mit ihnen umgehen sollst – dann ruf mich an. Wirklich, zögere nicht und wähle meine Nummer. Jederzeit. Ich meine das ehrlich und von ganzem Herzen. Und es macht mir überhaupt keine Umstände. Ich fände es schlimm, wenn ich nächste Woche von dir höre, dass es dir nicht gutging und ich dir nicht helfen konnte. Wir sind ein Team. Wir haben das Thema gemeinsam aufgegriffen, also tragen wir es auch gemeinsam aus. Deswegen bitte ich dich: Wenn du das Bedürfnis danach hast, dann melde dich.»

Es war mir fast schon unangenehm, wie sehr sie ihren Worten Nachdruck verlieh, sodass ich schnell nickte und mich für das Angebot bedankte. In den ersten Treffen hatte ich es schon vermutet, aber inzwischen wusste ich, dass Dr. Flick wirklich anders war als alle Psychologen, die ich bis dahin in meinem Leben kennengelernt hatte.

Zufrieden wandte sie sich ab und holte aus dem Schrank die Schale mit den Süßigkeiten hervor. Ich konnte es mir selbst nicht genau erklären, aber jedes Mal, sobald sie das tat, verlor alles Schwere, das gerade noch untragbar im Raum gestanden hatte, allmählich an Gewicht. Als wäre die Vergangenheit nur eine Welle und die Schale ein Riff, an dem sie sich bricht. Der

Griff zur Schale bedeutete, dass ich es geschafft hatte, dass keine weiteren Fragen kommen würden. Die Schale signalisierte mir ein Ende.

Während ich noch überlegte, ob mir überhaupt nach etwas Süßem zumute war, hatte Dr. Flick bereits zweimal zugegriffen. «Was denn?», fragte sie kauend. «Wir haben noch fünf Minuten. Also nutzen wir die Zeit sinnvoll und plündern die Schüssel.»

KAPITEL 13

Manchmal kam mir mein Leben vor, als würde ich nur bestimmte Momente bewusst erleben, und die Zeit dazwischen lief ohne meine volle Aufmerksamkeit ab. Wenn ich zurückdachte, konnte ich mich grob an alles erinnern, aber oftmals nicht so, als hätte ich die jeweilige Situation wirklich selbst erlebt, sondern als wäre ich nur ein stiller Beobachter von außen gewesen. Der Blick auf den Kalender im Büro sagte mir, dass ich bereits fast vier Monate auf der Insel war, und ich glaubte ihm, spürte diesen langen Zeitraum ganz deutlich, es war so viel passiert seit meiner Ankunft. Aber richtig greifbar war von diesen einhundertzwölf Tagen für mich höchstens die Hälfte. Über den anderen lag ein feingewebter Vorhang aus Organza-Stoff, der hell und dünn genug war, um durch ihn hindurchsehen zu können, und doch alles Erkennbare dahinter milchig erscheinen ließ.

Anfang der Woche war im Architekturbüro der Völkners die Hölle los gewesen, einer der Server hatte gestreikt und jeglichen Zugriff auf wichtige Daten verwehrt. Zwar gab es Sicherheitsvorkehrungen für einen Fall wie diesen, trotzdem stand für zwei Tage alles Kopf, und überall hatte es vor Technikern nur so gewimmelt. Mich hatte der Serverraum mit seinen teuren Geräten immer fasziniert, sie waren groß wie Kühlschränke mit Glastüren, nur dass dahinter alles schwarz war und blinkte. Wenn ich mir dann vorstellte, mit welcher Geschwindigkeit und Komplexität im Inneren dieser gerechnet wurde, kamen mir meine eigenen Rechenfähigkeiten dumm und albern daneben vor. Auch heute empfand ich das so, als ich im Türbogen stand und in den Serverraum hineinschaute, in dem wieder alles ruhig und normal ablief, als hätte es das Chaos vor wenigen Tagen überhaupt nicht gegeben.

«Jana?»

Ich drehte mich um und erkannte Matthias. Er war einer der Chef-Bauzeichner, der nicht nur eng mit Herrn Völkner zusammenarbeitete, sondern sich auch viel um die Lehrlinge seiner Berufsgruppe kümmerte. Der Fünfunddreißigjährige trug eine dünne, silbern umrahmte Brille, ein weißes Hemd und eine schwarze Stoffhose. Seine gerade Körperhaltung, seine zurückgekämmten Haare und seine gelassene und doch zugleich bestimmte Art ließen ihn in meinen Augen sehr erwachsen wirken. Ich bewunderte, wie pflichtbewusst er seine Arbeit ausführte, als wäre er schon als Bauzeichner auf die Welt gekommen. Von allen Mitarbeitern im Büro, die ich inzwischen kennengelernt hatte, war er mir der liebste.

«Hast du mal eine Sekunde?», fragte er weiter.

Ich nickte und folgte seiner ausladenden Handbewegung in den Raum der Bauzeichner und dort zu einem freien Schreibtisch. In der Berufsschule arbeiteten wir meistens mit Zeichentischen, und auch hier standen verstreut welche im Raum, mehr als zur Dekoration dienten sie im tatsächlichen Alltag jedoch kaum. Gearbeitet wurde hauptsächlich am PC, in der Regel mit drei oder vier Bildschirmen gleichzeitig, sodass die einzelnen Arbeitsplätze gut und gerne mit Flugsimulatoren hätten verwechselt werden können.

Außer dem Schreibtisch, an dem wir jetzt standen, gab es noch neun weitere, an denen derzeit gearbeitet wurde. Die hochkonzentrierte Stimmung im Raum wurde durch leises Mausklicken untermalt. Matthias schob einen zweiten Stuhl heran und bat mich, vor dem Computer Platz zu nehmen.

«Neben dem Projekt in Chicago arbeite ich gerade an dem Umbau einer alten Fabrik in moderne Loftwohnungen, ganz in der Nähe von Kiel», sagte er leise, um seine Kollegen nicht zu stören, aber doch laut genug, dass ich ihn gut verstehen konnte. Während er sprach, rief er am PC seine Zeichnungen auf und zeigte mir das Projekt aus verschiedenen Perspektiven. Dabei konnte er zwischen einer realistischen Ansicht wählen, in der man das fertige Gebäude samt Garten und Tiefgarage wie ein hübschgemaltes, dreidimensionales Bild betrachten konnte, und einer abstrakten Ansicht, die aus Tausenden einzelner Linien bestand. «Die Datei ist eine Sicherungskopie meiner Arbeit, in die ich absichtlich ein paar Fehler eingebaut habe.» Er nahm einen Ordner aus der Schublade und legte ihn vor mich auf den Schreibtisch. «Hier sind alle Vorgaben drin, die ich von den Architekten und Bauingenieuren bekommen habe. Nach exakt diesen Vorlagen müssen die Zeichnungen erstellt werden, es darf keinerlei Abweichungen geben.»

Ich nickte. Und wie nicht anders zu erwarten war, sollte ich jetzt genau jene Fehler ausfindig machen.

«Klaas und ich dachten, das ist eine gute Möglichkeit, damit du dich besser in die CAD-Programme einarbeiten kannst, mit denen wir zeichnen. Gleichzeitig lernst du viele Dinge, auf die es zu achten gilt.»

Mir war nicht entgangen, dass Matthias Herrn Völkner beim Vornamen nannte. Schon öfter war mir das bei Kollegen aufgefallen, jedoch nicht bei allen. Manche siezten ihn, manche duzten ihn. Welchem Muster das folgte, verstand ich nicht wirklich.

«Hast du noch irgendwelche Fragen?»

Ich schüttelte den Kopf. Keine Fragen mehr.

«Gut», antwortete er. «Dann schlag den Ordner auf und lass uns die Plätze tauschen.»

Ich tat wie mir geheißen und fand mich gleich darauf direkt vor den vier Bildschirmen wieder. Matthias erklärte mir, wie man unterschiedliche Ansichten auf jedem einzelnen davon einstellte, damit man immerzu den vollen Überblick besaß und nicht ständig hin- und herschalten musste. Manchmal, wenn ich die richtigen Tastenkombinationen auf der Tastatur oder die Symbole im Programm nicht auf Anhieb fand, beugte er sich zu mir, um sie mir zu zeigen. Er meinte es nett und ahnte nicht, wie viel Unwohlsein diese Nähe bei mir auslöste. Deshalb strengte ich mich noch mehr an, damit ich alle von ihm diktierten Sachen möglichst schnell allein fand. In den meisten Fällen gelang mir das, leider jedoch nicht immer.

Auf seinen Vorschlag hin begannen wir damit, alle Maße auf ihre Richtigkeit zu überprüfen, vom Fundament angefangen bis hin zu jeder einzelnen Wand. Und davon gab es massenhaft. Jeder Kaminvorsprung, jeder Fensterrahmen war in der Zeichnung festgehalten und musste mit den Vorlagen im Ordner verglichen werden. Es dauerte bis mittags, ehe wir alle Maße durchhatten. Zeichnen konnte ich mit dem Programm immer noch nicht selbständig, aber nach ein paar Stunden Übung kam ich zumindest mit der Bedienung besser zurecht. Nur meine Augen mussten sich noch an die Bildschirmarbeit gewöhnen, denn nach stundenlangem Starren auf bunte Linien brannten sie irgendwann fürchterlich. Als ich sie, ohne dass ich es wirklich merkte, vermehrt zu reiben begann, schlug Matthias eine Kaffeepause vor. Ich wollte aufstehen, um uns zwei Becher zu holen, doch er bedeutete mir, sitzen zu bleiben, und begab sich selbst in die Büroküche.

Mit zwei heißen Tassen kam er kurz darauf zurück und gab mir eine davon in die Hand. Mir fiel der silberne Ehering an seinem Ringfinger auf, und ich erinnerte mich wieder an die kleine Bürofeier vor zwei Monaten, als ihm jeder zur Geburt seines

Sohnes gratuliert hatte. Alle hatten zusammengelegt, ihm eine Dreimonatsration Windeln geschenkt und ihm süffisant viel Spaß beim Wickeln gewünscht.

«Ganz schön anstrengend auf Dauer, oder?», fragte er, als er sich mit einem Seufzen wieder auf den Bürostuhl niederließ.

Ich sah durch den Raum, froh darüber, meine Augen für einen Moment nicht auf den flimmernden Monitor richten zu müssen. «Es geht schon», sagte ich, «ich muss mich nur erst daran gewöhnen.»

Er nahm seine Brille ab und kniff die Augen zusammen, ganz dem Anschein nach brannten sie nicht weniger als meine. «Das, was wir hier machen, ist Sisyphusarbeit, Jana. Normalerweise versichert man sich mehrmals direkt beim Ziehen von Linien, ob die Maße stimmen. Wenn du dir das für die Zukunft merkst, dann bleibt dir so etwas am Ende erspart.»

«Und wie ich mir das merken werde», murmelte ich mehr zu mir selbst als zu ihm.

Matthias hatte es gehört und war sichtlich amüsiert. Er lehnte sich im Stuhl zurück und pustete auf seinen Kaffee, um ihn abzukühlen. Mir entging nicht, dass seine Aufmerksamkeit dabei hauptsächlich auf mich gerichtet war.

«Wie geht es dir denn eigentlich bei uns?», fragte er nach einer Weile. «Fühlst du dich wohl?»

Zwar hatte ich bereits mit einer Frage gerechnet, aber auf diese war ich nicht vorbereitet. Dementsprechend zögerlich reagierte ich. «Ja, äh ... natürlich. Wieso fragen Sie?»

«Das war keine Fangfrage, Jana. Keine Sorge. Nur ehrliches Interesse», sagte er. «Du arbeitest gewissenhaft und gut, machst dich überall nützlich und beschwerst dich nie. Wir können uns mehr als glücklich mit dir schätzen. Mir fällt nur auf, dass du sehr still bist. Wahnsinnig still.»

Etwas zu hastig nahm ich einen Schluck von meinem Kaffee

und verbrühte mir die Zunge. «Es ist alles in Ordnung», sagte ich.

«Ganz sicher?»

Ich nickte schnell.

Er sah mich eine Weile an, dann lenkte er den Blick wieder auf seinen Kaffee und verlor sich für einen Moment darin. «Weißt du eigentlich, dass ich früher auch bei Klaas gewohnt habe?»

Ich zog die Augenbrauen zusammen und sah ihn fragend an, was ihn zum Schmunzeln brachte. «Deinem Gesichtsausdruck nach zu urteilen, lautet die Antwort wohl nein», sagte er.

Ich verstand nicht. Matthias war kein Mensch, der in das Wohnprojekt von Herrn Völkner passte. Er stand mit beiden Beinen im Leben und machte keineswegs den Anschein, als wäre dieser Zustand jemals anders gewesen.

«Warum?», fragte ich.

«Na ja», sagte er und blickte etwas verlegen drein. «Ich habe früher enorm viel Mist gebaut.»

Ich spielte immer noch mit dem Gedanken, dass er mich nur auf den Arm nehmen und meine Reaktion testen wollte. Aber sein Gesichtsausdruck blieb ernst.

«Ich fasse deine Überraschung jetzt mal als Kompliment auf. Aber es stimmt leider, ich war nicht immer so ... brav, wie ich heute aussehe.»

«Was hast du denn gemacht?»

«Diebstahl, Körperverletzung, Verstöße gegen das Betäubungsmittelgesetz, Sachbeschädigung – meine Akte bei der Polizei war dicker als ein Telefonbuch.» Er schüttelte den Kopf. «Und ich bin wahrlich nicht stolz darauf.»

Nun begriff ich, warum er und Herr Völkner sich duzten. Und noch während diese Erkenntnis über mich hereinbrach, überkam mich bereits die nächste, als ich realisierte, dass ich

Matthias gerade selbst unbewusst zum ersten Mal geduzt hatte. Ich sprach ihn zwar mit Vornamen an, aber hauptsächlich deshalb, weil er mir seinen Nachnamen nicht genannt hatte. Irgendwie war ich nie von dem förmlichen *Sie* abgekommen. Seiner Mimik nach zu urteilen, hatte er es entweder nicht bemerkt oder wollte es sich nicht anmerken lassen. Ich war mir nicht sicher.

«Klaas und Anke habe ich es zu verdanken, dass ich die Kurve gekriegt habe», sprach er weiter. «Sie gaben mir eine Perspektive.» Auf seinen Lippen lag ein Lächeln, aber wenn ich genau hinsah, erkannte ich eine Traurigkeit darin. «Ich war damals einer der ersten in dem Projekt. Ehrlich gesagt, hatte ich es mir selbst nicht zugetraut, dass ich die Ausbildung durchziehe, aber ich habe es geschafft. Die unvergesslichsten Momente im Leben sind immer jene, in denen man sich selbst überrascht.» Er nahm einen Schluck Kaffee. Auch ich spürte an meiner Handinnenfläche, dass die Temperatur der Tasse abgenommen hatte und der Kaffee allmählich trinkfähig wurde. «Nach meiner Ausbildung», fuhr er fort, «zog ich nach Köln und fand dort eine Festanstellung. Damals dachte ich, das wäre nötig, um einen Inselkoller zu vermeiden, aber in Wahrheit ging es um mehr. Klaas und Anke hatten mir auf die Beine geholfen – nun musste ich herausfinden, ob ich mein Gewicht fortan auch selbst tragen konnte. Ich konnte es. Und als mir das klar wurde, kehrte ich zurück. Klaas hat mich mit offenen Armen empfangen und mich sofort wieder eingestellt. Ich suchte mir eine eigene Wohnung, und seitdem arbeite und lebe ich hier.» Seine Augen begannen zu leuchten, als würde er an ein schönes Geheimnis denken, das nur er kannte. «Und auch meine Liebe habe ich hier gefunden.»

In der darauffolgenden Stille war ich nicht in der Lage, irgendwelche Worte zu finden. Ich hatte Matthias immer bewundert, aber aus anderen Gründen. Jetzt, da ich die tatsächliche Wahrheit kannte, bewunderte ich ihn noch mehr.

«Was ich dir damit sagen möchte, Jana», begann Matthias erneut. «Ich habe meinen Weg gefunden. Und ich wünsche dir, dass du deinen auch findest.»

Manche Worte fliegen an einem vorbei wie Möwen am Meer, manche treffen einen bis ins Mark.

Das Gespräch verfolgte mich, auch lange nach Arbeitsende nahm es noch großen Raum in meinem Kopf ein und ließ alle anderen Gedanken abprallen. Nie hatte ich schlecht von Herrn oder Frau Völkner gedacht. Und ich hatte es auch sicher nicht als selbstverständlich erachtet, in ihrem Haus leben zu dürfen und jeden Abend gemeinsam mit ihnen zu essen. Vielleicht hatte ich ihre Güte aber dennoch nie durch meine Schutzmauer hindurchgelassen. Ich hatte sie wahrgenommen – aber nicht angenommen.

An diesem Abend sah ich die beiden das erste Mal mit anderen Augen. Ich erinnerte mich an ihre zahlreichen Versuche, ein Gespräch mit mir zu beginnen oder mich in eine Unterhaltung mit einzubeziehen, ihre täglichen Fragen, wie ich geschlafen hatte, ob alles in Ordnung wäre oder ob sie mir mit irgendetwas behilflich sein könnten. Sie gaben sich viel Mühe mit mir, doch mehr als karge Antworten hatten sie nie bekommen. Und zum Dank sprach ich sie immer noch mit Nachnamen an.

Nach dem Abendessen räumte ich mit Lars den Tisch ab und stellte die Spülmaschine an. Frau Völkner war gerade dabei, die Töpfe abzuwaschen, und während sie mit dem Rücken zu mir stand, überkam mich das dringende Bedürfnis, ihr etwas zu sagen, doch ich wusste nicht, was. Und ich wusste nicht, wie.

Ohne dass mir ein einziges Wort über die Lippen gegangen wäre, lief ich nach oben in mein Zimmer. Für eine Weile saß ich nur da und starrte vor mich hin, dann klappte ich irgendwann den Laptop auf und bastelte weiter an dem Design des Internetblogs. Ich hatte immer noch keinen einzigen Beitrag veröffentlicht, geschweige denn den Hauch einer Ahnung, was ich überhaupt jemals dort veröffentlichen sollte, aber das Rumbasteln an der Optik war eine angenehme Beschäftigung, um Zeit und Gedanken totzuschlagen.

Später am Abend besuchte mich Vanessa. Sie wartete nicht, bis ich sie hereinbat, sondern trat einfach ein und ließ sich auf mein Bett plumpsen. Neulich hatte sie bei einem Besuch Tom mitgebracht und unentwegt mit ihm rumgeschäkert, und ich hatte mich wie das fünfte Rad am Wagen gefühlt. Ich war froh, dass sie heute allein kam.

Sonderlich gesprächig war sie jedoch nicht. Mehr als ein paar vereinzelte, missmutige Sätze hatte sie auch nach einer halben Stunde nicht von sich hören lassen. Schon beim Abendessen war mir ihre schlechte Laune aufgefallen. Und wenn bei Vanessa dicke Luft herrschte, verließ man besser den Raum, insofern man nicht dieselbe dicke Luft atmen wollte.

«Lass uns nach Kampen fahren», sagte sie.

Mein Blick fiel auf die Uhr. Es war bereits kurz vor zehn. «Jetzt? An einem Donnerstagabend?»

«Ja, jetzt. Lass uns spontan sein.»

«Du bist gut! Morgen früh klingelt um sechs der Wecker.» Davon abgesehen war mein Interesse an ihrem Vorschlag auch aus anderen Gründen gering. Die letzten und bisher einzigen beiden Male, die ich mit ihr unterwegs gewesen war, hatten den Wunsch nach Wiederholung nicht gerade befördert.

«Na und? Scheiß auf die Arbeit. Wir reden hier immerhin von Kampen.»

Als Herr und Frau Völkner in meiner ersten Woche eine Rundfahrt mit mir über die Insel gemacht hatten, waren wir auch in Kampen gewesen. Der Ort mit seinen vielen Villen aus rotem Backstein wirkte noch kleiner als Westerland. Und für meine Begriffe war Westerland schon keine wirkliche Stadt, sondern vielmehr ein etwas größeres Dorf.

Durch Herrn Völkner erfuhr ich, dass in dieser kleinen Ortschaft die höchsten Immobilienpreise in ganz Deutschland zu finden waren. Auf die Frage, warum das so wäre, zuckte Herr Völkner mit den Schultern und antwortete: «Aus demselben Grund, warum Leute Kaviar essen und Champagner trinken.»

Vom Auto aus zeigten die Völkners mir vereinzelt Anwesen, die in ihrem Büro entworfen worden waren oder für deren Umbau sie gesorgt hatten. Wahrscheinlich war das der Moment, in dem ich zum ersten Mal begriff, dass mein Chef und seine Frau keine Nobodys waren, die nur eine kleine Firma versteckt in einem Hinterhof besaßen.

«Du redest so oft von Kampen», sagte ich zu Vanessa. «Was versprichst du dir denn dort?»

Sie sah mich an, als würde sie meine Frage für einen Witz halten, nur dass ihr Bedürfnis zu lachen ausblieb. «Weißt du, wie viele Promis da wohnen? Jeder, der etwas auf sich hält und ordentlich Kohle hat, besitzt in Kampen ein Ferienhaus.»

«Und du möchtest gerne einen der Promis sehen?», fragte ich.

Vanessa rollte die Augen. «Sehen könnte ich die in der Bildzeitung, dafür müsste ich nicht nach Kampen. Ich möchte Leute von dort *kennenlernen.*»

Unabhängig davon, dass ich ihren Wunsch nicht nachvollziehen konnte, erschien mir auch die Umsetzung sehr schwierig. Ich konnte mir nicht vorstellen, dass man einfach in solche Kreise aufgenommen wurde, indem man mal eben dazu stößt.

«Und was hättest du davon?», fragte ich.

«Liegt das nicht auf der Hand? Guck dich doch mal um!» Ihr Blick wanderte durch mein Zimmer. «Das hier kann doch nicht alles im Leben sein.» Ich folgte ihrem Blick, aber meine Augen sahen offenbar etwas ganz anderes als die von Vanessa.

«Denkst du, ich will ewig von diesem popeligen Lehrlingsgehalt auf dieser öden Insel leben? Ich bin jung und attraktiv. Also steht mir ein erfolgreicher Mann zu, der mich auf Händen trägt und mir die Welt zu Füßen legt.»

Mein Problem lag oft darin, dass ich nicht wusste, was ich wollte, und wenn doch, dann traute ich es mir nicht zu nehmen. Vanessa hatte dieses Problem offenbar schon mal nicht. Aber ich wurde das Gefühl nicht los, dass sie dafür irgendwelche anderen hatte.

«Und dann würdest du mit dem reichen Mann weggehen von hier?»

Sie lachte. «Ohne mit der Wimper zu zucken.»

Ihre Entschlossenheit überraschte mich mehr, als mir lieb war, und umso größer war der Grad der Anstrengung, mir diese Gefühlsregung nicht anmerken zu lassen.

«Also, was ist nun? Kann ich auf dich zählen? Fahren wir?», wollte sie wissen.

Nicht immer hörte ich beim Treffen von Entscheidungen auf mich selbst. Ich hatte oft das Gefühl, ja sagen zu müssen, und zu viel Angst, ich könnte jemanden enttäuschen, wenn ich es nicht täte. Auch in diesem Moment führte ich einen Kampf mit mir. Doch heute wog die Überwindung, gegen meinen Willen zu handeln, einfach zu schwer. Wenn ich Pech hätte, würde Vanessa wie gewohnt viele Männer aufreißen, und ich stünde mitten in der Nacht vor dem Problem, alleine von Kampen wieder nach Westerland kommen zu müssen.

«Sei mir bitte nicht böse, Vanessa.» Ich presste die Worte

mehr hervor, als dass ich sie aussprach. «Aber ich bin sehr müde, und es ist spät.»

Für eine Weile musterte sie mich nur, überlegte anscheinend, ob ein Überredungsmanöver von Erfolg gekrönt sein könnte, und als sie die Antwort darauf für sich gefunden hatte, trat etwas Kaltes in ihren Blick. «Ich wusste, dass auf dich kein Verlass ist.»

«Es tut mir leid. Aber du kannst auch nicht erwarten, dass...»

Sie schnaubte abfällig und hievte sich aus meinem Bett. «Spar dir das.» Vanessa sah mich ein letztes Mal an und zog einseitig ihre Oberlippe nach oben. «Aber wer braucht dich schon? Gehe ich eben allein.»

Mit diesen Worten verschwand sie aus meinem Zimmer und ließ mich mit einem schweren Gefühl von Schuld zurück. Ich bereute, dass ich ihr abgesagt hatte, aber bei dem Gedanken daran, was mir bei einer Zusage bevorgestanden hätte, schaffte ich es nicht, meine Entscheidung rückgängig zu machen. Warum träumten eigentlich alle Menschen immer nur von Erfolg und Geld? Es gab doch zahlreiche andere Dinge, von denen es sich viel schöner träumen ließ.

Ich seufzte und bekam Bauchschmerzen. Eine Zeitlang versuchte ich mich wieder am Layout meines Blogs, aber der Fluss meiner Kreativität war verebbt und in trockene Lustlosigkeit umgeschlagen. Auch die Versuche, mich mit etwas anderem zu beschäftigen, schlugen fehl. Also setzte ich meine letzte Hoffnung in einen tiefen, dunklen Schlaf, doch auch diese sollte unerfüllt bleiben. Mein Kopf ignorierte einfach, dass ich die Augen geschlossen hatte, und arbeitete unaufhörlich weiter. Ich wälzte mich unter dem Bett, bis ich irgendwann zu schwitzen begann.

Der Wecker zeigte ein Uhr nachts, als ich die Tür zum Balkon aufstieß. Kühler, vertrauter Küstenwind empfing mich in der Dunkelheit und nahm meine überschüssige Wärme mit sich, wohin auch immer seine Reise ging. In der Ferne erkannte ich die Umrisse der Dünenlandschaft mit den vom Wind gebogenen Gräsern und sah dahinter den weißen Schaum des unruhigen Meeres leuchten. Beide Hände aufs Geländer gestützt, schaute ich so lange in die Dunkelheit, bis ich immer mehr darin entdeckte.

Erst ein unerwartetes Geräusch ganz in der Nähe lenkte meine Aufmerksamkeit von der Landschaft ab. Es klang wie das Rücken eines Stuhlbeins auf raugefliestem Untergrund. Ich blickte nach rechts, in die Richtung, aus der ich das Geräusch vernommen hatte. Ohne darüber nachzudenken, wandelte ich den Balkon entlang, bis ich auf der anderen, ums Haus herumführenden Seite angelangt war.

In Collins Zimmer brannte Licht. Er selbst saß vor der Balkonbrüstung und hatte die Beine darauf abgestützt. In seinem Schoß ruhte das schwarze Buch. Eine kleine Taschenlampe lag zwischen den Seiten und ließ mich zeichnende Hände erkennen. Leise Musik drang aus dem Zimmer nach draußen. Collin war so auf sein Malen konzentriert, dass er erst den Kopf hob und mich bemerkte, als ich nur zwei Meter von ihm entfernt stehen blieb. Er betrachtete mich einen Moment und lenkte den Blick dann wieder auf sein Buch.

«Frierst du denn gar nicht?», fragte ich und ließ meine Augen über seine nackten Arme und sein dünnes T-Shirt schweifen, das vom Wind leicht bewegt wurde.

«Im Zimmer war mir zu warm», sagte er.

«Mir auch.»

Ich wusste nicht, ob ich zu leise gesprochen und er meine Antwort nicht gehört hatte oder ob er einfach nicht reagieren wollte. Ich lehnte mich ans Geländer und rang mit dem widersprüchlichen Gefühl, das mich jedes Mal in Collins Nähe umgab. Einerseits wollte ich gehen, andererseits wollte ich bleiben. Meistens entschieden meine Füße für mich, indem sie einfach an Ort und Stelle verharrten, und so war es auch heute. Auch hier versuchte ich in der Dunkelheit etwas zu erkennen, machte wegen des Lichts in meinem Rücken aber nur die Schemen des Gartens aus. Nur manchmal glitt mein Blick über die Schulter zu Collin, der seine Position scheinbar nie änderte und mir das immer gleiche, ins Zeichnen vertiefte Bild bot.

Seitdem er mir mit dem rempelnden Mädchen geholfen und mir gleich darauf meine Schwäche als meine größte Unzulänglichkeit offenbart hatte, wartete in meinem Kopf eine Frage auf ihn. Sooft hatte ich sie ihm schon stellen wollen, aber über meine Lippen war sie nie gekommen. Stattdessen dachte ich täglich an die Situation nach Schulschluss zurück und spürte noch heute seine Fingerspitze auf meiner Stirn.

«Wenn ich dich etwas ... Komisches frage», sagte ich und blickte auf meine Hände, die das Geländer umschlossen, «lachst du mich dann aus?»

Die Stille dauerte nicht lange.

«Ich bin nicht der Typ, der jemanden auslacht.»

Ich nickte ganz leicht, und vielleicht glaubte ich ihm sogar. Jetzt wäre der Augenblick gekommen, ihm meine Frage zu stellen, und eigentlich konnte ich sprechen, trotzdem war es manchmal so, als hätte mein Mund vergessen, wie man Worte formte.

«Wie lautet die Frage, Jana?»

Mein Hals wurde trocken. Er hatte mich noch nie beim Namen genannt, und jetzt tat er es ausgerechnet in einem Moment, in dem ich ohnehin schon völlig überfordert war. Aber es gab kein Zurück mehr.

«Du ...» Ich räusperte mich und begann von neuem. «Du meintest, ich wäre zu schwach ...»

«Ich sagte, dass auf deiner Stirn steht, du bist schwach. Nichts anderes.»

In meiner Wahrnehmung lief das auf dasselbe hinaus, offenbar war ihm diese Unterscheidung aber wichtig. «Genau», murmelte ich.

«Und jetzt möchtest du wissen, warum es von deiner Stirn abzulesen ist?»

Langsam schüttelte ich den Kopf. «Nein. Es ist...» Ich brach ab und hätte am liebsten aufgegeben. Nach dreimaligem Schlucken brachte ich meine Frage dann endlich hervor. «Wie wird man ... *stärker?*»

Über meine Schulter hinweg schielte ich vorsichtig zu ihm. Seine Hand ruhte still auf dem Papier, hatte das Zeichnen eingestellt. Dafür waren seine Schläfenmuskeln angespannt. Er sah auf, sodass sich unsere Blicke kurzzeitig trafen, ehe ich wieder in die Dunkelheit starrte. Ich schämte mich für meine Frage. Er musste mich für unendlich naiv halten. Aber ich hatte tatsächlich keine Ahnung, wie man stärker wurde.

«Schwirig», sagte er, und dann kam lange Zeit erst mal nichts. Zu meiner Erleichterung schien er mich aber ernst zu nehmen. «In erster Linie solltest du wohl nicht so viel auf das Geschwätz von anderen geben», begann er. «Es gibt schlicht und ergreifend Arschlöcher auf der Welt. Oder solche, die sich wie eins verhalten, um eigene Probleme zu kaschieren. Wie auch immer, beides sollte dich nicht interessieren.»

Wenn mich jemand kritisierte oder beleidigte, dachte ich immer, der Fehler läge bei mir. Und selbst in Fällen, in denen der Fehler ganz offensichtlich nicht bei mir liegen konnte, war da immer dieses Gefühl in mir. Dieses Gefühl, dass alle anderen normal waren und ich als Einzige sonderbar.

«Es gibt nur dieses eine Leben», fuhr er fort. «Und nur wenige Menschen sind darin wirklich von Bedeutung. Auf die solltest du hören – auf die anderen kannst du verzichten. Die bringen dich nicht weiter, die hindern dich nur daran, du selbst zu sein.»

Ich selbst sein. Wahrscheinlich begriff ich erst in diesem Moment, welch große Sehnsucht danach sich in mir angestaut hatte.

«Aber ...», stammelte ich und musste mich anstrengen, die Gedanken in meinem Kopf zu sortieren. «Ist das nicht gefährlich? Ich meine, kann es nicht passieren, dass man irgendwann zu weit geht? Dass man zu egoistisch und zu ignorant wird?»

Ein Übermaß an Egoismus und Ignoranz waren Eigenschaften, die ich keinesfalls zu meinen zählen wollte. Nur durch diese konnte das Geschehen auf der Welt so existieren, wie es existierte. Und das tat es nicht immer auf besonders gute Weise.

Collin schmunzelte. «Klar», sagte er und fuhr ernster fort: «Es ist ein schmaler Grat. Bleibst du mit den Füßen auf der einen Seite, rettet es dir dein Leben – übertrittst du die Grenze, wirst du selbst ein Arschloch. Natürlich muss man aufpassen. Aber glaube mir ...» Er machte eine kurze Pause, in der sein Schmunzeln zurückkehrte. «Von diesem schmalen Grat bist du Lichtjahre entfernt.»

War ich das? Es fiel mir nicht leicht, mich selbst einzuschätzen. Manchmal glaubte ich sogar, mich gar nicht zu kennen. Dr. Flick hatte mal zu mir gesagt, sie habe den Eindruck, dass ich mich selbst ein bisschen verloren hätte. Wie recht sie damit hatte.

«Du musst lernen, dich durchzusetzen», sagte er. «Nicht immer nur zurückstecken und allen anderen den Vortritt lassen. Was man haben möchte, muss man sich nehmen.»

Ich stellte mir vor, wie es sein musste, mir zu nehmen, was ich haben wollte, und spürte, wie viele Hemmungen ich davor besaß. Als wären alle meine Wünsche in einem riesengroßen

Korb, und sobald ich die Hände hineinsteckte, würde der Deckel zuschnappen und sie niemals wieder freilassen.

Ich lauschte der leisen Musik aus Collins Zimmer und spürte den Wind am ganzen Körper. Meine Finger waren kalt geworden.

«Wenn du scheiterst», fuhr Collin fort, der nach wie vor nicht zu frieren schien, «dann gibt es nur einen Weg: Du musst wieder aufstehen. Egal, wie oft, und egal, wie viel Kraft es dich kostet. Du darfst niemals liegen bleiben. Sonst verlierst du.»

Seine Worte klangen, als wäre das Leben ein ständiger Kampf, und vielleicht war es das auch. Vielleicht würde ich nie am richtigen Leben teilnehmen, wenn ich dem Kampf weiterhin aus dem Weg ginge. Aber es fiel mir schwer, den nötigen Mut dafür aufzubringen. Wie sollte man an der Überzeugung festhalten, dass eines Tages alles besser werden würde, wenn es dafür doch überhaupt keine Garantie gab und sich in der Vergangenheit kaum ein Grund zur Hoffnung finden ließ?

Erneut schielte ich über meine Schulter und beobachtete Collin, der das Zeichnen wieder aufgenommen hatte. Ich erinnerte mich an jenes Gespräch auf der Aussichtsplattform, als er dachte, ich würde ihn aushorchen und die erschlichenen Informationen im Anschluss an Vanessa weitertratschen. Er sprach davon, dass er eine glückliche Kindheit gehabt hätte, in der es ihm an nichts fehlte. Wenn das tatsächlich der Fall war, fragte ich mich, warum hatte er dann so große Ahnung vom Kämpfen?

Stille breitete sich zwischen uns aus, als wäre sie unser treuester Begleiter. Collin und ich waren nie allein, sie war immer dabei. Ich lauschte in die Ferne, hörte den Wind und das Meer und hinter mir das Flüstern von Collins Bleistiftmine auf dem Papier.

KAPITEL 14

Ich saß mit Collin, Lars und Tom am Frühstückstisch, als Frau Völkner, ein enges Kostüm tragend und den Autoschlüssel bereits in der Hand haltend, zu uns in die Küche stieß. «Wo bleibt denn Vanessa?», fragte sie aufgebracht. «Ausgerechnet heute! Ich habe ihr doch gesagt, wie wichtig der Termin ist, und nun warte ich schon seit fünfzehn Minuten im Auto auf sie!» Sie breitete die Arme aus und ließ sie dann doch wieder fallen, als wäre ihr bewusst geworden, dass es nichts brachte, uns diese Ansprache zu halten.

Vanessa war morgens meistens die Letzte. Wenn sie die Wahl hatte, zwischen dreißig Minuten länger schlafen oder einem ausgiebigen Frühstück, dann gewann eindeutig der Schlaf.

«Hab sie noch nicht gesehen», sagte Tom und schlürfte von seinem Kaffee. «Die pennt bestimmt noch.»

Frau Völkner stöhnte und schritt auf hohen Absätzen in den Flur. Ihr Klopfen gegen Vanessas Zimmertür hörte man bis an unseren Tisch. Wenn sie Pech hatte, lag Vanessa noch in den Federn. Vielleicht war es nach dem Klopfen aber auch nur deshalb so still im Flur, weil Vanessa bereits im Bad war und sich fertig machte. Frau Völkner hämmerte noch einmal gegen die Tür. Der Lautstärke nach zu urteilen, würde sie Vanessa wohl nicht allzu schnell wieder zu einem Außentermin mitnehmen. Und diese Strafe würde unsere Mitbewohnerin hart treffen, denn wenn sie eins hasste, dann war es, den ganzen Tag im Büro zu sitzen.

Gerade als ich von meinem frischgeschmierten Marmeladenbrot abbiss, kam Frau Völkner zurück in die Küche. Allein. «Ihr Zimmer ist leer, und im Bad ist sie auch nicht. Wo steckt sie denn?»

Während alle Anwesenden mit den Schultern zuckten, sah ich mit einem Mal wieder Vanessas kalten Gesichtsausdruck von gestern Abend vor mir. War sie tatsächlich noch allein nach Kampen gefahren?

Frau Völkner holte ihr Handy aus der beigefarbenen Lederhandtasche und wählte eine Nummer, vermutlich die von Vanessa, doch kurz darauf nahm sie das Gerät wieder vom Ohr. «Geht nur die Mailbox ran», sagte sie und sah unschlüssig auf das Display in ihrer Hand. Ich meinte einen kleinen Anflug von Sorge in ihrem Gesicht zu erkennen. Sie blinzelte ihn weg und steckte das Handy zurück in die Tasche. «Gut», sagte sie mit fester Stimme. «Vanessa wird sicher bald wiederauftauchen. Ich fahre jetzt ohne sie zum Termin. Wenn ihr sie noch seht, soll sie ganz normal ins Büro kommen. Könnt ihr Vanessa das ausrichten?»

Wir nickten und saßen wenig später wieder allein am Frühstückstisch. Tom schob sich die Hälfte seines Toasts mit zwei Bissen in den Mund, rieb sich die Brösel von den Händen und verschwand wie an jedem Morgen – ohne seinen Teller aufzuräumen – im Badezimmer. Auch Collin und Lars nahmen das Essen wieder auf und nippten vom Kaffee, als wäre Frau Völkner überhaupt nicht hier gewesen. Nur mir schmeckte mein Marmeladenbrot deutlich weniger als zuvor und landete zehn Minuten später im Mülleimer.

Als wir alle fertig waren und zur Arbeit aufbrechen wollten, schrieb ich Vanessa einen Zettel mit der Nachricht von Frau Völkner und klebte ihn an den Kühlschrank. Dann folgte ich den anderen ins Architekturbüro.

Den Rest des Morgens zeichnete ich an der Garage weiter,

die mir Matthias in Auftrag gegeben hatte. Es handelte sich nur um eine Übung, kein richtiges Projekt. Aber dieses Mal sollte ich mit Stift, Papier und Lineal am Zeichentisch arbeiten. Damit ich meine Ruhe vor den anderen hatte, durfte ich mich in den kleinen Nebenraum zurückziehen, in dem ich ohnehin am liebsten saß. Nur hier, und wenn keine anderen Menschen um mich herum waren, konnte ich mich wirklich konzentrieren. Ich wünschte, auch in der Berufsschule gäbe es einen Raum wie diesen für mich allein. Vielleicht hätte ich dann nicht alle bisherigen Klausuren verhauen. Jedenfalls fast alle. Immer wenn mich Herr Völkner nach der Berufsschule fragte, erzählte ich, dass alles in Ordnung war. Je länger man eine Lüge mit sich herumträgt, desto schwerer wird ihr Gewicht. Meine schnitt mir inzwischen in die Schulter.

Bisher wollte niemand meine Klausuren sehen, aber spätestens bei der Übergabe des Halbjahreszeugnisses könnte es passieren, dass alles aufflog. Bis Ende Januar hatte ich Zeit, meine Leistungen zu verbessern, um das Debakel auf dem Zeugnis einigermaßen einzudämmen. Bei dem Gedanken daran, schon wieder zu scheitern, wurde mir schlecht, denn von allen Orten, an denen ich bisher gelebt hatte, war dies der beste. Es musste mir gelingen, mich in der Schule besser zu konzentrieren, damit ich mich während einer Prüfung mit dem Wesentlichen und nicht mit dem Drumherum – etwa den viel zu vielen Menschen auf engem Raum – beschäftigen konnte. Außerdem musste ich meine Bücher noch viel intensiver zu Hause wälzen, als ich es jetzt bereits tat. Ich musste lernen bis zum Umfallen.

Als es an der Tür klopfte und Herr Völkner den Kopf hereinsteckte, wurde der Gedanke an ihn unerwartet physische Wirklichkeit. «Jana? Ich weiß, die Mittagspause hat gerade begonnen, aber würdest du bitte kurz mit in mein Büro kommen?»

Irgendwas sagte mir, dass es nicht um eine Lappalie ging.

Zögerlich legte ich Stift und Lineal auf den Tisch und folgte ihm mit kleinem Abstand in sein gläsernes Büro. In dem modern und exklusiv eingerichteten Raum empfing er sonst die Kunden. Gegenüber der Tür stand ein Schreibtisch aus dickem Holz, dessen Form schwungvoll wie ein Flussbett verlief und dessen Ecken alle abgerundet waren, als wäre das Holz gebogen und der Tisch in einem Stück gegossen worden. Wie mir beim Eintreten bewusst wurde, war ich die Letzte. Collin lehnte mit verschränkten Armen vor dem Bücherregal mit den architektonischen Bildbänden, Tom und Lars saßen auf den Designstühlen, die sonst den Kunden als Sitzgelegenheit dienten, und Frau Völkner stützte sich mit der Hüfte an der Vorderseite des Schreibtisches ab.

Herr Völkner schloss die Glastür hinter mir und begab sich an die Seite seiner Frau, während ich stehen blieb und die Blicke auf mir spürte, die einem immer gebührten, wenn man als Letzter zu einer Versammlung stieß. Als Herr Völkner zu sprechen begann, ging die Aufmerksamkeit auf ihn über.

«Es geht um Vanessa», sagte er, ohne lange drum herum zu reden. «Anke war gerade noch mal zu Hause, aber sie ist weder dort noch im Büro aufgetaucht. Auf ihrem Handy geht nur die Mailbox ran.»

Den Vormittag über hatte ich oft an sie gedacht und gehofft, dass sich das Rätsel ihres Verbleibens klären würde. Vergeblich, wie sich jetzt herausstellte.

«Wir machen uns langsam ernsthafte Sorgen», sprach er weiter. «Dass sie zu spät kommt, sind wir alle gewohnt, aber dass sie spurlos verschwindet, ist noch nie vorgekommen.» Er umschloss mit seinen Händen auf Hüfthöhe die Schreibtischkante. «Wir wollen keine Panik verbreiten», sagte er. «Wahrscheinlich tänzelt sie in ein paar Stunden durch die Bürotür. Trotzdem können wir uns darauf nicht verlassen. Anke und ich haben Vanessa zuletzt beim Abendessen gesehen, danach nicht mehr. Uns war aufgefallen, dass sie schlechte Laune hatte. Kennt jemand von euch den Grund dafür? Habt ihr sie nach dem Essen noch mal gesehen? Hat jemand mitbekommen, wie sie das Haus verlassen hat?»

«Gesehen nicht mehr», antwortete Lars, der nachdenklich den Topf mit der schwarzen Calla auf dem Schreibtisch fixierte. «Aber ich habe mitbekommen, wie sie kurz vor dem Essen telefoniert hat. Ich bin mir nicht sicher, aber ich glaube, es war ihre Mutter. Es klang jedenfalls nach dicker Luft.»

Herr und Frau Völkner zogen die Stirn kraus und sahen sich einen Moment an, als wäre zumindest ein kleiner Funken Licht ins Dunkle gekommen. Vanessa hatte mir noch nie von ihren Eltern erzählt, aber dem Ausdruck der Völkners nach zu urteilen, schien es sich um keine unkomplizierte Beziehung zu handeln.

«Worum ging es in dem Telefonat?», fragte Frau Völkner. «Hast du irgendetwas mitbekommen?»

Lars blies Luft durch den Mund und schüttelte langsam den Kopf. «Nicht wirklich. Ich hab nur Gesprächsfetzen gehört. Ein paarmal ist das Wort *Vorschriften* gefallen. Aber ich kann mich auch verhört haben.»

Herr Völkner nickte. «Okay», sagte er. «Und sonst? Habt ihr sonst noch irgendetwas mitbekommen?»

Sein Blick wanderte zu Collin, der nur mit den Schultern zuckte. Danach sah er Tom fragend an, der mit den Händen in den Hosentaschen auf dem Stuhl saß und sich immer wieder leicht von links nach rechts drehte. «Nö», sagte er. «Ich habe aber auch nicht wirklich auf sie geachtet. Die kommt doch eh immer nur, wenn sie was will.»

Ich wusste, was jetzt passieren würde. Und dann passierte es auch schon.

«Und du, Jana?»

Noch ehe ich Herrn Völkners Blick auf mir spürte, senkte ich den Kopf. «Jana?», fragte er. «Weißt du irgendetwas?»

Ich schwieg und sah weiter auf den Holzboden.

«Hör mal, wenn du etwas weißt, dann musst du es uns sagen. Natürlich ist Vanessa volljährig und kann gehen, wohin sie möchte. Aber wir machen uns Sorgen. Und wir haben eine Aufsichtspflicht. Vielleicht ist ihr etwas zugestoßen ... Jana, wenn du etwas weißt, dann sag es uns.»

Ich wollte Vanessa nicht in den Rücken fallen, und ich spürte jetzt schon ihre Wut auf mich, wenn sie erfuhr, dass ihre nächtlichen Ausflugspläne nicht gut bei mir aufgehoben waren.

«Sie war ... gestern Abend noch ... in meinem Zimmer», stammelte ich ohne aufzusehen und spürte, wie alle mich anstarrten.

«Und was hat sie gesagt?», fragte Herr Völkner.

«Sie wollte nach Kampen.»

«Was wollte sie denn dort?»

«Feiern gehen», murmelte ich.

«Feiern gehen? Das kann sie sich doch gar nicht leisten. Und dann auch noch unter der Woche?»

Ein Kloß bildete sich in meinem Hals. «Vanessa zahlt ihre Getränke meistens nicht selbst.»

Für ein paar Augenblicke herrschte betretenes Schweigen, dann fuhr Herr Völkner fort: «Okay. Erzähl weiter, Jana. Sie wollte also nach Kampen.»

«Und sie wollte, dass ich mitkomme. Aber es war schon so spät, und ich ...» Ich beendete den Satz nicht.

«Um wie viel Uhr war das denn?», fragte Frau Völkner.

Ich hob die Schultern. «Gegen zehn. Dann verließ sie angesäuert mein Zimmer und sagte, sie will trotzdem gehen. Allein.»

«Und hast du danach noch irgendetwas von ihr gehört?»
«Nein», murmelte ich. «Leider nicht.»

Erst jetzt wagte ich es, vorsichtig vom Boden aufzusehen, und wurde von den warmen Blicken der Völkners empfangen.

«Danke, Jana», sagte Herr Völkner. «Jetzt haben wir zumindest einen Anhaltspunkt.»

Ich hoffte, dass er recht behielt und es letztlich gut war, dass ich Vanessa verraten hatte. Irgendwie klang das nämlich wie ein Widerspruch.

«Und was machen wir jetzt?», fragte seine Frau.

Er legte ihr die Hand auf den Oberarm und strich liebevoll auf und ab. «In erster Linie versuchen wir ruhig zu bleiben. Hoffen wir weiter, dass sie bald wiederauftauchen wird.» Er drehte das Handgelenk und warf einen Blick auf seine mattschwarze Armbanduhr. «Collin und ich haben gegen zwei einen Termin mit Frau von Wittenberg in List. Wenn wir gleich aufbrechen, können wir auf dem Weg vorher durch Kampen fahren. Vielleicht sehen wir sie irgendwo. Du könntest in der Zwischenzeit versuchen, ihre Mutter zu erreichen.»

«Ihre Mutter?», fragte Frau Völkner. «Bist du dir sicher?»

Er legte den Kopf schräg. «Na ja, vielleicht weiß sie etwas. Bleib einfach sachlich und lass dich nicht auf eine Diskussion ein.»

Sie nickte. «Am besten, ich telefoniere auch die Krankenhäuser ab. Nur, um sicherzugehen.»

«Gute Idee, mach das. Wenn sie bis heute Abend nicht zurück ist», Herr Völkner richtete sich nun an uns alle, «dann müssen wir die Polizei einschalten.»

«Vor achtundvierzig Stunden bewegen die ihren Arsch eh nicht», warf Tom ein. «War bei meiner Mutter auch so.»

«Ich weiß», sagte Herr Völkner. «Trotzdem. Wir können nicht hier sitzen und Däumchen drehen.»

«Kann ich auch irgendwie helfen?», fragte ich zögerlich.

«Das wäre super. Du und Tom, vielleicht fahrt ihr mit dem Bus nach Kampen und lauft ein bisschen die Umgebung ab? Mir wäre wichtig, dass jemand exakt den Weg nimmt, den Vanessa auch nehmen musste.»

«Also die Bushaltestellen abklappern?»

«Genau. Am besten lauft ihr dann durch Kampen bis raus zum Naturschutzgebiet. Dort kommen Collin und ich mit dem Auto nämlich schlecht hin. Könnt ihr das machen?»

Tom schwieg, ich hingegen nickte.

«Gut, und tut mir bitte den Gefallen und passt auf euch auf. *Eine* Vermisste reicht mir für heute.»

Der Küstenwind rüttelte an meiner dünnen Regenjacke, und ich zog den Schal fester um meinen Hals. Ein milder Spätherbst blieb uns verwehrt, stattdessen schickte der Winter einen Vorboten und ließ mich zitternd auf die kommende Jahreszeit blicken.

Bisher hatte ich den Kampener Strand nur in der Ferne vom Auto aus gesehen und ihn für viel felsiger als den Westerländer gehalten. Jetzt, als ich ihn mit Tom entlanglief, erkannte ich, dass die vermeintlichen Felsvorsprünge in Wahrheit gar keine waren. Der Strand verlief sanft und eben vom Meer Richtung Dünen, bis er irgendwann gegen eine steile Mauer aus festerem Sand stieß, als hätte jemand einen großen Hügel einfach in der Mitte durchgeschnitten, sodass eine feinkörnige, aber gleichermaßen feste Klippe entstanden war.

Tom lief hinter mir her, schimpfte immer wieder über den Sand in seinen Schuhen und hielt stur an dem Ritual fest, sie alle fünf Minuten auszuleeren, obwohl es offensichtlich nichts brachte. Außer ein paar Spaziergängern mit Hunden kam uns niemand entgegen, von Vanessa war keine Spur. Anfangs hoffte ich, dass sie vielleicht den letzten Bus verpasst und die Nacht am Strand verbracht hatte, aber bei diesem unerwartet intensiven Kälteeinbruch hätte sich wohl niemand freiwillig eine vom Wind ungeschützte Stelle wie diese ausgesucht.

Wir liefen weiter, an einem kleinen Strandlokal vorbei, und nahmen die nächste Abbiegung, die uns vom Meer wegführte. Hier begann das Naturschutzgebiet. Der Boden unter unseren Füßen wurde fester, die Landschaft bewachsener und flacher, und von der kleinen Düne abgesehen, auf der sich der vielleicht fünf Meter hohe Leuchtturm aus rotem Backstein befand, wurde auch der Wind ein bisschen erträglicher. Ich stellte mir vor, wie im Sommer ein rotlila Blütenschein über dem Heidekraut lag, das sich zu dieser Jahreszeit leider nur als braunes Gerippe zeigte. Und ich wünschte mir, die Pracht in diesem Sommer selbst einmal erleben zu können. Wir liefen weiter, über Wege aus dunklem Sand und über Holzpfade, und hielten die Augen in alle Richtungen offen. Vergeblich.

Nach einer weiteren Stunde blieb Tom plötzlich stehen und sah durch die Pampa. «Mir reicht's. Ich kann mir echt nicht vorstellen, dass die hier irgendwo rumirrt.»

Wenn ich ehrlich war und seinem Blick über das Naturschutzgebiet folgte, konnte ich mir das genauso wenig vorstellen. Aber irgendwo musste sie doch sein! Herr Völkner hatte gesagt, dass er auf Toms Handy anrufen würde, sollte es etwas Neues geben. Zwar gab Toms Gerät beinah im Minutentakt ein Geräusch von sich, aber es handelte sich immer nur um eintreffende SMS-Nachrichten, von denen keine irgendetwas mit Vanessa zu tun hatte.

«Das bringt doch nichts», sprach er weiter. «Außerdem tun mir langsam die Füße weh.»

«Und was sollen wir stattdessen tun?»

«Umdrehen und nach Hause fahren. Die Suche ist sinnlos. Vanessa taucht ohnehin von selbst wieder auf, wirst sehen.»

«Was macht dich so sicher?»

«Nun ja, es ist Vanessa.» Er hob die Schultern, als würde seine Antwort alles erklären. Dann drehte er sich um und trat den Rückweg an.

Ich vergrub meine kalten Hände in den Ärmeln meiner Jacke und folgte ihm zögerlich. Vanessa ließ sich so leichtfertig auf fremde Männer ein, hoffentlich hatte sie das nicht auch gestern wieder getan und war dabei an den Falschen geraten.

Tom und ich redeten nur miteinander, wenn es unvermeidbar war, wenn es beispielsweise um die Wahl der Abbiegung ging. Seine Gesellschaft schüchterte mich nicht mehr so ein wie noch zu Beginn meiner Lehre, aber das Unwohlsein in seiner Gegenwart hatte mich nie verlassen. An der Bushaltestelle und auch auf der Fahrt zurück war er nur mit seinem Handy beschäftigt. Er tippte und wischte mit kleinen Fingerbewegungen über das Display und hielt seine Nase so nah über das Gerät, dass mich seine ständig gebogene Nackenhaltung an eine Schildkröte erinnerte. Ich beobachtete ihn von der gegenüberliegenden Sitzreihe, weil er zu breitbeinig saß, als dass ich neben ihn gepasst hätte. Wäre ich bei unserer Haltestelle nicht aufgestanden und hätte ihm auf die Schulter getippt, wahrscheinlich säße er immer noch im Bus.

Die letzten Meter legten wir bei anbrechender Dämmerung zurück. Es kam mir vor, als würde mit jedem weiteren Tag die Nacht früher hereinbrechen, und ich vermisste mein liebgewonnenes Ritual, der Sonne von meinem Balkon aus beim Untergehen zuzusehen. Als ich in den letzten Wochen nach dem Abendessen in mein Zimmer zurückgekehrt war, war die Sonne dem Mond längst ohne mein Beisein gewichen.

Weder der Audi Q5 von Frau Völkner noch der BMW X3 ihres Mannes standen in der Einfahrt. Unser Anbau wirkte mindestens so verlassen wie das Haupthaus. Trotzdem wurde ich mit jedem Schritt schneller, als könnte ich mit einem Mal die Hoffnung nicht mehr zurückhalten, Vanessa unversehrt in ihrem Zimmer vorzufinden. Ich freute mich sogar auf ihren genervten Gesichtsausdruck, weil ich ohne anzuklopfen hineinplatzte. Doch weder dieser noch ein anderer Gesichtsausdruck empfing mich in ihren leeren vier Wänden. Ich blieb in der Tür stehen, und der ganze Schwung, den ich mitgebracht hatte, verlor sich im Raum und verebbte, ohne einen Empfänger gefunden zu haben. Stattdessen ging die vorherrschende Leere auf mich über. Ich schaltete das Licht an, obwohl der Grad der Dämmerung einen Menschen nicht hätte verstecken können, und ließ meinen Blick über die pinken Wände streifen.

Nach einer Weile hörte ich Tom hinter mir im Flur, dem die Stille offensichtlich Antwort genug war, sodass er die Frage nach Vanessa gar nicht stellen musste. «Ich ziehe mich kurz um, und dann rufen wir Klaas an, okay?»

Ich nickte und starrte wieder in den verlassenen Raum. Kurz bevor Tom seine Zimmertür hinter sich schließen konnte, hielt ich ihn mit einer Frage zurück. «Hat man deine Mutter gefunden?»

«Bitte?»

«Deine Mutter», murmelte ich und lehnte die Stirn an Vanessas Türrahmen. «Du meintest heute Mittag, die Polizei hätte erst nach achtundvierzig Stunden nach ihr gesucht. Hat man sie gefunden?»

Es ging mich überhaupt nichts an, wahrscheinlich traute ich mich deswegen auch nicht, ihm ins Gesicht zu sehen und dort seine Gefühlsregung abzulesen. Trotzdem wollte ich die Antwort unbedingt wissen.

«Ja», sagte er nach einer Weile. «Hat man. Nach drei Wochen. Sie wollte aber nicht zurück. Mehr hat uns die Polizei nicht gesagt.» Mit diesen Worten schloss sich die Tür hinter ihm.

KAPITEL 15

Zwischen schwarzem Tonpapier und bunten Schnipseln aus Transparentpapier kniete ich am Boden meines Zimmers und versuchte mit einer Nagelschere entlang den Bleistiftlinien des vorgezeichneten Papageis zu schneiden. Der Umriss des Vogels entpuppte sich als einfach, die großen runden Kanten als gelungene Fingerübung. Aber damit daraus ein Fensterbild wurde, mussten auch filigrane Teile aus dem Inneren herausgeschnitten werden, hinter die später das Transparentpapier geklebt wurde. Es war nahezu unmöglich, die Innenteile so sauber herauszuschneiden, wie ich mir das vorgestellt hatte. Ich hätte ein Bastelmesser oder zumindest einen Teppichcutter gebraucht, stattdessen verdrehte ich mir mit der Nagelschere das Handgelenk und fand trotzdem nie den perfekten Winkel zum Einschneiden. Die Kanten franzten aus oder wurden ungerade.

Wieder eine Aufgabe von Dr. Flicks Zeitvertreib-Vorschlägen, die ich nur dürftig umsetzte, während ich vergeblich auf das Eintreten des Spaßfaktors wartete. Ich seufzte, legte die Schere für einen Moment weg und rieb über meine verkrampften Finger. Vielleicht war dies auch einfach nicht der richtige Zeitpunkt, um ein neues Hobby zu erproben, war ich doch mit meinen Gedanken ohnehin woanders und meine Geduld für feinmotorische Arbeiten begrenzt. Heute war Sonntag, der dritte Tag nach Vanessas Verschwinden. Seit Donnerstagabend fehlte jede Spur von ihr, und seit Freitagabend galt sie auch bei der Polizei offiziell als vermisst. Gestern waren zwei

Beamte hier gewesen und hatten uns alle befragt: Was für eine Art Mensch sie sei, wo sie sich aufhalten könnte, wer sie zuletzt gesehen hätte, ob sie schon häufiger ausgebüxt sei, ob es Probleme gegeben hätte und so weiter. Die Polizei im Haus zu haben verursachte ein wahnsinnig mulmiges Gefühl, denn in Anwesenheit der Behörde schien auf jeder noch so vertrauten Wand plötzlich in großen Buchstaben zu stehen, dass hier irgendetwas nicht in Ordnung war.

Dunkle Wolken bildeten sich wie ein zweites Dach unter dem Himmel und ließen kaum Tageslicht durch, färbten die gesamte Insel mit derselben grauen Farbe ihrer selbst und machten auch vor meinen Gedanken nicht halt.

Mit dem Einbrechen der Dämmerung konnte ich schon bald die Hand nicht mehr vor Augen erkennen. Ich hätte aufstehen und das Licht einschalten können, blieb aber bewegungslos mit der Schere und dem Tonpapier in der Hand auf dem Boden sitzen. Eigentlich hatte ich das Gefühl, dass es mir besser ging, seit ich auf der Insel war, aber Vanessas Verschwinden warf mich gefühlte zehn Schritte zurück. Wem sollte es helfen, wenn ich hier rumsaß und trübe Gedanken wälzte? Es half weder Vanessa, noch half es mir. Im Gegenteil, es schadete mir sogar. Trotzdem fühlte ich mich wie gelähmt.

Als irgendwann jemand gegen meine Zimmertür pochte, zuckte ich zusammen, und als die Tür geöffnet wurde und das Licht anging, tat ich es gleich noch mal.

Collin blieb vor der Schwelle stehen, als wäre die Situation, in der er mich vorgefunden hatte, zu seltsam, um einen Schritt in mein Zimmer zu wagen. «Anke hat gerade angerufen», sagte er. Auch wenn er versuchte, sich die Verwunderung nicht in der Stimme anmerken zu lassen, so erkannte ich sie doch in seinem Blick, der durch den Raum schweifte, als würde er sich von den Schränken oder Wänden eine Antwort erhoffen, warum ich hier mit einem Papagei aus Papier im Dunkeln auf dem Boden saß. Wie unangenehm.

«Es dauert noch ein bisschen bei ihnen», sprach er weiter. «Sie fragte, ob wir ohne sie anfangen können, das Gemüse für den Eintopf zu schneiden. Das Rezept liegt neben dem Herd.»

Ich nickte und war froh, der Situation entkommen zu können und eine sinnvolle Aufgabe zu haben, die mir Ablenkung verschaffte. Etwas mühsam hievte ich mich auf die Beine, die furchtbar kribbelten, weil sie eingeschlafen waren, und folgte Collin in die Küche, wo schon Kürbis und Kartoffeln für den gleichnamigen Eintopf bereitlagen. Frau Völkner, ihr Mann, Lars und Tom waren nach dem Mittagessen mit einem Bild von Vanessa nach Kampen aufgebrochen und wollten bei Hotels, Restaurants und Passanten nachfragen, ob irgendjemand sie gesehen hatte.

«Was hat Frau Völkner denn noch gesagt? Gibt es eine Spur zu Vanessa?», fragte ich.

«Nein.» Die Kopfhörer um den Hals tragend, beugte sich Collin zunächst über das Rezept. «700 Gramm Kürbis, 700 Gramm Kartoffeln, 4 Stangen Lauch, Speck und Zwiebeln. Alles kleinschneiden, der Rest kommt beim Kochen hinzu.» Nachdem er mir das Rezept vorgelesen hatte, sah er mich fragend an, als wolle er wissen, ob ich ihn verstanden hätte. Doch ich hatte kaum zugehört. «Wirklich gar nichts? Keiner hat Vanessa wiedererkannt?»

Er schob das Rezept beiseite. «Offenbar nicht, nein.» Dann holte er zwei große Schneidebretter aus einem der Schränke. Um an die obersten Fächer heranzukommen, musste er sich strecken.

Während er auch noch den großen silbernen Kochtopf aus dem Fach neben der Spülmaschine bereitstellte, suchte ich mit hängenden Schultern nach Messern und Schüsseln.

Ich atmete schwer, wusch den Lauch unter kaltem Wasser kurz ab und begann ihn dann in feine Ringe zu schneiden. Collin widmete sich dem Kürbis, und für eine Weile war nichts außer den Schneidegeräuschen im Raum zu hören.

«Es hätte nichts geändert», sagte er irgendwann.

Entweder es gab keinen Zusammenhang, oder ich hatte ihn verpasst. «Was hätte nichts geändert?»

«Wenn du mitgegangen wärst und Vanessa begleitet hättest.»

Mein Messer glitt durch den Lauch und verfehlte nur haarscharf meinen Zeigefinger. «Woher weißt du, dass ich mir diese Frage stelle?»

«Schuld», antwortete er ohne aufzusehen, während er das orangefarbene Gemüse in Würfel schnitt. «Man sieht Menschen an, wenn sie sich schuldig fühlen, und man sieht ihnen genauso an, wenn sie das nicht tun. Du fühlst dich seit drei Tagen ununterbrochen schuldig.»

Entweder er beherrschte die Fähigkeiten eines Gedankenlesers, oder aber die Kunst, meine Gedanken an mir abzulesen, war in Wahrheit gar keine allzu große Kunst. Dafür, dass er sich aus den meisten Dingen raushielt und in vielen Situationen scheinbar unbeteiligt am äußeren Rand verharrte, bekam Collin erstaunlich viel mit.

«Woher nimmst du die Gewissheit, dass es nichts geändert hätte? Ich hätte auf sie aufpassen müssen und dafür sorgen können, dass sie mit nach Hause kommt.»

Er hob die rechte Augenbraue. «So, wie ihr die letzten Male auch immer *zusammen* nach Hause gekommen seid?»

Ertappt wandte ich den Blick von ihm ab und griff nach der nächsten Lauchstange. Er hatte recht, wir waren nachts noch kein einziges Mal gemeinsam zurückgekehrt. «Woher weißt du davon?»

«Buschfunk», sagte er und zuckte mit den Schultern. «Der funktioniert hier erstaunlich gut.»

Irgendwie war es mir peinlich, dass er von meinen Ausflügen mit Vanessa wusste. Manchmal hatte ich den Eindruck, Collin hielt mich für ein bloßes Anhängsel von ihr. Und wenn ich ehrlich war, gab es viele Momente, in denen ich mich ebenfalls wie ein solches von ihr fühlte. Zu viele. «Mag sein», begann ich. «Aber wer weiß, vielleicht wäre der Abend durch meine Anwesenheit anders verlaufen. Vielleicht hätte ich irgendetwas verhindern können.»

Collin öffnete eine Schranktür, holte eine große Glasschüssel hervor und kratzte mit dem Messer die Kürbiswürfel vom Schneidebrett hinein. «Was hättest du denn verhindern sollen?», fragte er und sprach, ohne meine Antwort abzuwarten, weiter. «Vanessa hat einen Typen kennengelernt, sich Honig um den Mund schmieren lassen und ist mit ihm durchgebrannt. So einfach ist das. Glaubst du, es hätte dabei einen Platz für ihre neue kleine beste Freundin Jana gegeben?»

Ich wusste nicht, ob er das mit Absicht tat, aber er schaffte es, dass ich mich blöd fühlte.

Ich gab die Lauchringe in den Topf und griff nach dem Netz mit den Zwiebeln. Schon nach kurzer Zeit brannten mir die Augen.

«Und was ist, wenn Vanessa an den Falschen geraten ist? Oder ihr etwas zugestoßen ist?»

«Was soll ihr denn zugestoßen sein?»

Ich hob die Schultern und rieb mir die brennenden Augen, was sich als ungeschickte Idee herausstellte – dadurch brannten sie nur noch mehr. «Ein Unfall vielleicht.»

«Wenn sie irgendwo verletzt rumläge, hätte man sie doch längst gefunden.»

Obwohl ich gerne darauf verzichtet hätte, griff ich nach der nächsten Zwiebel und versuchte auch diese mit dem Messer von ihrer Haut zu befreien. Immer blieb irgendwo ein Rest hängen, den ich aufwendig herunterpfriemeln musste.

«Und wenn der Unfall an einer blöden Stelle passiert ist, an der sie niemand findet?»

Collin runzelte die Stirn. «Unwahrscheinlich.»

«Natürlich ist es unwahrscheinlich, aber kann man es wirklich hundertprozentig ausschließen?»

«Gänzlich ausschließen kann man es nicht. Aber es ist dennoch höchst unwahrscheinlich.»

«Und was, wenn sie an ... einen Mörder geraten ist?»

«Dann war es gut, dass du zu Hause geblieben bist, sonst wärst du jetzt nämlich ebenfalls tot.»

Egal, was ich sagte, er schmetterte es ab. Langsam ging das Brennen von meinen Augen auch in meine Nase über, sodass ich schniefen musste. «Vielleicht kommen dir meine Sorgen naiv vor, aber Fakt ist, dass Vanessa am Donnerstagabend allein aufgebrochen und seit drei Tagen verschwunden ist. So etwas hat sie vorher noch nie gemacht. Und sie wäre wirklich nicht die erste junge Frau, der etwas Schreckliches zustößt.»

«Würden wir in Berlin leben, gäbe ich dir ja recht», sagte er. «Aber wir leben auf Sylt. Hier passieren Diebstähle und Einbrüche – Kapitalverbrechen stehen nicht auf der Tagesordnung. Wenn man Vanessa kennt und sie tatsächlich in Kampen gefeiert hat, dann ist die Wahrscheinlichkeit, dass sie wohlauf ist, um ein Vielfaches höher als jeder Unfall oder jedes Verbrechen. Und ich glaube, das weißt du auch. Du hast nur Angst. Und ein furchtbar schlechtes Gewissen, was vollkommen unnötig ist.»

Ich sah auf das Messer in meiner Hand und die feinen Linien, die es im Schneidebrett hinterließ. «Machst du es dir damit nicht ein bisschen sehr einfach?»

Collin schüttelte den Kopf. «Nein, du machst es dir unnötig schwer. Es ist nur Vanessa.»

Für seinen letzten Satz kassierte er einen bösen Seitenblick von mir, den ich so lange auf ihm ruhen ließ, bis ich sicher war, dass er ihn registriert hatte. Anfangs versuchte er nämlich meinen Blick gekonnt zu ignorieren. Er machte keinen Hehl daraus, dass er von Vanessa nicht gerade viel hielt, aber in einer Situation wie dieser sollte das keine Rolle spielen, fand ich. Es ging um einen vermissten Menschen, und jedes Leben besaß einen Wert.

«Ich wünsche ihr nicht den Tod», seufzte er schließlich, als wäre es ihm wichtig, das klarzustellen. «Ich glaube nur überhaupt nicht daran, dass ihr irgendetwas zugestoßen ist. Dafür ist Vanessa viel zu sehr ... Vanessa. Und weißt du, woran ich noch weniger glaube?»

Ich verneinte.

«Ich glaube nicht daran, dass du dir den Kopf über ihr Verschwinden zerbrechen solltest», sagte er. «Vielmehr solltest du dir vielleicht mal eine entscheidende Frage stellen: Würde sich Vanessa dieselben Sorgen um dich machen?»

Die Frage kam unerwartet. Gleiches mit Gleichem zu messen war nie eine gute Idee, aber natürlich würde es mich kränken, wenn Vanessa meinem Verschwinden gleichgültiger gegenüberstehen würde.

Collins Frage bildete den Schluss unserer Unterhaltung, denn ich hatte keine Antwort darauf. Zumindest keine, die ich laut aussprechen wollte.

Als Frau Völkner nach Hause kam, bedankte sie sich, dass wir mit den Vorbereitungen bereits begonnen hatten, band sich die Schürze um und machte sich sofort nützlich. Auch Herr Völkner wollte behilflich sein, kleckerte sich aber bereits nach kurzer Zeit den Pullover mit Crème fraîche ein, die eigentlich für den Eintopf bestimmt war. Seine Frau jammerte über den guten Pullover, während er, das Kinn auf die Brust gedrückt, den Fleck betrachtete, als könne er sich überhaupt keinen Reim darauf bilden, wie das Mischgeschick seinen Lauf genommen hatte.

Jeder bemühte sich, das Abendessen so normal wie möglich zu gestalten, doch wie auch in den letzten Tagen ließ sich die Anspannung unter der Oberfläche nicht gänzlich verbergen. Es gab einen leeren Platz. Und kein einziges Tischgespräch konnte ihn mit Leben füllen.

Die Arme fest vor der Brust verschränkt, unternahm ich nach dem Abendessen einen Spaziergang am Strand. Wenn man den Kopf voller Fragen hatte, gab es keinen besseren Anblick als das Meer. Es lieferte zwar leider keine Antworten, aber mit der Zeit brach dieselbe Ruhe über mich herein, als hätte ich welche gefunden.

Gleich morgen früh wollte Frau Völkner Flugblätter gestalten und sie in Westerland und Kampen verteilen. Vielleicht würde das etwas bringen. Zumindest hoffte ich das.

Ich blickte hoch zu der kleinen Aussichtsplattform, die leer und verlassen dem Wind trotzte. Wie einsam der Strand wirkte, wenn dort oben keine Taschenlampe brannte. Die Anzahl meiner gesamten Gespräche mit Collin konnte man an zwei Händen abzählen. Als ich darüber sinnierte, wurde mir bewusst, dass heute zum ersten Mal er derjenige war, der eine Unterhaltung begonnen hatte. Und wenn ich mir das nicht nur einbildete, dann redete er inzwischen anders mit mir. Irgendwie *richtiger*. Vielleicht nicht genauso, wie er mit Herrn Völkner redete, aber doch mehr in diese Richtung als noch vor einigen Wochen.

In meinem Bauch war immer so ein komisches Gefühl, wenn ich an ihn dachte. Und es verstärkte den Wunsch, so viele

Gespräche mit ihm zu führen, dass alle Hände der Welt nicht ausreichen würden, um sie abzuzählen. Daran hatten Vanessas Worte zu seiner Person nichts ändern können.

Oben in meinem Zimmer schmiss ich Jacke und Schal aufs Bett und trat dabei aus Versehen auf das Tonpapier am Boden. Ich zog einen Karton aus dem Regal, sammelte Schnipsel für Schnipsel zusammen und verstaute alles darin. Als ich fertig war, wusste ich nicht, was ich als Nächstes tun sollte. Erst legte ich mich eine Weile aufs Bett, aber die Stille im Raum wurde zur Nahrung für unschöne Gedanken. Wenn man es darauf anlegt, kann man alles so lange zerlegen und hinterfragen, bis selbst Positives irgendwann negativ wird. Die Leere, die mich dann überkam, reichte so weit wie das Universum und war doch nicht größer als ein kleines, einsames Verlieẞ. Dr. Flick hatte mich gefragt, ob es mir besser ginge oder mir guttäte, wenn ich mich in diese düsteren Gedankenwelten begab. Die ehrliche Antwort lautete: Es war erstaunlich leicht und die Hemmschwelle äußerst gering, sie zu betreten, wenngleich ich mir eingestehen musste, dass mich dort noch nie etwas Schönes erwartet hatte – ein befremdlicher Widerspruch. Daraufhin sagte Dr. Flick, dass ich diese Leere nicht mehr zulassen sollte, dass ich, wann immer sie mich überkam, dagegensteuern und mich mit etwas ablenken sollte. Das war wahrlich leichter gesagt als getan. Doch jedes Mal, wenn ich mich dem Kampf nicht gewachsen fühlte, erinnerte ich mich wieder an Collins Worte, dass ich stärker werden musste, und ich begriff, dass den Gedanken nachzugeben vielleicht auch nur eine Schwäche von mir war.

Ich quälte mich aus dem Bett und setzte mich vor den Laptop. Ständig wollte sich mein Blick rechts neben dem Bildschirm im Nichts verlieren. Es dauerte lange und kostete mich viel Kraft, ehe ich es schaffte, meine Konzentration voll auf den Desktop zu lenken. Als Erstes spielte ich Musik ab, die ich von meinem MP3-Player auf die Festplatte geladen hatte. Janis Joplin sang mit rauchiger Stimme *Piece Of My Heart* und zog mich mit ihrer energischen Art aus dem Sumpf. Musik hatte eine so große Wirkung, so viel Kraft in sich. Traurige Musik in traurigen Zeiten konnte einem das Genick brechen, diesen Fehler hatte ich früher viel zu oft begannen. Janis Joplin dagegen löste den Effekt eines Tritts in den Hintern aus und war für den Moment genau das, was ich brauchte. Ich stellte das Lied auf Endlosschleife, hörte es wieder und wieder, stöberte nebenbei im Internet nach Bildern aus den Sechzigern und fragte mich, wie es wohl gewesen sein musste, in dieser Zeit gelebt zu haben. Irgendwie übte die Hippiebewegung eine Faszination auf mich aus. Den Wunsch nach Frieden konnte ich sehr gut nachvollziehen.

Wahrscheinlich hätte ich mich noch weiter mit diesem Thema beschäftigt und mich noch viel tiefer durchs Internet gegraben, wäre nicht plötzlich meine Zimmertür aufgestoßen worden. Ohne Klopfen, ohne Vorwarnung.

«Und wieder sitzt sie in ihrem Zimmer und starrt komisch den Bildschirm an. Manche Sachen ändern sich nie. Fast schon beruhigend.»

«Vanessa!? Geht es dir gut?»

Sie runzelte die Stirn. «Natürlich geht es mir gut, warum sollte es mir nicht gutgehen?» Noch immer trug sie ihren dunklen Mantel. Wie selbstverständlich ließ sie sich auf mein Bett fallen. «Na, was hab ich Langweiliges verpasst?»

Ich blinzelte, stand schwungvoll vom Bürostuhl auf, nur, um im nächsten Moment doch wie erstarrt im Raum zu verharren. Passierte das gerade wirklich? Dann tat ich etwas, was ich sonst nie tat, ich fiel ihr um den Hals und drückte sie so fest ich nur konnte. Sie lebte. Und es ging ihr gut.

«Was ist denn mit dir los?», fragte sie, als ich mich wieder entfernte und sie noch immer ungläubig, aber voller Erleichterung anstarrte. Die leichten Schatten unter ihren Augen ließen sie müde wirken, und ihre langen dunkelblonden Haare waren ein bisschen zerzaust. Ansonsten sah sie aus wie immer, kerngesund. Ich hatte das dringende Bedürfnis, dass mich jemand kniff.

«Jana, es macht eher den Anschein, als ginge es *dir* nicht besonders gut!» Sie lachte und zog eine Grimasse. «Dabei bin ich diejenige, die das Wochenende kaum ein Auge zugemacht hat.»

Unfähig, mich zu bewegen, aber mit dem Schlimmsten rechnend, platzte die Frage aus mir heraus: «Was ist passiert?»

«Na, ich hatte Glück! Ich habe jemanden kennengelernt und das Wochenende mit ihm verbracht. Mann, tat es gut, aus diesem öden Alltag auszubrechen. Nur schade, dass er heute zurück nach Hamburg musste. Dort wohnt und arbeitet er nämlich.» Sie seufzte, als würde ihr die Tatsache, dass alles im Leben immer irgendwo einen Haken hat, gewaltig auf die Nerven gehen. «Aber ich versuche es positiv zu sehen: Ein Typ, der einem von morgens bis abends am Rockzipfel hängt – und da spreche ich aus Erfahrung –, kann einem auch wahnsinnig schnell auf den Sack gehen. Von daher ist ein bisschen Abstand vielleicht gar nicht so schlecht. Verstehst du, was ich meine?»

Ich verstand gar nichts. Dieses Mal lag es jedoch nicht am Thema an sich, es war eher ein allgemeiner Zustand. Ich verstand schon nicht, wie sie so urplötzlich und quicklebendig in meinem Zimmer auftauchen konnte. Noch immer spürte ich die enorme Sorge der letzten Tage um sie – und plötzlich stand sie einfach da. Wie aus dem Nichts.

Doch Vanessa war das pure Leben. «Wir haben das ganze Wochenende im Bett verbracht, ich bin völlig fertig und schlafe gleich im Sitzen ein.» Ein glasiger Schimmer legte sich über ihre

Augen und ein Lächeln auf ihre Lippen. «Aber jede Sekunde davon war es wert.»

Während Vanessa offenbar in schönen Erinnerungen schwelgte, nutzte ich die Zeit, meine Stimme wiederzufinden. «Wieso ... Wieso hast du niemandem Bescheid gesagt?», fragte ich verzweifelt.

«Wem soll ich denn Bescheid geben?»

«Na ja, *uns.*»

«Bitte?», fragte sie. «Ich wüsste nicht, warum ich mich vor euch oder Klaas oder Anke ständig rechtfertigen sollte.»

Ich hatte meine Stimme gerade erst wiedergefunden und stand kurz davor, sie erneut zu verlieren. «Aber ... Es geht doch nicht ums Rechtfertigen, Vanessa. Wir haben uns alle schreckliche Sorgen gemacht, wir dachten, dir wäre vielleicht etwas passiert. Dein Handy war aus, und niemand wusste, wo du bist.» Meine Stimme klang brüchig.

«Was soll mir denn passiert sein?» Sie sah mich an, als hätte ich ihr einen Teller mit ungenießbarem Essen vor die Nase gestellt. «Ich hatte ein geiles Wochenende. *Das* ist passiert.»

«Aber wie hätten wir das ahnen sollen? Vanessa, Frau Völkner wollte morgen früh Flugblätter mit einem Foto von dir verteilen. Wir haben die ganze Gegend nach dir abgesucht. Wir haben sogar eine Vermisstenanzeige bei der Polizei aufgegeben!»

Als hätte man einen Verschluss gezogen, floss mit einem Mal ihre ganze Freude aus dem Gesicht. «Ihr habt *was*?»

«Dich als vermisst gemeldet. Hast du überhaupt die geringste Vorstellung davon, was hier in den letzten Tagen los war? Ich habe mir die schlimmsten Vorwürfe gemacht!»

Sie rollte die Augen und fasste sich an die Stirn. «Das ist ja wohl die größte Übertreibung aller Zeiten. Ich glaube es nicht.»

Was das *Nicht-glauben-Können* anbelangte, herrschte zumindest Einigkeit zwischen uns, auch wenn ein tatsächlich gleicher Nenner schier meilenweit entfernt schien. In meinem Kopf und in meiner Brust spielte sich das reinste Chaos ab, die unterschiedlichsten Gefühle rangen um die Vorherrschaft. Einerseits war ich glücklich und erleichtert, dass Vanessa wohlbehalten zurück war, auf der anderen Seite hätte ich ihr am liebsten den Hals umgedreht. Wie in Zeitlupe lief ich ein paar Schritte rückwärts und ließ mich auf meinen Bürostuhl sinken. Meine Knie waren zu weich geworden, ich musste mich setzen.

Lange Zeit sagte niemand etwas, als bräuchten wir beide eine Pause, um die neuen Erkenntnisse in unser Bewusstsein sickern zu lassen.

«Oh Mann, ey, da kann ich mich ja auf das Drama des Jahrhunderts gefasst machen», stöhnte Vanessa. «Ich sehe Mr. und Mrs. Moralapostel vom Dienst schon vor mir.»

«Wäre es dir lieber, dass uns dein Verschwinden egal gewesen wäre?»

«*Verschwinden*», wiederholte sie abfällig. «Ich habe mir ein verlängertes Wochenende genommen. Na und?»

«Ist das nicht etwas zu einfach gedacht? Vergisst du dabei nicht etwas? Was ist mit uns? Du hättest doch wenigstens eine SMS an jemanden schicken können, verdammt.»

Vanessa nahm eine immer gekrümmtere Haltung an. «*Hätte, würde, wäre* ... Hätte ich gewusst, dass ihr so ein Theater veranstaltet, hätte ich das gemacht. Aber ich wollte einfach meine Ruhe haben und die Zeit genießen. Ist das so schwer verständlich?»

Ja, das war es! Es war sogar vollkommen schwer verständlich!

«Man sorgt sich eben um dich», murmelte ich säuerlich. «Das ist nicht selbstverständlich. Du solltest froh darüber sein.»

«Froh darüber?» Sie lachte, doch dieses Mal auf eine ganz

andere, humorlose Weise. «Und an wen soll ich mein Dankesschreiben für das Einschalten der Bullen richten?»

Ich hatte das Gefühl, egal, was ich jetzt noch sagte, es würde bei Vanessa auf kein Verständnis stoßen. Also schwieg ich. Für eine Weile tat sie das ebenso, dann rappelte sie sich von meinem Bett auf und streckte sich. «Ich habe extrem wenig geschlafen und bin hundemüde. Außerdem sehe ich es nicht ein, mir die Laune verderben zu lassen.» Wie, um ihre Worte zu unterstreichen, kehrte ein Grinsen zurück auf ihr Gesicht. «Ich schlafe mich jetzt erst mal aus.»

«Möchtest du nicht wenigstens Herrn und Frau Völkner kurz Bescheid geben? Nur damit sie wissen, dass du wieder hier bist und es dir gutgeht?» Ich klang schnippischer, als ich wollte.

Es fehlte nicht viel, und sie hätte mich ausgelacht. «Bist du verrückt? Damit ich mir die Standpauke bis in die Nacht anhören kann? Im Leben nicht! Die kriegen schon früh genug mit, dass ich wieder hier bin. Bis dahin hau ich mich erst mal aufs Ohr. In diesem Sinne: Gute Nacht!»

Die Tür von meinem Zimmer war längst wieder verschlossen, trotzdem starrte ich sie auch eine Stunde später noch mit zusammengezogenen Augenbrauen an. Ich konnte das Geschehene nicht fassen.

Irgendwann, es war gänzlich still und finster im Haus, schlich ich mich die Treppen hinunter und betrat ganz leise den abgedunkelten Wohnraum der Völkners. Ich klebte an den Kühlschrank eine kurze Nachricht, dass Vanessa wohlbehalten zu Hause war, und schlich wieder zurück. Ich wollte die beiden nicht wecken, aber sie sollten morgen früh keine Sekunde länger als nötig in Sorge um Vanessa sein oder sich sinnlos Mühe mit Flugblättern machen.

Gefühlte zehn Meter neben mir stehend, ging ich ins Bad,

putzte mir die Zähne und verkroch mich anschließend so tief wie nur irgend möglich unter meinem Bett. In den letzten Tagen hatte ich mir ständig gewünscht, dass die Tür aufging und Vanessa plötzlich wiederauftauchte. Heute Abend war genau das eingetreten, nur auf eine vollkommen andere Weise.

KAPITEL 16

Auf dem kleinen runden Tischchen stand die Box mit den schneeweißen Taschentüchern zum Herausziehen – sie fügte sich wie ein unauffälliges Accessoire in die Einrichtung und war doch so präsent, dass man sie nicht übersehen konnte. Ich fragte mich, wie häufig in der Therapie wohl danach gegriffen wurde. Auf den Boxen waren stets bunte Muster abgebildet, mal waren es Blumen, mal eine Landschaft und dann wieder Schildkröten auf dem Meeresgrund. Es machte den Eindruck, als würde Dr. Flick nicht wahllos nach irgendwelchen Taschentüchern greifen, sondern sich immer die hübscheste Verpackung heraussuchen. Vielleicht hoffte sie damit der Trostlosigkeit von Tränen entgegenzuwirken. Während ich darüber nachdachte, realisierte ich, dass ich selbst noch nie in der Therapie geweint hatte. Weder bei Dr. Flick noch bei ihren Vorgängern.

«Du guckst so nachdenklich, Jana. Was geht dir durch den Kopf?»

«Die Taschentücher», murmelte ich. «Meistens ist die Box nie lange dieselbe...»

Dr. Flick trug ein bekümmertes Lächeln auf den Lippen als sie meinem Blick gefolgt war. «Es kommen viele traurige Themen zur Sprache, und dann kommunizieren die Emotionen auf ihre eigene Weise.»

«*Kommunizieren* klingt, als wären Tränen eine Sprache.»

«Ich hatte das Thema in meinem Studium», antwortete sie, den Blick immer noch auf die Taschentücher gerichtet. «Die

Wahrheit ist, dass bis heute niemand weiß, warum Menschen weinen, welcher Sinn oder Zweck dahintersteckt. Die einen sagen, es diene dem Stressabbau. Allerdings ist beim Weinen der ganze Körper angespannt und steht stark unter Strom. Klingt also nach einem Widerspruch. Es sei denn, man bezieht sich auf die Ruhe nach dem Sturm. Ähnlich wie bei der progressiven Muskelentspannung, bei der es darum geht, nur einzelne Körperteile anzuspannen und beim anschließenden Loslassen eine wohltuende Entspannung zu erzeugen.» Anhand einer Übung zeigte sie mir, was sie damit meinte. Ich sollte meinen rechten Arm von der Faust bis zur Schulter anspannen und die Spannung für zehn Sekunden halten, erst dann sollte ich sie lösen.

«Spürst du die Entspannung?», fragte sie.

Mein Arm fühlte sich plötzlich ganz leicht an. Etwas erstaunt von der unerwartet spürbaren Wirkung nickte ich.

«Normalerweise legt man sich für so eine Übung auf den Boden und bezieht nach und nach den ganzen Körper mit ein. Ich mache das gerne in der Mittagspause, um abzuschalten und neue Energie zu tanken.» Sie grinste. «Damit habe ich Gundula schon mal einen Heidenschrecken eingejagt.» Aus ihrem Grinsen wurde ein Kichern. «Das war erst vor zwei Wochen. Ich habe hier auf dem Teppich gelegen, die Augen geschlossen und mich voll und ganz auf die Übung konzentriert. Da ging die Tür auf, und Gundula kam rein. Sie erschrak und war vollkommen außer sich. ‹Frau Doktor!›, rief sie panisch aus, schlug die Hände vor dem Gesicht zusammen und wollte schon den Notarzt rufen.»

Hätte die lachende Dr. Flick in diesem Moment neben mir gesessen, wahrscheinlich hätte sie mich mit dem Ellbogen in die Seite gestupst. Aber das war gar nicht nötig, denn auch ohne diese Geste musste ich über die Anekdote schmunzeln. Besonders weil die Sprechstundenhilfe Gundula mindestens so lieb wie laut war und ständig mit den Armen ruderte, sobald sie sich beeilte. Und sie beeilte sich eigentlich immer.

«Aber zurück zum Thema Tränen», sagte Dr. Flick, räusperte sich und bemühte sich wieder um Ernsthaftigkeit. «Jetzt sind wir durch die Übung vollkommen darüber weggekommen.» Sie schüttelte den Kopf, als wäre es typisch für sie, den Faden zu verlieren, und nahm ihn kurzerhand wieder auf. «Manche Menschen fühlen sich nach dem Weinen besser, andere schlimmer als zuvor. Es gibt keine wissenschaftlichen Beweise dafür, dass Weinen tatsächlich Erleichterung verschafft, es scheint von Mensch zu Mensch unterschiedlich zu sein. Eine weitere These behauptet, durch Tränen würden Schadstoffe ausgespült werden, damit es zur Entlastung und Reinigung des Körpers kommt. Diese Schadstoffe sind tatsächlich in Tränen nachzuweisen, zum Beispiel Kalium oder Mangan, allerdings in so geringer Menge, dass man schon dreißig Stunden am Stück weinen müsste, damit man auch nur annähernd von einer Entgiftung sprechen könnte. Diese These ist also auch eher unwahrscheinlich. Was bleibt, ist eine dritte Theorie, nämlich dass weinen einen Teil unseres Sozialverhaltens darstellt. Was signalisiert man durch weinen, Jana?»

Ich zuckte mit den Schultern. «Dass man schwach ist?»

«Genau – na ja, zumindest fast genau, man signalisiert, dass man einen schwachen Moment hat. Und man zeigt es nach außen, um sich selbst zu schützen oder um verständlich zu machen, dass man hilfsbedürftig ist. Mitmenschen reagieren in der Regel auf eine weinende Person mit Mitgefühl. Deswegen benutzte ich vorhin das Wort ‹kommunizieren›. Ich glaube, dass Tränen eine unbewusste Form der Sprache von uns sind. Wenn wir sehr traurig sind, können wir oft nicht mehr reden. Also übernimmt der Körper für uns das Sprechen.»

Weinen hatte ich schon immer als etwas Seltsames empfunden und es mir in den meisten Momenten verkniffen. Wahrscheinlich, weil ich zu jenen Menschen gehörte, die sich danach eher schlechter als besser fühlten. Und wie verquollen man danach aussah ... Als hätte man trotz Allergie die Nase in eine Pusteblume gesteckt. Mit der Frage, warum man überhaupt weinte, hatte ich mich aber komischerweise noch nie auseinandergesetzt.

«Dann stimmen die Sprüche also gar nicht wirklich, dass man seinen Gefühlen freien Lauf lassen und Tränen nicht unterdrücken sollte», mutmaßte ich.

«Das würde ich so nun auch nicht unbedingt sagen.» Dr. Flick nahm ihr Klemmbrett zurück in die Hand und überschlug die Beine. Nun saß sie wieder wie eine waschechte Psychologin vor mir. «Ich sehe Weinen als ein Bedürfnis an. Und wenn ein Bedürfnis niemandem schadet und nicht viel zu häufig nach Befriedigung verlangt, dann sollte man diesem Bedürfnis nachgeben.»

Ohne dass es mir bewusst gewesen war, hatte sie den Bogen von einem allgemeinen Thema wieder zurück zu mir geschlagen, das verrieten mir nicht nur ihre Worte, sondern auch ihr Blick. Das tat sie öfter. Und auch dieses Mal verstand ich, worauf sie anspielte. Zu oft hatte sie mir schon nahegelegt, ich solle mehr auf mich selbst hören und auf das, was ich möchte. Auch Collin hatte etwas Ähnliches gesagt. In beiden Fällen wusste ich nichts zu erwidern. Denn die Hemmschwelle, es tatsächlich zu tun, war riesig bei mir. Ständig hatte ich das Gefühl, mir eigentlich gar nichts nehmen zu dürfen oder zu viel zu verlangen. Ich glaubte, dass meine Wünsche schlichtweg unbedeutender als die von anderen waren.

«Wenn du angestrengt nachdenkst, Jana», begann Dr. Flick mit einem aufbauenden Zwinkern, «was war dein letztes starkes Bedürfnis, dem du *nicht* nachgegeben hast?»

Darüber brauchte ich gar nicht angestrengt nachzudenken, ich wusste die Antwort sofort. «Vanessa», sagte ich. «Ich wollte Vanessa den Hals umdrehen.»

Dr. Flick schmunzelte. «Vielleicht war es eine gute Entscheidung, das Bedürfnis nicht auszuleben. Zumindest nicht im wortwörtlichen Sinne. Hast du denn jemandem von ihrer Lügengeschichte etwas gesagt?»

Ich schüttelte den Kopf. «Nein, nur Sie wissen davon. Nur Sie, ich und Vanessa.»

«Und wie geht es dir damit?», fragte Dr. Flick. «Ich stelle mir das sehr belastend vor.»

Zwangsläufig dachte ich zurück an den Morgen nach Vanessas nächtlicher Rückkehr, dachte an ihren bemüht verzweifelten Gesichtsausdruck und auf welch rührselige Weise sie sich bei den Völkners entschuldigte und von einer Kurzschlusshandlung sprach. *«Meine Mutter hatte mich angerufen. Wir haben uns fürchterlich gestritten, ich war so aufgewühlt und wusste nicht, was ich tun sollte. Ich war so verzweifelt. Plötzlich war mir alles zu viel, meine Eltern, die Ausbildung, der Druck – mit einem Mal wollte ich nur noch weg. Runter von der Insel. Also bin ich spätabends mit dem letzten Zug aufs Festland gefahren, zu einer alten Schulfreundin. Sie nahm mich das Wochenende über bei sich auf. Ich weiß, dass es falsch war, mich nicht zu melden. Aber ich hatte ein Brett vor dem Kopf. Es tut mir so unendlich leid! Ich wünschte, ich könnte alles rückgängig machen, ihr wart sicher in fürchterlicher Sorge.»*

Mit dieser Erklärung war nicht alles vergeben oder vergessen, aber Vanessa bekam mehr, als sie verdient hatte, sie bekam Verständnis. Meine Wut war an jenem Morgen so groß gewesen, dass ich ihre Lügengeschichte eigentlich auf der Stelle auffliegen lassen wollte, aber die Blicke, die sie mir zuwarf, hielten mich davon ab. Kurz nach der Aussprache erwischte sie mich im Flur, packte mein Handgelenk und zog mich hinter sich her in ihr Zimmer.

«*Wirst du dichthalten?*», *fragte sie. Ihre Augen waren weit geöffnet.* «*Du musst unbedingt dichthalten, Jana, bitte!*»

Ich befreite mich aus ihrem Griff und verschränkte die Arme vor der Brust. «*Ich soll deine Lügen decken?*»

«*Ja.*» *Sie rang nach Worten, sah dabei immer wieder zwischen dem Boden und mir hin und her. Ihr Blick war voller Angst.* «*Was hätte ich denn tun sollen? Ich hatte keine andere Wahl, ich musste lügen. Wenn ich die Wahrheit gesagt hätte, hätten sie mich rausgeworfen.*»

Am Abend zuvor hatte sie unsere Sorgen noch als übertrieben dargestellt und ihr Verhalten lapidar abgetan, inzwischen schien sie den Ernst der Lage begriffen zu haben.

Als ich nicht antwortete, lief sie ein paar Schritte durch den Raum. «*Ich weiß, dass es blöd von mir war. Und es ist noch blöder, dass ich dich mit reingezogen habe. Du bist der letzte Mensch, der das verdient. Aber bitte, Jana, du darfst mich nicht im Stich lassen. Du musst mir helfen. Sonst werfen sie mich raus. Und wo soll ich denn dann hin?*» *Sie presste die Lippen zusammen, als würde sie damit ihre Tränen zurückhalten wollen.* «*Ich habe kein Geld und niemanden, zu dem ich gehen könnte. Wo soll ich denn hin, wenn sie mich rauswerfen? Wohin soll ich denn gehen?*»

Während dieser Erinnerung ruhte mein Blick auf Dr. Flicks Bücherregal, ohne dass ich im Nachhinein hätte sagen können, was ich dort gesehen hatte. Noch immer spürte ich einen Kloß im Hals, wenn ich an das Gespräch mit Vanessa zurückdachte. Ihre Verzweiflung und ihre Angst wirkten zu echt für ein Schauspiel, trotzdem war es schwierig, einem Menschen, den man noch kurz zuvor gänzlich ungerührt beim Lügen beobachtet hatte, jemals wieder auch nur ein einziges Wort zu glauben.

«Es fühlt sich an, als würde ich ebenfalls lügen», sagte ich zu Dr. Flick.

«Indirekt tust du das ja auch.» Sie seufzte mitfühlend. «Nur ist das eben nicht so einfach. Du steckst in einem ziemlichen Zwiespalt. Wenn ich ehrlich bin, dann wüsste ich auch nicht, wie ich mich entscheiden würde. Vielleicht gibt es gar keine richtige oder falsche Entscheidung in diesem Fall, denn egal, wie man sich entscheidet, die negativen Aspekte würden immer überwiegen.» Sie zuckte mit den Schultern. «Letztlich kann man sich nur für das entscheiden, womit man besser leben kann. Und so schwer es dir auch fällt, als Einzige die Wahrheit über Vanessas Verschwinden zu kennen – ich habe den Eindruck, noch viel schwerer würde es dir fallen, wenn Vanessa tatsächlich deinetwegen gehen müsste. Wer weiß, wie tief sie fallen würde und ob sie jemals auf die Beine käme.»

Ein Bild von der Zukunft ließ sich schwer zeichnen, aber die Vermutung lag nahe, dass bei Vanessa kaum bunte Stifte zum Einsatz kommen würden, wenn man sie auf die Straße setzte.

Ich winkelte ein Bein an und fuhr mit dem Finger über den zerschlissenen Jeanssaum. Die Hose war ein paar Zentimeter zu lang, weswegen ich beim Laufen ständig mit den Schuhen hinten drauftrat. Trotzdem war es meine Lieblingsjeans. Vielleicht hatte Dr. Flick recht, egal, was ich tun würde, es würde sich immer irgendwie falsch anfühlen.

«Manchmal wünsche ich mir, wir würden uns zweimal in der Woche sehen», sagte sie und sah auf die Uhr. «Es ist immer wieder erschreckend, wie schnell die fünfzig Minuten vorüber sind und wie viele Fragen übrig bleiben, die ich dir nur allzu gerne gestellt hätte.» Sie seufzte. «Ein Thema würde ich aber trotzdem noch gerne anschneiden, auch wenn die Zeit leider knapp ist.»

Immer wenn sie ein Thema im Vorfeld ankündigte, bedeutete das nichts Gutes.

«Guck nicht so misstrauisch», erklärte sie schmunzelnd. «In der Schüssel warten Süßigkeiten auf uns. Und die gibt es nicht umsonst!»

Ich versuchte es zu unterdrücken, musste aber ebenfalls schmunzeln. Die Schüssel mit den Süßigkeiten war der Heilige Gral für sie.

«Erinnerst du dich noch, als ich dir von Devin erzählte?»

Da mir der Name jedes Mal ins Auge stach, sobald ich meine Aufgabenliste durchging, war es unmöglich, mich nicht an ihn zu erinnern.

«Der Bekannte von Ihnen, der im Fitnessclub arbeitet», sagte ich.

«Genau!» Sie nickte öfter, als es nötig gewesen wäre. «Ich habe ihn vorgestern zufällig beim Einkaufen getroffen und war wieder ganz verliebt in seine Projekte.» Für einen Moment sah sie so verträumt aus, als hätte sie das mit dem Verliebtsein wortwörtlich gemeint. «Devin ist ein beeindruckender Mensch. Als Zehnjähriger kam er mit seiner Familie nach Deutschland, sie waren Kriegsflüchtlinge aus dem Kosovo. Allerdings gelang ihnen der Einstieg nicht besonders gut. Der Vater fand keine Arbeit, die Mutter griff irgendwann zum Alkohol... Ein Drama wie aus dem Bilderbuch. Devin geriet auf die schiefe Bahn und landete schließlich im Jugendgefängnis. Er sagt von sich selbst, dass er damals viel zu viel Wut in sich hatte. Und erst als er gelernt hat, diese Wut unter Kontrolle zu bringen, konnte er beginnen, ein normales Leben zu führen. Es war, als wäre Sport der Schlüssel zu seiner inneren Ruhe gewesen. Heutzutage leitet er Kurse in diversen Fitnessclubs und Einrichtungen, auch auf dem Festland, und widmet sich dabei ganz besonders kriminellen Jugendlichen. Er möchte ihnen dabei helfen, einen

Weg ins Leben zu finden, so, wie er ihn selbst in jungen Jahren gesucht, aber nicht gefunden hat.»

Dr. Flick schien sich gern in der Gesellschaft von Menschen mit Hilfsprojekten aufzuhalten, Herr und Frau Völkner gehörten schließlich ebenfalls dieser Gattung an. Ihre Augen leuchteten förmlich vor Bewunderung, als sie Devins Lebenslauf zusammenfasste. Wahrscheinlich hätte ich ihn nicht minder bewundert, hätte ich nicht ständig im Hinterkopf, dass sie mir nicht grundlos von ihm und seinen Projekten erzählte.

«Ein Vorschlag auf deiner Liste ist ein Besuch bei ihm im Fitnessclub Maxx», sprach sie weiter. «Und natürlich ist mir nicht entgangen, wie du damals reagiert hast, als ich zum ersten Mal davon anfing. Begeisterung sieht anders aus.» Sie lächelte mir zu. «Und ich verstehe dich sehr gut. Dieser Vorschlag muss wie ein Horrorszenario für dich klingen. Er impliziert alles, was du vermeiden möchtest, ganz besonders Körperkontakt. Außerdem bist du ein sehr defensiver Mensch, hältst dich gern unauffällig im Hintergrund und verschwimmst am liebsten mit ihm. Einen Kampfsport zu betreiben würde genau das Gegenteil erfordern, nämlich ein offensives Verhalten. Und so unvorstellbar es auch klingen mag, ich bin überzeugt davon, dass du genau das brauchst. Und weißt du, wovon ich noch überzeugt bin?»

Ich schüttelte den Kopf.

«Dass du es schaffen wirst. Du bist viel stärker, als du glaubst, Jana. Ich habe das in der ersten Sekunde gesehen, als ich dich vom Bahnhof abgeholt habe. Und es wird Zeit, dass du es auch siehst.»

Ihre Worte verfehlten nicht ihre aufbauende Wirkung, trotzdem überforderten sie mich gleichermaßen. Dr. Flick hatte recht, als sie von dem Horrorszenario sprach, denn genau das spielte sich wieder und wieder in meinem Kopf ab.

«Aber Sie sagten doch, Devin würde sich um kriminelle Jugendliche kümmern. Ich bin nicht ... aggressiv.»

Dr. Flick wechselte ihre Sitzposition und überschlug ihre Beine nun andersrum. «Das weiß ich doch, Jana. Aber ich würde es dir gerne mit Devins Worten erklären. Er sagte, dass Sport dabei helfen kann, die eigene Mitte zu finden. Es spiele keine Rolle, ob man sich *über* der Mitte befinde, oder wie du *darunter*. Es käme lediglich auf die Wahl der Sportart an. Judo wäre zum Beispiel perfekt, um das Selbstbewusstsein aufzubauen, weil man lernt, sich selbst zu verteidigen, und sich allein dadurch schon sicherer fühlt. In seine Kurse gehen die unterschiedlichsten Menschen. Es gibt keine Teilnahmebedingung, jeder darf kommen und mitmachen. Egal, welche Herkunft, egal, welche Gründe dahinterstecken, jeder ist willkommen.»

Es war schwer, ihr irgendwelche stichhaltigen Argumente entgegenzubringen. So lange ich auch darüber nachdachte, mir fielen keine ein. Außer dass ich unglaubliche Angst davor hatte.

Gedankenverloren spielte ich mit ein paar Fäden, die sich von meiner ausgefransten Jeans gelöst hatten, drehte sie wie eine Kurbel zusammen, um dann zuzusehen, wie sie sich wieder auswickelten, sobald ich sie losließ.

KAPITEL 17

Wahrscheinlich hätte ich im letzten Moment gekniffen, hätte Lars nicht zuverlässig und wie vereinbart um 20 Uhr an meiner Zimmertür geklopft. Begleitet von einem schwerfälligen Seufzen, öffnete ich und erinnerte mich, wie ich gestern in einem kurzen Anflug wilder Entschlossenheit fragte, ob ich ihn am heutigen Donnerstag zum Judo begleiten könne. Jetzt würde ich nur allzu gerne in die Vergangenheit reisen, um mir dafür in den Hintern zu treten.

Vor der Tür blieb er stehen und hievte sich die Sporttasche über die Schulter. «Bist du so weit?», fragte er.

Nachdem ich ihm zugenickt und meine Jacke angezogen hatte, machten wir uns auf den Weg in Richtung Stadt. Seinem Tempo nach zu urteilen, hatte er es ebenso wenig eilig wie ich, unser Ziel zu erreichen. Offenbar war sein Interesse am *Männersport* zwischenzeitlich nicht gewachsen. Ich dachte zurück an unser Gespräch im Aufenthaltsraum, an seine abfälligen Worte über sich selbst, und war froh, dass sich seine schwankende Laune heute anscheinend in sonnigeren Gefilden eingependelt hatte.

«Du läufst wenigstens in einer humanen Geschwindigkeit», sagte er, als wir unter beleuchteten Laternen durch eine wenig befahrene Wohnsiedlung liefen. «Bei Collin kann man kaum Schritt halten.»

Ich wusste, was er meinte, machte ich doch jedes Mal aufs Neue die Erfahrung, wenn ein gemeinsamer Tag in der Berufsschule bevorstand und wir am frühen Morgen rechtzeitig die

Bushaltestelle erreichen mussten. Ebenso wusste ich, dass Lars donnerstagabends oft zusammen mit Collin das Haus verließ und beide eine Sporttasche mit sich führten.

«Welchen Sport macht Collin denn in dem Club?», wollte ich wissen.

«Donnerstags Judo, mittwochs Kickboxen. Aber es macht keinen Spaß, mit ihm zu trainieren. Das sag ich dir gleich.»

«Warum?»

«Weil man ständig auf der Matte liegt, darum. Wenn du Glück hast, kommt er heute nicht. Er sagte, ich solle schon mal vorgehen, er hätte noch irgendetwas zu arbeiten.»

War Collin so kräftig? Er sah doch ganz normal aus, vielleicht ein bisschen sportlicher als der Durchschnitt, aber nicht unbedingt muskulös.

Einerseits wäre ich erleichtert, wenn er meinen peinlichen Auftritt heute nicht mitverfolgen würde, andererseits war ich gerne im selben Raum mit ihm, einfach nur, um zu wissen, wo er war und was er gerade machte.

«Wie sind deine Zwischenprüfungen gelaufen?», fragte ich. Die letzten Wochen hatte ich Lars kaum zu Gesicht bekommen, er war die meiste Zeit hinter Büchern, Ordnern oder Papierbögen abgetaucht. Wenn sich gute Ergebnisse anhand der Intensität der Vorbereitung messen ließen, müsste er mit Bravour bestanden haben.

«Ich habe die Ergebnisse noch nicht.»

«Und was sagt dir dein Gefühl?»

Er zog die Schultern nach oben und ließ seine freie Hand, die nicht seine Sportsachen trug, in der Hosentasche verschwinden. «Schwer zu sagen. Ich wünschte, die würden sich mit der Auswertung nicht so viel Zeit lassen.»

«Machst du dir Sorgen?»

«Natürlich mache ich mir Sorgen. Nach der Lehre gibt es

genau zwei Richtungen: zurück oder nach vorne. Eher jage ich mir eine Kugel zwischen die Augen, bevor ich wieder zurückgehe.»

Lars war ruhig, lieb und zurückhaltend, eigentlich jemand, in dessen Umgebung man sich gerne aufhielt, aber sobald man mit ihm ins Gespräch kam, geriet die Unterhaltung früher oder später an einen Punkt, der einen irritierte. Er sagte manchmal harte Dinge, mit viel zu ernster Stimme, als dass man seine Aussagen als Floskeln abtun konnte. Erreichte die Unterhaltung einen solchen Punkt, wusste ich meist nicht mehr, wie ich das Gespräch fortsetzen sollte, sondern sinnierte stattdessen über den Wahrheitsgehalt seiner Worte. Außerdem wurde ich beim Thema Zukunft zwangsläufig mit meinen eigenen Problemen konfrontiert. Denn ich wollte ebenfalls nicht zurück, bewegte mich aber aufgrund meiner kaum besser gewordenen Zensuren mehr in diese Richtung als in jede andere.

«Und bei dir?», fragte Lars, die Stimme nun wieder deutlich entspannter. Als hätte er dieses Mal selbst gemerkt, dass seine Worte zu harsch geklungen hatten, und wollte sie jetzt durch sanftere ausbügeln. «Im Januar müsste dein erstes Zeugnis anstehen. Gibt es Anlass zu Kummer?»

Ende Januar, um genau zu sein. Und weil inzwischen der Dezember in seinen ersten Tagen Einzug hielt, bereitete mir dieser Gedanke bei jedem Aufwachen größere Bauchschmerzen. Manchmal wusste ich nicht, wohin die Zeit verschwand. Sie rann mir wie Sand durch die Finger.

«Alles gut», sagte ich leise. Vielleicht etwas zu leise.

«Ist dieses *Alles gut* in etwa gleichzusetzen mit der größten Lüge der Menschheit? Du weißt schon, die Antwort auf die *Wie-geht's-dir?*-Frage.»

Damit er mir nicht die Wahrheit im Gesicht ablesen konnte, wandte ich den Blick von ihm ab. «Glaubst du, dass es wirklich immer gelogen ist, wenn Menschen positiv auf diese Frage antworten?»

Er hob die Schultern. «Vielleicht nicht immer, aber meistens. Es gibt genau zwei Sorten Menschen: die einen, die von morgens bis abends über ihre Probleme quatschen, und die anderen, die den Mund erst dann aufmachen, wenn alles zu spät ist.»

«Nicht immer hat man jemanden, dem man sich anvertrauen kann», murmelte ich. «Und wenn man sich erst mal daran gewöhnt hat, wird es schwierig, sich wieder umzustellen.»

«Das stimmt wohl», sagte er und trat mit den Füßen ein kleines Steinchen weg, das sich ihm in den Weg gelegt hatte. «Weißt du eigentlich, dass Sarah mittlerweile hin und wieder anruft?»

Ich schüttelte den Kopf und wunderte mich über seinen melancholischen Tonfall, müsste der Kontakt zu Sarah doch eigentlich einen Grund zur Freude für ihn bedeuten.

«Ich hab mir die ganze Zeit gewünscht, dass wir wieder öfter voneinander hören», sprach Lars weiter. «Aber es ist irgendwie anders geworden, nicht mehr wie früher. Wir leben jetzt beide ein anderes Leben, beziehungsweise Sarah ist dabei, sich ein neues aufzubauen. Und auf einmal können wir nicht mehr so miteinander reden, wie wir es noch vor fünf Monaten getan haben. Voll seltsam.»

Im ersten Moment hörte es sich tatsächlich seltsam an, im zweiten gar nicht mehr sosehr. War das nicht häufig so, dass Freundschaften eine gewisse Lebensphase überdauerten, und wenn die Umstände sich änderten, wirkte sich das auch auf die Freundschaften aus? Vielleicht erkannte man daran, welche Freundschaften tatsächlich echt waren – denn eine echte Freundschaft würde sich wohl kaum von einer wechselnden Lebensphase beeindrucken lassen.

«Das tut mir leid», sagte ich. «Aber könnte es nicht sein, dass sich alles wieder einpendelt?»

«Das glaube ich leider nicht. Wenn man sich erst mal voneinander entfernt hat, gibt es keine Annäherung mehr. Es ist, als würde der Weg bei jedem Schritt nach vorne hinter dir abbrechen, und man kann ihn nicht rückwärtsgehen. Das habe ich zu oft erlebt.»

«Das klingt traurig.»

«Ach, ich erhol mich schon wieder», antwortete er. «Es geht mir auch schon besser als noch vor ein paar Wochen. Das wird schon.»

«War das jetzt *die größte Lüge der Menschheit*?», fragte ich.

Lars schmunzelte. «Die Antwort war nicht richtig gelogen. Höchstens geflunkert. Es geht aufwärts, das stimmt. Aber um ehrlich zu sein, ist es manchmal extrem schwierig. Ich hab durch Sarah nicht nur eine gute Freundin verloren, sondern auch meine feste Bezugsperson hier. Damit muss ich mich erst mal arrangieren.»

Wenn ich daran dachte, wie sehr ich mir selbst eine solche Bezugsperson wünschte, konnte ich das Ausmaß von Lars' Verlust zumindest annähernd erahnen. Immerhin hatte ich Dr. Flick. Dank ihr fühlte ich mich nicht mehr so allein wie zu Beginn meiner Zeit auf Sylt.

Die Unterhaltung mit Lars ließ mich meine Nervosität in Bezug auf das Kommende für eine Weile vergessen. Dafür spürte ich sie umso deutlicher, als wir unser Ziel erreichten.

Der Fitnessclub «Maxx» lag ein bisschen außerhalb, jenseits der beliebten und gutbesuchten Flaniermeilen, und ließ an der leicht maroden Fassade erkennen, dass er nicht in direkter Konkurrenz zu den von Touristen frequentierten und auf Hochglanz polierten Sporteinrichtungen in der Innenstadt stand. Er stellte nicht mal sein eigenes Gebäude dar, war vielmehr *inner-*

halb eines Gebäudes untergebracht, genauer gesagt im Keller einer großflächigen Bowlinganlage, zu dem eine schmale Treppe führte. Ein kleines, pfeilförmiges Schild mit der Aufschrift *Maxx* war der einzige Hinweis darauf, dass der Weg über die Stufen richtig war und nicht fälschlicherweise vor den Toiletten endete. Leicht geduckt und auf unsicheren Füßen folgte ich Lars die Treppe hinunter. Wir landeten in einer Art Vorraum mit diversen Bänken, auf denen man Gewichte stemmen konnte und die flankiert waren von Laufbändern sowie anderen Geräten, mit denen man seine Kraft oder seine Ausdauer trainieren konnte. Nur ein einziger Mann nutzte das Angebot und quälte sich laut pustend mit einer langen Hantel, während ein anderer hinter ihm stand und aufpasste, dass ihm die Stange mit den schweren Gewichten nicht auf die durchtrainierte Brust fiel.

Zielstrebig steuerte Lars zwei große, metallene Flügeltüren an, die den Lärm aus dem Raum dahinter dämmten, aber trotzdem nicht gänzlich verschlucken konnten. Er stieß die Türen zu der eigentlichen Turnhalle auf. Sterile Neonleuchten hingen an den Decken und machten selbst die kleinsten Narben auf dem mehrfach gestrichenen Mauerwerk sichtbar. Auf der hinteren, kurzen und auf der rechten, langen Seite erstreckten sich Graffitis über die Wände, deren Motive dann und wann von herausstehenden Rohren unterbrochen wurde. Die Kellerfenster konnten anhand ihrer Größe kaum als Lichtquelle dienen, und der Boden erzählte mit seinen Kratzern, wie viele Füße ihn schon getreten hatten.

Ganz hinten in der Halle stand ein breitschultriger, dunkelhaariger Mann, um den sich eine übersichtliche Gruppe von Jugendlichen in weißen Judo-Anzügen geschart hatte. Unter seiner Anleitung machten sie sich mit Dehnübungen und kurzen Sprints warm. Er überragte sie alle um mindestens einen

Kopf und trug ebenfalls eine weiße Montur, die auf Bauchhöhe mit einem schwarzen Gürtel zusammengehalten wurde. Viel mehr konnte ich auf die Schnelle nicht erfassen, weil Lars die Gruppe lediglich aus der Ferne mit der Hand grüßte und dann in einen kleinen Nebenraum abbog, der sich als Garderobe entpuppte und uns mit dem Geruch von getragenen Turnschuhen und versprühtem Deodorant empfing. Lars schmiss seine Tasche auf eine der Bänke und begann sich umzuziehen. Als sein Pullover an der Reihe war und er seinen nackten Oberköper entblößte, wandte ich ihm den Rücken zu.

Kurz darauf trug er wie die anderen einen weißen Judo-Anzug, nur die Farbe des Gürtels unterschied sich. Seiner war weiß. Was das genau bedeutete, wusste ich nicht, aber wenn man davon ausging, dass der breitschultrige Mann mit dem schwarzen Gürtel der Trainer war, lag die Vermutung nahe, dass zwischen der hellen und der dunklen Farbe ein ziemlicher Gegensatz im Können liegen musste.

Lars schien kein besonderes Interesse daran zu haben, Aufmerksamkeit auf sich zu ziehen, denn wie, als hätte ich ihn darum gebeten, reihte er sich nach dem Rückweg in die Turnhalle weit hinten in der kleinen Gruppe ein.

Aus Verlegenheit steckte ich die Hände in die hinteren Hosentaschen meiner Jeans. Ich wusste nicht, was ich jetzt tun sollte. Die Übungen, die der Trainer erklärte, ebenfalls ausführen? Mich irgendwo anmelden? Mich an den Rand setzen und zuschauen? Oder weiterhin blöde rumstehen und die anderen Teilnehmer vorsichtig beäugen? Mehr aus Unsicherheit als aus Entschlossenheit tat ich Letzteres.

In der Gruppe gab es zwei Mädchen und außer Lars noch sieben andere Jungs, schätzungsweise zwischen vierzehn und Mitte zwanzig. Der Altersunterschied war zum Teil nicht unerheblich, ganz besonders zwischen einem schlaksigen rothaarigen Jungen mit Sommersprossen und dem vollbärtigen Mann neben ihm, der mindestens zehn Jahre älter aussah. Ein blondes Mädchen, das ein bisschen pummelig war, beugte sich zu einer gertenschlanken Dunkelhaarigen und flüsterte ihr irgendetwas zu. Das Alter der beiden war schwer zu schätzen, konnte man doch mit Schminke eine Volljährigkeit nur allzu leicht vortäuschen. Ich hielt sie für mindestens sechzehn, höchstens jedoch für zwanzig. Nach und nach trudelten noch fünf weitere Jungs ein und schlossen sich der Gruppe an.

«Ist das Devin?», flüsterte ich zu Lars und neigte den Kopf in Richtung des Trainers. Eigentlich war vollkommen klar, dass es sich dabei nur um ihn handeln konnte, dennoch wollte ich hundertprozentige Gewissheit. Lars gab sie mir, indem er nickte.

Ich hatte keine bildliche Vorstellung von Devin gehabt, trotzdem sah er irgendwie genau so aus, wie es in den Worten von Dr. Flick geklungen hatte. Er war groß, vielleicht einen Meter fünfundneunzig, ein eher dunkler Typ mit Dreitagebart, dicken Oberarmen und auffallend gerader Körperhaltung, wie ich sie nur von Sportlern kannte. Ich stellte ihn mir als schmächtigen kleinen Jungen vor, wie er im Kosovokrieg die Heimat verlassen und sich als Flüchtling im fremden Deutschland zurechtfinden musste. In einem Land, in dem man diesen Krieg und seine Gewalt hauptsächlich aus den Nachrichten kannte und in dem es so viel Wohlstand gab, dass man ihn verschwenden konnte. Der Gesichtsausdruck des kleinen Jungen war in meiner Vorstellung mit Angst und Hilflosigkeit erfüllt.

In meine Gedanken vertieft, erschreckte ich mich, als Devin plötzlich in die Hände klatschte und enthusiastisch rief: «Na, dann mal los!» Der Devin von heute hatte nichts mehr gemeinsam mit dem Jungen in meiner Vorstellung.

Jeder schien zu wissen, was er tun sollte. Die Gruppe formte sich zu Zweierteams, die sich auf den in der Halle verstreuten

Matten verteilten. So auch Lars. Ich hatte nicht erwartet, dass er mein Kindermädchen spielen würde, und doch hatte ich gehofft, er würde mich zumindest nicht gänzlich mir selbst überlassen. Da ich nun als Einzige übrig blieb, passierte, was mir bisher erspart geblieben war. Mit einem Mal fiel ich Devin ins Auge und bekam seine ungeteilte Aufmerksamkeit.

«Ein neues Gesicht», sagte er und steuerte auf mich zu. «Weibliche Verstärkung können wir sehr gut gebrauchen. Herzlich willkommen, ich bin Devin.» Er reichte mir die Hand. Seine Freundlichkeit war einnehmend, trotzdem strahlte er genau jene Autorität aus, die mich schon immer eingeschüchtert hatte. «Gehe ich recht in der Annahme, dass du Jana bist?»

Ich nickte und steckte die Hand zurück in die Hosentasche.

«Ich freue mich sehr, dass du es geschafft hast. Aufgeregt?»

«Geht so», murmelte ich.

«Bräuchtest du auch gar nicht zu sein. Wir sind hier alle ganz nett. Und wenn einer nicht nett ist, dann trete ich ihm in den Hintern – so einfach ist das.»

Es kostete mich Überwindung, aber ich rang mir ein Lächeln ab.

«Wenn du möchtest, können wir gerne eine kleine Vorstellungsrunde machen», bot er an.

Doch er hatte kaum zu Ende gesprochen, da platzte ich schon mit einer Antwort heraus: «Nein, bitte keine Vorstellungsrunde.»

So schnell die Worte meinen Mund verlassen hatten, so schnell bereute ich sie. «Nein ... Also verstehen Sie mich nicht falsch. Das ist ein nettes Angebot und sehr höflich von Ihnen. Es wäre mir nur sehr unangenehm.» Weil ich das dringende Bedürfnis hatte, mich weiterzuerklären, fuhr ich fort: «Außerdem kenne ich ja bereits jemanden. Lars und ich wohnen unter einem Dach.»

«Wenn du Lars kennst, dann kennst du sicher auch Collin, oder?»

Ich nickte schnell.

«Jana, das ist doch gar kein Problem. Wenn du keine Vorstellungsrunde möchtest, dann machen wir keine.» Er hob die muskulösen Schultern und zuckte das, was ich für ein Problem gehalten hatte, einfach weg. «Soll ich ehrlich sein? Ich mag solche Runden auch nicht besonders.»

Ob ich ihm das glauben konnte, wusste ich nicht, aber immerhin nahm er mir meine Absage offenbar nicht übel, was mich ein bisschen beruhigte.

«Hast du denn schon mal Judo praktiziert oder zumindest etwas darüber gehört?», fragte er mich.

Ich schüttelte den Kopf.

«Dann werde ich dir einfach mal ein wenig darüber erzählen, einverstanden?» Er bedeutete mir, mich neben ihn auf eine der Bänke am Rand zu setzen. Während er die Gruppe gut im Blick hatte, erklärte er mir, dass Judo eine japanische Sportart sei, die Anfang des zwanzigsten Jahrhunderts von einem gewissen Kanō Jigorō erfunden wurde, deren Wurzeln jedoch zurück bis ins achte Jahrhundert reichten. «Weißt du, was ich am meisten am Judo liebe?», fragte er, ohne wirklich auf eine Antwort zu warten. «Es ist eine sehr faire Sportart. Jeder hat die gleichen Chancen. Judo trainiert nicht nur den Körper, sondern auch den Verstand.» Beim letzten Satz tippte er sich gegen die Stirn, fast schon wie so ein alter, japanischer Kampfsport-Meister, und fuhr mit seinen Erklärungen fort. Dabei schweifte sein Blick immer wieder durch die Halle. Manchmal unterbrach er seine Rede, um einzelnen Teilnehmern etwas zuzurufen, wenn diese die Übungen nicht korrekt ausführten oder wenn sie Fragen hatten. Ganz besonders oft richtete er seine Worte an zwei Jungs in der hinteren Ecke.

«Das Training findet jeden Donnerstag um die gleiche Zeit statt und dauert zwei Stunden», erklärte er weiter. «Der erste Monat ist kostenlos, jeder weitere kostet fünfzig Euro. Solltest du dir das nicht leisten können, was hier immer mal wieder passiert, dann mach dir keine Sorgen, wir werden eine Lösung finden.»

Fünfzig Euro im Monat hörten sich irgendwie nicht viel an, trotzdem müsste ich es erst einmal schaffen, die Summe regelmäßig aufzubringen, wo ich doch nur wenige hundert Euro im Monat zur Verfügung hatte und einen Teil davon regelmäßig beiseitelegte. Sicher wäre das aber irgendwie machbar.

«Irgendwann bräuchtest du natürlich auch deinen eigenen Anzug. Den bestellst du am besten über uns. Wir haben gute Kontakte zu einem Händler und bekommen spezielle Preise. Ein reiner Anfänger-Anzug liegt bei etwa zwanzig Euro.»

Mein Blick wanderte durch die Halle und blieb immer wieder bei den unterschiedlichen Gürtelfarben der Gruppenteilnehmer hängen. Gelb war am häufigsten vertreten, gefolgt von einer gestreiften Kombination aus Weiß und Gelb. Die Farbe Orange dagegen war schon deutlich seltener. Grün gab es wie das reine Weiß sogar nur ein einziges Mal.

Devin erklärte und erzählte, und so sehr ich mich auch bemühte, ihm meine volle Aufmerksamkeit zu schenken, mehr als nur ein Ohr bekamen seine Worte meistens dennoch nicht von mir. Zu sehr lenkten mich das Geschehen in der Halle, die neue Situation und die Frage ab, wie ich jemals ein Teil dieses Ganzen werden sollte. *Jana macht Kampfsport* – die Vorstellung fühlte sich genauso furchtbar an, wie sie sich anhörte.

«Aber vielleicht sollten wir gar nicht so viel über die Theorie quatschen», sagte Devin schließlich. «Lass uns ein paar Übungen machen, das verschafft dir einen viel besseren Eindruck, als es Worte jemals könnten.»

Fiel es mir bis gerade eben noch schwer, meine Konzentration auf ihn zu lenken, so gab es mit einem Mal nichts anderes in der Halle mehr, das meine Beachtung bekam. «Was? Jetzt?»

«Na klar», entgegnete er, als wäre nichts dabei. Mit ebendieser Gelassenheit stand er auf und wartete darauf, bis ich es ihm gleichtat. «Zieh dich um, und wir legen los.»

Aber ich dachte, ich würde heute nur vom Rand aus zusehen müssen! Wie versteinert blieb ich sitzen. «Ich habe nichts zum Umziehen dabei.» Mich vor anderen in der Kabine auszuziehen war ohnehin undenkbar, deswegen hatte ich Kleidung zum Wechseln gar nicht erst mitgenommen und würde dies auch in Zukunft sicher nicht tun.

Devin musterte mich von oben bis unten. «Kein T-Shirt? Keine Shorts? Wie willst du denn in deiner Jeans und dem Kapuzenpullover trainieren?»

«Ich besitze nichts Kurzärmliges», sagte ich leise. Wahrscheinlich war diese Ehrlichkeit dumm, aber alles andere, das mir einfiel, wäre auch nicht klüger gewesen.

«Du hast keine kurzärmligen Sachen?» Devins Stirn legte sich mehr und mehr in Falten, je länger er über meine Worte nachzudenken schien. «Ich kann dir T-Shirts und Shorts leihen. Wahrscheinlich sind sie dir viel zu groß, aber für heute sollte es schon gehen.»

«Nein, ich ...» Der Wunsch, mich auf der Stelle in Luft aufzulösen, nahm ein Ausmaß an, das jeglichen Ansatz eines klaren Gedankens zunichte machte.

«Sorry, dass ich zu spät bin.» Ohne dass irgendetwas sein Kommen verraten hatte, stand Collin plötzlich neben uns. Devin und ich waren gleichermaßen überrascht.

«Kein Ding», sagte Devin und wirkte sofort wieder entspannt. «Du hast ja Bescheid gegeben, dass es heute später wird.»

Nur für den Bruchteil einer Sekunde streifte mich Collins

Blick, dann lag sein Augenmerk wieder auf dem Trainer. Er hatte sich bereits umgezogen und trug einen weißen Anzug, der in der Mitte von einem grünen Gürtel zusammengehalten wurde.

«Koshi-Guruma», sagte Collin, als er das vorderste Trainingspärchen beobachtete. Was auch immer das bedeuten mochte, vermutlich war es der Name der Übung, die sie gerade ausführten.

«Richtig», entgegnete Devin. «Ich würde mich gern noch um Jana kümmern. Allerdings machen mir Niklas und Orhan dahinten ein bisschen Sorge. Die scheinen keinen Schulterwurf zu trainieren, sondern einen Genickbruch.» Beide sahen in die hintere Ecke. «Könntest du dich den beiden anschließen und darauf achten, dass da nichts passiert?»

«Natürlich.»

Nachdem ihm Devin dankend auf die Schulter geklopft hatte, machte Collin sich auf den Weg zu den potenziellen Genickbrechern. Nun war ich wieder mit dem Trainer allein.

«So, zurück zu uns zwei Hübschen», sagte er amüsiert. «So einen *langärmligen* Fall hatte ich, ehrlich gesagt, auch noch nie.» Es schien, als müsste er erst einmal überlegen, wie er weiter verfahren sollte, ehe er den Faden wiederaufnahm. Schließlich erklärte er mir, dass es ihm lediglich um die Verletzungsgefahr ginge. Mit der Kapuze könnte ich bei einer Übung hängen bleiben und mich strangulieren. Dieses Risiko wollte er keinesfalls eingehen. Also suchte er nach einer Lösung. Letztlich bestand diese darin, dass ich engeranliegende Kleidung tragen sollte, bis ich einen Anfängeranzug mein Eigen nennen konnte. «Ist das in Ordnung für dich?», fragte er.

Ich nickte und hasste zugleich das Gefühl, einen Sonderfall darzustellen. Manchmal kam ich mir vor wie ein Süßwasserfisch im Salzwasserbecken.

«Super! Dann würde ich sagen, wir beide machen jetzt trotzdem ein paar leichte Übungen, zumindest solche, bei denen ich dich nicht aus Versehen erwürgen kann. Folgen Sie mir unauffällig, junge Dame.»

Noch während er «Dame» aussprach, drehte er sich um und lief los. Ich zögerte, umklammerte mit der Hand die Kante der Bank. Erst als er zum dritten Mal über die Schulter hinweg zu mir schaute, gab ich meinen Beinen den Befehl zum Aufstehen. Devin wartete vor einer freien Matte auf mich und ließ mich meine Schuhe ausziehen, ehe ich sie betrat. Unbeholfen befreite ich mich von meinen Tretern, stellte sie an die Wand der Halle und positionierte mich dann gegenüber von dem leicht breitbeinig stehenden Devin.

«Das Allererste, was du im Judo lernst – und was du bis zum Erbrechen üben wirst, solange, bis du es irgendwann perfekt beherrschst –, ist das Fallen.»

«Das Fallen?»

«Richtig. Nur wer fallen kann, kann geworfen werden. Es geht beim Judo nicht darum, einander zu verletzen. Blessuren wie blaue Flecken oder leichte Schürfwunden werden sich, gerade am Anfang, nicht vermeiden lassen, aber niemand soll ernsthaft zu Schaden kommen. Das sollte auch niemals dein Anspruch sein. Eine der wichtigsten Regeln lautet, den Gegner nicht – ganz besonders nicht absichtlich – zu verletzen.»

Man sollte also kämpfen, ohne wirklich zu kämpfen? Das klang gleichermaßen widersprüchlich wie beruhigend.

«Es gibt verschiedene Fallübungen. Vorwärts, rückwärts, seitwärts, die Judorolle und der freie Fall. Wir beginnen mit rückwärts. Sieh einfach genau dabei zu, was ich mache.» Er stellte ein Bein nach vorne, das andere knickte er dicht dahinter leicht ein, dann fiel er auch schon nach hinten. Wobei *fallen* es nicht wirklich traf, vielmehr war es ein Abrollen. Er rollte sich auf den Rücken, verharrte einen Moment mit den Beinen in der

Luft und rollte sich dann wieder auf die Füße. «Diese Übung nennt sich Ushiro-Ukemi. Hast du gut aufgepasst?»

Eigentlich schon, aber wenn er jetzt von mir verlangte, dass ich es ihm haargenau nachmachte, hätte ich trotzdem ein Problem. Blöderweise verlangte er genau das. Noch zweimal zeigte er mir die Übung, dann sollte ich sie selbst ausprobieren. Ich hatte leichte Koordinationsschwierigkeiten mit der Beinstellung, sodass er mich viermal korrigieren musste, ehe ich die richtige Ausgangsposition eingenommen hatte. Bei ihm hatte das irgendwie leichter ausgesehen.

«So ist es richtig», sagte er schließlich. «Jetzt winkelst du das hintere Bein leicht an und lässt dich langsam nach hinten abrollen.»

Ich drehte mich mehrmals um. Zum einen, weil ich Angst hatte, beobachtet zu werden, zum anderen, weil es ein befremdliches Gefühl war, sich ins Nichts fallen zu lassen.

«Nur Mut», sagte Devin. «Es ist ein Kinderspiel, du wirst sehen.»

Noch ein letztes Mal atmete ich tief durch, dann ließ ich mich fallen. Es machte *plumps*, und ich lag auf dem Rücken.

Als ich mich blinzelnd aufrichtete, sah ich ein Schmunzeln in Devins Gesicht. «Jana, *abrollen*», sagte er. «Nicht wie ein nasser Sack auf den Hintern fallen lassen.»

Ich kam nicht mal dazu, beschämt rot zu werden, da reichte er mir schon die Hand und zog mich schwungvoll auf die Beine. Mit einem Satz stand ich wieder neben ihm.

«Du bist zu verkrampft», sagte er. «Du musst versuchen, ein bisschen lockerer zu werden. Körperspannung ist zwar wichtig, trotzdem muss man beweglich bleiben und sich nicht einfach nur versteifen. Dann klappt es auch mit dem Abrollen besser. Ich zeige es dir noch mal.» Er machte die Übung im Zeitlupentempo, legte den Fokus ganz besonders auf den Moment, in dem sein Po den Boden berührte und er den Rücken krümmte, um sich in einer fließenden Bewegung abzurollen. «Du musst den Schwung aus dem Fall mitnehmen und deinen Rücken wie einen Schildkrötenpanzer formen. Die Beine lässt du ausgestreckt in der Luft, als würdest du den mitgebrachten Schwung an die Hallendecke abgeben. Versuch es noch mal.»

Mein zweiter Versuch gelang besser, und der dritte war *gar nicht mal so schlecht*, wie Devin meinte. Zufrieden stellte ihn das aber noch lange nicht. Wieder und wieder sollte ich die Übung durchführen. Nach einer halben Stunde hatte ich vom ständigen Aufstehen und anschließenden Fallenlassen eine knallrote Birne und schnaufte wie ein Walross.

«Geht ordentlich auf die Kondition, was?», fragte Devin, woraufhin ich nur keuchend nickte. «Ruh dich zehn Minuten aus, ich schau in der Zwischenzeit nach den anderen. Dann machen wir noch eine weitere Übung.»

Die zehn Minuten vergingen so schnell wie zwei, und ehe ich mich versah, lag ich schon wieder auf dem Boden. Dieses Mal auf der Seite. *Yoko-Ukemi*, nannte Devin die Übung, und sie bestand im Prinzip daraus, einen Arm sowie ein Bein schwungvoll nach vorne zu strecken, um sich dann auf den seitlichen Oberschenkel fallen zu lassen. Wichtig dabei war, schon im Flug mit dem Abrollen zu beginnen, sonst konnte der Aufprall für den Oberschenkel schmerzhaft werden. Ich verstand schnell, wovon er sprach, und war mir sicher, morgen so manchen blauen Fleck zu besitzen.

Auch diese Übung musste ich mehrfach wiederholen, später dann im Wechsel mit der ersten. Ich war so mit mir selbst und den verschiedenen Fallweisen beschäftigt, dass ich vollkommen verdutzt war, als Devins Stimme lautstark das Ende des Trainings verkündete.

«So, Feierabend! Wir sind schon zehn Minuten drüber! Das

war gute Arbeit von euch heute!» Er klatschte dreimal in die Hände und verbeugte sich in klassischer Kampfkunst-Manier.

Erschöpft vom Training, schlenderten nach und nach alle in die Umkleidekabine. Das aufkommende Gemurmel in dem Nebenraum wurde so laut, dass es bis in die Halle reichte, und ebbte auch dann nicht ab, als bereits die Ersten fertig umgezogen und mit dicker Winterjacke zurückkamen. Noch ein letztes Mal versammelte sich die Gruppe um Devin, der noch ein paar Anweisungen für nächsten Donnerstag gab, dann strömten alle gemächlich nach draußen.

Gerade, als ich mich dem Pulk anschließen wollte, hielt mich Devin zurück. «Ich zähle fest darauf, dass wir uns nächste Woche wiedersehen», sagte er und reichte mir zum Abschied die Hand. «Es war schön, dich kennenzulernen, Jana.»

«Ebenso», murmelte ich schüchtern. Dann folgte ich den anderen, das Schlusslicht bildend, nach draußen.

Lars und Collin hatte ich gänzlich aus den Augen verloren und stellte mich bereits darauf ein, allein nach Hause zu laufen, doch auf dem Gehweg vor der Bowlinganlage sah ich sie wieder, dort standen sie und warteten. Wie sich herausstellte, auf mich. In Anbetracht der Umstände war es eine nette Geste von den beiden, jedoch alles andere als selbstverständlich für mich.

«Und? Langweilig, oder?», fragte mich Lars, nachdem wir zu dritt die ersten Meter schweigend zurückgelegt hatten.

Wenn ich ehrlich war, dann wusste ich kein bisschen, was ich von dem Judotraining halten sollte. Aber dafür spürte ich etwas. Wie angenehm kühl die Nachtluft auf meine erhitzte Haut traf, wie mir die innere Wärme, die sich durch den Sport in mir angestaut hatte, selbst vom Wind nicht genommen werden konnte und wie die Durchblutung in meinen Muskeln viel stärker war als sonst. Ich fühlte mich auf eine wohltuende Weise erschöpft. Meine Gelenke waren weich wie Butter, und meine Gedanken schienen in eine Art Winterschlaf gefallen zu sein. Es war ungewohnt still in meinem Kopf.

«Nein, langweilig fand ich es nicht», antwortete ich.

«Sondern?»

Ich zuckte mit den Achseln. «Undefinierbar.»

Mein Blick schweifte Collin, weil ich wissen wollte, ob er unserem Gespräch lauschte, aber er hatte die Kopfhörer aufgesetzt und schien in seine Musik vertieft. Irgendwie faszinierend, wie er unter Menschen war und doch ganz für sich allein.

«Ich finde es furchtbar», sagte Lars.

«Warum gehst du dann überhaupt hin, wenn du es so furchtbar findest?» Das hatte ich keinesfalls als Vorwurf gemeint und hoffte, er hatte es auch nicht als solchen verstanden. «Ich frage nur aus Interesse», fügte ich schnell hinzu.

Lars sah mich einen Moment an, als wollte er etwas erwidern, blickte dann aber wieder starr auf die Straße und hob nur die Schultern, als würde er selbst keine Antwort darauf haben. Danach wurde es still zwischen uns.

Ich sah durch die Nacht, sah, wie die Kälte unseren Atem sichtbar machte, und spürte, wie sich meine Lungen mit der klaren Luft füllten. Es war ein gutes Gefühl, etwas geschafft zu haben, das man sich nie zugetraut hätte.

KAPITEL 18

Mitte Dezember gab es auf Sylt einen Wintereinbruch wie aus dem Bilderbuch. Pudriger Schnee legte sich zentimeterhoch über die gesamte Insel und tauchte sie in das reinste Weiß, das ich je gesehen hatte. Der Strand, die Dünen, die Reetdächer der Häuser, ja selbst die im Sommer so beliebten Strandkörbe waren mit einer samtig weichen Decke überzogen. Nur das Meer ließ sich anscheinend durch nichts auf der Welt bändigen und verschluckte die kleinen Flocken allesamt, gleichgültig, wie stark der Schneesturm auch blies, die Wellen kämpften und gewannen jedes Mal.

In diesen Tagen ging ich so viel spazieren wie schon lange nicht mehr. Einzig meine durchnässten Schuhe und die klirrende Kälte, die sich durch meine Jacke fraß, zwangen mich früher oder später zum Umkehren. Der Winter auf einer Insel war mit dem, den ich vom Festland kannte, nicht zu vergleichen. Er war härter, aber auch um ein Vielfaches schöner. Neben dem Sommer und dem Herbst war es bereits die dritte Jahreszeit, die ich auf Sylt erlebte.

Einen Tag vor Weihnachten wurden die Temperaturen unerwartet milder, sodass es heute, am Heiligen Abend, überall tropfte und matschte. Frau Völkner schimpfte schon den ganzen Tag deswegen, und so langsam wünschte ich mir, dass mein Weihnachtsgeschenk an sie aus einem erneuten Wetterumschwung bestünde. Leider waren meine Kontakte zum Wettergott aber denkbar schlecht.

Ausnahmsweise waren nicht nur ein oder zwei von uns bei

den Vorbereitungen zum Abendessen behilflich, heute hatten sich alle in der Küche versammelt. Ich saß mit Collin und Lars am Esstisch, um die gekochten Kartoffeln zu schälen und in Scheiben zu schneiden. Vanessa und Tom schnitten die Gewürzgurken, Radieschen und Frühlingszwiebeln, für die Frau Völkner heute Morgen einen extra langen Weg auf sich genommen hatte, um die Zutaten in dieser Jahreszeit zu bekommen. Einzig Herr Völkner beteiligte sich nicht an den Schneidearbeiten, er hatte sein Augenmerk bereits auf die Würstchen gelegt, obwohl es für deren Zubereitung noch viel zu früh war, wie ihm seine Frau mehrmals sagte – vergeblich. Auf Sylt war es Brauch, zu Weihnachten einen klassischen Braten oder – für die Insel noch klassischer – Fisch zu machen, aber Frau Völkner, die ursprünglich aus Duisburg kam, kämpfte leidenschaftlich für das Traditionsessen aus ihrer Region: Würstchen mit Kartoffelsalat.

Wenn ich an Weihnachten dachte, überkamen mich eher gemischte Gefühle. An die Festtage in meiner Kindheit, als ich sehr klein und meine Mutter noch gesund war, erinnerte ich mich kaum. Nur daran, dass in unserem alten Wohnzimmer mit der gestreiften Couch immer ein knallbunt geschmückter und oftmals krummer Tannenbaum mit Lametta und bunter Lichterkette gestanden hatte, unter dem ein Haufen farbenfroher Geschenke wartete. Hätte ich damals gewusst, dass meine Mutter bald nicht mehr sie selbst sein würde, vielleicht hätte ich sie dann bewusster erlebt und hätte heute mehr Erinnerungen daran, wie sie eigentlich war.

Die Jahre danach wurde Weihnachten immer chaotischer. Es gab keinen buntglitzernden Baum mehr, meine Mutter verlor das Interesse am Schmücken und begriff im weiteren Verlauf ihrer Krankheit gar nicht mehr, was Weihnachten überhaupt war. Mein Vater bemühte sich, dass alljährliche Ritual der Familienfeier aufrechtzuerhalten, aber meistens machte ihm das unerwartete Verhalten meiner Mutter einen Strich durch die Rechnung – oder er war schlichtweg überfordert und hatte sich zu viel vorgenommen, als dass sein Vorhaben gelingen konnte.

Nach dem Tod meiner Mutter fand Weihnachten bei uns gar nicht mehr statt.

Im Heim und in der betreuten Wohngruppe verliefen die Weihnachtsfeiern sehr steril. Die Betreuer gaben sich Mühe, sich nicht anmerken zu lassen, wie sehr sie ihre eigenen Familien vermissten, schafften das wegen vorherrschender Undankbarkeit meiner Mitbewohner aber nicht immer. Nur Lisa bildete da eine Ausnahme. Sie hatte Sozialpädagogik studiert und unsere Gruppe mehrere Monate als Praktikantin begleitet. Leider war die Zeit mit ihr begrenzt.

Ich wusste nicht, warum ich auf einmal die vergangenen Weihnachten Revue passieren ließ. Wahrscheinlich, weil ich dieses Jahr zum ersten Mal im Kreise von Herrn und Frau Völkner feierte und die beiden die bisher größte positive Wendung in meinem Leben darstellten. Die Geschichte meines Lebens hatte ein neues Kapitel aufgeschlagen. Das spürte ich ganz deutlich, als ich mich durch die alten blätterte.

«Klaas, nun lass doch mal die Würstchen in Ruhe», sagte Frau Völkner. «Kümmer dich lieber um die Äpfel für den Nachtisch.»

«Ich wette, ich mache es sowieso wieder falsch.»

«Dann mach es doch einfach richtig», entgegnete sie trocken und deutete in den Flur, wo der Korb mit den Äpfeln stand. «Erst waschen, dann aushöhlen. Die Schale lässt du dran.»

Herr Völkner machte den Anschein, als würde er seine eingehenden Studien der Würstchen-Physik am liebsten fortsetzen, trotzdem kam er der Aufforderung seiner Frau nach und holte die Äpfel, um sie gleich darauf zu waschen. Mit Messer,

Schneidebrett und Schale für die Abfälle bewaffnet, setzte er sich auf den freien Stuhl neben mir. «Jööl steiht vor de Dör, und trotzdeim möt man sik afrackern», sagte er missmutig.

Ich musste schmunzeln. Ich liebte diesen friesischen Dialekt, kam aber zu wenig in Kontakt mit Einheimischen, als dass ich öfter in den Genuss dieser Mundart gekommen wäre. Herr Völkner, ein gebürtiger Sylter, sprach leider fast ausschließlich Hochdeutsch, auch wenn sich seine Herkunft bei der Betonung mancher Wörter nicht gänzlich verbergen ließ. Ganz besonders fiel es mir immer bei dem Wort «hätte» auf, das er viel schneller aussprach und schwungvoller betonte. Auch bei dem Buchstaben «R» war seine Herkunft zu hören, denn es rollte ihm regelrecht aus dem Mund.

«Jööl?», fragte ich, als er bereits den ersten Apfel skalpiert hatte und mit einem Löffel versuchte, das Innere herauszukratzen.

Mit gespielter Empörung wandte er den Kopf in meine Richtung. «Jana, du weest nich, wat Jööl is? Du wohnst seit über söß Mond auf de Eiland und weest nich, wat Jööl is?»

Amüsiert verneinte ich.

«Weest du denn tomminst, wat de Kiken is?», fragte er weiter.

Wieder kannte ich die Antwort nicht, was Herrn Völkner schweres Kopfschütteln bereitete. «Collin, meen Jong, erklär mal den Lüüd, wat en Kiken is!»

Collin, der gerade die dünne Haut einer Kartoffel abpfriemelte, kam seiner Aufforderung umgehend nach. Die Umsetzung ging allerdings gehörig schief und beinhaltete ein bisschen zu viele Ös. «Döt Kiken lögt dö Geschönke untör dön Jöölboom.»

In der gesamten Küche brach ein Lachen aus. Am schlimmsten war Frau Völkner betroffen, die es innerlich zu zerreißen schien und die sich, vorgebeugt, am Herd festhalten musste.

«Was war das denn?», fragte Herr Völkner. «Sächsisches Friesisch?»

Collin grinste, doch als ich ihn genauer beobachtete, erkannte ich eine leichte Rötung auf seinen Wangen. Er schämte sich ein bisschen, und ich war froh, dass offenbar doch Dinge existierten, die er überhaupt nicht beherrschte. Als er mein Lächeln bemerkte, wandte ich den Blick sofort wieder auf die Kartoffel in meiner Hand.

Während wir uns erneut dem Schneiden, Aushöhlen und Schälen widmeten, brachte uns Herr Völkner noch ein paar plattdeutsche Redewendungen bei. *Laat gewähr'n, 't sall sick wall riegen*, bedeutete zum Beispiel, dass man Dinge manchmal einfach ruhen lassen sollte, dann würden sie sich schon von selbst richten. *Olle Bangbüx* hieß Angsthase. Und *Van vörn as'n Reh, van achtern a'sn Peerd!* – von vorne wie ein Reh, von hinten wie ein Pferd – besagte, dass nicht alles immer so sein muss, wie es zunächst scheint. Noch nie war Kartoffelschälen so unterhaltsam gewesen wie heute.

Kurz vor 19 Uhr waren wir mit allem fertig, der Tisch war festlich gedeckt, und die Würstchen schwammen endlich unter fachmännischer Aufsicht von Herrn Völkner im heißen Wasserbad. Nachdem Vanessa das Weißbrot geschnitten und in einem kleinen Körbchen auf den Tisch gestellt hatte, zündete Frau Völkner die Kerzen an und fragte, was wir trinken wollten. Alle entschieden sich für Wein, ich nahm einen Saft.

«Nicht dass ich etwas dagegen hätte, Jana. Ich finde deinen Verzicht auf Alkohol sehr lobenswert», sagte Herr Völkner und stellte den Topf mit den Würstchen in die Mitte des Tisches, während wir uns alle auf unsere Plätze setzten. «Aber heute ist Weihnachten. Ein Gläschen darfst du dir ruhig gönnen.»

«Nein», sagte ich. «Nein, danke, wirklich nicht.»

«Ist vollkommen zwecklos», mischte sich Vanessa ein. «Das

hab ich schon öfter versucht. Sie sagt immer, sie dürfe keinen Alkohol trinken, und rührt konsequent keinen an.»

Wäre ich nicht so überrascht gewesen, plötzlich im Fokus der Aufmerksamkeit zu stehen, wahrscheinlich hätte ich Vanessa mit einem bösen Blick gestraft. Stattdessen sah ich auf meinen Teller, der noch als einziger leer war, denn die anderen türmten sich bereits einen ordentlichen Haufen Kartoffelsalat auf.

Herr Völkner, der sich nun ebenfalls gesetzt hatte, gab die Schüssel schließlich an mich weiter. «Wieso darfst du denn keinen Alkohol trinken?», fragte er.

Ich nahm mir mehr Zeit, als es eigentlich brauchte, um einen Löffel Kartoffelsalat auf den Teller zu geben. «Weil ... Ich ...» Ich brach das Stammeln ab, räusperte mich und begann von neuem: «Er schmeckt mir nur einfach nicht.»

Ich spürte den immer noch unterschwellig bestehenden Bedarf für Nachfragen im Raum schweben, aber alle konzentrierten sich nun auf den Salat, und Herr Völkner war zu stolz auf die Würstchen – die er seiner Ansicht nach perfekt auf den Punkt gekocht hatte –, als dass noch jemand bei dem Alkohol-Thema verweilen wollte. Schnell hatten sich neue Themen gefunden. Eigentlich war es ein Essen wie jeden Abend, nur waren alle viel redseliger, die Stimmung war heiterer und die Atmosphäre festlicher.

Nachdem alle Teller leer waren, stand nicht wie sonst sofort jemand auf und räumte sie in die Spülmaschine, um dann auf dem Zimmer zu verschwinden. Alle blieben sitzen und ließen sich Wein nachschenken. Ich spürte ganz deutlich, dass Weihnachten im Kreise der Anwesenden bereits zu einem festen Ritual geworden war – und dieses Jahr durfte ich zum ersten Mal der Gruppe beiwohnen, mehr noch, ich wurde sogar darin aufgenommen.

Der Nachtisch schmeckte fast noch besser als die Hauptspeise, ganz besonders die selbstgemachte Vanillesoße von Frau Völkner, die sie zu den mit Zimt und Nüssen gefüllten Bratäpfeln servierte. Lars vertilgte sage und schreibe drei Stück und schien die Soße am liebsten trinken zu wollen. Tom und Vanessa dagegen konzentrierten sich hauptsächlich auf den freien Weinausschank, weswegen Frau Völkner unauffällig irgendwann nur noch Saft und Wasser auf den Tisch stellte. Ich wartete eigentlich ständig darauf, dass jemand ein falsches Wort sagte, einen kleinen Windhauch, der einen Orkan heraufbeschwor und einen riesigen, klischeehaften Feiertagsstreit nach sich zog. Doch es blieb einfach aus, und kein Sturm zerriss die Runde.

Zusammen mit Frau Völkner und Collin räumte ich später den Tisch ab und half beim Abwasch, während die anderen bereits ins Wohnzimmer umzogen. Mit etwas Verzögerung stießen wir ebenfalls hinzu. Wieder staunte ich über die wuchtig gewachsene Tanne mit den schneeweißen Kugeln, die direkt neben dem Kamin stand und die so perfekt geschmückt war, als wäre der Baum mit all seinen Verzierungen genau so aus dem Boden gewachsen. In diesem Moment vermisste ich den knallbunten Christbaum meiner Mutter wie noch nie. Perfektion war der höchste Grad der Befriedigung fürs Auge, aber sie eignete sich nicht zum Berühren.

Alle rutschten ein bisschen zusammen, damit wir ebenfalls auf die Sofalandschaft passten. Ich setzte mich ganz außen an den Rand.

«Die Fassaden vom sechsten Stock stehen bereits, es geht alles zügig voran.» Herr Völkner erzählte offenbar von den Fortschritten in Chicago. «Bisher sind wir gut im Zeitplan. Auch wenn noch achtundfünfzig Stockwerke fehlen. Es ist nun mal wie im Leben: Irgendwann muss man immer ganz unten beginnen.»

«Was für ein schönes, geistreiches Schlusswort, Klaas», sagte seine Frau. «Können wir damit dann wenigstens für heute an Weihnachten aufhören, über Chicago zu reden?»

Mir war schon öfter aufgefallen, dass Frau Völkner im Vergleich zu ihrem Mann um einiges strikter war, was berufliche Themen in der Freizeit anging. Wahrscheinlich war sie damit ein guter Gegenpol für ihn, würden sich seine Gedanken doch sonst bestimmt von früh bis spät um die Arbeit drehen, so gewissenhaft, wie er immer wirkte.

«Du hast recht, wir sollten heute nicht über die Projekte reden.»

Zufrieden mit der Antwort, stellte sie eine Schale mit Knabbereien auf den Tisch und setzte sich an die Seite ihres Mannes. Er legte den Arm um ihre Schulter und sie die Hand auf sein Knie. «Wollen wir dann endlich die Geschenke auspacken?», fragte sie und schielte ungeduldig zum Tannenbaum, unter dem sich eine kleine Ansammlung von verschiedenförmigen Präsenten häufte, alle eingewickelt in Zeitungspapier und versehen mit einem Namensschild. Die Wahl der schlichten Verpackung war auf den Wunsch von Frau Völkner hin entstanden. Vor drei Wochen hatte sie das weihnachtliche Wichteln vorgeschlagen. Niemand hatte sich dafür ausgesprochen, aber auch keiner dagegen. Und so hatte schließlich jeder von uns in die Glasschale gegriffen, in der sich kleine Zettelchen mit unserem Namen befanden. Für die Person, die man zog, musste man ein Weihnachtsgeschenk besorgen. Dabei gab es allerdings ein paar Bedingungen. Es musste sich um ein selbstgemachtes Geschenk handeln, das in Zeitungspapier eingewickelt wurde, damit anhand der Verpackung nicht erraten werden konnte, von wem das Geschenk kam. Frau Völkner war es nämlich wichtig, dass niemand verriet, wen er gezogen hatte. Das Rätselraten sei das Schönste am Wichteln, hatte sie gesagt. Außerdem glaubte sie, dass die Geschenke viel persönlicher ausfallen würden, wenn man mit seinem Namen nicht dafür in Erscheinung treten müsse. Man würde einfach nur mit dem Herzen etwas schenken und könne dabei viel offener sein, ohne sich danach vielleicht dafür zu schämen.

Ich konnte es nicht beweisen, aber es hätte mich nicht gewundert, wenn sie diese Idee zusammen mit Dr. Flick ausgebrütet hatte.

Als ich in die Schüssel griff, erwischte ich ausgerechnet *ihren* Namen. Anke. Es war immer wieder komisch, ihren Vornamen zu hören, wo ich sie doch nie so nannte. Anfangs dachte ich, ich hätte mit ihr ein schweres Los gezogen, doch als ich darüber nachdachte, wurde mir bewusst, dass es einfache Lose in dieser Glasschale nicht gab. Bei niemandem hätte ich gewusst, was ich ihm oder ihr hätte basteln sollen. Wir teilten uns ein Haus, wir lebten zusammen, wir sahen uns täglich, und doch gehörte zu echter Nähe noch viel mehr als nur das.

Ich hatte unzählige Fensterbilder gebastelt, eine hölzerne Schmuckschatulle gekauft und versucht, sie mit der Serviettentechnik zu bekleben. Ich hatte sogar die im untersten Fach meines Schrankes versteckten Strickutensilien wieder hervorgekramt und die Sache mit den linken und rechten Maschen für einen Schal erneut probiert – zufrieden war ich jedoch nie. Aber was war denn ein gutes, selbstgemachtes und vor allem persönliches Geschenk? Mit dieser Frage hatte ich mich die letzten Wochen beschäftigt. Erst vor drei Tagen überkam mich dann ein Einfall, der vielleicht nicht perfekt, aber zumindest meiner Vorstellung eines schönen Geschenks für Frau Völkner am nächsten kam. In einem Antiquariat kaufte ich einen alten, vergilbten Gedichtband. Zu Hause blätterte ich das Buch durch und suchte mir die vier schönsten Gedichte heraus. Eins handelte von Liebe, eins von Melancholie, eins von leiser Hoffnung und eins von Dankbarkeit. Alle vier Seiten riss ich vorsichtig aus dem Buch. Dann bastelte ich mit dem schwarzen Tonpapier, das ich von dem Papagei-Fensterbild noch übrig hatte, kreisrunde Untersätze, auf denen später Teelichter Platz hätten. Um diese kleinen Schalen klebte ich jeweils eine Buchseite wie eine Röhre, sodass ich am Ende vier zwanzig Zentimeter hohe Teelichtgefäße hatte. Ich konnte es kaum erwarten, das Zimmer zu verdunkeln und zu sehen, ob sie in der Realität so schön wie in meiner Vorstellung leuchten würden. Ich entzündete vier Teelichter und ließ sie achtsam in die selbstgebauten Lampen fallen. Durch die vergilbten und rauen Seiten waren die einzelnen Flammen nicht zu sehen, vielmehr schimmerte die gesamte Röhre in einem warmen, leuchtenden Gelb. Das angenehme Licht übertrug sich auf mein ganzes Zimmer, es wirkte alles noch viel heimeliger und vertrauter, insbesondere weil draußen der Schneesturm tobte. Während ich die Lichter beobachtete, wusste ich, dass es das richtige Geschenk war. Wenn ich auch nicht mit eigenen Worten meine Dankbarkeit ausdrücken konnte, so konnte ich es über die Gedichte tun. Und wenn ich nicht in der Lage war, den Völkners zu sagen, wie viel Licht sie in mein Leben gebracht hatten, dann konnte ich das hoffentlich durch den Schein der Lampen vermitteln.

Frau Völkner stand auf, sammelte alle Geschenke ein und verteilte sie mit Blick auf die Namensschilder an die jeweilige Person. Bald hatte jeder ein Geschenk vor sich liegen. Meins hatte eine ganz besondere Form. Es war eine Rolle, so groß wie der Karton vom Küchenpapier, nur dass sie federleicht war und weniger stabil. Um das Zeitungspapier klebte eine Banderole mit meinem Namen in künstlerisch geschwungenen Buchstaben. Es war nicht erkennbar, um was es sich bei dem Inhalt handelte, und auf einmal bekam ich Angst, dass etwas Negatives dahinterstecken könnte.

Während die anderen schon mit dem Auspacken beschäftigt waren, hielt ich die Rolle immer noch in den Händen und spürte ihr zartes Gewicht. Manchmal fühlte man etwas, noch ehe man Gewissheit besaß. Und in diesem Moment fühlte ich ganz deutlich, dass es sich bei dem Geschenk um etwas Wichtiges handelte. Schließlich gewann meine Neugierde den Kampf für sich. Vorsichtig befreite ich das Geschenk aus seiner Verpackung. Ein zusammengerolltes schwarzes Papier kam darunter zum Vorschein. Langsam rollte ich es auf. Das, was ich sah, ließ mit einem Mal alles um mich herum in den Hintergrund rücken. Selbst die Reaktion von Frau Völkner nahm ich nicht wahr, auf die ich seit dem Basteln der Lampen so gespannt gewartet hatte. Es war, als säße ich ganz allein im Raum. Allein mit dem schwarzen Papier und der weißen Zeichnung darauf, die fast zu leuchten schien. Es waren Blumen. Keine, die ich kannte. Sie waren wunderschön und filigran mit weißen Linien gezeichnet und strahlten, als würden sie das Mondlicht reflektieren. Das Bild ging über die gesamte Seite. Erst mit einiger Verzögerung fiel mir der kurze Text am unteren Rand ins Auge. Die Buchstaben waren ebenfalls weiß und so schwungvoll gestaltet, als wären sie gemalt und nicht geschrieben.

Nachtblumen
Zu zart und zerbrechlich für das grelle Sonnenlicht
Immer umgeben von einer ganz eigenen, traurigen Melodie
Sie sind die bezauberndsten Blumen von allen
Doch sie blühen, wenn alles schläft
Und niemand kann sie jemals sehen

KAPITEL 19

«Ich fass es nicht, du bunkerst hier ein halbes Vermögen!» Ähnlich, wie der Umschlag in Vanessas Hand aufgeklappt war, klappte auch ihr Mund auf.

Noch nie war ich so schnell vom Schreibtisch aufgestanden. «Bitte gib mir den Umschlag zurück.»

«Wie viel ist das?», fragte sie und blätterte mit ihren Fingern durch die Geldscheine. «700 Euro? 800 Euro?»

Ohne ihr eine Antwort zu geben, versuchte ich nach dem Umschlag zu greifen. Doch noch ehe ich ihn erreichte, zog sie ihn weg. Ich wusste nicht, wen ich lieber ohrfeigen wollte, sie oder mich. «Es spielt doch keine Rolle, wie viel es ist.»

«Es spielt keine Rolle? Aber natürlich tut es das! Wofür in aller Welt sparst du so viel Geld? Und wieso sagst du beim Weggehen immer, du hättest keins? Du stapelst es hier!»

Ich fasste mir an die Stirn und senkte den Kopf. Warum war ich so dämlich, den Umschlag zwischen die wenigen Bücher zu stecken, die ich besaß? Warum hatte ich mir kein besseres Versteck gesucht? «Ich staple es nicht, ich lege es beiseite. Bekomme ich den Umschlag jetzt zurück?»

«Erst will ich wissen, wofür du das Geld beiseitelegst.»

«Aber das geht dich doch eigentlich überhaupt nichts an», murmelte ich, darum bemüht, mir nicht anmerken zu lassen, wie viel Angst es mir bereitete, dass sie etwas für mich derart Wertvolles in den Händen hielt.

«Selbstverständlich geht mich das etwas an, wir sind schließlich so was wie Freunde.»

Freunde ... Fast wäre mir ein Schnauben entwichen. Nach ihrem Verschwinden und den damit verbundenen Lügen hatte ich keine Lust gehabt, jemals wieder auch nur einziges Wort mit ihr zu reden. Für eine Weile tat ich das auch nicht und zeigte Vanessa trotz all ihrer Bemühungen, so zu tun, als wäre nie etwas gewesen, nur die kalte Schulter. Doch als sie eben mit diesem reuevollen Gesichtsausdruck vor meinem Zimmer gestanden hatte, brachte ich es einfach nicht fertig, sie wieder wegzuschicken. Sie wollte mit mir sprechen. Dringend.

«Vanessa», sagte ich eindringlich, ohne auf ihren letzten Satz einzugehen. «Bitte gib mir den Umschlag zurück.»

Der vorwurfsvolle und leicht trotzige Ausdruck schwand aus ihrem Gesicht und wich einer nachdenklichen Mimik. Wahrscheinlich, so vermutete ich, brütete sie darüber, wo sie den Umschlag verstecken könnte, bis ich ihr sagte, was ich mit dem Geld vorhätte. Doch dann passierte etwas Unerwartetes. Ein verständnisvolles Lächeln legte sich erst über ihren Mund und dann über ihre Wangen. Schließlich hielt sie mir den Umschlag entgegen. «Du hast recht, es ist deine Sache. Und wenn du es mir nicht sagen möchtest, finde ich das zwar sehr schade, muss es aber akzeptieren.» Sie zuckte mit den Schultern. «Gehen wir runter einen Kaffee trinken?»

Dieser plötzliche Sinneswandel führte zu einem vorübergehenden Totalausfall meiner Motorik. Stockend hob ich die Hand und konnte es nicht glauben, als die Übergabe tatsächlich stattfand. Das Geld war wieder in meinem Besitz.

«Such dir in Zukunft ein besseres Versteck», sagte sie. «Der Nächste, der es findet, gibt es dir vielleicht nicht mehr zurück.»

Ich starrte auf den Umschlag in meinen Händen. «Danke», murmelte ich.

«Da nicht für. Also, wie sieht's aus, Kaffee ja oder ja?»

Kaum hatte ich zögerlich genickt, lief sie an mir vorbei und machte sich auf den Weg nach unten. Das gab mir zumindest kurz die Gelegenheit, nach einem neuen Versteck zu suchen. Auf die Schnelle fiel mir nichts Besseres ein, als den Umschlag im dünnen Schlitz zwischen Kleiderschrank und Wand verschwinden zu lassen.

Vanessa hantierte bereits an der Kaffeemaschine, als ich nach unten kam, und setzte sich kurz darauf im Schneidersitz auf das kleine Sofa in unserer Küche. Sie hielt die Tasse mit dem Cappuccino fest umschlossen und klopfte neben sich auf das Polster.

Die Arme vor dem Oberkörper verschränkt, lehnte ich mich gegen den Küchentresen und blieb stehen. «Also, worüber willst du Dringendes reden?»

Sie verdrehte die Augen, quälte sich wieder vom Sofa hoch und ließ sich viel Zeit dabei, mir ebenfalls einen Kaffee zuzubereiten. Dabei vermied sie es, mich anzusehen.

«Mann, Jana, ich find's einfach nur total beknackt, dass wir überhaupt nicht mehr miteinander sprechen. Soll das jetzt ewig so weitergehen?»

Ich zog die Augenbrauen nach oben. «Hast du vergessen, was passiert ist?»

«Nein», sagte sie. «Natürlich nicht. Ich denke sogar jeden Tag daran. Und noch öfter denke ich, wie leid mir das alles tut. Das hätte nicht so laufen dürfen. Ich hab Mist gebaut, das weiß ich.» Sie überreichte mir die Kaffeetasse und sah mir zum ersten Mal in die Augen. «Ich möchte mich bei dir entschuldigen, Jana. Ich mag dich, und es fehlt mir, dass wir Zeit miteinander verbringen.»

Als ich nicht antwortete, fuhr sie fort: «Ich weiß nicht, warum ich so etwas tue und mich so blöd verhalte. Im Nachhinein verstehe ich es selbst nie. Aber es passiert mir immer wieder. Und es tut mir einfach nur verdammt noch mal leid, Jana.»

Ich war so überrascht, dass ich unbedacht von dem heißen Kaffee nippte und mir kurzerhand die Lippe verbrühte. Während Vanessa zurück zum Sofa schlenderte, hievte ich mich auf die Küchenarbeitsplatte und blickte auf die Tasse in meinem Schoß. Mit einem Löffel rührte ich durch die Flüssigkeit und ließ mir Vanessas Worte durch den Kopf gehen.

«Meinst du, Lars wird böse, wenn ich sein Weihnachtsgeschenk wieder abhänge?», fragte sie nach einer Weile, als ich immer noch nichts gesagt hatte.

Etwas verwundert über den Themenwechsel hob ich den Kopf. Vanessa lümmelte sich quer auf dem Sofa und sah gen Zimmerdecke. Offensichtlich konnte es ihr gar nicht schnell genug gehen, ihre Entschuldigung in die Vergangenheit zu rücken.

«Wieso willst du das schöne Muschel-Windspiel wieder abhängen? Und warum glaubst du, dass es von Lars ist?» Immerhin waren alle Geschenke anonym gewesen.

«Von wem soll es denn sonst sein? Wenn ich nach dem Ausschlussverfahren gehe, bleibt nur Lars übrig. Es passt auch irgendwie zu ihm. Findest du nicht?»

Jetzt, wo sie es sagte, fand ich tatsächlich auch, dass es zu Lars passte, obwohl ich vorher nicht darauf gekommen war. Das Geschenk war hübsch, naturverbunden, und es steckte stundenlange Kleinstarbeit dahinter. Wer auch immer es gebastelt hatte, er hatte sich sehr viel Mühe damit gegeben.

«Und wieso willst du es wieder abhängen?», fragte ich.

«Weil es mir den letzten Nerv raubt. Ein normales Windspiel *klingt.* Aber was glaubst du, passiert, wenn Muscheln aufeinandertreffen? Genau, sie klappern dumpf.»

In meinen Gedanken versuchte ich mir den Klang der filigranen Muscheln vorzustellen und hörte nicht das gleiche dumpfe Geräusch, das Vanessa beschrieb. Es war eher ein melodisches Klimpern. «Und wenn du das Windspiel irgendwo aufhängst, wo es nicht klappern kann? Direkt an der Wand oder so?»

«Hm, mal schauen», murmelte sie, als hätte der Vorschlag sie nicht vollends überzeugen können. «Vielleicht schenke ich es Florian. Der mag so komischen Geräusch-Kram.»

Obwohl mich bereits eine leise Vorahnung überkam, stellte ich mich dumm und hakte nach. «Florian?»

«Der Typ aus Hamburg», bestätigte sie meine Vermutung. Der Mann, bei dem sie für ein Wochenende untergetaucht war, während wir uns die schlimmsten Sorgen gemacht hatten – na ja, oder zumindest ein Teil von uns. Ich ahnte bereits, dass sie sich immer noch mit ihm traf, und vielleicht war sie auch mit ihm zusammen, aber wirklich wissen tat ich nichts.

«Ist er dein Freund?»

«Ach, Jana, du bist immer so süß. Heutzutage drückt man nicht mehr alles und jedem einen Stempel auf. Man trifft sich eben und verbringt Zeit miteinander.»

Warum konnte sie nicht einfach *ja* sagen? Warum sagte niemand einfach *ja*? Stattdessen eierten immer alle um diese Frage herum.

«Vielleicht lernst du ihn ja mal kennen», fuhr sie fort. «Wobei... Wenn ich's mir recht überlege, bringe ich ihn lieber nicht mit hierher.» Sie sah sich um, als wäre das Haus ein Ort, den man niemandem zeigen könnte. Davon abgesehen war ich überhaupt nicht scharf darauf, den Typen kennenzulernen.

«Aber jetzt sind wir vom Thema abgekommen», ergriff Vanessa erneut das Wort. «Was hast *du* eigentlich zu Weihnachten bekommen?» Sie ließ eine lange Pause. «Du hast es niemandem gezeigt und einfach weggeräumt.»

Mit dem Finger fuhr ich die Seitennaht meiner dunklen Jeans entlang. Das Schwarz war längst nicht mehr so intensiv wie zu dem Zeitpunkt, als ich die Hose gekauft hatte. Die Fasern verblassten, wurden an vielen Stellen grau.

«Warum interessiert dich das?», fragte ich.

Es schien, als müsste sie sich erst die Sterne auf dem Muster ihrer Kaffeetasse genauer ansehen, ehe sie mir eine Antwort geben konnte. «Warum sollte es mich nicht interessieren?»

Als ich nichts erwiderte, sprach sie weiter: «Inzwischen kann ich alle Geschenke zuordnen. Und ich meine, dass deins von Collin stammt.»

Es hätte nur eine Pfeife in ihrer Hand und eine Jagdmütze auf ihrem Kopf gefehlt, und sie hätte das perfekte weibliche Gegenstück zu Sherlock Holmes abgegeben.

«Ich weiß nicht, von wem mein Geschenk ist», antwortete ich und bemühte mich, glaubhaft zu klingen. Denn natürlich wusste ich es. Die Erinnerung an das schwarze Buch mit Collins Zeichnungen war so lebendig in meinem Kopf, als hätte ich erst gestern einen unerlaubten Blick hineingeworfen. Bei der Blume hatte ich sofort Collins Stil wiedererkannt. Die Zeichnung war wie eine vertraute Handschrift, die man ohne jeglichen Zweifel nur einer bestimmten Person zuordnen konnte.

«Was war es denn überhaupt?», fragte Vanessa. «Etwas Gemaltes, stimmt's?»

Entweder war ich naiv, weil ich nicht früher darauf gekommen war, oder ich tat ihr unrecht und wurde paranoid. Denn auf einmal überlegte ich, ob der Umschlag mit dem Geld womöglich ein reiner Zufallsfund war und Vanessa in Wahrheit nach der Zeichnung in meinem Zimmer gesucht haben könnte. Wenn ich mich jetzt daran erinnerte, wie sie durch den Raum gewandelt war, scheinbar unsicher, wie sie den Anfang für das Gespräch machen sollte, wirkte es tatsächlich so, als hätte sie nach etwas Ausschau gehalten – und zwar nicht nur nach den richtigen Worten. Vielleicht war es Zufall, dass ich für die

Zeichnung ein viel besseres Versteck als für den Umschlag gefunden hatte. Vielleicht aber auch nicht.

«Was ist denn so geheim daran?», fragte sie weiter, als sie keine Antwort bekam.

Mit dem Blick vertiefte ich mich wieder in die Naht meiner Jeans, erkannte hier und da ein paar Fäden, die durch das viele Tragen recht dünn geworden waren, und strich sie mit der Hand glatt. Mit einem Mal hatte ich die Nachtblume in all ihren Details wieder vor Augen. Die Stunden, die ich vor Collins Zeichnung gesessen und sie angestarrt hatte, konnte ich inzwischen nicht mehr zählen. Die Zeichnung überforderte mich, ganz besonders der kurze Text darunter. Das Gedicht, der Vers, was auch immer es war. Jedes Mal überkam mich ein kaltwarmes Gefühl beim Lesen. Kalt wurde mir, weil der Text traurig und aussichtslos klang, und warm, weil er trotzdem etwas sehr Schönes beinhaltete. Aber wie ich mit ihm umzugehen hatte, das wusste ich nicht.

«Es war ein persönliches Geschenk», sagte ich. «Wer auch immer es gemacht hat – ich glaube nicht, dass die Person möchte, dass ich es herumreiche.» Und am wenigsten wollte ich selbst es herumreichen. Die Zeichnung hatte etwas Privates, etwas viel zu Intimes, als dass sie für fremde Blicke bestimmt gewesen wäre. Und schon gar nicht für die von Vanessa.

«Allmählich wirst du mir unheimlich.» Sie trank den letzten Schluck Kaffee und stellte die leere Tasse auf den kleinen Couchtisch. «Du zeigst dein Geschenk nicht, du machst Sport, du hortest Geld ... Mit was kommst du als Nächstes?»

Die Bezeichnung *Sport* war völlig übertrieben. Momentan hatte der Fitnessclub wegen der Feiertage und des Jahreswechsels geschlossen. Insgesamt war ich bisher nur dreimal beim Judo gewesen. Welch hohes Maß an Überwindung mich das jedes Mal gekostet hatte, stand jedoch auf einem anderen Stern.

So stolz, wie Dr. Flick auf mich war, machte es den Eindruck, als könnte sie meine Hemmungen zumindest annähernd nachempfinden. Dabei fühlte es sich manchmal so an, als hätte ich ihr überschwängliches Lob eigentlich gar nicht verdient, denn bislang beschränkte sich meine Teilnahme an dem Kurs auf reine Fallübungen. Das Schwierige würde ja noch kommen, und ob ich mich dann wirklich weiterhin zur Teilnahme bewegen könnte, würde sich erst noch zeigen. Nach wie vor hatte ich nicht den Eindruck, dass Judo zu mir passte, aber ich dachte an die Worte von Dr. Flick, die mir sagte, dass weitaus mehr zu mir passen würde, als ich glaubte, ich würde mir einfach nur viel zu wenig zutrauen.

Vanessa sah mich skeptisch an. «Sag mal, fällt dir eigentlich auf, dass du immer so gut wie allen Fragen aus dem Weg gehst, Jana?»

Ich sprang vom Küchentresen und sammelte unsere Tassen ein. «Was meinst du?»

Als ich gerade alles in die Spülmaschine geräumt hatte, öffnete sich die Tür zum Haupthaus, und Herr Völkner betrat unseren Wohnbereich. Sein Blick fuhr suchend durch den Raum und wirkte schon im nächsten Moment sehr überrascht. Denn wie sich herausstellte, suchte er mich.

«Jana, hast du einen Moment Zeit? Es ist wichtig.» Er hatte mich schon oft für etwas zu sich gerufen, aber nie auf so gefasste und gleichzeitig ernste Weise.

«Ist alles in Ordnung?», fragte ich.

«Ich würde mich wirklich gern mit dir über etwas unterhalten.» Seine Augen schweiften zu Vanessa. «Und das am besten allein.»

KAPITEL 20

Die Hände in den Hosentaschen und mir den Rücken zukehrend, stand Herr Völkner hinter seinem Schreibtisch und sah nachdenklich aus dem Fenster. Der Schnee war gänzlich geschmolzen und hatte die braune Tristheit unter sich wieder zum Vorschein gebracht.

Auf Herrn Völkners Angebot hin hatte ich auf dem ledernen Sessel Platz genommen. Ich spürte, dass etwas nicht stimmte, und wünschte, er würde die Stille endlich beenden. Während mein Blick immer wieder durch sein privates Büro schweifte und vergeblich nach verräterischen Auffälligkeiten suchte, zerbrach ich mir den Kopf darüber, ob ich etwas falsch gemacht hatte, ob mir irgendein blöder Fehler unterlaufen war, für den ich jetzt Ärger bekam. Meine Haltung auf dem Sessel wurde immer angespannter. Jedes Mal, wenn ich mich zurücklehnte, war die Ungewissheit noch weniger auszuhalten, sodass ich mich doch wieder nach vorne beugte.

«Wusstest du, dass wir mal eine Tochter hatten?»

Vorsichtig sah ich auf. Herrn Völkners Blick war noch immer in die Ferne gerichtet, sein Mund geschlossen, sein Gesicht ohne Regung, nichts deutete darauf hin, dass er gerade tatsächlich diese Worte formuliert hatte, und trotzdem musste er es getan haben.

«Vor vier Monaten hätte sie ihren fünfundzwanzigsten Geburtstag gefeiert. Ihr Name war Isabell. Leider ist sie nur sieben Wochen alt geworden.»

Dieses Mal hatte ich die Bewegung seiner Lippen gesehen,

wenn auch nur ganz leicht. Ich hörte auf, mich nervös hin und her zu bewegen, und fühlte mich auf einmal mit dem Stuhl verwachsen.

«Sie kam mit einem Herzfehler zur Welt. Die Ärzte sagten damals, dass sie nur wenige Tage leben würde. Niemand hätte geahnt, dass sie es schafft, sich fast zwei Monate durchzukämpfen. Im Krankenhaus konnte man nichts mehr für sie tun, deswegen haben wir sie auf unseren Wunsch hin mit nach Hause genommen. Dort starb sie auch.»

All die Fragen nach einem Fehlverhalten meinerseits, die sich in meinem Kopf noch bis eben überschlagen hatten, wurden immer leiser, sodass ich sie kaum noch hören konnte. Herr Völkner ließ sich viel Zeit, ehe er weitersprach.

«Es ist seltsam», sagte er schließlich. «Liebe ist normalerweise ein Gefühl, das man nur ganz wenigen zuteil werden lässt und das verschiedene Phasen überwinden muss, ehe es sich zu seiner vollen Stärke entwickeln kann. Ein langer Prozess steckt dahinter. Aber bei unserer Tochter war das anders. Ein Blick genügte, und ich habe sie mit meinem ganzen Herzen geliebt. So intensiv, wie ich noch niemals zuvor geliebt habe. Das war gleichermaßen schön wie verstörend.»

Bisher hatte ich gedacht, er würde vollkommen reglos sprechen, aber wenn ich jetzt genauer hinsah, erkannte ich die Anspannung auf seiner Stirn und an seinen Schläfen.

«Sieben Wochen durften wir mit Isabell verbringen, dann hat ihr kleines Herz aufgehört zu schlagen.» Nach all den Jahren, die seitdem vergangen waren, zeigte sich die Trauer immer noch durch ein Kratzen in seiner Stimme. «Das eigene Kind, das eigene Baby sterben zu sehen, es loslassen zu müssen ... Das zerreißt dich. Diesen Schmerz kann man nicht beschreiben. Er zerstört dich von innen. Ein Teil von dir stirbt mit.»

Ich erinnerte mich an die Gefühle, die ich durchlebte, als

meine Mutter starb und später auch mein Vater. Ich wusste zwar nicht, wie es sich anfühlte, das eigene Kind zu verlieren, aber ich wusste dennoch, was Verlust bedeutete und wie er sich überall im gesamten Körper einnistete.

«Wir haben uns damals untersuchen lassen», sprach er weiter. «Es stellte sich raus, dass bei Anke und mir ein rezessiver Gendefekt vorliegt, ein inaktiver Defekt sozusagen. Wir beide sind vollkommen gesund, aber wenn wir versuchen, ein Kind zu bekommen, kann dieser Defekt aktiv werden. Mit anderen Partnern, dessen gesunde Gene dominant wären, hätten wir wahrscheinlich nie von diesem Defekt erfahren und ein gesundes Baby bekommen. Es lag an unserer Kombination. Die Kombination aus Anke und mir. Die untersuchende Ärztin sagte uns damals, dass die Wahrscheinlichkeit, dass wir beide ein Kind ohne organische Fehler auf die Welt brächten, bei etwa zwanzig Prozent läge.»

Sein Atem ging schwer, als drückte ihn irgendetwas auf den Brustkorb. Und ich spürte denselben Druck.

«Weißt du, Jana, ich bin ein Optimist», sagte er und drehte den Kopf leicht in meine Richtung, als würde er mich in seinem Rücken suchen, hielt aber in seiner Bewegung inne, noch ehe ich tatsächlich in sein Blickfeld kam. «Ich war am Boden zerstört, und die Trauer um meine Tochter fraß mich auf. Aber trotzdem wollte ich nicht aufgeben. Ich wollte mit Anke ein Kind haben. Ich konnte nicht akzeptieren, dass es *nicht sein sollte*, wie man so sagt. Ein weiterer Versuch auf normalem Weg kam für mich mit unserer Diagnose nicht in Frage, es sollte nicht noch ein Kind sterben. Ich informierte mich damals über alternative Möglichkeiten, Eizellenspende, Stammzellenforschung und all das, was man im Ausland tun kann, damit wir trotz allem ein gesundes Kind bekommen könnten. Aber Anke bremste mich aus.»

Er sah wieder angestrengt nach draußen, als gäbe es dort irgendetwas zu entdecken, aber mehr als kahle und braune Sträucher konnte ich nicht erkennen.

«Ankes Leben verlief ganz anders als meins, musst du wissen», sprach er weiter. «Ich hatte liebevolle Eltern, die mich immer unterstützten und förderten. In der Schule oder im Studium gab es nie Probleme, das meiste ging mir einfach von der Hand. Ich hatte immer viele Freunde, und die Frauen fanden mich auch nicht allzu schlecht. Der Tod von Isabell war der erste harte Schlag in meinem Leben. Erst dann begriff ich, wie viel Glück ich zuvor gehabt hatte.» Er zuckte mit den Schultern, nur, um sich dann noch tiefer in der Landschaft vor dem Fenster zu verlieren.

«Anke dagegen, sie hat die Kehrseite kennengelernt. Kein herzliches Zuhause, keine rührseligen Eltern, stattdessen waren Konflikte und Gewalt an der Tagesordnung. Sie war das älteste von fünf Geschwistern und hat ständig alles abbekommen. Ihr Leben war das Gegenteil von meinem. Sie hat viel Leid erfahren.»

Meine Finger strichen über die raue und doch gleichzeitig weiche Oberfläche des Ledersessels, während das Gesicht von Frau Völkner vor meinem inneren Auge auftauchte. Mir wurde klar, dass ich seit über einem halben Jahr bei ihr und ihrem Mann wohnte und eigentlich rein gar nichts von den beiden wusste.

«Leid zu erleben bedeutet, einen viel tieferen Blick in die Welt, in die Menschen zu bekommen, das habe ich von Anke gelernt. Ich will nicht sagen, dass man durch Unglück automatisch ein besserer Mensch wird, vielmehr kommt es darauf an, wie man mit dem Leid umgeht und welche Schlüsse man daraus zieht. Manch einer beginnt, alles und jedem die Schuld an der eigenen Misere zu geben, oder verhält sich genauso schlecht, wie er selbst behandelt wurde. Anke dagegen hat die richtigen Schlüsse aus ihrem Leid gezogen. Sie hat erfahren, was richtig und was falsch ist, und versucht es selbst besser zu machen. Und das gelingt ihr auf eine Weise, dass ich damals wie heute manchmal das Bedürfnis habe, vor ihr auf die Knie gehen zu wollen.»

Von der Seite sah ich, wie sich ein leichtes Lächeln über seinen Mund legte, ganz zart, sodass ich die Liebe zu seiner Frau nicht nur in seinen Worten hören, sondern auch auf seinem Gesicht wahrnehmen konnte.

«Weißt du, was sie damals zu mir sagte, als ich mich in den Wunsch nach einem eigenen Kind verrannte? Nach ein paar Monaten Recherche legte sie mir die Hand auf den Arm und sagte: Klaas, es gibt auf der Welt viel mehr Kinder als gute Eltern. Lass uns darüber bitte nachdenken.»

Eine leichte Gänsehaut überzog meinen Körper.

«Was für ein vernichtendes Argument», sprach Herr Völkner weiter. «Was sollte ich dem entgegensetzen? Außer meinem unbändigen Wunsch nach einem eigenen Kind? Meine Einsicht kam nicht von heute auf morgen, aber jeder Monat, der ins Land strich, brachte mich ihr näher.»

Er nahm die Hände aus den Hosentaschen und verschränkte die Arme vor seiner Brust. Den Blick immer noch nach draußen gerichtet, sagte er: «Wir dachten über Adoption nach, ließen uns einen Beratungstermin geben, hörten uns alles an und haben es doch nie gemacht – ohne jemals ein Wort darüber zu verlieren. Bürokratisch ein Kind zu beantragen – das war nichts für uns, das wussten wir auch, ohne miteinander sprechen zu müssen. Wir verharrten sozusagen im Nichts, konzentrierten uns die Jahre nach Isabells Tod ausschließlich auf die Arbeit und versuchten dadurch mit der Trauer irgendwie klarzukommen. Anke hatte bis dahin immer nur gejobbt. Mit meiner

Unterstützung holte sie noch mit über zwanzig ihr Abitur nach und begann zu studieren. Ich hatte meinen Abschluss schon in der Tasche, war damals Angestellter in einem Architekturbüro und sparte bereits dafür, mich selbständig zu machen. Als es so weit war, kam irgendwann das Thema Lehrlinge auf, und von da an fügte sich alles von selbst.» Langsam schüttelte er den Kopf. «Hast du eine Ahnung, wie viele Bewerbungen auf einen einzigen Ausbildungsplatz kommen? Es war schockierend. Einem einzelnen Menschen eine Chance zu geben bedeutete im gleichen Atemzug, hundert anderen abzusagen. Nach welchen Kriterien soll man entscheiden? Warum hat jemand die Stelle mehr verdient als ein anderer? Ich weiß nicht, wie Arbeitgeber das normalerweise handhaben, wahrscheinlich denken sie nicht allzu viel darüber nach, denn tut man es, kommt man fast nicht umhin, bei der Auswahl zu verzweifeln. Und dann kam der Tag, an dem die Bewerbung von Helena eintrudelte.»

Das Telefon auf dem Schreibtisch begann zu klingeln, in leiser und angenehmer Melodie, wie alle Telefone von den Völkners klingelten, auch im Architekturbüro. Für einen Moment dachte ich, unser Gespräch wäre damit unterbrochen, doch Herr Völkner beobachtete das Telefon nur, bewegte sich aber dennoch keinen Millimeter. Irgendwann verstummte das Klingeln.

«Helena war fünfundzwanzig», sagte er und sah wieder aus dem Fenster, als hätte das Telefon seine Aufmerksamkeit nie von dem Thema abgelenkt. «Sie war sechs bis sieben Jahre älter als alle anderen Bewerber. Ihr Lebenslauf wies Lücken auf, und ihr Zeugnis war übersät mit schlechten Noten. Eigentlich war sie jemand, den man sofort aussortiert hätte. Stattdessen wurde ich neugierig, ich wollte sie kennenlernen und erfahren, was hinter dem schlechten ersten Eindruck steckte. Ich habe selten einen weniger selbstbewussten Menschen erlebt wie sie. Sie hat es bei dem Gespräch nicht mal geschafft, mir länger als für ein paar Sekunden in die Augen zu sehen. Trotzdem wirkte sie sehr nett und klug. Was war in dem Leben dieser jungen Frau vorgefallen, dass sie so wenig an sich selbst glaubte? Darüber zerbrach ich mir lange den Kopf – und stellte sie schließlich ein. Und soll ich dir etwas verraten? Wir haben immer noch Kontakt zu ihr. Sie lebt mittlerweile in den USA. Nicht alles, aber sehr vieles hat sich in ihrem Leben zum Guten gewendet. Mit Unterstützung, Verständnis und Rückhalt konnte sie zu dem Menschen werden, der tief in ihr, unter all diesen Unsicherheiten, schon immer geschlummert hat.»

Ich dachte an mein ständiges Gefühl, dass ich ein Sonderling war, dass niemand so tickte, wie ich ticke, aber zumindest Helena schien mir nicht unähnlich gewesen zu sein. Ob es noch mehr von meiner Sorte da draußen gab?

«Das ist mein fester Glaube, Jana», sagte Herr Völkner. «Ich glaube daran, dass in jedem Menschen ein Potenzial steckt. Manchmal machen die Lebensumstände einen aber so blind, dass man es selbst nicht sehen kann und Hilfe von außen braucht. Ich will nicht lügen, natürlich sind wir das ein oder andere Mal auf die Nase gefallen. Nicht jeder kommt auf die Beine, weil nicht jeder auf die Beine kommen möchte. Manche machen auch den Fehler, den ich vorhin erwähnte: Sie suchen die Schuld bei anderen und übernehmen keine Verantwortung für ihr Leben. Dann ist jede Hilfe zwecklos. Aber auch von negativen Erfahrungen hat sich mein Glaube nie erschüttern lassen. Einzig mein Blick auf die Menschen hat sich geschärft.»

Vielleicht war das die wahre Kunst im Leben. Niemals das Gute an sich in Frage zu stellen, sondern lediglich bei der Wahl der Personen, denen man es zuteil werden lässt, besser aufzupassen.

«Anke und ich haben gefunden, was wir im Leben tun wollen», erklärte er weiter. «Wir wollen junge Menschen stützen. Wir wollen ihnen eine sichere Umgebung bieten. Und wenn wir auch keine richtige Familie ersetzen können, so wollen wir zumindest ein familiäres Umfeld zusätzlich zum Arbeitsplatz schaffen. Und ganz besonders wollen wir an eure Selbstheilungskräfte appellieren. Denn niemand kann gerettet werden. Man kann sich immer nur selbst retten.»

Herr Völkner drehte sich vollständig zu mir um. Es war das erste Mal seit dem Beginn seines Monologs, dass er mich ansah. «Und deswegen bist du hier. Hast du dich nie nach dem Warum gefragt?»

Ich hatte so lange nichts gesagt, dass ich meine Stimme erst wiederfinden musste. «Doch», sagte ich leise. «Sehr oft sogar.»

Herr Völkner kehrte dem Fenster den Rücken zu und ließ sich gegenüber von mir auf dem zweiten Ledersessel nieder. «Und warum hast du uns dann nie danach gefragt?»

Mit den Augen suchte ich die Musterung des Parketts ab, als könnte ich dort eine Antwort finden, die weniger stupide klang als die Wahrheit, nämlich dass ich mich nicht getraut hatte. Ich zuckte mit den Schultern.

«Du vertraust uns nicht», sagte er.

Diese Schlussfolgerung irritierte mich, und mit einem Mal fühlte ich mich wie ein furchtbar undankbarer Mensch. Konnte das sein?

«Ich ... weiß nicht», stammelte ich. «Ich habe einfach so großen Respekt vor Ihnen und Ihrer Frau ...»

Herr Völkner beugte sich vor, bettete das Kinn auf seinen Daumen und legte den ausgestreckten Zeigefinger an seine Schläfe. «Respekt oder Angst?»

Sosehr mich seine Fragen auch bedrängten, ich wusste, dass sie gerechtfertigt waren, und ich hatte das Gefühl, ihm die Beantwortung schuldig zu sein. «Kann man das so genau unterscheiden?», fragte ich.

«Es gibt kaum Begriffe, die in unserer Gesellschaft mehr verwechselt werden als diese beiden. Dabei könnte die Bedeutung nicht unterschiedlicher sein. Zwischen Angst und Respekt liegt ein ganzes Universum, Jana.»

Ich nickte und hätte ihm am liebsten gesagt, dass ich keinerlei Angst ihm gegenüber empfinde, aber ich war mir nicht sicher, ob das nicht eine Lüge gewesen wäre. Deswegen schwieg ich.

«Ich möchte nicht, dass du Angst vor uns hast», sagte er. «Das fände ich sogar sehr schrecklich. Aber wir spüren deine Angst. Und weder Anke noch ich wissen, wie wir sie dir nehmen können. Dazu musst du uns behilflich sein.»

Ich senkte den Blick. «Ich glaube nicht, dass das an Ihnen liegt, Herr Völkner. Es liegt an mir.»

Er sah mich eine Weile nachdenklich an, ehe er mir eine Antwort gab. «Glaubst du denn, dass wir daran arbeiten können? Das fände ich nämlich schön.»

Ich nickte zögerlich.

«Weißt du, Jana, wir wollen uns dir nicht aufdrängen. Vertrauen kann man nicht erzwingen. Was auch immer wir dir anbieten, du musst es nicht annehmen, wenn du nicht möchtest. Es sind nur Angebote. Theoretisch kannst du deine Ausbildung machen und dann wieder gehen, auch ohne ein Teil der Gemeinschaft zu werden. Weil du uns immer noch siezt, gehen wir davon aus, dass du eine gewisse Distanz zu uns wahren möchtest. Und wenn das dein Wille ist, dann akzeptieren wir das. Wir wollen dir Raum lassen und dich zu nichts drängen. Aber weißt du, was ich gar nicht akzeptieren kann?»

Ich rieb nervös über meinen Unterarm.

«Angelogen zu werden», vervollständigte Herr Völkner den Satz. «Damit habe ich ein großes Problem.»

Bei einer Lüge ertappt zu werden fühlte sich an, als säße man der jeweiligen Person auf einmal splitterfasernackt gegenüber und wünschte sich verzweifelt die Klamotten zurück. Mit einem Mal begriff ich, warum ich hier saß, warum er mir all das erzählt hatte.

«Wusstest du, dass der Schuldirektor von Husum ein alter Bekannter von mir ist?»

Nein, das hatte ich nicht gewusst, aber die Erkenntnis sorgte dafür, dass ich mich unsagbar dumm fühlte.

«Er verbringt die Wochenenden gerne auf Sylt. Heute Morgen habe ich ihn zufällig beim Einkaufen getroffen. Wir kamen ins Gespräch, redeten über dies und das und landeten schließlich vom Privaten beim Beruflichen. Irgendwann erzählte er mir, dass er momentan die Klassenberichte für die anstehende Zeugnisvergabe durchgeht und sich fragt, woran es denn läge, dass einer meiner Schützlinge solche Probleme hätte.»

Die Hand, die über meinen Unterarm rieb, stoppte in ihrer Bewegung und drückte stattdessen einfach nur fest in mein Fleisch.

«Ich stand da wie ein Idiot, Jana. Ich wusste von nichts.»

Bei dem Versuch, tief durchzuatmen, verbarg ich das Gesicht in den Händen.

«Hör mal, ich möchte dich nicht bloßstellen. Ich möchte dir nur sagen, dass ich enttäuscht von dir bin. Und das garantiert nicht wegen deiner Zensuren.»

Das Gesicht immer noch in den Händen vergraben, nickte ich.

«So oft habe ich dich danach gefragt, wie du in der Berufsschule zurechtkommst. Du sagtest immer, dass alles in Ordnung wäre. Und weil ich dich für klug und ehrlich halte, habe ich dir das geglaubt. Warum hast du mir nicht die Wahrheit gesagt? Denkst du, ich hätte dir den Kopf abgerissen? Im Gegenteil: Ich hätte vollstes Verständnis gezeigt und wäre dir gerne behilflich gewesen.»

Jetzt, da er es sagte, erschien es mir auf einmal auch total logisch, und ich konnte mich selbst kein bisschen mehr verstehen.

«Es gab keinerlei Grund zum Lügen», sprach er weiter. «Wenn du meine Hilfe nicht gewollt hättest, dann hätte ich sie dir nicht aufgedrängt. Aber warum hast du dich denn nicht wenigstens an Collin gewandt? Ich hatte doch mit ihm geredet, das weißt du. Du hättest mit allen schulischen Fragen zu ihm gehen können. Stattdessen machst du alles mit dir allein aus und belügst uns.»

Collin hatte einfach nie den Eindruck gemacht, als hätte er die Rolle des Ansprechpartners gern übernommen. Das behielt ich jedoch für mich, klang es doch viel zu sehr nach einer Ausrede. Tief in meinem Inneren war ich mir bewusst, dass es in Wahrheit nur einen einzigen Schuldigen gab, nämlich mich selbst.

Ich löste die Hände vom Gesicht, obwohl ich mich liebend gern noch länger dahinter versteckt hätte. «Sie haben recht», murmelte ich. «Mit allem, was Sie sagen. Ich hätte Sie nicht anlügen dürfen. Es tut mir leid.»

Für eine Weile ließ er meine Worte auf sich wirken. «Du musst dich nicht entschuldigen», sagte er schließlich. «Vielmehr wäre mir daran gelegen, zu erfahren, warum du gelogen hast.»

Mit den Schultern zuckend, fixierte ich die Armlehne des Sessels. «Ich habe mich geschämt wegen der Noten. Und ich dachte... vielleicht verliere ich den Ausbildungsplatz, wenn es rauskommt.»

Herr Völkner atmete tief ein und sagte wieder längere Zeit nichts. «Glaubst du, wir wissen nicht, wie schwer es für euch ist, ein neues Leben anzufangen? Jana, wir erwarten nicht, dass von heute auf morgen alles glatt läuft bei euch. Das wäre doch kompletter Wahnsinn. Auch wenn es dir schwerfällt, so viel Vertrauen solltest du nach über einem halben Jahr wirklich in uns haben.»

Mir standen Tränen in den Augen, und bei jedem weiteren Wort wurden sie mehr. Aber ich strengte mich an, sie zurückzuhalten, und nickte.

«Versprich mir bitte etwas, Jana», sagte er. «Versprich mir, dass du uns nie wieder anlügst. Und versprich mir, dass wir ab sofort versuchen, das Problem mit deinen schlechten Noten gemeinsam in den Griff zu kriegen.»

«Ich verspreche es», antwortete ich, und weil ich es wirklich von ganzem Herzen so meinte, wiederholte ich meine Worte noch einmal: «Ich verspreche es.»

Ein langsam aufkeimendes Lächeln brach die Härte in seinem bisher so ernsten Gesichtsausdruck. «Ich glaube dir, Jana. Und wenn es in Ordnung für dich ist, dann werde ich mir Gedanken machen, wie wir das Problem lösen können. Mir ist nämlich sehr daran gelegen, dass wir eine Besserung erreichen. Nicht nur, weil du bei uns angestellt bist, sondern weil wir dich sehr gern haben.»

Es war nicht das erste Mal im Leben, dass mir die Worte fehlten. Leider passierte mir das häufig. Aber selten hatte ich mir so sehr gewünscht, welche zu haben, wie in diesem Moment. Alles, was ich zustande brachte, war ein weiteres Nicken.

Nachdem wir beide aufgestanden waren und er mir die Tür aufgehalten hatte, machte ich nur einen halben Schritt nach draußen, dann blieb ich stehen. «Danke ...», sagte ich. Und nachdem ich einmal tief Luft geholt hatte, fügte ich noch ein weiteres Wort hinzu: «Danke ... Klaas.»

Seine Überraschung spiegelte sich in dem Blick, mit dem er

mich nun lange ansah. Er hob die Hand und wollte mir über den Arm streicheln, zog sie dann aber doch wieder zurück, als wäre ihm eingefallen, wie scheu ich auf Berührungen reagierte.

«Nichts zu danken, Jana», sagte er mit einem Lächeln.

Dann verließ ich sein Büro.

KAPITEL 21

Es war Donnerstag nach dem Abendessen, der Tisch war bereits abgeräumt und das Geschirr in der Spülmaschine verstaut, als ich die Küche verlassen und mich nach oben in mein Zimmer begeben wollte. Noch bevor ich die Flurschwelle übertrat, hielt mich Collin zurück. «Kommst du um neun zu mir?»

«Zu dir?» Es dauerte keine Sekunde, da hatte ich die Nachtblumen wieder vor Augen.

Er bejahte, als wäre das selbstverständlich. «Oder wäre dir halb zehn lieber?»

«Nein, ähm, neun an sich ist schon in Ordnung.»

«Gut, dann bis später», sagte er, ehe er sich auch schon abwandte und mich perplex zurückließ. Es bedurfte einer Weile, bis ich mir ins Gedächtnis rufen konnte, was ich eigentlich vorgehabt hatte, ich wollte in mein Zimmer gehen, genau. Kurzerhand nahm ich den Weg wieder auf. Wahrscheinlich hätte mir dabei eine grünlila Giraffe entgegenlaufen können, ohne dass ich sie bemerkt hätte.

Je länger ich auf meinem Bett saß und die hellblaue Wand anstarrte, desto merkwürdiger kam mir diese ominöse Einladung vor. Was könnte er wollen? Wollte er sich mit mir treffen und Zeit mit mir verbringen? So wie Freunde das taten? Oder wollte er vielleicht endlich etwas zu seiner gemalten Blume sagen? Hatte sie doch eine tiefer gehende Bedeutung?

Es waren noch fünfundvierzig Minuten bis 21 Uhr. Um diese Zeitspanne einigermaßen heil zu überstehen, versuchte ich Ruhe in Ablenkung zu finden. Ich kramte das karierte Heft und das Buch mit den Rechenaufgaben aus meinem Schrank. Das tat ich öfter. Wahllos schlug ich eine Seite des Buches auf und versuchte zu lösen, was auch immer dort als Aufgabe gestellt wurde. Selbst dann, wenn ich mit mathematischen Formeln konfrontiert wurde, die mir bis dahin nicht vertraut waren. Je schwieriger, umso besser, denn nur dann konnte ich die Gewissheit haben, dass mein Kopf noch funktionierte.

Am Ende lautete meine Lösung der ersten Aufgabe für die quadratische Gleichung $L=\{-1;6\}$. Ich schlug das Lösungskapitel ganz am Ende des Buches auf und stellte fest, dass mein Ergebnis vollkommen falsch war. Anstatt wie sonst einen neuen Versuch zu starten und die Gleichung beim zweiten Anlauf richtig zu lösen, schlug ich das Buch frustriert zu und legte es beiseite. Als mein Blick dabei auf meine Handinnenflächen fiel, sah ich, dass sie glitzerten. Ich wischte den Schweiß an meiner Jeans ab.

Genau eine Minute nach neun klopfte ich an Collins Zimmertür. «Herein», hallte es von innen.

Collin saß, den Rücken an die Wand gelehnt und die Beine angezogen, auf seinem Bett und zeichnete in dem schwarzen Buch. Als er mich sah, klappte er es zu.

«Ist es schon neun?», fragte er überrascht und beantwortete sich die Frage kurz darauf selbst, indem er einen Blick auf seinen Wecker warf, der auf dem großflächigen Fensterbrett über seinem Bett stand. «Entschuldige, ich hab die Uhrzeit nicht genau im Auge gehabt.» Sein Blick schweifte zu meinen Händen und verweilte dort, als würde er nach etwas suchen, das er vermisste. «Wo sind deine Bücher?»

«Meine Bücher?»

«Na, deine Schulbücher. Klaas sagte mir, dass du Probleme in der Schule hättest und ich dir ein bisschen Nachhilfe geben soll.»

Mit einem Mal fühlte es sich an, als hätte ich nicht sein Zimmer betreten, sondern als wäre ich mit vollem Tempo gegen eine Wand gerannt. Ich hatte mich die Woche mit Klaas öfter über das Thema unterhalten, aber nie war die Rede davon, dass Collin mir Nachhilfe geben sollte. Warum auch? Der Stoff an sich war ohnehin nie mein Hauptproblem gewesen, das hatte ich Klaas auch gesagt.

Collin sah mir meine Verwunderung offenbar an und wirkte daraufhin selbst etwas irritiert. Bevor er weiter nachhaken konnte, kam ich ihm schnell zuvor. «Mensch, manchmal vergisst man das Wichtigste! Jetzt habe ich glatt die Bücher drüben gelassen. Moment, bin gleich wieder da.»

Ob meine Ausrede glaubhaft wirkte, konnte ich nicht mehr in Erfahrung bringen, da ich unverzüglich auf dem Absatz kehrtmachte und in mein Zimmer steuerte. Beschämt sammelte ich meine Bücher ein und ging anschließend wieder zurück. Was genau ich gedacht hatte, warum Collin mich in sein Zimmer bat, konnte ich nicht in Worte fassen, aber es ließ mich dumm wie eine Kartoffel fühlen.

Collin hatte zwischenzeitlich den Schreibtisch freigeräumt, der mit Stiften und Papieren übersät gewesen war. Am Rand lag noch ein großer Block mit schwarzem Zeichenpapier, den er gerade in der Schublade verstaute und der mich sofort wieder an die weißen Blumen denken ließ. Wo er sie wohl gemalt hatte? Hier im Zimmer, draußen auf dem Balkon oder auf der Aussichtsplattform? Ich wusste nicht, was mir die Antwort verraten hätte, trotzdem hätte ich sie nur allzu gern bekommen.

«Also, mit welchem Fach wollen wir beginnen?», fragte Collin, nachdem er mir einen zweiten Stuhl an den Schreibtisch gestellt hatte.

Ich schlug ihm *Baurecht* vor, hatte ich doch mit dem juristischen Wirrwarr tatsächlich noch zu kämpfen und dann und wann auftretende Wegfindungsstörungen in dem dichtbewucherten Paragraphen-Dschungel.

Collin griff nach dem entsprechenden Buch, und ich nannte ihm die Seite, auf der wir zuletzt im Unterricht stehengeblieben waren. Er las sich in das aktuelle Thema ein. «Denkmalschutz», sagte er schließlich. «Das fand ich anfangs auch sehr kompliziert. Zumal die Rechtslage in jedem Bundesland ein bisschen variiert. Mir hat es geholfen, das Thema zu verbildlichen. Hast du auf diese Weise auch schon mal versucht zu lernen?»

Weil ich verneinte, nahm er sich einen karierten Block zur Hand und malte ein altes Fachwerkhaus darauf, mit Fenstern, Türen und allem Drum und Dran. Es war nur eine Skizze, entworfen in wenigen Minuten, und trotzdem erkannte man bereits an dieser Fingerübung, dass er Talent zum Malen besaß. Hätte ich gezeichnet, es wäre wahrscheinlich das Haus vom Nikolaus rausgekommen.

Mit Hilfe dieser Zeichnung erklärte mir Collin dann viel mehr, als wir bisher durchgenommen hatten. Eigentlich waren wir in der Schule immer noch bei der Antragsstellung und dem Kontakt mit dem Amt für Denkmalschutz. Collin dagegen ging schon auf gesetzliche Paragraphen, erlaubte Änderungen beim Umbau sowie unerlaubte Änderungen und – wie Collin es nannte – *fakultative* Änderungen ein, bei denen es darauf ankam, wie gut man gegenüber der Behörde argumentierte. «Du musst wie ein Anwalt denken», sagte er. «Deine Umbaumaßnahmen sind eigentlich schuldig, trotzdem musst du den Richter überzeugen, dass sie unschuldig sind.»

Immer wenn er ins Erklären vertieft war und seine Worte auf dem Papier verbildlichte, beobachtete ich ihn heimlich von der Seite. Wie er sich in die Haare griff, wenn er angestrengt nachdachte. Vollkommen auf sich selbst konzentriert war er in diesen Momenten, sodass ich manchmal vergaß, wie nervös es mich machte, so dicht neben ihm zu sitzen und mich in seinem Reich aufzuhalten. Alles in den Schränken, auf dem Tisch, jeder Gegenstand gehörte Collin und wurde von ihm benutzt. Ich sah all das, was ihn jeden Morgen erwartete, wenn er die Augen aufschlug. Zum ersten Mal befand ich mich in seinem Zimmer mit der Erlaubnis, mich hier aufhalten zu dürfen.

«Du sagst ja gar nichts», meinte er irgendwann. «Ergibt es überhaupt Sinn für dich, was ich dir erkläre? Oder verstehst du nur Bahnhof?»

Ich ließ die Hände in den Ärmeln meines Pullovers verschwinden und nickte.

«Sicher?», fragte er.

Ich nickte erneut.

«Keine einzige Rückfrage? Gar nichts?»

Ich schüttelte den Kopf.

«Schon seltsam», murmelte er und wandte sich wieder dem Block zu. «Ausgerechnet du meintest mal zu mir, ich würde wenig reden.»

Mich wunderte, dass er sich diese Aussage gemerkt hatte, denn damals auf der Aussichtsplattform wirkte es, als hätte er sie nach zwei Sekunden bereits wieder vergessen. Ich wünschte, unser Verhältnis wäre offener, und ich könnte ihm alle Fragen stellen, deren Antworten mich so sehr interessierten. Die meisten wollten mir nicht über die Lippen, nur die eine, die mich seit Tagen beschäftigte, war lauter als jede Vorsicht.

«Glaubst du», fragte ich, den Blick auf die Schreibtischoberfläche gerichtet, «dass jede Lüge gleich schlimm ist?»

Mein abrupter Themenwechsel überraschte ihn, und es dauerte, ehe er sich zu einer Antwort hinreißen ließ. «Schwer zu sagen», erwiderte er schließlich. «Warum fragst du? Vergleichst du zwei Lügen miteinander?»

«So in der Art», murmelte ich.

Collin begann auf dem Block, den er noch bis eben für das Thema Baurecht genutzt hatte, mit einem dünnen Bleistift Buchstaben zu malen. Keine ganzen Wörter, immer nur großgeschriebene Anfangsbuchstaben, ein paar Millimeter dick und kunstvoll geschwungen. «Lass mich raten. Eine dieser beiden Lügen», sagte er, ohne den Blick von seiner stiftführenden Hand zu lösen, «hat nicht zufällig was mit Klaas und der Berufsschule zu tun?»

Ich zuckte mit den Schultern.

«Das macht dir immer noch ordentlich zu schaffen», vermutete er.

Eine Antwort blieb ich ihm schuldig, was ihm wiederum Antwort genug war.

«Möchtest du einen Rat hören?»

Ich nickte.

«Es war Mist. Aber lass es hinter dir. Lern daraus und mach es nie wieder.»

Unbewusst musste ich an die Worte von Dr. Flick denken. Sie sagte, es wäre, als würde ich ständig einen Koffer mit mir führen, in dem ich alles Unangenehme sammle und durch die Gegend schleppe. Nicht alles könnte man aus diesem Koffer herausholen, zumindest nicht auf die Schnelle, aber einigen Ballast schon, der das Gewicht nur unnötig erschwere. Dinge hinter mir zu lassen war wohl nicht meine Stärke.

«Und worum geht es bei der anderen Lüge?», fragte Collin.

Ich dachte daran, wie sehr ich Vanessa verurteilt hatte, und spürte wieder das Zwicken in meinem Bauch, weil ich mir eingestehen musste, dass ich selbst nicht besser als sie war. Ich hatte sogar genau dasselbe getan. Wie konnte ich mit Vanessa dermaßen hart ins Gericht gehen, wo ich Klaas und Anke doch ebenso belog? Das war wohl die berühmte Doppelmoral, die jeder jedem nur allzu gerne vorwarf und von der niemand merkte, wenn er selbst davon Gebrauch machte. Vielleicht waren Vanessas Absichten beim Lügen berechnender als meine eigenen, aber letzten Endes ging es uns beiden darum, die Lehrstelle nicht zu verlieren.

Gerade als ich Collin eine Antwort geben wollte, die keine Rückschlüsse auf Vanessa zugelassen hätte, krempelte er sich unbedacht die Pulloverärmel ein bisschen nach oben und ahnte nicht, wie schwer er es mir damit machte, mich auf irgendetwas konzentrieren zu können. Ständig glitt mein Blick zu den kleinen weißen Narben auf seiner Haut. Eigentlich wollte ich zu allen Menschen immer Abstand. Auch jetzt. Aber in meinen Gedanken war manchmal gar nicht mehr so viel Abstand zwischen Collin und mir. In Gedanken strich ich mit meinen Fingerspitzen über seinen Arm und all die Unebenheiten und längst verheilten Verletzungen.

«Die Narben werden mich immer daran erinnern, wie schwach ich einmal war.»

Collins Blick war meinem gefolgt, und nun sah er mit mir gemeinsam auf seinen Arm.

«Wenn du zurückschlägst», sagte Collin, «dann musst du so fest zuschlagen, dass der andere keine Chance hat, noch mal gegen dich auszuholen.» Er tat mit seinen Fingern das, was ich mir wünschte zu tun, und ließ sie über seinen Arm wandern. «So ein dummes Arschloch aus dem Heim hatte mich fertigmachen wollen. Das Einzige, was ihm etwas auf der Welt bedeutete, war so ein scheiß Brief von seinem scheiß Vater. Also hab ich mir den Brief irgendwann besorgt, als er nicht da war, ihn verbrannt und die Asche auf seinen Schreibtisch gestreut. Er hat zwei Tage geheult. Danach hat er mich nie wieder angefasst.»

Collin sah mich an, als hätte er kein bisschen geplant, diese Geschichte mir gegenüber auszuplaudern. Einen kurzen Moment sammelte er sich, dann kam er auf unser Gespräch zurück. «Du wolltest mir sagen, worum es bei der anderen Lüge ging.»

Ich wusste nicht mehr, worum es bei der anderen Lüge ging, denn die Fragen in meinem Kopf überschlugen sich. Wie alt war Collin, als das passierte? Warum war er im Heim? Welche Taten verbargen sich hinter der Formulierung «fertigmachen»? Und wie würde er reagieren, wenn ich wirklich über seinen Arm streichelte?

«So wichtig war das Thema nicht», murmelte ich. So relevant es mir vorhin auch schien, für den Moment hatte es jede Bedeutung verloren.

Anstatt dass Collin, wie ich es mir wünschte, weitersprach, begann er einen neuen Buchstaben auf den Block zu zeichnen. Dieses Mal war es ein K. Ich beobachtete jede einzelne seiner Handbewegungen, wie schwungvoll er das K gestaltete, als wäre es in Wahrheit viel mehr als nur ein Buchstabe. Unter keinen Umständen wollte ich, dass er bereute, mir etwas über sich erzählt zu haben. Meine nächsten Worte presste ich sehr mühsam hervor.

«Hältst du mich eigentlich für verrückt? Also ... im Ganzen?»

Nicht nur er wunderte sich über meine Frage, auch ich selbst war erstaunt. Für einen Moment ließ er seine Zeichnung aus den Augen und sah mich an. Irgendetwas Freches lag in seinem Ausdruck, als er sein Gesicht wieder abwandte. «Nein», sagte er ohne jeglichen Anflug von Humor in der Stimme. Doch dann ging sein Satz weiter. «Du hast nur ein paar Schrauben locker, die festgedreht werden müssen.»

Ich wusste nicht, ob ich lachen oder ihn schubsen sollte. Eine Mischung aus beidem wäre wohl eine gerechtfertigte Reaktion gewesen. Doch mehr als zu einem fassungslosen Gesichtsausdruck war ich nicht in der Lage.

«Ich sagte dir doch, dass du nichts auf die Meinungen von

anderen geben sollst», sagte er amüsiert. «Also musst du auch meine Meinung einfach ignorieren.»

«Sie interessiert mich aber.» Diese Worte hatten meinen Mund verlassen, ehe ich über sie nachdenken konnte.

Collin merkte ebenfalls, dass ich das nicht einfach nur so dahingesagt hatte. «Du möchtest meine Meinung über dich wissen?», fragte er.

Ja, das wollte ich, wenngleich ich ziemlich Angst davor hatte. Normalerweise redete ich nicht gerne über mich, aber irgendwie hatte ich das Bedürfnis, dass Collin mich ein bisschen kannte. Vielleicht tat er das auch schon längst. Auch wenn ich nicht wusste, woher.

«Ich bin noch dabei, mir eine zu bilden», entgegnete er und machte eine kurze Pause. «Aber ich denke, dass du harmlos bist.»

Ich war mir nicht sicher, was ich mit dieser Beschreibung anfangen sollte, aber sie verunsicherte mich. «Du meinst harmlos wie bieder? Oder langweilig? Oder naiv?»

Er musterte mich eine Weile. «Machst du das immer?», fragte er. «Nur nach einer negativen Interpretation suchen? Vielleicht habe ich es ja positiv gemeint.»

Falls es überhaupt möglich gewesen wäre, war ich nun noch verunsicherter als zuvor. «Hast du es denn positiv gemeint?»

Er nickte. «Harmlos im Sinne von zurückhaltend und ungefährlich. Ich denke, dass du eine von den Guten bist.»

Ich stützte die Ellbogen auf den Tisch und legte mein Kinn in die Hände. «Und warum denkst du das?», wollte ich wissen.

Er ließ mich lange auf eine Antwort warten. «Woran, glaubst du, erkennt man das Schlechte?», fragte er schließlich.

Egal, wie lange ich darüber nachdachte, ich konnte nur mit den Schultern zucken.

«Siehst du? Genau deswegen. Das Schlechte erkennt das

Gute sofort. Das Gute das Schlechte erst, wenn es zu spät ist», sagte er.

Ich hatte selten etwas gehört, dass gleichermaßen so klug wie kryptisch klang. Mir lag die Rückfrage bereits auf der Zunge, aber offenbar merkte Collin das, denn er kam mir zuvor.

«Und weißt du, welchen Eindruck ich noch von dir habe?»

Langsam schüttelte ich den Kopf.

«Ich glaube, dass man dir in deinem Leben viel zu wenig nette Dinge gesagt hat.»

Noch ehe ich seine Worte verarbeiten konnte, spürte ich bereits, wie sich ein Kloß in meinem Hals bildete und mir das Schlucken erschwerte. Weil Collin mich beobachtete, versuchte ich meine Gesichtszüge unter Kontrolle zu halten, aber allzu leicht wollte mir das nicht gelingen. Zu nah war er mir mit seinem Gesagten gekommen. Mir fiel das Atmen erst wieder leichter, als er den Blick zurück auf das Papier lenkte und sich erneut ins Zeichnen vertiefte. Ich konnte nicht benennen, was mich so sehr aus der Fassung gebracht hatte, aber ich musste alles erst einmal sacken lassen, bis ich endlich meine Stimme wiederfand.

«Und zu dir?», fragte ich zögerlich. «Hat man dir oft genug nette Dinge gesagt?»

Seine zeichnende Hand fror ein und verharrte auf dem Papier. Ich wusste nicht, ob ich ihn nun genauso getroffen hatte wie er mich oder ob er einfach nur nicht mit dieser Gegenfrage gerechnet hatte.

Zumindest fasste er sich schneller wieder als ich. «Es traut sich keiner, *nicht* nett zu mir zu sein», sagte er mit einem souveränen Lächeln. «Und wenn doch, ist es mir egal.»

KAPITEL 22

Alles Schöne barg den Nachteil, dass es irgendwann vorüberging, so auch die Winterferien. Ich schlenderte durch die Friedrichstraße, ließ meinen Blick über die Schaufenster schweifen und roch den gebratenen Fisch, der an jeder Ecke angeboten wurde. Mir kamen nur wenige Menschen entgegen, zurzeit nächtigten kaum Touristen in der Stadt. Über Weihnachten und Silvester hatte die Anzahl der Gäste schlagartig zugenommen, aber mittlerweile hatte die Leere die Straßen zurückerobert. Noch war es zu kalt für einen Urlaub auf der Insel.

Immer mittwochs kam ich ein bisschen früher aus dem Büro. Feierabend hatte ich damit allerdings noch nicht, denn es wartete noch ein weiterer Termin auf mich, nämlich bei Dr. Flick. Noch bevor ich das Gebäude mit ihren Praxisräumen erreichte, sah ich sie aus dem Treppenhaus kommen und zielstrebig auf ihr feuerrotes Auto zusteuern. Sie trug ihre Jacke und eine Umhängetasche und wirkte, als hätte auch sie ihr berufliches Soll für heute erfüllt. Aber dann sah sie mich auf der anderen Straßenseite und winkte fröhlich in meine Richtung. «Jana!»

Obwohl sie merkte, dass ich sie längst gesehen hatte, öffnete sie die Autotür und drückte zweimal auf die Hupe. Beschämt drehte ich mich in alle Richtungen, ob jemand guckte, und begann schneller zu laufen.

«Schön, dich zu sehen. Ich habe einen Anschlag auf dich vor!»

Noch einen?, dachte ich, sprach es jedoch nicht aus.

«Der Patient nach dir hat abgesagt, somit haben wir beide ausnahmsweise ein bisschen mehr Luft. Und da dachte ich, wir wechseln heute mal die Lokalität und fahren nach List zu meinem Lieblingscafé. Also los, los, einsteigen!»

Ich kam nicht mal dazu, meine Skepsis zu diesem Vorschlag in meinen Gedanken laut werden zu lassen, da sprach sie auch schon weiter.

«Ich wollte gar nicht mit solch harten Geschützen auffahren», sagte sie und nahm mich prüfend ins Visier, «aber deine Zweifelsfalte da oben über deiner Nase lässt mir leider keine andere Wahl: In dem Café gibt es Kuchen, Jana, den besten Kuchen auf ganz Sylt!»

Immer noch etwas zwiegespalten, aber milde gestimmt wegen ihres kindlichen Überredungsversuchs, stieg ich nach kurzem Zögern auf der Beifahrerseite ein.

Dr. Flick parkte in zehn Zügen aus und zerfuhr dabei mit den Reifen einen der letzten herumliegenden Schneehaufen, bei dessen grauer Farbe man höchstens noch erahnen konnte, dass er irgendwann einmal weiß gewesen sein musste.

«Also, Jana, erzähl mir, wie geht es dir?» Mit beiden Händen hielt sie das Lenkrad fest umschlossen und richtete ihren Blick wegen des Verkehrs immer nur für wenige Sekunden in meine Richtung.

«Ganz in Ordnung, denke ich.» *Und wie geht es Ihnen?*, wollte ich fragen, verkniff es mir aber wie all die vorangegangenen Male auch.

«Das freut mich. Ganz besonders deswegen, weil die Berufsschule wieder angefangen hat.»

Nachdem Klaas meine Lüge enttarnt hatte, hatte ich auch Dr. Flick alles erzählt. Und es stellte sich nicht als Fehler heraus.

Vor einer roten Ampel kam das Auto zum Stehen. «Wir schreiben so kurz vor den Zeugnissen eine Prüfung nach der anderen», sagte ich. «Vier habe ich schon hinter mir.»

«Und? Lief es besser? Oder hattest du wieder diese Aussetzer?» Weil Dr. Flick ihre Aufmerksamkeit auf mich gelenkt hatte, merkte sie erst, dass es grün geworden war, als jemand hinter ihr hupte. «Ist ja schon gut», murmelte sie und warf durch den Rückspiegel einen mürrischen Blick auf den unleidlichen Hintermann. Dann setzte sie den Wagen auf der nassen Straße in Bewegung.

«Drei liefen nicht besonders», murmelte ich. «Bei der Letzten war es ein bisschen weniger schlimm als sonst.»

«Jana, das sind ja wunderbare Nachrichten! Woran lag es, dass der Aussetzer weniger schlimm war? Hast du die Methoden zur Stressbewältigung eingesetzt, die ich dir gezeigt habe?»

Dr. Flick hatte mir weitere Übungen der progressiven Muskelentspannung gezeigt, die ich unauffällig im Sitzen in der Schule durchführen konnte. Außerdem hatte sie mir einige Sätze nahegelegt, die ich mir in Stresssituationen wie ein Mantra vorsagen sollte. *Bleib ruhig, es gibt keinen Grund, nervös zu werden. Niemand achtet auf mich, alle sind auf sich selbst konzentriert. Ich werde nicht scheitern, ich werde das schaffen.*

Sooft ich diese simpel strukturierten Sätze auch in Gedanken wiederholt hatte, meine Hand hatte trotzdem nicht aufgehört zu zittern. Zumindest nicht bei den ersten Prüfungen. Womöglich kam bei der vierten unterstützend hinzu, dass Collin mich am Vorabend abgefragt hatte. Wie auch immer, irgendwie musste Dr. Flicks Methode geholfen haben, denn die übertriebene Panik, die mich sonst überkam, war ausgeblieben. Nur mit einer vergleichsweise leichten hatte ich zu kämpfen.

«Ich denke schon, dass es hilft. Es braucht nur ein bisschen Zeit, bis es dauerhaft Wirkung zeigt.»

«*Die böse Geduld*», seufzte sie. «Wie einfach wäre das Leben, wenn man sie nicht ständig aufbringen müsste, obwohl man sie gar nicht hat!» Dr. Flick klang, als könnte sie ein Lied davon singen. Und so, wie ich sie bisher kennengelernt hatte, glaubte ich ihr jedes Wort. Irgendwie beruhigend zu wissen, dass selbst ein Psychologe einem strikten Masterplan fürs Leben oftmals nicht gewachsen war. Sollten die es nicht eigentlich am besten wissen?

Wir ließen Westerland hinter uns und fuhren in Richtung Kampen, ein weiteres Stück dahinter würde uns die Straße genau nach List führen. Der Küstenort lag im Norden der Insel, und wie ich von Klaas erfahren hatte, war es sogar die nördlichste Gemeinde in ganz Deutschland.

«Hast du schon was Neues von Devin gehört?», fragte Dr. Flick nach einer Weile. «So ein Pechvogel. Ich hoffe, er erholt sich gut.»

Eigentlich hätten die Judo-Kurse nach den Winterferien ebenfalls längst wieder beginnen sollen, aber weil Devin über Silvester zum Snowboarden in die Schweiz gefahren war und seinen rechten Oberschenkelhalsknochen leider nicht so heil nach Hause brachte, wie er ihn Tage zuvor mitgenommen hatte, fiel das Training bis auf weiteres aus.

«Mein Mitbewohner Lars und ich haben neulich mal bei ihm angerufen. Er ist in der Reha, macht viele Fortschritte, aber ihm selbst geht alles zu langsam. Sobald er entlassen wird, meldet er sich und wird uns Bescheid sagen, wann das nächste Training stattfindet.»

«Es passt zu ihm, dass er am liebsten innerhalb eines Tages wieder genesen wäre», sagte sie. «Ich wundere mich ja fast schon, dass er die Reha nicht unterbricht, um Unterricht zu geben. Der soll bloß zusehen, dass er sich ordentlich schont, damit er wieder richtig gesund wird. Ein Glück, dass nicht noch Schlimmeres passiert ist.»

Das sah ich genauso und nickte. Ich schämte mich ein bisschen, weil ich insgeheim erleichtert über den Ausfall des Trainings war, nur wünschte ich mir, es würde eine andere Ursache als Devins angeschlagene Gesundheit dafür zugrunde liegen.

Wir fuhren am Naturschutzgebiet vorbei, dort, wo ich zusammen mit Tom vor wenigen Monaten nach Spuren von Vanessa gesucht hatte. Erinnerungen wurden wieder wach, die zum Glück, je näher wir List kamen, immer mehr verblassten. Sylt war nicht groß, wir hatten unser Ziel binnen zwanzig Minuten erreicht.

Als Dr. Flick den Wagen in einer Seitenstraße nahe dem Meer parkte, dämmerte es bereits. Mit großen Schritten lief sie voraus, als könnte sie das Erreichen des Cafés gar nicht erwarten, und musste an der Eingangstür kurz auf mich warten, ehe ich ihren Vorsprung aufgeholt hatte. Die Einrichtung war hell und modern – im Sinne von alt. Dieser Vintage-Look, der momentan so angesagt war. Überall blätterte der Lack ab, und ein türkisblauer Farbton auf hellem, graubraunem Holz zog sich durch den ganzen Raum. Ein süßer Geruch lag in der Luft, der sich mit dem bitteren Aroma von Kaffee vermischte.

Von den etwa zwanzig kleinen und allesamt unterschiedlichen Tischen waren nur drei besetzt. Dr. Flick warf ein freudiges *Hallo* in den Raum, sodass sich erst mal jeder nach uns umdrehte. Wir suchten uns einen Platz weit hinten, etwas abseits von den anderen Gästen, direkt vor einem großen Fenster mit Blick auf die derzeit bitterkalte Nordsee.

Ich bestellte das Gleiche wie Dr. Flick, ein Stück Schokotorte mit Waldbeeren-Sorbet und einen Becher heiße Schokolade dazu. Während wir darauf warteten, erzählte sie mir von einem Film, den sie kürzlich gesehen und dessen Protagonistin sie an mich erinnert hatte. Allmählich gewöhnte ich mich an die neue Umgebung und entspannte mich ein bisschen. Ich hörte die anderen Gäste zwar reden, verstand jedoch nicht den

Inhalt ihrer Gespräche, sodass es umgekehrt wohl genauso sein musste und niemand uns belauschen konnte.

Die Portionen und die Preise in diesem Café hatten etwas gemeinsam, sie waren beide nicht von schlechten Eltern. Ich bekam keinen Kuchenteller, ich bekam ein halbes Tablett und fragte mich, wer das alles essen sollte. Doch nachdem ich probiert hatte, stand die Antwort fest: ich. Definitiv ich. Bis auf den letzten Krümel. Die Torte war mit viel dunkler Schokolade gebacken, und das süßsäuerliche Waldbeeren-Sorbet bildete den perfekten Gegenpol dazu.

«Habe ich dir zu viel versprochen?», fragte Dr. Flick.

Mit vollem Mund schüttelte ich den Kopf.

«Was Essen angeht, kann man sich immer auf meine Empfehlungen verlassen.» Sie grinste. «Wahrscheinlich haben deine Eltern und du so etwas früher gar nicht oft machen können, oder? Ein Café besuchen, essen gehen...»

Den Blick lange Zeit auf den Teller gerichtet, verneinte ich schließlich.

Dr. Flick hatte die Antwort offenbar bereits geahnt und nickte nur anteilnehmend. «Ich vermute, das Verhalten deiner Mutter war unberechenbar.»

Ich rätselte, ob sie das mit Absicht getan hatte: erst mich mit drogenartigem Kuchen vollpumpen und dann auf meine Mutter zu sprechen kommen. Dr. Flick war zu clever, als dass man dahinter einen bloßen Zufall vermuten konnte. Wie auch immer, ihr Plan ging jedenfalls auf.

«Sie besaß eben keine Filter mehr.» Ich hob die Schultern.

«Meinst du Filter im Sinne eines Gedankenfilters? Also dass sie alles aussprach, was ihr durch den Kopf ging?»

Ich tauchte die Gabel in das Waldbeeren-Sorbet und ließ sie anschließend länger im Mund, als ich die Früchte schmecken konnte. «Zum Beispiel.»

Dr. Flick nickte, schien sich das für einen Moment versuchsweise vorzustellen. «Und was wären andere Beispiele?», fragte sie weiter.

Mit dem Löffel rührte ich die heiße Schokolade um, sodass sich das dunkle Braun, das sich wie eine Haut an der Oberfläche gebildet hatte, im Becher verteilte und die milchige Farbe wieder zur Geltung kam. Der Geruch der Schokolade stieg mir warm und eindringlich in die Nase. «Moral und Anstand. Sie schämte sich nicht mehr.»

Dr. Flick legte ihre Gabel samt aufgehäuftem Kuchen für einen Moment beiseite, als würde sich der süße Geschmack mit meiner Erzählung nicht vertragen. «Deine Mutter war also das, was von einem Menschen übrig bleibt, wenn man ihm das gesunde Denken, den Anstand, die Moral und die Scham nimmt.»

Ich nickte zögerlich. «So in der Art. Frei von jedem Filter.»

«Ich möchte das gar nicht vertiefen, zumindest nicht für den Moment...», sagte Dr. Flick und wählte ihre nächsten Worte mit großer Vorsicht. «Aber wie steht es mit Trieb? Hat Trieb auch eine Rolle gespielt? Er ist eine der wenigen Sachen, die überleben, selbst wenn nichts anderes mehr funktioniert. Daran merkt man, dass Menschen auch nur... Tiere sind.»

Ich nickte. Dr. Flick tat das ebenso, nur langsamer und zehnmal hintereinander.

«Und sie benahm sich manchmal sehr boshaft, richtig?», fragte sie.

Mein Blick schweifte aus dem Fenster, draußen dämmerte die Nacht, und es wurde immer schwieriger, durch die Spiegelung der Beleuchtung etwas zu erkennen. Der Wind hatte wieder zugenommen und zwang die vom Winter ausgemergelten Gräser auf den Dünen in die Knie.

«Sie war sehr misstrauisch», murmelte ich. «Sie hatte immer Angst, man wollte ihr was Schlechtes.»

Dr. Flick nahm das Kuchenessen wieder auf, und auch ich konnte einem weiteren Bissen nicht widerstehen. Irgendwie wirkte die Überdosis an Schokolade beruhigend.

«Und dieses Misstrauen hat sich auch gegen dich und deinen Vater gerichtet ...» Es war mehr eine Feststellung als eine Frage.

Der Kellner kam an unseren Tisch und erkundigte sich, ob er uns noch etwas bringen sollte. Dr. Flick bestellte ein Wasser. Als er wieder ging, sah ich ihm so lange nach, bis er außer Hörweite war.

«Man darf nicht allzu logisch denken», antwortete ich auf ihren letzten Kommentar. «Es gab keine echten Gründe für ihr Misstrauen. Und sie legte es jedem gegenüber an den Tag.»

Dr. Flick schwieg, wie es auch Herr Lechner immer getan hatte, sobald ich ein bisschen zu reden begann. Als würden sie darauf hoffen, dass mir die Stille unangenehm wäre und ich deshalb weitersprach. Die Stille wurde mir unangenehm, aber mit Worten füllte ich sie dennoch nicht.

«Würde es dir leichter fallen, mir zu erzählen, wie sich deine Mutter gegenüber deinem Vater verhalten hat?»

Ich zuckte mit den Schultern. Das wäre ebenso unangenehm, aber vermutlich wäre es wirklich ein bisschen einfacher.

«Irgendwo in meinen Akten habe ich gelesen, dass sie ihm mehrmals Verletzungen zugefügt hat, einmal sogar mit einer Klinge. Wie ist das passiert, Jana?»

Mit der Gabel zog ich Kreise durch das Waldbeeren-Sorbet. «So genau weiß ich das nicht mehr. Sie schob halt ständig Filme. Und darin nahm man dann irgendeine Rolle ein. Wahrscheinlich war er in dem Moment ein Einbrecher für sie, keine Ahnung.»

Dr. Flick stützte das Kinn auf die Hand und hörte mir aufmerksam zu. «Wie sieht es eigentlich mit Verwandtschaft aus?

Du erwähnst nie jemanden, der dir familiär nahesteht. Da muss es doch jemanden geben?»

«Gibt es auch», murmelte ich. «Aber der Kontakt ist über die Jahre irgendwie eingeschlafen.»

«Wie kann denn der Kontakt zur ganzen Verwandtschaft irgendwie einschlafen?» Noch eine ganze Weile hielt Dr. Flick ihre Position bei, sah mich lange mit fragendem Gesichtsausdruck an und griff schließlich nach ihrer heißen Schokolade, um davon zu nippen.

«*Einfach so* ist das natürlich nicht passiert», begann ich zu erklären und hatte Mühe, mich an die Anfänge zu erinnern. «Zu der Familie meiner Mutter herrschte schon immer ein angespanntes Verhältnis. Mein Vater war nicht der Typ Mann, den sie sich als Schwiegersohn vorgestellt hatten, außerdem konnten sie nicht nachvollziehen, warum meine Mutter ihr Studium abbrach und stattdessen lieber Landschaftsbilder malte und eine Familie gründete.»

«Deine Mutter hat gemalt?», fragte Dr. Flick.

Ich nickte. «Ich selbst habe sie nie malen sehen, zumindest erinnere ich mich nicht daran, aber ihre Bilder hingen bei uns im Haus.»

«Schöne Bilder?»

Ich dachte zurück an unser altes Haus und die Treppen und Flure, die ich bis zu meinem Zimmer zurücklegen musste, und wie viele ihrer Bilder mich dabei an den Wänden begleitet hatten. Ich wünschte, es wäre wenigstens eins davon in meinem Besitz. «Sie hat alles immer ein bisschen bunter gemalt, als es in der Realität aussah. Aber es waren schöne Bilder, ja. Auf ihre ganz eigene Weise.»

«So bunt wie euer Tannenbaum, von dem du mir mal erzählt hast?»

Mit einem zaghaften Lächeln erinnerte ich mich an das

weihnachtliche Glitzern bei uns zu Hause, bis plötzlich Ankes Gesicht in meinen Gedanken aufflackerte. «Wahrscheinlich hätte jeder, der sich mit Inneneinrichtung beschäftigt, vor so viel Buntheit die Hände über dem Kopf zusammengeschlagen.»

Dr. Flick trug ein verträumtes Schmunzeln auf den Lippen. «Deine Mutter muss ein sehr farbenfroher Mensch gewesen sein, ehe sie krank wurde.»

Wahrscheinlich war sie das wirklich gewesen. Einerseits fand ich diesen Gedanken schlimm, weil ihr farbenfrohes Leben ein viel zu schnelles Ende gefunden hatte. Andererseits tröstete er mich ein bisschen, weil es in ihrem kurzen Leben immerhin eine Zeit gab, in der sie sehr glücklich gewesen sein musste.

«Und die Familie deines Vaters?», fragte Dr. Flick weiter.

Ich kam nicht zum Antworten, denn erneut wurden wir vom Kellner unterbrochen, der das bestellte Wasser brachte. Noch einmal fragte er mich, ob ich auch noch etwas wollte, doch ich verneinte und wartete, bis er wieder verschwunden war.

«Die Spannungen haben sich natürlich übertragen», sagte ich. «Sie fanden die Familie meiner Mutter arrogant. Dadurch hat auch das Ansehen meiner Mutter gelitten. Und als sie dann krank wurde, ist sowieso alles viel schwieriger geworden.»

«Inwiefern ist alles schwieriger geworden?»

Ich blies Luft durch den Mund, versuchte all die durcheinandergeratenen Gedanken in meinem Kopf irgendwie zu ordnen. «Menschen sehen oft nur das, was ein anderer tut, aber nicht, warum er es tut.»

«Sie haben also ihr Verhalten verurteilt, ohne zu berücksichtigen, dass es eine schlimme Krankheit ist, für die sie nichts kann», vervollständigte Dr. Flick meinen Gedanken.

Langsam nickte ich. «Man weiß als Außenstehender zwar,

dass es eine Krankheit ist, aber richtig verstehen kann man es nicht. Sie sahen die Probleme, die meine Mutter verursachte, und das Chaos, das sie anrichtete. Und wie mein Vater sein eigenes Leben völlig aufgab, um sie zu pflegen.» Wieder zog ich mit der Gabel Kreise durch das Sorbet, oder besser gesagt in das, was davon noch übrig war.

«Und seitdem sich dein Vater das Leben genommen hat, gibt es keinen Kontakt mehr?»

«Seine Schwester hat mir zu Weihnachten und Geburtstagen immer eine Karte geschickt. Nur dieses Jahr kamen keine. Wahrscheinlich weiß sie nicht, wo ich jetzt lebe.»

Dr. Flick verschränkte die Arme auf dem Tisch. «Und was schrieb sie dir so?»

«Es waren Feiertagsgrüße und Glückwünsche. Und dass sie hofft, dass ich sie mal in Australien besuchen komme.»

«Sie ist ausgewandert?»

«Ja. Sie hat dort einen Mann kennengelernt, ich glaube, sie haben mittlerweile vier Kinder zusammen. Sie würde sogar den Flug zahlen.»

«Das ist ein sehr nettes Angebot von ihr. Hast du denn vor, es eines Tages anzunehmen?»

Ich zuckte mit den Schultern. «Es ist viel Geld, Australien ist so weit weg, und ich kenne sie kaum. Ich weiß nicht.»

«Mhm», machte Dr. Flick und schwieg einen Moment. «Ich glaube, wir sollten deiner Tante mal eine Karte von Sylt schicken. Einfach nur so. Was meinst du?»

Ein anderer Gast stand auf, und das Zurückrücken seines Stuhls hallte durch den ganzen Raum. «Ja», sagte ich. «Vielleicht.»

Es wurde still zwischen mir und Dr. Flick, jeder von uns aß die Reste seines Kuchens. Ich fuhr mit dem Finger den Stiel der Gabel entlang, spürte das glatte Metall, das durch meine

Berührung wärmer wurde, und dann sagte ich plötzlich etwas, von dem ich gar nicht wusste, warum ich es überhaupt sagte. Vielleicht war ich wirklich berauscht vom Zucker. «Sie hatte so eine gewisse Affinität zu Hitze. Keiner wusste, warum.»

Dr. Flick verstand sofort, dass ich von meiner Mutter sprach, und dann tat sie etwas, das sie noch nie getan hatte. Sie griff über den Tisch und umfasste meine Hand. «Jana, du sagtest vorhin, deine Verwandtschaft hat nie richtig differenzieren können, dass es eine Krankheit war. Kannst du es denn?»

Ihr Blick war so eindringlich, dass ich sogar vergaß, meine Hand wegzuziehen, und stattdessen nur nickte.

«Kannst du es wirklich, Jana? Weißt du wirklich, dass niemand schuld an dem hat, was passiert ist? Weißt du es ganz tief in dir drinnen? Niemand kann etwas dafür. Niemand. Nicht deine Mutter. Und am allerwenigsten du.»

Eigentlich wusste ich das. Trotzdem war das Gefühl von Schuld ein ständiger Begleiter, den ich nie loswurde. Als ich das realisierte, begann die Umgebung vor meinen Augen zu verschwimmen, und ich hätte fast zu weinen angefangen. Ich versuchte die Emotionen hinunterzuschlucken, aber sie blieben in meinem Hals wie ein Fremdkörper stecken.

KAPITEL 23

Ich trug die Tulpe mit dem dunkelvioletten Blütenkopf fest umschlossen in meiner kalten Hand. Der Februar hielt in seinen ersten Tagen Einzug und war doch nicht milder als der Januar – trotzdem taten mir die frische Luft und die Bewegung nach dem Stress im Büro gut. Meine Zeit war begrenzt, zum Ende der Mittagspause musste ich zurück sein, aber für das, was ich vorhatte, würde sie reichen. Schon seit einer Weile trug ich dieses Vorhaben mit mir herum, eigentlich seit dem Tag, als Klaas mich in sein Büro gebeten hatte. Warum ich es ausgerechnet jetzt umsetzte, war mir selbst nicht ganz klar, vielleicht hatte es etwas mit meinem heutigen Geburtstag zu tun.

Auf dem gesamten Weg umgab mich ein mulmiges Gefühl, und es steigerte sich, als ich das große gusseiserne Tor, das wie ein Überbleibsel aus dem letzten Jahrhundert wirkte und von festem Mauerwerk gehalten wurde, öffnete und den Friedhof betrat. Nach ein paar Schritten roch die Luft nach Erde, nach Moos und verwelkten Blumen. Nach ein paar weiteren Schritten kam noch ein anderer Geruch hinzu, ein süßlicher und zugleich schwerer. Mein Vater hatte immer gesagt, dass ich mir das nur einbildete, aber dafür war der Geruch viel zu intensiv. Der Tod roch süß.

Auf den breiten Kieswegen kamen mir nur wenige Menschen entgegen, meist ältere Frauen mit Gießkanne oder einer kleinen Gartenschaufel in der Hand, ansonsten begegnete ich niemandem. Zumindest niemand Lebendigem. Grabsteine reihten sich links und rechts des Pfades und mit ihnen die unterschiedlichsten Namen. Doch nirgendwo fand ich jenen, nach dem ich suchte. Dennoch wusste ich, dass ich hier richtig war. Kleine, scheinbar unbedeutende Details hatten es mir verraten. Immer wenn ich bei Klaas oder Anke im Auto mitfuhr und wir diesen Friedhof passierten, sahen sie für einen Moment in seine Richtung und waren mit ihren Gedanken ebenfalls dort.

Nachdem ich die großen Wege alle abgelaufen hatte, wechselte ich auf die kleineren Nebenpfade. Ich hatte mir die Suche ein bisschen einfacher vorgestellt und war nun erschlagen von der Vielzahl an letzten Ruhestätten und vergangenen Leben, die sie beherbergten. Irgendwann waren all diese Menschen, die jetzt metertief unter der Erde lagen, genau wie ich durch die Welt gewandelt. Ich dachte an meinen Vater. Ich dachte an meine Mutter.

Und dann wurde ich fündig. Direkt neben einer alten und dicht mit Nadeln behangenen Tanne lag ein Grab, das viel kleiner war als alle anderen. So klein, wie ein Grab eigentlich niemals klein sein durfte. Kinder hatten nicht zu sterben.

Auf einer schneeweißen Marmorplatte standen mit schwarzen Buchstaben ein paar wenige Zeilen geschrieben.

Isabell Völkner
Danke für die kurze Zeit, die wir mit dir
verbringen durften.
Wir werden dich immer lieben.
Deine Mama und dein Papa

Die Erinnerung an das traurige Gespräch mit Klaas über seine verstorbene Tochter traf mich erneut mit voller Wucht. Jetzt hörte ich nicht nur von ihr, jetzt lag sie direkt vor mir. Begraben in nasskalter Erde, anstatt ein Leben im warmen, ihr angedachten Zuhause zu führen. Ich wischte mir eine Träne von der Wange und legte die Tulpe mit der violetten Blüte auf die Marmorplatte, direkt unter ihren Namen. «Du hättest gute Eltern gehabt», flüsterte ich.

Ich spürte, wie sich bei diesen Worten scheinbar unsichtbare Hände um meinen Hals legten und immer fester zudrückten, bis ich kaum noch Luft bekam. Zu der Geschichte von Isabell mischten sich Bilder aus meiner eigenen Vergangenheit, und ich merkte, dass ich den Ort verlassen musste.

Auf dem gesamten Weg zurück zum Büro ging ich die Zahlenfolge von Fibonacci durch und versuchte der aufgekommenen Panik entgegenzuwirken. Vor dem Gebäude angekommen, blieb ich noch eine Weile stehen und atmete mehrmals tief durch, ehe ich es betreten konnte.

Die angespannte Stimmung im Büro war so dominant, dass sie mich innerhalb weniger Minuten aus meiner eigenen herausriss und mich wie eine Strömung mit sich zog. Es herrschte der gleiche Stress wie zum Zeitpunkt meines Aufbruchs. Klaas und Matthias hatten vor einigen Wochen beschlossen, mich in das Chicago-Projekt einzuarbeiten, sodass auch ich gleich heute Morgen erfuhr, welches Fiasko sich über Nacht zugetragen hatte.

Erst vor einer Woche war Klaas mit Collin für vier Tage in Chicago gewesen, alles schien in Ordnung, alles lief nach Plan. Nun hatte die US-Behörde auf einmal den Bau gestoppt. Schon den ganzen Tag wurden Telefonate in Englisch geführt, und Klaas hatte nach jedem einzelnen Gespräch den Hörer fester auf das Gerät geknallt. «Es gibt keine Unstimmigkeiten in den Unterlagen», hatte ich ihn sagen hören. «Wir haben alles mehrfach geprüft, und es wurde genauso akzeptiert und genehmigt. Wo liegt jetzt auf einmal das Problem? Offenbar haben die da drüben Unstimmigkeiten in der Birne.»

So sauer hatte ich ihn noch nie erlebt. Alles im Büro stand Kopf, jeder war mit den Gedanken in Chicago. Vermutlich war es nicht verwunderlich, dass niemand an meinen Geburtstag dachte. Keine Torte am Morgen, keine Glückwünsche, keine Feier, so, wie das eben sonst an Geburtstagen meiner Mitbewohner der Fall gewesen war.

Aber eine Person hatte mich nicht vergessen. Noch bevor an diesem Morgen mein Wecker klingelte, schrillte mein Handy. Ich besaß das Gerät erst seit kurzem und hatte die Nummer nur wenigen mitgeteilt. Statt einer Stimme erklang ein lautes Tröten. Dann ein Kichern. Und schließlich folgte ein ziemlich schräg gesungenes «Happy Birthday to you», das in überschwänglich lieben Glückwünschen endete. Dr. Flick hatte ein großes Herz, und allem Anschein nach schreckte sie nicht davor zurück, auch ihren Patienten einen Platz darin einzuräumen.

Während ich einen Moment herumstand, meinen Gedanken nachhing und gleichzeitig die Hektik auf mich übergehen spürte, kam Matthias zu mir und holte mich ins Besprechungszimmer, wo immer noch Krisensitzung herrschte und über die momentane Situation beratschlagt wurde. Selbst Collin war sichtlich genervt und schien sich wie alle anderen den Kopf zu zerbrechen. Nur Matthias strahlte dieselbe Ruhe wie immer aus. «Was habt ihr denn erwartet?», fragte er, als keine Vorschläge mehr kamen und ein schweigsamer Frustpegel sich zähflüssig im ganzen Raum verteilte. «Wir wissen doch, wie ungern es die US-Behörden sehen, wenn interne Projekte an Ausländer vergeben werden. Unsere Anwälte machen ordentlich Druck, und du, Klaas, fliegst morgen hin und tust vor Ort dasselbe. Wenn sie keinen triftigen Grund für den Baustopp liefern können, müssen sie die Sperre wieder aufheben. Ansonsten verklagen wir sie auf mehrere Millionen.»

Klaas, der die ganze Zeit im Raum auf und ab gelaufen war, ließ sich auf den ledernen Bürostuhl am Kopfende des Tisches sinken und seufzte. «Ich verklag die so was von», murmelte er angesäuert.

Die angespannte Stimmung zog sich durch den gesamten Tag, erst später beim Abendessen beruhigte sich die Lage ein bisschen. Das Problem bestand zwar weiterhin, und auch die Tischgespräche drehten sich allein darum, trotzdem hatte der vorherrschende Stressfaktor ein wenig abgenommen und somit auch etwas von seiner ansteckenden Wirkung eingebüßt.

Zum Essen gab es geräucherten Aal mit Folienkartoffeln. Vor meiner Zeit auf Sylt hatte ich diesen komischen, länglichen Fisch noch nie gegessen, nun stand er so regelmäßig auf dem Speiseplan, dass ich mich an seinen nicht unbedingt mageren Geschmack bereits gewöhnt hatte und ihn sogar mochte.

«Wat dat smeckt!», sagte Klaas. Offenbar konnte ihn wenigstens das Essen für einen Moment ablenken. Schon oft hatte er erzählt, dass er Aal bereits als Kind geliebt hatte und der Fisch zu seinen absoluten Leibspeisen gehörte.

Als er mein Schmunzeln über seine friesische Mundart bemerkte, zwinkerte er mir zu. «Mensch, Jana, wegen dem ganzen Tumult ist eine Sache heute leider vollkommen untergegangen.»

Für einen Moment dachte ich, er würde damit meinen Geburtstag meinen, doch es kam anders.

«Ich habe mir Gedanken gemacht», sagte er und tupfte sich den Mund mit einer Serviette ab, die er anschließend wieder unter dem Tisch auf seinem Schoß verschwinden ließ. «Wir arbeiten dich ja schon seit einiger Zeit in das Chicago-Projekt ein. Was du allerdings nicht weißt, ist: Wir tun das nicht grundlos.» Vielversprechend zog er die Augenbrauen nach oben, ehe er fortfuhr. «Ich würde dich nämlich gerne ein bisschen motivieren. In Sachen Berufsschule und so.»

«Motivieren?», fragte ich.

In den letzten Wochen hatte sich die Stimmung zwischen uns wieder normalisiert, vielleicht war sie sogar ein bisschen besser als zuvor geworden. Die Tatsache, dass er mir meine Lüge nicht lange übelgenommen hatte, half mir ungemein. Es war mehr, als ich verdient hatte. Ihn und seine Frau mit Vornamen anzusprechen verringerte außerdem die Distanz zwischen uns. Und anstatt darauf zu warten, dass Vertrauen irgendwann von selbst entstand, bemühte ich mich, ihnen mehr davon entgegenzubringen. Das tat unserem Verhältnis bisher nur gut. Manchmal war die Welt seltsam. Aus etwas Negativem wuchs etwas Positives, als hätte das Gute das Schlechte als Nährboden gebraucht, um überhaupt entstehen zu können. Aus einem solchen Blickwinkel hatte ich Fehler zuvor nie betrachtet.

«Ja, motivieren», kam er auf meine Frage zurück. «Warst du schon mal in Chicago, Jana?»

Fast hätte ich mich an dem Multivitaminsaft verschluckt.

«Ich interpretiere das mal als nein.» Er lachte. «Bitte verstehe es nicht als Erpressung. Und allzu viel Druck soll es auch nicht auslösen. Ich möchte dir nur einen kleinen Anreiz geben, weil ich sehe, wie schwer du dich manchmal tust. Aber all deine Mühen, sie werden nicht umsonst sein, Jana: Wenn du bessere Noten schreibst, nehme ich dich irgendwann mit nach Chicago. Deal?»

Ich wusste nicht, was ich sagen sollte. Auch fünf Minuten später nicht. Mehr als ein zögerliches Nicken brachte ich nicht zustande und merkte, dass mir der fettige Fisch in Verbindung mit diesem Angebot auf einmal doch zu schwer im Magen lag. Plötzlich war ich pappsatt. Für den Rest des Essens lebte ich in meiner komplett eigenen Welt und bekam von den Tischgesprächen nichts mehr mit.

Als alle fertig waren, verabschiedete sich Klaas ziemlich schnell in sein Büro, weil er noch einige Unterlagen prüfen wollte, ehe er sich schlafen legte. Um fünf Uhr morgens ging bereits sein Flieger in die USA. Während ich mit Anke und Lars die Spülmaschine einräumte, fiel mir auf, dass ich ihm nicht mal einen guten Flug gewünscht hatte.

«Glaubst du, ich kann Klaas kurz im Büro stören?», fragte ich Anke. «Ich würde ihm gerne eine gute Reise wünschen.»

«Geh ruhig», sagte sie lächelnd, «das freut ihn bestimmt.»

Zuversichtlich machte ich mich auf den Weg. Den Kopf immer noch voll mit Gedanken wegen seines Angebots, bog ich in den dunklen Flur und sah Licht aus dem Arbeitszimmer in den Gang scheinen. Die Tür war nur angelehnt. Ich streckte den Arm aus und wollte meine Hand gerade auf die Klinke legen, als es plötzlich passierte. Erst war ein Knarzen aus dem Büro zu hören, als hätte Klaas sein Gewicht auf dem Bürostuhl verlagert, doch dann knatterte es so laut, dass ich augenblicklich zur Salzsäule gefror. Auch wenn dieses Geräusch lauter als jedes andere gewesen war, das ich in diesem Zusammenhang jemals gehört hatte, wusste ich sofort, was es bedeutete: Mein Chef hatte gerade gepupst. In einem Ausmaß, wie sonst nur Elefanten pupsen.

Meine Augen konkurrierten in diesem Moment wohl ebenso mit der Größe von Rüsseltieren. Vorsichtig zog ich meine Hand zurück. Und dann tat ich das Einzige, was man in einer solchen Situation tun konnte: Ich schlich so schnell es ging zurück und war niemals, niemals, niemals hier gewesen.

Oben in meinem Zimmer angekommen, waren meine Augen nicht kleiner geworden. Für eine Weile lehnte ich mit dem Rücken an der Tür und erinnerte mich in einer geräuschvollen

Endlosschleife an das, was gerade eben passiert war. Hätte ich ihm doch einfach schon nach dem Abendessen einen guten Flug gewünscht, dann wäre das Ganze niemals geschehen. Ich konnte nur hoffen und beten, dass Anke ihn später nicht fragte, ob ich noch mal in seinem Büro gewesen war. Den Kopf an die Tür gelehnt, atmete ich lautstark nach oben aus, sodass ich den Luftzug an meinem Haaransatz spüren konnte. Schließlich schüttelte ich den Kopf und setzte mich vor mein Mathebuch.

Aber sosehr ich mich auch anstrengte, ich konnte keine richtige Konzentration aufbringen. Zu viel war an diesem Tag passiert, und zu motivationslos war ich, meinen Geburtstag ausgerechnet mit dem Lösen von Rechenaufgaben ausklingen zu lassen. Ich lauschte ins Haus, doch nichts als Stille schlug mir entgegen. Offenbar saß niemand irgendwo zusammen, sodass ich mich hätte dazusetzen können. Nach einer Stunde schließlich packte ich meinen MP3-Player, holte mir aus dem dunklen Aufenthaltsraum eine flauschige Decke und verließ durch die Terrassentür das Haus. Folgte dem Pfad, dem ich bei milderen Temperaturen so oft gefolgt war und der mich direkt zum Meer führte. Der Wind hatte ein bisschen abgenommen, blies aber trotzdem bitterkalt und ließ mich frösteln. Ich zog die Decke um meine Schultern und spazierte durch den Sand, spürte, wie er unter meinen Füßen nachgab, und atmete die frische, salzige Luft ein. Mit meiner Lunge hatte ich noch nie Probleme gehabt, aber so tief, wie ich auf Sylt durchatmete, hatte ich es in meinem ganzen Leben noch nicht getan.

Nach einigen Metern fand mein Spaziergang, der eigentlich noch viel weiter gehen sollte, ein jähes Ende. Leicht erhöht sah ich eine kleine Taschenlampe leuchten, mit der ich nicht gerechnet hatte, die aber nur eins bedeuten konnte. Augenblicklich stoppten meine Füße. Und als sie die Bewegung wieder aufnahmen, schlugen sie eine andere Richtung ein als die ursprünglich geplante. Direkt auf die Aussichtsplattform zu.

Darauf bedacht, die Decke nicht zu verlieren oder sie beim Aufstieg zu beschmutzen, kletterte ich die Stufen ziemlich ungelenk nach oben. Collin erschreckte sich ein bisschen, genauso wie ich mich sonst immer erschreckte, wenn die Balken plötzlich knarzten und er aus dem Dunkeln auftauchte. Doch schon bald hatte er sich erholt und schenkte seine Aufmerksamkeit wieder dem schwarzen Buch.

Ich suchte mir meinen alten Platz, setzte mich in den Schneidersitz und mummelte mich fest ein. Während ich Jacke, Mütze und Decke um mich wusste, trug Collin lediglich einen Pullover. Aber sooft ich auch in seine Richtung schielte, er zitterte nicht. Lange war es still zwischen uns, und meine Hoffnung, dass Collin einen Anfang machte, blieb vergebens. Irgendwann traute ich mich, ihn selbst zu machen. Immerhin verbrachten wir dank der Nachhilfe nun viel mehr Zeit miteinander.

«Ist dir nicht kalt?»

Sobald ich die Worte ausgesprochen hatte, erinnerte ich mich, dass ich ihm genau diese Frage schon einmal gestellt hatte. Damals war es auf dem Balkon gewesen.

«Doch», sagte er und zuckte mit den Schultern. «Aber ich friere gerne.»

Ich nickte, als hätte ich das verstanden, doch in Wahrheit verstand ich es nicht. Mein Blick schweifte zurück auf das dunkle Meer. Die See war verhältnismäßig ruhig geworden, aber der Frieden täuschte. Wahrscheinlich reichten wenige Minuten in dem Gewässer, und man wäre so stark unterkühlt, dass es keine Chance mehr auf Rettung gab.

«War es in Chicago eigentlich auch so kalt wie hier?»

«Kälter», entgegnete er, ohne aufzusehen. «Minus zehn Grad und eisiger Schnee. Das war sogar mir ein bisschen zu frisch.»

Ich rang mir ein einseitiges Schmunzeln ab und verspürte gleichzeitig den Wunsch, Collin etwas von meiner Wärme abzugeben.

«Und wie war es sonst in Chicago?» Bisher hatte ich ihn kaum etwas darüber sagen hören.

Für einen Moment nahm er den Stift vom Papier und verharrte, als müsste er sich selbst noch einmal seine Eindrücke ins Gedächtnis rufen. «Es war sehr spannend», sagte er schließlich. «Ich war noch nie in den USA. Chicago ist riesig. Es läuft alles ganz anders als hier.»

Wenn ich mir das versuchte vorzustellen, konnte ich noch weniger glauben, dass Klaas mich tatsächlich mitnehmen wollte – vorausgesetzt, meine Noten würden sich bessern.

«Und welche Atmosphäre herrscht in der Stadt?», fragte ich.

«Eher geschäftig», antwortete Collin. «Es gibt viel Verkehr, jeder scheint ein klares Ziel vor Augen zu haben und zu wissen, wie er dort am schnellsten hinkommt. Ähnlich wie in Frankfurt im Bankenviertel. Warst du dort schon mal?»

Ich schüttelte den Kopf und sah mich jetzt schon völlig verloren mitten in Chicago stehen.

«Ich habe früher in einem Kaff in der Nähe von Frankfurt gewohnt und war öfter dort.»

Collin machte nicht den Eindruck, als wäre es ihm bewusst, mir fiel dafür aber umso deutlicher auf, dass er mir ein neues Detail aus seiner Vergangenheit erzählt hatte.

Ich nickte, und Collin widmete sich wieder seinem schwarzen Buch. Eine Weile wartete ich, ob er weitersprechen, mir vielleicht sogar noch ein Detail aus seinem Leben verraten würde oder mir zumindest mehr von Chicago berichten wollte. Aber das Gespräch war zu Ende.

Der MP3-Player in meiner Hosentasche drückte mir gegen den Oberschenkel, doch so gerne ich sonst auch Musik hörte, in diesem Moment hatte ich kein Bedürfnis danach. Lieber hörte ich das Meer rauschen und Collin nicht weit von mir zeichnen, auch wenn ich das Flüstern des Stiftes wegen des Windes leider kaum hören konnte. Aber meine Erinnerung wusste, wie es klang, und zauberte es scheinbar magisch hinzu.

Mit der Hand fuhr ich über den Boden der Plattform, spürte die feinen und zugleich harten Sandkörner, die der Wind hierhingetragen hatte. Seit ich auf der Insel wohnte, konnte ich mich an keinen einzigen Tag erinnern, an dem nicht irgendwo Sand zum Vorschein gekommen wäre, wenn ich mich abends umzog. Das gehörte zu einem Leben an der Küste wohl einfach dazu. Eine Haarsträhne löste sich unter meiner Mütze, und egal, wie oft ich versuchte, sie hinters Ohr zu streifen, der Wind blies sie mir doch immer wieder vor die Augen.

Mein Blick schweifte abwechselnd in die Ferne und zurück zu meinen Fingern und manchmal, ganz heimlich, auch zu Collin. Erwischen tat er mich jedoch kein einziges Mal dabei.

«Ich bin jetzt auch in den Zwanzigern», sagte ich irgendwann zu ihm. Collin war drei Jahre voraus. Die Stille sollte nicht lange gebrochen werden, es vergingen mehrere Sekunden, bis er reagierte.

«Wie meinst du das?»

«Ich bin heute zwanzig geworden.» Vorsichtig lächelte ich in seine Richtung, dann sah ich zurück auf meine Hände.

«Du hast heute Geburtstag?»

Ich nickte.

«Oh Mann», sagte er. «Anke wird sich nie verzeihen, dass sie deinen Geburtstag vergessen hat.»

«Dann sag es ihr einfach nicht», antwortete ich leise.

Er schien darüber nachzudenken und nickte schließlich. «Ausgerechnet heute habe ich leider kein kleines Törtchen mit Kerze in meiner Hosentasche.»

Ich schmunzelte. «Zu dumm.»

«Hm», machte er und sagte dann lange Zeit erst mal nichts, konzentrierte sich stattdessen wieder aufs Zeichnen. «Und wie feiern wir beide jetzt noch deinen Geburtstag?»

Für eine Weile überlegte ich. «Mir fallen nur zwei Möglichkeiten ein.»

«Die da wären?»

«Ich darf dir persönliche Fragen stellen, und du antwortest, ohne sauer zu werden.»

Er lachte, wie ich ihn selten lachen hörte, zwar immer noch dezent, aber trotzdem unbefangener als bei den wenigen anderen Gelegenheiten. «Und wie lautet deine zweite Idee?»

Ich zog die Decke fester um mich und kuschelte mich noch tiefer darin ein. «Dass wir einfach noch eine Weile hier sitzen bleiben. Du zeichnest, und ich schaue aufs Meer.»

«Das klingt nach einem sehr guten Vorschlag», sagte er.

Zum ersten Mal hatte ich das Gefühl, dass er vielleicht gar nicht so ungern Zeit mit mir verbrachte, auch wenn wir sie nur mit Schweigen füllten. Und das taten wir bis spät in die Nacht, bis mein Geburtstag längst vorbei war und die Kälte irgendwann unerträglich wurde. Nur in meinem Bauch war es die ganze Zeit über warm.

Als wir später zusammen über den Holzpfad in Richtung Garten liefen, waren meine Glieder ganz steifgefroren, und jeder Schritt schmerzte. Ich fragte mich, wie man Frieren als etwas Positives empfinden konnte, und fühlte ganz tief in meinen Körper hinein. Dabei fiel mir auf, dass ich meine Muskeln gerade viel deutlicher und dadurch auch insgesamt mich selbst besser spürte. Fror er deswegen gerne?

Im Haus angekommen, empfing uns eine angenehme Wärme. Alles schlief, alles war dunkel. Unsere Schritte auf den Stufen nach oben hallten nur sehr leise nach. Als ich Collin eine gute Nacht wünschte, mich für die schweigsame, schöne Feier bedankte und in mein Zimmer abbiegen wollte, hielt er mich zurück und legte mir ein gefaltetes Papier in die Hand, aus dem ein paar Sandkörner rieselten. Dann wünschte er mir ebenfalls eine gute Nacht und verschwand in seinen vier Wänden.

Erst als ich die Zimmertür hinter mir geschlossen hatte, faltete ich es mit eiskalten Fingern langsam auf. Ein Törtchen war daraufgemalt, mit viel Creme, Himbeeren und einer brennenden Kerze. Darunter stand ein kurzer Text. *Alles Liebe zum zwanzigsten Geburtstag, Jana. Ich hoffe, du magst Himbeeren.*

KAPITEL 24

Der Cursor blinkte auf dem weißen Hintergrund, und ich fragte mich, ob er jemals damit aufhören würde, auch wenn ich in zehn Stunden noch keinen einzigen Satz geschrieben hätte. Einerseits war ich versucht, es herauszufinden, andererseits ahnte ich bereits jetzt, wer von uns beiden den längeren Atem besäße. Das Kinn auf die Hand gestützt, seufzte ich und schloss für einen Moment die Augen, konzentrierte mich auf die Musik in meinen Ohren und wünschte mir, sie würde mich endlich inspirieren.

Statt des erhofften Musenkusses bekam ich wenig später etwas ganz anderes, nämlich einen halben Herzinfarkt. Ich spürte eine Berührung auf meiner Schulter, fuhr herum und stellte geschockt fest, dass Collin direkt neben meinem Bürostuhl stand. Er deutete auf seine Ohren, signalisierte mir, dass ich die Kopfhörer herausnehmen sollte. Mit einem Puls von einhundertachtzig kam ich seiner Aufforderung nach.

«Ich habe dreimal geklopft. Entschuldigung, ich wollte dich nicht erschrecken.»

Dem schnellen Pochen meines Herzschlags lauschend, starrte ich ihn an und wartete darauf, dass er weitersprach. Irgendeinen Grund musste sein Erscheinen schließlich haben. Doch statt etwas zu sagen, wedelte er mit einem Notizblock in seiner Hand – und dann brach die Erkenntnis auch schon über mich herein. «Ich hätte zur Nachhilfe kommen sollen», sagte ich und fasste mir an die Stirn.

Er hob die Schultern. «Eigentlich schon.»

Das war mir noch nie passiert, und ich konnte mir auch nicht erklären, wieso mir die Verabredung heute entfallen war. Normalerweise beschäftigten mich Verabredungen mit Collin schon zum Zeitpunkt meines Aufwachens.

Zu spät bemerkte ich, dass sein Blick auf dem Bildschirm ruhte. «Jana blogt?», fragte er. «Was blogt Jana denn?»

Ich klappte den Laptop zu und verstaute ihn samt MP3-Player in der Schublade. «Bisher blogt sie gar nichts», murmelte ich und schämte mich ein bisschen, dass er mich erwischt hatte. Doch er nahm es nur schweigend zur Kenntnis und kam wieder auf sein eigentliches Anliegen zurück. «Und wie sieht's mit Lernen aus? Sollen wir es verschieben?»

«Nein, natürlich nicht. Entschuldigung, dass ich es verschwitzt habe», sagte ich und stand auf, um meine Bücher und Unterlagen aus dem Rucksack zu holen. Collin räumte indessen meine Klamotten von dem zweiten Stuhl – was mir erneut etwas unangenehm war – und setzte sich an den Schreibtisch. Bisher hatten wir immer in seinem Zimmer gelernt, es war ungewohnt, ihn in meinen privaten vier Wänden zu wissen. Zögerlich setzte ich mich an seine Seite. Er trug eine dunkelblaue Jeans und einen anthrazitfarbenen Pullover, der sehr weich aussah und angenehm nach Waschmittel roch. Bevor er sich an den großen Ordner mit den Unterlagen machte, krempelte er die Ärmel nach oben.

«Wo waren wir das letzte Mal stehengeblieben?», fragte er. «Ich glaube, wir haben mit der *Sicherung von Baustellen* begonnen, richtig?»

Den Blick auf die kleinen, verblassten Narben an seinen Armen gerichtet, die im Schein der Schreibtischlampe heller wirkten und dadurch deutlicher sichtbar waren, nickte ich.

Zuerst begann Collin die verschiedenen Arten von Baustellen zu erklären, ging auf die jeweiligen Gesetzgebungen ein und wechselte schließlich zur letzten Seite meines Arbeitsbuches mit Dutzenden von abgebildeten Schildern.

Den Kopf auf den Arm gestützt, saß ich die meiste Zeit still neben ihm, fuhr mit den Fingern über die glatte Schreibtischoberfläche und vermisste die unzähligen Rillen, die Collin in seiner hatte. Irgendwann klappte er das Buch zu. «Ich werde das Gefühl nicht los, dass du überhaupt nicht bei der Sache bist.»

Ich setzte mich aufrecht und sah ihn entschuldigend an. Ich hatte mir wirklich Mühe gegeben, ihm so aufmerksam wie möglich zuzuhören, aber offenbar war mir das nicht besonders gut gelungen. «Es tut mir leid. Ich versuche mich ab jetzt besser zu konzentrieren.»

Collin lehnte sich im Stuhl zurück und machte keine Anstalten, das Buch wieder zu öffnen. Stattdessen sah er mich für seine Verhältnisse ungewohnt lange an. «Was ist denn los mit dir?», fragte er, ohne dass es wie ein Vorwurf klang. «Du bist schon seit ein paar Tagen so komisch.»

Ich erinnerte mich an seine Blicke in letzter Zeit, die mich immer spüren ließen, dass er merkte, dass etwas nicht stimmte, aber gefragt hatte er mich nie. Meine aufrechte Haltung brach zusammen, und ich sank mit dem Oberkörper auf den Schreibtisch.

«Hat es was mit neulich zu tun? Als du mit Vanessa unterwegs warst?»

Eigentlich wollte ich in zwei Tagen mit Dr. Flick über alles reden, auch wenn ich inzwischen nicht mehr wusste, wie ich es bis dahin aushalten sollte. Heute hatte ich mehrmals überlegt, sie anzurufen, aber den letzten Schritt nicht gewagt.

Offenbar fand Collin mein Schweigen unbefriedigend, denn er fragte konkreter nach. «Ist etwas passiert?»

Ich drückte mit dem Fingernagel in das Holz, in der Hoffnung, es würde sich eine Rille ergeben. Aber die Oberfläche war viel zu hart. «Ich weiß es nicht», murmelte ich.

«Du weißt nicht, ob dir etwas passiert ist?»

«Doch», sagte ich. «Mir ist nichts passiert. Zumindest nicht so richtig. Aber ich weiß nicht, ob Vanessa etwas passiert ist.»

Für eine Weile sagte er nichts, nur der Tisch ruckelte ein bisschen, als wäre er aus Versehen mit den Füßen gegen das Holzbein gestoßen. «Was heißt, *zumindest nicht so richtig*?», fragte er schließlich.

«Sagen wir einfach, es war ein beschissener Abend.»

«Warum erzählst du mir nicht einfach, was passiert ist?»

Ich zog Collins Block mit dem karierten Papier heran und begann Muster darauf zu malen. Mal runde, mal eckige. Warum ich ihm nicht erzählte, was los war? Keine Ahnung ... Wahrscheinlich, weil es mir nicht leichtfiel, über den Abend zu reden. Generell fiel es mir nie leicht, über etwas zu reden. Irgendwie hatte ich aber im Gefühl, dass ich es in diesem Fall tun sollte und dass Collins Interesse echt war.

«Vanessa hat einen Freund», begann ich zögerlich und bemerkte, dass ich noch vor ein paar Monaten wahrscheinlich nichts gesagt hätte. «Sie wollte ihn mir vorstellen und hat mich stundenlang genervt und keine Ruhe gegeben, bis ich mitging. In so eine Bar am Stadtrand. Ich hatte keine Ahnung, dass ihr Freund schon über dreißig ist. Und dass wir ihn nicht allein trafen, sondern er einen Kumpel dabeihatte.»

Collin gehörte nicht zu der Sorte Mensch, der man Sachen lang und breit erklären musste. Er verstand, worauf ich hinauswollte. «Hat der Typ dich angemacht?»

Ich antwortete nicht, doch mein Schweigen erfüllte denselben Effekt. «Angefasst?», fragte er.

Mit dem Kugelschreiber strich ich mein eben gemaltes und misslungenes Muster durch und begann ein neues. «Nein, er war aufdringlich, aber angefasst in dem Sinne hat er mich nicht.»

«Es klingt trotzdem unangenehm.»

«Es war sehr unangenehm. Irgendwann hat er das Interesse an mir verloren und sich an Vanessa rangemacht.»

«Meintest du nicht, dass ihr Freund dort war?»

«Ja. Den Freund hat das aber nicht gestört. Und Vanessa auch nicht.»

«Wieso bist du nicht gegangen, Jana?»

Ich seufzte. «Wenn das mal so einfach gewesen wäre ... Natürlich wäre ich am liebsten sofort wieder gegangen. Aber dann hätte ich Vanessa zurücklassen müssen. Ich habe versucht, sie zum Gehen zu überreden. Aber sie hat mich behandelt, als würde ich ihr den Spaß verderben wollen. Fast so, als wäre ich nicht ganz dicht ... Und dann habe ich noch andere Sachen mitbekommen.»

«Bist du wenigstens dann gegangen?»

«Ich sagte, ich gehe auf die Toilette, bin aber nach Hause.»

«Gutes Mädchen», sagte Collin.

Mein neues Muster gefiel mir ebenso wenig, sodass ich es wie das andere durchstrich und stattdessen die kleinen Kästchen des karierten Papiers ausmalte. Dafür reichte mein künstlerisches Talent wenigstens aus.

«Ich verstehe sie einfach nicht», begann ich erneut. «Es musste ihr doch klar sein, in welche Richtung der Abend verlaufen würde. Trotzdem blieb sie, als würde sie es regelrecht darauf anlegen, eine Gelegenheit zu bieten, sich von Männern benutzen zu lassen. Verstehst du das? Das ist doch total bescheuert.»

«Natürlich ist es bescheuert», sagte er.

«Weißt du, ich bin einerseits so wütend. An diesem Abend sind echt fiese Sachen über mich gesagt worden, und Vanessa hat dem Ganzen am Ende die Krone aufgesetzt. Wie konnte sie mich überhaupt erst in diese Situation bringen? Was, wenn der Typ mich nicht in Ruhe gelassen hätte? Und wieso nimmt sich mich überhaupt mit, wo sie doch ganz genau wissen müsste, dass ich mich niemals auf ihn eingelassen hätte? Die ganze Sache war so was von arrangiert. Von wegen, ich sollte ihren Freund kennenlernen... Das macht mich so sauer – sie hat mich einfach ins offene Messer laufen lassen.» Längst konnte ich die feinen Umrandungen der Kästchen nicht mehr einhalten und schmierte mit aufgedrücktem Kugelschreiber über die Karos hinaus. «Andererseits macht es mich aber fertig, dass ich nicht weiß, was mit ihr passiert ist, nachdem ich gegangen bin», fuhr ich fort. «Ich habe die ganze Nacht unten auf der Treppe auf sie gewartet, und als sie nach Hause kam, war ihr ganzes Gesicht verquollen. Sie war völlig verheult und aufgelöst.» Der Kugelschreiber knackte bereits unter meinem festen Druck. «Seitdem habe ich zweimal versucht, mit ihr zu reden, aber sie will nichts von dem Thema hören und sagt immer wieder, es wäre alles gut.»

Als ich den Kopf hob und in Collins überraschte Augen sah, bemerkte ich, wie aufgewühlt ich war und wie energisch ich gesprochen hatte. Ich atmete tief durch, doch länger als für eine Minute schaffte ich es nicht, den Mund zu halten.

«Ich versuche es zu verstehen», sagte ich. «Ich tue es aber nicht. Vanessa wirkt immer so arrogant und überheblich. Inzwischen habe ich aber den Eindruck, dass sie sich selbst in Wahrheit extrem wenig wert ist. Alles nur Fassade. Ansonsten würde man sich doch nicht so verhalten und sich so benutzen lassen. Warum tut sie sich so was an? Was erhofft sie sich davon? Sucht sie nach irgendetwas?»

«Wonach soll sie denn suchen?», wollte Collin wissen, aber so genau wusste ich das leider auch nicht.

«Keine Ahnung. Vielleicht nach Liebe?»

«Dann stellt sie sich aber ziemlich dumm dabei an. So wird sie garantiert keine finden.»

Natürlich würde sie das nicht. «Manchmal verhalten sich Menschen aber so extrem widersprüchlich. Sie gehen auf Distanz, obwohl sie sich Nähe wünschen.»

Collin seufzte. «Jana, falls du das Bedürfnis hast, Vanessa zu helfen, dann schlag es dir lieber gleich wieder aus dem Kopf. Sie muss sich selbst helfen wollen, und davon ist sie meilenweit entfernt.»

«Harte Worte von einem harten Mann», murmelte ich und sah zu ihm auf.

Irgendwas schien ihm an meiner Aussage nicht zu gefallen, aber Collin wäre nicht Collin, wenn er das thematisieren würde.

«Es gibt Menschen mit Problemen», sagte er. «Und es gibt Menschen wie Vanessa, die dich in ihren Sumpf mit reinziehen.»

Ich riss das zerkritzelte Papier aus dem Block, zerknüllte es und warf es in Richtung Mülleimer. Weil knapp daneben auch vorbei ist, bückte sich Collin danach und ließ es für mich in den Eimer fallen. «Anfangs, als du neu warst, habe ich dich für sehr naiv gehalten», sagte er. «Wahrscheinlich bist du das auch ein bisschen. Aber nicht, weil du realitätsfremd bist. Du denkst nur sehr oft mit dem Herzen und vertraust zu wenig in deine analytischen Fähigkeiten. Du kapierst sehr wohl, was vor sich geht und was um dich herum passiert, du traust nur deinem eigenen Urteil nicht.»

Den Blick auf den Block gerichtet, sah ich die feinen Rillen, die sich durch mein energisches Malen bis auf die nächste Seite durchgedrückt hatten.

«Es ist ehrenwert, dass du Vanessa nicht zurücklassen wolltest. Aber ganz ehrlich, Jana, in solchen Momenten musst du an dich selbst denken. Ich finde es gut, dass du das letztlich auch gemacht hast. Es war richtig.»

Als ich nicht reagierte, räumte Collin Bücher und Unterlagen zur Seite und lehnte sich genauso wie ich über den Tisch, das Kinn auf den Arm gestützt und das Gesicht in meine Richtung geneigt. So nah, wie wir jetzt auf einmal nebeneinandersaßen, waren wir uns noch nie gekommen.

«Du meintest, es wären fiese Sachen über dich gesagt worden», griff er meine Worte von vorhin wieder auf, und erst da fiel mir auf, dass mir diese Formulierung einfach so herausgerutscht war. «Was genau kann ich darunter verstehen?»

Würde ich mich nur zwei Zentimeter bewegen, würde ich seinen Arm berühren. Mein Herzschlag beschleunigte sich, so wie das immer passierte, wenn nicht genügend Distanz vorhanden war. Aber unter den Wunsch, aufzustehen, mischte sich der, sitzen zu bleiben. «Es ist mir peinlich», antwortete ich leise.

«Es sollte *ihnen* peinlich sein, nicht dir.»

Ich nickte, spürte aber gleichzeitig, dass das Gefühl dennoch nicht von mir abließ.

«Du musst es mir nicht sagen, wenn du nicht willst», fuhr er fort. «Du wirkst nur sehr gekränkt, und ich frage mich, was die Ursache dafür ist.»

Manchmal tat es gut, etwas in den Händen zu haben oder mit etwas beschäftigt zu sein, wenn einem die Situation unangenehm war. Leider hatte Collin aber auch den Block und den Kugelschreiber weggeräumt, sodass mir nichts anderes blieb, als wieder mit der Hand über die glatte Schreibtischoberfläche zu fahren. Es fehlten eindeutig Rillen. «Sie haben sich über mich lustig gemacht, ich passte da eben nicht so gut rein.»

«Und worüber haben sie sich lustig gemacht?»

«Dass ich aussehe wie ein Jüngling und prüde wäre und so einen Kram.»

«Warum wie ein Jüngling?»

Die Schultern gehoben, antwortete ich verzögert. «Keine Ahnung, ich denke, wegen meinen Klamotten, der Mütze und überhaupt.»

Schweigend schien er einen Moment darüber nachzudenken. «Und was haben sie noch gesagt?»

Ich dachte an Vanessas Worte zurück, dass ich doch froh sein sollte, dass sich jemand für mich interessierte. Dass ich ein hoffnungsloser Fall sei und ein ewiger Außenseiter bleiben würde. Und an all die anderen Sachen, die sie mir aus Wut an den Kopf warf, weil ich abwertend über ihre sogenannten Freunde sprach.

«Du magst es wirklich nicht erzählen», sagte Collin.

Langsam schüttelte ich den Kopf.

«Dann muss ich annehmen, dass es schlimmer ist als der Jüngling. Und *den* find ich schon ziemlich mies.»

Er hatte seine Kopfhaltung keine Sekunde geändert und den Blick die ganze Zeit auf mich gerichtet, nur ich sah immer wieder zurück zum Schreibtisch.

«Jana, ich hoffe, du weißt, dass es totaler Quatsch ist, was sie gesagt haben. Ob lange Klamotten und Mütze oder nicht – man sieht an deinem Gesicht sehr deutlich, dass du eine Frau bist. Ganz besonders an deinen Augen.»

Wenn Collin etwas Nettes sagte, klang es nie schwülstig oder aufgesetzt, er sagte es so ernst, wie er alle Sachen sagte. Er machte keine Komplimente, er äußerte einfach seine Meinung. Umso durchdringender war manchmal die Wirkung seiner Worte.

Stille kehrte ein, und ich spürte, dass es mir besser ging, dass es gut war, mit ihm geredet zu haben. Und dann wurde mir auf einmal bewusst, dass der Moment denkbar günstig war, ihm eine Frage zu stellen, dir mir schon so lange auf dem Herzen brannte.

«Collin», murmelte ich. «Wie war das eigentlich damals zwischen dir und Vanessa ... Habt ihr nicht gemeinsam die Lehre begonnen?»

Etwas verwundert über den Themenwechsel, sah er mich an. «Wir sind am selben Tag eingezogen, ja. Warum fragst du?»

«Nur so, aus Interesse. Habt ihr euch verstanden?»

Er zuckte mit den Schultern und musste sich anscheinend erst mal durch seine Erinnerungen graben. «Ich hatte den Eindruck, sie hoffte, dass uns das Neusein zusammenschweißen würde. Zumindest hat sie ständig meine Nähe gesucht.»

«Und du ihre nicht?»

Collin schüttelte den Kopf. «Ich habe keine Probleme mit dem Alleinsein», sagte er. «Und mir ist auch klar, dass Vanessa nicht grundlos so geworden ist, wie sie heute ist. Aber, was soll ich sagen ... Ich mag das Resultat trotzdem nicht. Sie interessiert sich nur für sich selbst und ist link.»

Während er sprach, hatte ich ihm die ganze Zeit in die Augen gesehen und darin dieselbe Ehrlichkeit wie immer erkannt. Und mit einem Mal wusste ich, warum Vanessas Warnung nie die Wirkung auf mich gehabt hatte, die sie eigentlich hätte haben sollen: Ich habe ihr nie geglaubt.

KAPITEL 25

Herrgott, Jana, irgendwann bringst du mich noch ins Grab», fluchte Anke, die auf Knien vor dem Blumenbeet hockte und sich ans Herz fasste. «Du schleichst immer so.»

Ich hatte sie vom Balkon aus im Garten werken sehen und mich daraufhin auf den Weg zu ihr nach unten gemacht – offenbar etwas zu leise. «Bitte entschuldige.» Ich war aufgrund ihrer Reaktion selbst zusammengezuckt.

Anke trug eine dunkle, mit Erde beschmierte Jeans, einen roten Pullover, gelbe Arbeitshandschuhe und einen Strohhut, den ich noch nie an ihr gesehen hatte. Schließlich seufzte sie laut und erholte sich so schnell von dem Schock, wie er aufgekommen war.

«Schwamm drüber», sagte sie. «Aber wundere dich nicht, wenn ich dir irgendwann eine Kuhglocke kaufe.» Sie benutzte die kleine spitze Schaufel wie die Verlängerung eines erhobenen Zeigefingers und steckte sie dann zurück in die Erde. Ich schmunzelte.

«Wohin bist du denn unterwegs?», wollte sie wissen. «Gehst du runter zum Meer?»

Ich sah den Pfad entlang, der zum Strand führte, steckte die Hände in die hinteren Hosentaschen und schüttelte den Kopf. «Eigentlich wollte ich dir ein bisschen helfen. Aber dann habe ich dir einen Herzinfarkt eingejagt, und nun weiß ich nicht, ob du meine Hilfe noch möchtest.»

Jetzt war sie diejenige, die schmunzelte. «Hinten im Gartenhäuschen findest du Handschuhe, Schaufel und Harke.»

Das war Zustimmung genug. Ich deckte mich mit den Utensilien ein, zog die Handschuhe über und kniete mich neben sie. «Und was machen wir jetzt?», fragte ich.

«Erst lockern wir mit der Harke den Boden und zupfen das Unkraut. Dann machen wir kleine Löcher und stecken jeweils eine Blumenzwiebel hinein.» Sie deutete auf einen der vier Eimer, die neben ihr standen und verschiedene Sorten Zwiebeln beherbergten. «Alles verstanden?»

Ich nickte, und wir machten uns an die Arbeit.

Anfangs hatte ich hauptsächlich an Dr. Flicks Liste gedacht und dass der Moment günstig wäre, den Punkt *Blumen pflanzen und im Garten arbeiten* endlich abzuhaken, doch je länger Anke und ich uns durch die Erde wühlten und dabei kleine Plaudereien führten, desto geeigneter kam mir die Gelegenheit vor, durch die Gartenarbeit ein bisschen Zeit mit ihr zu verbringen. Mir fiel auf, dass ich sonst nur sehr selten allein mit ihr war. Vielleicht mal beim Kochen oder Abwaschen, aber auch da stieß meistens irgendwann eine dritte Person hinzu.

«Ist das nicht schön, dass der Frühling langsam kommt?» Sie hielt ihre Nasenspitze in die Sonne, die die Insel mit ihren ersten Strahlen vorsichtig streichelte. Die Luft war immer noch frisch, aber der richtige Frost war endlich vorbei und wich Tag für Tag einer neuen Jahreszeit.

«Ich mag den Geruch», sagte ich. «Es riecht nach Erde, Pflanzen und Blättern.»

«Und bald auch nach Blumen.» Anke zeigte auf die Zwiebel, die sie unter einer Handvoll Erde vergrub, und schnappte sich gleich die nächste. «Wusstest du eigentlich, dass Klaas und ich beim Hausbau einen handfesten Streit hatten?» Sie verlagerte ihr Gewicht nach hinten auf die Fersen und grinste spitzbübisch unter ihrem Strohhut hervor.

Beim Streiten hatte ich die beiden, ehrlich gesagt, noch nie erlebt, höchstens bei zivilisierten Meinungsverschiedenheiten. Vielleicht waren sie aber auch einfach nur geschickt genug, um sich die Haare nicht in unserem Beisein zu raufen.

«Es ging um den Garten», sprach Anke weiter und zog ihre verrutschten Handschuhe zurecht. «Klaas mag es akkurat: ein englischer Rasen, hier und da ein getrimmter Buchsbaum und zur Abgrenzung eine feingeschnittene, kleinblättrige Hecke.» Sie rümpfte die Nase. «Dabei muss ein Garten doch lebendig sein! Mit Blumen, Gemüse, einem Gartenhäuschen, einer Trauerweide, einem Apfelbaum, vielen Beeten und hohem Gras, das meine Zehen kitzelt.» Mit einem Lächeln auf den Lippen blickte sie sich um. «Genau so, wie der Garten heute aussieht, muss ein Garten sein.» Noch einen Moment genoss sie den Anblick, dann ließ sie die Hände samt erdigen Handschuhen in ihren Schoß fallen.

«So gezofft wie damals habe ich mich mit meinem Mann vorher noch nie», sagte sie schließlich nachdenklich. «Es ist so absurd. Da meistert man die größten Herausforderungen des Lebens gemeinsam – nicht immer ohne Probleme, aber man meistert sie –, und dann kriegt man sich wegen eines dämlichen Gartens so sehr in die Haare, dass man wochenlang nicht mehr miteinander spricht und sogar Angst vor einer Scheidung hat.»

«So schlimm?», fragte ich.

«Schlimmer», sagte sie. «Keiner von uns wollte nachgeben. Jeder bestand auf seiner Art des Gartens und wollte mit dem Kopf durch die Wand. Eigentlich total lächerlich, wenn ich heute daran denke.» Sie beendete ihre kleine Pause und zog an den Blättern eines Unkrauts, das sich widerspenstig mit seinen Wurzeln gegen den Auszug aus der Erde wehrte.

«Und wie habt ihr euch dann wieder vertragen?»

«Ach.» Sie seufzte. «Am Ende hat die Vernunft gesiegt. Ich

fragte mich, was mir wichtiger ist, der Garten oder mein Mann. Und als ich die Antwort wusste, ging ich zu ihm und sagte, dass er seinen blöden Garten haben kann.»

Ich schmunzelte. «Und dann hat er die Entscheidung doch dir überlassen?»

«Nein, wir haben uns ausgesöhnt und schließlich einen Kompromiss geschlossen: Wir machten statt eines großen zwei kleinere Gärten. Er durfte den Vorgarten nach seinen Wünschen gestalten und ich den hinteren.»

Mir war schon beim Einzug aufgefallen, wie unterschiedlich die beiden Gärten waren, doch eine Geschichte dahinter vermutet hatte ich nie.

«So ist das in der Ehe», sagte Anke. «Wirkt man nach außen zufrieden, dann heißt das nur, dass man die Kämpfe bereits hinter sich hat. Strahlt man diese Zufriedenheit nicht aus, dann steckt man noch mittendrin.»

So, wie sie das sagte, schien in Liebe genauso viel Irrationales wie Pragmatisches zu stecken.

Wir wechselten zu dem Beet, das im Halbkreis um die Terrasse verlief, und machten dort mit dem Pflanzen weiter. Irgendwann stand Anke auf und holte sich eine Gartenschere, mit der sie ein paar kahle Sträucher zurechtstutzte. «Damit sie im Sommer besser blühen können», erklärte sie.

Ich streckte mich, weil durch das viele Knien mein rechtes Bein eingeschlafen war, und sah ihr zu. Irgendwann blieb mein Blick wieder auf Ankes Strohhut hängen. Er stand ihr und ließ sie jünger aussehen, schien aber gleichzeitig nicht mehr als ein nettes Gimmick für die Gartenarbeit zu sein.

«Findest du eigentlich ...», fragte ich leise, «dass meine Mütze blöd aussieht?»

Sie sah in meine Richtung und stellte das Schneiden für einen Moment ein. Nur kurz, dann hörte ich sie weiterknipsen.

«Nein», antwortete sie. «Ich habe nur das Gefühl, du versteckst dich darunter. Findest *du* denn, dass sie blöd aussieht?»

Ich zuckte mit den Achseln. «Ich weiß es nicht. Ich fühle mich unwohl ohne sie, aber schön ist sie vielleicht nicht unbedingt.» Oder zumindest war sie das mittlerweile nicht mehr. Die Jahre hatten ihre Spuren in Form von Verschliss auf dem Stoff hinterlassen.

«Mhm», machte Anke und überlegte eine Weile. «Was hältst du davon, wenn wir beide mal einen Nachmittag durch die Läden schlendern und dir eine neue suchen?»

«Das würde ich wahnsinnig gerne machen», sagte ich.

Meine Zusage ließ sie lächeln, sie wirkte sogar richtig glücklich darüber, und es war schwer, sich von ihrer Freude nicht anstecken zu lassen, war ich doch insgeheim selbst sehr glücklich über das Angebot. Doch mein Lächeln sollte nicht lange andauern.

«Und wenn wir schon einkaufen gehen, dann könnten wir uns doch auch gleich nach ein paar schicken Sommerklamotten für dich umsehen. Was meinst du?»

Sie musterte mich und konnte mir offenbar vom Gesicht ablesen, was ich dazu meinte.

«Na gut», sagte sie, begleitet von einem Seufzen. «Dann kaufen wir dir eben nur eine Mütze.» Hatte ihre Stimme für den Moment ein bisschen zermürbt geklungen, so schlug sie bei ihrem nächsten Satz wieder ins komplette Gegenteil. «Aber wir kaufen die schönste Mütze aller Zeiten! Darauf bestehe ich!»

Ich nickte und fand zu meinem Lächeln zurück. Es war schon erstaunlich, was sich alles ergab, wenn man nur die Chance zuließ, dass sich etwas ergeben konnte.

Wir pflanzten, bis es dunkel wurde und wir weder Zwiebeln noch Hände vor Augen erkennen konnten. Nachdem wir alles aufgeräumt hatten, folgte ich Anke in die Küche und half ihr bei den Vorbereitungen fürs Abendessen. Nach einer Weile bekamen wir Verstärkung von Collin und Lars. Immer wenn es ans Pestomachen ging, gesellte sich früher oder später auch Vanessa dazu, doch heute blieb ihre Gesellschaft aus.

In den letzten Wochen waren Vanessa und ich uns kaum über den Weg gelaufen, und es herrschte eine schweigsame Übereinkunft darüber, als hätte allein der Zufall den raren Kontakt eingefädelt. In Wahrheit gingen wir uns gegenseitig aus dem Weg. Ich wusste einfach nicht, wie ich mit ihr umgehen sollte. So oft, wie sie an den Wochenenden zu Hause war, schien sie jedenfalls keine engere Beziehung mehr mit Florian zu haben.

Manchmal hatte ich den Eindruck, sie hasste mich dafür, weil ich ahnte, dass sie im Januar nach dem Barbesuch irgendetwas Unschönes erlebt hatte. Wobei ich nicht verstand, warum sie mich dafür hasste.

Aber auch ich hatte Schwierigkeiten, ihr in die Augen zu sehen. Wenn ich ehrlich war, saßen ihre Beleidigungen immer noch tief. Genauso wie die Tatsache, dass sie mich an den Kumpel ihres Freundes vermitteln wollte – ohne dass ich vorbereitet gewesen wäre.

Dr. Flick hatte mir geraten, die derzeitige Situation zwischen Vanessa und mir erst einmal zu akzeptieren, jedenfalls so lange, bis mir mein Bauch sagte, was zu tun wäre.

Wenn ich dagegen auf Collin hörte, sollte ich Vanessa gänzlich abschreiben und mich stattdessen allein auf mich selbst konzentrieren.

Man konnte viel über Collin mutmaßen, spekulieren und rätseln, aber eine seiner Eigenschaften stand deutlich erkennbar im Vordergrund: Er war konsequent.

Langsam, aber stetig verbesserten sich meine Noten, was ich wohl genau jenem konsequenten jungen Mann zu verdanken hatte. Nicht mal unbedingt deswegen, weil er den Stoff gut erklären konnte, sondern weil er mich in den zahlreichen Stunden noch etwas ganz anderes lehrte, nämlich mich trotz der Anwesenheit eines anderen Menschen besser konzentrieren zu können. Er selbst wusste das gar nicht. Aber wenn ich es schaffte, mir Dinge in seiner Gegenwart zu merken, dann schaffte ich das immer öfter auch in der Gegenwart von anderen. Manchmal, wenn wir an seinem oder meinem Schreibtisch eng nebeneinandersaßen, hätte ich ihm nur allzu gern gesagt, wie wichtig er mir geworden war. Dass ich ständig an ihn dachte und mir wünschte, dass wir noch mehr Zeit miteinander verbringen würden. Und dass dieser Wusch manchmal wichtiger war als alle anderen Gedanken. Manchmal sogar wichtiger als die schlechten Erinnerungen, die ich mit mir herumtrug. In einzelnen Momenten glaubte ich, er könnte mir genau das von der Stirn ablesen. Wenn ich ihn ansah, ohne dass ich merkte, dass ich ihn ansah. Und es so komisch ruhig zwischen uns wurde. Doch entweder er las etwas anderes, oder er wollte nicht lesen, was er dort lesen konnte, denn früher oder später beendete er den Moment jedes Mal. Und wenn *er* es nicht tat, dann tat ich es.

Tief in Gedanken versunken, achtete ich kaum auf die anderen in der Küche und erschrak, als ich bemerkte, dass ich Collin den Weg zur Spüle versperrte. Er trug den großen, schweren Topf mit dem kochenden Nudelwasser, und so eilig, wie er es damit hatte, so schnell machte ich einen Schritt zur Seite. Collin stellte den Topf am Rand der Spüle ab und schaltete den Wasserhahn an. Als er ihn wieder anhob, um die Nudeln in das Sieb zu gießen, unterschätzte er das Gewicht. Der Topf rutschte ihm aus den Fingern und knallte lautstark in die Spüle. Das heiße Wasser samt Nudeln spritzte heraus, und wir beide machten gleichzeitig den Fehler, dass wir den Topf noch zu greifen versuchten und dadurch genau in den Schwall fassten. Alles, was ich spürte, war ein fürchterliches Brennen auf meinen Händen. Hitze verursacht eine bestimmte Art von Schmerz, die nur ihr selbst eigen ist. Das Gefühl, als würde jemand deine Haut auseinanderreißen und tausend Nadelspitzen ins Fleisch stechen. Statt besser, wird es mit jedem Pochen deines Herzens intensiver. Ich kannte das Gefühl, und ich kannte den Schmerz.

Ein Stimmengewirr kam auf. Alle hatten sich erschrocken und eilten zur Spüle. Ich selbst hörte alles nur noch wie durch eine dicke Schicht Watte und blickte starr auf meine zitternden und geröteten Hände. Manchmal war eine Panik laut. Und manchmal war sie ganz leise. Als würde man nicht nach außen, sondern nach innen schreien.

Ich versuchte mich an die Zahlenfolge zu erinnern, die ich in solchen Momenten immer durchging, aber ich hatte vergessen, wie sie funktionierte. Überhaupt hatte ich alles vergessen. Als wäre mein Kopf genau zur selben Zeit eingefroren, als das heiße Wasser meine Haut berührte.

Doch von einer Sekunde auf die andere taute er plötzlich wieder auf. Nämlich als mir bewusst wurde, dass es einen Grund hatte, warum Lars nicht zuerst meine, sondern Collins Arme packte, um sie unter den kalten Wasserstrahl zu ziehen. Collin hatte es viel schlimmer erwischt als mich. Seine Hände und Unterarme waren feuerrot und ließen erahnen, wie sehr seine Haut spannen und schmerzen musste. Im Vergleich dazu hatte ich kaum etwas abbekommen, nur einzelne Spritzer. Offenbar hatte ich nicht den Schmerz von heute gespürt, sondern den aus meiner Erinnerung.

Während Anke hektisch das Apothekerschränkchen nach einer kühlenden Brandsalbe durchsuchte, atmete ich mehrmals tief durch, versuchte mit aller Kraft meiner Panik entgegenzuwirken und mich zusammenzureißen. Allmählich gewann ich, zumindest in einem grobmotorischen Rahmen, meine

Handlungsfähigkeit zurück. Ich stieß mich vom Küchentresen ab, rannte ins Badezimmer und holte zwei Handtücher. Als ich zurückkehrte, war Collin die vorherrschende Fürsorge bereits unangenehm geworden. «Es geht schon», hörte ich ihn sagen, was gelogen sein musste. So, wie seine Arme aussahen, mussten sie höllisch weh tun.

Die Handtücher tränkte ich mit eiskaltem Wasser und wickelte sie anschließend um seine Unterarme, damit er sich an den Tisch setzen konnte. Dort blieb er für eine Weile und tat das, was man nun mal machte, wenn man einen Unfall hatte: Unter Schmerzen ärgerte er sich über das Passierte. Die Arme hielt er abgewinkelt vor seinem Körper wie ein Chirurg, der darauf wartete, dass ihm Handschuhe über die Hände gezogen wurden. Anke sah sich seine Verbrühung alle paar Minuten an und rieb vorsichtig eine dicke Schicht Salbe darauf. Von Mal zu Mal wurde das Rot dunkler. «Mir wäre wohler, wenn ich dich zum Arzt fahren könnte», sagte sie.

Doch Collin schüttelte den Kopf. «Nicht nötig. Es brennt nur ein bisschen. Aber das ist normal, denk ich.»

Ich war so sehr damit beschäftigt, ihm helfen zu wollen, dass ich nur am Rande bemerkte, wie Anke sich auch meine Blessuren ansah und mit derselben Salbe versorgte. «Du hast Glück gehabt, Jana, halb so wild», sagte sie. «Aber setz dich besser, du bist ganz schön blass.»

Mein Herz klopfte mir immer noch bis zum Hals, und den gesamten Abend über klebte der Schock an mir wie eine Lotion.

Als ich später in meinem Zimmer unter dem Bett lag und versuchte, umgeben von Stille, meine Gedanken zu sortieren, musste ich an Dr. Flick denken. Sie sagte mal, dass in unseren

Köpfen nie nur eine Stimme existiert. Da wäre zum Beispiel die Stimme aus der Kindheit. Was sie uns sage, hinge davon ab, welche Erfahrungen wir in jungen Jahren sammelten. Besaß man zu seinen Eltern kein Vertrauen, konnte es passieren, dass die innere Kinderstimme auch im Erwachsenenalter stets davor warnte, Vertrauen zu fassen. Drohten einem als Kind ständig harte Strafen, wurde man im Laufe der Jahre möglicherweise selbst viel zu streng mit sich und setzte das Bestrafen unbewusst fort. Bekam man zu wenig Anerkennung oder Lob oder wurde gar niedergemacht, war es schwierig, seinen eigenen Wert zu erkennen, sprach die Stimme des Selbstzweifels doch immer lautstark im Hintergrund und sabotierte den Glauben an sich selbst. Auch wie wir mit Situationen umgingen, ob wir sie überkompensierten, völlig überzogen reagierten oder sie vielleicht sogar gänzlich vermieden, all das war genauso eine Folge der verschiedenen Stimmen in uns.

Das Erstaunliche war, dass wirklich nichts von ungefähr kam. Ich musste nur mein Leben durchforsten, und schon fand ich Antworten auf alles. Es kam mir vor, als wäre meine Psyche so komplex wie das Universum und so simpel wie eine Pfütze. Manchmal war ich fast schon enttäuscht, wie einfach ich funktionierte.

An eine Stimme appellierte Dr. Flick besonders. Es war die Stimme meines gesunden Erwachsenen, wie sie es nannte. Jene Stimme, die über allen anderen Stimmen stehen sollte, um mir bei der Einschätzung behilflich zu sein, ob ich Situationen, Begebenheiten und auch mich selbst realistisch sah oder ob ich in den subjektiven Bahnen dachte, die mich meine Vergangenheit und meine Erfahrungen und meine Ängste gelehrt hatten.

Zuerst hatte ich Dr. Flick geantwortet, dass ich eine solche Stimme nicht besäße. Doch je tiefer ich in mich hineinhörte, desto mehr wurde mir bewusst, dass ich mich täuschte. Sie war da. War es wahrscheinlich immer gewesen. Ich hatte nur viel zu selten auf sie gehört.

Als ich jetzt mit dem Kopf auf dem kühlen Boden lag, sagte mir die Stimme, dass ich die Vergangenheit niemals würde ändern können und dass ich immer *ich* sein würde, egal, wie oft ich mir auch etwas anderes wünschte. Solange ich nicht versuchen würde, zu akzeptieren, was gewesen war und wer ich nun mal sein sollte, nämlich Jana, würde ich wie ein Tier in Gefangenschaft auf der immer selben Stelle treten. Denn im Prinzip war ich das, ich war gefangen. Mit dem einzigen Unterschied, dass ich mir die Mauern meines Verlieses selbst errichtet hatte.

Meine Gedanken und meine Gefühle ließen mich nicht schlafen und verwandelten die Dunkelheit in ein grelles Licht, das nur ich allein unter meinen Lidern sehen konnte. Mit jedem Atemzug wurde ich wacher. Irgendwann hielt ich es unter dem Bett nicht mehr aus.

Ich kroch hervor, ging zum Schreibtisch und steckte das aufgerollte lederne Etui, ohne das ich mein Zimmer seit fünf Tagen nicht mehr verlassen hatte, in die Hosentasche meines Schlafanzugs und trat auf den Balkon. Die Sterne lagen irgendwo verborgen hinter einem einzigen riesengroßen grauen Vorhang aus Wolken, und die Luft trug immer noch den herben Geruch des Frühlingsregens, der die Insel am Abend berieselt hatte. Ich war mir nicht sicher, ob ich wirklich Musik hörte oder nur hören wollte – um das herauszufinden, bewegte ich mich Schritt für Schritt auf die leise Melodie vom anderen Ende des Balkons zu.

Collins Tür stand offen, und im Schein der Nachttischlampe saß er auf dem breiten Fensterbrett über seinem Bett. Er trug ein T-Shirt und eine lange Schlafhose und zeichnete in seinem Buch. Offenbar war ich nicht die Einzige, die vom grellen Licht unter den Lidern wachgehalten wurde.

Ich lehnte mich in die offene Balkontür und lauschte dem

Lied, das leise aus der Anlage drang und meine Gedanken für einen Moment mit sich nahm. Ich hatte noch nie so melodische Rockmusik gehört, sie klang traurig und befangen, auf der anderen Seite aber hingebungsvoll und frei. Irgendwann bemerkte mich Collin.

«We Forgotten Who We Are», sagte er leise. «Von Crippled Black Phoenix.»

Ich lauschte noch tiefer in die Musik hinein. «Das Lied klingt, als würde die Welt untergehen... Aber auf wunderschöne Art und Weise.»

Ich hatte mich schon immer gefragt, was Collin hörte, wenn er Kopfhörer trug. Jetzt kannte ich die Antwort. Die Musik passte zu ihm. Sie gefiel mir. Er gefiel mir.

Vorsichtig trat ich in sein Zimmer. Er sah nur kurz auf, als wäre es ein althergebrachtes Ritual, dass ich jede Nacht zum Musikhören vorbeikäme. Dabei war das noch nie zuvor passiert.

Mit ein bisschen Abstand lehnte ich mich neben ihn an die Fensterbank. Auf seinem Schreibtisch lagen neben zahlreichen Stiften die abgewickelten Verbände, als hätten sie ihn beim Zeichnen gestört und er sich ihrer entledigt. In seinem Zimmer war es genauso kalt wie draußen.

«Was macht deine Haut?», fragte ich.

Er zog zuerst die Bleistiftlinie zu Ende, die er gerade angefangen hatte. «Wird besser.»

Seine Arme lagen ein bisschen im Schatten, ich konnte sie nur bedingt sehen. Aber was ich sah, war immer noch deutlich gerötet.

«Und wie geht's dir? Hast du das Attentat des Topfhochhebe-Weltmeisters überstanden?»

Ich zeigte ihm meine Hände, bis auf ein paar wenige rote Flecken war bereits nichts mehr zu sehen. «Anschlag überlebt. Mission gescheitert.»

«Verdammt», murmelte er und hatte dabei wieder diesen frechen Ausdruck im Gesicht. Er sollte ihn öfter aufsetzen, er stand ihm.

Links und rechts von meiner Taille umfasste ich die Fensterbank und zog mich zu ihm nach oben. Da war immer dieser Sog in seiner näheren Umgebung. Eine Gravitation, die verhindern wollte, dass ich mich von ihm entfernte.

Mit dem Rücken lehnte ich mich an die Fensterscheibe und lauschte schweigend der Musik. Als ich mein Frieren nicht mehr verbergen konnte, reichte Collin mir die Decke von seinem Bett. Ich kuschelte mich darin ein, weil sie mich nicht nur wärmte, sondern auch nach Collin roch. Doch so lange ihm weiter kalt sein musste, wollte mein eigenes Frieren nicht gänzlich verschwinden.

Gegen meinen Oberschenkel drückte das Etui. So, wie es seit fünf Tagen jede Minute gegen meinen Oberschenkel drückte, denn seitdem trug ich es ununterbrochen mit mir herum. Irgendwann würde der Moment schon passen, hatte ich die ganze Zeit gedacht. Vielleicht war ich aber auch einfach nur zu feige, und der Moment passte nie. Vielleicht sollte ich es jetzt einfach machen und nicht mehr darüber nachdenken.

«Ich habe etwas für dich», sagte ich.

Collin hob den Kopf und beobachtete, wie ich unter der Decke das Etui aus meiner Hosentasche hervorholte. Sein Gesicht sah aus, als wolle er *Was ist das?* fragen, aber er tat es nicht. Stattdessen nahm er das eingerollte schwarze Etui entgegen und strich vorsichtig über das weiche Leder. Genau so, wie ich es selbst jeden Abend getan hatte, wenn ich es unverrichteterdinge wieder mit in mein Zimmer gebracht hatte.

Sein Blick schweifte von dem Etui zu mir und wieder zurück. «Und jetzt?»

«Aufmachen.» Ich zwang mich zu einem Lächeln, war mir

aber nicht sicher, ob mir die Umsetzung gelang. Meine Gesichtsmuskeln fühlten sich ein wenig steif an.

Für seine Verhältnisse ungewohnt zögerlich, öffnete er die Bändchen, die das Etui zusammenhielten, und rollte es auf. Zunächst sah er sich die darin enthaltenen Zeichenstifte für eine Weile schweigend an, dann strich er mit den Fingerspitzen über die edlen, silbernen Prägungen.

«Ich war in so einem kleinen Künstlerladen und habe mich beraten lassen», sagte ich, den Blick genau wie Collin auf die angeordneten Stifte gerichtet. «Der Mann meinte, sie wären das beste Werkzeug für jeden Zeichner. Sie wären glatt, weich und satt, was auch immer das heißt.»

Collin war noch immer ins Betrachten vertieft, sodass seine Antwort auf sich warten ließ. «Die sehen sehr wertvoll aus», sagte er schließlich.

«Ich wollte mich bei dir bedanken.» Kaum hatte ich die Worte ausgesprochen, war auf einmal wieder einer dieser komischen Momente da. Wir sahen uns in die Augen. Und vielleicht auch ein bisschen dahinter. «Für deine Hilfe. Und für alles andere auch.»

«Dafür hätte doch ein *Danke* gereicht.»

Weil ich nicht wusste, wie ich reagieren sollte, entschied ich mich aus Verlegenheit für die humorvolle Variante. «Ach so?», fragte ich. «Ja, wenn das so ist, dann tausch ich sie wieder um, die waren echt teuer.»

Er versteckte das Etui hinter seinem Rücken. «Vergiss es. Ich werde sie nicht hergeben. Das sind jetzt Jana-Stifte. Sie werden nur für die besten Bilder benutzt.»

Eigentlich wollte ich *ihm* eine Freude machen. Doch jetzt, als ich sah, dass er wirklich berührt von dem Geschenk war und auf verhaltene Weise glücklich wirkte, fühlte ich mich selbst mindestens genauso glücklich.

Jeden einzelnen der Stifte testete er auf einer leeren Seite seines schwarzen Buches aus, und ich beobachtete ihn so interessiert dabei, als würde er nicht einfache Striche malen, sondern die Nachtblumen in diesem Moment neu entwerfen. Irgendwann lenkte mich aber der Anblick seiner Haut immer mehr ab. Seine Arme sahen nicht gut aus.

«Vielleicht ist es zu früh, schon mit der Salbe aufzuhören», meinte ich leise.

Er folgte meinem Blick. «Aber ich verschmiere sie überall.»

«Warum hast du denn den Verband abgemacht?»

«Er hat mich gestört. Und war irgendwie viel zu eng.»

«Soll ich dir einen neuen Verband machen? Einen lockereren?»

Der Verband und er schienen in diesem Leben keine Freunde mehr zu werden. Trotzdem nickte er schließlich.

Eigentlich sollte ich Berührungsängste haben. Und irgendwie hatte ich sie auch. Aber in dem Moment waren sie nur die zweitlauteste Stimme in meinem Kopf. Ich rutschte von der Fensterbank, holte die Creme vom Schreibtisch und wickelte den Verband zu einer dicken Rolle auf. Collin hielt mir die Arme entgegen, und als das Licht sie besser erfassen konnte, biss ich mir auf die Zähne. Alle verbrühten Stellen waren deutlich geschwollen und ließen die wenigen, die es nicht erwischt hatte, wie unnatürliche weiße Flecken dazwischen ausschauen. Insgesamt reichte die tiefrote Verbrühung bis zu seinem Ellbogen. In den nächsten Tagen würde die Haut immer dunkler werden, runzelig und sich irgendwann schälen, doch jetzt fühlte sie sich an den betroffenen Stellen noch so weich an wie die eines Kindes. Vorsichtig fuhr ich mit meinen Fingerspitzen seine Haut entlang.

Es war Collins schmerzhaftes Zucken, das mich merken ließ, was ich gerade tat. Daraufhin zuckte ich selbst und löste meine

Hände ganz schnell von seinem Arm. Mein Herz klopfte viel zu unruhig, und der Geruch von sterilem Verbandsmaterial und der medizinischen Salbe stieg mir in die Nase. Vermutlich war die Schicht, die ich auftrug, viel zu dick, doch Collin beschwerte sich nicht.

«Es tut mir leid, dass dir das passiert ist», sagte ich, während ich vorsichtig begann, ihm den neuen Verband anzulegen.

«Wieso entschuldigst du dich? Soweit ich weiß, war ich der Trottel.»

Zwischen seinem Daumen und Zeigefinger ließ ich den Verband quer durchlaufen. «Ich weiß, aber es tut mir eben leid, dass du Schmerzen hast. Verbrennungen sind scheiße.»

Collin beobachtete jeden meiner Handgriffe. «Es ist keine Verbrennung, Jana. Es ist nur eine Verbrühung.»

Ich zuckte mit den Schultern. «Schmerzen sind Schmerzen.»

«Es ist wirklich nicht schlimm», antwortete er. «In ein paar Tagen ist alles verheilt.»

Damit wurde es erst einmal still zwischen uns. Als ich mit dem linken Arm fertig war und hochkonzentriert auch dem rechten einen frischen Verband anlegte, sprach er jedoch unerwartet weiter.

«Ich denke, dass du für deine Wunden mehr gelitten hast.»

Ich sah zu ihm auf und wollte gerade sagen, dass ich doch nur wenige Spritzer abbekommen hatte, doch als ich in seine Augen blickte, begriff ich, dass er nicht meine Wunden von heute meinte.

KAPITEL 26

Lars' Anblick in weißer Judo-Montur war mir bereits vertraut, aber ohne Brille sah sein Gesicht trotzdem jedes Mal ungewohnt aus. An den hohen, mit Graffiti bemalten Wänden hallten die sportlichen Wurf- und Kampfgeräusche der anderen wider und wurden nur dann und wann durch Devins laute Rufe unterbrochen. Seine Fraktur verheilte schlecht, er hatte nachoperiert werden müssen und trug nach über vier Monaten immer noch einen Gips, der fast bis zu seiner Hüfte reichte. Eigentlich sollte er auf der Bank sitzen und vom Rand aus Anweisungen geben, aber länger als zwei Minuten dauerte es nie, da bewegte er sich wieder im Eiltempo auf Krücken durch die Halle. Die athletische Art und Weise seiner Fortbewegung zeigte jedes Mal, welch langes und unfreiwilliges Training er mit den zwei Gehstützen bereits hinter sich hatte.

Lars und ich wählten wieder die hinterste Matte. Seitdem ich alle Falltechniken beherrschte, bildeten wir beide ein Team. Ich war froh, dass mir nicht jemand völlig Fremdes zugewiesen worden war, trotzdem konnte ich leider nicht behaupten, frei von Hemmungen zu sein. Jede Übung, die näheren körperlichen Kontakt erforderte, kostete mich immense Überwindung, und dementsprechend ließ die Umsetzung auch zu wünschen übrig. Lars nahm das verhältnismäßig gelassen, was ich wohl seinem Mangel an Ehrgeiz für diese Sportart zu verdanken hatte. Devin dagegen versuchte mich ständig zu motivieren und wollte erreichen, dass ich fester zupackte und auch mich selbst fester anpacken ließ. Wie unangenehm, dass seine Ansprachen ständig nötig waren.

Trotz seiner körperlichen Einschränkung hatte er Lars und mir heute eine neue Übung gezeigt, die, wie auch viele andere beim Judo, im Wesentlichen daraus bestand, sein Gegenüber durch ein geschicktes Beinmanöver aus dem Gleichgewicht und somit zu Fall zu bringen. Ich sollte mich dicht vor Lars stellen, ihn packen, mein Bein nach hinten ausstrecken, ihn schwungvoll über meine Seite nach vorne ziehen und dadurch auf die Matte befördern. Diese Übung sollten wir im Wechsel ausführen.

Wie sooft dachte ich, dass Devin uns gar nicht im Blick hätte und mit den anderen beschäftigt wäre, doch er musste Augen im Hinterkopf haben, denn auch dieses Mal hörte ich vollkommen unerwartet meinen Namen aus seinem Mund.

«Jana, du musst dagegenhalten, wenn Lars dich nach vorne werfen will. Du fällst ja fast von selbst über sein Bein! Und Lars: Die Kraft muss aus der Hüfte kommen!»

Noch fünf Meter, und Devin hatte uns erreicht. Er ließ die Krücken auf den Boden fallen und hüpfte einbeinig zu Lars, der sofort wieder einen hochroten Kopf bekam. Er tat mir leid, denn immer war er es, der darunter leiden musste, wenn ich mich wieder zu vorsichtig anstellte, weil Devin ihn dann für ein Beispiel am lebenden Objekt heranzog. Lars fühlte sich sichtlich unbehaglich. Mich selbst hatte Devin noch nie angefasst, vielleicht merkte er mir an, dass ich das unter keinen Umständen wollte.

Ich gab mir Mühe, Devins Tipps und Hinweise umzusetzen, schließlich hatte ich mir nach jeder Judostunde vorgenommen, mich bei der nächsten weniger anzustellen. Und dann kam die nächste, und ich stellte mich doch wieder an. Genau wie heute. Dabei hatte ich es so satt, ständig diejenige zu sein, für die einfachste Übungen eine riesige Herausforderung darstellten.

Doch sosehr ich mich auch anstrengte, meine Ängste ließen sich durch Satthaben nicht einfach in Luft auflösen.

Ein paar Minuten später wurde Devin woanders gebraucht, und ich war wieder allein mit Lars. Weiter ging es mit dem Training, weiter mit dem Versuch, nicht panisch zu werden, weil mich jemand anfasste, und weiter mit der Angst, dass der Abstand zwischen Lars und mir viel zu klein wurde. Wenn man makaber sein wollte, könnte man sagen, dass ich zwei Kämpfe führte: den körperlichen mit Lars und den mentalen mit mir selbst.

Lars entging das nicht, wahrscheinlich entging es überhaupt niemandem in der Halle. Konnte man Ängste wie meine überhaupt verstecken? Ich hatte immer mein Bestes gegeben, um genau das zu tun, und jede Situation, in der mein Bestes nicht ausreichen würde, gemieden. Und trotzdem war ich immer als Sonderling aufgefallen. Ich musste an Dr. Flicks Worte denken, dass Menschen oft ganz viel Aufwand dafür betrieben, jeden Tag nach außen etwas anderes als sich selbst darzustellen. Viel mehr Aufwand, als es kosten würde, zu seiner Person zu stehen.

Je länger ich in Lars' Gesicht blickte, desto mehr fragte ich mich, ob er mich in dieser Hinsicht vielleicht besser verstehen konnte, als ihm lieb war. Seit einigen Wochen wirkte er wieder abwesend. Immer wenn unsere freundschaftliche Beziehung enger wurde, überkam ihn eine schlechte Phase, und er zog sich zurück. Lars war anders als ich, und doch waren wir uns sehr ähnlich.

Kurze Zeit später riss mich Devins lautes Klatschen aus den Gedanken. Sobald er die ungeteilte Aufmerksamkeit von allen hatte, erklärte er, dass es mit den Übungen zum Warmwerden für heute reichte und wir stattdessen an unserer Kampftechnik weiterarbeiten sollten. Ein erleichtertes Seufzen ging durch die Halle.

An der Kampftechnik arbeiten, also in richtige Zweikämpfe überzugehen, machte den meisten viel mehr Spaß, als die immer gleichen Übungen bis zur Perfektion zu wiederholen. Ich persönlich hatte eher gemischte Gefühle, war aber froh, dass ich in Lars einen Gegner auf Augenhöhe hatte. Doch dann kam Devin und schickte Lars ohne Vorwarnung zu Rebecca. Und Rebeccas Partner wiederum zu mir.

«Ich würde gerne mal etwas ausprobieren», sagte Devin. Mehr nicht.

Was er ausprobierte, war offensichtlich: Er mischte die zwei Besten mit den zwei Schlechtesten. Was er sich dabei dachte, stand allerdings in den Sternen. Ich fand es jedenfalls furchtbar.

Schneller, als ich meine Bedenken verbalisieren konnte, stand mir mein neuer Trainingspartner gegenüber. Jemand, den ich innerhalb dieser Halle ständig in der Ferne heimlich beobachtete, aber mit dem ich noch nie zusammen auf einer Matte gestanden hatte. Während ich Panik in mir aufkommen spürte, schien Collin den Wechsel gelassen zu nehmen, er schmunzelte sogar ein bisschen. Die inzwischen restlos verheilten Arme eng an den Körper gelegt, verbeugte er sich und wartete, dass ich es ihm nachtat.

«Hör mal, Collin, du siehst doch jede Woche, dass ich das hier echt nicht beherrsche. Wir wissen beide, dass ich keine Chance gegen dich habe.»

«Wenn du es nicht versuchst, hast du natürlich keine Chance gegen mich», sagte er. «Wir machen es einfach wie bei der Nachhilfe, da klappt es doch auch.»

Ich wollte nein sagen. Und ich wollte nicht wie ein Schwächling dastehen. Das war ein Widerspruch, der sich nicht auflösen ließ. Collin unterbrach meine Überlegungen kurzerhand.

«Versuch mich umzuwerfen.»

«Was?»

«Ich werde vollkommen stillhalten, und du versuchst mich umzuwerfen.» Die Beine leicht auseinander, stand er vor mir und wartete auf meinen ersten Angriff.

Doch ich zog die Augenbrauen zusammen und blieb stehen. «Collin, das ist doch Quatsch. Du bist viel stärker als ich.» Ich hätte mir am liebsten auf die Zunge gebissen, denn kaum hatte ich die Worte ausgesprochen, hörte ich, dass sie wie die eines kleinen Mädchens klangen.

«Beim Judo geht es nicht um Stärke, sondern um Geschick. Also los, versuch mich umzuwerfen.»

Wieder blieb ich stehen. Allerdings nicht lange, denn Collin machte zwei Schritte auf mich zu, packte mich, und nicht mal eine Sekunde später lag ich dank eines gekonnten Judotricks auf der Matte. «Hey!», fauchte ich.

«Ich habe die Spielregeln geändert», sagte er. «Immer wenn du zögerst, mich umzuwerfen, und es gar nicht erst versuchst, werde ich *dich* umwerfen.»

«Das ist eine beschissene Regeländerung!»

Er zuckte mit den Schultern, griff meine Hand und zog mich in einem Satz wieder auf die Beine. «Deine Entscheidung.»

Hätte ich mitgezählt, wie oft ich in der nächsten halben Stunde auf der Matte lag, vierzig Mal hätten nicht ausgereicht. Allmählich wurde ich sauer. Ich wurde sogar richtig ärgerlich. Wahrscheinlich war das genau das, was er mit seiner dämlichen Provokation erreichen wollte. Und es machte mich noch ärgerlicher, dass er Erfolg damit hatte.

Als Collin ein weiteres Mal auf mich zukam, stemmte ich mich mit den Armen gegen ihn. «Ist ja gut, verdammt!», schrie ich ihn an.

Als hätte er genau das hören wollen, ging er zurück in seine Position und wartete. Tief atmete ich durch, doch die Wut in meinem Bauch ließ sich nicht so einfach wegatmen. Eigentlich war mir danach, Collin jetzt zu treten, aber ich befürchtete, dass er mich dafür nur wieder umwerfen würde. Also schluckte ich diesen Wunsch hinunter und strengte mich an, meine Wut stattdessen in ein klassisches Judomanöver zu kanalisieren, indem ich meine Fußspitze hinter Collins Ferse einhakte und versuchte, ihn dadurch zu Fall zu bringen.

Er fiel nicht um.

«Noch mal», sagte er.

Frustriert tat ich das und scheiterte erneut.

«Du bist viel zu vorsichtig, Jana.»

Ich schnaubte. «Du stehst da wie ein verdammter Baum!»

«Dann musst du mich eben mehr angehen.»

Er hatte gut reden! Ich hantierte mich mit den Füßen regelrecht außer Atem, und Collin ließ mich machen, fiel aber einfach nicht um.

«Allein mit den Füßen kommst du nicht weiter», sagte er schließlich. «Du musst mich körperlich angehen, du musst mich aus dem Gleichgewicht bringen. Ein Stuhl kippt doch auch nicht um, nur weil du an einem seiner Beine rumschiebst. Du musst mir die Balance nehmen.»

Als hätte er nichts gesagt, machte ich stur mit meinem Schema weiter. Doch auf einmal packte er mich an den Schultern und schubste mich weg.

«Ich dachte, du wehrst dich nicht!», rief ich empört.

«Hab's mir anders überlegt.»

«Du kannst es dir nicht dauernd anders überlegen!» Erneut unternahm ich einen Versuch mit den Füßen – und wurde wieder weggeschubst.

«Wie du siehst, kann ich es doch», sagte er. Und wie er es konnte. Jedes verdammte Mal konnte er es. Im Gegensatz zu mir hatte er nicht die geringsten Hemmungen, mich anzupacken.

«Lass das!», fauchte ich, doch er dachte gar nicht daran.

Und dann passierte es irgendwie. Ich verlor die Kontrolle. Meine Wut kochte endgültig über, und ich tat genau das, was er die ganze Zeit von mir gefordert hatte: Ich ging ihn an. Entfernt nahm ich wahr, dass ich seinen gesamten Körper an mir spürte, aber mein Ärger über ihn und sein blödes Verhalten waren in diesem Moment lauter als jede Angst. Was bildete er sich ein? Benahm sich wie ein arroganter Saftsack und meinte, darüber bestimmen zu können, was ich mich traute und was nicht. Jeden Klammergriff, den ich von Devin gelernt hatte, wandte ich an. Allein schon aus Trotz. Nach einer Weile kam Collin, dem es immer größere Mühe bereitete, dagegenzuhalten, genauso sehr ins Schwitzen wie ich. Auch Stehenbleiben konnte anstrengend sein. Und er blieb verdammt lange stehen. Nur einen Angriff hatte er absolut nicht kommen sehen. Wahrscheinlich, weil er sich zu sicher fühlte, weil er mir nicht zutraute, dass ich ein Manöver antäuschte und dann doch ganz anders handelte. Die Ausführung des Wurfes war vermutlich nicht besonders elegant, dafür war sie effektiv. Ich hebelte Collin über meinen Rücken und brachte ihn mit seiner gesamten Körperlänge zu Fall. Sein Aufschlagen auf der Matte war durch die ganze Halle zu hören.

Zu meinen Füßen liegend, sah er für einen Moment ziemlich überrascht aus. Allerdings nicht lange, denn dann begann er zu grinsen. «Ich war echt fies zu dir, oder?», fragte er.

«Verdammt fies.» Noch während ich wegen der enormen Anstrengung keuchte, realisierte ich nach und nach, was ich getan hatte.

«Soll ich dir etwas verraten?» Er streckte mir die Hand entgegen, damit ich ihm beim Aufstehen half. Kaum hatte ich ihn auf die Beine gezogen, blieb er dicht vor mir stehen und führte seinen Satz in frechem Tonfall weiter. «Es tut mir überhaupt nicht leid.»

KAPITEL 27

Die rotblonden Haare zu einem Dutt gebunden und den Terminkalender auf den übergeschlagenen Beinen, saß Dr. Flick gegenüber von mir im Sessel. Sie notierte irgendetwas, während ich mir gedankenverloren mit der Hand über den Kopf strich und über den noch ungewohnten Stoff fühlte. Aus meiner verschlissenen Fischermütze war eine moderne, graue Feinstrickmütze geworden. So eine, die man über den Hinterkopf anzog und die von den Schaufensterpuppen in Modegeschäften getragen wurden. Auf einmal war mein Gesicht nicht mehr durch den umlaufenden kleinen Schirm verdeckt, unter dem ich mich so gerne versteckt hatte. Und irgendwie sah ich ganz anders aus. Erwachsener. Femininer. Anke hatte sogar gesagt, ich sähe hübscher aus. Dessen war ich mir allerdings nicht sicher.

Auch meine Frisur war neu. Na ja, vielleicht nicht neu. Aber vom Friseur geschnittene Fransen wirkten doch irgendwie anders als meine durch Laienhaftigkeit entstandenen Strähnen. Plötzlich sah es gut aus, dass sie unter der Mütze hervorspitzten, und ich brauchte keine Angst mehr zu haben, jemand könnte die ungeraden Kanten entdecken. So viel Überwindung es mich gekostet hatte, mir die Haare von jemand Fremdem schneiden zu lassen, so froh war ich im Nachhinein, es getan zu haben.

«So! Entschuldige bitte, wenn ich es nicht aufgeschrieben hätte, hätte ich es vergessen», sagte Dr. Flick und legte den Terminkalender beiseite. «Nun aber zu dir! Wie fühlst du dich? Wie ist es dir die Woche ergangen?»

Obwohl sie mir diese Frage immer stellte, merkte ich, wie sie dieses Mal darauf hoffte, dass ich ein bestimmtes Thema ansprĂ€che. Doch Dr. Flick wĂ€re nicht Dr. Flick, wenn sie mich ihre EnttĂ€uschung spĂŒren ließe, weil ich ein anderes wĂ€hlte. Solange ich ĂŒberhaupt redete, war sie vollkommen zufrieden. Sie legte sich das Klemmbrett schreibbereit und signalisierte mir mit einem aufbauenden Zwinkern, dass ich loslegen sollte.

Manchmal fragte ich mich, wie Dr. Flick jeden Tag diese enorme Geduld in ihrem Beruf aufbrachte. StĂ€ndig musste sie sich selbst unter Kontrolle haben und sich möglichst perfekt auf die unterschiedlichsten Menschen einstellen, als wĂ€re sie anschmiegsam wie Wachs. Hatte sie selbst eigentlich auch jemanden, mit dem sie darĂŒber reden konnte?

«Ich habe mir viele Gedanken ĂŒber Tom gemacht», sagte ich. «Bald beginnen seine AbschlussprĂŒfungen.» Ich drehte mein linkes Handgelenk, sodass der Puls nach oben zeigte, und rieb den Bund des PulloverĂ€rmels zwischen meinen Fingern. «Wenn er besteht, wird er in ein paar Wochen weg sein.»

«Wird er dir fehlen?», fragte sie.

Erst zögerte ich, dann schĂŒttelte ich langsam den Kopf. «Das ist es ja. Er wird mir nicht fehlen. Ich habe fast ein Jahr mit ihm zusammen unter einem Dach gelebt und kenne ihn kaum.» Mein Blick schweifte aus dem Fenster. Der Flieder erstrahlte wieder in sattem Lila und versteckte unter seinen dicken BlĂŒtengewĂ€chsen und saftigen grĂŒnen BlĂ€ttern das dĂŒnne, braune Gerippe vom Winter. «Wir haben nur wenige Gemeinsamkeiten und einfach keinen Zugang zueinander gefunden. Wenn wir miteinander reden, dann selten ĂŒber Persönliches. Es geht meistens nur darum, wer die SpĂŒlmaschine ausrĂ€umen mĂŒsste, ob der KĂŒhlschrank noch voll ist und ob der Putzdienst seine Arbeit ordentlich gemacht hat. Das ist irgendwie traurig, wenn ich darĂŒber nachdenke. Und vielleicht auch ein bisschen schäbig von mir, dass ich ihn nicht vermissen werde.»

«Ich kann nachvollziehen, was du meinst», sagte sie. «Aber eigentlich erklärst du es dir schon ziemlich gut selbst. Manchmal passt die Chemie einfach nicht, da spielt es keine Rolle, ob man im selben Haus oder einhundert Kilometer voneinander entfernt wohnt. Man muss nicht mit jedem Menschen befreundet sein, und noch wichtiger, man kann es gar nicht.»

«Trotzdem ...», murmelte ich. «Es verdeutlicht mir, wie schnell die Zeit vergangen ist. Mein erstes Lehrjahr ist bald zu Ende, und ich habe Angst ...» Ich brach ab.

«Wovor hast du Angst, Jana?»

Mein Blick wanderte wieder aus dem Fenster. Manchmal kam es mir vor, als wäre die Praxis von Dr. Flick, oder vielmehr dieser einzelne Raum, in dem wir uns immer unterhielten, eine von der Außenwelt abgeschnittene kleine Kapsel. Hier drinnen war ich sicher, hier drinnen wurde ich nicht verurteilt. Alles hinter der Fensterscheibe und jenseits der Tür war das Draußen. Und genau dieses unberechenbare Draußen war das, vor dem ich mich am meisten fürchtete. Doch neulich, in einem scheinbar unbedeutenden Moment, als ich das Haus zum Einkaufen verließ, in die Regenjacke schlüpfte und dabei die Nase in Richtung Sonne hielt, genau in diesem Moment wurde mir auf einmal bewusst, dass meine Furcht vor dem Draußen ein bisschen kleiner geworden war.

«Wenn mein erstes Lehrjahr so schnell vorübergeht», sagte ich, «dann werden auch die zwei weiteren wie ein Schnellzug an mir vorbeirauschen. Aber das will ich nicht. Ich würde die Zeit gerne festhalten.»

Dr. Flick überschlug die Beine andersherum. «Und warum würdest du sie gerne festhalten?»

In meinen Gedanken hatte ich die Worte schneller parat,

als sie mir tatsächlich über die Lippen wollten. «Weil hier alles besser ist. Und weil alles besser wird.»

Ich mochte die Insel, ich mochte das Meer, ich mochte die Luft, ich mochte, dass ich hier nicht der hoffnungslose Fall war und eine Zukunft hatte, wenn ich auch noch nicht wusste, welche Zukunft das sein würde. Ich mochte Anke und Klaas, ich mochte Lars, ich mochte meine Ausbildung – zumindest alles, was jenseits der Berufsschule stattfand, und ich mochte mein Zimmer, ich mochte das Haus.

Und ich mochte Collin. Ohne all das wollte ich nicht mehr sein.

Für eine Weile sah sie mich einfach nur an, dann fragte sie mich schließlich: «Erinnerst du dich noch an meine Oma, die Alzheimer hatte?»

Ich nickte. Sie hatte mir von ihr erzählt, als wir über die Demenzerkrankung meiner Mutter sprachen.

Mit Lachgrübchen auf den Wangen fuhr Dr. Flick fort: «Früher, als sie gesund und ich noch ein Kind war, konnte ich immer nicht genug kriegen. Ich wollte nie, dass etwas Schönes endet. Deswegen sagte mir meine Oma einmal, dass ich versuchen sollte, einzelne Momente ganz tief einzuatmen. Man würde sie nämlich nie vollständig wieder ausatmen, ein Teil dieser Momente bliebe für immer in uns.»

«Das ist schön», sagte ich.

«Das finde ich auch. Eigentlich ist es nur eine Metapher, aber wenn du es ausprobierst, wirst du sehen, dass es auf eine unerklärliche Weise tatsächlich funktioniert.»

Zögerlich nickte ich, und eine leise Vorahnung verriet mir bereits, dass Dr. Flick recht behalten sollte.

«Ich verstehe deine Angst sehr gut, Jana. Aber lass mich dir sagen, dass all deine Schritte, die du so mühevoll nach vorne machst, Spuren hinterlassen. Die verschwinden nicht mit dem

Ende der Ausbildung. Guck dich an, Jana. Sieh, wie viel besser es dir nach nicht mal ganz einem Jahr geht. Erinnerst du dich noch, wie du dich an deinen ersten Tagen auf der Insel gefühlt hast? Versuch den Unterschied zu erkennen. Und wenn es dir nach einem Jahr schon so viel besser geht, dann solltest du keine Angst vor der Zukunft haben, sondern dich darauf freuen, wie viel besser es dir nach drei Jahren gehen muss.»

Ich wusste nicht, wie Dr. Flick das machte, aber wieder einmal fand sie die richtigen Worte, um ein bisschen mehr Ruhe über mich hereinbrechen zu lassen. Sicher hatte sie in ihrem Studium einiges gelernt, aber ich glaubte, dass sie auch viel von Haus aus in den Beruf mitgebracht hatte. Sachen, die man gar nicht lernen konnte.

Vorsichtig strich ich über den kleinen Kratzer, den ich mir gestern auf dem Handrücken beim Runterklettern von der Aussichtsplattform zugezogen hatte. Lange hatte ich gehofft, dass Collin vielleicht noch käme, aber mein Warten blieb vergebens.

«Und sonst?», fragte Dr. Flick, scheinbar ohne Hintergedanken. «Gab es sonst noch etwas, das dich beschäftigt hat? Hast du unseren letzten Termin gut verdaut?»

Therapie war immer anstrengend und schwierig, schließlich musste man sich mit Verdrängtem konfrontieren und an seinem eigenen Verhalten arbeiten. Hin und wieder gab es aber einzelne Sitzungen, die länger an mir nagten als andere. Die letzte war so eine gewesen. Und wahrscheinlich hatte sich Dr. Flick schon vorhin bei ihrer ersten Frage gewünscht, dass ich das Thema von selbst noch mal aufgriff.

«Es geht so», sagte ich, um ein Lächeln bemüht.

«Wir sprachen von den Bildern, die dich verfolgen.» Sie sah mich eine Weile an, als wolle sie mir an den Gesichtszügen mein Befinden ablesen. Dann blätterte sie in ihrem Klemmbrett eine Seite zurück. «Ich würde gerne noch mal darauf zu sprechen kommen. Es gibt noch einige Fragen, die ich dazu habe. Ich weiß aber, wie schwer dir das Thema fällt. Deswegen möchte ich dich nicht überrennen. Entscheide du.»

Sie wartete geduldig mein Schweigen ab, ehe ich ihr schließlich mit einem schwerfälligen Nicken meine Zustimmung gab.

«Gut», begann sie und zwinkerte mir erneut zu. «Es geht mir um eins der schlimmsten Bilder ... Du ahnst es wahrscheinlich schon. Es geht um das deines Vaters. Du sagtest mir, dass du ihn an einem Balken hängen siehst und das Holz knarzen hörst.»

Das Bild war mir vertraut, ich kannte es in- und auswendig, trotzdem musste ich beim Vernehmen meiner eigenen Worte erst einmal schlucken.

«Kurz nach unserer Stunde ist mir aber eingefallen», sprach sie behutsam weiter, «dass du erst von der Polizei erfahren hast, dass er sich das Leben genommen hat. Das hattest du mir ein andermal erzählt.»

Auch wenn es für Dr. Flick widersprüchlich klang, hatte sie alles richtig verstanden. «Ich war nicht diejenige, die ihn gefunden hat. Das wollte er offenbar verhindern.»

«Und wer hat ihn gefunden?»

«Ein Nachbar. Irgendeiner aus dem großen Wohnkomplex.» Nach dem Tod meiner Mutter war das für zwei Jahre unser Zuhause gewesen.

«Und diese Person hat dir dann beschrieben, was sie gesehen hat? Oder wie kann ich mir das vorstellen?»

Langsam schüttelte ich den Kopf. «Niemand hat mir irgendetwas beschrieben. Das Bild in meinem Kopf ist nicht echt. Ich erfuhr, was passiert ist und wo es passiert ist, und seitdem war das Bild einfach da.»

Dr. Flick war anzusehen, dass sie mir jetzt folgen konnte. «Verstehe», murmelte sie. «Also verfolgt dich sozusagen eine Vorstellung.»

Ich nickte zögerlich. Sie tat das Gleiche, nur öfter als ich.

«Weißt du noch, was du gefühlt hast, als du vom Selbstmord deines Vaters erfahren hast?», fragte sie vorsichtig weiter.

Ich hatte so lange an meinem Pulloverärmel gerieben, dass sich nun ein Faden von der verwaschenen Naht löste. Doch als ich versuchte, ihn abzutrennen, wehrte er sich.

«Dass er mich alleingelassen hat.»

Der Satz wog schwer, aber die Stille danach noch viel schwerer.

«Und wenn du heute an deinen Vater denkst, was empfindest du dann?»

Manchmal musste ich eine halbe Ewigkeit nach der richtigen Antwort suchen. Doch wieder andere Male, so wie heute, sprach ich sie aus, noch bevor mir klar war, dass ich sie bereits gefunden hatte. «Dasselbe.»

«Hm», machte Dr. Flick, und es dauerte eine ganze Weile, ehe sie weitersprach. «Hat er dir einen Brief hinterlassen?»

«Nein.»

«Wie erklärst du dir, dass er sich das Leben genommen hat? Was, glaubst du, war der Grund?»

Ich zuckte mit den Schultern und sah wieder aus dem Fenster. Zwei dicke Hummeln stritten sich um eine Blüte, als gäbe es nicht noch fünfhundert weitere für sie. Ein leichter Wind ließ das Blätterdach rascheln und scheuchte eine Amsel auf, die sich irgendwo im Flieder verkrochen haben musste. «Ich denke, dass er sich schuldig gefühlt hat.»

«Schuldig an was?»

«Am Tod meiner Mutter. Und an allem, was davor schiefgelaufen ist.»

«Wie alt warst du, als er sich entschied zu sterben?»

«Dreizehn.»

«Also ungefähr zwei Jahre, nach dem Tod deiner Mutter.»

Wieder nickte ich. «Zwei Jahre und dreieinhalb Monate.»

Immer wenn solch harte Themen zur Sprache kamen, dachte ich, dass ich bestimmt durchdrehen würde, losheulte oder den Mund erst gar nicht aufbringen würde. Aber bis auf das leichte Zittern fühlte ich mich vollkommen dumpf.

«Wie war das Verhältnis zwischen dir und deinem Vater, als deine Mutter noch lebte? Hattet ihr einen guten Draht zueinander?»

Müsste es nicht ein Kinderspiel sein, eine Frage wie diese zu beantworten? Komischerweise waren die einfachsten Fragen manchmal die schwersten. «In Ordnung, denk ich. Also eigentlich gut. Aber irgendwie auch schwierig.»

«Wurde es schwieriger, als der Zustand deiner Mutter schlechter wurde?»

Ich nickte.

«Wie hat sich das *Schwieriger* gezeigt?»

Mein Blick fiel auf das Tischchen und blieb schließlich bei der Box mit den Taschentüchern hängen. Dieses Mal war ein Sonnenblumenfeld bei strahlend schönem Wetter abgebildet. «Er war nicht so stark, wie er es gerne gewesen wäre.»

Wie vor jeder Frage ließ sich Dr. Flick viel Zeit mit der Formulierung. «Hattest du den Eindruck, dass dein Vater die Kontrolle über die Situation verloren hat?»

Ich sah meinen Vater vor mir, wie er sich immer bemühte, allen anderen und vor allem auch sich selbst zu zeigen, dass er die Lage im Griff hatte. Heute war mir auch klar, warum er das unbedingt beweisen wollte. Weil er die Lage nämlich überhaupt nicht im Griff hatte. «Manchmal, wenn man etwas in guter Absicht beginnt, ist es nicht leicht zu erkennen, dass die Umsetzung misslingt.»

Dr. Flick erwiderte nichts, machte sich nur stumm ein paar Notizen und blickte für eine Weile nachdenklich auf den Kugelschreiber in ihrer Hand. «Dein Vater hat viel auf sich genommen. Glaubst du, er hat deine Mutter geliebt?»

«Ich denke, er hat sie sehr geliebt. Aber verzweifelt geliebt.»

Sie stützte das Kinn auf die Hand. «Wie meinst du das?»

«Wie ein Hundebesitzer, der sich einsam fühlt und deswegen mit seinem Tier umgeht, als wäre es ein Mensch. Dabei ist es doch ein Hund, der denkt ganz anders.»

«Du meinst, dass dein Vater etwas *anderes* in deiner Mutter gesehen hat.»

Ich rollte den Faden, der aus meinem Pulloverärmel hing, zwischen meinen Fingern. «Ich glaube, er sah immer die Frau in ihr, die er geheiratet hat. Aber die war gar nicht mehr da.»

«Verstehe», murmelte Dr. Flick, und es dauerte, ehe sie weitersprach. «Wenn dein Vater nach dem Tod deiner Mutter die Chance gehabt hätte, die Zeit zurückzudrehen, glaubst du, er hätte dann alles anders gemacht und sich rechtzeitig Hilfe von außen geholt?»

Ich war gewillt, die Frage wie selbstverständlich zu bejahen, doch je länger ich darüber nachdachte, desto mehr wurde mir bewusst, dass ich damit falschlag. «Wahrscheinlich nicht. Ich glaube, er hätte eher versucht, sich noch mehr anzustrengen. Besser zu werden.»

Der Faden, den ich die ganze Zeit zwischen meinen Fingern gerollt hatte, war mittlerweile so dünn geworden, dass ich die einzelnen Fasern auseinanderziehen und ihn abtrennen konnte.

«Und du, Jana, würdest du etwas ändern, wenn du die Zeit zurückdrehen könntest?»

Darüber musste ich nicht nachdenken.

Dr. Flick überraschte mein schnelles Nicken. «Und was würdest du ändern?», fragte sie.

«Ich wäre an jenem Nachmittag niemals auf meinem Bett eingeschlafen.»

KAPITEL 28

Ich lief meinen Lieblingsholzpfad entlang, immer dem violett leuchtenden Horizont entgegen. Von weitem sah man nicht, dass der Weg hinter der letzten Düne einen Knick machte und zum Strand führte. Vielmehr sah es so aus, als würde man an seinem Ende direkt in den Himmel laufen. Die Sonne stand tief, berührte bald das Meer, und ihr orangegoldener Schein wärmte mich trotz des Küstenwindes. Obwohl er an meiner Kleidung rüttelte, blieb er geräuschlos, denn alles, was ich hörte, war die Musik in meinen Ohren. Anna Ternheim sang «Shoreline». Ich lauschte ihrer Stimme, mehr noch, ich fühlte sie, und mein Blick verschmolz mit der Ferne.

An der Stelle, an der der Pfad hinunter zum Meer führte, blieb ich stehen und lehnte mich an das Geländer. Jedes Mal verweilte ich einen Moment hier. Denn jetzt fehlte nur noch ein Schritt, und ich wäre im Himmel.

Es war bereits der zweite Sommer, den ich auf der Insel erlebte. Der erste war bei meiner Ankunft vor über einem Jahr gewesen. Nachdem ich nun alle Jahreszeiten hier kennengelernt hatte, konnte ich sagen, diese war meine liebste. Die Sonnenuntergänge, die Spaziergänge am Strand, die späte Dämmerung, die Wärme, der Horizont in den leuchtendsten Farben, die Ferien von der Berufsschule und die fast täglichen Abende mit Collin auf der Aussichtsplattform ... Auch wenn die anderen Jahreszeiten auf ihre Weise schön waren, mit den Vorzügen des Sommers konnten sie nicht mithalten.

Als das Lied zu Ende war, drückte ich auf Wiederholung. Ich

wusste nicht, was ich fühlen sollte. Irgendwie war ich traurig, irgendwie geknickt, und irgendwie war ich auch glücklich. In jedem Fall spürte ich meine Zuneigung für Anke und Klaas noch deutlicher als sonst.

Sie hatten den Umschlag nicht angenommen. Es waren exakt eintausend Euro, die ich angespart hatte. Eigentlich viel zu wenig für das, was ich ihnen tatsächlich gerne geben würde. Nur eine kleine Entschädigung für all die Unkosten, die ich verursachte, das fing schon beim Abendessen an. Aber sie hatten einfach nein gesagt. *Es geht nicht ums Geld*, meinte Anke, *das ging es nie, behalte es und kauf dir etwas Schönes. Oder spare es für später. Wenn deine Lehre vorbei ist, wirst du es brauchen.* Als wäre das so leicht. Als könnte ich all meine Dankbarkeit, die ich jeden Tag mit mir herumtrug, einfach in eine Tasche stecken und meinen Weg weiterlaufen.

Irgendwann verschwand die Sonne hinter dem Meer und hinterließ die gleiche Dunkelheit wie jede Nacht. Ich lief zurück, den menschenleeren Strand entlang, und passierte die Aussichtsplattform. Collin war heute Abend beim Kickboxen. Trotzdem sah ich nach oben und erinnerte mich an all die vergangenen Male, in denen ich dem Flüstern seines Stiftes gelauscht hatte.

Zu Hause angekommen, musste ich wieder an Toms leerem Zimmer vorbei. Es war schneeweiß herausgeputzt, und die letzten Möbel waren erst vor einer Woche abgeholt worden. Verlassene Räume hatten immer etwas Gespenstisches an sich. Die Person war längst fort, aber irgendetwas von ihr blieb. Manchmal konnte ich gar nicht glauben, dass Tom tatsächlich nicht mehr hier war. Und noch weniger konnte ich glauben, dass ich mein erstes Lehrjahr tatsächlich beendet hatte.

Ich blieb stehen, lehnte mich gegen den Türrahmen und

fragte mich wie sooft, wer wohl als Nächstes dieses Zimmer beziehen würde. Aber die Wände gaben mir keine Antwort. Stattdessen kam Lars durch die Haustür. Er hatte vorhin fast zeitgleich mit mir den Anbau verlassen und meine Frage, ob er mit mir zusammen spazieren gehen möchte, verneint. Auch jetzt hatte er nicht mehr als ein Hallo für mich übrig, bevor er in seinem Zimmer verschwand und die Tür hinter sich schloss. Er war wieder in dieser Stimmung, in der er seine Mitmenschen auf Abstand hielt. Als wäre da ein Graben zwischen ihm und der Welt, in den er nicht hineinfallen und in den er auch niemanden hineinstürzen wollte.

Es dauerte bestimmt fünf Minuten, bis ich mich dazu durchringen konnte, an seine Zimmertür zu klopfen.

«Ja?», hallte es von innen.

Ich öffnete vorsichtig. «Darf ich reinkommen?»

Lars sah mich eine Weile an und zuckte dann mit den Schultern. Den Rücken an die Wand gelehnt, saß er auf seinem schmalen Bett und ließ die Beine über den Rand hängen. Seine Schuhe lagen unordentlich übereinander – das war die einzige Unordnung im ganzen Raum. Jedes der zahlreichen Bücher in den Regalen war akkurat eingereiht, selbst die Plakate über Pflanzen und Landschaftskunde an den Wänden schienen mit der Wasserwaage angebracht worden zu sein. Nirgends lag auch nur ein Körnchen Staub. Vor zwei Wochen hatte sein Zimmer noch viel lebendiger und wohnlicher ausgesehen. Der Zustand wechselte ständig. Manchmal kam mir Lars vor, als würde er versuchen, aus seiner Umgebung den Dreck herauszuputzen, den er aus sich selbst nicht herausputzen konnte.

Leise schloss ich die Tür in meinem Rücken, hakte die Finger in meine hinteren Hosentaschen und ging zu dem Fenster neben seinem Schreibtisch. Es zeigte Richtung Straße und auf Klaas' feingeschnittenen Buchsbaumgarten. Im Schein der kleinen Solarlampen war wegen der Spiegelung der Scheibe alles jedoch nur schemenhaft zu erkennen.

Vorsichtig lugte ich über meine Schulter. «Komisch, dass Tom nicht mehr da ist, oder?», startete ich einen Gesprächsversuch.

Lars griff sich den dicken Ordner, der auf seinem Nachtschrank lag. Irgendetwas Schulisches. Er nickte unbeteiligt und klappte den Ordner in seinem Schoß auf, als wollte er beschäftigt wirken.

Ich haderte mit mir, denn eigentlich war das die Art von Zeichen, die ich normalerweise zu lesen wusste.

«Hast du schon was gehört? Weiß man, wo er hin ist und was er jetzt macht?», fragte ich.

Auf der Abschiedsparty hatte Tom versprochen, sich bald bei uns zu melden, aber bisher war das nicht eingetreten. Auch Klaas und Anke warteten vergebens auf seinen Anruf. Sie versuchten es sich nicht anmerken zu lassen, aber ich sah ihnen an, dass sie jeden Tag nervöser und ungeduldiger wurden.

«Nein, aber ich denke, er macht genau das, was er immer gesagt hat: Er ist in Berlin, erst mal die Sau rauslassen und sucht sich dann irgendwo einen Job.»

Das klang so plausibel, dass ich die Worte mit Toms Stimme in meinen Gedanken hören konnte. Trotzdem war die Vorstellung befremdlich, dass wir ein Jahr unseres Lebens miteinander verbracht hatten und sich unsere Wege nun vielleicht nie wieder kreuzen würden.

«Hast du Lust, einen Film zu gucken?», schlug ich vor.

«Wir haben die DVDs doch schon alle durch.»

«Und wenn wir noch mal *Black Swan* anschauen?»

«Den haben wir schon dreimal gesehen.»

«Und was ist mit *Frankenweenie*?»

Er hievte sich aus dem Bett, trat direkt neben mich ans Fenster und ließ die Jalousie hinunter. «Jana, den haben wir sogar schon fünfmal gesehen», sagte er seufzend.

Ich wollte *Na und?* sagen, schließlich war es mein Lieblingsfilm, in dem der kleine Junge seinen besten Freund, einen Hund, wieder zum Leben erweckte, aber ich verkniff es mir. Als ich mich zurück zum Fenster drehte, erwartete mich nur noch der triste Anblick der Jalousie. Lars setzte sich wieder auf sein Bett und blätterte im Ordner. Für einen Moment blieb es still zwischen uns.

«Anke und Klaas sind ganz schön aufgeregt wegen des Sommerfests, oder?» Es war kurz nach Weihnachten, da hatte ich zum ersten Mal davon gehört. Und wenig später hatten bereits die ersten Vorbereitungen begonnen.

Als Lars nicht antwortete, setzte ich mich auf den Boden unter dem Fenster und lehnte mich mit dem Rücken gegen den warmen Heizkörper.

«Ich habe den Eindruck, dass es ihnen wahnsinnig viel bedeutet», sagte ich. «Ich kann mir das gar nicht vorstellen. Ein Sommerfest, das alle fünf Jahre stattfindet. Und zu dem sie alle einladen, die jemals hier gewohnt haben. Inklusive ihrer Familien. Was glaubst du, wie viele Gäste werden kommen?»

Lars zuckte mit den Schultern. «Genug.»

«Bist du gar nicht aufgeregt?» Ich zog die Knie an und hielt sie mit meinen Armen umschlossen. «Bis Ende Juli sind es nur noch zwei Wochen. Und ich frage mich, wer wohl alles kommt. Außerdem stelle ich mir vor, wie es in fünf Jahren sein wird. Dann sind nämlich wir die Gäste.»

Eine Seite im Ordner sah sich Lars länger an, dann blätterte er um und las angestrengt die nächste. Oder er tat zumindest so.

Ich wartete noch etwas, doch er reagierte nicht.

«Früher hat es den Anbau noch gar nicht gegeben, wusstest

du das? Klaas hat es mir erzählt. Die Lehrlinge wurden damals in ganz normalen Wohnungen in Westerland untergebracht», sagte ich. «Erst in Einzimmerwohnungen, später in Wohngemeinschaften.»

Mein Blick wanderte zu seinem Bücherregal. Die Werke von Lessing, Voltaire, Dickens, Verne, Fontane, Tolstoi reihten sich aneinander, alle Klassiker der Literatur waren vertreten. Moderne Bücher fanden sich dagegen kaum dazwischen. George Orwell gehörte in der Sammlung noch zu den jüngsten Autoren.

«Ich bin froh, dass es den Anbau gibt», murmelte ich und sah auf meine Hände. Eigentlich hätte ich mir nur allzu gern auf die Zunge gebissen und mit dem Reden aufgehört. Doch wenn das nächste Jahr so schnell an mir vorbeiziehen würde wie das letzte, dann hatte ich Angst, dass Lars die Insel verließ, ohne dass ich ihm jemals gesagt hatte, was ich ihm eigentlich sagen wollte.

«Erst habe ich mich vor euch ziemlich gefürchtet.» Aus Verlegenheit lächelte ich und ließ mir Zeit beim Sprechen. «Und in mancherlei Hinsicht war meine Sorge auch nicht unbegründet. Aber es gab eine Person, die mich von Anfang an akzeptierte. Weißt du, wer das war?»

An seinen Augen erkannte ich, dass er den Blick für seine Unterlagen verloren hatte. Doch auf mich richten tat er ihn auch nicht.

«Vanessa hat mich ziemlich harsch empfangen.» Ich dachte zurück an den Tag, als ich mit Klaas und Dr. Flick zum ersten Mal den Anbau betreten hatte. «Tom war ich gleichgültig, als wäre ich nur eine neue Vase im Haus. Und Collin wirkte wie ein Fels auf mich, mit dem ich damals noch nicht umzugehen wusste. Aber du, Lars, du hast dir Mühe gegeben, damit ich mich im Haus nicht mehr so unwohl fühlte. Nur...» Ich brach ab.

Lars sah über den Rand seiner Brille zu mir auf.

«Nur spüre ich», fuhr ich fort, «dass dich manchmal etwas bedrückt. Und das belastet mich. Weil ich nicht möchte, dass es dir schlechtgeht. Ich würde dir so gerne sagen, dass du über alles mit mir reden kannst. Aber ich weiß nicht, ob du das hören möchtest. Vielleicht willst du ja gar nicht mit mir reden. Trotzdem sollst du wissen, dass du es könntest.» Ich spürte die warme Heizung in meinem Rücken und die unterstützende Wirkung, die sie auf mich ausübte. Lars sah aus, als könnte er selbst eine solche Unterstützung gebrauchen, denn er machte nicht den Eindruck, als hätte er mit meinen Worten gerechnet.

«Es tut mir leid, ich wusste nicht, dass dich das belastet», sagte er schließlich. «Ich merke das manchmal nicht, wenn ich ... wenn ich ... Na ja, es hat jedenfalls nichts mit dir zu tun.»

«Das dachte ich mir schon.»

Er seufzte. «Es sind eher familiäre Sachen. Und auch generelle.»

Auch wenn er nicht darüber reden wollte, so hoffte ich doch, dass er es tun würde, wenn ich ihm nur genug Zeit dafür ließ. Nach ein paar Minuten sprach er tatsächlich weiter.

«Bist du schon mal einem kompletten Arschloch begegnet? So einem richtigen?», fragte er mich. «Jemand, der durch und durch, mit jeder Zelle seines Körpers, ein festgefahrenes Arschloch ist? Mit dem es nicht mal Sinn macht, auch nur ein einziges Wort zu reden, weil er nun mal ein gottverdammtes Riesenarschloch ist?»

Mein Leben zog an mir vorbei, bis ich auf jemanden stieß, auf den die Beschreibung passen könnte. Ein ehemaliger Nachbar.

«Genau so musst du dir meinen Vater vorstellen», sagte Lars. «Ich habe drei ältere Brüder, er hat alle aus dem Haus geprügelt. Niemand möchte mehr etwas mit ihm zu tun haben. Aber weißt du, wer so dumm ist und immer noch zu ihm hält? Wer alle paar Wochen bei uns Kindern anruft und uns darum bittet, wir mögen doch auf unseren Vater zugehen und uns mit ihm aussöhnen?» Er schnaufte verächtlich. «Meine Mutter. Und jedes Mal bekomme ich eine scheiß Wut und würde am liebsten alles kaputthauen.» Die Faust auf seinem Oberschenkel lag scheinbar reglos da, aber wenn man genauer hinsah, merkte man, wie die Anspannung die Knöchel weiß hervortreten ließ. «Darüber zu reden macht alles nur noch schlimmer», sagte er. «Ich werde dann so sauer, dass ich gar nicht weiß, wohin mit all der Wut. Deswegen gehe ich lieber allen aus dem Weg.»

Ich verstand ihn besser, als er sich jemals vorstellen konnte. Ich wusste, wie es war, wenn man von Gefühlen übermannt wurde, die man nicht kontrollieren konnte und denen man nicht gewachsen war. Nur dass es bei mir Trauer und keine Wut war. Langsam bettete ich das Kinn auf die Knie und überlegte.

«Weißt du, an wen ich gerade denken muss?», fragte ich.

Er schüttelte den Kopf.

«An meine Psychologin. Oder vielmehr an das, was sie jetzt sagen würde.»

Sein Gesicht nahm einen skeptischen Ausdruck an. Wahrscheinlich hätten die meisten Menschen so reagiert. Sie wussten einfach nicht, wie toll es war, eine Dr. Flick zu haben.

«Sie würde sagen: Je schwerer es dir fällt, über ein bestimmtes Thema zu reden, und je mehr Emotionen es in dir auslöst, desto nötiger ist es, exakt über jenes Thema zu reden.»

Lars schwieg und spielte gedankenverloren mit dem Schnappmechanismus, der alle Unterlagen im Ordner zusammenhielt.

«Ich hatte auch immer große Schwierigkeiten damit, über gewisse Sachen zu sprechen», erklärte ich. «Ach was, es fällt mir heute noch nicht leicht.» Ich hob die Schultern und sah auf meine Knie. «Aber ich tue es. Und es ist richtig, es zu tun.

Weil Stück für Stück die eiserne Mauer in mir zerbricht. Es dauert, aber jeden Tag fühle ich mich ein bisschen leichter und freier. Ich lerne loszulassen. Meine Psychologin hilft mir dabei. Manchmal muss man aber lange suchen, bis man die richtige Person dafür findet. Denn das geht nicht mit jedem.» In diesem Moment dachte ich komischerweise nicht nur an Dr. Flick, sondern für den Bruchteil einer Sekunde auch an Collin. «Ich habe sogar richtig lange suchen müssen. Aber jetzt habe ich endlich so jemand gefunden. Ihr Name ist Dr. Flick.»

Der Ordner ruhte immer noch auf seinem Schoß, aber es lag lange zurück, als er zum letzten Mal eine Seite umgeblättert hatte.

«Sie ist irgendwie anders», sagte ich. «Man kommt sich nicht blöd in ihrer Gegenwart vor. Sie ist wie du und ich.» Ich schloss die Arme ein bisschen fester um meine Beine. «Ich will dir nur sagen, falls du mal mit jemandem reden möchtest, und niemand in deiner Umgebung ist der Richtige dafür, auch ich nicht, dann könnte ich mir vorstellen, dass sie vielleicht die Richtige wäre.»

KAPITEL 29

Bereits vor dem Mittagessen waren die ersten Gäste eingetrudelt, und auch am frühen Abend wollte der Strom nicht abreißen. Immer wenn ich dachte, dass jetzt alle da wären, kam wieder jemand Neues hinzu. Die Gäste waren gekleidet, als wäre der Anlass ein besonderer, und das war er auch. Anke und Klaas blühten auf. So hatte ich sie noch nie erlebt, jede Begrüßung ließ ihr Strahlen noch heller werden, und es schien, als würden sie der Umarmungen niemals müde werden. Der Garten war festlich dekoriert, überall hingen Lampions und Laternen, auf den vielen Tischen standen Blumengestecke und Kerzen, und in den Pavillons warteten die Lichterketten auf die Dunkelheit, damit sie endlich leuchten durften. Kinder in Kleidchen und kurzen Hosen rannten durch die Gegend, quietschten, lachten, kicherten und brachten den ein oder anderen Kellner mit vollbeladenem Tablett in die Bredouille.

Die Kuchen und Torten waren inzwischen abgeräumt, und der Geruch von Kaffee wich allmählich dem von gegrilltem Fisch. Als mir bewusst wurde, dass es bald Abendessen gab, fragte ich mich, wo die Stunden abgeblieben waren. Der Tag verging wie im Flug. Und auf eine ungewohnte Weise fühlte ich mich nicht fremd in Gegenwart dieser vielen unbekannten Menschen. Jeder war freundlich, aber nicht auf oberflächliche Weise, es war fast so, als gehörten wir alle zusammen, obwohl wir uns noch niemals zuvor gesehen hatten. Ich hatte mir so oft vorgestellt, wie das Sommerfest wohl sein würde, aber mit einer vertrauten Stimmung wie dieser hatte ich nicht gerechnet. Auch Tom und Matthias waren der Einladung gefolgt, und ich hatte Helena kennengelernt. Die allererste Auszubildende im Architekturbüro. Klaas hatte sie mir als ein verschüchtertes junges Mädchen beschrieben, das kaum ein Wort hervorbrachte. Wir unterhielten uns lange. Es war nicht das, *was* sie sagte, sondern die Art und Weise, *wie* sie Dinge sagte, die lange in mir nachhallte. Ich spürte, dass sie an sich selbst glaubte und zu allem stand, was sie tat, auch zu ihren Fehlern. Die Schultern gerade, trug sie stets ein Lächeln auf dem Gesicht und strahlte etwas Warmes und Liebevolles aus.

Helena blieb nicht die einzige interessante Begegnung des Tages. Auch an Marina würde ich lange zurückdenken, die mit acht Kindern, zwei Hunden und einem Ehemann angereist war, genauso an Frank, der früher ein Straßenkind gewesen war, dann Bauzeichner wurde und jetzt als Streetworker arbeitete. Und an Thomas, der nach seiner Ausbildung studierte, schließlich aber doch alles über den Haufen warf und Heilpraktiker wurde. Und auch all die anderen würde ich nicht allzu schnell vergessen. Kein Gespräch, das ich führte, war ein wertloses, und jedes Kennenlernen faszinierte mich. Es war gar nicht so, dass es bei allen rosarot lief und sich bedingungslos alles zum Guten gewendet hatte. Und ich verstand, dass es darum auch gar nicht ging. Jeder von diesen völlig unterschiedlichen Charakteren hatte auf seine Weise einen Weg ins Leben und vor allem auch zu sich selbst gefunden. Das war es, was mich am meisten beeindruckte.

Zusammen mit Lars half ich den Kellnern dabei, die mit Kuchen beschmierten kleinen Kindertische sauber zu machen und fürs Abendessen vorzubereiten, doch mit den Gedanken und den Augen war ich fast ausschließlich bei Anke und Klaas. Wie sie mitten im Garten standen, dabei aber weitaus mehr als nur das Zentrum des Gartens bildeten. Wir alle umkreisten sie. Sie waren der Mittelpunkt von allem. Und auf einmal begann ich so vieles zu verstehen. Ich sah nicht nur, was die beiden für uns alle taten und was sie uns gaben, sondern auch das, was sie zurückbekamen. Die Liebe. Die Dankbarkeit. Und da war noch etwas. Etwas, das ich bisher fälschlicherweise allein ihrem Geber-Konto zugeschrieben hatte. Doch sie profitierten genauso davon. Denn all diesen Menschen, die auf der Wiese, unter den Pavillons oder am Buffet bei den Getränken standen, all diesen Menschen haben sie dabei geholfen, an eine Zukunft zu glauben. Wäre ihre Tochter, die kleine Isabella, damals nicht gestorben, es wäre alles ganz anders gekommen, und jeder Einzelne von uns wäre auf sich allein gestellt gewesen. Uns zu unterstützen – vielleicht gab das dem Tod ihrer Tochter einen Sinn.

Beim Abendessen saß ich mit Helena, Lars, Tom, Frank und einigen andern am Tisch. Es tat mir leid für Lars, dass Sarah, das Mädchen, das vor mir in meinem Zimmer gewohnt hatte und seine beste Freundin gewesen war, bislang nicht den Weg auf das Sommerfest gefunden hatte. Ich hoffte für ihn, das würde sich noch ändern.

Tom machte einen guten Eindruck, und komischerweise unterhielten wir uns an diesem Tag mehr, als wir es sonst innerhalb eines Monats getan hatten. Er war tatsächlich nach Berlin gegangen, hatte ein Zimmer in einer Wohngemeinschaft gefunden und würde zum 1. September eine kaufmännische Stelle in einem größeren Makler-Büro antreten. «Nicht mehr lange», sagte er, «und ich habe meinen ersten ordentlichen Gehaltsscheck in der Tasche. Und meine Mitbewohnerin mache ich hoffentlich auch bald klar.»

Während Tom erzählte, bemerkte ich, dass ich Collin seit einer Weile nicht mehr gesehen hatte. Schon seit dem großen

Gruppenfoto nicht mehr. Ich suchte mit den Augen alle Tische ab, aber Collin fehlte.

Nach dem Abendessen, als er immer noch nicht aufgetaucht war, entschuldigte ich mich und begab mich auf die Suche. Unser Anbau war sauber und aufgeräumt wie nie, wir hatten Stunden damit zugebracht, ihn für die Gäste herauszuputzen. Nur in der Küche sah es aus, als hätte eine Bombe eingeschlagen. Auf dem Boden lagen Luftballons, Stifte und Ausmalbücher der Kinder wild durcheinander. In keinem der Aufenthaltsräume konnte ich Collin finden. Ich ging die Treppen nach oben und klopfte an seine Zimmertür. Doch auch nach dem dritten Mal blieb das hohle Geräusch unbeantwortet.

Wieder unten im Garten, überlegte ich, ob ich mich zu den anderen setzen sollte, lief aber schließlich an allen vorbei und verließ das Sommerfest durch das kleine Türchen am Ende des Zauns. Irgendwie hatte ich im Gefühl, dass er vielleicht auf der Aussichtsplattform sein könnte. Doch sie trotzte nur verlassen dem leichten Wind. Die Schuhe voll mit Sand, blickte ich mich um und sah in der Ferne einen dunklen Fleck, als würde jemand, einige hundert Meter entfernt, am Meer sitzen. Je näher ich dem Fleck kam, desto mehr formte er sich zu einem Menschen, und als der Abstand klein genug war, erkannte ich Collin. Die Beine angezogen, saß er am Strand und sah hinaus auf die Wellen. Das Wasser spülte bis einen Meter vor seine Füße. Es war das erste Mal, dass ich ihn hier allein antraf, ohne dass er sein schwarzes Buch dabeihatte und darin zeichnete.

«Hey», sagte ich leise. «Ich habe dich gesucht.»

Die Arme auf den angezogenen Knien, sah er zu mir auf. Dann gehörte sein Blick wieder dem Horizont. Auch dann noch, als ich mich neben ihn setzte.

Das Meer rauschte so gleichmäßig und ruhig, dass ich erst

jetzt merkte, wie laut es auf dem Fest gewesen war. Meine Ohren mussten sich an die neue Stille erst einmal gewöhnen.

«Ich habe ein bisschen Zeit zum Nachdenken gebraucht», sagte er. «Es ist ganz schön was los auf dem Fest.»

Ich hatte ihn mit so vielen Menschen herumstehen und reden sehen, dass ich seine Sehnsucht nach einer Pause sehr gut nachvollziehen konnte. Es war ein schöner Tag, das stand außer Frage. Aber gleichzeitig musste man die zahlreichen Eindrücke erst einmal innerlich bewältigen. Ich dachte, ich wäre vielleicht die Einzige, der es so ging.

«Außerdem fühle ich mich benutzt», sprach er weiter. «Klara ist eiskalt.»

Seine Stimme klang ernst, aber auf seinen Lippen lag ein leichtes Schmunzeln. Genauso wie auf meinen.

«Tja, Frauen sind zuweilen sehr wankelmütige Wesen», seufzte ich und hatte wieder das dreijährige Mädchen mit den beiden Zöpfen vor Augen. Sie hatte Collin gesehen – und ihn zur Liebe ihres bisherigen kurzen Lebens erklärt. Keinen Schritt konnte er mehr ohne sie machen, sie klebte an ihm wie Kaugummi. Er stellte sich zwar etwas unbeholfen an, hatte sich aber gleichzeitig auch nicht so richtig gegen den Charme der Kleinen wehren können. Am Schluss wirkte es, als trüge er sie sogar ganz gern auf dem Arm. Nach einer Stunde allerdings erlosch ihre Zuneigung so plötzlich, wie sie aufgekommen war, und Klara hängte sich dem Nächsten an den Hals.

«Weißt du, wer mir gar nicht wankelmütig vorkommt?», fragte er.

Ich schüttelte den Kopf.

«Du.»

Für einen Moment sah er mir in die Augen, lange genug, um zu sehen, dass ich ein bisschen nervös wurde, dann galt sein Blick wieder den Wellen. Es wurde still zwischen uns. Und ich spürte, dass ihn noch immer etwas beschäftigte. Und auch mein Herz spürte ich. Wie es schlug und schlug und schlug. Und wie warm es in meinem Bauch wurde. Und wie sehr ich mir wünschte, seine Hand zu nehmen, und wie ich mir ganz genau vorstellte, wie es wäre, wenn sich unsere Finger miteinander verschlossen.

Stattdessen sah ich auf meine Füße und tauchte mit der Schuhspitze immer wieder leicht in den Sand. «Fragst du dich auch, was aus den Leuten geworden wäre, wenn sie Anke und Klaas nie kennengelernt hätten?»

«Ich glaube, man kommt gar nicht umhin, sich die Frage *nicht* zu stellen», antwortete er.

«Und auch die Frage, was aus uns geworden wäre», sagte ich leise.

Dieses Mal dauerte es länger, ehe er reagierte. «Um die kommt man am allerwenigsten umhin.»

In der Ferne gab es eine Welle, die viel höher war als die anderen, und als sie brach, hörte man das Klatschen der aufeinandertreffenden harten Wasseroberflächen bis zu uns an den Strand.

Unverhofft stand Collin auf einmal auf, sodass ich schon dachte, ich hätte ihn mit meinen Fragen verscheucht. Doch dann hielt er mir die Hand entgegen. «Soll ich dir etwas zeigen?»

Mein Blick ging von seinem Gesicht zu seiner Hand und wieder zurück. «Was denn?»

Er sagte nichts und streckte mir die Hand noch etwas näher entgegen, als hätte es an der Entfernung gelegen, dass ich seiner Einladung nicht nachgekommen wäre. Zögerlich hob ich den Arm und spürte schließlich, wie sich unsere Handflächen berührten. Meine Haut wurde ganz heiß an dieser Stelle. Und die Wärme kroch meinen gesamten Arm entlang. Dann umfasste Collin meine Hand fester und zog mich hoch. Anstatt den Griff anschließend zu lösen, lief er los und zog mich mit sich. Seine Schritte waren wieder viel größer als meine, aber heute hielt ich seine Hand und konnte nicht verlorengehen. Ein kleines bisschen blieb ich trotzdem immer hinter ihm.

Unser Weg vom Strand weg dauerte zehn, vielleicht auch fünfzehn oder zwanzig Minuten, allzu genau konnte ich das nicht sagen, viel zu sehr war ich auf das warme Gefühl konzentriert, das sich inzwischen in meinem ganzen Körper ausgebreitet hatte. Vor einem halbhohen, massiven und weißen Holztor endete unser Spaziergang. «Heimatstätte der Heimatlosen» stand in goldener Schrift darauf geschrieben. Collin öffnete das Tor, und wir betraten einen schlichtangelegten Garten. Oder zumindest hielt ich den von einer Hecke umgebenen Ort im ersten Moment für einen solchen. Denn als ich die Holzkreuze sah, begriff ich, dass es sich um einen Friedhof handelte. Er lag mitten im Dorf, war eingekreist von einer Kirche und Wohnhäusern, und doch wirkte er wie ein versteckter Ort. Ich achtete auf jeden meiner Schritte, keiner sollte zu laut werden und die vorherrschende Ruhe brechen.

«Das ist der Friedhof der Heimatlosen», sagte Collin. «Hier wurden früher unbekannte Menschen beerdigt, die leblos an den Strand gespült worden waren. Meistens verunglückte Seeleute. Ohne Identität. Niemand weiß, wer diese Menschen hier sind.»

Sofern es überhaupt möglich war, wurden meine Schritte jetzt noch leiser. Ich zählte dreiundfünfzig schlichte Holzkreuze. Sie standen in Reih und Glied, und jedes war mit einem einzelnen kleinen Rosenstrauch versehen. Ohne dass ich es merkte, ließ ich Collins Hand los und wandelte geräuschlos über den Friedhof. Auf jedem Kreuz standen in weißer Schrift der Fundort und das Datum. *Westerland Strand 4.10.1855* lautete die älteste Inschrift, *Westerland Strand 4.11.1905* die jüngste.

Vor einem Kreuz blieb ich länger stehen. Ich las nicht nur den Namen, ich versuchte mir auch vorzustellen, was passiert war. Mit einem Mal spürte ich die Schwere des Ortes sich wie einen Mantel um meinen Körper schließen. *Rantum Strand 24.08.1895.* Ich sah einen jungen Mann vor mir. Und ein großes Schiff, das voll beladen mit Waren auf dem Weg nach Dänemark war. Er hatte keinen hohen Rang, war vielleicht nur einer der vielen Schiffsjungen, die harte körperliche Arbeit leisten mussten und wenig Entlohnung dafür bekamen. Der Umgang an Deck war rau, und die Anstrengung ging auf die Knochen. Eines Tages, sie waren mitten auf hoher See, braute sich ein Unwetter zusammen. Eins von der schlimmen Sorte, das den Himmel erst gelb leuchten ließ und sich dann in ein einziges tiefdunkles Schwarz verwandelte. Der Sturm ließ das Schiff wie ein Spielzeug schwanken, und der Mast war bald auf einer Linie mit dem Horizont. Die meterhohen Wellen, die über die Reling schlugen, zogen ein paar seiner Kameraden mit sich, und das Meer verschluckte sie. Schreie. Der Schiffsjunge klammerte sich mit kalten, nassen Händen noch fester an das Tau. Er hatte Träume. An jeden einzelnen dachte er jetzt. Als der Mast brach, verlor auch er seinen letzten Halt. Die Wellen umschlossen ihn und nahmen ihn mit sich. Von oben der Starkregen, von unten das Meer. Er paddelte. Er schrie. Und dann kam der Moment, in dem er begriff, dass es keine Rettung mehr gab. Dass er jetzt und hier sterben würde. Dass es das war. Dass sein Leben vorbei war.

Wochen später wurde seine Leiche an den Strand gespült, ohne dass jemals jemand erfuhr, wer er war, was mit ihm geschehen war, wo er herkam, wer ihn liebte und vermisste, und welche unerfüllten Träume es waren, an die er in seinen letzten Momenten gedacht hatte.

Ich stellte mir vor, wie es wäre, hier an seiner Stelle zu liegen. So anonym, ohne Vergangenheit und ohne Zukunft. Der zunehmende Druck um meinen Brustkorb machte das Atmen schwer. Und dann spürte ich eine Hand, die sich um meine schloss. Ohne dass ich es bemerkt hatte, war Collin neben mich getreten und sah mit mir gemeinsam auf das Holzkreuz. Während sich der 24.08.1895 immer tiefer in meinen Kopf brannte, zog Collin mich plötzlich weiter. Vor einem viereckigen Grab blieb er stehen. Es war das einzige mit Grabstein und gelben Blümchen statt einem Rosenstock. Der Name *Harm Müsker* war darauf geschrieben.

«Das war ein siebzehnjähriger Seemann», sagte Collin. «Er ist der Einzige, der im Nachhinein identifiziert werden konnte. Er ist mit seinem Schiff gestrandet und ertrunken.»

Mein Griff um seine Hand verstärkte sich.

«Solche Friedhöfe gibt es an jedem Küstenort», sprach er nach einer Weile in die Stille. «Zuvor habe ich aber noch nie einen gesehen. In meinen ersten Tagen auf der Insel ging ich öfter spazieren und kam zufällig hier vorbei. Seitdem hat mich der Ort immer wieder magisch angezogen.» Er sah kein einziges Mal in meine Richtung beim Reden. Und auch wenn seine Augen auf das Grab gerichtet blieben, hatte ich doch den Eindruck, dass sein Blick in Wahrheit nirgendwohin ging. Außer in sich selbst.

«Heute auf dem Sommerfest», sagte er, «da fiel mir der Friedhof der Heimatlosen auf einmal wieder ein. Und mir wurde bewusst, dass ich lange nicht mehr hier war. Schon viele Monate nicht mehr.» Er senkte den Kopf. «Ist das nicht absurd? Ich habe es nicht mal gemerkt. Und darüber musste ich vorhin am Strand nachdenken.»

Was für ihn so schwer zu begreifen war, glaubte ich als Außenstehende sofort zu erkennen. Er hatte seine Verbindung zu diesem Ort verloren, weil er selbst eine Heimat gefunden hatte. Manchmal waren die schönsten Dinge jene, die man am schwersten begreifen konnte. Und dann begriff auch ich etwas. Collin hatte mich nicht zum Friedhof geführt, er hatte mich mitgenommen in seine Welt.

KAPITEL 30

Im Sommer leuchtete die Insel an manchen Tagen so hell, dass es sich durch die hohen Fenster im Büro fast so anfühlte, als säße man draußen auf der Dachterrasse. Doch die arbeitsschwangere Umgebung im Besprechungszimmer und das Klingeln der Telefone jenseits der Tür sorgten dafür, dass ich den Aufenthaltsort doch niemals gänzlich vergessen konnte. Collin und ich saßen auf der rechten Seite des riesigen Tisches, Vanessa und Melek auf der linken. Zwischen uns, auf der naturbelassenen, hölzernen Oberfläche, lagen zwei Blöcke und das Blatt mit der Aufgabenbeschreibung. Es war wieder so eine Gruppenarbeitssache, die sich Klaas alle paar Monate einfallen ließ. Mal handelte es sich um eine kaufmännische Aufgabe, mal um eine zur Raumgestaltung, mal um eine zum Landschaftsbau, und ein anderes Mal drehte es sich ums Bauzeichnen. Damit würde jeder von uns einen Einblick in die Arbeit des anderen bekommen, pflegte Klaas stets zu sagen. Wie ich ihn einschätzte, ging es ihm aber wohl am meisten um den Aspekt der produktiven und fairen Zusammenarbeit. Teamwork war einfach Klaas' Ding.

So richtig waren wir aber heute weder ein Team, noch machten wir gute *work*. Vanessa war miesgelaunt, weil Anke sie zu einem Außentermin nicht mitgenommen hatte, Collin hätte lieber an seinem aktuellen Projekt weitergearbeitet, ich selbst hatte schon immer Probleme damit, die Initiative innerhalb einer Gruppe zu ergreifen, und Melek war schlicht und ergreifend die Neue. Seit zwei Wochen wohnte sie bei uns im Anbau.

Noch zu frisch, um ihr Zimmer nicht mehr Toms Zimmer zu nennen. Sie machte eine Ausbildung zur Kauffrau für Bürokommunikation. Ihre Eltern kamen aus der Türkei, sie selbst war in Deutschland geboren. Melek war ein dunkler Typ und trug ihre Haare meistens zu einem strengen Pferdeschwanz gebunden. Sie sah aus wie jemand, der sich regelmäßig schminkte, aber gesehen hatte ich sie mit Schminke noch nie. Bisher wussten wir kaum etwas über sie. Nur dass sie offenbar wenig Interesse an Anschluss in der Gruppe hatte. Stattdessen lag etwas Warnendes in ihrem Blick, zumindest glaubte ich das, und deshalb hielt ich mich lieber zurück. Manchmal fühlte es sich komisch an, nicht mehr das Küken im Haus zu sein.

«Collin, wieso füllst du den Wisch nicht einfach für uns aus? Dann könnten wir Feierabend machen. Du bist doch sowieso der in dieser Runde, der alles besser weiß.» Das war die dritte Spitze von Vanessa in Collins Richtung. Er reagierte wie auf die drei vorangegangenen. Vanessas Worte waren die Vogelkacke auf seiner mit Schutzpolitur eingeriebenen Motorhaube und glitschten einfach ab.

Eigentlich wollte ich nur seine Reaktion beobachten, doch irgendwie vergaßen meine Augen, dass sie den Blick wieder woandershin richten sollten und blieben an ihm haften. Die Arme vor der Brust verschränkt, lehnte er lässig im Stuhl. Seit unserem Besuch auf dem Friedhof der Heimatlosen vor einigen Wochen hatten sich unsere Hände nicht mehr berührt. Und als ich jetzt seine Finger sah, wünschte ich mir noch stärker, sie wieder zwischen meinen zu halten. Ich war mir nicht sicher, aber manchmal hatte ich den Eindruck, dass er sich seit jenem Tag von mir zurückzog. In anderen Momenten hatte ich diesen Eindruck wiederum gar nicht. Es war, als hätte ich meine Schuhspitze in eine Tür bekommen. Und jetzt läge es an mir, die Tür weiter aufzuschieben. Doch meine Angst, was dahinter zum Vorschein kommen würde, hinderte mich daran, es zu tun.

Es klopfte, und Klaas betrat neugierig den Raum. «Wie sieht's aus? Kommt ihr zurecht? Habt ihr Fragen? Gibt es schon Ergebnisse?»

Collin schob ihm den Block entgegen, und nach einem prüfenden Blick kam Klaas zu folgendem Entschluss: «Das ist alles? Woran hakt es?»

«Dass *Die Ergonomie von Bürostühlen* eins der langweiligsten Themen ist, die die Weltgeschichte jemals geschrieben hat?», lautete Vanessas rhetorische Antwort. «Und dass die Einzige, die diesen Mist tatsächlich lernen muss, Melek ist. Die aber wiederum erst zweimal in der Berufsschule war und deshalb keine Ahnung hat und auch überhaupt nicht haben kann?»

«Da hat aber heute jemand schlechte Laune», sagte Klaas beeindruckt. «Was im Übrigen auch auf nicht ergonomische Möbel hindeuten könnte, denn bei falscher Haltung verspannt sich die Muskulatur und die Stimmung gleich mit.»

Vanessa schnaubte verächtlich und lehnte sich demonstrativ im Stuhl zurück. Es war immer dasselbe: Klaas anzumotzen, traute sie sich, aber wenn es darum ging, nachzufeuern, hatte ihr sonst so verlässliches Gewehr auf einmal Ladehemmungen. Irgendetwas hatte er an sich, das sie einschüchterte – auch wenn sie sich das nie anmerken lassen wollte und mit Überheblichkeit überspielte.

«Ernsthaft, Leute, was ist denn nun so schwer daran?»

Gar nichts war schwer daran. Zwar war das Thema ermüdend, da musste ich Vanessa rechtgeben, aber eine Herausforderung stellte es eigentlich in keiner Weise dar. *Wir* waren das Problem. Oder vielmehr die Tatsache, dass es kein *Wir* gab. Lars, der Glückspilz, war momentan mit den Außenarchitekten in Bayern unterwegs und ersparte sich die ergebnislose Runde.

«Die Aufgabe ist leicht», fuhr Klaas fort. «Reißt euch zusammen und arbeitet nicht gegeneinander. In einer Stunde komme ich wieder, und dann will ich Ergebnisse sehen, verstanden?»

Begleitet von einem Seufzen, nickten wir. Vielleicht war das nicht ganz der Arbeitseifer, den Klaas sich erhoffte hatte, aber für den Moment gab er sich damit zufrieden. Als er den Türgriff schon in der Hand hatte und den Raum verlassen wollte, drehte er sich noch einmal um. «Jana und Collin, kommt ihr mal kurz mit vor die Tür? Nur zwei Minuten.»

Während ich fast schon wieder mit dem Schlimmsten rechnete, ohne zu wissen, was das Schlimmste überhaupt sein sollte, blieb Collin entspannt, schob den Stuhl zurück und folgte Klaas nach draußen. Ich tat es ihm nach und schloss die Tür hinter uns.

«Eigentlich wollte ich es euch schon drinnen sagen», begann Klaas, «aber die Stimmung wirkt ziemlich verpestet. Nicht dass ich für noch mehr dicke Luft sorge.»

«Gibt es schlechte Nachrichten?», fragte Collin besorgt.

«Ganz im Gegenteil», antwortete Klaas und sprach kurz daraufhin aus, womit ich in diesem Moment niemals gerechnet hätte. «Ich habe gerade drei Tickets nach Chicago gebucht.»

Es dauerte einen Moment, bis ich begriff, was gemeint war. Klaas blickte herausfordernd in mein versteinertes Gesicht, sodass ein Zweifel, dass eins dieser Tickets nicht für mich bestimmt war, nahezu ausgeschlossen schien. Trotzdem konnte ich es nicht glauben. Meine Noten hatten sich verbessert, ja, aber sein Angebot lag Monate zurück, er hatte es nie wieder erwähnt, und überhaupt hatte es immer schon unwirklich auf mich gewirkt.

«Du und dein Nachhilfelehrer, ihr packt in zwei Wochen eure Koffer.» Er zwinkerte Collin und mir zu, dann machte er sich auf den Rückweg und ließ uns im langen Flur vor dem Besprechungszimmer allein zurück.

Ich war geschockt. Um genau zu sein, war ich doppelt geschockt. Anstatt mich zu freuen, bekam ich es mehr und mehr mit der Angst zu tun. Ich sah nicht, welche positiven Seiten ein Abenteuer wie dieses mit sich brachte, ich sah auf einmal nur diese riesengroße Herausforderung und dass ich ihr bestimmt nicht gewachsen war. Und warum würde Collin ebenfalls mitfliegen? Weil er mir bei dem Stoff geholfen hatte? Wusste er davon? Wieso wusste ich nicht davon? Und warum kam das jetzt so plötzlich und ohne jede Vorwarnung?

Als ich merkte, dass mich eine Panik überkam, entschuldigte ich mich bei Collin, der ein bisschen verwirrt aufgrund meiner Reaktion wirkte, aber mich ziehen ließ. Ich betete, dass ich das Zimmer, in dem ich sonst immer allein zeichnete, leer vorfinden würde, und ich sollte Glück haben. Von innen lehnte ich mich gegen die Tür und konzentrierte mich auf meine Atmung, versuchte ruhiger und regelmäßiger zu atmen. Doch mein Brustkorb hob und senkte sich viel zu schnell. Ich konnte mir nicht erklären, was mit mir los war. Allein der Gedanke an Chicago rief die blanke Angst in mir hervor. So hatte ich schon lange nicht mehr reagiert. Und dann hörte ich die sanfte und mit Verständnis getränkte Stimme von Dr. Flick in meinen Ohren: *«Es wird alles gut, Jana. Du hast nur einen Rückfall. Das ist ganz normal. Verlier dich nicht in der Angst, sondern glaube an dich.»*

KAPITEL 31

Das war der erste Flug meines Lebens. Einerseits war Fliegen wie Zugfahren – nur zu Beginn und am Ende ein bisschen spannender –, andererseits wurde ich den Gedanken nicht los, dass wir rein theoretisch jederzeit wie ein Stein vom Himmel fallen könnten und Matsch wären.

Ich verstand Klaas nicht. Kaum hatte das Flugzeug seine Reisehöhe erreicht, war er eingenickt und schlief wie ein Murmeltier. Würden wir abstürzen, er würde die letzten Sekunden seines Lebens gar nicht miterleben. Wahrscheinlich war er schon so oft geflogen, dass er sich keine Gedanken mehr machte, alles war Routine geworden, auch dass wir uns fast elftausend Meter über der Erde befanden. Allein getragen durch Luft.

Nachdem ich meine Serviette in ungefähr fünfhundert gleich große Teile gerissen hatte, war Collin so nett und reichte mir seine. «Wir werden schon heil ankommen», sagte er.

Obwohl er heute selbst erst zum dritten Mal einen Metallvogel wie diesen betreten hatte, wirkte er viel gelassener als ich. Doch sobald die Boeing einen kleinen Hopser machte, schielte auch er nervös aus dem kleinen ovalen Fenster. Nachdem ich ihm – mit vorgetäuschter Zuversicht – zugenickt hatte, setzte er sich wieder die Kopfhörer auf.

Insgesamt waren wir über zwölf Stunden unterwegs. Es war Nacht, als wir in Chicago landeten, und ich machte zehn Kreuze, dass wir es in einem Stück taten. Ich war todmüde von dem langen Flug und gleichzeitig so aufgedreht wie ein kleines Kind, das sich einmal quer durch den Süßwarenladen gefuttert und davon einen totalen Zuckerrausch bekommen hatte.

Es roch ganz anders in Chicago. Es roch nach Großstadt, nach frischen Bagles, nach Auspuffgasen und nach weiter Welt. Mit einem knallgelben Taxi fuhren wir in Richtung Downtown, und ich klebte an der Scheibe, um keinen Zentimeter der Umgebung zu verpassen. Aber es war einfach zu viel. Überall leuchtete es, Tausende Menschen waren trotz der späten Uhrzeit unterwegs, die Straßen waren gerade und lagen wie ein perfekt gezogenes Raster zwischen den Gebäuden, deren Architektur eine ganz andere war als bei uns in Deutschland. Überall hupte es, und die Autos stritten sich um die vier, manchmal auch fünf oder sechs Spuren, und falls die nicht reichten, wurde sogar auf zwei Ebenen gefahren. Wenn ich versuchte, durch die Fensterscheibe das Ende der Wolkenkratzer zu sehen, verrenkte ich mir den Hals und konnte es trotzdem nicht erkennen. Es war, als würden die Gebäude wie riesige Schläuche direkt in den Himmel wachsen. Der Taxifahrer schwärmte – in dem gleichen amerikanischen Englisch, das ich aus Filmen kannte – von den Schönheiten seiner Stadt und seines Landes, um im nächsten Augenblick über die Fußgänger und andere Autofahrer zu schimpfen. Das Bäumchen mit dem Zitronengeruch pendelte unaufhörlich an seinem Rückspiegel vor sich hin und stieß mit einem dumpfen «Tock» immer wieder gegen die Frontscheibe. Ständig hatte ich das Bedürfnis, Collin am Ärmel zu ziehen, ihm zu zeigen, was ich gerade Neues jenseits der Scheibe entdeckt hatte, doch immer wenn ich mich zu ihm drehte, sah er bereits in die Richtung und hatte es selbst entdeckt.

Mitten in der City, vor einem Wolkenkratzer mit rundherum verglasten Fronten, entließ uns das Taxi in die Nachtluft. Den

Kopf in den Nacken gelegt und die schier unendliche Fassade nach oben blickend, wäre ich fast gegen die Drehtüren gelaufen, die uns direkt in die Hotellobby führten. Nachdem uns Klaas an der meterlangen Rezeption angemeldet hatte, kamen zwei Männer in Anzügen angelaufen und verluden unser Gepäck auf einen Wagen. Klaas steckte ihnen ein paar Dollarscheine zu, dann schoben sie mit dem Wagen ab. Natürlich würden sie die Koffer und Reisetaschen nur auf die Zimmer bringen, trotzdem war der Vorgang so ungewohnt für mich, dass ich den beiden noch eine Weile hinterhersah. Ich konnte es immer noch nicht glauben. Ich war tatsächlich in den USA. Ich stand mit meinem Chef und mit Collin in einer riesigen Lobby mitten in Chicago. In genau der Art von Hotel, in der ich mir Klaas stets vorgestellt hatte. Elegant und modern. Nur mit dem Unterschied, dass ich direkt neben ihm war.

«Ich habe euch ein Zimmer in den oberen Stockwerken gebucht», sagte Klaas. «Ich dachte, ihr habt vielleicht Interesse an einem spektakulären Ausblick. Ich selbst bin leider nicht ganz schwindelfrei.» Er lächelte verlegen und sah sich die zwei Chipkarten in seinen Händen genauer an. «Ihr müsst mit Aufzug Nummer fünf fahren. Nur der fährt bis ganz nach oben. Ich steige bei Nummer zwei ein. Soll ich euch hochbringen, oder schafft ihr das allein?»

Noch bevor ich etwas erwidern konnte, nickte Collin und nahm unsere Chipkarte entgegen.

«Das ist euer Zimmerschlüssel, verliert ihn nicht.» Klaas blickte auf seine mattschwarze Armbanduhr. «Schon Mitternacht. Und morgen früh müssen wir zeitig auf der Baustelle sein. Machen wir also Feierabend.»

Er erklärte uns noch, wo wir die Frühstücksräume finden würden, wo es was zu trinken gab und wie wir wieder zurückfinden könnten, wenn wir uns innerhalb des Hotels verlaufen hätten. «Und keine Alleingänge außerhalb dieses Gebäudes, habt ihr mich verstanden?» So streng wie jetzt sah er uns selten an, aber ich konnte es nachvollziehen.

«Sehr schön», sagte er. «Ich verlasse mich auf euch. Und du, Collin, hast bitte ein Auge auf die Kleine hier. Sonst klaut die uns noch jemand.» Er zwinkerte mir zu. «Seid bitte morgen früh um 7 Uhr mit allem fertig, dann hole ich euch ab, und wir machen uns auf den Weg.»

Nachdem wir zugestimmt hatten, wünschte er uns eine gute Nacht und begab sich zu Aufzug Nummer zwei. Kaum hatte er ihn betreten, winkte er uns durch die gläserne Front noch einmal zu. Dann sauste der Lift nach oben.

Collin machte den Eindruck, als wüsste er, was er tat. Und so folgte ich ihm in den anderen Aufzug, der sich kurz darauf wie ein Space Shuttle erhob und uns scheinbar ins Unendliche katapultierte. Nur ein leises Summen war zu hören. Die Lobby zu unseren Füßen wurde immer kleiner, bis die dort herumlaufenden Menschen zu Ameisen geschrumpft waren. Nach einer gefühlten Ewigkeit machte es *Pling*, und wir hatten die vorletzte Etage erreicht.

Vor dem Zimmer mit der Nummer 8956 blieb Collin stehen und zeigte mir, wie man die Tür mit der Chipkarte öffnete. Ein frischer Geruch kam aus dem dunklen Raum. Ich tastete nach dem Lichtschalter, doch das hohle Klacken blieb ohne Ergebnis. Erst als Collin die Chipkarte in einen schalterähnlichen Schlitz steckte, wurde der Raum in ein wohlig warmes Licht getaucht. Unsere Koffer warteten bereits auf dem Teppich im Eingangsbereich. Zwei Betten standen in der Mitte, jeweils circa einen Meter vierzig breit und mit doppelt so dicken Matratzen bestückt, wie ich es aus Deutschland kannte. Der Spalt zwischen den beiden Betten war nur schmal, gerade so breit, dass man hindurchlaufen konnte. Das Bad und die gläserne Duschkabine glänzten, als könne man sich darin spiegeln. Aber das Schönste war die Aussicht. Denn die Außenwand bestand nur aus einem einzigen großen Fenster, das vom Boden bis zur Decke reichte und einen Blick über die ganze Stadt bot.

Ich trat an die zentimeterdicke Scheibe und sah hinab auf die Autos, die vor einer roten Ampel standen und von hier oben aussahen wie Spielzeuge. Nicht weit entfernt schlängelte sich der Chicago River seinen Weg durch die Stadt, um später in den Michigan See zu münden. Wir waren so weit oben, dass wir uns auf Augenhöhe mit den rot blinkenden Antennen der Wolkenkratzer befanden.

Ein leises Geräusch erklang hinter mir. Ich hätte nie gewollt, dass Klaas zwei Zimmer für uns bezahlte, und irgendwie hatte ich auch bereits damit gerechnet, dass ich mir mit Collin eins teilen würde. Aber als ich das Klicken der Tür in meinem Rücken hörte, rutschte mir das Herz in den Magen. Sich im Anbau bei den Völkners eine Etage zu teilen war etwas anderes, als in ein und demselben Raum zu wohnen. Das spürte ich in diesem Moment ganz deutlich. Als die Tür sich schloss, waren wir miteinander privat.

Collin wollte mich zuerst ins Badezimmer lassen, aber ich schickte ihn vor und räumte meinen Koffer aus. Als ich später selbst aus dem Bad kam, lag er bereits im Bett. Ich verdunkelte den Raum und krabbelte unter die Decke.

Zwei Stunden später starrte ich immer noch in die Dunkelheit. Die unbekannten Geräusche, der fremde Geruch, die Entfernung von zu Hause und die Gewissheit, dass Collin so nah war, ließen meine Gedanken und meinen Körper nicht zur Ruhe kommen. Wäre ich in Westerland, ich wäre längst unter das Bett gekrochen. Aber Collin lag neben mir. Außerdem war die Vorstellung, unter ein Hotelbett zu kriechen, in dem schon hundert andere Menschen übernachtet hatten, nicht gerade appetitlich. Ich wälzte mich umher und versuchte, nicht zu verzweifeln.

Es fühlte sich nicht so an, aber als ich die Augen aufschlug, wusste ich, irgendwann musste ich doch noch eingeschlafen sein. Collin saß an meinem Bettrand. Seine Haare waren feucht, und der Geruch von Duschgel lag in der Luft.

«Du verpasst gerade deinen ersten Sonnenaufgang in Chicago», sagte er und sah aus dem großen Fenster. Ich folgte seinem Blick und musste die Augen sofort wieder schließen. Das Licht war so hell, dass es blendete. Und alles fühlte sich so irreal an.

Collin lachte leise. «Du machst nicht den Eindruck, als hättest du gut geschlafen.»

Ich streckte mich und spürte an jeder einzelnen Faser meiner Muskeln, wie gerädert ich war. «Wiebuduschonwach», murmelte ich.

«Bitte?»

«Wieso du schon wach bist», wiederholte ich deutlicher.

«Ich habe den Wecker gestellt. Ich sage es wirklich nur ungern, Jana, aber wenn wir noch frühstücken wollen, bevor wir Klaas treffen, dann sollten wir uns beeilen.» In seinem Gesicht konnte ich ablesen, dass es ihm ein schlechtes Gewissen bereitete, mich aufgeweckt zu haben.

«Klaasspinntvielzufrüh», jammerte ich.

Dieses Mal hatte mich Collin verstanden. «Er will eben einer der ersten auf der Baustelle sein.»

Nicht mal ich selbst konnte jetzt noch meine eigenen Wörter verstehen. Es war irgendwas wie «Hmpfnümpflepfumpf» und klang sehr unzufrieden, damit spiegelte es genau meine Gefühlswelt wider.

«Ich kann natürlich auch Judo anwenden, wenn du nicht aufstehen willst», sagte Collin. Das herausfordernde Blitzen in seinen Augen verriet mir, dass er nicht bluffte. Es war derselbe Blick, mit dem er mich immer beim Training ansah, wenn wir beide ein Team bilden mussten.

«Hast du inzwischen nicht gelernt, dass man mich nicht provozieren sollte.» Für ein Fragezeichen am Ende des Satzes war ich zu müde. Ich schlug die Decke hoch, quälte mich aus dem Bett und lief gegen den Türpfosten. Beim zweiten Anlauf gelang es mir, das Bad heil zu betreten, und ich schloss die Tür hinter mir.

Das stilvolle Bad, der Geruch von Collins Duschgel und das warme Wasser, das meine verspannten Muskeln zusehends weicher machte, ließen mich ein bisschen wacher werden. Und spätestens als mir bewusst wurde, dass Chicago kein Traum war, wurden meine Augen groß wie Unterteller.

Viel Zeit blieb uns nicht beim Frühstück, obwohl das großzügige und ungewohnte Angebot genau das eingefordert hätte. Immerhin schaffte ich es, mir die nötige Menge an Koffein einzuflößen, genau zwei ganze Humpen mit Kaffee. Den einen mit Karamell-, den anderen mit Kokossirup. Beide waren so süß, dass ich beim Trinken ständig die Augen zusammenkneifen musste und Sorge hatte, mein Hirn geht kaputt. Die Amis hatten echt ein Zuckerproblem.

Nach dem Frühstück standen wir im Flur vor unserem Hotelzimmer und warteten auf Klaas. Er verspätete sich. Das war so typisch, dass es mir vorkam wie ein ungeschriebenes Gesetz: Jedes Mal, wenn man sich selbst extrem beeilen muss, um pünktlich zu sein, und es auf Biegen und Brechen tatsächlich schafft, genau dann kommt die andere Person zu spät.

Die Hände hinter dem Rücken, lehnte Collin an der Wand und legte den Kopf in den Nacken. Das tat er öfter, wenn er keine Kopfhörer dabeihatte, als müsste er kurz in die Dunkelheit hinter seinen Lidern tauchen, um der Helligkeit weiter entgegentreten zu können. Sobald er den Kopf dann wieder senkte, musste er blinzeln. Während ich ihn von der gegenüberliegenden Wandseite beobachtete, wie er einfach so dastand, wäre ich am liebsten zu ihm gegangen. Hätte die Hände um seine Hüfte fließen lassen und ihn geküsst. Obwohl ich gar nicht wusste, wie man küsste. In einem Buch hatte ich mal gelesen, dass das nichts machte, denn angeblich fände man das dann schon heraus. Aber irgendwie glaubte ich dem Buch nicht.

Mit einem typisch amerikanischen Mietwagen, der in der Tiefgarage des Hotels auf uns wartete, fuhr Klaas uns zur Baustelle. In meiner Vorstellung war das Wolkenkratzer-Projekt immer noch ein Rohbau. Aber als ich mit eigenen Augen sehen konnte, wie groß das Gebäude und wie weit vorangeschritten der Bau schon war, klappte mir fast der Mund auf. Alle zweiundsechzig Stockwerke ragten in den Himmel. Ich wusste das, weil ich jedes einzelne zählte. Die Fenster waren bereits eingesetzt, die ersten zwei Fahrstühle funktionierten, und gerade wurde die restliche Elektrik installiert. Auch von den zukünftigen Hotelzimmern waren einige längst verputzt.

Alonso führte uns durch jeden Winkel des Gebäudes. Er war einer der Chef-Architekten, denen Klaas die Überwachung und Betreuung der Baustelle anvertraut hatte. Mein Chef war mehr als zufrieden mit der Arbeit. Die meiste Zeit tat ich nichts anderes, als der Gruppe beeindruckt hinterherzulaufen. Ich kannte das Hotel von den Bauzeichnungen, kannte alle Unterlagen und Pläne. Aber die tatsächliche Dimension des Gebäudes erkannte ich erst jetzt.

Collin ließ sich zu mir zurückfallen. «Als ich das letzte Mal hier war, musste man die Baustelle noch mit Gummistiefeln und Schutzkleidung betreten», sagte er. «Kaum zu glauben, was sich seitdem alles getan hat.»

Dem Anschein nach hatte der kurzzeitige Baustopp, der uns vor ein paar Monaten alle in Panik versetzt hatte, keine massive Verzögerung verursacht. Im Gegenteil.

Es gab kaum eine leitende Person, mit der Klaas kein Gespräch anfing oder bei der er nicht zumindest kurz nachfragte, ob alles in Ordnung sei. Er wollte über jedes Detail, jedes Problem informiert sein. Und davon gab es erstaunlich viele. «Eine Baustelle ohne Probleme ist keine richtige Baustelle», sagte Klaas gelassen. «Wichtig ist nur, dass man den Überblick behält und ein Problem nach dem anderen in den Griff bekommt.»

Ich hatte selten so viel berufliche Details an einem Tag gelernt – allerdings auch selten solche Fußschmerzen dabei. Erst als es dunkel wurde, verließen wir die Baustelle wieder. So etwas wie Feierabend gab es aber noch nicht, denn nachdem wir uns im Hotelzimmer kurz frischmachen konnten, wartete noch ein Geschäftsessen auf uns. Vom Auto aus zeigte uns Klaas auf dem Weg zum Restaurant ein bisschen die City. Den Theater-Distrikt, das Cultural Center und den Millennium-Park, der für meinen Geschmack zu akkurat bepflanzt war und zu viel Beton zwischen den Grünflächen hatte, als dass er tatsächlich wie ein Naherholungsort wirkte. In einer Großstadt wie dieser war er das aber wahrscheinlich trotzdem.

Das Geschäftsessen bei dem edlen Italiener wurde steif, doch nicht ganz so steif, wie ich es befürchtet hatte. Hauptsächlich waren Kollegen aus dem Architekturbüro eingeladen, aber auch ein paar Amerikaner aus einer Agentur, mit der Klaas zusammenarbeitete. Ich kannte sie bis dahin nicht. Insgesamt waren es vielleicht zwanzig Leute, und die Tischgespräche drehten sich alle um die Arbeit. Collin und ich hielten uns zurück und antworteten nur, wenn wir angesprochen wurden. Das Essen hatte mehrere Gänge und schmeckte gut, besonders die Nachspeise. Sie enthielt so viel Schokolade, dass ich Dr. Flick nur allzu gern ein Foto geschickt hätte. Vermutlich wäre sie vor Neid erblasst und hätte mich aufgefordert, fünf Portionen für sie mitzuessen.

Nach dem Dessert zog sich der Abend wie Kaugummi in die Länge. Ich hätte nicht gedacht, dass ein Business-Essen so lange dauern würde, und erwischte auch Collin das ein oder andere Mal dabei, wie er einen heimlichen Blick auf die Uhr oder den aktuellen Füllstand der Gläser warf. Irgendwann meldete sich auch meine Müdigkeit zurück, und ich musste ständig mit mir kämpfen, um das Gähnen zu unterdrücken. Äußerst peinlich bei einem Geschäftsessen.

Nachts um halb eins ließ sich Klaas endlich die Rechnung bringen, und eine weitere halbe Stunde später waren wir tatsächlich im Hotel. Vor dem Abendessen hatte ich gedacht, dass ich im Anschluss sicher noch Lust auf die Stadt hätte, aber ich war einfach nur froh, bald ins Bett zu kommen. Collin schien es genauso zu gehen, trotzdem ließ er mir den Vortritt im Badezimmer und legte sich mit ein paar Minuten Verzögerung in das Bett neben mir.

«Schlaf gut, Jana», sagte er.

«Du auch.»

Ich drehte mich auf die Seite und schloss die Augen. Das war der Moment, auf den ich seit Stunden gewartet hatte. Doch unter meinen Augenlidern war es wieder genauso taghell wie gestern, und ich konnte die Schwelle zum Schlaf einfach nicht übertreten.

KAPITEL 32

Zwei Nächte ohne Schlaf hatte ich noch halbwegs meistern können, aber nachdem auch die dritte mit nur einer Stunde Dösen verstrichen war, konnte mir selbst meine Freude über Chicago nicht mehr über die Müdigkeit hinweghelfen. Zählte ich die Nacht vor dem Flug hinzu, waren es sogar vier Nächte, denn vor Aufregung hatte ich kaum ein Auge zugetan. Seit gestern sah ich weiße Blitze in den Augenwinkeln, und vorhin am Frühstücksbuffet stand ich fünf Minuten vor den zahlreichen Marmeladen und überlegte angestrengt, wie müde ich war und warum ich hier eigentlich stand.

Collin und ich waren in unserem Zimmer. Mit dem Rücken an der großen Fensterscheibe saß er auf dem Boden und malte in seinem schwarzen Buch. Ich saß ihm direkt gegenüber, lehnte an einem der Bettrahmen und sah hinaus in das triste Grau. Durch die dicken Nebelschwaden konnte man außer den Blinklichtern der anderen Wolkenkratzer kaum etwas erkennen. Außerdem schüttete es in Strömen, das Wasser lief in Rinnsalen die Scheibe hinab. Unten am Fuß des Gebäudes bewegten sich keine Menschen, sondern kleine Pilze aus Regenschirmen in den unterschiedlichsten Farben. Schon gestern Abend hatte das Wetter umgeschlagen, und es machte den Eindruck, als würde es sich so schnell nicht ändern.

Vor einer Weile hatte Collin das Licht angemacht, das Zimmer wäre sonst zu düster zum Zeichnen gewesen. Durch die Spiegelung in der Scheibe sah ich, dass er wieder an einem Schriftzug arbeitete, aber die einzelnen Buchstaben konnte ich nicht entziffern. Das gesamte Bild war mit Bleistift und schwarzem Fineliner gezeichnet.

Als ich die Augen schloss, um meinen Lidern einen Moment Ruhe zu gönnen, hätte ich sie fast nicht mehr aufbekommen. Ich spannte die Stirnmuskeln an und rieb mir durchs Gesicht, um mich wach zu halten. Mein ständiges Gähnen ging mir selbst schon auf die Nerven, umso mehr versuchte ich, es vor Collin zu unterdrücken. Mal mit mehr, mal mit weniger Erfolg.

Heute Morgen beim Frühstück erzählte Klaas, dass er einen Anruf von der Baubehörde bekommen hätte und gleich dort vorbeifahren müsse. In einer Stunde wäre er zurück, würde uns abholen, und wir würden gemeinsam zur Baustelle fahren. Wie jeden Tag. Die Stunde dauerte jetzt schon drei Stunden, und offenbar verzögerte es sich weiter.

«Warum legst du dich nicht ein bisschen hin?», fragte Collin.

«Es geht schon», murmelte ich und versuchte, mich zusammenzureißen.

Collin schielte skeptisch über den Rand seines Buches zu mir. «Das sehe ich ...»

«Klaas ruft sicher bald an. Es lohnt sich bestimmt nicht, sich hinzulegen. Das hätte ich gleich machen müssen.»

«Mhm», machte Collin, und ich spürte noch lange seinen Blick auf mir ruhen. Aber wie alles bekam ich auch das nur am Rande mit, denn ich war wie in Watte gehüllt. Übermüdung war ein seltsamer Zustand. Ich fühlte mich, als hätte ich von dem Hier und Jetzt in eine Art Zwischenwelt gewechselt, in der alles langsamer und ohne meine volle Aufmerksamkeit vonstatten ging.

«Hast du überhaupt geschlafen, seitdem wir hier sind?»

Ich nickte. «Du weckst mich doch jeden Morgen.»

«Aber es wirkt jedes Mal so, als wärst du gerade erst eingeschlafen. Außerdem höre ich, dass du unruhig im Bett liegst.

Heute Nacht bin ich um vier aufgewacht, und du warst im Bad.»

Und dabei hatte ich mich so sehr bemüht zu schleichen...

«Es tut mir leid, ich war nur auf Toilette, ich wollte dich nicht wecken.»

«Ist nicht schlimm», sagte er. «Ich frage mich nur, warum du so schlecht schläfst.» Er nahm den Stift vom Papier und ließ ihn zwischen seinen Fingern wandern. «Liegt es an mir? Soll ich vielleicht spazieren gehen, bis du eingeschlafen bist?»

Ich schüttelte den Kopf. «Nein, du kannst doch nichts dafür.»

«Aber woran liegt es dann?»

«Ich...» Ich brach ab und sah auf meine Fingernägel. Es wäre mir lieber, wenn er mir diese Frage nicht gestellt hätte. «Ich weiß nicht. Verschiedenes», sagte ich schließlich. «Manchmal ist das einfach so.»

«Mhm», machte er wieder, dieses Mal sogar noch gedehnter als vorhin. «*Einfach so* also», wiederholte er.

Ich nickte.

Ein paar Minuten später stand ich auf und lief durch den Raum. Vielleicht würde mich ein bisschen Bewegung wacher machen. Doch meine Schritte waren träge und müde, und schließlich blieb ich vor dem großen Fenster stehen. In dem dichten Nebel wurde es immer schwerer, überhaupt noch irgendetwas da draußen zu erkennen.

Aus dem Augenwinkel schielte ich auf Collins schwarzes Buch. Ich wünschte, ich hätte offen mit ihm über meine momentanen Schlafprobleme reden können. Ständig nahm ich mir vor, das feste Schloss um meine Gedanken und Gefühle für ihn ein bisschen zu lockern, aber in manchen Momenten klemmte es immer noch zu fest.

«Hoffentlich hat Klaas keine größeren Schwierigkeiten mit der Behörde», sagte ich.

«Er ist verdammt lange weg. Aber vielleicht lassen sie ihn nur wieder warten.»

Mit einem Seufzen lehnte ich die Stirn gegen die kühle Scheibe. *He... Hell... Helpless?... Halfway?* Was malte er da?

«Halbschlaf», sagte Collin.

Ich zuckte zusammen, als hätte ich einen Stromschlag bekommen. Collin deutete ohne aufzusehen in Richtung des Spiegels neben der Zimmertür. Durch ihn hatte er die ganze Zeit beobachten können, dass ich seine Zeichnung zu entziffern versuchte. Ich wäre am liebsten im Erdboden versunken, was in Anbetracht der vielen Stockwerke sicher einige Zeit in Anspruch genommen hätte. Doch Collin reagierte nicht sauer, sondern klopfte stattdessen neben sich.

Zögerlich ließ ich mich am Fenster hinunterrutschen und kam dicht an seiner Seite zum Sitzen. Ich wartete darauf, dass er das Buch jede Sekunde zuschlug, so, wie er es sonst immer machte. Aber er zeichnete weiter, und ich hatte nun den besten Platz, ihm dabei zuzusehen. Wenn möglich, kam mir jetzt alles noch unwirklicher vor, denn zu oft hatte ich genau von diesem Moment geträumt.

Collin malte unser Zimmer mit Blick aus dem Fenster auf die Skyline, den Nebel und das regnerische Wetter. In der Mitte stand *Halbschlaf*. Rechts oben im Eck standen *Chicago* und das heutige Datum.

Niemand von uns beiden sagte etwas. Meine Augen folgten jeder einzelnen Bewegung seiner langen und schmalen Finger. Jede Linie, die sie zogen, wurde gerade, und jedes Detail, das sie malten, gab dem Bild mehr Tiefe und machte es noch lebendiger. Nur zweimal radierte er über eine Stelle. Ansonsten gab es keine Unterbrechung. Das Malen wirkte bei Collin wie ein harmonischer Fluss, der direkt aus ihm herauskam und auf dem Papier zu fließen begann. Ich war fasziniert und spürte wieder dieses leichte Gefühl in meinem Bauch. Als wäre ich mit dem Auto viel zu schnell durch eine Senke gefahren. Vielleicht fühlte sich Glücklichsein so an.

«Wie kommst du auf *Halbschlaf*?», fragte ich schließlich leise. Natürlich war mir bewusst, dass es mit mir zu tun hatte. Aber warum er etwas malte, das mit mir zu tun hatte, das wusste ich nicht.

Er zuckte mit den Schultern und sah für eine Weile auf das Papier, ohne den Stift in seiner Hand zu bewegen. «Ich male das, was mich beschäftigt, worüber ich mir Gedanken mache.»

Mein Kopf versuchte mühsam die Komponenten zusammenzusetzen. «Dein schwarzes Buch ist also so etwas Ähnliches wie ein Tagebuch?»

«Über die Bezeichnung habe ich noch nie nachgedacht ... Aber wenn du es so nennen möchtest, vom Prinzip her kommt es dem sicher nahe.»

Collin nahm das Zeichnen wieder auf. Doch schon bald unterbrach er es erneut. «Ich habe dich auch schon mal gemalt. Willst du es sehen?»

Ich fühlte mich schuldig, weil ich das Bild längst kannte, trotzdem nickte ich zögerlich. Er blätterte ein paar Seiten zurück, und plötzlich sah ich einer gemalten Version meiner Selbst in die Augen. Es war nicht das Bild mit den Narben. Es war ein neueres, das ich nie zuvor gesehen hatte. Ich saß oben auf der Plattform, und meine Haare wehten im Wind. Ich trug keine Mütze. Es gab nur einen einzigen Abend, an dem ich ohne Mütze mit Collin auf der Plattform gesessen hatte. Das war vor wenigen Wochen gewesen, ein paar Tage nach dem Sommerfest.

«Du sahst irgendwie glücklich aus und hast dich nicht wie sonst verstecken wollen», sagte er, und ich erinnerte mich, wie wohl ich mich an diesem Abend gefühlt hatte und wie warm unsere Gespräche waren.

Collin lächelte einseitig und widmete sich wieder der aktuellen Zeichnung. Seine Fingerbewegungen hatten etwas Hypnotisches und machten mich müde, der Moment war wunderschön. Ohne dass es mir bewusst war, sank mein Kopf an seine Schulter. Meine Augen wurden schwer, und der Abstand, in dem sie sich öffneten, wurde immer größer. Bis ich in diesen erholsamen Ort abtauchte.

Collins Handyklingeln ließ mich hochschrecken. Während er telefonierte, wanderte mein Blick zur Uhr. Ich dachte, ich hätte zwei, vielleicht drei Sekunden geschlafen. Aber es musste fast eine halbe Stunde gewesen sein. Hatte Collin die ganze Zeit stillgehalten? Noch erschöpfter als zuvor rieb ich mir durchs Gesicht und versuchte zu realisieren, dass ich auf Collins Schulter eingeschlafen war. Es gelang mir nur mäßig.

Als ich aus dem Telefonat heraushörte, dass Klaas unten auf uns wartete und wir runterkommen sollten, quälte ich mich auf die Beine und machte mich im Badezimmer ein bisschen frisch.

Auf der Fahrt erzählte uns Klaas, dass es bei den Behörden um reine Formalitäten gegangen war, deren Bearbeitung sich zwar in die Länge gezogen hatte, letztlich aber alles geklärt werden konnte. Zum Mittagessen lud er uns in einen klassischen amerikanischen Diner ein, mit Burgern, Hot Dogs, Milchshakes und Pommes, die in kleinen Körbchen serviert wurden. Es war das erste Mal in Chicago, dass nur wir drei etwas zusammen aßen. Und es war das schönste Essen von allen. So langsam wurde ich wehmütig, dass es übermorgen schon wieder nach Hause gehen würde. Am liebsten wäre ich gar nicht mehr von dem kleinen Tisch mit Blick auf die vielbefahrene Kreuzung aufgestanden, ich hätte noch stundenlang mit Klaas und Collin weiter hier sitzen und reden und Vanille-Milchshakes trinken können. Ein bisschen wurde ich sogar wieder wacher.

Nach eineinhalb Stunden hatte ich keine Wahl und musste mich loseisen, denn wir fuhren weiter zur Baustelle. Heute drehte sich fast alles um das Abwassersystem. Im gesamten Gebäude wurde auf Nachhaltigkeit und Umweltschutz gesetzt. Deshalb hatte das Hotel auch sein eigenes Wasseraufbereitungskonzept. Hochkomplex, schweineteuer, aber am architektonischen Nabel der Zeit und wettbewerbsfähig mit den Vorreitern seiner Klasse weltweit. Wenn man heutzutage nicht ökologisch denkt, sagte Klaas immer, dann kann man den Bleistift gleich in der Hose stecken lassen. Nichts geht mehr ohne Nachhaltigkeit, das sei der Trend der Gegenwart und der Zukunft.

Bis auf einen extrem toten Punkt schaffte ich es, die Stunden auf der Baustelle einigermaßen zu überstehen. Beim späteren Abendessen wurde es schon schwieriger. Es war wieder ein Business-Meeting, dieses Mal mit den Inhabern des neuen Hotels höchstpersönlich. Es wurde Whisky getrunken, Zigarre geraucht und ein mehrgängiges Essen verspeist, das man zwar auf dem Teller suchen musste, aber das auf faszinierend kunstvolle Weise drapiert war. Manchmal traute ich mich gar nicht, das Kunstwerk mit der Gabel zu zerstören. Überhaupt hatte ich Probleme mit dem Besteck. In Anbetracht der übertrieben kultivierten Atmosphäre hatte ich ständig Angst, es falsch zu halten oder nicht elegant genug zum Mund zu führen.

In die Nachspeise hätte ich mich am liebsten reingelegt, und das leider wortwörtlich. Kaum hatte ich mir den letzten Löffel der köstlichen Karamell-Creme auf der Zunge zergehen lassen, kam die Müdigkeit mit der Wucht einer Abrissbirne zurück. Das ausufernde Essen, die Wärme im Raum und die zähen Geschäftsgespräche, die den gleichen Unterhaltungswert hatten wie das Beobachten einer Tasse Milch in der Mikrowelle – all das half mir nicht unbedingt dabei, den Kampf mit meinen zufallenden Lidern für mich zu gewinnen. Ganze vier Mal stieß mich Collin mit dem Ellbogen an, weil mein Kopf nach vorne sinken wollte. Jedes Mal bestellte ich mir daraufhin einen weiteren Kaffee, insgesamt brachte ich es auf fünf Tassen. Innerlich schimpfte ich mit mir, weil ich so einen erbärmlichen Auftritt hinlegte, und am liebsten hätte ich mir einen Eimer Wasser übergekippt, damit das nicht noch mal passierte. Denn so langweilig dieses Essen auch war, es war extrem wichtig. Und das Letzte, das ich wollte, war, Klaas zu blamieren.

Nachts um drei Uhr hatten wir es endlich geschafft. «Ich dachte schon, die stehen überhaupt nicht mehr auf», stöhnte Klaas und hob beschwerlich die Hand, um ein Taxi heranzuwinken. Nach all dem Whisky, den er zwangsläufig hatte mittrinken müssen, war es eine gute Idee, das Auto stehenzulassen. «Ich bin seit halb sechs auf den Beinen. Ich bin zu alt für so was.»

Als wir im Hotel ankamen und unsere Wege sich an den Fahrstühlen trennten, rief er uns noch zu, ehe sich die Türen vor unserer Nase schließen konnten: «Morgen nicht um sieben, das sag ich euch jetzt schon. Vor zehn mach ich gar nix.»

Das war die zweite gute Idee von ihm in dieser Nacht, denn sonst hätte der Wecker in drei Stunden bereits wieder geklingelt.

Collin ging nach mir ins Bad und legte sich, als er zurückkam, genau wie ich ins Bett. Doch anstatt die kleine Nachttischleuchte zwischen uns auszuschalten, drehte er sich auf die Seite und sah mich an.

«Wirst du schlafen können?»

«Bestimmt.»

«So bestimmt wie die letzten Nächte?» Er schob sich die Hand unter die Wange und wartete. Nach ein paar Minuten, ohne auch nur eine einzige Sekunde den Blick von mir zu lösen, sprach er weiter. «Hat es etwas damit zu tun, dass du sonst unter dem Bett schläfst?»

Ich hätte mir am liebsten die Decke über den Kopf gezogen und mich so tief wie möglich darunter verkrochen. Es war nur einmal passiert, dass er morgens in mein Zimmer gekommen war und mich unter dem Bett erwischt hatte, aber dieses eine Mal hatte für Collin offenbar ausgereicht.

«Wenn ich jetzt darüber nachdenke, wäre es mir doch ganz lieb, wenn du spazieren gehen würdest, bis ich eingeschlafen bin.»

«Das Angebot ist leider abgelaufen», sagte er bedauernd. «Jetzt möchte ich wissen, warum du unter dem Bett schläfst.»

«Das hat keinen Grund.»

«Mhm», machte er, genau wie heute Morgen. «Ich glaube schon, dass es einen Grund hat. Erinnerst du dich? Menschen machen Dinge nie grundlos.»

Natürlich erinnerte ich mich.

«Es ist nur so ein komischer Tick von mir», sagte ich leise. «Ich fühle mich nicht so sicher im Bett.» Irgendetwas in mir wollte das Thema abblocken. Und ein anderer Teil in mir wollte Collin alles erzählen.

«Hat es etwas mit deinen Narben zu tun?»

Unangenehmer konnte die ganze Situation jetzt nicht mehr werden.

«Seit wann bist du so direkt?», fragte ich.

«Ich glaube, indirekt wirst du es mir nie beantworten. Ich würde gerne wissen, was mit dir passiert ist.»

Sosehr ich es hasste, dass er mich fragte, irgendwie tat es auch gut, dass er es wissen wollte. Und nachdem ich mit Dr. Flick schon einmal über alles gesprochen hatte, wusste ich, dass ich es theoretisch konnte, auch wenn ich selbst nicht daran glaubte. Ohne Offenbarungen konnte niemals echte Nähe existieren. Erst, wenn man von sich zeigte, was man eigentlich nicht zeigen wollte.

«Meine Mutter...», begann ich und hatte Schwierigkeiten, Collin weiter in die Augen zu sehen. «Als ich auf dem Bett lag, hat sie mich mit heißem Fett übergossen.»

Am Ende des Satzes war meine Stimme weggebrochen. Ich fürchtete das Schlimmste, dass er jetzt die ganze Geschichte hören wollte, dass er nach dem Warum fragen würde, dass ich ihm die Krankheit meiner Mutter erklären müsste mit allem Drum und Dran. Aber er hakte nicht weiter nach. Für ein paar Minuten sagte Collin gar nichts, lange genug, dass ich mich ein bisschen von der ausgesprochenen Wahrheit erholen konnte.

«Darf ich zu dir rüberkommen?», fragte er schließlich.

Ich hatte mir die unterschiedlichsten Reaktionen ausgemalt. Aber damit hatte ich nicht im Geringsten gerechnet. Es hatte in meinem gesamten Leben keinen einzigen vergleichbaren Moment gegeben, in dem ich gleichermaßen vehement zustimmen wie ablehnen wollte. Als Konsequenz brachte ich weder ein Ja noch ein Nein hervor.

Collin stand auf. Und mit einer einzigen fließenden Bewegung tauchte er zu mir unter die Decke. Ich verkrampfte, als er die Arme um mich legte. Aber wehren tat ich mich nicht. Er roch nach Collin. Nur viel intensiver, als ich es sonst im Vorbeigehen wahrnahm. Er drückte mich an sich, und ich konnte spüren, wie weich sein Körper war und wie fest und hart. Und wie sich eine Schutzmauer um uns herum bildete, als hätte er mich in sich eingeschlossen.

KAPITEL 33

Die Tage verliefen immer gleich: Nicht nur, dass morgens die Baustelle und abends ein Geschäftsessen anstanden, auch Klaas' Worte waren die gleichen. Denn bei jedem Mittagessen sagte er, dass er es heute leider doch nicht schaffte, uns die Stadt zu zeigen, er sich aber morgen ganz viel Zeit dafür nähme. *Morgen* kam dann aber wieder etwas anderes dazwischen, meistens ein Termin oder ein Problem auf der Baustelle. Ständig gab es offene Fragen, die geklärt werden mussten, und genau dafür war Klaas schließlich in die USA gereist.

Aber nun gab es kein Morgen mehr, denn heute war der letzte Tag, und die Uhr zeigte bereits 14:30 Uhr. Außer dem Hotel, der Baustelle, den architektonisch interessanten Gebäuden, die uns Klaas begeistert vom Auto aus zeigte, und den unzähligen Restaurants hatte ich noch nichts von Chicago gesehen. Na ja, wir waren ja auch nicht zum Urlaubmachen da. Trotzdem war es ein bisschen schade. Wer wusste, ob ich jemals wieder hierherkommen würde. Wenigstens war das Wetter weiterhin schlecht, sodass ich mir getrost einreden konnte, dass ich beim Erkunden der Stadt sowieso nur nass geworden wäre.

Klaas bezog uns überall ein, wo es ihm nur möglich war. Trotzdem standen wir viel herum oder verbrachten die Zeit mit Warten. Er war der totale Boss auf der Baustelle. Hier war er niemand, der nach Aal pupsen musste, hier hatte er die Lage und auch die Unterhaltung seiner Kunden zu jeder Zeit fest im Griff. Ich fragte mich oft, ob man das Dasein eines Geschäftsmannes lernen konnte oder ob man mit den nötigen Fähigkeiten geboren wurde. Als ich Klaas diese Frage einmal gestellt hatte, hatte er nur gelacht und gesagt: «Alles mehr Schein als Sein, meine Liebe.»

Gerade sollte ich einem der Installateure einen geänderten Plan bringen, doch in jeder Etage suchte ich ihn erfolglos. Erst im 55. Stockwerk wurde ich fündig und konnte ihm den Ordner übergeben. Als ich mich wieder auf den Weg nach unten machen wollte, blieb ich für einen Moment vor dem großen Fenster einer zukünftigen Suite mit Panorama-Blick stehen und sah hinaus in den wolkenbehangenen Himmel. Eine Sache war heute doch anders, das wurde mir in diesem Moment bewusst. Ich war hellwach. Zum ersten Mal, seitdem ich in Chicago war. Nach all den Tagen der Müdigkeit fühlte ich mich wie neugeboren. Meine Energie, die mich die letzte Zeit im Stich gelassen hatte, war zurückgekehrt, und ich konnte endlich wieder klare Gedanken fassen. Um ehrlich zu sein, dachte ich allerdings an kaum etwas anderes als an die letzte Nacht und das Aufwachen heute Morgen. Collin hatte noch geschlafen. Nur allzu gern hätte ich ihm die Haare aus der Stirn gestreichelt, aber ich traute mich nicht. Reglos blieb ich neben ihm liegen und beobachtete ihn einfach nur, so lange, bis der blöde Wecker den Moment zerstörte. Collins Arme verließen meinen Körper, denn er brauchte sie wieder für sich.

Trotz der kalten Temperaturen und des schlechten Wetters hatte ich heute noch keine einzige Sekunde gefroren. Tief in mir drinnen war es so warm wie niemals zuvor. Seit dieser Nacht war alles anders. Und doch war alles gleich.

Ich merkte erst, wie lange ich vor dem Fenster verharrt und mich mit dem Blick in den Wolken verloren hatte, als ich Klaas' Stimme hinter mir hörte. Er suchte nach mir. «Feierabend, Madame! Collin wartet schon im Auto. Wir schauen uns jetzt die Stadt an, kommst du mit?»

Ich war nicht der Typ für überschwängliche Reaktionen, aber in diesem Moment hätte ich ihn gerne umarmt. Anhand meines Strahlens erkannte er aber, wie sehr ich mich freute. Klaas hielt eben doch sein Wort, und ich ärgerte mich, dass ich daran gezweifelt hatte.

Mit dem schwarzen Leihwagen ging es durch die Stadt. Die Fahrt endete am Hafen, oder besser gesagt an einer Seebrücke namens *Navy Pier*. Hier gab es verschiedene Museen, große Passagierschiffe, viele Cafés, Restaurants, ein Riesenrad und alles, was das Touristenherz begehrte. Dementsprechend fiel auch die Größe der Menschansammlung aus. Aber egal, wo man sich in Chicago bewegte, verlassene Orte gab es hier ohnehin nirgends. Und trotzdem hatte die Stadt etwas Einsames an sich. Vielleicht weil es so viele Menschen gab, dass man schon wieder komplett für sich allein war.

Wir hatten Glück, der Himmel war gnädig, und der Regen ließ nach, sodass wir den Pier einmal auf und ab laufen, uns alles anschauen und sogar eine Runde mit dem albernen Riesenrad drehen konnten. Als wir zurück zum Auto kamen, um weiter ins Stadtzentrum zu fahren, klingelte Klaas' Mobiltelefon. Schon nach wenigen Wortfetzen war klar, dass es um irgendetwas Wichtiges ging, für das er gebraucht wurde. Er gestikulierte beim Telefonieren und diskutierte über Möglichkeiten, wie das Problem vielleicht auch ohne ihn gelöst werden könnte. Collins und mein Blick trafen sich, und wir wussten beide, dass die Rundfahrt hiermit beendet war und wir wieder zurückmussten. Es war das erste Mal, dass wir uns seit letzter Nacht wieder in die Augen sahen.

Wir setzten uns auf die Rücksitzbank und warteten, dass Klaas sein Telefonat beendete, auf der Fahrerseite einstieg und uns schonend beibrachte, dass wir den Ausflug abbrechen mussten. Was er nicht wusste: Allzu schonend bräuchte er seine Worte gar nicht zu wählen, denn wie könnte ich es ihm jemals übelnehmen. Im Gegenteil, ich war froh, dass es trotz seines vollen Terminplans überhaupt noch zu diesem absolut schönen Kurzausflug gekommen war. Und wenn ich Collins Gesichtsausdruck richtig deutete, dann teilte er meine Meinung.

Es kam genau so, wie ich es prophezeit hatte. Klaas setzte sich in den Wagen und entschuldigte sich fünf Mal, noch ehe er überhaupt erklärte, worum es ging.

«Das war Alfonso. Er sagt, der Chef-Installateur behauptet, dass der neue Plan für die zusätzlichen Rohre nicht umsetzbar sei. Aber wir haben zwei Tage daran gesessen und sind uns sicher, dass der Installateur sich täuscht. Trotzdem muss ich das jetzt alles noch mal mit ihm durchgehen, bevor wir morgen fliegen.» Bedauernd zuckte er die Schultern. «Es tut mir wahnsinnig leid, Leute...»

«Halb so wild», sagte Collin.

«Doch», sagte Klaas zerknirscht. «Ich habe beim letzten Mal schon versprochen, dir die Stadt zu zeigen. Und auch daraus ist nichts geworden.»

Als Collin etwas erwidern wollte, drehte sich Klaas zu uns um. «Ich mache das nur mit gemischten Gefühlen, aber...» Er wählte seine Worte, als hätte er genau in diesem Moment seine Überlegungen beendet und eine Entscheidung getroffen. «Aber glaubt ihr, ihr würdet auch ohne mich klarkommen? Ich würde euch in Downtown absetzen. Aber nur, wenn ihr mir versprecht, dass ihr dort bleibt, keine dunklen Gegenden betretet, auf euch aufpasst, keinen Mist macht und mir Bescheid gebt, sobald ihr wieder im Hotel seid. Traut ihr euch das zu?»

Diese Option war allerdings nicht Teil meiner Prophezeiung gewesen. Ich konnte nicht sagen, wer von uns beiden schneller nickte, denn sowohl Collins als auch meine Zustimmung mussten in Lichtgeschwindigkeit erfolgt sein. Durch Chicago laufen oder zurück auf die Baustelle – bei dieser Frage gab es wenig Raum für Wahlschwierigkeiten.

Auf der Fahrt erklärte uns Klaas noch einiges zu den unterschiedlichen Vierteln, die es in Chicago gab und für die man eigentlich Wochen zum Erkunden bräuchte. *River North*, das Kunstviertel, *Andersonville*, das schwedische Viertel, *Lincoln Square*, das deutsche Viertel. Jedes einzelne davon hätte er uns nur allzu gern gezeigt. Und den ganzen Rest sowieso.

Direkt im Chicago Loop, so nannte man den Downtown-Bezirk, ließ er uns aussteigen. Mehr als für ein knappes Tschüs und die mahnenden Worte, dass wir auf uns aufpassen sollten, reichte es nicht, da sich die anderen Autofahrer sofort über den kurzen Stopp beschwerten, dann lenkte Klaas den Mietwagen auch schon zurück in den Verkehr.

Ohne viel Zeit zu verlieren, schließlich war der Tag bereits vorangeschritten, machten wir uns auf den Weg, und schon nach wenigen Metern merkte ich, dass es sich noch einmal ganz anders anfühlte, allein in dieser großen Stadt unterwegs zu sein. Irgendwie waren wir ausgelieferter, gleichzeitig aber freier. Nun lag alles allein in unserer Hand.

Wir begannen mit dem höchsten Gebäude der Stadt, das bis 2013 sogar das höchste Gebäude in ganz Amerika war, dem Willis Tower. Ein Aufzug brachte uns zusammen mit zahlreichen anderen Touristen in den 103. Stock zum Skydeck. Hier gab es einen Balkon komplett aus Glas, auch am Boden, sodass man meinte, mitten in der Luft zu stehen, und das in 412 Metern Höhe. Während ich nur vorsichtig und misstrauisch einen Fuß auf die gläserne Plattform setzte, betrat Collin sie erst gar nicht. Er traute dem Ding schlicht und ergreifend nicht. Von hier aus sollte man bei schönem Wetter bis zu 80 Kilometer weit in vier verschiedene Bundesstaaten blicken können. Bei dem grauen Himmel, der heute aufgezogen war, konnte man froh sein, wenn man überhaupt 500 Meter weit schauen konnte. Ich machte schnell zwei Fotos und sah zu, dass ich von dem Glasbalkon wieder runterkam.

Der Aufzug brachte uns zurück zu unserem Ausgangspunkt, und wir setzten den Streifzug durch die Stadt fort. Alles war so riesig und wir so winzig. Ich hatte das Bedürfnis, mich im Schneckentempo fortzubewegen, damit mein Kopf bei den zahlreichen neuen Impressionen überhaupt eine Chance hatte hinterherzukommen. Doch Collins Schritte hatten das gleiche Tempo wie auf dem Weg zur Berufsschule und ich wie eh und je damit zu kämpfen, den Anschluss nicht zu verlieren. Er hatte ja nicht unrecht, schließlich wollten wir noch viel schaffen, bis der Tag vorbei war, und trotzdem wünschte ich mir alle fünf Meter, dass meine Beine länger oder seine kürzer wären.

Die Stimmung war ein bisschen komisch zwischen uns. Ich fühlte mich irgendwie nackt, weil ich ihm gestern ein sehr intimes Detail aus meinem Leben verraten hatte und im Anschluss in seinen Armen eingeschlafen war. Wie er sich fühlte, wusste ich leider nicht. Aber er wirkte nicht ganz unbefangen und hatte etwas von seinem selbstsicheren Auftreten eingebüßt. Wir sprachen wenig miteinander. Doch in manchen Momenten, wenn wir etwas entdeckten, das uns begeisterte, dann teilten wir den neuen Eindruck miteinander.

Die Schachspieler hatten es uns aus unerklärlichen Gründen besonders angetan. Mitten auf den Gehwegen oder in Parks stellten sie ihre kleinen Klapptische auf und spielten dem Wetter und allen Zuschauern zum Trotz das Spiel mit den Königen und den Bauern, als wären sie für sich allein und als hätten sie ihr ganzes Leben nichts anderes gemacht.

Als wir uns irgendwann von ihnen losreißen konnten, aßen wir die käsigste Käsepizza, die ich jemals gegessen hatte und deren käsigen Geschmack ich nie wieder vergessen würde. Traumhaft. Genau wie die Nachspeise in der Frozen-Yogurt-Selbstbedienungseisdiele, an der Collin vorbeigekommen wäre, ich jedoch nicht. Man nahm sich einen Becher, suchte sich seine Lieblingsgeschmacksrichtung heraus und wählte anschließend aus Dutzenden von Toppings. Ich nahm Erdbeerstücke und Schokokekse, Collin entschied sich für Karamell und Krokant.

Am liebsten hätten wir uns noch die vielen besonderen Museen angeguckt oder das Adler-Planetarium besucht, aber die Zeit reichte einfach nicht. Mit dem Bus fuhren wir diverse zentrale Punkte ab und sahen uns vom Dach des John Hancock Centers den Sonnenuntergang an. Oder vielmehr die einzelnen orangeroten Strahlen, die es durch das dicke Wolkendach schafften. Trotzdem war der Augenblick wunderschön, und es gab niemanden, mit dem ich ihn lieber geteilt hätte als mit Collin.

Je dunkler der Himmel wurde, desto heller wurde die Stadt, denn überall begann es zu leuchten. Wüsste man es nicht besser, könnte man glauben, tagsüber an einem anderen Ort gewesen zu sein. Bei Nacht zeigte sich die Stadt von einer komplett neuen Seite. Jedes Gebäude und jedes Schild schrien auf ihre Weise nach Aufmerksamkeit, sodass es bei all dem bunten und grellen Flackern früher oder später zu einer kompletten Reizüberflutung kam. Von den zahlreichen und überdimensionalen Monitoren, die an Häuserwänden und Straßenecken in mehreren Metern Höhe angebracht waren, wurde ein Baseballspiel übertragen. Und wenn man nicht aufpasste, rannte man in seinen Vordermann, der unverhofft wie angewurzelt vor dem nächsten Schlag des Pitchers stehen blieb und wartete, ob es zu einem *Strike* oder *Home Run* kam. Es herrschte eine ganz andere Atmosphäre, als ich es in Deutschland jemals in einer

Großstadt erlebt hatte, und wenn man nur lange genug blieb, ließ man sich irgendwann davon mitziehen.

Gegen 23 Uhr begann es zu tröpfeln, aber wir wollten unbedingt noch in den Park, in dem ein riesiges Benefiz-Open-Air stattfand, weswegen sich unsere Regenjacken doch noch als äußerst praktisch erwiesen. Die Hauptacts hatten wir längst verpasst, trotzdem waren immer noch mehrere tausend Menschen vor der Bühne versammelt – und wir mittendrin. Erst als der Regen ein bisschen stärker wurde, begann sich der Pulk zu lichten. Ich spürte, wie einzelne Wassertropfen in den Kragen und dann meinen Nacken hinabflossen und wie die Stimmung langsam ungemütlicher wurde. Nach einem lauten Donnern platzte der Himmel auf einmal aus allen Nähten, als hätten Tonnen von Wasser nur auf den lauten Knall gewartet, um sich endlich über der Stadt ergießen zu können. Die Menge sprengte auseinander, teilte sich in alle Himmelsrichtungen und suchte händeringend nach einem Unterschlupf. Matsch spritzte auf meine Hose, als Collin meine Hand nahm und mit mir gemeinsam zu einem der Pavillons rannte. Wir versuchten uns noch mit darunterzuquetschen, aber weil der Regen dank des Windes von allen Seiten kam, war unser Platz am Rand nicht viel trockener als auf freier Fläche. Mehr und mehr saugten sich meine Klamotten voll.

«Open Air hat seine Vor- und Nachteile...», sagte Collin sarkastisch. Der Regen tropfte von seinen Haaren, lief seine Nase entlang und glitt über seine Lippen. Für ein paar Sekunden war ich wie paralysiert und vergaß die Kälte um mich herum, dann schluckte ich und sah schnell in eine andere Richtung. Hauptsache, weit weg von wasserperlenden Lippen.

Nach einer halben Stunde verlor der Regen ein bisschen an Stärke, doch der Himmel ließ erahnen, dass es sich eingeregnet hatte und so schnell nicht mehr aufhören würde. Collin und ich berieten uns und kamen gemeinsam zu dem Schluss, dass es sinnlos war, sich hier weiter unterzustellen, weil wir ohnehin schon klitschnass waren und froren und somit auch im Regen nach Hause laufen konnten.

Der Fußweg zum Hotel würde fast eine Stunde dauern. Die Straßen und Gehwege waren so leer, wie man sie wohl selten in Chicago erlebte. Es kam mir vor, als wären wir beide die einzigen Trottel, die bei dem Wetter unterwegs waren. An eine Taxifahrt war nicht zu denken, das taten nämlich bereits alle anderen. Wir sahen das erste freie Taxi, da waren wir nur noch zehn Minuten vom Hotel entfernt und brauchten uns dann auch keins mehr zu rufen.

In der Lobby und auch im Aufzug hinterließen wir unfreiwillig eine nasse Spur, und wäre ich nicht so froh gewesen, endlich unsere Unterkunft erreicht zu haben, wahrscheinlich hätte ich Mitleid mit dem armen Kerl gehabt, der uns hinterherputzen musste.

Collin und ich steuerten zielstrebig ins Badezimmer. Während ich aus meinen Schuhen schlüpfte und feststellte, dass meine Socken komplett durchnässt waren, zog sich Collin die Regenjacke über den Kopf. Sie war so nass, dass sie überall an ihm kleben blieb. Als ich mit meiner den gleichen Kampf begann, half er mir dabei und hängte sie zu seiner in die Dusche. Ich dachte, wenn ich sie erst einmal ausgezogen hätte, würde ich mich trockener und wärmer fühlen, aber mein Oberteil triefte nicht weniger. Es war das hellgelbe mit den weißen Streifen, mein Lieblingsshirt im Sommer. Für heute war es definitiv die falsche Wahl gewesen. Und wie falsch die Wahl tatsächlich war, das merkte ich im nächsten Moment. Erst wunderte ich mich nur über Collins Blicke. Doch schon bald schlug die Verwunderung schlagartig in einen Schreck um. An den Stellen, an denen der dünne Stoff wie eine zweite Haut an mir klebte, sah man meine richtige Haut darunter. Meine entstellte Haut. Und es war bereits zu spät. Egal, wie hektisch ich nun versuchte, den Oberkörper mit meinen eigenen Armen zu verdecken, Collin hatte die Narben längst gesehen. Es war kein verrutschtes Oberteil, das ich wieder an Ort und Stelle schieben konnte. Nur wenn ich mich komplett in Luft auflösen würde, hätte ich mich aus dieser Situation befreien können. Aber diese Fähigkeit besaß ich nicht. Ich stand da und konnte mich nicht verstecken, und er stand da und sah mich an, und ich spürte, wie stockend meine Atmung ging und wie viel schneller mein Puls jede Sekunde wurde. In meinem Brustkorb braute sich wellenartig eine Panik zusammen und wollte meinen Hals hochsteigen, so wie sie das immer machte, und wenn sie ihn erreicht hatte, dann drückte sie zu. Ich konnte den Druck um meine Kehle schon spüren, da erwachte Collin auf einmal aus seiner Starre. Er hob die Hände, versuchte mich zu beruhigen, und als ihm das nicht gelang, griff er nach einem großen Duschhandtuch. Er wickelte mich fest darin ein. Mehr noch, er wickelte sich selbst um mich und hielt mich mit seinen Armen umschlossen.

«Atmen. Tief durchatmen.» Er griff in meine nassen Haare und drückte meinen Kopf an seine Brust. «Ich bin's nur», sagte er. «Niemand sonst. Einatmen. Ausatmen.»

Ich versuchte, mich gegen ihn zu stemmen und seinen Klammergriff zu lösen, ich bekam doch ohnehin schon kaum Luft, aber er drückte mich nur noch fester an sich und hielt mich in seinen Armen.

Es war zwecklos.

Und als ich das irgendwann begriff, hörte ich auf, mich zu wehren, und lernte in dieser Umarmung zu atmen. Je besser mir das gelang, desto mehr konnte ich alles loslassen, woran auch immer ich mich krampfhaft festgehalten hatte. Es war, als wäre ich in einen Fluss gespült worden, und alles, was ich tun musste, war, mich treiben zu lassen. Ich ließ mich gegen ihn fallen.

Als Collin merkte, dass mein Widerstand nachließ, nahm er mein Gesicht in die Hände und sah mich an. Ich wusste nicht, was passierte, bis es passierte. Er beugte sich zu mir und küsste mich auf den Mund. Unschuldig. Ganz leicht. Dann löste er das Handtuch. Und küsste mich wieder auf den Mund. Meine Angst kehrte zurück. Aber sie kostete Kraft. Viel mehr, als ich in diesem Moment aufbringen konnte. Die Panik hatte meine Energie verbraucht. Und zum ersten Mal schaffte es die andere Stimme in mir, die Oberhand zu erlangen. Die Stimme, die sich nach Nähe sehnte. Und hier war sie, die Nähe, ich musste nichts tun, außer, sie zuzulassen. Collin zog mir das Oberteil über den Kopf, ohne eine einzige Sekunde den Blick von meinen Augen zu lösen. Dann küsste er mich wieder. Noch leichter. Er zog sich den eigenen Pullover aus, nahm erneut mein Gesicht in die Hände und küsste mich ein weiteres Mal. Und dann hob er mich hoch und trug mich zum Bett. Er legte sich auf mich. Und dann küsste er mich richtig. Er schmeckte warm. Wir waren immer noch nass, aber das zählte nicht. Ich spürte seine Haut auf meiner Haut. Und die Hitze, die durch die Berührung entstand. Ich roch den Regen in seinen Haaren. Und ich schmeckte Collin. Immer wieder schmeckte ich ihn. Wir küssten uns und schliefen irgendwann eng umschlungen ein, als würden wir uns in meinen Träumen weiterküssen.

KAPITEL 34

Nach Chicago änderte sich mein Leben. Meine Nächte wurden zu meinen Tagen und die Stunden dazwischen zu einer schier unendlich langen Zeit, die ich überbrücken musste, bis ich Collin endlich wieder spüren konnte. Bis ich mich selbst wieder spüren konnte.

Da war ein Brennen in mir. Aber es war ein anderes Brennen als jenes, das ich bisher kennengelernt hatte. Es war ebenso heiß, aber es tat nicht weh. Es war ein Glühen. Und manchmal glühte ich so sehr, dass ich Angst hatte, jeder könnte es sehen, als wäre meine Haut nur die dünne Wand einer Lichttüte und der Schein viel zu warm und hell, um ihn in meinem Inneren verstecken zu können.

Unser Flieger war vor zwei Wochen in Deutschland gelandet, und zu Hause war an Schlaf nicht zu denken. Es war, als wäre mein Kopf in Chicago geblieben und meine Gedanken unfähig, an etwas anderes als an die letzten Nächte in unserem gemeinsamen Zimmer zu denken. Collin und ich waren uns so nah gekommen, dass ich mich nicht einfach wieder von ihm trennen und in einem anderem Raum oder einem anderen Bett schlafen konnte. Vielleicht konnte ich das sogar nie wieder.

Es war spät und alles dunkel im Anbau, als ich in der ersten Nacht nach Chicago in sein Zimmer schlich. Er war noch wach und rutschte für mich zur Seite, zog mich zu sich ins Bett, und wir küssten uns. Lange. Seitdem teilten wir uns jede Nacht die neunzig Zentimeter seiner Matratze bis zum Morgen. Verkrochen uns übereinander, aufeinander. Ineinander.

Mit dem Aufwachen war der Zauber vorbei, und wir gingen getrennte Wege. Nur nachts war alles anders zwischen uns.

Ich hatte an den Abenden schon oft darauf gewartet, dass Collin zu mir kam. Aber er tat es nicht, kein einziges Mal. Ich verharrte so lange, bis ich es nicht mehr aushielt, dann ging ich selbst zu ihm, kuschelte mich unter seine Decke und spürte, wie sich seine Arme um mich legten und aus uns beiden eine Einheit machten.

Einzig unser Augenkontakt hatte sich tagsüber geändert. Denn wenn ich Collin heimlich beobachtete und er meinen Blick bemerkte, dann sah ich nicht weg, und wir sahen uns an. In genau diesen Sekunden wussten wir beide, wie sich der andere anfühlte und wie er roch und dass wir uns heute Nacht wieder spüren würden.

Zum dritten Mal hintereinander hatte ich vergessen, dass ein Tag in der Berufsschule auf mich wartete. Erst die Notiz in dem großen WG-Kalender in unserer Küche erinnerte mich daran, als ich davorstand und mich geistesabwesend durch die Seiten blätterte. Ich musste die Hausarbeit heute abgeben. Die hatte ich aber glücklicherweise nicht vergessen und bereits vor der Reise nach Chicago fertiggestellt.

Ich half Lars, den Frühstückstisch zu decken, obwohl eigentlich Melek dran gewesen wäre. Aber sie stand nur am Küchentresen und wartete, bis der Kaffee endlich durchgelaufen war. Immerhin machte sie inzwischen eine ganze Kanne und nicht nur eine Tasse für sich selbst.

Während wir in Chicago waren, so hatte mir Lars erzählt, musste sie sich ein bisschen mit Vanessa angefreundet haben. Charakterlich passten die beiden überhaupt nicht zusammen, ich vermutete eine reine Zweckgemeinschaft – für beide Seiten. Denn Vanessa war inzwischen sehr einsam im Haus geworden. Seitdem Tom ausgezogen war, hatte sie niemanden mehr. Einerseits tat mir das leid, andererseits war die Kluft zwischen uns jeden Tag größer geworden, sodass ein einzelner Schritt nicht ausgereicht hätte, um sie zu überwinden.

Ich aß einen Marmeladentoast und fühlte mich schon nach der Hälfte satt. Irgendwie hatte ich meinen Hunger und meinen Appetit verloren. Mein Bauch war schon so voll mit Gefühlen, dass kein Essen mehr hineinpasste.

«Vielleicht ist sie ja schwanger», sagte Lars lachend, als er, wie an den vergangenen Morgen, merkte, dass ich meinen Teller nicht leergegessen hatte.

«Vielleicht ist ja deine Mutter schwanger», entgegnete ich.

Niemand im Haus wusste davon, dass ich die Nächte bei Collin verbrachte, aber Heimlichkeiten bargen stets den Nachteil, dass man sich nur allzu leicht ertappt fühlte. Lars ahnte nichts, es war einfach nur ein blöder Kommentar von ihm gewesen. Wenn auch ein ziemlich passender. Wobei ... Genau genommen reichte das, was Collin und ich taten, für eine Schwangerschaft noch nicht aus. Also war der Kommentar vielleicht doch nicht so passend. Collin und ich gingen immer nur so weit, wie wir es ein Chicago getan hatten. Wir zogen uns gegenseitig die Oberteile aus, mehr nicht. Aber allein das war schon so schön und gleichermaßen aufregend, dass ich manchmal Angst hatte, noch mehr vielleicht nicht ertragen zu können. Mich von jemandem berühren zu lassen, auf eine so zärtliche Weise, all das war Neuland für mich. Und es schmeckte so gut, dass ich es trinken wollte.

Nach dem Frühstück packte ich meine Sachen zusammen und machte mich mit Collin auf den Weg zur Berufsschule.

Im Zug setzte er sich die Kopfhörer auf und sah hinaus in die Landschaft. Der Sommer war müde geworden, und die ersten Blätter begannen sich golden zu färben. Doch sooft ich Collins Blick auch aus dem Fenster folgte, ich konnte dem Frühherbst meine Aufmerksamkeit nie länger als für wenige Sekunden schenken. Da saß dieser junge Mann gegenüber von mir, dem ich nachts so nah war wie niemals jemand anderem zuvor und dem tagsüber der Abstand zwischen uns gar nicht groß genug sein konnte. So wirkte es zumindest manchmal auf mich. Die Distanz ging von ihm aus. Aber auch ich hatte kein einziges Mal versucht, sie zu überbrücken.

Was würde passieren, wenn ich mich zu ihm setzte, seine Hand nahm und meinen Kopf an seine Schulter lehnte? Wie würde er reagieren? Würde er mich abweisen, oder würde er mich gewähren lassen? Nachts war ich diejenige, die ihn besuchte. Trotzdem war es tagsüber noch mal etwas anderes, sich das Gleiche zu trauen. Denn nachts waren wir allein.

Ich wollte schon immer wissen, was in seinem Kopf vorging, doch nie war der Wunsch so groß wie in den letzten Wochen. Wenn möglich, wirkte Collin noch nachdenklicher als zuvor.

Am Eingang der Berufsschule trennten sich unsere Wege ohne viele Worte. Nun konnte ich diesen Ort nicht mehr verdrängen, denn der typische Geruch des Gummibodens sorgte dafür, dass ich bei jedem Atemzug auf unangenehme Weise daran erinnert wurde, wo ich mich gerade befand. Der Aufenthalt bereitete mir nicht mehr solche Bauchschmerzen wie zu Beginn meiner Lehre, aber gerne war ich trotzdem nicht hier, und ich würde es wahrscheinlich auch nie sein.

Erst brachte ich zwei Schulstunden Technische Mathematik hinter mich, dann zwei Stunden CAD-Informatik, danach drei Stunden Technisches Zeichen, und nach der nun anstehenden vierten und letzten Pause würden noch zwei Stunden Englisch auf mich warten.

Für den Moment konnte ich aber erst einmal verschnaufen und mich in meine kleine Ecke auf dem Pausenhof neben der alten Turnhalle zurückziehen. Weil die Halle sanierungsbedürftig war, fand schon seit Jahren kein Unterricht mehr darin statt. Auf dem Weg dorthin musste ich mehrere volle Flure passieren, und in einem davon sah ich plötzlich Collin stehen. Er lehnte an der Wand und hatte mich schneller erkannt als ich ihn. Es passierte so gut wie nie, dass wir uns innerhalb der Schule begegneten, und wenn doch, wusste ich nicht, wie ich mich verhalten sollte. Jetzt noch weniger als zuvor.

Den Blick auf ihn gerichtet und in meine Gedanken vertieft, sah ich nicht nach vorne und stieß gegen eine junge Frau. Cola tropfte von ihrer immer noch geöffneten Hand, und ihr Augenmerk war erschrocken auf den Boden gerichtet, wo ihre Tasche stand – auf der der Becher mit der klebrigen Flüssigkeit gelandet war. Die Cola tränkte nicht nur den Stoff, sondern auch den Ordner und ihre Unterlagen.

Nach und nach sickerte in mein verwaschenes Bewusstsein, was passiert war. «Oje, das wollte ich nicht! Entschuldigung...» Noch während ich besänftigend die Hände hob, bemerkte ich, dass die junge Frau offenbar alles andere als besänftigt werden wollte. Die Schärfe in ihrem Tonfall ließ mich zusammenzucken. «Sag mal, bist du behindert? Kannst du nicht aufpassen, wohin du läufst, verdammte Scheiße?» Sie schien gar nicht zu wissen, was sie zuerst tun sollte: mich zur Sau machen oder in ihrer Tasche retten, was noch zu retten war. Sie entschied sich dafür, beides gleichzeitig zu machen, und unterstellte mir auf jede nur erdenkliche Weise einen Fehler in meiner Hirnfunktion. So dämlich, wie ich mich gerade fühlte, konnte ich ihr nicht mal widersprechen.

«Es tut mir leid», sagte ich abermals. «Ich komme für den Schaden natürlich auf.»

«Und ob du den bezahlen wirst! Aber was ist damit, dass ich nach der Schule noch ein Vorstellungsgespräch habe und deinetwegen jetzt so aussehe wie eine Dreijährige, die zu dumm zum Trinken ist? Wie willst du mir diesen Schaden ersetzen?»

«Es tut mir so verdammt leid. Kannst du dir in dem Laden zwei Straßen weiter noch schnell eine neue Tasche besorgen?»

«Einen Scheiß kann ich! Dafür reicht mir nämlich die Zeit nicht, verstehst du?»

Jedes Wort, das ich erwiderte, machte sie nur noch wütender. Trotzdem hörte ich nicht auf, sie besänftigen zu wollen. Ich konnte sie ja verstehen. Ausgerechnet eine klebrige Flüssigkeit wie Cola. Und ausgerechnet dann, wenn nach der Schule ein wichtiger Termin anstand. Ich hatte riesigen Mist gebaut. Und es tat mir unendlich leid. Ein paarmal sah ich zu Collin, doch er beobachtete das Geschehen nur von der anderen Seite des Flurs. Warum kam er nicht zu mir? Warum half er mir nicht?

Dafür kam etwas anderes. Etwas für mich vollkommen Unerwartetes. Ich dachte, allmählich würde sich die Situation entschärfen, denn statt sauer wirkte die junge Frau inzwischen nur noch gefrustet. Deshalb sah ich es absolut nicht kommen, als sie plötzlich ihre Tasche packte und mir gegen die Brust knallte. Cola spritzte mir ins Gesicht. Während ich noch zu perplex war, um zu reagieren, spiegelte sich ein Anflug von Genugtuung in ihrer Mimik wider. Sie verschränkte die Arme vor der Brust und grinste sogar minimal, als sie die Flecken auf meinem hellen Oberteil betrachtete.

«Spinnst du?», fragte ich und konnte nicht fassen, dass sie das tatsächlich getan hatte. Ein weiteres Mal wanderte mein Blick zu Collin, doch er hatte sich keinen Zentimeter vom Fleck bewegt. Mein Puls raste inzwischen. Und unter meine Furcht mischte sich noch etwas anderes, es war Wut. Ich fühlte mich wie ein Stück Dreck. Menschen hatten mich schon viel zu oft auf diese Weise behandelt. Und allmählich stand mir das bis oben hin.

«Es war keine Absicht, verdammt», sagte ich. «Es tut mir leid. Ich habe dir gesagt, dass ich für den Schaden aufkomme, und das mache ich auch. Aber das, was du jetzt gemacht hast, ist einfach nur asozial.» Ich wusste nicht, woher ich die Stimme für diese Worte geholt hatte, aber irgendwie war es mir gelungen.

«Asozial?», fragte sie und dachte, sie hätte sich verhört. «*Du* wagst es, *mich* asozial zu nennen? Du minderbemittelte kleine Kröte?»

Es war, als brannte eine Sicherung in meinem Kopf durch. Es entstand ein Funken, der jede Ungerechtigkeit, die mir im Leben widerfahren war, augenblicklich in Flammen aufgehen ließ. Mit der gleichen Wucht, mit der sie mir die Tasche an die Brust geknallt hatte, warf ich sie ihr zurück vor die Füße. Ich zitterte vor Angst und Aufregung. Das musste auch in meiner Stimme hörbar gewesen sein. Aber wenn sie auf mich losgehen würde, dann wusste ich, welchen Judo-Griff ich anwenden müsste, um mich gegen sie zu verteidigen. Und wenn ich hinfiel, das hatte ich auch beim Judo gelernt, dann stand ich eben wieder auf.

Anscheinend hatte sie nicht mit meiner Reaktion gerechnet, niemand hatte das, am wenigsten ich selbst. *Keiner auf dieser gottverdammten Welt hat das Recht, so mit dir zu reden*, hallten mir Dr. Flicks Worte im Kopf. Und ich sprach sie ihr in Gedanken nach.

«Bring nächste Woche die Rechnung mit», sagte ich. «Es tut mir leid, dass meinetwegen deine Tasche und deine Unterlagen verschmutzt sind, das wollte ich nicht. Aber sprich nie wieder so mit mir. Und vor allem: Wage es nicht, jemals wieder irgendetwas nach mir zu werfen!» Ich sah ihr tief in die Augen, um sicher zu gehen, dass sie mich verstanden hatte. Dann ließ ich die Gruppe stehen und ging.

Als ich meinen Stammplatz im Hof erreichte, war die Pause schon fast um. Meine Knie waren so weich, dass ich mich auf die kleine Mauer setzen musste. Mit den Händen umklammerte ich den kalten Stein und krallte die Fingernägel tief hinein. Ich hörte mein Herz bis zum Hals schlagen und riss mich zusammen, nicht zu tun, wonach mir eigentlich war, nämlich auf der Stelle loszuheulen.

Es war längst dunkel draußen. Seit über einer Stunde stand ich in meinem Zimmer an der Balkontür, sah hinaus in die Nacht und überlegte wie schon den ganzen Abend, ob ich zu ihm gehen sollte oder nicht. So lange wie heute hatte ich noch nie gezögert. Vielleicht schlief er auch schon längst. Und vielleicht wünschte ich mir insgeheim, während ich weiter mit mir haderte, dass er einfach in der Zimmertür stand und mir die Entscheidung abnahm. Doch das passierte nicht.

Irgendwann krabbelte ich unter mein Bett und versuchte zu schlafen. Ich wusste nicht, wie ich es hier unten jemals gemütlich finden konnte. Der Boden war kalt und hart, und es war eng, und ich fühlte mich erdrückt. So lange ich auch so dalag, ich bekam kein Auge zu.

Es war ein Uhr morgens, als ich leise an Collins Zimmertür klopfte. Erst dachte ich, er würde schlafen, weil er nicht reagierte, doch dann hörte ich die leise Musik aus dem Inneren. Vorsichtig öffnete ich die Tür. Das Zimmer war leer, nur die Stehlampe im Eck brannte, und die Balkontür stand offen. Draußen im Schein seiner kleinen Taschenlampe saß Collin auf dem Stuhl und zeichnete. Er hob den Kopf auch dann nicht, als ich barfuß zu ihm hinaustrat und mich an das Balkongeländer lehnte. Es war frisch geworden. Ich zog die Schultern hoch und ließ die Hände in den Ärmeln meines Schlafanzugoberteils verschwinden. Wie lange Collin wohl schon hier draußen saß?

«Ich dachte, du kommst heute nicht mehr», sagte er nach einer Weile. Seine Stimme klang freundlich und sanft, ohne vorwurfsvollen Unterton.

Du hättest auch zu mir *kommen können, aber auf die Idee kommst du ja nicht ...* Das dachte ich mir zumindest, denn sagen tat ich es nicht. Genau genommen sagte ich überhaupt nichts.

«Du bist böse mit mir», mutmaßte er schließlich. «Das hab ich schon bei der Heimfahrt und vorhin beim Abendessen gemerkt.»

Es war heute Nacht zu dunkel, um das Meer zu sehen, aber der Wind trug die konzentriert salzige Luft bis hoch auf den Balkon.

«Verrätst du mir, warum du böse auf mich bist?»

Ich hätte es ihm gern verraten, doch die Worte schafften es gerade mal auf meine Zunge, über die Lippen wollten sie aber nicht. Ich war mir nicht sicher, ob ich überhaupt ein Recht dazu hatte, böse auf ihn zu sein. Und richtig böse war ich auch nicht, eher verletzt und enttäuscht.

«Es ist wegen heute in der Berufsschule, richtig?», fragte er weiter.

Eine Hand behielt ich im Ärmel, mit der anderen fuhr ich über das Balkongeländer vor meinem Bauch. Erst mit zwei Fingern, dann nur noch mit einem. Die raue Oberfläche drückte sich wie eine Textur in meine Haut.

Eine Stille entstand, in der Collin offenbar darauf wartete, dass ich mich doch noch zum Reden entschied. Nach einer Weile hörte ich das Schieben seines Stuhls in meinem Rücken und leise Schritte, die sich auf mich zu bewegten. Dann spürte ich ihn direkt neben mir stehen. Er legte mir die Hand auf den Oberarm und drehte mich zu sich. Mit der anderen Hand strich er mir eine Strähne aus dem Gesicht. «Wo drückt der Schuh, Aschenputtel?»

Da war er wieder. Der Nacht-Collin. Der war ganz anders als der Tag-Collin. Und am liebsten hätte ich ihn zur Begrüßung geküsst.

«Ich verstehe es nur nicht», murmelte ich.

Seine Lippen legten sich auf meine Stirn. «Was verstehst du nicht?»

«Ich weiß, dass ich es nicht von dir verlangen kann, aber...»
«Aber?»

«Warum hast du einfach zugesehen? Warum hast du mir nicht geholfen?»

Er blickte mir in die Augen und schien froh darüber zu sein, dass ich es ausgesprochen hatte. «Ich hätte dir gern geholfen», sagte er. «Es fiel mir sogar schwer, es nicht zu tun.»

«Und warum hast du es nicht gemacht? Weißt du, wie viel Angst ich hatte?»

«Ich habe dir aus einem einfachen Grund nicht geholfen: weil ich es gekonnt hätte.»

«Und das soll heißen?»

«Das soll heißen, dass ich dir ohne Probleme hätte helfen können. Aber was ist, wenn du wieder in eine ähnliche Situation gerätst und ich nicht in der Nähe bin? Die größte Hilfe im Leben ist, sich selbst helfen zu können.»

Er legte mir die Hand seitlich an den Hals und streichelte mit dem Daumen meinen Kiefer entlang. «Ich bin stolz auf dich, dass du dich gegen die Schlampe gewehrt hast.» Sein Blick wanderte zu meiner Stirn. «Das *Ich bin schwach* stand hier oben nur mit Bleistift.» Dann nahm er mich in den Arm, und ich konnte nichts anderes tun, als mich von ihm halten zu lassen.

«Du brauchst mich gar nicht», sagte er.

«Und wenn ich dich doch brauche?» Damit meinte ich längst nicht nur bei einer Situation wie heute, sondern generell, im Leben. An meiner Seite.

Er antwortete nicht.

KAPITEL 35

«Herr Gott, Jana, endlich!», platzte es aus Dr. Flick heraus. «Ich merke doch schon die ganze Zeit, dass da jemand ist! Ich bitte dich, ich bin die Letzte, der man etwas in diesem Bereich vormachen kann! Gegen den Wind kann ich es riechen! Aber du hast einfach nie was gesagt! Geplatzt bin ich innerlich, weißt du das? Oh mein Gott, erzähl mir alles!»

Ich hatte nur eine leise Andeutung gemacht, einen kleinen Köder ins offene Meer geworfen, und Dr. Flick hatte angebissen wie ein ausgehungerter Tigerhai. Nun hatte ich damit zu kämpfen, die Angel überhaupt noch halten zu können.

«Seit wann weißt du, dass du verliebt bist?», fragte sie weiter. Vor lauter Aufregung rollte ihr der Stift von der Sofalehne, aber sie machte keinerlei Anstalten, ihn aufzuheben. Viel zu gebannt wartete sie auf meine Antwort.

Ich seufzte. «Schon länger.»

«Es ist also jemand, den du sehr früh auf der Insel kennengelernt hast?»

«Sozusagen.»

«Und wer ist es?»

Ich wusste nicht, warum es mir so schwerfiel, seinen Namen auszusprechen. Es war das erste Mal, dass ich überhaupt jemandem davon erzählte.

«Jana, ich mag Psychologin sein, aber ich bin auch nur ein Mensch. Spann mich doch nicht so auf die Folter!»

Ein letztes Mal räusperte ich mich, um meiner Stimme die nötige Klarheit zu verschaffen. «Es ist Collin.»

Ihre Augen wurden erst groß und dann wieder klein, als wäre ihr Blick unscharf geworden und sie angestrengt damit beschäftigt, wieder mehr Konturen in das Bild zu bekommen. «*Collin Collin*? Also dein Mitbewohner Collin?»

Ich nickte.

«Öh, okay», machte sie und lehnte sich im Sessel zurück. Auf diese Weise ausgesprochen hatte sie das Wort noch nie. «Habt ihr denn viel Kontakt miteinander? Unterhaltet ihr euch und verbringt Zeit zusammen? Oder magst du ihn eher aus der Ferne?»

«Nicht nur aus der Ferne», sagte ich und lächelte verlegen.

«Oh-ha», machte sie. Nach einer Weile hob sie den heruntergefallenen Stift auf.

«Ich weiß es», sagte ich.

«Was weißt du?»

«Dass er auch Patient bei Ihnen ist.»

Das war gelogen. Ich wusste es nicht. Ich pokerte. Und ich gewann mit Full House. Denn nachdem ihre Verunsicherung in blankes Staunen umgeschwenkt war, fragte sie: «Er hat dir davon erzählt?»

An meinem allerersten Tag auf der Insel hatte sie erwähnt, dass einer meiner zukünftigen Mitbewohner ebenfalls Patient bei ihr wäre. Seitdem fragte ich mich, wer damit gemeint sein könnte. Nach dem Ausschlussverfahren war nur Collin übrig geblieben. Tom hielt nichts von Seelenklempnern und machte keine Therapie, Vanessa hatte mal eine begonnen und abgebrochen, und Lars fing gerade erst eine an.

«Das überrascht mich», sprach sie weiter. «Aber ich finde es toll. Geht es ihm denn soweit gut? Ich habe ihn lange nicht mehr gesehen.»

«Ich wusste nicht, dass Sie ihn lange nicht mehr gesehen haben.»

«Collin kommt nicht regelmäßig einmal die Woche wie du. Er ist eher ein Gelegenheitspatient. Öfter als fünf- bis sechsmal im Jahr sehe ich ihn nicht. Allein Collin entscheidet, wann er mit mir reden möchte und wann nicht.»

Was hätte ich in diesem Moment für das Wissen von Dr. Flick gegeben. Ich wollte mehr erfahren. Viel, viel mehr. Und weil Dr. Flick wohl genau das bereits befürchtete, lenkte sie geschickt das Thema zurück. «Collin also», sagte sie. «Na ja, ein Süßer ist er ja, nä?»

Ich wurde rot im Gesicht, und Dr. Flick kicherte.

«Er hat eine interessante Persönlichkeit», sagte ich.

«Die hat er wirklich. Sogar eine sehr interessante.»

«Ich bin so jemandem wie ihm noch nie begegnet.» Ich sah auf meine Finger. «Er ist etwas Besonderes. Aber er ist auch so...»

Ich musste nicht lange nach dem richtigen Wort suchen, denn Dr. Flick hatte es im Handumdrehen parat. «Verschlossen», vervollständigte sie.

Ich nickte. «Aber ich bin auch verschlossen. Vielleicht ergibt minus mal minus ja plus?»

Ein Schmunzeln breitete sich über ihrem Gesicht aus. «Vielleicht», antwortete sie. «Irgendwie lustig, dass du einen mathematischen Vergleich wählst.»

«Ich liebe Mathe.»

«Warum eigentlich? Das hast du mir nie verraten.»

Mein Blick wanderte zu den Orchideen auf dem Fensterbrett, es war eine neue darunter. Sie hatte weiße Blüten mit dunkelvioletten Flecken, die fast wie kleine Gesichter aussahen. «In der Mathematik folgt immer alles einem logischen Prinzip», erklärte ich. «Es gibt nur richtig und falsch, nichts dazwischen, man weiß immer, woran man ist. Sie ist ehrlich. Außerdem ist sie frei von jeder Emotion.»

Als ich zurück zu Dr. Flick sah, hatte sie die Beine übergeschlagen. «Wünschst du dir auch manchmal, dass du selbst weniger Emotionen hättest?», fragte sie.

«Früher habe ich mir das sehr oft gewünscht.» Ich dachte zurück an die Zeiten nach dem Tod meiner Eltern, an die Trauer und auch an alle anderen negativen Gefühle, die ich nie wieder spüren wollte. «Wenn Gefühle kamen, sind sie über mich hereingebrochen wie eine Welle.»

«Das ist das Prinzip der Unterdrückung. Aber wenn man die schlimmen Gefühle zulässt, sind sie irgendwann vorbei. Denkst du denn heute anders über deinen Wunsch?»

Ich kannte die Antwort, trotzdem dauerte es, bis ich die richtigen Worte für sie fand. «Ich denke, dass mein Wunsch falsch war.» Ich stockte kurz. «Emotionen ermöglichen eine andere Sichtweise, eine viel tiefere, eine, die bis in den letzten Winkel kommt, wohin Rationalität niemals vordringen kann. Gefühle sind wertvoll. Vielleicht sogar das Wertvollste überhaupt.»

Dr. Flick stützte das Kinn auf die Handfläche. «Ich glaube, das sehen wir beide ähnlich. Sehr ähnlich sogar.»

Ohne dass ich es bewusst gesteuert hätte, landete mein Blick wieder auf den Orchideen. Nicht nur in diesem Zimmer, sondern auch in der gesamten Praxis gab es unzählige von ihnen. Ich fragte mich, woher sie kamen, ob Dr. Flick sie selbst kaufte oder von Patienten bekam. Oder waren sie ein Geschenk von ihrem Mann?

«Wenn du an Collin denkst», fragte sie, «was fühlst du dann?»

Die Schultern hochgezogen, wünschte ich mir, dass Gefühle nicht so ungeheuer kompliziert zu erfassen oder gar zu beschreiben wären. «Wärme», begann ich. «Manchmal kann ich es kaum erwarten, nach Hause zu kommen, weil er dort ist. Als müsste ich bei ihm sein, um zu sein.»

«Das klingt schön», sagte sie und wirkte, als könnte sie ganz genau verstehen, wovon ich sprach. «Und deine Gefühle machen dir keine Angst?»

«Doch. Sie machen mir fürchterliche Angst. Es ist, als gäbe es zwei Seiten. Auf der einen steht unbändige Furcht. Und auf der anderen verbirgt sich eine neue Welt, die viel schöner ist als alles, was ich bisher gekannt habe.»

Dr. Flick strengte sich an, aber sie konnte nicht aufhören zu lächeln. Da waren Herzchen in ihren Augen. Kleine, mit Zuckerguss überzogene Herzchen. «Das klingt fast so, als wärst du nicht nur verliebt, sondern als gäbe es bereits eine Form der Annäherung.»

Manchmal war keine Antwort auch eine Antwort. Und Dr. Flick wusste sie als solche zu deuten. «Oh-ha», machte sie. Es war das gleiche erstaunte *Oh-ha* wie vorhin. «Und ... welche Annäherung? Habt ihr beide ... Sex?» Selten hatte ich sie so zögerlich reden gehört. Offenbar hätte sie nie gedacht, dass sie mir diese Frage in Verbindung mit Collin eines Tages stellen würde.

«Nein», sagte ich und wich verlegen ihrem Blick aus. «Aber wir schlafen jede Nacht in einem Bett und kuscheln und küssen uns. Und so.»

Für eine Weile sagte sie gar nichts und sah mich nur mit großen Augen an. «Und seit wann macht ihr das?»

«Seit einem Monat.»

«Seit Chicago?»

Ich nickte.

Normalerweise hatte Dr. Flick ihre Reaktionen im Griff – zumindest, wenn es nicht gerade um Schokolade ging. Dafür stand ihr die Überraschung heute nicht nur auf der Stirn oder der Nasenspitze, sondern ins ganze Gesicht geschrieben. Gleichzeitig musste sie aber immer wieder lächeln, auf verträumte Weise, als würde ihr Bauch gerade einen Kuchen backen.

«Seid ihr beide denn zusammen?»

Ich neigte den Kopf leicht zur Seite. «Ich weiß es nicht genau, wahrscheinlich eher nicht.»

«Glaubst du denn, dass er dich mag?»

«Tagsüber zweifle ich manchmal daran», sagte ich, sah aus dem Fenster und erinnerte mich an das Gefühl, in seinen Armen zu liegen. «Aber jede Nacht stirbt der Zweifel wieder.»

«Er geht sehr zärtlich mit dir um», schlussfolgerte sie.

«Ja, er ...» Ich haderte mit mir, denn es fiel mir schwer, über das Thema zu sprechen, gleichzeitig wurde das Bedürfnis, es zu tun, aber immer größer. «Er redet meistens sehr wenig, wenn wir im Bett liegen. Er flüstert höchstens. Aber das auch nur selten. Wenn er mich anfasst, macht er das auf so eine bestimmte Weise. Als wäre ich nicht nur etwas Belangloses, auf das er seine Hände legt.»

«Verstehe», sagte sie leise. Irgendetwas erfüllte sie mit Freude, und irgendetwas ließ sie erstaunt und vielleicht sogar ein bisschen besorgt zurück. «Das klingt, als wärt ihr sehr vertraut miteinander. Und du, traust du dich auch, ihn anzufassen?»

«Ich fasse ihn sehr gerne an.»

Sie nickte, langsam und mehrmals hintereinander, so, wie sie das öfter tat, als würde sie mit jedem Nicken das Gesagte mehr verinnerlichen. Schließlich wandelte sich ihr Gesichtsausdruck, und ihr gerade noch so ernster Blick schwankte wieder zurück zur Begeisterung. «Jana, du verstehst sicher, dass ich dir, da wir unter Frauen sind, eine ganz bestimmte Frage unbedingt stellen muss. Da gibt es keine Ausweichmöglichkeiten.»

Ich ahnte bereits, dass es etwas Unangenehmes werden könnte, und blieb ihr eine Zustimmung schuldig. Das hielt sie jedoch nicht davon ab, mir die angekündigte Frage trotzdem zu stellen. «Jana, ich muss es wissen: Kann Collin gut küssen?»

Beschämt versteckte ich das Gesicht hinter meinen Händen. «Dr. Flihiiiick», jammerte ich. «Ist die Frage nicht etwas indiskret?»

Sie kicherte. «Total! Nun beantworte sie schon!»

«Ich glaube nicht, dass ich sie beantworten möchte.»

Das schien auch gar nicht mehr notwendig. Dr. Flick grinste. «Er küsst also verdammt gut», sagte sie wissend und hatte die Antwort aus meinem Verhalten gelesen.

Einerseits wünschte ich mir, mich aus dem Zimmer beamen zu können, andererseits war da wieder dieses hartnäckige Lächeln, das sich auf meinem Gesicht verselbständigen wollte. Es war wie ein Virus, mein Körper konnte sich nicht dagegen wehren, ich war vollkommen machtlos. «Darf ich Sie denn auch etwas fragen, wenn Sie mir schon solche Fragen stellen?»

«Nur zu», sagte sie lachend. «Was möchtest du wissen?»

«Na ja, Sie ... Sie wirken irgendwie so überrascht. Und ich habe das Gefühl, dass Sie das nicht deswegen sind, weil es da jemanden gibt. Sondern weil dieser Jemand Collin ist.»

Nun war es ihr Blick, der die Orchideen auf der Fensterbank suchte.

«Glauben Sie, Collin ist nicht gut für mich? Haben Sie etwas gegen Collin?»

«Nein, aber ...»

Das war der schlimmste *Nein-aber*-Abbruch in der Geschichte aller *Nein-aber*-Abbrüche.

«Aber?», fragte ich, ohne ihr die Zeit zu lassen, den Satz in ihrem eigenen Tempo wieder aufzugreifen.

Sie seufzte. «Ich hoffe nur, dass er so weit ist.»

KAPITEL 36

Liebe Jana,

du glaubst gar nicht, wie sehr ich mich über deine Karte gefreut habe. Ich hatte keine Ahnung, dass du jetzt auf Sylt lebst und dort eine Ausbildung machst, aber ich finde diese Neuigkeiten einfach nur wundervoll. Ich höre heraus, wie gut dir die Insel tut.
Es ist toll, dass du darüber nachdenkst, uns nach deiner Ausbildung in Australien besuchen zu kommen. Hier gibt es immer ein Bett für dich. Wir alle freuen uns auf dich, ich und mein Mann sowieso, aber auch die komplette Rasselbande ist gespannt darauf, dich endlich kennenzulernen.
Ich wünsche mir wirklich sehr, dass wir weiter in Kontakt bleiben und uns eines Tages endlich wiedersehen.

Alles Liebe
Deine Tante Marion

Ich hatte die Karte so oft gelesen und mit mir herumgetragen, dass die Ecken bereits abgerundet waren. Sie war letzte Woche gekommen, und in jeder freien Minute nahm ich sie wieder in die Hand. Las die Zeilen, die mich berührten, und betrachtete das Bild auf der Rückseite, das eine einsame Bucht, einen lümmelnden Koala auf einem Ast und die Skyline von Sidney zeigte. Es war schön zu wissen, dass es in weiter, weiter Ferne jemanden gab, durch dessen Adern dasselbe Blut floss und der mich nicht vergessen hatte. Vielleicht würde ich ihr als Reaktion keine weitere Karte, sondern einen ganzen Brief schreiben. Vielleicht würde sie mir dann mit einem solchen antworten. Und vielleicht sogar ein Foto ihrer Kinder beilegen.

Ich schreckte hoch, als jemand an meine Zimmertür klopfte. Es war Lars. Er und Anke brauchten Verstärkung in der Küche. Nachdem ich die Karte in der Schublade hatte verschwinden lassen, folgte ich ihm ins Haupthaus. Während ich bei den Schneidearbeiten half, dachte ich die meiste Zeit an all die Fragen, die ich meiner Tante stellen wollte. Wie viele es waren. Und gleichzeitig wenige im Vergleich zu jenen, die ich an Collin hatte. Eigentlich wusste ich gar nichts über ihn. Wie seine Kindheit gewesen war, ob er Geschwister hatte, ob er überhaupt irgendeine Verwandtschaft hatte, wo seine Eltern waren, wie er ins Heim gekommen und was dort mit ihm passiert war, wo er Klaas kennengelernt hatte, was er alles schon erlebt hatte – über nichts davon hatte ich auch nur die geringste Ahnung.

Heute war «Italienischer Abend», ein kleines kulinarisches Ritual, das Anke alle paar Wochen wiederholte und das seinen Ursprung in einer Reise nach Italien hatte. Damals waren sie und ihr Mann frisch verheiratet gewesen. Und was machte man, wenn man frisch verheiratet war? Man flog nach Venedig. Nur dass ihnen die Stadt überhaupt nicht gefallen hatte und sie sich das Hotelzimmer mit Insekten teilen mussten. Es war ein Urlaub, den man nur allzu gern vergessen wollte, sagte Klaas immer, aber das kleine baufällige Restaurant, direkt am Fluss und kaum von Touristen besucht, das würden sie garantiert niemals vergessen. Es war das beste italienische Essen, das die beiden jemals probieren durften. Seitdem versuchte Anke den Geschmack auf ihre eigene Weise nachzuzaubern. An diesem Abend gab es Antipasti mit Parmaschinken, gegrilltem Gemüse, gefüllten Paprikas, Melonen, Käse, getrockneten Tomaten, luftgetrockneter Salami, Oliven, verschiedenen Dips, Weißbrot und Parmesan-Chips. Das Angebot war so reichlich, dass es nicht nur als Vor-, sondern auch als Hauptspeise diente.

Als alles angerichtet war, kam Collin in die Küche. Instinktiv wollte ich mich auf die Zehenspitzen stellen und ihm zur Begrüßung einen Kuss auf die Lippen geben. Doch dann spürte ich wieder diese Mauer, die Collin tagsüber zwischen uns errichtete, und lächelte ihn lediglich vorsichtig an.

Gleich hinter ihm tauchte Vanessa auf. Sie sah mich auf die gleiche komische Weise an, wie sie es in letzter Zeit öfter machte. So als würde sie merken, dass zwischen Collin und mir etwas anders war, auch wenn sie nicht genau sagen konnte, was dieses *Anders* sein sollte. Vanessas Misstrauens-Antennen waren immer schon auf äußerst fein einprogrammiert.

Anke schickte sie gleich wieder aus der Küche, um Melek zu holen. Wir anderen setzten uns um den Tisch auf unsere angestammten Plätze und hörten, wie das Auto von Klaas in die Garageneinfahrt bog. Wenig später und nach einem Kuss auf die Wange seiner Frau nahm er begeistert über das Essensangebot neben mir Platz. Fast zeitgleich kehrte Vanessa zurück. Allerdings ohne Melek.

«Sie ist weg», sagte sie.

«Wie, sie ist weg?», fragte Anke.

«Kleiderschrank leer, Regale leer, Koffer weg.»

«Was?»

Mit einem Mal rückte das so mühevoll vorbereitete Abendessen in den Hintergrund. Nur bei Klaas hatte ich das Gefühl, dass er trotz all der Überraschung gar nicht so überrascht war. Er hatte Meleks Schwierigkeiten im Haus schon sehr früh bemerkt und sich in den letzten Wochen noch intensiver um sie gekümmert. Wahrscheinlich hatte er es geahnt. Vielleicht war sie auch nicht die Erste, die in einer Nacht-und-Nebel-Aktion ihre Sachen gepackt hatte und abgehauen war. Zumindest machte er nicht den Eindruck, als wäre diese Art des Verschwindens gänzlich neu für ihn.

«Ich ruf bei der Polizei an», sagte er und schob den Stuhl zurück.

Anke bremste ihn aus und stand selbst auf. «Lass, ich mach das schon. Und ich ruf auch bei ihrem Bruder an.»

Anders als bei Vanessa damals kam bei Melek die Entwarnung schon nach drei Stunden. Am Bremer Hauptbahnhof wurde sie von Polizisten aufgeschnappt. Zurück nach Sylt wollte sie jedoch nicht. Und weil sie erst 17 Jahre alt war, brachte man sie deshalb vorübergehend ins Heim. Ich verstand es nicht. Warum war sie lieber dort als hier?

Anke sagte, dass man manchmal eben nur *versuchen* könne, zu helfen, der Rest läge bei der Person. Nicht alle handelten, wie man es selbst tun würde. So sei das nun mal im Leben. Jeder müsse seinen eigenen Weg finden. Und vielleicht führte Meleks Weg einfach nicht zu uns. Auch wenn das sehr schade war.

So abgeklärt Anke auch nach außen hin wirken wollte, inzwischen kannte ich sie gut genug, um zu wissen, dass hinter der Fassade die Frage schlummerte, was sie im Umgang mit Melek hätte anders und besser machen können, damit es nicht so weit gekommen wäre.

Sie war nicht die Einzige, die sich diese Frage stellte, auch mir wollte sie nicht aus dem Kopf. Denn mal ehrlich, besonders intensiv hatte ich mich nicht um Melek bemüht. Einerseits lag das an ihrer Art, die mir ständig vermittelte, dass ich ihr besser nicht zu nah kommen sollte. Auf der anderen Seite war ich sicher auch sehr mit meinen eigenen Gefühlen und Hormonen beschäftigt gewesen, sodass sie – und auch manch andere Dinge in letzter Zeit – manchmal eher wie ein Film im Hintergrund abgelaufen war.

Ich brauchte Collin erst gar nicht die Frage zu stellen, wie er das sah, denn ich hörte seine Stimme bereits in meinen Gedanken: «Mach dir keinen Kopf. Jeder ist für sich selbst verantwortlich. Und von ihrer Seite kam schließlich auch nichts.» Ich hörte nicht auf seine Stimme in meinen Gedanken und machte mir trotzdem einen Kopf.

Zumindest, bis es auf 23 Uhr zuging und sich mein allabendliches Problem zurückmeldete. Nämlich dass die Sehnsucht kaum mehr auszuhalten war, ich aber bis in die Puppen auf Collin warten könnte und er dennoch nicht käme. Dieses Mal dauerte der Kampf mit mir selbst gerade mal fünf Minuten, dann klopfte ich an seine Tür. Doch er antwortete nicht. Sein Zimmer war verlassen und leer.

Ich zog mir Jacke und Schuhe über und ging hinunter zum Strand. Schon von weitem sah ich die kleine Taschenlampe auf der Plattform leuchten. Wenig später saßen wir da oben zu zweit, jeder auf seinem angestammten Platz.

«Klaas ist nach Bremen gefahren», sagte ich in die Stille.

Der Wind brachte die Seiten seines schwarzen Buches zum Flattern, sodass er sie mit den Ellbogen fixieren musste. «Ich weiß, ich hab's noch mitbekommen. Ich denke aber nicht, dass er sie überreden kann. Es war ihr anzumerken, dass sie nicht bleiben wollte, von Anfang an nicht.»

«Gibt es überhaupt etwas, das du nicht merkst?» Ich sagte das mit einem leichten Hauch von Provokation in der Stimme. Doch Collin ließ sich nicht provozieren.

«Menschen sind wie Bücher», sagte er ruhig. «Außen steht der Klappentext für den groben Überblick, und wenn man sie öffnet und hineinschaut, kann man sie gänzlich lesen.»

«Bin ich auch nur ein Buch für dich?»

Überrascht hob er den Blick und sah über den Rand seiner Zeichnung hinweg zu mir. «Nein.»

Etwas in mir wollte wegschauen. Etwas anderes in mir suchte den Augenkontakt. «Und was bin ich dann für dich?»

Er zuckte mit den Schultern. «Vieles.» Dann nahm er das Zeichnen wieder auf.

«Was ist *vieles*?»

Nach einem tiefen Atemzug begann er mit der Aufzählung. «Meine Mitbewohnerin, meine Arbeitskollegin, meine Zimmernachbarin, meine Nachhilfeschülerin, meine Judokollegin...»

Das musste ich erst einmal sacken lassen. Es fühlte sich an, als hätte sich mein Magen mit schwerem Blei gefüllt. «Verstehe», murmelte ich schließlich und klang geknickter als beabsichtigt. Aber wie sollte ich auch sonst klingen, seine Worte ließen wenig Spielraum für Spekulation und sagten eigentlich alles. Sie sagten sogar mehr, als ich jemals hören wollte.

Doch dann seufzte er und sprach unerwartet weiter. Viel zögerlicher, als er sonst sprach. «Du bist jemand, dessen Nähe ich mag», sagte er. «Ich mag Menschen eigentlich nicht so um mich herumhaben. Aber dich hatte ich von Anfang an gerne um mich.»

Das Blei in meinem Magen löste sich auf, verwandelte sich in ein kribbelndes Gefühl, das meinen gesamten Brustkorb erwärmte.

Ich sah zu ihm, doch er blieb weiter in seinem Buch versunken. Und irgendwann konnte ich meine Neugierde, was er heute darin zeichnete, nicht mehr zurückhalten. Ich tat es nicht jedes Mal, ich tat es sogar sehr selten, weil ich spürte, dass Zeichnen etwas sehr Privates für ihn war. Doch heute gab ich dem Drang nach, stand auf und setzte mich neben ihn. Collin malte weiter, und ich sah ihm dabei zu, genau wie in Chicago. Nur mit mehr Wind und nächtlicher Herbstkälte, dafür aber mit einem noch zehnmal wärmeren Herzen. Ich konnte das Klopfen sogar bis zu meinem Hals spüren.

«Ich habe dich auch gerne um mich», sagte ich.

In der Mitte des Papiers stand *Chance*. Das Wort bröckelte und rieselte in einen Mülleimer. Ich brauchte nicht viel Phantasie, um zu erahnen, dass diese Zeichnung mit Melek in Verbindung stand.

Als ich meine kalten Hände zum Wärmen in die Jackentasche steckte, spürte ich wieder die Postkarte. Ich hatte sie aus der Schublade geholt und eingesteckt, um sie Collin zu zeigen. Das wollte ich schon seit ein paar Tagen. Aber vor Aufregung, ihm wieder nahe zu sein, hatte ich sie dann doch jedes Mal vergessen. Manchmal machte es mir fast schon Angst, welche Auswirkungen diese Gefühle mit sich zogen. Sie nahmen auf alles Einfluss, nichts war mehr wie zuvor. Natürlich mochte ich Collin schon länger, aber bei ihm zu sein, ihn zu fühlen, ihn zu riechen, ihn zu schmecken, das hatte alles noch so viel schlimmer gemacht.

«Schau mal. Die Karte habe ich von meiner Tante bekommen.» Ich schob sie ihm aufs Papier, und er sah sie sich an. Die Zeit, die er dafür brauchte, reichte aus, um sie zweimal zu lesen.

«Deine Tante klingt nett.»

Den Blick ebenfalls auf die Karte gerichtet, nickte ich. «Das ist sie. Sie ist die letzte Verwandte, mit der ich noch Kontakt habe.»

«Ist sie die Schwester von deinem Vater oder von deiner Mutter?»

«Von meinem Vater.»

Er nahm die Karte in die Hand, drehte sie um und betrachtete die Bilder. «Irgendwann will ich auch mal nach Australien», sagte er.

«Wir können zusammen meine Tante besuchen», schlug ich vor und biss mir im nächsten Moment wegen meiner Voreiligkeit auf die Zunge.

Er lächelte nur einseitig, gab mir die Karte zurück und widmete sich wieder seiner Zeichnung. Ich seufzte leise und wünschte mir, ich hätte besser auf meinen Kopf und nicht auf meine Ungeduld gehört.

In letzter Zeit erzählte ich ihm bewusst öfter von meiner Familie und meiner Vergangenheit. Immer nur einzelne Details, aber so viel mehr, als ich jemals jemandem anvertraut hatte. Abgesehen von Dr. Flick natürlich, aber bei ihr war das etwas gänzlich anderes. Ich erzählte ihm von mir, weil ich ihm Vertrauen schenkte und weil es sich richtig anfühlte, mein Erlebtes und meine Geschichte mit ihm zu teilen. Er war derjenige, der von mir wissen sollte, was andere nicht wissen sollten. Und es gab noch einen weiteren Grund. Eine leise Hoffnung. Wenn ich ihm mehr von mir erzählte, vielleicht erzählte er mir dann auch mehr von sich. Aber das trat nicht ein. Kein einziges Mal.

Noch eine Weile schaute ich Collin still beim Zeichnen zu, dann legte ich den Kopf in den Nacken und sah gen Himmel. Das vergaß ich manchmal, weil das Meer meine Blicke nahezu magisch anzog. Dabei war das über uns mindestens genauso schön. Vor allem heute. Die Sicht war glasklar und reichte so viel weiter, als mein Kopf es jemals würde verstehen können. Das Universum erstreckte sich über uns mit Tausenden von Sternen. Ich musste an die Bilder des Hubble-Weltraumteleskops denken, an die unzählbaren Galaxien und wie winzig wir waren.

Irgendwann bemerkte ich, dass das Flüstern des Stiftes verstummt war und Collin mit mir gemeinsam nach oben sah.

«Glaubst du, es stimmt», fragte ich, «dass wir, wenn wir da hochgucken, eigentlich in die Vergangenheit schauen?»

«Nicht wirklich», sagte er. «Es gibt ein paar tote Sterne, die längst verglüht sind, die wir jedoch wegen der großen Entfernung immer noch leuchten sehen. Aber die meisten bestehen noch. Sterne können Milliarden von Jahre alt werden. Unser Leben ist viel zu kurz, als dass wir viele Sternentode miterleben könnten. Unsere Existenz ist nur ein Zucken im Universum.»

Ich senkte den Blick und drehte den Kopf in seine Richtung. «Vielleicht», sagte ich. «Aber was, wenn es genau andersherum ist?»

«Und das wäre?»

«Vielleicht macht es uns besonders. Weil wir dieses Zucken als eine lange Zeitspanne empfinden. Als würden wir die Zeit anhalten und sie wie eine Seifenblase dehnen.»

Er lächelte. «Du phantasierst schöne Sachen.»

«Ich phantasiere viel von dir.»

Das hatte Collin nicht kommen sehen und wirkte ein bisschen perplex. Dann wich er meinem Blick aus, so, wie er das immer machte. Er wollte nicht mit Worten kuscheln. Oder er hatte Angst davor. Ich wünschte mir, er täte es.

«Womöglich empfindet jedes Lebewesen Zeit anders», nahm er den Faden wieder auf. «Vielleicht empfindet die Eintagsfliege, dass sie einhundert Jahre lebt. Ein Empfinden ist immer etwas Persönliches, das nur die Person selbst wirklich kennt. Von außen kann man nur spekulieren oder versuchen nachzuempfinden, aber die Gewissheit, dass die Empfindung wirklich dieselbe ist, hat man nie.»

«Was empfindest du für mich?», wollte ich fragen. Doch stattdessen bildete sich nur ein Kloß in meinem Hals. Und dieser Kloß fühlte sich an wie eine dicke Kugel, die mit jeder unbeantworteten Frage, die ich an Collin hatte, noch größer anschwoll.

Als der Wind stärker wurde und Collin die Seiten seines Buches kaum mehr unter Kontrolle bringen konnte, beschlossen wir reinzugehen. Endlich passierte das, wonach ich mich den ganzen Tag gesehnt hatte. Als ich nach dem Zähneputzen in sein Zimmer kam, stand er schon da und wartete auf mich. Dicht vor ihm blieb ich stehen. Er senkte das Kinn und zog mir sachte das Oberteil über den Kopf. Dann berührten mich seine Hände überall dort, wo mich gerade noch der Stoff des Pullovers berührt hatte. Ich schob sein T-Shirt über den Rücken nach oben, zog es ihm nicht nur über den Kopf, sondern ihn selbst dadurch noch näher an mich heran. Wenn wir uns gegenseitig auszogen, fühlte es sich jedes Mal an, als würden wir fallen und uns dann gegenseitig auffangen.

Wir glitten in sein Bett, verkrochen uns unter der Decke. Küssten uns, streichelten uns. Und irgendwann lagen wir eng aneinandergekuschelt nebeneinander und versuchten zu schlafen. Mein Gesicht war an seinem Hals vergraben, und ich atmete den Geruch seiner Haut. Ich wusste nicht, warum wir nie weitergingen als bis hierhin. Wahrscheinlich merkte Collin, dass ich noch nicht so weit war. Manchmal fühlte es sich aber inzwischen so an, als wäre ich es. Meine Tagträume drehten sich ganz oft nur noch darum. Etwas in mir wünschte sich, ihn überall zu spüren, nicht nur auf meinem Oberkörper.

Mit den Fingerspitzen strich ich seinen Rücken entlang, und ich hörte an seiner Atmung, dass er noch nicht eingeschlafen war. Anfangs war mir das gar nicht so aufgefallen, zu neu und überfordernd war alles. Doch jetzt merkte ich, dass er da war, in meinen Armen lag und gleichzeitig entfernt wirkte. Vielleicht war das auch nur eine diffuse Empfindung von mir. Mehr eine Angst als eine tatsächliche Wahrnehmung. Was ich aber dafür wieder umso deutlicher wahrnahm, waren die kleinen Narben auf seinem Rücken. Sie waren ganz klein. Es war nicht zu erahnen, woher sie stammen könnten. Aber eins war klar, einen schmerzfreien Ursprung hatten Narben nie.

«Weißt du, dass ich mir sehr oft den Kopf über dich zerbreche?», flüsterte ich. Meine Hand glitt seinen Nacken hinauf und kraulte seinen Haaransatz. Ich wusste, wie sehr er das mochte.

«Das solltest du nicht», antwortete er mit gedämpfter Stimme und genoss das Streicheln.

«Aber ich weiß kaum etwas über dich.»

«Da gibt es auch nicht viel zu wissen.»

Mit der Nase fuhr ich die Spur zwischen seinem Hals und dem Schlüsselbein entlang. Als ich es erreichte, hinterließ ich einen Kuss direkt über dem Knochen. «Und was gibt es weniges zu wissen?»

«Was genau interessiert dich denn?»

Es kam mir vor, als hätte ich einen schmalen Pfad betreten. Ein unachtsamer Schritt zu weit links oder rechts könnte direkt in den Abgrund führen. Ich musste meine Worte sehr vorsichtig wählen. So weit hatte er seine Tür für mich zuvor noch nie geöffnet.

«Du sagtest mal, dass du eine glückliche Kindheit hattest.»

«Hatte ich auch.»

«Ich ... Ich versuche das nur zu verstehen, weil du ein anderes Mal sagtest, du wärst im Heim gewesen.»

Er zögerte, als gefiele es ihm nicht, über dieses Thema zu sprechen. Trotzdem rang er sich dazu durch. «Ich hatte eine glückliche Kindheit, *bis* ich ins Heim kam.»

Seine Hand wollte sich von mir lösen, doch ich griff danach, fuhr mit meinen Fingern zwischen seine und legte sie zurück auf meinen Körper. Anstatt weiterzufragen, hielt ich sie fest an Ort und Stelle und hoffte darauf, dass er von selbst mit dem Reden fortfuhr. Und meine Hoffnung erfüllte sich.

«Es gibt wirklich nicht viel zu erzählen», betonte er noch einmal. «Aber wenn du es unbedingt wissen willst...» Er seufzte. «Mein Vater hat sich vor meiner Geburt aus dem Staub gemacht. Meine Mutter ist gestorben, als ich ein Baby war. Ich erinnere mich nicht mal an sie.» Seine Stimme klang abgeklärt und war frei von jeder Emotion, als spräche er nicht über seine Eltern, sondern über Fremde, die er nie gekannt hatte. «Danach hat ihr Bruder, also mein Onkel, mich bei sich aufgenommen», sprach er weiter. «Der war cool. Wir hatten eine tolle Zeit. Bis sich das Jugendamt in Sachen eingemischt hat, die es überhaupt nichts anging. Ende der Geschichte.» Er küsste mich auf die Schläfe. «Lass uns schlafen. Glaub mir, das ist spannender.»

Es schloss sich eine Pfütze voll mit Fragen – und es öffnete sich ein Meer voll mit neuen.

KAPITEL 37

Es war der fünfte Tag. Ständig hoffte ich, dass es doch allmählich mal besser werden müsste, stattdessen wurde es mit jeder Minute schlimmer. Ich konnte mir nicht erklären, wie ich überhaupt so lange durchhalten konnte. Vielleicht, weil ich instinktiv wusste, dass es richtig war, aber leichter machte es das nicht. Ich vermisste ihn. Und es brachte mich zum Verzweifeln, dass es ihm umgekehrt offenbar nicht so ging. Seitdem ich vor fünf Tagen beschlossen hatte, nicht mehr zu ihm zu gehen und *ihn* stattdessen kommen zu lassen, war er kein einziges Mal nachts bei mir aufgetaucht. Über zweieinhalb Monate lang hatten wir uns sein schmales Bett geteilt. Und jetzt fragte er mich selbst nach fünf Tagen noch nicht mal nach dem Grund meines Fernbleibens. Er sagte einfach gar nichts. Eigentlich müsste er auch gar nichts sagen, denn noch viel mehr wünschte ich mir, dass er mich nachts endlich besuchen würde und wir wieder zusammen einschlafen könnten. Aber das tat er nicht. Egal, wie lange ich auch wachblieb und auf seine Schritte im Flur hoffte, sowohl seine als auch meine Tür blieben verschlossen. Dass wir streng genommen nur wenige Meter auseinanderlagen, ich nur aufstehen und mich zu ihm bewegen müsste, machte alles noch unendlich viel schwerer. Sooft ich auch schon aufgeben, alles hinschmeißen und wieder zu ihm gehen wollte, irgendetwas hielt mich zurück. Ich hatte schon so lange durchgehalten, wenn ich jetzt aufgäbe, wäre alles umsonst gewesen. Doch da war noch etwas. Der Grund, warum ich all das überhaupt tat. Ich musste einfach erfahren, ob er mich brauchte. Wenn schon nicht sosehr wie ich ihn, dann vielleicht wenigstens ein bisschen.

Irgendwie machte das aber leider nicht den Eindruck.

Von der ständigen inneren Anspannung taten mir bereits der Nacken und die Schulter weh, mein ganzer Körper fühlte sich verkrampft an. Einkaufstüten zu schleppen war noch nie meine Lieblingsbeschäftigung gewesen, doch heute schnitten mir die Plastiktragegriffe noch mehr in die Hand, und meine Arme fühlten sich an, als würden sie durch das schwere Gewicht immer länger werden.

«Hörst du mir überhaupt zu?», fragte Lars.

Glücklicherweise hatte ich gerade so viel mitbekommen, um den Anschein aufrechtzuerhalten, als hätte ich es getan. «Du meintest, dass Devin dich beim letzten Mal gelobt hat.»

Er nickte nur. Obwohl ich den Eindruck hatte, dass er eigentlich noch etwas sagen wollte. So verhielt Lars sich schon seit ein paar Tagen. Irgendetwas beschäftigte ihn. Ich gab mir alle Mühe, das Thema Collin zumindest für einen Moment aus dem Kopf zu kriegen, und schlug ihm vor, uns kurz zum Ausruhen auf die Bank in dem kleinen Park zu setzen. Es tat gut, das Gewicht der Tüten absetzen zu können, auch wenn die Temperaturen ein gemütliches Sitzen im Park nicht unbedingt zuließen. Es herrschte nasskaltes Novemberwetter.

«Wie findest du eigentlich Devin?», fragte Lars.

Es war das sechste Mal an diesem Tag, dass er mir etwas von Devin erzählte oder mir eine Frage zu ihm stellte. «Devin ist in Ordnung. Warum fragst du?»

«Ich ... Ach, egal», sagte er und stieß mit dem Fuß aus Versehen gegen eine seiner Einkaufstaschen. «Es ist nur ... Ich würde gerne mit dir über etwas reden, das ihn betrifft.»

Ich hob die Schultern. «Nur zu.»

«Ja, aber ...»

Je mehr er rumdruckste, desto skeptischer wurde ich. Lars hatte selten Schwierigkeiten damit, Dinge auszusprechen, das hatte ich schon immer an ihm bewundert.

«Lars, sag mir doch einfach, was los ist.»

«Na ja, es ist ...» Wieder schien er die Worte nicht hervorzubringen. Dann seufzte er schließlich und fragte: «Hast du dich eigentlich nie gewundert, warum ich zum Judo gehe, obwohl ich es beknackt finde?»

«Natürlich, klar, schon öfter.»

«Und ist dir nie aufgefallen, wie sehr ich rumstottere, wenn wir über Devin reden?»

Ich grub mich durch meine Erinnerungen. «Ein bisschen. Vielleicht.»

«Jana», sagte er. «Dann benutz mal deinen weiblichen Instinkt und zähl eins und eins zusammen.»

«Das versuche ich die ganze Zeit, aber ...» Mitten im Satz brach ich ab, weil mich die Erkenntnis wie ein Metallhammer auf den Hinterkopf traf. Sein Festhalten am Judo, sein schüchternes Verhalten gegenüber Devin, wie er jedes Mal aufhorchte, wenn Devins Name fiel, sein Rumdrucksen ...

«Du magst Devin», sagte ich mit großen Augen.

Einerseits kam Freude in mir auf, weil es schön war, dass Lars sich anscheinend verliebt hatte, und andererseits hatte die Sache einen furchtbar tragischen Beigeschmack. Nämlich die Tatsache, dass Devin nie etwas mit einem Schüler anfangen würde und obendrein erst kürzlich geheiratet hatte. Eine Frau.

«Ich weiß gar nicht, was ich sagen soll, Lars. Wieso habe ich das denn nicht gemerkt?» Diese Frage stellte ich mehr mir selbst als ihm. «Magst du ihn denn sehr? Wie geht's dir damit?» Eigentlich war es ein Wunder, dass er mir überhaupt davon erzählte, wo er doch so offensichtliche Probleme mit seiner Homosexualität hatte.

«Guck mich nicht so mitleidig an», sagte er. «Ich weiß, dass es hoffnungslos ist.» Erneut stieß er aus Versehen gegen die Tasche. Dieses Mal kippte sie um, und zwei Äpfel kullerten heraus. Mit wenigen Handgriffen packte er alles wieder an Ort und Stelle und brachte die Tasche zurück in die Senkrechte.

«Das passiert mir jedes Mal. Ich verliebe mich immer nur in Heteros.» Sein Blick glitt über die kahl gewordene Landschaft. Der Herbst zog sich zurück und machte Platz für den Winter. «Dr. Flick sagt, mein Unterbewusstsein würde das so steuern. Weil ich noch nicht bereit wäre, mich auf eine Beziehung einzulassen.»

«Klingt zumindest plausibel. Glaubst du, dass sie damit recht hat?», fragte ich. Es fühlte sich komisch an, mit jemandem über Dr. Flick zu reden, ohne selbst das Thema des Gesprächs zu sein. Schließlich war sie meine Therapeutin. Aber seit einer Weile war sie auch die von Lars geworden.

Er zog die Schultern erst hoch und ließ sie dann wieder fallen. «Schon möglich. Ich wollte eigentlich nie schwul sein.»

«Ich weiß ...» Lange suchte ich nach den richtigen Worten, die ihm im besten Fall Trost spenden könnten, bis ich begriff, dass eigentlich nur eine einzige korrekte Antwort existierte. «Aber du bist es nun mal. Du bist schwul», sagte ich. So war es eben.

Sich selbst zu akzeptieren konnte manchmal das Schwerste überhaupt sein, ich wusste, wovon ich sprach. Doch wie sehr ich auch nach einer Alternative gesucht hatte, es gab keine. Alle Wege endeten irgendwann bei mir selbst. Es gab keine steilen Pfade, die drum herum führten, auch wenn ich das gerne geglaubt hatte. Es gab keine Auswahlmöglichkeiten. Und es spielte keine Rolle, was ich viel lieber sein wollte. Irgendwann musste man akzeptieren, dass man sich selbst akzeptieren musste.

«Ja, vielleicht bin ich das», murmelte er. «Auch wenn das irgendwie beknackt ist.»

«Och», machte ich. «Gibt Schlimmeres.»

«Was denn?»

«Na ja, du könntest ein Idiot sein. Oder ein Sadist. Oder ein Psychopath. Ein Terrorist. Oder sogar ein Politiker.»

Ich erreichte das, was ich erreichen wollte, er lächelte zaghaft. «Jetzt fühle ich mich doch gleich besser», meinte er sarkastisch.

«Gerne doch», sagte ich. Und dann nahm ich ihn in den Arm.

Ich wollte Lars auch nach dem Gespräch nicht allein lassen und verbrachte den ganzen Nachmittag mit ihm. Erst sahen wir uns einen Film an, dann beschlossen wir, einen Marmorkuchen zu backen. Ich war schon drauf und dran, begeistert über all die Vorzüge zu sein, die eine Freundschaft mit einem homosexuellen Mann mit sich zog, bis ich bemerkte, dass Lars vom Backen genauso wenig Ahnung hatte wie ich und sich nicht besser als jeder Hetero-Mann anstellte. Trotzdem – oder vielleicht gerade deswegen – hatten wir beide ungeheuer Spaß. Zuweilen vergaß ich sogar, an Collin zu denken.

Wahrscheinlich erschreckte ich mich deswegen auch so extrem, als er irgendwann plötzlich in der Küche stand und fragte, was wir da machten. Ohne dass ich etwas dagegen tun konnte, füllte sich mein Herz mit all den Gefühlen, die ich für ihn hatte. Und die Sehnsucht brachte es zum Überlaufen.

«Marmorkuchen», stammelte ich verzögert.

Skeptisch beäugte Collin die Schüssel mit dem rohen Rührteig. «Na dann, lass nicht wieder alles anbrennen», antwortete er schließlich flapsig. Fast so, als wäre nichts, als würde ich nicht jede Nacht vergeblich auf ihn warten und als läge es nicht schon fünf Tage zurück, dass wir uns zuletzt berührt hatten. Nachdem sich unsere Blicke für ein paar Sekunden getroffen hatten, nickte er Lars und mir zu, schob die Terrassentür auf und machte sich auf den Weg zum Strand. Das schwarze Buch klemmte unter seinem Arm, und ich sah ihm nach, bis er außer Sichtweite war. Am liebsten wäre ich ihm hinterher. Es fühlte sich so an, als würde er verschwinden.

«Was kommt denn jetzt als Nächstes?», fragte Lars nach einer Weile und brachte mich dazu, den Blick vom Garten abzuwenden. An Lars klebte mehr Mehl als im Kuchenteig. Ich setzte ein Lächeln auf, auch wenn mir in Wahrheit alles andere als zum Lächeln zumute war.

«Zucker», sagte ich und holte die Dose aus dem Schrank. Während ich die süßen Kristalle in die Schüssel rieseln ließ, rührte Lars kräftig weiter.

«Glaubst du, Hülya wird sich hier einleben können?», fragte er.

Hülya war die Nachfolgerin von Melek und erst vor einer Woche bei uns eingezogen. Bis auf die türkische Herkunft hatten die beiden jedoch nichts gemeinsam. Hülya trug ein Kopftuch, sprach kaum ein Wort Deutsch und zuckte bei fast jeder Gelegenheit zusammen. Es war fast unmöglich, sie nicht zu erschrecken. Einerseits fragte ich mich, was mit ihr geschehen war, das sie derart eingeschüchtert zurückgelassen hatte, und andererseits war ich mir nicht sicher, ob ich die Antwort verkraften würde. Hülya war erst seit vier Monaten in Deutschland. Verwandtschaft hatte sie in diesem Land keine. Sie war durch eine Hilfsorganisation nach Köln gekommen. Das war alles, was ich wusste.

«Es wäre schön, wenn sie das kann», antwortete ich. «Vermutlich braucht es viel Zeit.»

Lars trennte den Teig in zwei Teile und hob Kakaopulver unter die eine Masse. Unter die andere mischte ich indessen Vanillezucker.

«Bekommst du eigentlich noch irgendetwas von Vanessa mit?», fragte ich vorsichtig, als Lars die Gugelhupfform festhielt, damit ich den hellen und dunklen Teig nacheinander hineingießen konnte.

«Kaum. Sie hängt ja fast nur noch bei ihren neuen Freunden rum. Ich glaub, die sitzt hier nur noch die Zeit ab, bis sie endlich abhauen kann.»

Vanessa war im letzten Lehrjahr und schrieb im Mai ihre Abschlussprüfungen. Genau wie Collin und Lars. Ihre neuen Freunde kannte niemand, nur Lars hatte sie mal zusammen mit Vanessa in der Fußgängerzone gesehen. Es waren einfach nur wieder irgendwelche Leute. Wer wusste, ob sie in zwei Monaten immer noch ihre Freunde waren. Über Meleks Verschwinden hatte sie jedenfalls nicht lange getrauert.

«Vanessa kommt mir manchmal kälter als ein Kühlschrank vor», murmelte ich. Lars öffnete den Ofen, und ich schob den Kuchen hinein. «Vanessa ist ein Anwaltskind», sagte er. «Wahrscheinlich waren ihre Eltern nicht weniger unterkühlt.»

«Woher weißt du, dass ihre Eltern Anwälte sind?»

Lars zuckte die Schultern. «Hat sie öfter mal fallenlassen. Ansonsten weiß ich so gut wie nichts von ihr. Nur die Story mit dem Sicherheitsmann.»

«Welche Story mit dem Sicherheitsmann?»

«Das hat sich nicht bis zu dir durchgesprochen?»

Ich schüttelte den Kopf.

«Okay ... Dann muss ich jetzt wohl die Rolle der Tratschtante übernehmen.» Er lächelte mir verhalten zu und begann kurz darauf zu erzählen. «Na ja, das war ein ziemlich großes Ding damals. Kurz bevor Vanessa nach Sylt kam, muss sie in Berlin beim Klauen erwischt worden sein. Wurde sie wohl schon häufiger. Aber der Sicherheitstyp, an den sie in diesem Laden geriet, hatte offenbar seine ganz eigenen Methoden, mit jungen Diebinnen umzugehen. Er ließ ihnen die Wahl, die Polizei nicht zu rufen. Dafür müssten sie ihm aber anderweitig entgegenkommen. Zum Beispiel mit einem Blowjob.»

Bislang hatte ich dem Kuchen beim Backen zugesehen, jetzt wandte ich den Blick zu Lars.

«Der Typ muss massenweise junge Mädchen zu sexuellen Handlungen genötigt haben», fuhr er fort. «Im Prinzip war es Erpressung.»

Ich konnte nicht glauben, was ich da hörte. «Und ... Und warum war die Polizei dann bei den Völkners? Hat Vanessa Anzeige erstattet?»

«Der Typ ist wohl unvorsichtig geworden, irgendwelche Überwachungskameras haben ihn aufgenommen. Die Details kenne ich aber nicht. Ich weiß nur, dass ihm Dutzende Fälle nachgewiesen werden konnten. Eine Polizistin hat Vanessa auf den Aufnahmen von einem anderen Diebstahl wiedererkannt. Sie wollten sie zu einer Anzeige bewegen. Aber sie hat, soweit ich weiß, nie eine erstattet.»

Für eine Weile sah ich Lars einfach nur an. Ich wusste, dass es schlechte Menschen gab, aber manchmal überraschte es mich dennoch, wie schlecht sie wirklich sein konnten. So weit reichte meine Phantasie gar nicht aus. *Arschloch* war noch eine der harmloseren Bezeichnungen, die mir für diesen Typen durch den Kopf gingen.

Der süße Geruch des Kuchens verbreitete sich von Minute zu Minute mehr im Raum und wollte nicht recht zu der widerlichen Geschichte passen, die mich noch lange begleitete. Dieses Mal ließ ich nichts verbrennen, der fertige Marmorkuchen machte sogar einen weitaus gelungeneren Eindruck, als es die tollpatschige Herstellungsweise hätte vermuten lassen. Offenbar war Backen doch kein Hexenwerk.

Als der Kuchen ein bisschen abgekühlt war, nahmen wir ihn mit in die Küche der Völkners und halfen bei den Vorbereitungen fürs Abendessen. Anke freute sich über den unerwarteten Nachtisch und musste gleich mal ein Stück probekosten.

Beim Essen saß ich Collin wieder gegenüber. Was ich bis vor fünf Tagen geliebt hatte, bedrückte mich mehr und mehr.

Wenn ich den Blick von ihm abwandte, landete er früher oder später bei Vanessa, und die Geschichte mit dem Sicherheitstypen drängte sich wieder in meine Gedanken. Es war schwer, an diesem Abend Appetit aufzubringen. Den Kuchen zum Nachtisch zerbröselte ich mehr mit der Gabel, als dass ich tatsächlich davon aß.

Anschließend half ich dabei, das Geschirr in die Spülmaschine zu räumen, und verschwand danach relativ schnell in meinem Zimmer. Ich hatte keine Lust auf Gesellschaft. Um ehrlich zu sein, hatte ich Lust auf gar nichts. Auch nicht auf rumsitzen, die Wand anstarren und geknickt sein. Das tat ich allerdings trotzdem. Bis es mir irgendwann zu dumm wurde und ich mein Mathebuch aus dem Schrank holte. Genau dann, als ich tief in eine schwierige Exponenzialgleichung versunken war und mein Kopf bis aufs äußerste gefordert wurde – genau dann, als ich wirklich am wenigsten damit rechnete, klopfte es an meiner Tür.

Den Aufgabenblock in der linken Hand und das Buch über Technisches Zeichnen in der rechten, stand Collin wenige Sekunden später in meinem Zimmer. «Hast du die Nachhilfe vergessen?», fragte er.

Mein Herz klopfte mir bis zum Hals, sodass ich ihn nur kurz ansah und dann schnell wieder zurück auf meine Gleichung blickte. «Ich habe wohl nicht auf die Uhr gesehen, Entschuldigung.» Wahrscheinlich war ich der schlechteste Lügner auf diesem Planeten. Nicht mal ich selbst hätte mir geglaubt. Natürlich hatte ich nicht vergessen, dass ich eigentlich zu ihm hätte gehen müssen. In Wahrheit hatte ich es einfach nicht gekonnt.

«Macht doch nichts», sagte er mit einem Lächeln. «Wollen wir dann hier lernen? Oder rüber in mein Zi–»

«Nein, hier ist in Ordnung», platzte ich dazwischen. Ich räumte mein Buch zurück in den Schrank und setzte mich mit ihm an den Schreibtisch. Ich war so glücklich, dass er hier war, und gleichzeitig wünschte ich mir, er wäre nicht aufgetaucht. Da war so eine Beklemmung, die ich in meinem Brustkorb spüren konnte und die auch dann nicht von mir abließ, als Collin das Buch aufschlug und dort ansetzte, wo wir bei der letzten Nachhilfestunde stehengeblieben waren. Er erklärte mir einen Themenabschnitt, wie er mir schon Dutzende Male zuvor etwas erklärt hatte, nur mit dem Unterschied, dass er heute ungewohnt häufig den Faden verlor. Er benutzte weniger Worte und griff sich beim Nachdenken noch viel öfter in die Haare als sonst. Manchmal suchte er sogar Augenkontakt. Und jedes Mal wurde die Beklemmung in meiner Brust schlimmer. Sehnsucht war die giftigste von allen Dornen. Und ich hatte mich an ihr gestochen.

Den Blick auf das Buch gerichtet, sprach er irgendwann etwas vollkommen Unverhofftes aus. «Wir haben uns lange nicht mehr gesehen.»

«Erst vorhin beim Abendessen», erwiderte ich mit dünner Stimme.

Er schob einen Mundwinkel nach oben. «Stimmt natürlich.»

Dann konzentrierte er sich wieder auf die Aufgabenstellung im Buch. Nach diversen Vorgaben sollte eine Zeichnung angefertigt werden. Normalerweise ließ er mich in solchen Fällen zeichnen und sah mir währenddessen über die Schulter. Doch heute nahm er den Zirkel selbst in die Hand. Er setzte ihn ein paarmal aufs Papier, auch den Bleistift, aber eine taugliche Zeichnung kam nicht dabei heraus. Immer wieder sah er zu mir. Lächelte ungewohnt verlegen. Atmete durch. Und versuchte dann erneut zu zeichnen. Es kam mir vor, als wollte er irgendetwas sagen. Jedenfalls kämpfte er mit sich. Aber worum er kämpfte, das wusste ich nicht.

Nach einer Weile hörte er gänzlich auf zu zeichnen, klopfte nur leise mit dem Stift auf das Papier, so, wie man das manchmal beim Nachdenken macht. Zum ersten Mal sah ich die gespannte Haut auf seinen Händen.

Dann drehte er den Kopf in immer kleiner werdenden Abständen in meine Richtung. Der Stift in seiner Hand klopfte weiter, aber sein Fokus lag immer mehr auf mir. Bis er irgendwann überhaupt nicht mehr wegsah und meine Augen fixierte. Sein Blick war undefinierbar. Er wirkte angespannt, aber irgendwie auch hilflos. Eine Mischung, die ich nicht deuten konnte, dafür aber im nächsten Moment umso mehr zu spüren bekam.

Ohne Vorwarnung oder den leisesten Hinweis umklammerte er mit seinen Händen auf einmal mein Gesicht und küsste mich stürmisch. Eigentlich war ich überhaupt nicht auf diesen Überfall vorbereitet. Und trotzdem reagierte mein Körper, als hätte er immer gewusst, wie er in einer solchen Situation reagieren sollte. So fest Collin mich anpackte, so fest packte ich auch ihn an, und so Hals über Kopf er mich küsste, so Hals über Kopf küsste ich ihn zurück. Er zog mich auf seinen Schoß. Seine Hände fassten unter mein Oberteil, griffen in mein Fleisch. Er legte mich auf den Schreibtisch und beugte sich über mich. Alles fiel herunter. Wir küssten und fühlten uns. Und unterbrachen das nicht mal in dem Moment, als wir rückwärts zum Bett taumelten. Wir schlossen nicht ab. Wir machten nicht mal das Licht aus. Ich konnte ihn sehen. Und er konnte mich sehen. In dieser Nacht lagen nicht nur unsere Oberteile neben dem Bett. Auch unsere Hosen fanden den Weg dorthin. Genau wie seine Boxershorts und mein Slip. Es war das erste Mal, dass wir richtig miteinander schliefen.

KAPITEL 38

Ich saß auf Collins Schreibtischstuhl, hatte die Beine angezogen und den Ordner über CAD-Informatik im Schoß liegen. In zwei Tagen schrieb ich eine Klausur und sollte meine volle Aufmerksamkeit eigentlich auf die Lernunterlagen richten. Stattdessen glitt mein Blick immer hinaus auf den Balkon. Dort saß Collin im Schein der Lampe und zeichnete. Er trug nur ein T-Shirt und eine dünne Hose. Es war viel zu kalt da draußen. Die ganze Kälte hatte sich schon in das Zimmer und auch durch meinen Pullover gefressen. Collin hatte mehrmals gefragt, ob er die Tür schließen sollte, doch ich hatte immer verneint. Es klang blöd, aber wenn er die Tür geschlossen hätte, wären wir getrennt gewesen. So dagegen taten wir, was auch immer wir taten, zusammen.

Ich hatte keine Ahnung von Sex gehabt, aber mir immer vorgestellt, dass er Menschen so nah zusammenbrachte, dass die enge Verbindung nie wieder rückgängig gemacht werden könnte. Und so war es auch für mich. Wir waren uns so nah gekommen, dass unser Schweiß sich vermischt hatte, bevor er wieder in die eigene Haut zurücksickerte. Etwas von mir lebte in seinem Körper. Und etwas von ihm in meinem. Ich spürte Collin jetzt noch tiefer in meinem Herzen, ich spürte ihn in jeder Zelle meines Körpers. Und ich hatte die Gewissheit, dass zumindest ein Teil von ihm dort auch wirklich war.

Aber je öfter wir miteinander schliefen, je näher wir uns kamen, desto weiter rückte Collin von mir fort. So jedenfalls wirkte es auf mich, obwohl es eigentlich gar nicht sein konnte.

Schließlich war das ein nicht vereinbarer Widerspruch. Wie sollte Nähe gleichzeitig Distanz bedeuten? Vielleicht war ich einfach nur bescheuert oder wollte zu viel. Denn in meiner Vorstellung lagen nicht nur Collins und mein Körper zusammen, sondern auch unsere Seelen schmiegten sich aneinander. Meine Seele lag aber meistens allein und wärmte sich lediglich an den Erinnerungen der wenigen Momente, in denen Collins Seele neben ihr lag.

Als es spät wurde, knipste Collin draußen die Lampe aus und kam ins Zimmer. Vor meinem Stuhl blieb er stehen. «Kommst du voran?», fragte er.

«Es geht.»

Er nickte. Und als ich das nächste Mal aufsah, stand er immer noch da. Langsam streckte er die Hand aus, streichelte mir mit seinen ausgekühlten Fingern durch die Haare und brachte mich dazu, meine Zweifel für einen Moment zu vergessen.

Ich legte den Ordner am Schreibtisch ab, stand auf und ließ meine Arme um seine Hüfte gleiten. Er versteifte sich ein bisschen, so, wie er das in letzter Zeit immer machte, wenn ich ihm diese Art von Zuneigung schenkte. «Du fühlst dich eiskalt an», sagte ich. Insgeheim wünschte ich mir, er würde mir sagen, dass er in meiner Nähe gar nicht auskühlen könne, aber die Worte, die er wählte, waren andere.

«Du weißt doch, dass ich Kälte mag.»

Irgendetwas hatte diese Aussage an sich, dass ich jedes Mal eine Gänsehaut von ihr bekam. Ich drückte ihn noch fester an mich, als hoffte ich, seinen Körper damit bis in den letzten Winkel wärmen zu können. Nach einer Weile löste er sich aus meinem Griff und verschwand im Bad.

Als auch ich mich schlaffertig gemacht hatte und zurück in sein Zimmer kam, saß er auf dem Bett, die Füße ausgestreckt und den Rücken an die Wand gelehnt. Er hatte Musik angemacht. Anstatt unter die Decke zu krabbeln und ihn mit drunterzuziehen, setzte ich mich auf die Bettkante. Ein Bein zog ich an, das andere ließ ich am Boden.

«Das Lied ist schön», sagte ich. Eine Frauenstimme drang leise aus der Anlage. Sie klang traurig und gleichzeitig so, als würde sie zu der schwermütigen Melodie tanzen.

«‹Civilian› von Wye Oak», antwortete Collin und lauschte noch tiefer in die Musik hinein. «Sie singt davon, dass sie ohne Vortäuschen nichts ist. Und dass sie zwar ihre eigene Hand halten, aber trotzdem nicht ihren eigenen Hals küssen kann.» Er lächelte mir zu.

Statt über den Text nachzudenken, spürte ich in meiner Erinnerung nur, wie es sich anfühlte, wenn Collin mir den Hals küsste. Kurz vorm Ins-Bett-Gehen war immer diese Spannung zwischen uns. Der Moment nach dem Sex konnte manchmal seltsam sein, aber der davor genauso.

Doch ich wollte heute nicht mit ihm schlafen. Ich hatte schon immer das Bedürfnis gehabt, Collin besser zu verstehen. In letzter Zeit war dieses Bedürfnis aber zu einer untragbaren Größe herangewachsen, die ich allmählich nicht mehr stemmen konnte. Ich brauchte Antworten. Wenigstens ein paar. Und bei seiner Vergangenheit wollte ich anfangen.

«Du hast mir neulich von deiner Mutter erzählt», sagte ich und sah vorsichtig zu ihm auf. Ich hatte Collin eigentlich so gut wie nie laut erlebt, und trotzdem hatte ich immer Angst, er würde es werden, wenn ich ihm zu intime Fragen stellte. Vielleicht weil ich merkte, dass er solche Fragen nicht mochte. Aber auch heute wurde er natürlich nicht laut, er sah nur überrascht in meine Richtung.

«Du sagtest, sie ist gestorben, als du ein Baby warst», fuhr ich fort. Den Blick gesenkt, spielte ich mit dem Saum meiner Schlafhose. «Woran ist sie gestorben?»

Collin seufzte. «Jana, mir ist nicht nach Reden gerade...»

«Aber dir ist in letzter Zeit immer weniger nach Reden. Ich will doch nur verstehen und...» Ich druckste. «Du bist mir eben nicht egal.»

Collin kam zu mir gekrochen und nahm eine meiner Haarsträhnen zwischen seine Finger. «Es gibt schönere Sachen, die man machen kann», flüsterte er.

«Ich weiß, aber...»

Sachte legten sich seine Lippen auf meine Haut und küssten sich meinen Hals entlang. «Soll ich dir zeigen, welche Sachen?»

Ich schloss die Augen. Er wusste ganz genau, was er tat. Manchmal brauchte er erstaunlich wenige Überredungskünste, was das Thema anging. Entweder er war so gut darin oder ich schlichtweg zu schwach. Vielleicht beides. Er legte sich nach hinten und zog mich in einer fließenden Bewegung auf sich. Ich verlor schneller den Faden, als ich das Wort *Einspruch* zu Ende denken konnte. Und dann verlor ich mich in Collin.

Seine Haut glänzte, und ich fuhr mit dem Finger vorsichtig über den leichten Kratzer auf seiner Schulter, den ich ihm aus Versehen im Eifer des Gefechts zugefügt hatte. Collin sah immer so selig aus, wenn wir gerade miteinander geschlafen hatten. Er lag auf dem Rücken, hielt mich im Arm und machte den Eindruck, als würde er rundum zufrieden sein und an gar nichts denken. Sex hatte offenbar eine sedierende Wirkung auf Collin. Das faszinierte und amüsierte mich jedes Mal aufs Neue.

Auch ich selbst fühlte mich von Glücksgefühlen durchflutet. Trotzdem kamen früher oder später die Fragen zurück, von denen er mich auf sehr verführerische Weise ablenken wollte.

Jetzt hätte ich erneut die Gelegenheit, doch der Moment war zu schön und friedlich, als dass ein Thema wie Tod darin Platz gefunden hätte. Ich kuschelte mich noch näher an ihn und hauchte einen Kuss auf den Kratzer. Collin sollte für immer unversehrt bleiben.

Als ich dachte, er wäre längst eingeschlafen, hörte ich auf einmal seine Stimme. Leise und ruhig. «An einer Blinddarm-OP.»

Ich streichelte über seine Brust. «Wovon sprichst du?»

«Du wolltest vorhin wissen, woran meine Mutter gestorben ist. An einer stinknormalen Blinddarm-Operation.»

Eigentlich war ich schon schläfrig gewesen, doch von jetzt auf gleich war ich wieder hellwach. «Wie konnte das passieren?»

«Ihr Herz hat aufgehört zu schlagen bei der Operation.»

«War sie herzkrank?»

Er schüttelte den Kopf. «Nein, es hat einfach aufgehört. Ohne Vorwarnung. Und es hat auch trotz Wiederbelebungsversuchen nicht mehr angefangen zu schlagen.»

Ich schmiegte die rechte Schläfe an seine Wange und streichelte mit den Fingerspitzen entlang der Linie, die von seiner Brust zu seinem Bauch führte. «Hast du Fotos von ihr gesehen? Hat man dir von ihr erzählt?»

Seine Antwort kam verzögert. «Ich hatte ein Foto von ihr ... Das ist mit den Jahren aber verlorengegangen. Keine Ahnung, wo es abgeblieben ist.»

Ständig hatte ich das Bedürfnis, noch näher an ihn heranzurutschen, obwohl körperliche Distanz in dem neunzig Zentimeter breiten Bett ohnehin ein Fremdwort war. «Und dein Onkel? Hat er dir beschrieben, was für ein Mensch sie war?»

«Nur wenig», sagte er. «Sie hatten kein gutes Verhältnis. Vielleicht hat er aber auch etwas erzählt, und ich weiß es nur nicht mehr. Kann auch sein.»

«Und es stört dich gar nicht, dass du fast nichts über sie weißt?»

«Was würde es ändern, wenn ich mehr über sie wüsste?» Er zuckte mit den Schultern. «Sie wäre trotzdem tot.»

«Ja, aber...» Ich brach ab und dachte meine Fragen lieber im Stillen zu Ende. Er musste doch wissen wollen, woher er kam? Wer seine Mutter war?

Einerseits fand ich es gut, dass er so abgeklärt über alles sprechen konnte, bedeute es doch, dass er nicht mehr wegen des Verlusts leiden musste, andererseits fand ich es überhaupt nicht gut. Vielleicht, weil er *zu* abgeklärt wirkte.

«Und wie bist du dann zu deinem Onkel gekommen?»

«Er war der nächste Verwandte und hat mich bei sich aufgenommen. Ich wohnte bei ihm, bis ich fünf war. Vielleicht auch viereinhalb. Irgendetwas in dem Dreh.»

«Und dann», begann ich vorsichtig, «sagtest du, das Jugendamt hätte sich eingemischt? Fälschlicherweise?»

Er nickte.

«Aber wie?»

«Na ja, wie das eben so läuft. Irgendwelche bürokratischen Arschlöcher, die kein eigenes Leben haben, sind der Meinung, sie müssen andere Familien auseinanderreißen. Und weil sie die Macht dazu haben, tun sie es kurzerhand.»

«Aber... Aber es muss doch irgendeinen Grund gegeben haben? Einen Auslöser?»

«Nicht direkt, nein. Soweit ich weiß, mochte das Jugendamt die Wohngegend nicht. Man fand sie nicht angemessen für ein kleines Kind.»

«Eine kriminelle Gegend?»

«Ach, das war reine Schikane. So schlimm war die Gegend

nicht. Mein Onkel war vielleicht nicht reich, aber er war cool. Du hättest ihn gemocht.»

Von solchen Behördenfehlern war öfter zu hören, aber wenn es dann jemanden betraf, den man kannte, konnte man es doch nicht glauben.

«Und heute? Was macht dein Onkel heute?»

Collin seufzte. «Jana, weißt du, was das Tückische an dir ist?»

Ich hob die Schultern.

«Wenn du einmal mit den Fragen angefangen hast, hörst du nicht mehr auf.»

Ertappt presste ich die Lippen zusammen. «Es tut mir leid, ich wollte dich nicht überfahren.»

«Alles gut», sagte er. «Meine Vergangenheit war nur halb so schlimm, wie du wahrscheinlich denkst. Die Zeit im Heim war anfangs scheiße. Aber letztlich habe ich sehr schnell gelernt, wie man sich durchsetzt.» Er drehte sich auf die Seite, sodass wir uns direkt gegenüberlagen und in die Augen sehen konnten. «Erzähl mir lieber weiter von dir.»

«Ich habe dir doch schon so viel von mir erzählt.»

«Meistens reißt du Sachen nur grob an, aber richtig in die Tiefe gehst du nicht.»

«Na, *das* sagt der Richtige.»

Ein Schmunzeln legte sich über seine Lippen. «Der Unterschied ist, dass ich nichts zu erzählen habe. Du dagegen schon.»

Er konnte das sooft betonen, wie er wollte, ich wusste trotzdem, dass es da noch haufenweise Geschichten in seinem Leben gab, die mehr als nur relevant waren. Aber ich wollte nicht so sein. Dass ich jetzt auch etwas von mir erzählte, wäre in Anbetracht seiner heutigen Offenheit nur fair.

«Was möchtest du denn wissen?», fragte ich und hatte ein bisschen Angst vor seiner Antwort. Nur weil ich immer mehr von mir erzählte, hieß das nicht, dass mir Reden keine Schwierigkeiten mehr bereitete. Trotzdem tat ich es. Und vielleicht waren Schwierigkeiten, welcher Art auch immer, genau das, worauf es im Leben ankam. Dinge, die einem zu leichtfielen, konnten schließlich nicht von großer Bedeutung sein.

«Deine Mutter war verrückt», sagte er.

«Krank», korrigierte ich. «Sie war krank.»

«Dann sagen wir, die Krankheit hat sie verrückt gemacht. Ist das besser?»

«Ein bisschen.»

«Ich habe jedenfalls viel darüber nachgedacht. Und weißt du, was ich nicht verstehe?»

Ich hatte keine Ahnung und wartete, dass er weitersprach.

«Warum ist dein Vater bei ihr geblieben?» Er sah mich so an, als könnte er es wirklich nicht verstehen. Nicht mal eine Silbe davon.

«Er hat sie eben geliebt.» Ich wusste nicht, was er daran nicht verstehen konnte. Die Antwort war doch naheliegend.

«Aber er hatte die Verantwortung für ein kleines Kind. Deine Mutter war hochgradig gefährlich.»

«Collin…», sagte ich und spürte wieder diesen Kloß in meinem Hals aufkommen. «Meine Mutter war ja nicht von heute auf morgen so. Und wenn man jemanden liebt, dann kann man ihn doch nicht einfach abstoßen, nur weil er krank wird?»

«Abstoßen vielleicht nicht», sagte er. «Aber man muss die Frau weit weg von dem Kind bringen.»

«Collin, die *Frau*, über die du sprichst, war meine Mutter.»

«Das war nicht mehr deine Mutter. Deine Mutter war längt weg.»

Innerlich regte ich mich immer mehr über das auf, was er sagte, ohne mir wirklich erklären zu können, warum das so war.

«Liebe hin oder her, dein Vater hätte das schnallen müssen», sprach er weiter.

«Ich glaube, du redest es dir gerade verdammt leicht.» Ein bisschen rutschte ich von ihm zurück.

«Ich sage nicht, dass es leicht gewesen wäre. Lediglich, dass es unentschuldbar ist, wie er gehandelt hat.»

Tief amtete ich durch und versuchte die aufkommenden Gefühle zu unterdrücken. Doch es gelang mir nicht wirklich. Es war, als hätte Collin eine Flut von Gefühlen in mir ausgelöst, die unaufhaltsam größer wurde und meinen Hals hinaufstieg.

«Und was tat er stattdessen?», fragte Collin. «Nicht nur, dass er dich dieser Gefahr aussetzte. Dann nimmt er sich auch noch feige das Leben und lässt dich allein zurück. Was für ein Versager.»

Das war zu viel.

«Versager?» Ich löste mich von ihm, richtete mich auf und konnte nicht fassen, dass er das tatsächlich gesagt hatte.

«Wie soll ich ihn denn sonst bezeichnen?», fragte Collin. «Versager ist eigentlich noch viel zu harmlos.»

Mir blieb die Luft weg. Und als ich bemerkte, dass mir die Tränen ins Gesicht stiegen, riss ich die Decke an mich und flüchtete ungelenk aus dem Bett. Während ich versuchte, meine Nacktheit zu verstecken und gleichzeitig meine Klamotten vom Boden aufzusammeln, war Collin ebenfalls aufgestanden. Dass er splitterfasernackt war, machte ihm nichts aus. Das hatte ihm noch nie etwas ausgemacht. «Wo willst du denn jetzt hin?»

Als ich nicht antwortete und stattdessen begann, in meine Klamotten zu schlüpfen, legte er mir eine Hand auf den Oberarm. Doch ich streifte sie von mir.

«Es tut mir leid, wenn ich zu deutlich geworden bin», sagte er. «Ich wollte dich nicht verletzen oder so was. Entschuldige bitte.»

Als er noch näher zu mir trat und mich in den Arm nehmen wollte, schubste ich ihn weg. «Das hast du aber! Merkst du nicht, wie ekelhaft anmaßend du bist? Du hast überhaupt nicht das Recht, so ein vernichtendes Urteil zu fällen!» Noch bevor ich das letzte Wort beendet hatte, brach meine Stimme weg, und die ersten Tränen liefen mir über die Wangen. Ich wischte mir hektisch übers Gesicht und zog mir das Oberteil über.

«Jana, komm, setzen wir uns und reden in Ruhe darüber, einverstanden?»

Ich setzte mich nirgendwohin. Stattdessen wehrte ich auch seinen letzten Versuch, mich zu halten, ab und verließ sein Zimmer. In meinem eigenen setzte ich mich in die Ecke neben dem Schreibtisch, zog die Beine an, vergrub das Gesicht in den Händen und versuchte, mit dem Weinen aufzuhören. Ein paar Schluchzer schafften es trotzdem nach draußen.

Vielleicht hätte ich absperren sollen. Denn nach zehn Minuten kam genau der Mann in mein Zimmer, der das ganze Fiasko überhaupt angerichtet hatte. Er hatte sich etwas übergezogen und setzte sich zu mir auf den Boden. Im leichten Winkel, sodass sich unsere Beine berührten. Ich war nicht mehr wütend genug, um ihn wegzuschicken. Die Traurigkeit hatte gewonnen. Und so saßen wir da, ohne dass einer von uns etwas sagte. Nur mein Schniefen durchbrach die Stille. Und nach einer Weile dann auch meine Stimme.

«Es sind meine Eltern», sagte ich. «Du bist manchmal so gottverdammt hart. Aber es sind und bleiben meine Eltern, über die du so hart sprichst, verstehst du das nicht?»

Er reichte mir ein Taschentuch aus der Packung, die er mitgebracht hatte. Ich wischte mir die Tränen aus dem Gesicht, die ich doch nicht zurückhalten konnte, und putzte mir die Nase.

«Du hast recht», sagte er, den Blick erst auf unsere Füße und dann auf mich gerichtet. «Es stand mir nicht zu, so etwas dir gegenüber auszusprechen. Das war sehr unsensibel von mir. Ich wollte nicht, dass es dir meinetwegen schlechtgeht.»

«Das tut es aber», sagte ich. «Und ja, mein Vater hat Fehler gemacht. Aber du kannst ihn doch deswegen nicht gleich einen Versager nennen.»

«Wie soll ich denn sonst über ihn denken?», fragte Collin und klang auf einmal traurig, fast resigniert.

«Jeder macht Fehler. Jeder.»

«Ich weiß», sagte er in dem gleichen Tonfall. «Aber Fehler ist nicht gleich Fehler. Und ich finde die Fehler, die dein Vater gemacht hat, sehr schwerwiegend.»

«Du findest es einen Fehler, dass er meine Mutter auch in schlechten Zeiten geliebt hat?»

«Nein, das bewundere ich sogar.» Er strich seinen Unterarm entlang und hing für einen Moment seinen Gedanken nach. «Aber es gab nicht nur deine Mutter. Da warst auch du. Und du warst klein und musstest beschützt werden. Das hat dein Vater nicht gemacht. Ich würde mein Kind nie einer solchen Gefahr aussetzen. Schau, was mit dir passiert ist. Du hättest sterben können.»

«Aber ... Aber es war doch auch für ihn eine furchtbare Situation.» Ich schluchzte. «Er hat das doch alles nicht gewollt. Ich denke, er war komplett überfordert.»

«Mit Sicherheit war er das», sagte Collin. «Und ich denke, jemand, der das nicht selbst erlebt hat, kann sich nicht annähernd vorstellen, wie überfordert er wirklich gewesen sein muss. Und trotzdem ... Er hätte nicht so schwach sein dürfen. Er hätte stark sein müssen, egal, wie schwer es auch gewesen wäre. Weil du da warst.» Er beugte sich zu mir und wischte mir mit den Daumen die Tränen aus dem Gesicht. Auf meiner Zunge lagen immer noch Dutzende Sätze, die mit *Aber* begannen. Doch keinen einzigen sprach ich mehr aus. Wahrscheinlich würde ich es nie so extrem sehen, wie Collin es sah. Und doch gelang es mir bereits in dieser Sekunde nicht mehr, meinen Vater im selben Umfang in Schutz zu nehmen, wie ich es bisher immer getan hatte.

KAPITEL 39

Zum zweiten Mal erlebte ich auf der Insel, wie sich das alte Jahr dem Ende neigte. Schon bald durfte das neue seine eigene Geschichte erzählen.

Wir verbrachten den Silvesterabend wie im letzten Jahr, mit einem tollen Essen bei den Völkners und anschließendem Begrifferaten. Es wurden Teams gebildet, und die Begriffe mussten durch Umschreibungen erklärt, durch eine Zeichnung verbildlicht oder durch pantomimische Gesten dargestellt werden. Nach ein paar Stunden tat mir der Bauch vom vielen Lachen weh, denn es war unausweichlich, dass man sich früher oder später zum Affen machte. Dass Ankes gemalter Flaschenhals irgendwie doch mehr aussah wie ein Penis – ein besonders krummer noch dazu –, war nur eine von vielen Anekdoten. Wäre Tom noch hier, er wäre mit Sicherheit auf seine Kosten gekommen.

Einen großen Unterschied gab es aber doch im Vergleich zum letzten Jahr. Nicht nur Tom fehlte, anders war auch, dass ich eine Verabredung hatte. Um 23 Uhr würde ich mich mit Collin auf der maroden Aussichtsplattform am Strand treffen. Allein. Wir begannen das neue Jahr zusammen.

Nach wie vor wusste niemand von uns beiden, trotzdem gab es Veränderungen. Kleinigkeiten. Anstatt ständig nur darauf zu hoffen, dass wir wieder Zeit miteinander verbrachten, war ich in den letzten Wochen immer mehr dazu übergegangen, Collin offen zu sagen, dass ich Zeit mit ihm verbringen wollte. Natürlich tat ich das sehr vorsichtig. Aber ich tat es. Ich wartete nicht mehr darauf, dass Collin mir mehr vertraute und mich von selbst in sein Leben und an seine Seite ließ. Ich versuchte, mir eigenständig einen Weg in sein Leben zu bahnen und mir diesen Platz zu nehmen. Denn das war der Ort, an dem ich sein wollte.

Bestimmt wunderten sich die anderen, dass Collin und ich bei einer weiteren Runde Begrifferaten auf einmal fehlten. Doch *Bedrängen* hatte noch nie auf der Tagesordnung der Völkners gestanden. Wenn wir nicht mehr mitspielen mochten, dann durften wir gehen.

Während sich Collin schon in Richtung Strand aufmachte, sammelte ich noch ein paar Decken zusammen, schließlich wollte ich da draußen nicht erfrieren.

Er saß bereits auf seinem angestammten Platz, als ich die morsche Trittleiter zu ihm nach oben stieg. Das schwarze Buch lag aufgeklappt in seinem Schoß, die Seite war leer, und er schien noch zu überlegen, mit welchem Motiv er sie füllen sollte. Ich setzte mich dicht an seine Seite und achtete beim Ausbreiten der Decke darauf, dass auch Collin von ihr umschlossen wurde. Er verdrehte zwar die Augen, ließ mich jedoch machen und zupfen, bis nur noch das Nötigste von ihm heraussah und er dick eingepackt war. Als ich im Anschluss den Kopf an seine Schulter lehnte, seufzte er schwer. Ich hingegen fühlte mich einfach nur glücklich. Vorgestern Nacht war er zum Schlafen zu mir gekommen. Und ich hatte nicht mal lange auf ihn warten müssen. Insgeheim war ich froh, dass wir keine großen Schritte machten, denn sonst wüsste ich die kleinen niemals so zu schätzen. Ich würde einfach genauso weitermachen. Ich würde ihm so lange meine Hand entgegenstrecken, bis er sie eines Tages so fest umgriff wie ich seine.

Collin begann zu malen, und ich versuchte zu erahnen, welches Wort er schreiben und welches Bild er zeichnen würde.

Aber wie immer war das am Anfang sehr schwer zu erkennen. Die Skizze war zu grob, und die Linien kreuzten sich quer durcheinander. Stundenlang konnte ich dabei zusehen, wie aus diesen Bleistiftlinien nach und nach ein kleines Kunstwerk entstand, ohne dass mir auch nur eine Sekunde langweilig wurde.

«Jana-Stifte», sagte er leise.

«Hm?»

Er deutete auf das lederne Etui, das auf der anderen Seite neben ihm lag. Wegen seines Oberschenkels hatte ich es nicht gesehen. «Dein Geschenk.»

«Du nennst sie Jana-Stifte?»

«Natürlich. Ich gehe sehr sorgsam mit ihnen um und benutze sie nur für besondere Zeichnungen.»

Irgendetwas stimmte mit meinen Hormonen nicht. Denn manchmal reichten solche Kleinigkeiten aus, dass ich mich noch mal komplett neu in ihn verliebte.

Ich vertiefte mich wieder in sein künstlerisches Talent und merkte, wie kurz eine Stunde sein konnte. Der Jahreswechsel kam schneller, als ich mit ihm gerechnet hatte. Ich erschreckte mich fast ein bisschen, als in der Ferne bereits die ersten Raketen gezündet wurden. Collin und ich verfolgten das beginnende Treiben, bis sich unsere Blicke trafen.

«Frohes neues Jahr, Jana», sagte er.

Meine Mundwinkel verselbständigten sich, ich konnte nichts gegen dieses Lächeln tun. «Das wünsche ich dir auch.»

Ich sah Collin zögern, und noch während ich überlegte, wobei er zögerte, beugte er sich auf einmal zu mir, berührte mit seinen Lippen meine und küsste mich. Besser konnte das neue Jahr nicht beginnen.

Collin klappte das Buch zu, legte es beiseite, und ich krabbelte zwischen seine Beine. Von hinten legte er die Arme um mich und bettete das Kinn auf meine Schulter. Zusammen sahen wir uns das überschaubare, aber wunderschön leuchtende Feuerwerk an. Ich musste an meine Mutter denken. So bunt der Himmel erstrahlte, hatte sie Silvester bestimmt geliebt. Vielleicht hatte sie vor vielen, vielen Jahren draußen gesessen und sich genau wie ich heute die farbenfrohen Lichter angesehen. Und vielleicht hatte mein Vater neben ihr gesessen und ihre Hand gehalten. Als ich merkte, wie mich der Gedanke gleichermaßen glücklich wie traurig stimmte, tat es gut, Collins Wärme in meinem Rücken zu spüren. Ich lehnte mich noch tiefer in seine Umarmung.

Mit jedem Jahreswechsel blieben die Überlegungen wegen guter Vorsätze unausweichlich. Doch dieses Jahr wollte ich keine machen. Stattdessen wollte ich lieber *wünschen.* Ich ging in mich und dachte darüber nach, was ich mir ganz fest wünschte. All diese Wünsche hielt ich mir vor Augen. Würde sie nicht vergessen. Und beschloss in diesem Moment, dass ich alles dafür tun würde, damit sie eines Tages wahr wurden.

Einer dieser Wünsche saß direkt hinter mir. Ich griff nach seiner Hand, die er vor meiner Brust mit seiner anderen verschlossen hatte. Erst streichelte ich sie, dann küsste ich sie.

«Weißt du, dass es schon über ein Jahr her ist, als du mir die Nachtblumen geschenkt hast?»

Statt etwas zu sagen, spürte ich seine Lippen auf meinem Hals.

«Ich hab dir das nie gesagt», begann ich zögerlich. «Aber du kannst dir nicht vorstellen, wie viel mir die Zeichnung und das kleine Gedicht bedeutet haben. Ich konnte es schon am ersten Abend auswendig.» Ich musste lächeln, wenn ich daran dachte, wie sehr ich mir damals gewünscht hatte, nur einmal in Collins Armen zu sein, und wie oft ich mich seitdem tatsächlich darin befand. Als ich die Augen schloss, sah ich die Zeilen sofort wieder vor mir.

Nachtblumen
Zu zart und zerbrechlich für das grelle Sonnenlicht
Immer umgeben von einer ganz eigenen, traurigen Melodie
Sie sind die bezauberndsten Blumen von allen
Doch sie blühen, wenn alles schläft
Und niemand kann sie jemals sehen

«Ich habe damals geglaubt, dass das Gedicht wahr ist», sagte ich. «Aber ich hab mich getäuscht, es ist falsch.» Ich drehte mich ein bisschen, sodass ich ihm in die Augen sehen konnte. «Es stimmt nicht, dass sie niemand blühen sieht. Du hast mich gesehen, Collin.» Ich strich ihm die Haare aus der Stirn. «Und weißt du was?»

Langsam schüttelte er den Kopf.

«Ich sehe dich.»

Es war das kurze Flackern in seinen Augen, das mir verriet, dass meine Worte durch seine dicke Schutzschicht hindurchgedrungen waren. Ich öffnete den Reißverschluss seiner Jacke und ließ meine Hände hineingleiten, bis meine Wange auf seiner Brust ruhte. Das war mein Lieblingsort, denn dort hörte ich sein Herz schlagen. Gerade im Moment schlug es ein bisschen schneller als sonst. Hier vergaß ich die Zeit. Hier vergaß ich den Ort. Hier lebte ich in einer Welt, in der nur wir beide existierten.

Als ich zum nächsten Mal aufsah, war der Himmel wieder so dunkel wie immer. Nur noch der leichte Rauch, der hinter dem Deich durch die Straßen zog und unter den orangenen Laternen waberte, erinnerte daran, dass das alte Jahr verabschiedet und ein neues begrüßt worden war.

Collin war so ruhig, dass ich dachte, er wäre vielleicht eingeschlafen. Doch sein Blick war in die Sterne gerichtet.

«Hast du das Universum schon erforschen können?», fragte ich.

«Fast», sagte er und deutete hinauf. «Siehst du diesen Abschnitt dahinten? Das ist der letzte, der mir noch fehlt. Ansonsten habe ich das Universum entschlüsselt.»

Als ich leise zu lachen anfing, musste er mitlachen. Ich liebte es, wenn er das tat und ich ihm so nah war, denn ich spürte das Vibrieren in meinem ganzen Körper.

«Und woran denkst du wirklich?» Irgendetwas in seinem Gesicht verriet mir, dass er keine Belanglosigkeiten wälzte. Auch die kleine Falte über seiner Nase deutete darauf hin.

«Ich denke darüber nach, dass ich mir mit dir ganz schön was eingefangen habe.»

«Wie soll ich das verstehen?»

Er seufzte. «Keine Ahnung, ich verstehe es selbst nicht.»

«Vielleicht muss man gar nicht immer alles verstehen.»

«Ich würde aber gerne verstehen.»

«Ja ... Weil du Kontrolle liebst», sagte ich und brauchte einen Moment, ehe ich meine Gedanken in Worten formulieren konnte. «Aber vielleicht sind gerade die Sachen, die man nicht kontrollieren kann, die wertvollsten.»

Es dauerte, bis er antwortete. «Siehst du? Genau das meinte ich. Mit dir hab ich mir ganz schön was eingefangen.»

Noch während ich lachte, begann er mich einfach zu küssen.

«Und jetzt?», fragte ich unter seinen Lippen.

«Jetzt will ich Sex mit dir haben», sagte er.

Seine Antwort ließ meine Wangen erröten. «Hier?»

«Eigentlich schon. Aber ich fürchte, du würdest mir erfrieren.»

«Das sagst du nur, weil du nicht weißt, wie warm sich deine Hände auf meiner Haut anfühlen.»

«Ach ja?», flüsterte er. Seine Hand schlüpfte unter mein Oberteil, und seine eiskalten Finger berührten meinen Rücken. Ich wäre fast von der Plattform gesprungen.

Auch zwei Minuten später hatte er immer noch nicht aufgehört, sich zu amüsieren, dann stand er schließlich auf. «Ich glaube, wir gehen doch besser rein», sagte er, nahm meine Hand und zog mich in einem Ruck auf die Beine. Anstatt meinen Schwung auszubremsen, ließ ich mich gegen seinen Körper prallen und küsste ihn. Und dann stolperten wir irgendwie nach hinten und schliefen doch auf der Plattform miteinander.

Beim Sex hatte ich die Kälte gar nicht so wahrgenommen, danach, als wir dem Getanen nachsannen und in den Himmel sahen, spürte ich sie dafür umso mehr. Trotzdem machte ich keine Anstalten zum Aufstehen und kuschelte mich nur näher an Collin. An den Stellen, an denen sich unsere Körper berührten, war es ganz warm. Und dort, wo er seine Hand liegen hatte, war es am wärmsten. Sie lag auf meiner vernarbten Haut. Ich verstand nicht, warum, aber er störte sich nicht an meinen Narben. Manchmal streichelte er sogar absichtlich über sie. Ich wusste, dass ich es mir nur einbildete, aber wenn ich vor dem Spiegel stand und mich nackt betrachtete, kam es mir vor, als wären sie blasser geworden.

Irgendetwas war heute anders. Die Art und Weise, wie wir miteinander geschlafen hatten, war noch intensiver gewesen als sonst. Das Meer rauschte, die Sterne leuchteten, die Kälte klirrte, und wir waren uns so nah wie niemals zuvor. Vielleicht würde er eines Tages ganz loslassen, woran auch immer er sich festhielt. Meine Gefühle für ihn waren so stark in dieser Nacht, dass mein Herz fast verglühte.

«Manchmal kommt es mir vor, als wärst du ein Fels am Strand», flüsterte ich.

Er nahm eine meiner Haarsträhnen zwischen seine Finger. «Und was bist du?»

Ich küsste sanft seinen Nasenrücken. «Ich bin die Brandung, die dich versucht loszuspülen.»

Seine Reaktion kam so verzögert, dass ich nicht mehr mit ihr gerechnet hatte. «Wenn ich mich von dir losspülen lasse, dann gehe ich in dir unter», sagte er schließlich. «Felsen können nicht schwimmen.»

Dieses Mal war ich diejenige, die sich viel Zeit für die nächsten Worte ließ. «Vielleicht ist es schön, in mir unterzugehen.»

Ich wartete lange, doch er antwortete nicht.

KAPITEL 40

Noch bevor ich die Augen öffnete, spürte ich wieder dieses warme Leuchten in mir. Es pulsierte durch meinen ganzen Körper und verteilte sich auf wohlige Weise bis in meine Fingerspitzen. Ich musste schon lächeln, ehe ich überhaupt wirklich wach war, und streckte mich müde, aber glücklich. Nur irgendetwas ... Irgendetwas fehlte.

Als ich blinzelte, erkannten meine Augen, was mein Körper längst gespürt hatte, nämlich dass ich allein in meinem Bett lag und Collin nicht mehr hier war. Die morgendliche Wintersonne strahlte durch meine Balkontür und erhellte selbst den noch so kleinsten Winkel meines Zimmers. Vor dem Bett lagen unordentlich meine Klamotten und eine Spur aus Sand, den wir gestern Nacht unfreiwillig von der Plattform mit ins Haus gebracht hatten. Collins Kleidung und Schuhe fehlten, wahrscheinlich war er früher aufgewacht und duschen gegangen.

Ich kuschelte mich wieder in meine Decke. Es war noch zu früh zum Aufstehen, ich wollte noch ein bisschen weiterträumen. Aber nicht im Schlaf, sondern so, wie man am schönsten träumt, mit offenen Augen und von Dingen, die man selbst erlebt hat. Zum Beispiel unsere letzte Nacht. Wir hatten nach dem Feuerwerk noch lange auf der Plattform gesessen, uns im Arm gehalten und gemeinsam geschwiegen, bis Collin irgendwann anfing, meinen Hals zu küssen. Bei meinem Handgelenk machte er weiter, und wenig später spürte ich seine Hand unter meinem Pullover. Da wussten wir beide, dass der Zeitpunkt gekommen war, um reinzugehen.

Später in meinem Zimmer schliefen wir nicht wie sonst miteinander, es war anders, fast so unschuldig wie in Chicago. Wir sahen uns lange in die Augen und küssten uns. Alles verlief ganz langsam. Jede einzelne Berührung. Collin zog mich nicht aus, er entblätterte mich Schicht für Schicht, und ich tat bei ihm das Gleiche, bis wir nackt aufeinanderlagen und es nicht mehr ganz so unschuldig wurde. Aber trotzdem immer irgendwie unschuldig blieb.

In meine Erinnerungen an die letzte Nacht vertieft, blieb ich im Bett liegen und war froh, einfach nur glücklich sein zu dürfen und heute nicht arbeiten zu müssen. Insgeheim hoffte ich, dass Collin zurückkam und zu mir unter die Decke kroch, aber na ja, es war tags... Und am Tag galten nun mal andere Regeln als bei Nacht. Vielleicht würde sich das irgendwann auch noch ändern, und wir würden ein ganz normales Pärchen werden, zumindest wünschte ich mir das, aber für den Moment wollte ich nicht zu viel verlangen. Collin gab sich Mühe, das spürte ich, und jeden Tag bröckelte seine Mauer ein bisschen mehr. Das reichte mir.

Gegen Mittag rollte ich mich schließlich aus dem mollig warmen Bett, packte meine Sachen zusammen, tapste ins Badezimmer und ging duschen. Als ich zurückkehrte, war es immer noch still im Haus. Der ganze Anbau wirkte wie ausgestorben. Erst klopfte ich bei Collin und später bei Lars, in der Hoffnung, dass die beiden vielleicht ebenfalls Lust auf ein verspätetes Frühstück hätten, doch ihre Zimmer waren leer. Für einen Moment blieb ich vor Hülyas Tür stehen und haderte mit mir, schließlich überwand ich mich aber doch vorsichtig zum Klopfen. Eine Antwort jedoch erhielt ich nicht. Vanessas Tür war nur angelehnt – ein Zeichen dafür, dass sie ebenfalls nicht zu Hause sein konnte. Der Anbau wirkte nicht nur ausgestorben, es war es tatsächlich. Niemand außer mir war hier. Das kam zwar selten vor, war aber nicht gänzlich ungewöhnlich, trotzdem überlegte ich mehrmals, ob ich auch wirklich keinen Termin oder Ähnliches vergessen hatte. Aber welchen Termin hätte es am 1. Januar schon geben sollen?

Mit gemischten Gefühlen machte ich mich auf den Weg in die Küche und bereitete mir ein Nachmittagsfrühstück für mich ganz allein zu. Mit Müsli, Äpfeln, einer Mandarine und einer großen Tasse Cappuccino. Ich hatte noch nicht aufgegessen, da kam Hülya durch die Haustür gelaufen, grüßte mich mit einem Nicken und verschwand in ihrem Zimmer. Weil alles so schnell ging, kam ich nicht mal dazu, ihr einen Platz neben mir am Tisch anzubieten. Wahrscheinlich hätte sie sowieso abgelehnt, aber ich wollte ihr zeigen, dass sie willkommen war und es keinen Grund gab, die Gruppe ständig zu meiden. Zumindest hatte ich mir das fest vorgenommen und versuchte es bei jeder Gelegenheit umzusetzen, umso mehr ärgerte ich mich, wenn sich einer dieser seltenen Momente ergab und ich ihn verpasste. Immerhin wusste ich jetzt aber, dass die Abwesenheit von allen offenbar nur Zufall sein konnte. Was Collin wohl machte? Er hatte gar nicht erwähnt, dass er heute irgendetwas vorhatte.

Nach dem Frühstück brühte ich mir eine Kanne Tee auf und lümmelte mich eine Weile mit einem Buch auf dem Sofa, später holte ich meinen Laptop aus dem Zimmer und klickte mich durchs Internet. Für mehr reichte meine Konzentration nicht, denn früher oder später drifteten meine Gedanken ab, und ich durchlebte die Silvesternacht wieder und wieder. Früher hätte ich mir das nie zugestanden, doch inzwischen liebte ich die Tage, an denen ich einfach gar nichts tat. Oder besser gesagt: nichts, das auch nur annähernd an irgendeine Form von Arbeit erinnerte. Dr. Flick hatte sogar eine Bezeichnung dafür gefunden, sie nannte solche Kurzurlaube «Jana-Tage». Und wenn sie selbst davon Gebrauch machte, dann waren es «Thea-Tage». So, wie sie grinste, wenn sie davon erzählte, mochte sie Thea-Tage mindestens genauso sehr wie die Schüssel mit Süßigkeiten.

Am späten Nachmittag riss mich Lars aus meinen Träumereien, als er in den Anbau polterte. Irgendwie hatte er es geschafft, beim Öffnen der Tür gegen die Kommode zu stoßen und dabei die kleine gelbe Vase mit den getrockneten Blumen zu Fall zu bringen. Auf das Supermarkt-Porzellan war jedoch Verlass, es hielt dem Sturz ohne Risse stand. Die Trockenblumen dagegen waren durch den Aufprall in Mitleidenschaft gezogen worden, überall lagen zerrieselte Blätter und Blüten, die Lars missmutig und nörgelnd zusammensammelte.

«Brauchst du Hilfe?», fragte ich. Doch er lehnte nur dankend ab.

Nachdem er die Kehrschaufel weggeräumt und die Ordnung allein wiederhergestellt hatte, setzte er sich zu mir aufs Sofa und schenkte sich auf meine Einladung hin eine Tasse von dem Tee ein. Er schlang seine Hände um die Tasse und genoss ganz offensichtlich die Wärme des Getränks.

«Warst du unterwegs?», wollte ich wissen.

«Nur ein bisschen spazieren», antwortete er. «Die Sonne trügt. Man sieht aus dem Fenster, alles leuchtet hell, und man denkt, der Frühling kommt bald. Dabei sind die Temperaturen alles andere als mild. Es ist schweinekalt draußen.»

Ich folgte seinem Blick durch die große Terrassentür. Jetzt, wo die Sonne immer mehr verschwand und die Dämmerung am Himmel hereinbrach, sah der Garten tatsächlich nicht mehr so einladend aus wie noch vorhin.

«Und was machst du?», fragte er mit Blick auf den Laptop.

Ich zuckte mit den Schultern. «Nix.»

Das fand Lars so toll, dass er sich dazu entschloss, mich beim Nichtstun zu unterstützen. Gemeinsam klickten wir uns durch diverse Blogs, Nachrichtenseiten, lustige Bilder und alles, was wir noch in der digitalen Welt versäumt hatten. Gleich im Anschluss gingen wir rüber in die Küche der Völkners, um Anke bei den Vorbereitungen fürs Abendessen zu helfen. Es gab Matjes mit Kartoffeln. Lars übernahm das Schälen von Letzteren, Anke und ich kümmerten uns um die Soße für die Heringe, die aus saurer Sahne, Zwiebeln und Äpfeln bestand.

Kaum war der Tisch angerichtet und mit köstlichem, dampfendem Essen beladen, kam Vanessa durch die Haustür spaziert. Statt erst mal in ihrem Zimmer zu verschwinden, zog sie nur die Jacke aus und setzte sich direkt. Nachdem Anke ihren Mann aus dem Büro und dann noch Hülya aus ihrem Zimmer geholt hatte, nahmen wir alle unsere Plätze ein und begannen zu essen. Zumindest alle bis auf mich, denn der Stuhl gegenüber von mir war immer noch leer. Und das war in meiner gesamten Zeit bei den Völkners noch kein einziges Mal passiert. Allmählich begann ich mir Sorgen zu machen.

«Wo ist Collin?», fragte ich. Meine Hoffnung war gering, dass jemand eine Antwort für mich hatte.

«Der hat vorhin angerufen», sagte Klaas jedoch in lockerem Tonfall. «Er meinte, dass wir schon mal ohne ihn essen sollen. Es wird später bei ihm.»

Meine Stirn legte sich in Falten. «Bei was wird es denn später?», fragte ich.

Klaas zuckte mit den Schultern. «Hat er nicht gesagt.»

Damit war das Thema offenbar für alle anderen erledigt, nur ich konnte den Blick während des Essens kaum von dem leeren Stuhl gegenüber lösen. Langsam fand ich Collins Fehlen einfach nur noch komisch. Vorhin hatte ich mir noch gesagt, dass ich mir keinen Kopf machen sollte, es würde schon nichts sein, doch mit jeder Minute wuchsen meine Zweifel. So gut es mir möglich war, versuchte ich sie aber beiseitezuschieben.

Collin war schließlich erwachsen und obendrauf sehr zuverlässig, bestimmt gab es eine ganz simple Begründung, warum er anscheinend direkt nach dem Aufwachen verschwunden war.

Im Anschluss an das Abendessen verkroch ich mich in meinem Zimmer. Erst klickte ich mich weiter durchs Internet, und als mir das endgültig zu langweilig wurde, kramte ich meine Ordner von der Berufsschule hervor und begann ein bisschen zu lernen. Eigentlich hatte ich mir das für die Schulferien viel häufiger vorgenommen, aber wie das eben so war... Meistens war man am Ende des Tages so fertig von der Arbeit, dass man sich für weitere geistige Anstrengung kaum noch motivieren konnte. Also musste eben der Feiertag dafür herhalten.

Nach einer Weile packte ich den ganzen Kram wieder weg, schnappte mir meinen MP3-Player, schlüpfte in eine dicke Jacke und ging ein bisschen am Strand spazieren. Leise begleitete Chris Isaak mit «Wicked Game» meine Schritte durch den Sand. Mir war klar, dass Collin nicht auf der Plattform sein konnte, zumindest nicht schon den ganzen Tag, trotzdem ging mein Blick sofort nach oben. Aber natürlich brannte dort keine Taschenlampe, der ganze Strand war dunkel, kalt und verlassen. Ich dachte wieder an gestern, doch dieses Mal anders. Ich durchforstete meine Worte, meine Gesten, ob darunter vielleicht irgendetwas war, das Collin auf Abstand gehen ließ. Hatte ich etwas Falsches gesagt? Oder etwas Falsches getan? Ich dachte zurück an unser Gespräch, dass Collin ein Fels und ich die Brandung wäre. Und dann wischte ich den Gedanken wieder weg, weil ich mir doch eigentlich keine Gedanken machen wollte. Offenbar hatte das mein Kopf schon wieder vergessen. Und er vergaß es immer öfter, je später der Abend wurde und von Collin nach wie vor jede Spur fehlte.

Als ich nachts im Bett lag, hörte ich auf jedes noch so leise

Geräusch im Flur. Vorher war mir gar nicht bewusst gewesen, wie oft Holz eigentlich knarzte und wie schnell man es mit einem Fußtritt verwechseln konnte.

Irgendwann hörte ich aber tatsächlich Schritte. Sie kamen die Treppe nach oben, ganz leise, dann wurde eine Tür geöffnet, und wenig später hörte ich den Wasserhahn im Badezimmer laufen. Minuten vergingen, in denen ich gar nichts mehr vernehmen konnte, aber jede Sekunde darauf hoffte, dass meine Zimmertür sich öffnete. Er würde doch noch zu mir kommen, oder? Und war er es überhaupt? Aber wer sollte es sonst sein?

Obwohl mich meine Ungeduld selbst nervte, war ich kurz davor aufzustehen und mir eigenhändig Antworten auf meine Fragen zu holen, da wurden sie unerwartet von selbst beantwortet. Meine Tür ging auf und wenige Sekunden später wieder zu. Eine dunkle Gestalt war in mein Zimmer geschlüpft. Die Silhouette war mir vertraut, ich sah sie jede Nacht.

«Collin?», fragte ich und setzte mich auf. «Endlich, ich habe mir schon Sorgen gemacht.»

Ich rutschte für ihn zur Seite, damit er genug Platz hatte, zu mir ins Bett zu kommen. In einer fließenden Bewegung kroch er mit unter meine Bettdecke.

«War nicht nötig», antwortete er. «Mir geht's gut.»

Wie als müsste ich mich davon überzeugen, schloss ich ihn in eine feste Umarmung. Collin fühlte sich eiskalt an, als wäre er den ganzen Tag draußen gewesen. «Wo warst du denn?», fragte ich.

«Nur ein bisschen unterwegs... Musste den Kopf frei kriegen.»

«Und wovon?»

Er zuckte mit den Schultern. «Keine Ahnung, von allem und nichts.»

«Ist alles gut?», fragte ich vorsichtig.

Er küsste mich auf die Stirn und legte sich schlafen. «Alles gut», sagte er.

KAPITEL 41

Auf meinem Laptop leuchtete mir die Liste mit den Beschäftigungsvorschlägen von Dr. Flick entgegen. Ich überlegte, wann ich das Dokument zuletzt geöffnet hatte, doch ich wusste es nicht mehr. Es musste schon eine ganze Weile zurückliegen und war mir nicht mal aufgefallen. Offenbar hatte ich die Liste nicht mehr gebraucht.

Bis auf ein paar wenige Ausnahmen waren die meisten Punkte abgearbeitet. Manche zumindest angefangen, wie zum Beispiel der Internet-Blog, den ich zwar erstellt und gestaltet, auf dem ich jedoch nie auch nur ein einziges Wort veröffentlicht hatte. Dabei hatte ich mehr als einmal einen Eintrag verfasst, meistens laut ausgesprochene Gedanken und Gefühle, die ich mich dann doch nicht laut auszusprechen traute und die Texte wieder löschte.

Nur vier Punkte waren noch komplett offen:

- Den Reiterhof besuchen, nach Mathilde fragen, die wird dir sagen, was du tun sollst
- In einem Kindergarten oder Tierheim nach ehrenamtlicher Arbeit fragen
- Fotos machen
- Die Tauch- und Windsurfschule besuchen und nach Christian fragen

Vielleicht würde ich die ersten drei Vorschläge eines Tages abhaken, aber der Christian von der Tauch- und Windsurfschule würde wohl auch noch im nächsten Leben auf mich warten müssen.

Ich hing schon den ganzen Samstag vor dem Laptop. So war ich auch wieder auf die Liste gestoßen. Allmählich wusste ich nicht mehr, wonach ich noch im Internet suchen könnte, selbst die zahlreichen Videos von tollpatschigen Hundebabys hatten meine trüben Gedanken nicht aufheitern können. Es war ein blöder Tag. Um ehrlich zu sein, war jeder einzelne Tag des neuen Jahres blöd.

Ich öffnete den Ordner mit den Unterlagen für die Berufsschule und blätterte die Themen durch, die in den letzten Prüfungen abgefragt würden. Anfang Februar, in eineinhalb Wochen, gab es wieder Zeugnisse. Aber selbst die waren mir heute egal, sodass ich den Ordner wieder schloss und den Laptop zuklappte. Nachdem ich eine Weile auf dem Bett gesessen und Löcher in die Luft gestarrt hatte, kramte ich die alten Bastelsachen aus dem Schrank. Wenn ich schon keinen neuen Punkt auf der Liste abarbeitete, dann erfüllte ich eben einen alten doppelt.

Als ich zwischen buntem Tonkarton auf dem Boden saß und mit der Nagelschere versuchte, das filigrane Muster aus dem Flügelpaar des Schmetterlings herauszuschneiden, erinnerte ich mich unweigerlich an eine ähnliche Situation. Sie lag über ein Jahr zurück. Damals war Vanessa verschwunden und Collin in mein Zimmer gekommen, um mich zum Kochen zu holen.

Und schon waren meine Gedanken wieder bei ihm.

Von mir selbst kannte ich es viel zu gut, dass auf einen Schritt nach vorne manchmal zwei Schritte zurück folgten. Doch bei Collin hatte ich das Gefühl, er hatte gleich zehn Schritte zurückgemacht. Seit Neujahr hatte er sich jeden Tag ein bisschen mehr von mir entfernt. Gerade dann, als ich dachte, dass die

Nähe zwischen uns immer tiefer wurde, setzte die Ebbe ein. Als wären wir in der Silvesternacht mit Nähe eingeschlafen und am nächsten Morgen mit Distanz aufgewacht.

Erst dachte ich, dass dieser Umschwung vielleicht nur vorübergehend wäre, eine Art Straucheln, so, wie das eben häufig bei Unsicherheiten passierte, aber es ging nun schon seit mehreren Wochen, und ich bekam immer mehr Angst, dass es vielleicht nie wieder anders würde. Collin wirkte zerrissen. Und genau das zerriss wiederum mich.

In gewisser Weise erinnerte er mich an meine Mutter. Im Gegensatz zu ihr war er gesund und hatte keine Aussetzer. Aber genau wie sie war er da und gleichzeitig auch irgendwie nicht. Und ich war absolut machtlos dagegen.

Vielleicht war diese Machtlosigkeit sogar das Schlimmste von allem. Ich wollte so gerne etwas tun, ich wollte so gerne um ihn kämpfen, doch egal, für welche Waffe ich mich entschied, es war immer die falsche. Ich wusste ja nicht mal, was überhaupt der Grund für den Kampf war. Was in Collin diesen Rückzug ausgelöst hatte? War da wirklich nur die Angst, Vertrauen zu fassen? Oder war da noch viel mehr? Der Einzige, der mir diese Frage beantworten könnte, war gleichzeitig der Letzte, der es jemals täte. Jeden Tag fragte ich ihn, was los sei, aber seine Antworten waren immer die gleichen. *Nichts, was soll denn sein? Es ist alles in Ordnung.* So langsam war er genervt von meinen ständigen Fragen. Ich wusste nicht mehr weiter.

Nach einer Weile räumte ich frustriert den ganzen Bastelkram zurück in den Schrank. Basteln war eine dumme Beschäftigung, man konnte viel zu viel nachdenken dabei.

Mit den Händen in den Hosentaschen stand ich in meinem Zimmer, bis ich es nicht mehr aushielt und lustlos durch den Anbau schlenderte, Lars im Aufenthaltszimmer fand und mir gemeinsam mit ihm eine Tierdoku ansah. Nach einer Stunde war ich bestens darüber aufgeklärt, wie Nilpferde Sex miteinander hatten.

«Deine Laune war aber auch schon mal besser», sagte Lars. Während er sich auf der ganzen Liegefläche ausgestreckt hatte, saß ich mit angezogenen Beinen in der Ecke des Sofas. Er hatte mich gefragt, ob er rutschen sollte, doch ich hatte abgelehnt.

«Männer sind schlimm», antwortete ich.

Er zuckte mit den Schultern. «Frauen sind auch nicht besser.»

Weil ich nichts erwiderte – was sollte ich auch erwidern, außer dass er leider recht hatte –, hakte er nach einer Weile nach. «Jemand Bestimmtes?»

«Einfach alle», murmelte ich.

«Ich auch?»

«Nein, du bist ausgenommen.»

«Was ist mit den Nilpferdmännern?»

Ich erinnerte mich, wie sie die Nilpferddamen bedrängt und mit ihrem Gewicht fast erdrückt hatten. «Die sind nicht ausgenommen.»

Lars stupste mich mit seinem Fuß an. «Magst du darüber reden?»

Ich schüttelte den Kopf. Nicht, weil ich Lars nicht vertraute. Sondern weil Collin innerhalb dieses großen Universums mein eigenes kleines Universum war. «Im Moment will ich mir einfach nur kopulierende Tiere anschauen. Ist das in Ordnung?»

«Dann habe ich hervorragende Nachrichten. Wir haben noch einen langen Nachmittag vor uns. Gleich kommt die nächste Doku über kopulierende Löwen, und danach sind noch kopulierende Pinguine dran.»

Das war das erste Mal an diesem Tag, dass ich lächeln musste. Ein zweites Mal passierte es mir, als ich später mit Hülya in ihrem Zimmer saß und ihr Deutschnachhilfe gab. Sie erzählte mir bruchstückhaft von ihrer alten Heimat, einem kleinen Dorf in Anatolien, und dass sie als Kind einen Hund gehabt hatte. Dem Leuchten in ihren Augen nach zu urteilen, hatte sie den Hund sehr gerne. Es interessierte mich, was mit ihm passiert war, aber ich hatte Angst, dass das Leuchten dann wieder aus ihren Augen treten könnte. Wahrscheinlich war der Hund längst gestorben. Und sie sagte ohnehin so wenig. Umso wichtiger war es mir, bei den raren Gesprächen nichts falsch zu machen. Jetzt, wo sie strahlte, fiel mir auf, wie hübsch ihre Augen waren. Meistens lagen sie etwas verborgen unter dem Schatten ihres Kopftuchs, sodass man viel zu leicht über ihre großen Pupillen hinwegsehen konnte.

Beim Abendessen war sie wieder still wie immer. Doch ich selbst war nicht minder wortkarg. Collins Anwesenheit löste dieselbe Beklemmung wie in den letzten Wochen in mir aus. Er verhielt sich ganz normal, so, wie er das nun mal machte und bis zur Perfektion beherrschte, aber genau dieses normale Verhalten war es, das mich immer mehr verletzte. Es schien ihn nicht zu stören, dass er jetzt wieder öfter allein schlief. Es schien ihn auch nicht zu stören, dass er mich ständig vor den Kopf stieß. Und im Gegensatz zu mir hatte er offenbar auch keine allzu große Angst davor, dass wir das, was wir gefunden hatten, wieder verlieren könnten.

Jeden Abend zögerte ich länger, ob ich zu ihm gehen sollte oder nicht. Es war frustrierend, bei ihm zu sein, und es war frustrierend, es nicht zu sein. Er selbst kam von sich aus überhaupt nicht mehr.

Ich hatte so viele Jahre meines Lebens davon geträumt, mich eines Tages zu verlieben, doch das, was ich jetzt fühlte, das hatte ich mir nicht vorgestellt. Es kam mir vor, als wäre Liebe ein ganz schmaler Grad. Ein Schritt nach links, und man war so glücklich, dass man es kaum ertragen konnte. Ein Schritt nach rechts, und man stand barfuß in den Scherben.

Seit vier Nächten war ich nicht mehr zu ihm gegangen. Und nach einer Weile wurde mir klar, dass ich es eine fünfte Nacht nicht aushalten würde. Das war das Schlimme am Verliebtsein: Obwohl man wusste, dass man gleich wieder in genau jenen Scherben stehen würde, trat man trotzdem hinein.

Collin saß in Boxershorts am Boden vor seinem Bett und zeichnete in dem schwarzen Buch. Sein Oberkörper war nackt. Die Balkontür stand offen, und die eisige Schneeluft hatte sich im ganzen Zimmer verteilt. Er kommentierte mein Kommen nicht. Ich nahm mir eine Decke, ehe ich mich zu ihm setzte.

Seine Haut spannte sich um seine von der Kälte zusammengezogenen Muskeln und ließ die zahlreichen kleinen Narben deutlicher hervortreten. Zögerlich hob ich die Hand und streichelte über seine Schulter.

«Mein Fuß ist eingeschlafen», sagte er und veränderte seine Sitzposition. Als wäre es Zufall, saß er dadurch auf einmal weiter von mir entfernt, und meine Hand erreichte ihn nicht mehr. Allein der Gedanke war befremdlich ... Aber manchmal kam es mir fast so vor, als könnte er meine Berührungen nicht mehr richtig ertragen.

Ich zog ein Knie unter mein Kinn und schlang die Arme um mein angewinkeltes Bein. «Soll ich dich nicht mehr anfassen?»

«Ich sagte doch, dass mein Fuß eingeschlafen ist.»

Ich hatte Verständnis für ihn. Ich hatte sogar einen ganzen Ozean voll mit Verständnis für ihn. Dennoch fiel es mir von Tag zu Tag schwerer, mich zu beherrschen und ihm meinen ganzen Frust nicht einfach vor den Kopf zu knallen. Ich fürchtete, dass er sich dadurch nur noch weiter zurückziehen würde, aber allmählich grenzte es an eine schier unüberwindbare Herausforderung, aufgrund seines Verhaltens nicht durchzudrehen. Wenn man wochenlang gegen eine Wand rannte, dann wollte man sie irgendwann nur noch mit dem Vorschlaghammer einschlagen.

Wie sooft in letzter Zeit packte ich den Vorschlaghammer unter größter Anstrengung beiseite und atmete tief durch. Collin sollte mit mir sprechen, mit Jana. Nicht mit meiner Ungeduld. «Was malst du?», fragte ich bemüht ruhig.

«Ich verfeinere nur eine alte Skizze. Nichts Wichtiges.»

Ich nickte. «Und wie war dein Tag? Was hast du gemacht? Ich habe dich kaum gesehen.»

«Nix Bestimmtes, nur dies und das.»

Ich überlegte, ob ich es lassen und besser still sein sollte, aber irgendetwas in mir konnte nicht aufhören, nach diesem einen bestimmten Zugang zu suchen, den ich in der Vergangenheit schon zu Collin gefunden hatte.

«Weißt du noch, als wir in Chicago waren?», fragte ich. Ein Lächeln umspielte meinen Mund. Ich würde niemals müde werden, an diese schöne Zeit zurückzudenken.

Collin ging es da offenbar anders. Er seufzte. «Mir ist gerade nicht so nach gefühlsduseligem Kram, in Ordnung?»

Egal, wie fest ich mir auch vorgenommen hatte, mich nicht von ihm kränken zu lassen ... Jetzt war es doch wieder passiert. «Herrgott, was ist denn los, Collin?»

Als hätte ich das nicht schon hundert Mal gefragt. Und als hätte ich nicht schon hundert Mal keine Antwort darauf bekommen.

«Was soll los sein? Nichts ist los.»
«Wenn nichts los ist, warum machst du das dann?»
«Warum mache ich was?»
«Warum behandelst du mich so?»

Er zuckte mit den Schultern. «Ich behandle dich doch ganz normal.»

Mein Verständnis rauschte dahin, ich ertrug sein Verhalten einfach nicht mehr. «Allmählich fühle ich mich echt verarscht von dir, weißt du das? Was habe ich dir denn getan, Herrgott noch mal?»

Er verdrehte die Augen. «Jana, tu mir einen Gefallen und geh mir nicht auf den Nerv.»

Ich konnte nicht glauben, was ich gehört hatte. Und auch nicht, was ich sah. Denn er konzentrierte sich einfach wieder auf seine Zeichnung. Ich kam mir vor wie ein Teil der eisigen Schneeluft. Unsichtbar.

«Wie kannst du so unfair sein?», fragte ich.

Ich bekam keine Antwort.

«Collin, wenn du mir nicht sagen möchtest, was das Problem ist, dann ist das die eine Sache. Aber so zu tun, als gäbe es keins, ist unerträglich. Ich werde noch wahnsinnig!»

Seine Stimme war leise, trotzdem verstand ich jedes Wort, das er mit ihr formte. «Den Eindruck habe ich allerdings langsam auch...»

Es fehlte nicht mehr viel, und ich hätte ihm das Buch aus der Hand geschlagen. «Merkst du eigentlich, wie verletzend du bist?»

Er seufzte genervt. «Jana, Leben ist nicht halb so ernst, wie du glaubst.»

«Warum bist du so gottverdammt hart zu mir?»

Für eine Sekunde hatte ich den Eindruck, dass er ins Straucheln kam, dass seine Mauer einen leichten Riss bekommen hatte. Doch so schnell dieser Riss da war, so schnell war er wieder gekittet. Collin ignorierte mich.

«Ich will doch nur verstehen! Habe ich irgendetwas falsch gemacht? Sag mir doch, wenn es so ist!»

So laut, wie er seine nächsten Worte sprach, hatte er noch nie gesprochen. «Jana, da ist nichts, verflucht! Wie oft soll ich das noch sagen?»

Ich zuckte zusammen. Und auch er selbst war überrascht. Nach ein paar Sekunden wandte er sich wieder von mir ab, fasste sich in die Haare und rang um Beherrschung. «Hör mal, Jana, ich kann mich bei dieser Atmosphäre echt nicht konzentrieren. Wäre schön, wenn du in deinem Zimmer schläfst. Danke.»

Ich hatte selten einen Moment erlebt, in dem ich zur selben Zeit zwei vollkommen gegensätzliche, aber gleichermaßen starke Bedürfnisse empfand. Einerseits wollte ich ihn anflehen, dass er mit diesem Verhalten aufhörte und mir endlich sagte, was los war. Und andererseits war ich so verletzt, dass ich ihn weder in diesem Universum noch in einem anderen jemals wieder überhaupt nur anschauen wollte.

Ich versuchte etwas zu sagen. Doch meine Lippenbewegungen blieben ohne Ton, und meine Stimme versagte ihren Dienst. Ich atmete tief durch, stand auf, verließ sein Zimmer und schlug die Tür hinter mir zu. Das war das erste Mal im Haus der Völkners, dass ich eine Tür zugeschlagen hatte. Und ich knallte sie so laut, dass es für zwei Türen reichte.

In meinem Zimmer verkroch ich mich tief unter dem Bett. Vielleicht würde dieser Ort für immer meine Zuflucht bleiben, zumindest dann, wenn ich mich mies fühlte. Und ich fühlte mich unsagbar mies. Ich fühlte mich einsamer als jemals zuvor. Mein Herz blutete. Ich spürte, dass Collin mir aus den Fingern glitt. Dabei waren wir vor ein paar Wochen noch so glücklich gewesen. Ich hatte das Gefühl, dass es nicht in Ordnung war, mich so von ihm behandeln zu lassen. Doch auch wenn ich wütend war ... Ich konnte ihm nicht böse sein. Denn unter all meinen Unsicherheiten, unter all meinen Ängsten, dass ich womöglich etwas falsch gemacht hatte, und unter all meiner Kränkung spürte ich, dass sein Verhalten nichts mit mir zu tun hatte. Es lag nicht an mir. Es lag allein an ihm. Ich war ihm nicht egal, das hatte er mir zuvor oft genug gezeigt. Und er wollte mich nicht absichtlich verletzen. Aber warum tat er es dann?

KAPITEL 42

Auch wenn ich es mit Ablenkung, Lernen und Arbeit täglich versuchte, war es manchmal nicht leicht, mich überhaupt auf nur irgendein anderes Thema als Collin konzentrieren zu können. Egal, was ich tat, irgendwann legte sich wie von selbst dieser trübe Nebel um meine Gedanken, der alles so schwer und traurig machte, und ich sah wie ein stummer Teilnehmer dabei zu, was ich im Begriff war jeden Tag ein bisschen mehr zu verlieren.

Nur in den Therapiestunden war es anders. Zumindest in denen, die sich nicht um Collin drehten. Die besprochenen Themen waren selbst zu belastend, als dass mein Kopf nebenbei noch ein weiteres Thema dieser Art wälzen konnte. Ganz besonders dann, wenn Dr. Flick und ich über meine Eltern redeten. So wie heute. Über meine Mutter.

Woran ist sie gestorben?, hallte mir Dr. Flicks Frage im Kopf nach, auf die ich ihr noch eine Antwort schuldete. Ich verlor mich mit dem Blick in den Bäumen vor dem Fenster. Nach dem letzten Schneeeinbruch erwachte allmählich der Frühling aus seinem Winterschlaf. Die ersten kleinen Knospen sprießten aus den feingliedrigen Zweigen des Flieders.

«Sie ist verbrannt», sagte ich mit leiser Stimme. «Oder erstickt. Ich weiß nicht, was schneller eintrat.»

Eine lange Stille folgte auf meine Worte. «Beides sind schreckliche Arten, ums Leben zu kommen», erwiderte Dr. Flick schließlich.

Ich nickte.

«Wie ist das passiert, Jana?»

Eine Erinnerung begann sich abzuspielen, als hätte sie nur auf den Moment gewartet, nach Jahren der Verdrängung endlich wieder wahrgenommen zu werden. Ich versuchte sie abzublocken, aber einzelne Fragmente schafften es doch an die Oberfläche. Das orangerote Leuchten im Haus. Und dass die Luft viel zu stickig war, um sie atmen zu können. «Man konnte nicht herausfinden, ob sie das Feuer mit Absicht gelegt hat oder es ein Unfall war.»

«Sie hat also selbst ein Feuer gelegt.»

Wieder nickte ich.

«Und wie genau hat sie das getan?»

«Aus der Nacht ist viel unklar geblieben», murmelte ich und ließ mir Zeit, ehe ich weitersprach. «Die Vorhänge in der Küche waren der Brandherd. Aber wie, warum, weshalb ... Keine Ahnung.»

Weil der rosafarbene Lieblings-Kugelschreiber von Dr. Flick seinen Dienst versagte, griff sie nach einem neuen, um sich ihre Notizen zu machen. Er war im selben Lila wie das Klemmbrett.

«Aber du und dein Vater habt euch noch rechtzeitig nachts aus dem Haus retten können», stellte sie in den Raum. Wahrscheinlich hoffte sie, dass ich von selbst mehr Details über das Geschehen erzählte, doch erneut bekam sie nur ein Nicken.

«Hat dein Vater sich Vorwürfe gemacht, weil er deine Mutter nicht retten konnte?»

Ich führte das Glas mit dem Wasser an meine Lippen. Anstatt die Flüssigkeit zu schlucken, behielt ich sie lange im Mund. «Er hat sich die Schuld daran gegeben, dass es überhaupt passiert ist.»

«Und du? Glaubst du auch, dass es seine Schuld war?»

Langsam schüttelte ich den Kopf. «Sie ist nachts aufgestanden und er eben nicht aufgewacht. Was hätte er tun sollen? Er konnte nichts tun. Eigentlich ...» Meine Stimme klang nüchtern, als ich weitersprach. «Eigentlich war es ein Wunder, dass es nicht schon viel früher passiert ist. Sie hat ständig gezündelt. Oder etwas angeschaltet und nicht mehr ausgemacht. Den Herd zum Beispiel.»

«Man merkt, dass du inzwischen einen gewissen Abstand zu dem Thema gefunden hast», sagte Dr. Flick.

Mein Blick ruhte auf dem Teppich, es war einer dieser wuscheligen, die momentan jeder hatte und die in Möbelhäusern direkt neben dem Eingang lagerten, damit den Trend auch ja keiner verpassen konnte. Auch bei uns im Aufenthaltsraum lag ein Exemplar. «Zumindest versuche ich es. Manchmal, da ...» Ich brach kurz ab. «Ich weiß nicht, wie ich es formulieren soll, ohne dass es grausam klingt. Aber manchmal, da denke ich, dass es vielleicht irgendwie auch gut war, dass es so gekommen ist.»

Dr. Flick stützte das Kinn auf ihre Handfläche. «Magst du das näher erklären?»

Ich überlegte und suchte nach einer Antwort, fand aber letztendlich nur eine Gegenfrage. «Was hatte sie denn noch für eine Lebensqualität? Da war doch nichts mehr.»

Dr. Flick ließ sich meine Worte für einen Moment durch den Kopf gehen. «Du meinst also, dass der Tod auch in gewisser Weise eine Erlösung für sie darstellte?» Abwartend sah sie mich an und las mir vom Gesicht ab, dass sie mit ihrer Interpretation richtig lag. «Ich finde den Gedanken gar nicht grausam», sagte sie daraufhin.

So etwas über seine Mutter zu denken fühlte sich aber dennoch oftmals so an. «Ich frage mich, wie es wäre, wenn ich diese Krankheit hätte», sagte ich. «Ich habe es mir tausendmal vorgestellt. Es muss schrecklich sein. Ich würde so nicht leben wollen.»

«Das kann ich sehr gut nachvollziehen.»

«So traurig es ist, dass meine Mutter tot ist», sagte ich und blickte für einen Moment auf meine Finger. «Aber irgendwie hoffe ich für sie, dass sie endlich Frieden gefunden hat.»

Es war mir nicht bewusst, dass ich weinte. Ich spürte die Träne erst, als sie warm meine Wange hinablief. Dr. Flick griff sofort nach einem Taschentuch und hielt es mir entgegen, doch ich wischte mir die Träne schnell mit dem Handrücken aus dem Gesicht und mahnte mich, meine Gefühle wieder unter Kontrolle zu bringen. Es war kaum auszuhalten, mit welch verständnisvollem und mitfühlendem Blick sie mich ansah. Deswegen wandte ich die Augen von ihr ab. Ich atmete so lange tief durch, bis die aufgekommenen Emotionen allmählich wieder von mir abließen.

«Ich habe dich das noch nie gefragt, Jana...», begann Dr. Flick neu. «Aber wenn du an deine Mutter denkst und versuchst, dich in sie hineinzuversetzen ... Hast du dann manchmal Angst, dass die Krankheit bei dir ebenfalls ausbrechen könnte?»

So behutsam sie ihre Stimme auch klingen ließ, sie durchbohrte mich bis in mein tiefstes Inneres. Sie hatte den Gedanken ausgesprochen, den ich mein Leben lang ausschließlich mit mir allein herumgetragen hatte. Obwohl ich mich wie erstarrt fühlte, quollen die Worte nur so aus mir heraus. «Ich habe höllische Angst davor», stammelte ich. «Ich denke so oft daran. Ich will es nicht kriegen.»

Dr. Flick ließ meine Antwort einen Moment im Raum stehen und wirkte, als hätte sie bereits mit ihr gerechnet. «Ich glaube, dass ich dieselbe Angst hätte...»

Ich sagte nichts, biss mir nur leicht von innen in die Wange. Der Gedanke, dass eines Tages dieselbe Krankheit bei mir ausbrechen könnte, war so unerträglich, dass ich ihn stets weit von mir schob, und trotzdem war er immer irgendwie präsent. Wie eine dunkelgraue Gewitterwolke, bei der man nie wusste, ob sie sich gleich entladen würde oder leise wieder von dannen zog.

«Ist Morbus Pick eine vererbbare Krankheit?», fragte Dr. Flick.

«Nicht direkt.» Mühsam presste ich die Lippen zusammen. «Aber es kann sein, dass man genetisch vorbelastet ist. Und in der Familie meiner Mutter kamen verschiedene Formen von Demenz vor. Verstehen Sie?»

Sie nickte, langsam und dreimal hintereinander. «Kann man das irgendwie testen lassen?»

«Es gibt keinen Test, der mir garantiert, ob ich es bekomme oder nicht. Ich kann nur testen lassen, ob die Voraussetzungen eher gut oder schlecht stehen.»

«Hast du schon mal daran gedacht, das machen zu lassen?»

«Ja, aber ...» Nach kurzem Zögern begann ich von vorne. «Die Sache ist ... Ich weiß gar nicht, ob ich es wissen will. Wie soll ich mit dem Wissen umgehen, wenn die Chancen schlecht stehen? Kann ich dann überhaupt jemals glücklich werden? Ich fürchte, es würde mich paranoid machen. Wahrscheinlich würde ich mir bei jedem noch so kleinsten Vergessen einbilden, dass dies nun die ersten Anzeichen der Krankheit sind.» Schließlich war ich jetzt schon paranoid. Ich mied alles, das eine Erkrankung begünstigen könnte. Ich trank keinen Alkohol, ich rauchte nicht, ich ernährte mich gesund. Und ich trainierte meinen Kopf mit schweren Matheaufgaben.

«Und wenn das Ergebnis positiv wäre, also die Chancen gut stünden?»

«Dann wäre es trotzdem nicht zu 100 Prozent ausgeschlossen.»

«Verstehe», murmelte Dr. Flick. Und als sie das Wort noch einmal wiederholte, klopfte es unverhofft an der Tür. Gundula steckte den Kopf herein.

«Frau Doktor? Ich will sie nicht stören», flüsterte sie, «aber ... Aber vorne ist ein Patient.» Sie deutete mit dem Kopf in Richtung Anmeldung und vergewisserte sich, dass sie auch wirklich leise genug sprach. «Ich sagte ihm, dass er warten soll, aber er besteht vehement darauf, jetzt und auf der Stelle mit Ihnen zu sprechen. Er lässt sich nicht beruhigen.»

Dr. Flicks Stirn legte sich in Falten. «Was sagt er denn, warum er mit mir reden will?»

«Gar nichts sagt er. Zumindest nichts Zusammenhängendes. Irgendwas mit seiner Frau. Was soll ich ihm sagen?» Entschuldigend sah sie erst zu mir und dann wieder zurück zu Dr. Flick. Es war ihr deutlich unangenehm, dass sie in eine Therapiestunde hineingeplatzt war. Bislang hatte sie das noch nie gemacht. So ganz ohne konnte die Situation mit dem Patienten also nicht sein. Dr. Flick schien das Gleiche zu denken.

«Lass», antwortete sie und erhob sich von ihrem Sessel. «Ich kümmere mich besser gleich selbst darum und rede kurz mit ihm. Ist das in Ordnung für dich, Jana?»

«Natürlich», antwortete ich.

«Danke», sagte sie. «Ich bin auch gleich wieder zurück. Merk dir genau den Punkt, an dem wir stehengeblieben waren, okay? Und wenn's länger als fünf Minuten dauert, wovon ich nicht ausgehe, dann nimm dir schon mal was aus der Süßigkeitenschüssel.» Sie zwinkerte mir zu und schloss leise die Tür hinter sich.

Nachdem ich über zehn Minuten lang immer wieder eine lamentierende Männerstimme gehört hatte, war es plötzlich ruhig auf dem Flur geworden. Offenbar hatte sich Dr. Flick mit dem Patienten kurz in einen Raum zurückziehen müssen. Und offenbar war das Thema doch nicht so schnell erledigt, wie sie gehofft hatte.

Ich rieb mir mit den Händen über die Oberschenkel und sah

mich etwas verloren im Raum um. Das besprochene Thema schwebte noch immer in der Luft, doch je länger die Stille andauerte, desto mehr ebbte es ab. Mit einem Seufzen stand ich schließlich auf und schlenderte zum Schreibtisch. Dort stand die Schüssel mit den Süßigkeiten, die heute voll bis zum Rand war. Es häuften sich leere Verpackungen daneben; Dr. Flick musste die Schüssel frisch aufgefüllt haben. Ich wühlte ein bisschen darin herum. Weil die Auswahl zu groß war und ich mich nicht entscheiden konnte, nahm ich sie in die Hand. Meine Wahl fiel auf einen Mini-Osterhasen. Zwar dauerte es noch eine Weile bis Ostern, aber es passte zu Dr. Flick, dass sie jede Schokoladensaison von Anfang bis Ende ausschöpfte.

Als ich die Schüssel zurück auf den Schreibtisch stellen wollte, bemerkte ich den Stapel mit Akten, der darunter zum Vorschein gekommen war. Eigentlich nichts, das mich interessierte oder gar etwas anging – wäre ganz oben nicht dieser eine bestimmte Name gestanden. Ich starrte ihn an, und meine Atmung stellte sich ein.

Ich wünschte, meine Moral hätte den inneren Kampf, der in mir losgetreten wurde, gewonnen. Ich wünschte, ich wäre hart genug gewesen, es nicht zu tun. Doch aus dem Affekt und in einem Tunnelblick gefangen, zog ich Collins Akte zu mir und klappte sie auf. Ein Antrag an die Krankenkasse zur Kostenübernahme blickte mir auf der ersten Seite entgegen. Es passierte alles ganz schnell. Meine Augen überflogen nur ein paar Absätze. Innerhalb kurzer Zeit lag die Akte wieder geschlossen an Ort und Stelle. Doch die wenigen Zeilen, die ich gelesen hatte, hatten sich für alle Ewigkeiten in meinen Kopf und meine Seele gebrannt.

Nach frühem Tod der Mutter (Kleinkindalter) wurde der Onkel (mütterlicherseits) als Vormund für Collin S. be-

stimmt. Im Alter von sechs Jahren übernahm das Jugendamt das Sorgerecht. Bei einem Kontrollbesuch (hier muss es zuvor zu Versäumnissen gekommen sein) stellte die Mitarbeiterin des Jugendamtes fest, dass Collin S. Anzeichen von sexuellem Missbrauch aufwies.
Bereits in den ersten kinderpsychologischen Therapiesitzungen zeigte Collin S. Verdrängungs- und Abwehrmechanismen im Hinblick auf die Erlebnisse, wie es bei Traumapatienten häufig zu beobachten ist. Jedoch sind diese Mechanismen bei Collin S. so stark ausgeprägt, dass er mit totaler Leugnung auf die traumatischen Erlebnisse seiner Kindheit reagiert und seinen Onkel als liebevollen Fürsorger beschreibt. Auf jegliche Versuche, das Trauma von außen aufzubrechen, reagiert der Patient mit Rückzug. Im sozialen Umfeld tritt Collin S. selbstkontrolliert auf, blockt Emotionen ab und bietet nur schwerlich Zugangsmöglichkeiten. Menschliche, insbesondere emotionale Nähe bereitet ihm teilweise unüberwindbare Schwierigkeiten.

KAPITEL 43

Einen Fehler zu begehen dauerte nur wenige Sekunden – um ihn zu bereuen, hatte man den Rest seines Lebens Zeit. Wenn Schuldgefühle ein Meer waren, dann ertrank ich darin.

Eine Woche lag es zurück, dass ich Collins Akte aufgeschlagen hatte. Ich schlief nicht mehr. Das Essen schmeckte nicht mehr. Für ein paar Tage hatte ich mich sogar krankschreiben lassen. Denn genau so fühlte ich mich: krank. Als hätte ich mir einen furchtbar schlimmen Virus eingefangen, der mich dazu nötigte, Collin aus dem Weg zu gehen. Weil mein Herz so voll mit Schmerz war, wenn ich ihm begegnete. Weil ich nicht ertragen konnte, was mit ihm geschehen war. Weil es mir nicht zugestanden hatte, seine Vergangenheit zu lesen. Und weil ich etwas dazu sagen musste, aber es nicht durfte. Es riss mich auseinander, wenn ich mir vorstellte, was Collin hinter sich hatte. Dabei konnte ich es nur vage vermuten, denn wie es war, so etwas selbst zu erleben ... Das wusste ich nicht.

All meine Fragen waren jetzt auf eine erdrückende Weise beantwortet, und Collins Verhalten, sein ganzes Wesen, wurde nachvollziehbar für mich. Alles ergab auf einmal Sinn. Ich wünschte, ich hätte es vorher gewusst, und ich wünschte, ich hätte es nie erfahren. Zumindest nicht auf diesem Weg. Und ich wünschte, ich wüsste, wie ich ihm gegenübertreten sollte. Zurzeit war er fast nur mit Lernen beschäftigt, denn genau wie Lars stand er kurz vor den Abschlussprüfungen. Aber es gab die Abendessen. Und die Arbeiten im Haus.

So wie heute, als ich gemeinsam mit ihm nach dem Abendessen den Tisch abräumte und auf einmal ganz allein mit ihm in der Küche war. Er verhielt sich so schweigsam, wie er es durchgehend seit Anfang des Jahres tat, nur seine Blicke gehörten mir heute öfter. Das reichte aus, um mich ständig ertappt zu fühlen, mehr noch, ich fühlte mich, als stünde in großen Lettern auf meiner Stirn, was ich Schlimmes getan hatte und dass ich Bescheid wusste. Rational betrachtet konnte er das nicht ahnen, wahrscheinlich könnte er es sich nicht mal in seinen kühnsten Träumen vorstellen. Aber vielleicht stand ich selbst zu sehr unter Schock, als dass ich diesen Zustand gut vor anderen verbergen konnte – und das war genau das, was Collin merkte: Ich versuchte etwas vor ihm zu verbergen.

Ich hatte keine Ahnung, wie lange ich das noch durchhalten sollte. Normalerweise lag mein Problem eher darin, den Mund aufzumachen, doch in diesem Fall wurde es von Tag zu Tag schwerer, ihn verschlossen zu halten. Da war zu viel in mir, das rausmusste.

Als wir beide nach demselben Teller griffen, zog er seine Hand zurück und ließ mir den Vortritt. Ganz mechanisch, ohne jedes Gefühl in seinen Augen.

«Du fehlst mir», sagte ich – und lief damit gegen dieselbe Wand, gegen die ich seit Wochen lief. Doch der Aufprall schmerzte nicht mehr sosehr, seitdem ich verstand, warum er diese Wand errichtet hatte. Ich wollte nur noch eins, ich wollte sie niederreißen.

Ich hielt ihn am Arm fest und fing seinen Blick auf. «Ich sagte, dass du mir fehlst», wiederholte ich. So eindringlich, dass er es nicht noch einmal ignorieren konnte. Dachte ich zumindest.

Nach kurzer Irritation löste er sich aus meinem Griff und räumte die Salatschüssel vom Tisch.

«Collin, ich werde es so oft sagen, bis du mir zuhörst.»

Er seufzte genervt. «Ich habe es gehört. Du kannst es dir also sparen.»

«Gut, dann werde ich es eben so oft sagen, bis du es verinnerlicht hast.»

«Jana, was soll das?»

«Ich möchte mich nicht mehr von dir wegstoßen lassen. Ich will für dich da sein. Ich will, dass wir wieder so werden, wie wir waren.»

«Als ob wir anders geworden wären.»

Es kostete mich all meine Beherrschung, mich von seiner Gleichgültigkeit nicht zu einem Wutausbruch provozieren zu lassen. «Erinnerst du dich an unser Gespräch über Lichtjahre?», fragte ich. «Genau so weit sind wir entfernt von dem, was wir mal waren.»

Ohne das Gefühl zu haben, dass meine Worte zu ihm durchgedrungen wären, nahm er den Topf von der Anrichte und gab ihn ins schäumende Spülwasser. «Ist das nicht ein bisschen melodramatisch ausgedrückt?», fragte er mit leicht spöttischem Unterton.

Ich lehnte mich neben ihn an den Tresen und beobachtete ihn für eine Weile stumm. «Ich weiß, dass du das nicht machst, weil ich dir egal bin. Du machst das, weil ich dir eben nicht egal bin und weil du das gleiche Problem mit Nähe hast wie ich.»

Dieses Mal folgte seine Reaktion auf dem Fuß, auch wenn sie mich leider kränkte: Er belächelte mich. Ich wusste selbst, dass ich viel zu pseudopsychologisch klang. Aber was sollte ich denn machen? Ich wusste keinen Rat mehr.

Nacheinander tauchte Collin auch das andere Geschirr, das zu sperrig für die Spülmaschine war, ins Becken und wusch es ab. Seine Ärmel waren nach oben gekrempelt und seine Arme bis zum Ellbogen feucht. Unzählige Male hatte ich die kleinen weißen Narben betrachtet. Doch inzwischen wusste ich, dass

Collin weitaus mehr Narben hatte als nur jene auf seinem Körper.

Ich spürte wieder das andere Gefühl in mir aufkommen, das mich seit dem Blick in die Akte begleitete. Neben all der Trauer verspürte ich auch unbändige Wut. Wut auf Collins Onkel.

War Collin selbst denn nie wütend auf ihn?

Ich betrachtete ihn von der Seite, und die Frage wiederholte sich wieder und wieder in meinem Kopf. Die Antwort trieb mir die Tränen in die Augen, denn sie lautete *nein*. Und dann hörte ich auf zu denken oder zu grübeln und handelte einfach so, wie mein Herz es mir sagte. Ich schob mich vor Collin, schlang die Arme um seinen Hals und presste mich an ihn, bis ich seinen ganzen Körper an meinem spürte. Erst versteifte er sich in der Umarmung, dann versuchte er, mich von sich zu schieben. Doch ich hielt ihn nur fester.

«Jana, was ...?»

Er hätte protestieren können, wie er wollte, ich hätte nicht zugehört. Meine Augen schlossen sich, und ich atmete tief ein. Ich hatte fast vergessen, wie es war, ihm so nah zu sein, dass ich nichts anderes mehr außer ihm riechen konnte.

«Würdest du mich bitte loslassen? Was soll denn das?»

Ich dachte ja gar nicht daran. Die Umarmung gehörte mir, ganz allein mir. Und ihm gehörte sie auch, wenngleich er sie eigentlich gar nicht wollte. Aber vielleicht würde er sie wollen, wenn ich sie nur lange genug andauern ließ.

Doch er wollte sie auch dann nicht. Irgendwann löste er meine Arme von seinem Hals und hielt meine Handgelenke fest umschlossen. Damit er sie im Griff hatte. Damit ich sie nicht noch mal um ihn legen konnte. Denn das war genau das, was ich versuchte.

«Was soll das, Jana? Was ist los mit dir?»

Zum ersten Mal seit Anfang des Jahres hatte ich den Eindruck, dass mir seine volle Aufmerksamkeit gehörte. Wenn es auch keine positive Aufmerksamkeit zu sein schien, eher eine irritierte und vielleicht auch ein bisschen aufgebrachte.

«Ich kann dich nicht loslassen», antwortete ich. Was absurd war, denn das hatte ich unfreiwillig längst getan.

«Warum solltest du mich nicht loslassen können?»

«Weil ich dich festhalten muss.»

«Und warum *musst* du das?»

«Weil ich es weiß, Collin.»

«Du weißt was?»

Das Zittern meines Körpers ging auch auf meine Stimme über. «Was mit dir passiert ist.»

«Was soll mit mir passiert sein?»

«Nicht heute ...» Für einen Moment sah ich zu Boden, ehe ich den Blick wieder anhob und ihn in seine Augen richtete. «Sondern damals. Ich weiß, was damals mit dir passiert ist. Nicht deine Version, sondern die Wahrheit. Es tut mir so leid, ich hätte das nicht tun dürfen.» Dieses Mal war ich diejenige, die sich versuchte zu lösen, doch Collin hielt meine Arme weiter fest.

«Du hättest was nicht tun dürfen?»

«Dr. Flick kann überhaupt nichts dafür, es ist allein meine Schuld. Deine Akte lag da, und ich hab ...» Weiter konnte ich nicht sprechen. Da war etwas in Collins Blick, das mir den Hals zuschnürte. Er wirkte ruhig und wütend zugleich. Sein Gesicht war ganz glatt, nur seine Hände drückten meine Handgelenke immer fester zusammen. Bis es schmerzte.

«Es tut mir so leid, Collin. Dass ich das getan habe. Und dass dir so etwas passiert ist.» Meine Stimme war so leise, ich hörte sie selbst kaum. Doch egal, wie laut ich auch gesprochen hätte, Collin machte nicht den Anschein, als würde er überhaupt noch etwas hören. Irgendetwas passierte in ihm, während er äußerlich wie festgefroren war. Es floss kein Blut mehr durch meine Hände. Meine Finger wurden weiß. Ich hielt still und ertrug den Schmerz. Allein durch ihn waren wir miteinander verbunden.

Doch die Verbindung brach, als er meine Arme nahezu von sich wegschleuderte. Ich rechnete damit, dass jetzt irgendetwas passierte. Dass Collin vielleicht sogar so wütend wurde, dass er irgendetwas zertrümmerte. Doch nachdem er meine Handgelenke losgelassen hatte, stand er nur da, sein ganzer Körper unter Hochspannung. Und dann ging er ohne einen einzigen Ton zu sagen aus der Küche.

«Collin!», rief ich. Mehrmals.

Ohne Reaktion.

KAPITEL 44

Janablogt, Eintrag 1
Zweiwochenunddreitageseitdugingst

Man sagt, wenn etwas endet, erinnert man sich nur noch an das Schöne. Aber wenn ich an dich denke, dann sehe ich immer deinen Rücken, als du nach der Abschiedsfeier durch den Hof verschwandest. Du hast dich nicht nach mir umgedreht. Du bist einfach gegangen. Von den Völkners. Von der Insel. Dein Rücken war das Letzte, das ich von dir gesehen habe. Und ich sehe ihn jeden Tag in meinen Gedanken wieder.

KAPITEL 45

Janablogt, Eintrag 2
Einmonatundzwölftageseitdugingst

Collin,

ich weiß selbst nicht, warum ich das hier tue, warum ich dir über diesem Weg schreibe, wo du es doch wahrscheinlich ohnehin nie lesen wirst. Aber ich drehe durch, wenn ich nicht mit dir rede. Ich habe keine Adresse von dir. Und irgendein kleiner Anteil in mir hofft wohl inständig, dass du dich eines Tages im Internet verirrst und meine Zeilen dich trotz aller Unwahrscheinlichkeit erreichen.
Dr. Flick sagt, es spielt keine Rolle, ob du die Briefe jemals lesen wirst, denn ich soll sie für mich schreiben. Ich will die Briefe aber nicht für mich schreiben. Ich will, dass du sie liest, denn sie sind für dich.

Manchmal begreife ich immer noch nicht, dass du fort bist. Jeden Tag blicke ich auf deine verschlossene Zimmertür und glaube für einen Moment, ich müsste sie nur öffnen, um bei dir zu sein. Doch dein Zimmer ist verlassen. Niemand weiß, wo du jetzt schläfst. Auch Anke und Klaas nicht. Dabei warten sie genauso auf deinen Anruf, wie ich es tue. Bald soll jemand Neues in dein Zimmer einziehen, und ich weiß nicht, wie ich das verhindern kann.

Ich wusste, dass deine Lehre nach drei Jahren vorbei ist. Habe es vom ersten Tag an gewusst. Aber wahrhaben wollte ich es nie. Denn es bedeutete, dass ich das letzte Jahr meiner Ausbildung ohne dich im Haus verbringen muss. Ohne dich und ohne Lars.
Wenn ich schon *das* verdrängte ... Wie wäre ich wohl damit umgegangen, hätte ich gewusst, dass sich unsere Wege nach deinen Abschlussprüfungen nicht nur räumlich, sondern gänzlich trennen?

Du hast mich die letzten Wochen im Haus ignoriert. Egal, wie oft ich es versucht habe, du hast mich nicht mehr an dich herangelassen. Ich habe meinen Zugang zu dir verspielt. Kein Wort beschreibt, wie sehr du mir fehlst. Und wie sehr ich mir wünsche, ich könnte alles ungeschehen machen.

Ich kann mich nicht mit dem Gedanken auseinandersetzen, dass wir uns vielleicht nie wiedersehen. Wir müssen uns wiedersehen. Wir müssen.

In Liebe
Jana

KAPITEL 46

Janablogt, Eintrag 3
Dreimonateundsechstageseitdugingst

Wo bist du?
Wie geht's dir?
Denkst du an mich?
Bist du noch wütend?
Werde ich irgendwann wieder von dir hören?
Wird irgendjemand jemals wieder von dir hören?
Wo bist du?
Was machst du?
Arbeitest du?
Hast du eine Festanstellung bekommen?
Ist dir irgendetwas passiert?
Bist du gesund?
Wo bist du?

Ich denke an dich. Ich vermisse dich.
Jana

KAPITEL 47

Janablogt, Eintrag 4
Viermonateundzweiundzwanzigtageseitdugingst

Ich habe es dir nie gesagt, Collin. Als wir Silvester auf der Plattform lagen, da wollte ich es dir sagen. Aber ich traute mich nicht. Heute hasse ich mich für meine Feigheit.
Ich liebe dich, Collin.

KAPITEL 48

Janablogt, Eintrag 5
Siebenmonateundsechzehntageseitdugingst

Lieber Collin,

ich weiß, dass du inzwischen hin und wieder bei Klaas und Anke anrufst und nicht möchtest, dass sie es mir sagen. Anke und Klaas können nichts dafür, sie sind einfach schlechte Schauspieler. Ich bin gekränkt. Traurig. Und gleichzeitig erleichtert. Dass du zumindest ihr Warten beendet hast. Und dass es dir offenbar gutgeht.
Was hast du ihnen erzählt? Manchmal sehen sie mich an, als würden sie mir insgeheim jedes Detail verraten wollen. Ob sie ahnen, dass wir beide uns mochten? Gesagt haben sie nie etwas.

Vor ein paar Tagen habe ich Lars von uns erzählt. Wusstest du, dass er sich eine Wohnung genommen hat und auf der Insel geblieben ist? Wir sehen uns regelmäßig. Und auch Hülya taut immer mehr auf.

Manchmal frage ich mich, wo die letzten Monate geblieben sind. Es kommt mir vor, als wärst du erst gestern durch den Hof verschwunden, und gleichzeitig fühlt es sich an, als läge es ein ganzes Leben zurück. Ich habe so viele tausend Gedanken an dich gedacht, dass ich kaum Zeit für etwas anderes hatte. Du bist so nah. Und unerreichbar weit entfernt.

Ich gehe jetzt zum Strand, besuche die alte Aussichtsplattform. Dann schließe ich die Augen und träume davon, wie du zeichnest und ich aufs Meer sehe.

In Liebe
Jana

KAPITEL 49

Janablogt, Eintrag 6
Zehnmonateundneunundzwanzigtageseitdugingst

Lieber Collin,

das letzte Jahr bei den Völkners war sehr leer ohne dich. Du fehlst mir. Und ich fehle mir selbst. Denn irgendetwas von mir hast du mitgenommen, als du vor fast einem Jahr gegangen bist. Und ich habe es bis heute nicht wiedergefunden.

Vielleicht verzeihst du mir nie. Vielleicht verzeihe ich mir selbst nie.

Alles Liebe
Jana

KAPITEL 50

Janablogt, Eintrag 7
Einjahreinmonatundzweitageseitdugingst

Lieber Collin,

ich bin nun offiziell eine Bauzeichnerin. So richtig mit bestandenen Prüfungen und Anstellung im Architekturbüro. Es gab eine riesengroße Feier. Aber was erzähle ich dir, du hast es ja damals am eigenen Leib erfahren. Anke und Klaas, die Leute im Büro ... Sie übertreiben alle, aber ihre Freude ist zu ehrlich, als dass man die Gratulationen nicht annehmen könnte. Sie sind toll. Jeder Einzelne. Ich war so glücklich an dem Tag wie lange nicht mehr. Nur du hast gefehlt.

Ich denke an dich.
Jana

KAPITEL 51

Janablogt, Eintrag 8
Einjahrviermonateunddreizehntageseitdugingst

Lieber Collin,

Manchmal wünsche ich mir, die Zeit würde aufhören zu rennen. Mit jeder Sekunde bringt sie mehr Abstand zwischen uns. Mit jeder Sekunde wirst du mehr zur Vergangenheit. Zu einer Erinnerung. Das erste Jahr, da war es, als könntest du jeden Moment zur Tür hereinkommen. Mich daran erinnern, dass ich die Nachhilfe vergessen habe. Oder mich zum Küchendienst holen. An jeder Ecke im Haus hättest du mir plötzlich entgegenlaufen können. Du warst nicht mehr da, und doch warst du lange genug hier, um dich in den Räumen unvergessen zu machen.
Aber jetzt nicht mehr. Ich bin umgezogen. Und diese Wände haben dich nie gesehen. Sie kennen dich nicht.

Vor ein paar Monaten, nach meinem Abschluss, haben Lars und ich eine kleine Wohngemeinschaft gegründet. Die Insel ist mein Zuhause geworden, ich konnte sie nicht verlassen. Ich glaube, nirgendwo auf ganz Sylt kann man so gemütlich Kaffee trinken wie in unserer kleinen, vollgestellten Küche. Vielleicht kommst du uns eines Tages besuchen. Ich mache einen Kaffee für dich. Und dann kann ich mir auch endlich innerhalb

dieser neuen Wände vorstellen, wie du mir plötzlich entgegen-
läufst.

In Liebe
Jana

KAPITEL 52

Janablogt, Eintrag 9
Einjahrsiebenmonateundeintagseitdugingst

Lieber Collin,

Vor ein paar Wochen habe ich eine alte Kiste unter dem Bett gefunden. Sie ist von Dr. Flick und stammt aus der Zeit, als ich ganz frisch auf der Insel war. Ich sollte verschiedene Aufgaben von einer Liste abarbeiten und Beschäftigungen für meine Freizeit finden. In dem Karton lag immer noch eine unbenutzte Einwegkamera. Ich habe sie herausgeholt und endlich Fotos mit ihr gemacht. Von Lars, von den Kollegen im Büro und von Anke und Klaas. Als nur noch ein Bild übrig war, habe ich die Aussichtsplattform in der Dämmerung geknipst. Das brachte mich auf eine Idee. Gleich am nächsten Tag kaufte ich mir eine richtige Kamera. Keine professionelle. Aber auch keine, die minderwertige Bilder macht. Jede Nacht, wenn ich nicht schlafen kann, gehe ich mit ihr nach draußen. Dann suche ich die Insel nach Nachtblumen ab.
Am nächsten Tag stelle ich die Fotos hier auf dem Blog ein. Damit du sie sehen kannst. Damit jeder sie sehen kann. Denn sie blühen, wenn alles schläft.

In Liebe
Jana

KAPITEL 53

Janablogt, Eintrag 10
Einjahrzehnmonateundelftageseitdugingst

Lieber Collin,

während ich dir schreibe, steht ein fremder, halbnackter Mann im Bad und putzt sich die Zähne. Ich weiß das, weil ich die Tür im Schlafanzug aufgemacht und fälschlicherweise mit niemandem gerechnet habe. Man könnte sagen, es hat seine Vor- und Nachteile, dass Lars mit seiner Sexualität Frieden geschlossen hat ... Irgendwie muss er zurzeit nachholen, was er die Jahre zuvor versäumt hat.

Ansonsten verstehen wir uns gut und wachsen jeden Tag ein bisschen mehr aneinander. Vor ein paar Wochen haben wir spontan eine Städtereise nach Prag gemacht. Warst du schon mal in Prag? Ich glaube, die historische Altstadt und die riesige Burg würden dir gefallen. Demnächst wollen wir wieder für ein Wochenende verreisen, nur auf das Ziel können wir uns noch nicht einigen. Lars möchte nach Neapel und ich nach Toulouse. Wo denkst du, ist es schöner? Welche Stadt würdest du wählen?

Die Arbeit ist manchmal anstrengend, macht mir aber immer noch viel Spaß, und der Gehaltsscheck am Ende des Monats hat einen deutlich erfreulicheren Umfang als noch zu Lehrlingszeiten. Das Architekturbüro läuft nach wie vor gut, vielleicht sogar ein bisschen besser. Die Fertigstellung des Chicagoprojekts hat viele neue Aufträge aus dem Ausland nach sich gezogen. Manchmal wissen wir gar nicht, mit welcher Zeichnung wir als Erstes anfangen sollen. Meistens arbeite ich mit Matthias zusammen, wir sind ein eingespieltes Team. Und auch die neuen Lehrlinge sind mittlerweile bestens integriert und machen sich gut. Ich mag sie alle ziemlich gerne, ganz besonders Justus. Er wird bald 17, sieht aber aus wie 12. Er hat wohl die größte Klappe im ganzen Büro und ist gleichzeitig der schüchternste von allen. Irgendwie habe ich im Gefühl, dass du ihn ebenfalls mögen würdest. Er hat eine sehr ehrliche Art.

Neulich hat Tom angerufen. Wir waren alle total überrascht. Ihm geht es gut, er wirkte sogar ausgeglichener, als ich ihn jemals erlebt hatte. Vom Bürokaufmann ist er jetzt zum Makler umgeschwenkt. Du weißt ja, wie gerne er protzt und übertreibt … Wenn man ihn reden hört, ist er der größte Makler in ganz Deutschland. Allzu schlecht scheint seine Karriere aber tatsächlich nicht zu laufen, er ist von Berlin nach Köln gezogen und schmiedet Zukunftspläne für ein eigenes Büro.

Klaas und Anke geht es ebenfalls gut, aber das weißt du ja sicher. Offenbar steht ihr immer noch in Kontakt. Zumindest hat Anke neulich in einem Nebensatz von dir gesprochen und erwähnt, dass du dein Abitur in einer Abendschule nachholst. Das ist seit fast zwei Jahren die erste Information, die ich über dein aktuelles Leben erhalten habe. Ich sah dich sofort vor mir, wie du in deine Unterlagen vertieft bist, dir in die Haare greifst und hochkonzentriert lernst. Auch wenn du mir im Alltag fehlst, so tut es dennoch gut zu wissen, dass es dich irgendwo da draußen gibt.

Alles Liebe
Jana

KAPITEL 54

Janablogt, Eintrag 11
Aufdentaggenauzweijahreseitdugingst

Lieber Collin,

ich sitze heute schon den ganzen Tag vor meinem Laptop. Eigentlich weiß ich, dass es Quatsch ist, dass du dich ausgerechnet heute meldest, nur weil sich das Datum zum zweiten Mal jährt. Trotzdem starre ich die ganze Zeit auf meinen Blog, ob vielleicht irgendwo ein Kommentar von dir erscheint, und ich zucke zusammen, wenn das Telefon klingelt. Dabei hast du noch nicht mal unsere Nummer.

Inzwischen ist es Abend geworden. Meine sinnlose Hoffnung ist dahingerieselt. Du wirst dich nicht melden. Ich wünschte, du tätest es.

Während ich wartete (und mir vormachte, dass ich eigentlich nicht wartete), habe ich mich durch alte Ordner auf meinem Laptop geklickt. Ich habe ein altes Gedicht gefunden. Oder besser gesagt ein paar Zeilen, denn ob es die Bezeichnung «Gedicht» wirklich verdient hat, wage ich zu bezweifeln. Aber es geht nicht um die Form. Es geht um den Inhalt.
Ich schrieb die Zeilen, da war ich erst sechs, vielleicht sieben Monate auf der Insel. Möchtest du sie lesen?

Vom Wünschen und Wollen

Ich wünsche mir, dass alles anders ist.
Ich wünsche mir, dass ich morgen früh erwache und meine
    Geschichte sich geändert hat.
Ich wünsche mir, dass die Vergangenheit verblasst wie die
    Erinnerung an einen schlechten Traum und
ich wünsche mir, dass sich ihre Narben im Heute auflösen.
Ich wünsche mir, ein freier Mensch zu sein, geboren in dieser
    Nacht. Makellos, besser, anders.
Ich wünsche mir, dass alles da ist, was fehlt, und alles weg
    ist, was quält.

Ein Wunsch zu schön, um ihn nur einmal zu träumen.

Ich wünsche mir, es gäbe einen Schalter, damit er in
    Erfüllung geht.
Ich wünsche mir, ich würde mich nicht so machtlos fühlen,
    wenn meine Hand ihn sucht und doch nur ins Leere tastet.
Ich wünsche mir, Träume würden nicht in der Sekunde des
    Augenaufschlags sterben.
Ich wünsche mir, ich könnte sie behalten, und sie würden
    Wirklichkeit werden.
Ich wünsche mir, ich hätte nicht solche Angst davor und
ich wünsche mir, dass jeder unbekannte Boden mein Gewicht
    tragen kann.
Ich wünsche mir, mir das alles nicht mehr nur noch zu
    wünschen.
Ich wünsche mir, es zu wollen.

Ich will ganz zart, dass alles anders wird.

Diese Zeilen stehen für einen ganz wichtigen Umbruch in meinem Leben. Jetzt fragst du dich bestimmt, warum ich sie dir zeige, nicht wahr?
Weil du mir Hoffnung gegeben hast. Hoffnung für mein Leben. Hoffnung für mich selbst. Wenn du deinen Wert nicht erkennst und auch scheinbar die ganze Welt blind ist für dich – eines Tages wird jemand kommen, der nicht blind ist, der sieht, was du und andere nicht sehen können, und der deinen Wert für dich erkennt. Du warst dieser jemand. Und deswegen werde ich dich niemals vergessen.

Vielleicht bin ich wirklich ein bisschen komisch.
Vielleicht werde ich nie normal werden und immer ein bisschen komisch bleiben.
Aber vielleicht ist das okay.

Alles Liebe
Jana

KAPITEL 55

Janablogt, Eintrag 12
Zweijahreundsechsmonateseitdugingst

Lieber Collin,

ich sitze auf meinem Bett, im Hintergrund läuft «Nightcall» von *London Grammar*. In dem Lied steckt meine Sehnsucht für dich. Ich höre es seit Jahren und sehe dein Gesicht. Kennst du es? Ich verbiete mir so oft, es zu hören. Und dann höre ich es doch wieder.

Die Abstände zwischen diesen Briefen werden größer. Alle sagen mir, dass es Zeit wird, dich loszulassen. Dass es sogar längst überfällig ist, dich loszulassen. Sie sagen, ich soll nach vorne blicken. Aber keiner versteht, dass ich genau das tue. Ich blicke nach vorne. Dort sehe ich aber dasselbe wie hinter mir: Ich sehe dich. Und mich daneben.

Es ist nicht leicht, mir das auszureden. Sobald ich es versuche, habe ich unsere gemeinsame Zeit vor Augen. Mehr noch, ich spüre sie. Und ich spüre, wie wir nackt aufeinanderliegen.
Weißt du, dass ich immer dachte, wir hätten uns meinetwegen mit dem Sex Zeit gelassen? Weil du gemerkt hast, dass ich noch nicht so weit war? Aber vielleicht warst du ja selbst auch noch nicht so weit.

Hast du inzwischen neue Menschen kennengelernt? Und lässt du sie an dich heran? So nah, wie du mich an dich herangelassen hast?

Ich habe so viele Fragen an dich, Collin. Und so viele schöne Erinnerungen. Wie sollte ich sie loslassen?

Wäre alles anders gekommen, wenn ich diese blöde Akte nie in die Hand genommen hätte? Oder wärst du genauso gegangen, ohne dich nach mir umzudrehen?

Vielleicht sollte ich dich wirklich loslassen.

Aber vielleicht möchte ich es nicht.

Deine Jana

KAPITEL 56

Janablogt, Eintrag 13
Dreijahreunddreieinhalbmonateseitdugingst

Lieber Collin,

ich habe aufgehört, dir zu schreiben. Zumindest hier. Denn in meinen Gedanken schreibe ich dir immer noch.

Jana

KAPITEL 57

Janablogt, Eintrag 14
Dreijahreundfünfmonateseitdugingst

Lieber Collin,

wusstest du, dass es weh tut, jemandem weh zu tun?

Manchmal passieren Dinge, obwohl man gar nicht will, dass sie passieren. Ich weiß nicht, warum ich mich auf ihn eingelassen habe. Oder warum ich zumindest versucht habe, mich auf ihn einzulassen. Er hat mir ständig auf den Mund gesehen. Ich weiß von dir, was es bedeutet, wenn ein Mann das tut. Ich hätte es nicht für möglich gehalten, dass ein Kuss sich so verkehrt anfühlen kann. Ich weiß jetzt, dass Einsamkeit der schlechteste aller Gründe ist, sich von jemandem küssen zu lassen.

Er hat nichts falsch gemacht, Collin.

Er ist nur einfach nicht du.

Jana

KAPITEL 58

Janablogt, Eintrag 15
Dreijahreundsiebeneinhalbmonateseitdugingst

Lieber Collin,

es gibt Tage, die sind so. Und es gibt Tage, die sind anders. Neulich war ein Tag, der in die zweite Kategorie passte. Die ungute Kategorie. Dabei war es ein Tag, den es zu feiern galt. Es war dein Tag. Und ich habe sie wieder gespürt. Ganz stark. Als wäre sie nie besser geworden. Ich habe bis heute keine gute Beschreibung für sie gefunden. Ich weiß, dass man sie «Sehnsucht» nennt, aber erklären kann ich sie nicht. Da ist eben etwas, das mir fehlt. Wenn ich lache, dann tut mein Lachen irgendwann weh. Denn ich kann es nicht teilen. Wenn ich weine, dann trocknen meine Tränen irgendwann aus. Weil meine Traurigkeit ein Fluss ohne Ufer ist. Dort, wo ich selbst ende, beginnst nicht du. Dort, wo ich ende, endet alles. Meine Liebe für dich bleibt nur mir selbst und erreicht mich trotzdem nie. Sie ist nicht für mich bestimmt. Aber keiner nimmt sie entgegen. Also trage ich sie weiter. Und auch sie beginnt irgendwann weh zu tun.

Nachträglich alles Gute zu deinem achtundzwanzigsten Geburtstag, Collin.

Deine Jana

KAPITEL 59

Janablogt, Eintrag 16
Dreijahreundneunmonateseitdugingst

Lieber Collin,

allmählich wird es Zeit, dass es Frühling wird, ich kann den Winter nicht mehr sehen. Dieses Jahr ist er besonders kalt. *«Du büst 'n oln Klöömdoot»*, hat Klaas gestern zu mir gesagt. Ich glaube, das meint so etwas wie «Frostbeule». Es würde jedenfalls zutreffen, denn ich bin eindeutig zu weich für die nordfriesischen Winter. Jedes Jahr aufs Neue. Ich bearbeite Lars ständig, dass wir in den Süden fliegen, aber seitdem er sich verliebt hat, ist mit ihm kaum noch etwas anzufangen. Ich mag seinen Freund Micha, die beiden sind süß zusammen, aber wie soll ich sagen ... Manchmal wünsche ich mir trotzdem eine Kettensäge, um die beiden zumindest für dreißig Minuten voneinander zu trennen.

Klaas und Anke geht es gut, wie du sicher weißt. Wir sehen uns fast täglich im Büro, und Lars und ich sind jeden Sonntag zum Essen eingeladen. Meistens sind wir schon vorher da, um bei den Vorbereitungen zu helfen. Dann fühlt es sich einen Moment an wie früher, als wären wir nie ausgezogen. Eine vertraute Nostalgie. Ich mag das Gefühl. Aber genauso bin ich auch froh, dass ich inzwischen ein eigenständiges und selbstbestimmtes Leben führe.

Weißt du, wer ebenfalls stolz auf sich sein kann? Hülya. Sie hat sich sehr gewandelt, du würdest sie kaum wiedererkennen. Sie arbeitet inzwischen in Braunschweig, aber sie überlegt, ob sie zurück auf die Insel kommt. Ich habe es dir nie erzählt, aber wir telefonieren beinah täglich. Vielleicht kann ich sie doch noch überreden, zu uns in die WG zu ziehen. Es wäre schön, sie wieder in der Nähe zu haben.

Neulich musste ich unverhofft an Vanessa denken. Es war die Art und Weise, wie Lars an der Küchentheke stand und seine Kaffeetasse hielt, die mich auf einmal an sie erinnerte. Wie es ihr wohl geht? Wohin es sie verschlagen hat? Was sie wohl macht?
Es hinterlässt ein komisches Gefühl, dass wir nie wieder etwas von ihr gehört haben.

Fragst du dich eigentlich, was aus Dr. Flick geworden ist? Es gibt keine Dr. Flick mehr. Allerdings nicht im negativen Sinne. Denn dafür gibt es eine Thea. Meine Therapie ist schon seit einer ganzen Weile beendet. Trotzdem treffen wir uns alle zwei bis drei Monate auf ein Stück Schokotorte in List. Immer mit Waldbeerensorbet und einem großen Becher heißer Schokolade dazu.
Hat sie dir je erzählt, dass sie hobbymäßig Broschen bastelt? «Die hässlichsten Broschen der Welt», sagte sie einmal selbst. Ich konnte mir das aber nicht vorstellen und wollte unbedingt mal eine sehen. Was soll ich sagen ... Ich habe mich getäuscht. Collin, sie sind so hässlich, dass ich unmöglich ehrlich sein konnte. Also sagte ich: «Die ist aber hübsch.» Damit habe ich mir ganz schön was eingebrockt, denn jetzt bringt sie mir jedes Mal eine mit. Inzwischen habe ich bestimmt zehn Stück davon zu Hause.

Dr. Flick wird immer Dr. Flick bleiben. Eine Chaotin, die ihr Herz an der genau richtigen Stelle hat. Ich habe sie sehr gern und bin froh, dass es sie gibt. Weißt du, dass sie die Einzige ist, die mir noch nie gesagt hat, dass ich dich loslassen muss? Sie sagt: Es dauert so lange, wie es eben dauert.

Ich denke, dass sie recht damit hat. Du warst nicht einer von vielen. Du warst nicht irgendeine Liebe, die man vergessen und sich dann auf eine neue einlassen kann. Du warst *meine* Liebe. Du bist meine Liebe. Und möglicherweise wirst du das auch immer sein. Anstatt dagegen anzukämpfen, versuche ich das zu akzeptieren. Ich versuche Frieden damit zu schließen. Es hat wohl einfach nicht sein sollen. Trotzdem liebe ich dich, auch wenn ich nicht mal weiß, wo du bist. Auch wenn ich keine Gewissheit habe, dass wir uns jemals wiedersehen. Es ist so. Und ich kann nicht erzwingen, dass es aufhört.

In Liebe
Jana

KAPITEL 60

Janablogt, Eintrag 17
Vierjahreundvierwochenseitdugingst

Lieber Collin,

ich habe mir vorgenommen, nicht alles von diesem einen Tag abhängig zu machen. Nun rückt der Tag näher und näher, und ich merke, wie viele Hoffnungen ich mir mache. Ich sage mir ständig, dass ich damit aufhören soll. Aber ich höre nicht auf mich. In meinen Gedanken verlasse ich immer wieder die Realität und tauche in diesen wunderschönen Traum, dass du am Tag des Sommerfests den geschmückten Garten der Völkners betrittst und unsere Blicke sich treffen.
Weiter als bis dorthin träume ich nie. Dann lösen sich die Bilder vor meinen Augen auf, als wären sie Rauch. Vielleicht, weil ich keine Ahnung habe, wie es danach weitergehen soll.

Manchmal bleibt aber dieses Gefühl von dem Traum in meinem Bauch zurück. Es ist ganz warm. Irgendwie auch unruhig und kribbelig. Und es zieht sich dann irgendwann zusammen. Bis es weh tut. So muss es sich anfühlen, wenn du tatsächlich kommst.

Ich versuche mir einzureden, dass es unrealistisch ist, daran zu glauben, dass du kommst. Aber ist es das wirklich? Immerhin ist das Sommerfest bei den Völkners ein seltenes Ritual, das nur alle fünf Jahre wiederkehrt. Fast alle kommen. Ich kann mich nicht entscheiden, wie du darüber denkst. Einerseits glaube ich, dass du jemand bist, der niemals vergisst, wenn ihm jemand geholfen hat. Ich glaube, dass du Anke und Klaas viel mehr in dein verschlossenes Herz gelassen hast, als du es jemals wolltest. Ich glaube, dass du ihnen für alle Zeiten dankbar bist. Ich glaube, dass du sie wiedersehen willst. Und vielleicht, obwohl du sie nie an dich herangelassen hast, auch die anderen.

Andererseits bist du aber jemand, der Vergangenes hinter sich lässt. Der Mauern errichtet und nicht mehr zurückblickt. Du hast so etwas Hartes an dir. Um das Weiche in dir zu schützen. Ich habe es so oft gespürt, als ich dagegengelaufen bin. Es tat weh.

Weißt du, was das Schlimme ist? Wenn du nicht kommen solltest, dann gibt es wohl nur einen einzigen Grund für dein Fernbleiben. Und dieser Grund bin ich.

Ich wünsche mir so sehr, dass du kommst. Auch wenn es nichts auf der Welt gibt, vor dem ich mehr Angst habe.

In Liebe
Jana

KAPITEL 61

Janablogt, Eintrag 18
Vierjahreundsiebenwochenseitdugingst

Lieber Collin,

weißt du, was ich gerade gebucht habe? Es fühlt sich noch sehr unwirklich an, aber wie es aussieht, werde ich in zwei Monaten nach Australien fliegen. Zu diesem abenteuerlichen Kontinent am anderen Ende der Welt, mit den Koalabären und den Kängurus, mit der wunderschönen Landschaft und den roten Felsen, mit den Ureinwohnern und dem Outback, mit dem größten Korallenriff der Welt und den atemberaubenden Stränden. Kannst du das glauben? Ich kann es nicht.
Aber ich freue mich sehr. Ganz besonders auf meine Tante und ihre Familie, die mir dieses Land zeigen möchten. Ich werde drei Wochen bei ihnen wohnen. Meine Tante kann meine Ankunft kaum erwarten. Wir telefonieren regelmäßig, und wir verstehen uns gut. Ich freue mich sehr auf sie. Und ich bin aufgeregt, Collin! So was von aufgeregt!

Erinnerst du dich daran, dass ich dich damals fragte, ob du mich eines Tages nach Australien begleiten möchtest? Würdest du mich auslachen, wenn ich dir sage, dass ich mir das immer noch wünsche? Gerade eben hätte ich am liebsten zwei Tickets gebucht. Es fühlte sich falsch an, nur eins in den Warenkorb zu legen. So wie sich so vieles falsch anfühlt, seitdem du nicht mehr hier bist.

Man sollte meinen, dass ich wegen der bevorstehenden spektakulären Reise an nichts anderes als an diese denken kann. Trotzdem geht mir eine ganz bestimmte Frage zu keiner Zeit aus dem Kopf. Egal, wie oft ich versuche, sie wegzuschieben, sie taucht immer wieder auf, als wäre sie mit all meinen anderen Gedanken verknüpft. Ich will wirklich nicht alles von diesem einen Tag in zwei Wochen abhängig machen ... Aber Collin, ich muss es einfach wissen ... Wirst du aufs Sommerfest kommen? Werden wir uns nach über vier Jahren wiedersehen?

Wenn dich meine Briefe trotz aller Unwahrscheinlichkeit erreicht haben sollten, dann gib mir bitte, bitte eine Antwort.

Deine Jana

KAPITEL 62

Janablogt, Eintrag 19
Vierjahreundachtwochenseitdugingst

Lieber Collin,

du hast nicht geantwortet. Natürlich hast du das nicht.

Es ist noch nicht lange her, als ich dir den letzten Brief schrieb, und nun sitze ich schon wieder hier. Ich trage immer noch meinen Pyjama, obwohl es längst Nachmittag ist. Irgendwie komme ich heute nicht richtig in den Tag. Ich komme noch nicht mal richtig aus dem Bett. Schuld daran sind diese Gedanken, die ich schon so oft gedacht habe. Heute morgen beim Aufwachen waren sie einfach da, und nun lassen sie mich nicht mehr los.

Ich frage mich, Collin, was wäre, wenn wir uns erst heute kennenlernen würden. Mir geht es jetzt so viel besser als damals. Meine Ängste sind viel leiser geworden, ich lasse mich nicht mehr von ihnen kontrollieren – und kontrolliere stattdessen sie. Ich habe gelernt, was das Wichtigste im Leben ist: Man muss sich wohlfühlen in seiner Haut. Auch wenn diese Haut Narben hat. Ich bin durch eine harte Schule gegangen, aber jeder einzelne Schritt, so schwer er auch war, hat sich gelohnt. Denn heute fühle ich mich tatsächlich wohl.

Wenn ich die Gegenwart mit der Vergangenheit vergleiche, wird mir der Unterschied bewusst. Ich frage mich, ob ich heute anders mit dir umgehen würde. Mit mehr Verständnis und Vorsicht für dich und mit weniger Selbstzweifeln, die mich vom Wesentlichen ablenken. Wenn ich darüber nachdenke, dann fallen mir tausend Sachen ein, die ich so viel besser als damals machen könnte.
Würden wir uns erst heute begegnen, wäre dann alles anders? Und vor allem ... Würde das mit uns dann anders enden?

Manchmal glaube ich das. Manchmal glaube ich, wenn ich doch nur mehr investiert hätte, noch besser auf dich eingegangen wäre und – das Wichtigste von allem – wenn ich doch nur weniger Fehler gemacht hätte, dass dann alles anders gekommen wäre. Dass wir jetzt hier gemeinsam auf meinem Bett säßen. Dass wir glücklich wären. Dass ich dich niemals hätte verlieren müssen. Dass ich mit dir meine Zukunft planen könnte. Dass ich mit meiner Hand nur nach deiner tasten müsste, um sie festhalten zu können.

Und wenn ich mir das dann alles so vorstelle und mich immer tiefer hineindenke ... Dann wird mir auf einmal bewusst, dass, selbst wenn ich all meine einhundert Prozent gäbe, es trotzdem niemals mehr als fünfzig sein können. Die andere Hälfte läge immer bei dir.

Ich dachte, ich könnte diese Machtlosigkeit akzeptieren. Aber kann ich das wirklich? Solange meine Gefühle für dich die Zeit und die Distanz überdauern, solange werde ich mir wünschen, dass doch noch alles anders kommt.

Ich war mir sicher, dass Akzeptanz das Richtige ist. Aber inzwischen bin ich mir nicht mehr sicher. Vielleicht gibt es doch irgendetwas, das ich tun kann? Auch wenn es nur eine Kleinigkeit ist? Oder mache ich mir nur wieder etwas vor?

KAPITEL 63

Janablogt, Eintrag 20
Vierjahreundneunwochenseitdugingst

Lieber Collin,

eigentlich müsste ich mich längst auf den Weg zum Sommerfest machen. Stattdessen sitze ich hier, als hätte ich alle Zeit der Welt. Ich habe es zweimal versucht, doch ich kann die Schwelle zur Haustür nicht übertreten. Es ist, als wäre dort draußen eine unsichtbare Wand.

Ich wüsste so gerne, auf was ich mich vorbereiten muss. Kommst du allein? Kommst du überhaupt? Werde ich heute deine Stimme hören, Collin? Werde ich in deine Augen sehen können? Oder zeigst du mir nur wieder deinen Rücken?

Ich wünschte, ich wüsste es.

Aber wenn du kommen solltest, dann will ich nicht machtlos sein. Dann will ich nicht nur darauf warten, ob du mit mir reden möchtest. Ich habe gerade alle Briefe, die ich auf diesem Blog für dich geschrieben habe, ausgedruckt und zu einer Röhre zusammengerollt. Genauso wie deine gezeichneten Nachtblumen damals zusammengerollt waren. Ich möchte sie dir geben. Du sollst wissen, was ich für dich fühle und wie sehr ich meinen

Fehler bereue. Die andere Hälfte, Collin, die anderen fünfzig Prozent liegen bei dir.

Vielleicht sehen wir uns gleich.

Ich hoffe es.

Deine Jana

KAPITEL 64

Es fühlte sich heute seltsam endgültig an, als ich den Laptop zuklappte. Ich hatte so viele Briefe geschrieben und noch einmal doppelt so viele, die ich nie veröffentlichte. Aber heute klang das dumpfe Geräusch beim Schließen des Computers anders. Es hörte sich an wie ein Punkt. Ein Punkt, den ich nie getippt hatte.

Nachdem Lars vorhin zum dritten Mal gegen meine Zimmertür geklopft hatte, schickte ich ihn mit seinem Freund Micha schon mal vor. Allein zu Hause und mit den Briefen in der Hand, die ich mit einem hellblauen Band zusammengebunden hatte, wandelte ich immer wieder durch die leere Wohnung, unsere hübsche kleine WG, die wir uns inzwischen zu dritt teilten. Die Uhr auf der Mikrowelle sagte mir, dass ich zu spät war. Ich blickte an ihr vorbei, als hätte ich ihre mahnende Nachricht nie gehört. Jedes Detail in der Küche war mir vertraut, genau wie die Kaffeedose mit dem spiralförmigen Muster und der verblichene Mülleimer im Eck neben der Spüle, trotzdem sah irgendwie alles anders aus, als sähe ich manches davon heute zum ersten Mal. In meinen Gedanken hallte immer wieder der Punkt des letzten Briefes nach. Vielleicht hatte ich ihn gebraucht. Denn als ich nun ein weiteres Mal versuchte, die unsichtbare Wand vor der Haustür zu durchbrechen, kehrte ich nicht wie sonst zurück, sondern betrat die Straße und ließ die Wohnung hinter mir.

Der Fußweg zum Anwesen der Völkners dauerte sonst nicht mehr als fünfzehn Minuten. Heute brauchte ich doppelt so lange. Seit Wochen lief ich in Gedanken diesen Weg an genau diesem Tag, insgeheim vielleicht sogar schon seit Jahren, aber nie hatte ich mir ausgemalt, wie schwer es war, jeden einzelnen der Schritte zu setzen. Selbst die Häuser am Straßenrand kamen mir heute ungewohnt vor. Die Sonne schien und ließ mich ihre Wärme auf der Haut spüren, aber da waren auch Wolken, große dicke Wolken, die sich alle paar Minuten in den Vordergrund drängten und das hellgelbe Licht verschluckten.

Schon von weitem sah ich, wie vollgeparkt die Straße vor dem Haus war. Ich war eine der Letzten, obwohl ich zusammen mit Lars und Micha am nächsten wohnte. Anke und Klaas nahmen es mir nicht übel und begrüßten mich so herzlich, als hätten sie mich wie viele der anderen schon fünf Jahre nicht mehr gesehen. Ich wollte mich für mein Zuspätkommen entschuldigen, aber Klaas ließ mich nicht ausreden. «Ich kenne Frauen doch», sagte er. «Bis die im Bad fertig sind, haben Männer eins gebaut.»

Ich kniff ihn leicht in den Oberarm, und er reichte mir schmunzelnd ein Glas Orangensaft von dem großen Tablett direkt neben dem Eingang. Dann machte ich den Weg frei für die nächsten Gäste, die gleich nach mir eintrudelten.

Als ich den Garten betrat, war es, als würde ich einen Fuß in die Vergangenheit setzen. Es war genau wie damals. All das hatte ich schon einmal erlebt. Die herumwirbelnden Kinder, die weißen Pavillons am Ende des Gartens, die schwarz-weiß gekleideten Kellner, die selbst den noch so kleinsten Gast mit Getränken versorgten, und nicht zuletzt die große Vielzahl an unterschiedlichen Menschen. Überall standen kleine Vasen mit bunten Blümchen, und in den Bäumen hingen die Laternen und Lampions, von denen ich erst gestern die letzten mit Anke aufgehängt hatte. Ein paar der Lichterketten an den Pavillons leuchteten bereits, was man nur dann sah, wenn sich die Wolken vor die Sonne schoben und ihren grauen Schatten über die Insel warfen.

So, wie ich bis vorhin noch durch die Wohnung gewandelt war, wandelte ich jetzt mit vorsichtigen Schritten durch den gefüllten Garten. Mein Blick schweifte über all die Gesichter, die ich lange nicht gesehen, aber trotzdem nicht vergessen hatte. Ich war noch nicht bereit, die anderen zu begrüßen. Ich suchte noch. Und nachdem ich den Garten einmal umrundet hatte, besaß ich die Gewissheit, dass Collin nicht hier war. Für einen Moment konnte ich besser atmen, dann fühlte sich die Luft noch stickiger an als zuvor.

Nach einer Weile sprach mich Helena an, die allererste Auszubildende der Völkners. Sie schloss mich in eine so feste Umarmung, als hätten wir uns damals auf dem letzten Sommerfest nicht nur angenehm unterhalten, sondern uns ewige Freundschaft geschworen. Kaum waren die ersten Wörter gefallen, gesellte sich Marina zu uns. Auch sie kannte ich vom letzten Fest. Ihre beiden Hunde hüpften durch die Gegend und klauten sich gegenseitig ein Stöckchen. Frank, der mittlerweile als Streetworker arbeitete, stieß ebenfalls hinzu und wenig später auch Thomas, der nach mehreren Umwegen seine Berufung in der Naturheilkunde gefunden hatte. Irgendwann schlossen sich auch noch Mathias, Justus, Tom, Lars und sein Freund Micha der kleinen Runde an. Ich wurde schneller in eine Unterhaltung gezogen, als mir lieb gewesen wäre. Aber irgendwie war das auch gut. Denn es kam wieder diese vertraute Stimmung untereinander auf, die mich ablenkte und die manchmal zumindest für wenige Sekunden verhinderte, dass ich zum Garteneingang blickte. Es trudelten immer noch vereinzelt Gäste ein, aber sie wurden weniger. Ich wünschte, ich wäre so gelassen, wie ich es nach außen hin versuchte auszustrahlen.

«Hast du die extra meinetwegen angezogen?», hörte ich Ankes Stimme auf einmal neben mir fragen. Ich hatte ihr Herkommen gar nicht bemerkt. Ihr Lächeln war ansteckend. «Das ist meine Lieblingsmütze an dir», sagte sie.

Von allen Mützen, die ich mit ihr zusammen gekauft hatte – was auf fast alle zutraf –, war die weiße aus dünnem, sommerlichem Stoff ihr absoluter Favorit. Das betonte sie immer wieder.

«Aber natürlich, nur für dich», erwiderte ich.

Sie grinste zufrieden und mischte sich dann mit haufenweise Fragen unter unsere kleine Runde. Wahrscheinlich war sie sich dessen gar nicht bewusst, aber dank ihr hatte ich vor langem damit aufgehört, Mützen zu tragen, um mich zu verstecken. Und damit angefangen, welche zu tragen, weil sie mir gefielen. Dadurch wirkten sie irgendwie anders. Passender. Sie standen mir viel besser.

Auch Anke wusste nicht, ob Collin heute kam oder nicht. Als ich sie vor zwei Tagen danach fragte, antwortete sie nur, dass ihre ganze Hoffnung darin liege und sie es sich von ganzem Herzen wünsche. Niemand wusste es. Und je später der Nachmittag wurde, desto mehr schwanden meine Hoffnungen. Die Briefe wogen schon von Anfang an schwer in meinen Händen, doch mit jeder Minute nahm ihr Gewicht noch weiter zu.

Als der Kuchen weggeräumt, die Grillkohlen für das Abendessen allmählich auf Temperatur gebracht wurden und ich bereits Dutzende Gespräche geführt hatte, seilte ich mich still und leise ein bisschen von dem großen Trubel ab und kümmerte mich um die herumrennenden Kinder. Besser gesagt um einen blonden Knirps, der mit den anderen mitrennen wollte, aber noch zu klein war, um dem Tempo standhalten zu können. Irgendwo blieb er immer allein zurück, und so lautstark er mit heruntergeklappter Unterlippe weinte, musste ihn das ordentlich frustrieren. Als er dann auch noch eine Kurve nicht gut erwischte und tapsig auf seinen Po fiel, war an Trost kaum noch zu denken. Ich versuchte, ihn zu überzeugen, dass es viel mehr Spaß mache, mit einer Plastikschaufel in der Erde zu graben, als den anderen nachzulaufen, aber mein Erfolg blieb eher mäßiger Natur. Es war mir unerklärlich, wie Kinder das schafften, innerhalb kurzer Zeit brachten sie mich ins Schwitzen. Und nie machten sie das, was ich wollte. Als ich mir die Stirn abwischte und mich, um meinen Rücken kurz zu entlasten, aufrecht hinstellte, hob ich den Blick und sah in Richtung Garteneingang. So, wie ich das schon tausendmal heute gemacht hatte. Ein ganz automatischer Prozess. Ich rechnete nicht damit, dass ich dieses Mal etwas anderes als das verschlossene Törchen sehen würde. Doch genau so sollte es kommen, denn auf einmal sah ich das, wonach ich suchte. Der Moment fühlte sich so unwirklich an, dass ich einfach nur starrte, während mein Kopf versuchte zu begreifen, was er da sah. Wen er da sah. Ein junger Mann betrat den Garten. Ich kannte ihn in- und auswendig. Das konnten sein leichter Bartansatz und das erwachsenere Aussehen nicht ändern. Er war allein. Da war keine Frau an seiner Seite. Fünfzehn Meter und vier ganze Jahre lagen zwischen uns. Ich spürte mein Herz klopfen. Und dann war es genauso wie in meinem Tagtraum. Erst wurde es warm in meinem Bauch. Dann kribbelig. Und dann zog sich das ganze Gefühl zusammen, bis es weh tat.

Sein Blick war suchend. Ich stand einfach nur da. Er sah mich nicht. Nach wem guckte er sich um? Nach mir? Nein. Nach Anke und Klaas. Sie fanden ihn, bevor er sie finden konnte. Klaas klopfte ihm so laut auf die Schulter, dass ich es bis zu mir hören konnte. Ich spürte all die angestauten Gefühle für ihn in meiner Brust. Es war, als wollten sie alle gleichzeitig überlaufen, und doch verkrochen sie sich immer tiefer in mich hinein.

Meine Tagträume hatten alle an genau dieser Stelle geendet. Collin tauchte auf dem Fest auf – und dann ging es nicht weiter. Die Realität ließ mich auf die gleiche Weise im Stich. Ich hatte keine Ahnung, was ich tun sollte. Irgendetwas, etwas sehr Starkes, zog mich zu ihm. Und etwas anderes, mindestens genauso Starkes, wollte mich in die entgegengesetzte Richtung treiben. Ich fühlte das Zerren an mir und erinnerte mich an all das, was ich mir vorgenommen hatte. Trotzdem blieb ich an Ort und Stelle stehen. Weil ich nicht anders konnte.

Ich verharrte so lange in meiner Starre, bis Anke ihr unerwartet ein Ende bereitete. «Jana! Jana!», rief sie aus der Ferne und wedelte wie wild mit ihren Händen. «Guck mal, wer hier ist!»

Es war, als wären mit einem Schlag an die hundert Scheinwerfer auf mich gerichtet. Ohne mir bewusst darüber zu sein, welche Entscheidung ich treffen sollte, hatte ich mich längst entschieden. Ich drückte dem Knirps das Schäufelchen in die Hand, strich ihm zweimal über den Kopf und lief dann wie ferngesteuert auf Anke, Klaas und Collin zu. Anke streckte mir den Arm entgegen, schloss mich darin ein und drückte mich an ihre Seite. Sie strahlte. Und zum ersten Mal nach so langer Zeit blickte ich Collin aus der Nähe an. Er wirkte ein bisschen müde, als hätte er eine längere Fahrt hinter sich. Insgesamt sah er genauso alt aus, wie er war, nämlich fast dreißig. Nur seine Augen waren so jung wie damals.

Ob ich mich auch verändert hatte? Sah man mir die vier Jahre an? In den letzten Tagen hatte ich so oft in den Spiegel geblickt und nach Anzeichen dafür gesucht. Ich hatte mich betrachtet, als würde er mich betrachten. Jetzt tat er es. Und in seinem Gesicht lag nicht mal der kleinste Anhaltspunkt dafür, was ihm bei dem Gesehenen durch den Kopf ging.

«Hallo, Collin», sagte ich und war mir nicht sicher, ob er meine Stimme überhaupt hören konnte, so leise, wie sie klang.

Er hatte sie gehört.

«Grüß dich, Jana», antwortete er verzögert.

Mein Mund und mein Hals waren so trocken, dass ich das drückende Gefühl in meiner Kehle nicht hinunterschlucken konnte. Ich war meine Schuldgefühle in den letzten Jahren nie losgeworden, aber so intensiv wie in diesem Moment hatte ich sie lange nicht mehr gespürt. Es war nicht einfach, etwas direkt vor sich zu haben, das man verloren hatte. Kurz wurde alles ganz still. Nur die Briefe in meiner Hand schienen immer lauter zu werden.

Und dann brach um mich herum allmählich die Wiedersehensfreude aus. Anke rief noch Lars, Tom und Hülya heran, alle begrüßten sich, überhäuften sich gegenseitig mit Fragen, und ich stand nur da, beobachtete alles wie einen Film von außen. Manchmal trafen sich Collins und meine Blicke. Aber die Momente waren selten. Mehr als einmal wollte ich mich überwinden, ihm die Briefe zu geben, doch der Augenblick schien nie passend. Ich hatte mir die Übergabe vorher nicht leicht vorgestellt, aber in der Realität war es noch tausendmal schwieriger.

Zeitgleich mit der hereinbrechenden Dämmerung erfüllte der Geruch von gegrilltem Fisch, Fleisch und Gemüse den Garten. Während die meisten bereits mit ihrem Teller neben dem Grill standen, konnte ich mir kaum vorstellen, überhaupt nur einen Bissen hinunterzubekommen. Gegessen wurde in den Pavillons, an den mit Blumen dekorierten Tischen. Nach und nach füllten sich alle Plätze, und auch ich suchte mir einen aus. Der Geräuschpegel nahm zu, überall klapperte es, die Salatschüsseln wurden über mehrere Tische gereicht, und die ausgelassene Stimmung stieg parallel zum Weinverzehr an.

Es war ein geselliger, angenehmer Abend, und ich bedauerte, dass ich geistig kaum anwesend war, geschweige denn ihn genießen konnte. Collin saß nur drei Tische weiter, und ich wünschte, ich könnte verstehen, was er sagte. Aber allein ihn anschauen zu können war bereits besonders. Sein Gesicht, seine Haare, seine Haut.

Ob er meinen Blog längst gefunden und die Zeilen gelesen hatte? Wusste er, was in mir vorging? Mein Gefühl sagte mir dasselbe wie immer, wenn ich mir diese Frage stellte: nein. Und wenn ich in seine Augen sah, dann glaubte ich, darin dieselbe Antwort zu erkennen.

«Was ist mit Vanessa? Kommt sie noch?», fragte Tom. Mit seinem schicken, dunkelgrauen Anzug saß er mir schräg gegenüber. Und es dauerte, ehe ich begriff, dass ich diejenige war, von der er sich eine Antwort erhoffte. Doch ich konnte nur mit den Schultern zucken. Vanessa hatte sich nach wie vor bei niemandem gemeldet. Menschen waren unterschiedlich. Das eine Extrem stand mit den Füßen in der Vergangenheit und wagte keinen Schritt in die Zukunft. Das andere Extrem riss beinah brutal alle Brücken hinter sich ab und blickte nicht mehr zurück. Offenbar gehörte Vanessa der letzten Kategorie an, und irgendwie passte das auch zu ihr. Es war immer noch möglich, dass sie auftauchte, aber ich ahnte bereits, dass sie es nicht täte.

Nach dem Abendessen brach die Sommernacht endgültig herein, und die vielen Lichterketten machten dem Leuchten der Sterne am dunkelblauen Himmel Konkurrenz. Klaas entzündete die Fackeln in den Beeten und gab mir kurz darauf das Zeichen. Es war so weit. Die Überraschung für Anke. Ich musste mich zusammenreißen und meine Empfindungen für einen Moment nach hinten schieben, denn Klaas' Idee war zu schön, um ihr nicht meine volle Aufmerksamkeit zu schenken. Ohne dass Anke es bemerkte, zog ich mich aus dem Pavillon zurück und holte nacheinander die zahlreichen Körbe aus dem Anbau, die Klaas dort versteckt hatte. Als alles so weit vorbereitet war, band er seiner Frau eine Augenbinde um und führte sie in den Garten. Alle folgten ihnen. Und ich drückte jedem Einzelnen eine Himmelslaterne in die Hand. Auch Collin gab ich eine.

Kaum wurden die Laternen entzündet, begannen die Kinder, die bis gerade eben noch müde und quengelig gewesen waren, zu staunen und mit einem Mal wieder hellwach zu wirken. Aber keines ihrer strahlenden Augen reichte an das Leuchten heran, das ich in Ankes erkennen konnte, als Klaas ihr die Augenbinde abnahm. Er stellte sich hinter seine Frau, legte die Arme um sie, küsste sie auf die Wange und sagte leise: «Wünsch dir was.»

Genau das tat sie auch. Heimlich, still und leise für sich. Und dann ließen nacheinander alle ihre leuchtenden Himmelslaternen in die Nacht steigen. Langsam schwebten sie vom Garten über unsere Köpfe hinweg nach oben. Wir sahen ihnen nach, und die orangegelben Lichter strahlten zurück und hinterließen eine Wärme, die man nur in seinem Inneren spüren konnte.

Weil ich den schönen Moment mit jemandem teilen wollte, suchten meine Augen nach Lars. Doch er stand bei Sarah. Der jungen Frau, die vor mir in meinem Zimmer gewohnt hatte und einst seine beste Freundin gewesen war, bevor ich diese Rolle einnahm. Für viele Jahre hatten sie den Kontakt verloren und ihn erst in letzter Zeit wieder unregelmäßig aufgenommen. Es war das erste Mal, dass sie sich seit Sarahs Auszug damals wiedersahen. Ich hätte mich wie ein Störenfried gefühlt, wenn ich mich dazugestellt hätte.

Mein Blick wanderte weiter und landete wie automatisch auf Collin. Nur dass er dieses Mal ebenfalls in meine Richtung sah und unsere Blicke sich trafen. Er stand allein. Gar nicht so weit entfernt von mir.

Die Angst in meiner Brust versuchte mir zu sagen, dass auch dieser Moment nicht der richtige wäre. Früher hatte ich so oft auf genau diese Stimme gehört. Und auch heute Abend hatte ich es bereits ein paarmal getan. Aber jetzt wollte ich es nicht mehr. Denn wenn ich auf sie hörte, dann würde der Moment niemals der richtige sein.

Ich nahm all meinen Mut zusammen und klammerte mich um die Briefe in meiner Hand, als würde ich Halt darin finden. Zögerlich überwand ich die letzten Schritte, die uns trennten.

«Schön, oder?» Mein Blick war in den Himmel gerichtet, und es kostete mich viel Überwindung, ehe ich weitersprechen konnte. «Hast du dir was gewünscht?»

Erst wirkte er überrascht, dass ich plötzlich neben ihm stand, dann sah er aber gemeinsam mit mir nach oben. «Ich weiß nicht, was ich mir wünschen soll», antwortete er.

Ich war mir nicht sicher, ob ich verbergen konnte, wie gut es tat, seine Stimme zu hören. Und vielleicht wollte ich es auch gar nicht verbergen.

«Gibt es nichts, das du dir wünschst?»

«Doch», sagte er. «Aber ich kann mich nicht entscheiden.» Als wollte er verhindern, dass ich nachhaken konnte, fragte er: «Und du?»

Ich nickte und hörte kurz darauf, wie kratzig meine Stimme klang. «Ich habe mir gewünscht, dass ich mutig genug bin, um dir die hier zu geben.» Er wandte den Blick vom Himmel ab und richtete ihn auf die Papierrolle, die ich ihm entgegenhielt. Seine Augen sahen in meine und dann wieder zurück auf die Briefe. Schließlich nahm er sie vorsichtig entgegen.

«Ich erwarte gar nichts, Collin», sagte ich und versuchte zu lächeln, doch es blieb bei dem Versuch. «Ich wünsche mir nur, dass du sie liest.»

Er machte nicht den Eindruck, als hätte er mit etwas dergleichen gerechnet. Für sehr lange Zeit war sein Blick auf die Briefe in seiner Hand gerichtet.

«Okay», sagte er schließlich.

Wieder nickte ich. Dann entfernte ich mich langsam von ihm. Nicht nur, um ihm den nötigen Raum zu geben, sondern auch, weil ich dringend atmen musste. Erst jetzt merkte ich, dass ich vor Anspannung während des Gesprächs fast die ganze Zeit die Luft angehalten hatte. Ich brauchte einen Augenblick für mich ganz allein und setzte mich, abseits von den anderen, auf die Treppen, die zur Terrasse führten.

Wenige Minuten später verließ Collin den Garten in Richtung Straße. Zunächst dachte ich, weil er die Briefe in seinem Auto verstauen wollte, doch als er selbst nach fünf Minuten nicht zurückgekehrt war, vermutete ich, dass er sich einen ruhigen Ort gesucht hatte, um die Briefe zu lesen.

Von der Treppe sah ich den Himmelslaternen so lange nach, bis ich sie nicht mehr von den Sternen unterscheiden konnte. Vielleicht sogar noch länger. Innerlich spürte ich ein Zittern, denn ab jetzt lag nichts mehr in meiner Hand. Ich konnte nur abwarten und sehen, was passierte.

Hätte mich Lars nicht irgendwann zurück in den Pavillon geholt, um mir Sarah vorzustellen, wahrscheinlich hätte ich für den ganzen Rest des Abends auf den Stufen gesessen. So war ich stattdessen gezwungen, mich zusammenzureißen. Vielleicht war das gut, denn mein inneres Zittern wurde mit jeder Sekunde schlimmer.

Sarah war ganz anders, als ich sie mir vorgestellt hatte. Ich dachte, sie wäre eher schüchtern und zurückhaltend, dabei war sie taff und schlagfertig. Sowohl verbal als auch körperlich. Denn wenn sie ausholte, um Lars gegen die Schulter zu boxen, dann konnte man wirklich von «boxen» reden.

Ich strengte mich an, so neugierig zu wirken, wie ich es im

Normalfall auf ihre Person gewesen wäre, aber meine Aufmerksamkeit gehörte kaum noch meiner Umwelt. Nur als Sarah von Dresden schwärmte, ihrer neuen Heimatstadt, hörte ich kurz zu, verlor mich dann aber schnell in Gedanken bei der Frage, wann ich selbst zuletzt auf dem Festland gewesen war. Eigentlich tat ich das meistens nur, um die Gräber meiner Eltern zu besuchen. Und ich spürte, dass es bald wieder an der Zeit für die kleine Reise war. Denn es gab so viel Neues, das ich ihnen erzählen wollte.

Es war gegen zwölf, als ich mich aus dem Pavillon zurückzog und das Warten nicht mehr aushielt. Die Feier lichtete sich allmählich, und ich hatte Collin nicht mehr gesehen, seit er den Garten verlassen hatte. Das lag fast zwei Stunden zurück. War ich zu ungeduldig? Oder hatte ihm nicht gefallen, was er gelesen hatte? Würde er überhaupt etwas dazu sagen? War es blöd, ihm die Briefe ohne Erklärung übergeben zu haben?

Ich hatte ein Déjà-vu, denn genau wie auf dem letzten Sommerfest begann ich nach Collin zu suchen. Nur dass dieses Mal alles anders war. Und doch irgendwie auch nicht.

Ich begann auf der Straße vor dem Haus, lief sie einmal auf und ab, an jedem geparkten Auto vorbei. Es waren deutlich weniger geworden seit heute Nachmittag. Aber welches davon gehörte Collin? In keinem einzigen saß jemand, alle waren verlassen und dunkel. Schließlich kehrte ich in den Garten zurück.

Immer weniger Tische waren besetzt, und die Geräuschkulisse war deutlich leiser geworden. Ich sah im Anbau nach, suchte danach noch mal den Garten ab und fand Klaas mit ein paar anderen an der kleinen Theke stehen.

«Hast du Collin gesehen?», fragte ich ihn. Eigentlich nur,

weil ich nichts unversucht lassen wollte. In Wahrheit rechnete ich mit einem Nein. Zu meiner Überraschung kam es anders.

«Ja, er war vorhin hier und hat sich verabschiedet. Schon vor einer halben Stunde etwa. Er hat noch eine längere Heimfahrt vor sich. Was hättest du denn von ihm gebraucht?»

Mit einem Mal wurde alles ganz leise um mich herum, als hätte jemand den Geräuschpegel der Welt einfach hinuntergedreht. *Ich erwarte gar nichts*, hallten mir meine eigenen Worte durch den Kopf. Wie groß diese Lüge war, spürte ich, als in diesem Moment alle Hoffnungen, Erwartungen und Wünsche vor meinen Augen wie ein Kartenhaus zusammenfielen. Ich hatte versucht, mich genau darauf vorzubereiten, doch es gab wohl Dinge im Leben, auf die man sich nicht vorbereiten konnte.

Das war das Schlimme daran, wenn man etwas wagte und investierte: Blieb man ohne Gewinn und hatte am Ende dasselbe wie zuvor, fühlte sich dasselbe plötzlich wie ein Verlust an.

Ich versuchte mir zu sagen, dass Collin vielleicht erst mal in Ruhe über alles nachdenken musste und dass ihn die Emotionalität in den Briefen bestimmt erst mal überforderte. Das wäre nur logisch. Jeder würde so reagieren. Ich müsste Geduld haben. Er würde sicher innerhalb der nächsten Wochen in irgendeiner Weise auf die Briefe reagieren. Ob mir die Reaktion gefallen würde, stand auf einem anderen Blatt, aber für immer ignorieren würde er sie nicht. Gewiss nicht.

Oder täuschte ich mich damit? Es wäre immerhin nicht das erste Mal, dass er mich ignorierte ...

Mal gewann in meinen Gedanken die Vernunft, und dann dominierten wieder die Zweifel. Es war ein ewiges Hin und Her. Und dazwischen stand immer wieder der gleichermaßen unbändige wie unerfüllte Wunsch nach Gewissheit.

Die Uhr zeigte eine Stunde nach Mitternacht an, als auch die letzten Gäste das Fest verließen. Ich hatte nur stoisch mit am Tisch gesessen und war allein deshalb noch auf dem Sommerfest geblieben, weil ich Anke und Klaas Hilfe beim Aufräumen versprochen hatte. Letztlich waren die beiden aber so müde, dass wir nur noch das Wichtigste ins Haus brachten. Verderbliches und Dinge, die kaputtgehen konnten, wie zum Beispiel sämtliche Stromgeräte.

«Danke fürs Helfen, Jana», sagte Klaas, als wir die letzte Schale mit Essen in die Küche getragen hatten. Zum Abschied schloss er mich in eine feste Umarmung. «Schön, dass du da warst. Es war ein toller Tag.»

Weil ich wusste, wie viel den beiden der Tag wirklich bedeutete, drückte ich erst ihn und dann Anke doppelt so fest zurück. Dieser Moment machte mir wieder einmal bewusst, wie gut ich es eigentlich hatte. Ich liebte die beiden. Sie waren vielleicht nicht meine richtigen Eltern, aber manchmal fühlte ich mich trotzdem wie ihre Tochter. Ich wusste das Glück, das ich mit ihnen hatte, sehr zu schätzen.

Seit ich Collin die Briefe gegeben hatte, legte sich zum ersten Mal wieder ein Lächeln auf meine Lippen. Egal, wie groß das gefühlte Elend war, man durfte nie vergessen, was man eigentlich alles besaß.

«Kommst du morgen?», fragte Anke, als wir uns voneinander lösten.

«Reste essen?»

«Aber so was von Reste essen...» Sie stöhnte und blickte auf die zahlreichen Tabletts und Schüsseln, die von dem Catering übrig geblieben waren. Es war so viel, dass man fast noch ein zweites Fest veranstalten könnte und trotzdem niemand hungrig bleiben würde.

Ich versprach zu kommen und dass ich zur Verstärkung

noch Lars, Micha und Hülya mitbringen würde, die beide bei uns übernachteten, dann machte ich mich langsam und nach einer weiteren Umarmung auf den Weg nach draußen.

Es war frisch geworden. Für Sylter Verhältnisse zwar eine laue Sommernacht, aber die Nähe zum Meer ließ sich nicht leugnen. Vielleicht hätte ich mir eine Jacke mitnehmen sollen, wo ich doch nur ein dünnes Sommershirt mit kurzen Ärmeln trug.

Ich war die Einzige auf der Straße, und bis auf eine Ausnahme waren alle Autos weg. Ernüchtert setzte ich einen Schritt nach den nächsten. Wenn ich zu Hause wäre, wäre der Tag vorbei, und all meine Wünsche, die ich an ihn gehabt hatte, wären endgültig verloren. Ich hatte es nicht eilig, diesen Moment zu erleben. Ich fürchtete mich sogar vor ihm.

Vor dem einzigen Auto in der Straße blieb ich schließlich stehen. Irgendwie kam es mir komisch vor, dass es übrig geblieben war. Vielleicht hatte es jemand stehenlassen, weil er zu viel getrunken hatte? Einige der Gäste übernachteten in Hotels in Westerland. Das Auto war schwarz, klein, sportlich und hatte ein Hamburger Nummernschild.

Es war nur so ein Gefühl ... ein ganz diffuses. Aber es sorgte dafür, dass ich umdrehte. Zurück in den mittlerweile leeren Garten der Völkners, oder vielmehr durch ihn hindurch. Er war nicht das Ziel meiner Schritte. Stattdessen steuerte ich zum Türchen am Ende des Zauns und betrat den schmalen, einsamen Pfad, der zum Meer hinunterführte.

Die Stille und die konzentriert salzige Luft schlossen sich um mich und ließen mich tief einatmen. Mit verschränkten Armen blieb ich am Strand stehen, blickte hinaus auf die See und spürte den Rhythmus der Wellen auf meine Gedanken übergehen. Sie wurden ruhiger. Nur die Angst in meinem Bauch blieb beständig. Ich sah über meine Schulter hinweg zur Plattform.

Ich erwartete dieselbe Leere, die mir seit vier Jahren dort oben entgegenblickte. Doch stattdessen sah ich eine Taschenlampe leuchten.

Eine Gänsehaut legte sich wie ein Umhang über meinen gesamten Körper. Es dauerte, aber nach einer Weile bewegten sich meine Füße in Richtung Aussichtsplattform und stiegen die alte, vermoderte Holzleiter empor. Inzwischen waren es schon drei Stufen, die fehlten.

Collin saß auf seinem alten Platz und zeichnete in einem schwarzen Buch. Neben seinem Oberschenkel lagen die zusammengerollten Briefe. Das blaue Band, das sie zusammengehalten hatte, fehlte. Er musste es geöffnet haben.

«Ich habe gehofft, dass du kommst», sagte er und hob für einen Augenblick den Kopf. Dann versenkte er den Blick wieder in seinem schwarzen Buch.

Erleichtert, dass er mich nicht fortschickte, setzte ich mich auf meinen angestammten Platz, lehnte mich gegen das Geländer und ließ die Beine über den Strand schweben. «Ich habe gehofft, dass du hier bist», entgegnete ich.

Danach wurde es still zwischen uns. Ich genoss es, endlich nach so langer Zeit wieder das leise Flüstern des Stiftes in meinem Rücken zu hören. So sehr, dass ich für einen Moment die Augen schließen musste.

«Es hat mir gefehlt, hier oben zu sitzen», sagte Collin. «Ich merke gerade, wie sehr.»

Ich strich meinen Handrücken entlang und verstand sehr gut, was er meinte.

«Kommst du immer noch regelmäßig hierher?», fragte er.

Kurz sah ich zu ihm, nur für einen Moment, dann blickte ich zurück aufs Meer. Es war so unbegreiflich, zusammen mit ihm auf der Plattform zu sitzen, dass ich mich immer wieder mit einem Blick über die Schulter vergewissern musste, dass er auch wirklich hier war. «Unterschiedlich. Aber ganz davon weg komme ich nie.»

«Verständlich», sagte er. Seine Stimme klang ruhig und nachdenklich, vielleicht ein bisschen sanfter und zugleich ein wenig älter, männlicher als früher. Seine Worte verhallten, als gäbe es keine, die ihnen folgten. Doch dann sprach er weiter. «Wir haben hier oben sehr schöne Dinge erlebt.»

Das hatten wir definitiv. In meinem Kopf gab es ein Album voll mit Erinnerungen an unsere gemeinsame Zeit, und es schlug sich in den letzten Jahren, ohne dass ich etwas dagegen tun konnte, immer wieder in meinen Gedanken auf. Ich hätte ihn gerne gefragt, was er zeichnete, denn auch daran hatte ich schöne Erinnerungen, doch ich war zu unsicher.

«Weißt du, was ich noch schön finde?», fragte er.

Sachte schüttelte ich den Kopf.

«Deine Briefe...»

Ich blickte auf meine Hände. Vielleicht waren meine gezeigten Gefühle in den Briefen das Intimste, das ich je einem anderen Menschen hatte zuteil werden lassen. Ganz ungefiltert, ohne Mauer des Selbstschutzes, ohne Möglichkeit, die Worte jemals wieder zurücknehmen zu können. Und jetzt kannte auch Collin sie. Ich fühlte mich so nackt wie damals, als wir zum ersten Mal miteinander geschlafen hatten. Aber genau wie damals bereute ich es nicht, mich vor ihm ausgezogen zu haben.

«Ich habe auch etwas für dich», sagte er und ließ sich viel Zeit, ehe er weitersprach. «Aber ich habe mich nicht getraut, es dir zu geben.»

Wahrscheinlich waren wir uns in Sachen Angst ähnlicher, als ich es für möglich gehalten hätte. Man war immer nur so schlau, wie es die Gegenwart zuließ.

«Und was wolltest du mir geben?», fragte ich.

Für eine Weile sah er sich seine Zeichnung an, fügte hier und da noch ein paar Striche hinzu, schrieb etwas in die obere Ecke des Papiers, dann klappte er das Buch zu. Ich hatte Angst, dass er jetzt aufstehen und gehen würde. Aber er blieb sitzen und betrachtete den schwarzen Umschlag in seinen Händen, als würde er ihn heute mit ganz anderen Augen sehen.

Irgendwann atmete er tief durch und hielt mir das schwarze Buch entgegen. Zögerlich nahm ich es ihm ab.

«Und jetzt?», fragte ich unsicher.

«Schlag es auf.»

Das Buch lag in meinem Schoß, und theoretisch wusste ich natürlich, wie man es öffnete, trotzdem fühlte es sich wie das erste Buch meines Lebens an.

Noch bevor ich mich mitteilen konnte, dass es zu dunkel war, rutschte Collin ein bisschen näher heran und sorgte mit der kleinen Taschenlampe für mehr Licht. Er war nah genug, dass ich wieder den Weichspüler riechen konnte. Es war der gleiche wie damals.

Immer noch verunsichert, schlug ich schließlich vorsichtig die erste Seite auf. Sie zeigte einen Steg an einem wolkigen Tag. Ich strich mit den Fingern über das glatte Papier und die feinen Bleistiftlinien, als müsste ich das Bild nicht nur sehen, sondern spüren. Collins Talent zog mich sofort wieder in seinen Bann. Ich verlor den Blick für die reale Umgebung und tauchte ein in das Buch, in die vielen Details, die alles so echt, so wirklich erscheinen ließen.

Auf den nächsten Seiten folgten Zeichnungen von anderen Orten, die ich ebenso wenig kannte. Unter anderem ein hübscher kleiner Park mit einer Brücke und einem See, eine Uferlandschaft, eine Berghütte und der Blick aus dem Fenster einer Stadtwohnung. Alles mit Collins begabten Händen auf weiße Blätter gezaubert. Es dauerte jedes Mal eine halbe Ewigkeit, bis ich mich von einer Zeichnung trennen und zur nächsten umblättern konnte. Ich war vollkommen fasziniert – und tauchte in die fremden Orte ein.

«Hier», er deutete auf die Zeichnung mit der Stadtwohnung, «habe ich die ersten zwei Jahre nach der Insel gelebt.»

«Wo ist das?», fragte ich.

«Das war noch in Heidelberg. Ich glaube, es würde dir dort auch gefallen.»

Ich war so verblüfft, endlich eine Antwort auf die Frage zu erhalten, die ich mir in der Vergangenheit an die tausend Mal gestellt hatte, dass ich gar nichts dazu sagen konnte. Allmählich begriff ich den Sinn des Buches, es sollte mir zeigen, wo er die letzten Jahre gewesen war. Doch gerade, als ich dachte, ich hätte den Sinn entschlüsselt, folgten andere Bilder, und ich war mir nicht mehr sicher. Denn die Orte, die jetzt kamen, kannte ich. Es waren der Strand von Westerland, der Garten vor unserem Anbau und eine Zeichnung von mir, wie ich barfuß auf dem Balkon stand und hinaus in die Nacht blickte. Und noch etwas war anders ... Es gab einen Text. Ganz klein, am Rand oder im Eck, sodass man die Worte leicht übersehen konnte. *«Was machst du gerade?»*, stand neben meinen gemalten Füßen.

Zögerlich blätterte ich weiter. Es folgten Bilder aus unserer gemeinsamen Vergangenheit. Von den Tagen in Chicago gab es gleich mehrere. Manchmal suchte ich die Seiten erst nach Worten ab, ehe ich mir die Zeichnungen genauer ansah. *«Ich sehe dich viel zu oft in meinen Gedanken»*, stand auf einer. *«Denkst du noch manchmal an mich?»*, auf einer anderen. Auf jeder Seite war etwas anderes geschrieben. Ich blätterte mich Seite für Seite weiter durch, erkannte sein und mein altes Zimmer auf den Bildern. Ein paarmal blickte ich meinem eigenen Gesicht entgegen, so detailgetreu, als hätte er mich fotografiert. Nach der Hälfte des Buches landete ich bei der vorletzten Zeichnung.

Sie zeigte Collin und mich, wie wir, eingehüllt in eine Decke, nackt nebeneinander auf der Plattform lagen. Das war eine der schönsten Nächte, die wir je miteinander verbracht hatten. Intime Erinnerungen wurden wach, und ich errötete, als mir bewusst wurde, dass wir heute wieder auf genau dieser Plattform saßen. *«Wer liegt jetzt nackt an deiner Seite? Jemand, der dich besser wärmen kann als ich?»*, stand darunter.

Mein Blättern war so vorsichtig geworden, dass ich das Papier kaum noch berührte. Es folgte nur noch ein letztes Bild. Blumen kamen zum Vorschein. Filigran gezeichnet und ausgearbeitet bis ins letzte Detail. Es waren nicht irgendwelche Blumen. Es waren Nachtblumen. Bedacht strich ich mit den Fingern darüber, als könnte ich sie durch das Papier berühren. Das Flüstern des Stiftes musste lange zurückliegen, trotzdem bildete ich mir ein, dass ich es immer noch hören konnte. Dann fiel mir das Datum links oben auf. Die Zeichnung war von heute.

«Hast du die Blumen erst gerade eben gemalt?», fragte ich.

«Ja, ich ...» Er brach ab und fuhr mit dem Finger über die feinen Risse im Holz. «Nachdem ich deine Briefe gelesen hatte, musste ich sie erst einmal verdauen. Der Inhalt hat mich sehr berührt.»

Es war komisch. Da war diese unglaublich lange Zeit, die wir uns nicht gesehen hatten. Ich hatte Angst gehabt, er würde mir fremd sein. Aber das war er nicht. Er war mir so vertraut, als hätten wir noch gestern hier oben gesessen, er zeichnete, und ich sah aufs Meer. Als läge zwischen damals und heute nur ein einziger Tag. Ich hätte nie erwartet, dass immer noch Vertrautheit zwischen uns herrschen würde. Doch jetzt fragte ich mich, wie ich jemals daran hatte zweifeln können.

«Meinst du das auf positive Weise? Oder eher ... auf negative?»

«Beides», sagte er und brauchte Zeit, bis er sich weiter erklären konnte. «Die Briefe haben viel wieder hochgeholt. Ich habe mich in den letzten Jahren meiner Vergangenheit gestellt. Aber manchmal ist sie trotzdem noch schwer zu ertragen.»

Ich wusste, dass er nicht die jüngste Vergangenheit meinte, sondern jene aus seinen Kindheitstagen. Ich kannte das Gewicht, von dem er sprach.

«Ich war sehr böse auf dich», begann er von neuem. «Fürchterlich böse sogar. Aber irgendwie hatte es wohl auch etwas Gutes.»

Beim besten Willen konnte ich mir nicht vorstellen, wie etwas derart Schlimmes, das ich getan hatte, auch etwas Gutes haben sollte. Als hätte er meine Gedanken gehört, sprach er kurz darauf weiter.

«Alles im Leben ist eine Kettenreaktion», sagte er. «Damit etwas passieren kann, muss zuvor immer etwas anderes passiert sein. Manchmal versteht man erst lange Zeit später die einzelnen Zusammenhänge. Damals, als du in meine Akte gesehen hast und sagtest, dass du *es* weißt, hast du etwas in mir losgetreten.»

«Und was habe ich losgetreten?», fragte ich.

Er hob die Schultern und suchte nach Worten. «Wenn man einen Meißel in eine Wand haut, dann zerbricht sie nicht in tausend Teile. Aber sie bekommt Risse. Genauso war es bei mir.» Collin redete zäh und beschwerlich, während ich mich kaum zu atmen traute, weil er es überhaupt tat. Nur daran merkte ich in diesem Moment, dass viele Jahre vergangen sein mussten. «Für mich war die Tatsache, dass du es wusstest, noch viel schlimmer als die Frage, woher du es wusstest», sagte er. «Es ist schwer zu erklären ... Aber dass du es wusstest, bedeutete gleichermaßen, dass es wirklich so gewesen sein musste. Damals. In meiner Kindheit. Verstehst du?»

Es klang ein bisschen wirr, aber je länger ich darüber nachdachte, desto sicherer wurde ich mir, dass ich sogar ziemlich genau verstand, was er meinte. Sich selbst konnte er einreden, dass bei seinem Onkel niemals etwas vorgefallen war, aber mir konnte er das nicht.

In den letzten Jahren hatte ich viele Bücher über Missbrauch gelesen und wusste, dass die meisten Opfer von einer lebenslangen Scham wegen des Geschehenen begleitet wurden. Wahrscheinlich galt das auch für Collin, auch wenn er ganz sicher der Letzte war, der dieses Gefühl haben sollte. Aber leider war das ganz oft so auf der Welt: Es schämten sich immer die Falschen.

«Vorhin, als ich deine Briefe gelesen habe, haben mich meine Gefühle etwas überwältigt», sprach er weiter. «Ich habe viel an mir gearbeitet in den letzten Jahren, ich habe sogar eine Therapie hinter mir. Und all die Anstrengung hat sich gelohnt. Ich gehe heute ganz anders durchs Leben als früher. Viel offener und zugänglicher. Aber wenn etwas so durchdringend in mein Herz kommt wie deine Worte in diesen Briefen, dann bin ich immer noch sehr überfordert.»

In der Ferne brach eine Welle, und ein leichter Küstenwind wehte mir eine Strähne aus der Mütze. Ich schob sie wieder zurück. Es gab so viele Dinge, die ich ihm sagen wollte, aber ich sah Collin an, dass er noch nicht fertig war. Also brachte ich so lange Geduld auf, bis ich seine Stimme wieder hörte.

«Ich habe oft an dich gedacht», sagte er schließlich. «Du bist mir sehr wichtig, Jana. Du warst es mir immer. Und genau deswegen habe ich Angst vor dir.» Er zögerte und fuhr sich durch die Haare, so, wie er das immer machte, wenn er angestrengt nachdachte. «Klingt das komisch?»

Langsam schüttelte ich den Kopf. «Wenn du wüsstest, wie logisch das für mich klingt ... Ich habe auch Angst vor dir.»

Für eine ganze Weile musterte er mich, dann legte sich ein einseitiges Lächeln auf seine Lippen. Und ganz zart ließ ich mich davon anstecken.

Schließlich lenkte er den Blick auf seinen Unterarm. Behutsam strich er ihn mit den Fingern entlang, über all die kleinen weißen Narben. «Du schreibst in deinen Briefen, dass du nur die Hälfte beisteuern kannst. Der Rest läge bei mir.»

Ich nickte. Es lag noch gar nicht lange zurück, dass ich diese Worte geschrieben hatte.

«Lachst du mich aus, wenn ich dich dazu etwas frage?»

«Ich bin nicht der Typ, der jemanden auslacht», antwortete ich und zitierte seine eigenen Worte von damals. Auch er schien sich zu erinnern.

«Ich würde das gerne», sagte er. «Diese andere Hälfte geben. Aber ich habe das noch nie gemacht. Ich weiß nicht, ob es mir gelingt, jemanden so nah an mich heranzulassen.»

Erst beobachtete ich seine Hand, die reglos in seinem Schoß lag, dann griff ich vorsichtig nach ihr. Ganz zart spürte ich, wie sich seine Finger mit meinen verschlossen.

«Gerade lässt du mich doch auch an dich heran.»

Er wirkte verlegen, als wäre ihm das selbst erst richtig in diesem Moment bewusst geworden.

«Niemandem fällt das leicht», sagte ich, den Blick immer noch auf unsere Hände gerichtet. «Je mehr Nähe man zulässt, desto tiefer kann man verletzt werden. Die Frage ist, ob du es dir in deinem Herzen wünschst. Und ob du es dir so sehr wünschst, dass du es willst.» So stand es in meinem Gedicht «Vom Wünschen und Wollen».

Collin verstand die Anspielung. Auch sein Blick ging nach unten, und für ein paar Minuten wurde es still zwischen uns. Von seiner Antwort hing alles ab, umso wichtiger war es, ihm alle Zeit der Welt für sie zu lassen.

«Ich will es», sagte er schließlich. «Mit dir.»

Das waren die schönsten Worte, die ich jemals in meinem Leben gehört hatte. Von meiner Brust ging eine Wärme aus, die sich in meinem ganzen Körper verteilte. «Dann finden wir zusammen heraus, wie es geht.»

«Und wie machen wir das?», fragte er. Ich spürte seinen Daumen über meinen Handrücken streichen.

«Für den Moment machen wir gar nichts, wir bleiben einfach nur hier sitzen.» Es war schwer, gegen das Lächeln, das sich auf meine Lippen legen wollte, anzukommen und weiterzusprechen. «Dann erleben wir gemeinsam das Morgen», sagte ich. «Und danach das Übermorgen.»

Jetzt war er es, der sich von meiner Gefühlsregung anstecken ließ. «Das klingt schön», flüsterte er.

Und dann taten wir genau das, wir blieben einfach sitzen und waren durch unsere Hände miteinander verbunden. Irgendwann rutschte Collin hinter mich, ganz vorsichtig, als wüsste er nicht, ob er das durfte. Aber natürlich durfte er es. Seine Arme legten sich um meinen Körper und schlossen mich fest in sich ein. Ich lehnte mich mit dem Rücken an seine Brust und spürte, wie er das Kinn auf meine Schulter legte. Mit jedem Atemzug verloren meine Muskeln mehr an Spannung. Ich verkroch mich in ihm.

Als der Morgen dämmerte und ein neuer Tag über die Welt hereinbrach, war mein Herz vor Liebe fast verglüht. Der Himmel und der Strand leuchteten lila im Sonnenaufgang, erst nach und nach wurde alles heller, bis die gesamte Insel von einem warmen Licht geflutet wurde. Normalerweise würden Nachtblumen sich jetzt verschließen und auf die nächste Dunkelheit warten, doch wir blühten einfach weiter. Nach vier Jahren war die Stimme der Sehnsucht zum ersten Mal verstummt.

Langsam strich Collin mit den Fingerspitzen meinen nackten Unterarm entlang, fuhr über die eine große Narbe, die unter meinem T-Shirt-Ärmel herauskam und sich bis zum Ellbogen zog. «Es ist gut, dass du dich nicht mehr versteckst», flüsterte er.

Ich wusste nicht, warum, aber in diesem Augenblick musste ich zurück an meinen ersten Strandspaziergang denken. Damals war ich noch ganz frisch auf der Insel. Wie aussichtslos mir zu diesem Zeitpunkt noch alles erschien. Und wie aussichtslos mir auch Collins Probleme oft erschienen. Doch ich hatte mich getäuscht. Nichts war aussichtslos. Und unweigerlich musste ich an die Worte von Thea denken. Als sie noch meine Dr. Flick gewesen war, hatte sie einmal zu mir gesagt: Es ist nie zu spät, um von vorn zu beginnen.

Carina Bartsch
Türkisgrüner Winter

Gutaussehend, charmant und mit einer Prise Arroganz raubt er Emely den letzten Nerv: Elyas, der Mann mit den türkisgrünen Augen. Besonders zu Halloween spukt er in ihrem Kopf herum. Doch was bezweckt er eigentlich mit seinen Avancen? Und wieso verhält er sich nach dem ersten langen Kuss mit einem Mal so abweisend? Nur gut, dass Emelys anonymer E-Mail-Freund Luca zu ihr hält. Das noch ausstehende Treffen mit Luca sorgt für ein mulmiges Gefühl. Dann verstummt auch er. Hat Emely alles falsch gemacht?

Liebe in Berlin – Romantik mit Suchtfaktor.

Dieser Roman ist die Fortsetzung von *Kirschroter Sommer*.

464 Seiten

«Megaromantisch!»

Joy

Weitere Informationen finden Sie unter www.rowohlt.de

Carina Bartsch
Kirschroter Sommer

Die erste Liebe vergisst man nicht. Niemand weiß das besser als Emely. Nach sieben Jahren trifft sie wieder auf Elyas, den Mann mit den leuchtend türkisgrünen Augen. Der Bruder ihrer besten Freundin hat ihr Leben schon einmal komplett durcheinandergebracht, und die Verletzung sitzt immer noch tief. Emely hasst ihn, aus tiefstem Herzen. Viel lieber lenkt sie ihre Aufmerksamkeit auf den anonymen E-Mail-Schreiber Luca, der mit seinen sensiblen und romantischen Nachrichten ihr Herz berührt. Aber kann man sich wirklich in einen Unbekannten verlieben?

Mit ihrem Debüt wurde Carina Bartsch zu einer der erfolgreichsten deutschen Liebesromanautorinnen. Auch die Fortsetzung *Türkisgrüner Winter* avancierte zum Bestseller.

512 Seiten

Weitere Informationen finden Sie unter www.rowohlt.de

Das für dieses Buch verwendete Papier ist FSC®-zertifiziert.